गबन

मुंशी प्रेमचंद का लोकप्रिय उपन्यास

मुंशी प्रेमचंद

क्रम-सूची

1

भाग एक

बरसात के दिन हैं, सावन का महीना. आकाश में सुनहरी घटायें छाई हुई हैं। रह-रहकर रिमझिम वर्षा होने लगती है। अभी तीसरा पहर है; पर ऐसा मालूम हो रहा है, शाम हो गयी। आमों के बाग़ में झूला पड़ा हुआ है। लड़कियाँ भी झूल रहीं हैं और उनकी मातायें भी। दो-चार झूल रहीं हैं, दो चार झुला रही हैं। कोई कजली गाने लगती है, कोई बारहमासा। इस ऋतु में महिलाओं की बाल-स्मृतियाँ भी जाग उठती हैं। ये फुहारें मानो चिंताओं को हृदय से धो डालती हैं। मानो मुरझाये हुए मन को भी हरा कर देती हैं। सबके दिल उमंगों से भरे हुए हैं। धानी साड़ियों ने प्रकृति की हरियाली से नाता जोड़ा है।

इसी समय एक बिसाती आकर झूले के पास खड़ा हो गया। उसे देखते ही झूला बंद हो गया। छोटे-बड़ों सबों ने आकर उसे घेर लिया। बिसाती ने अपना संदूक खोला और चमकती-दमकती चीजें निकालकर दिखाने लगा। कच्चे मोतियों के गहने थे, कच्चे लेस और गोटे, रंगीन मोजे, ख़ूबसूरत गुड़िया और गुड़ियों के गहने, बच्चों के लट्टू और झुनझुने। किसी ने कोई चीज ली, किसी ने कोई चीज। एक बड़ी-बड़ी आँखों वाली बालिका ने वह चीज पसंद की, जो उन चमकती हुई चीजों में सबसे सुंदर थी। वह गिरोजी रंग का एक चंद्रहार था। माँ से बोली- “अम्मां, मैं यह हार लूंगी।“

माँ ने बिसाती से पूछा – “बाबा, यह हार कितने का है?”

बिसाती ने हार को रूमाल से पोंछते हुए कहा – “खरीद तो बीस आने की है, मालकिन जो चाहें दे दें।“

माता ने कहा – “यह तो बड़ा महंगा है। चार दिन में इसकी चमक-दमक जाती रहेगी।“

बिसाती ने मार्मिक भाव से सिर हिलाकर कहा – "बहूजी, चार दिन में तो बिटिया को असली चंद्रहार मिल जाएगा!"

माता के हृदय पर इन सहृदयता से भरे हुए शब्दों ने चोट की। हार ले लिया गया।

बालिका के आनंद की सीमा न थी। शायद हीरों के हार से भी उसे इतना आनंद न होता। उसे पहनकर वह सारे गांव में नाचती फिरी। उसके पास जो बाल-संपत्ति थी, उसमें सबसे मूल्यवान, सबसे प्रिय यही बिल्लौर का हार था। लड़की का नाम जालपा था, माता का मानकी।

महाशय दीनदयाल प्रयाग के छोटे से गांव में रहते थे। वह किसान न थे, पर खेती करते थे। वह जमींदार न थे, पर जमींदारी करते थे। थानेदार न थे, पर थानेदारी करते थे। वह थे जमींदार के मुख्तार। गांव पर उन्हीं की धाक थी। उनके पास चार चपरासी थे, एक घोड़ा, कई गायें-भैंसें। वेतन कुल पाँच रूपये पाते थे, जो उनके तंबाकू के खर्च को भी काफ़ी न होता था। उनकी आय के और कौन से मार्ग थे, यह कौन जानता है। जालपा उन्हीं की लड़की थी। पहले उसके तीन भाई और थे, पर इस समय वह अकेली थी। उससे कोई पूछता—"तेरे भाई क्या हुए?" तो वह बड़ी सरलता से कहती – "बड़ी दूर खेलने गये हैं।"

कहते हैं, मुख्तार साहब ने एक गरीब आदमी को इतना पिटवाया था कि वह मर गया था। उसके तीन वर्ष के अंदर तीनों लड़के जाते रहे। तब से बेचारे बहुत संभलकर चलते थे। फूंक-फूंककर पांव रखते, दूध के जले थे, छाछ भी फूंक-फूंककर पीते थे। माता और पिता के जीवन में और क्या अवलंब?

दीनदयाल जब कभी प्रयाग जाते, तो जालपा के लिए कोई न कोई आभूषण ज़रूर लाते। उनकी व्यावहारिक बुद्धि में यह विचार ही न आता था कि जालपा किसी और चीज से अधिक प्रसन्न हो सकती है। गुड़ियाँ और खिलौने वह व्यर्थ समझते थे, इसलिए जालपा आभूषणों से ही खेलती थी। यही उसके खिलौने थे। वह बिल्लौर का हार, जो उसने बिसाती से लिया था, अब उसका सबसे प्यारा खिलौना था। असली हार की अभिलाषा अभी उसके मन में उदय ही नहीं हुई थी। गांव में कोई उत्सव होता, या कोई त्योहार पड़ता, तो वह उसी हार को पहनती। कोई दूसरा गहना उसकी आँखों में जंचता ही न था। एक दिन दीनदयाल लौटे, तो मानकी के लिए एक चंद्रहार लाए। मानकी को यह चाह बहुत दिनों से थी। यह हार पाकर वह मुग्ध हो गई। जालपा को अब अपना हार अच्छा न लगता, पिता से बोली – "बाबूजी, मुझे भी ऐसा ही हार ला दीजिये।"

दीनदयाल ने मुस्कराकर कहा – "ला दूंगा, बेटी!"

"कब ला दीजिएगा?"

"बहुत जल्दी।"

बाप के शब्दों से जालपा का मन न भरा।

उसने माता से जाकर कहा – "अम्मांजी, मुझे भी अपना सा हार बनवा दो।"

माँ – "वह तो बहुत रूपयों में बनेगा, बेटी!"

जालपा – "तुमने अपने लिए बनवाया है, मेरे लिए क्यों नहीं बनवातीं?"

माँ ने मुस्कराकर कहा – 'तेरे लिए तेरी ससुराल से आयेगा।"

यह हार छः सौ में बना था। इतने रूपये जमा कर लेना, दीनदयाल के लिए आसान न था। ऐसे कौन बड़े ओहदेदार थे। बरसों में कहीं यह हार बनने की नौबत आई, जीवन में फिर कभी इतने रूपये आयेंगे, इसमें उन्हें संदेह था। जालपा लजाकर भाग गई, पर यह शब्द उसके हृदय में अंकित हो गए। ससुराल उसके लिए अब उतनी भंयकर न थी। ससुराल से चंद्रहार आएगा, वहाँ के लोग उसे माता-पिता से अधिक प्यार करेंगे, तभी तो जो चीज ये लोग नहीं बनवा सकते, वह वहाँ से आएगी।

लेकिन ससुराल से न आये, तो उसके सामने तीन लड़कियों के विवाह चुके थे, किसी की ससुराल से चंद्रहार न आया था। कहीं उसकी ससुराल से भी न आया तो, उसने सोचा – 'तो क्या माताजी अपना हार मुझे दे देंगी? अवश्य दे देंगी।'

इस तरह हँसते-खेलते सात वर्ष कट गए और वह दिन भी आ गया, जब उसकी चिरसंचित अभिलाषा पूरी होगी।

मुंशी दीनदयाल की जान-पहचान के आदमियों में एक महाशय दयानाथ थे, बड़े ही सज्जन और सहृदय कचहरी में नौकर थे और पचास रूपये वेतन पाते थे। दीनदयाल अदालत के कीड़े थे। दयानाथ को उनसे सैकड़ों ही बार काम पड़ चुका था। चाहते, तो हजारों वसूल करते, पर कभी एक पैसे के भी रवादार नहीं हुए थे। दीनदयाल के साथ ही उनका यह सलूक न था?-यह उनका स्वभाव था। यह बात भी न थी कि वह बहुत ऊँचे आदर्श के आदमी हों, पर रिश्वत को हराम समझते थे। शायद इसलिए कि वह अपनी आँखों से इस तरह के दृश्य देख चुके थे। किसी को जेल जाते देखा था, किसी को संतान से हाथ धोते, किसी को दुर्व्यसनों के पंजे में फंसते। ऐसी उन्हें कोई मिसाल न मिलती थी, जिसने रिश्वत लेकर चैन किया हो, उनकी यह दृढ़ धारणा हो गई थी कि हराम की कमाई हराम ही में जाती है। यह बात वह कभी न भूलते इस जमाने में पचास रुपये की भुगुत ही क्या पाँच आदमियों का

पालन बड़ी मुश्किल से होता था। लड़के अच्छे कपड़ों को तरसते, स्त्री गहनों को तरसती, पर दयानाथ विचलित न होते थे। बड़ा लड़का दो ही महीने तक कालेज में रहने के बाद पढ़ना छोड़ बैठा।

पिता ने साफ कह दिया – "मैं तुम्हारी डिग्री के लिए सबको भूखा और नंगा नहीं रख सकता। पढ़ना चाहते हो, तो अपने पुरूषार्थ से पढ़ो। बहुतों ने किया है, तुम भी कर सकते हो।"

लेकिन रमानाथ में इतनी लगन न थी। इधर दो साल से वह बिल्कुल बेकार था। शतरंज खेलता, सैर-सपाटे करता और माँ और छोटे भाइयों पर रोब जमाता। दोस्तों की बदौलत शौक पूरा होता रहता था। किसी का चेस्टर मांग लिया और शाम को हवा खाने निकल गए। किसी का पंप-शू पहन लिया, किसी की घड़ी कलाई पर बांध ली। कभी बनारसी फैशन में निकले, कभी लखनवी फैशन में दस मित्रों ने एक-एक कपड़ा बनवा लिया, तो दस सूट बदलने का उपाय हो गया। सहकारिता का यह बिल्कुल नया उपयोग था। इसी युवक को दीनदयाल ने जालपा के लिए पसंद किया। दयानाथ शादी नहीं करना चाहते थे। उनके पास न रूपये थे और न एक नये परिवार का भार उठाने की हिम्मत, पर जागेश्वरी ने त्रिया-हठ से काम लिया और इस शक्ति के सामने पुरूष को झुकना पड़ा।

जागेश्वरी बरसों से पुत्रवधू के लिए तड़प रही थी। जो उसके सामने बहुयें बनकर आई, वे आज पोते खिला रही हैं, फिर उस दुखिया को कैसे धैर्य होता? वह कुछ-कुछ निराश हो चली थी। ईश्वर से मनाती थी कि कहीं से बात आये। दीनदयाल ने संदेश भेजा, तो उसको आँखें-सी मिल गई। अगर कहीं यह शिकार हाथ से निकल गया, तो फिर न जाने कितने दिनों और राह देखनी पड़े। कोई यहाँ क्यों आने लगा? न धन ही है, न जायदाद। लड़के पर कौन रीझता है? लोग तो धन देखते हैं, इसलिए उसने इस अवसर पर सारी शक्ति लगा दी और उसकी विजय हुई।

दयानाथ ने कहा- "भाई, तुम जानो तुम्हारा काम जाने। मुझमें समाई नहीं है। जो आदमी अपने पेट की फिक्र नहीं कर सकता, उसका विवाह करना मुझे तो अधर्म-सा मालूम होता है। फिर रूपये की भी तो फिक्र है। एक हजार तो टीमटाम के लिए चाहिए, जोड़े और गहनों के लिए अलग।" (कानों पर हाथ रखकर) – "ना बाबा! यह बोझ मेरे मान का नहीं।"

जागेश्वरी पर इन दलीलों का कोई असर न हुआ, बोली – "वह भी तो कुछ देगा"

"मैं उससे मांगने तो जाऊंगा नहीं।"

"तुम्हारे मांगने की जरूरत ही न पड़ेगी। वह खुद ही देंगे। लड़की के ब्याह में पैसे

का मुँह कोई नहीं देखता। हाँ, मकदूर चाहिए, सो दीनदयाल पोढ़े आदमी हैं। और फिर यही एक संतान है; बचाकर रखेंगे, तो किसके लिए?'

दयानाथ को अब कोई बात न सूझी, केवल यही कहा – "वह चाहे लाख दे दें, चाहे एक न दें, मैं न कहूंगा कि दो, न कहूंगा कि मत दो। कर्ज मैं लेना नहीं चाहता, और लूं, तो दूंगा किसके घर से?"

जागेश्वरी ने इस बाधा को मानो हवा में उड़ाकर कहा – "मुझे तो विश्वास है कि वह टीके में एक हजार से कम न देंगे। तुम्हारे टीमटाम के लिए इतना बहुत है। गहनों का प्रबंध किसी सर्राफ से कर लेना। टीके में एक हजार देंगे, तो क्या द्वार पर एक हजार भी न देंगे. वही रूपये सर्राफ को दे देना। दो-चार सौ बाकी रहे, वह धीरे-धीरे चुक जायेंगे। बच्चा के लिए कोई न कोई द्वार खुलेगा ही।"

दयानाथ ने उपेक्षा-भाव से कहा – "खुल चुका, जिसे शतरंज और सैर-सपाटे से फुर्सत न मिले, उसे सभी द्वार बंद मिलेंगे।"

जागेश्वरी को अपने विवाह की बात याद आई। दयानाथ भी तो गुलछर्रे उड़ाते थे, लेकिन उसके आते ही उन्हें चार पैसे कमाने की फिक्र कैसी सिर पर सवार हो गई थी। साल-भर भी न बीतने पाया था कि नौकर हो गए।

बोली – "बहू आ जाएगी, तो उसकी आँखें भी खुलेंगी, देख लेना। अपनी बात याद करो। जब तक गले में जुआ नहीं पड़ा है, तभी तक यह कुलेलें हैं। जुआ पड़ा और सारा नशा हिरन हुआ। निकम्मों को राह पर लाने का इससे बढ़कर और कोई उपाय ही नहीं।"

जब दयानाथ परास्त हो जाते थे, तो अख़बार पढ़ने लगते थे। अपनी हार को छिपाने का उनके पास यही संकेत था।

मुंशी दीनदयाल उन आदमियों में से थे, जो सीधों के साथ सीधे होते हैं, पर टेढ़ों के साथ टेढ़े ही नहीं, शैतान हो जाते हैं। दयानाथ बड़ा-सा मुँह खोलते, हजारों की बातचीत करते, तो दीनदयाल उन्हें ऐसा चकमा देते कि वह उम्र भर याद करते। दयानाथ की सज्जनता ने उन्हें वशीभूत कर लिया। उनका विचार एक हजार देने का था, पर एक हजार टीके ही में दे आये।

मानकी ने कहा – "जब टीके में एक हजार दिया, तो इतना ही घर पर भी देना पड़ेगा। आयेगा कहाँ से."

दीनदयाल चिढ़कर बोले – "भगवान मालिक है। जब उन लोगों ने उदारता दिखाई और लड़का मुझे सौंप दिया, तो मैं भी दिखा देना चाहता हूँ कि हम भी

शरीफ़ हैं और शील का मूल्य पहचानते हैं। अगर उन्होंने हेकड़ी जताई होती, तो अभी उनकी खबर लेता।"

दीनदयाल एक हजार तो दे आये, पर दयानाथ का बोझ हल्का करने के बदले और भारी कर दिया। वह कर्ज से कोसों भागते थे। इस शादी में उन्होंने मियां की जूती मियां की चाँद वाली नीति निभाने की ठानी थी, पर दीनदयाल की सहृदयता ने उनका संयम तोड़ दिया। वे सारे टीमटाम, नाच-तमाशे, जिनकी कल्पना का उन्होंने गला घोंट दिया था, वही रूप धारण करके उनके सामने आ गये। बंधा हुआ घोड़ा थान से खुल गया, उसे कौन रोक सकता है? धूमधाम से विवाह करने की ठन गई। पहले जोड़े-गहने को उन्होंने गौण समझ रखा था, अब वही सबसे मुख्य हो गया। ऐसा चढ़ावा हो कि मड़वे वाले देखकर भड़क उठें। सबकी आँखें खुल जायें। कोई तीन हजार का सामान बनवा डाला। सर्राफ़ को एक हजार नगद मिल गये, एक हजार के लिए एक सप्ताह का वादा हुआ, तो उसने कोई आपत्ति न की। सोचा – 'दो हजार सीधे हुए जाते हैं, पाँच-सात सौ रूपये रह जायेंगे, वह कहाँ जाते हैं।'

व्यापारी की लागत निकल आती है, तो नगद को तत्काल पाने के लिए आग्रह नहीं करता। फिर भी चंद्रहार की कसर रह गई। जड़ाऊ चंद्रहार एक हजार से नीचे अच्छा नहीं मिल सकता था। दयानाथ का जी तो लहराया कि लगे हाथ उसे भी ले लो, किसी को नाक सिकोड़ने की जगह तो न रहेगी, पर जागेश्वरी इस पर राजी न हुई। बाजी पलट चुकी थी।

दयानाथ ने गर्म होकर कहा – "तुम्हें क्या, तुम तो घर में बैठी रहोगी। मौत तो मेरी होगी, जब उधार के लोग नाक-भौं सिकोड़ने लगेंगे।"

जागेश्वरी – "दोगे कहाँ से, कुछ सोचा है?"

दयानाथ – "कम-से-कम एक हजार तो वहाँ मिल ही जायेंगे।"

जागेश्वरी – "खून मुँह लग गया क्या?"

दयानाथ ने शरमाकर कहा – "नहीं-नहीं, मगर आखिर वहाँ भी तो कुछ मिलेगा?"

जागेश्वरी – "वहाँ मिलेगा, तो वहाँ खर्च भी होगा। नाम जोड़े गहने से नहीं होता, दान-दक्षिणा से होता है।"

इस तरह चंद्रहार का प्रस्ताव रद्द हो गया।

मगर दयानाथ दिखावे और नुमाइश को चाहे अनावश्यक समझें, रमानाथ उसे परमावश्यक समझता था। बरात ऐसे धूम से जानी चाहिए कि गांव-भर में शोर मच जाय। पहले दूल्हे के लिए पालकी का विचार था। रमानाथ ने मोटर पर जोर दिया। उसके मित्रों ने इसका अनुमोदन किया, प्रस्ताव स्वीकृत हो गया।

दयानाथ एकांतप्रिय जीव थे, न किसी से मित्रता थी, न किसी से मेल-जोल। रमानाथ मिलनसार युवक था, उसके मित्र ही इस समय हर एक काम में अग्रसर हो रहे थे। वे जो काम करते, दिल खोल कर। आतिशबाजियाँ बनवाई, तो अव्वल दर्जे की। नाच ठीक किया, तो अव्वल दर्जे का; बाजे-गाजे भी अव्वल दर्जे के, दोयम या सोयम का वहाँ ज़िक्र ही न था। दयानाथ उसकी उच्छृंखलता देखकर चिंतित तो हो जाते थे, पर कुछ कह न सकते थे। क्या कहते?

नाटक उस वक्त पास होता है, जब रसिक समाज उसे पंसद कर लेता है। बरात का नाटक उस वक्त पास होता है, जब राह चलते आदमी उसे पंसद कर लेते हैं। नाटक की परीक्षा चार-पाँच घंटे तक होती रहती है, बरात की परीक्षा के लिए केवल इतने ही मिनटों का समय होता है। सारी सजावट, सारी दौड़-धूप और तैयारी का निबटारा पाँच मिनटों में हो जाता है। अगर सबके मुँह से वाह-वाह निकल गया, तो तमाशा पास नहीं तो! रूपया, मेहनत, फ़िक्र, सब अकारण। दयानाथ का तमाशा पास हो गया। शहर में वह तीसरे दर्जे में आता, गांव में अव्वल दर्जे में आया। कोई बाजों की धोंधों-पों-पों सुनकर मस्त हो रहा था, कोई मोटर को आँखें गाड़-गाड़कर देख रहा था। कुछ लोग फुलवारियों के तख्त देखकर लोट-लोट जाते थे। आतिशबाजी ही मनोरंजन का केंद्र थी। हवाइयाँ जब सकै से ऊपर जातीं और आकाश में लाल, हरे, नीले, पीले, कुमकुमे-से बिखर जाते, जब चर्खियाँ छूटतीं और उनमें नाचते हुए मोर निकल आते, तो लोग मंत्रमुग्ध-से हो जाते थे। वाह, क्या कारीगरी है! जालपा के लिए इन चीजों में लेशमात्र भी आकर्षण न था। हाँ, वह वर को एक आँख देखना चाहती थी, वह भी सबसे छिपाकर; पर उस भीड़-भाड़ में ऐसा अवसर कहाँ? द्वारचार के समय उसकी सखियाँ उसे छत पर खींच ले गई और उसने रमानाथ को देखा। उसका सारा विराग, सारी उदासीनता, सारी मनोव्यथा मानो छू-मंतर हो गई थी। मुँह पर हर्ष की लालिमा छा गई। अनुराग स्फूर्ति का भंडार है।

द्वारचार के बाद बरात जनवासे चली गई। भोजन की तैयारियाँ होने लगीं। किसी ने पूरियाँ खाई, किसी ने उपलों पर खिचड़ी पकाई। देहात के तमाशा देखने वालों के मनोरंजन के लिए नाच-गाना होने लगा। दस बजे सहसा फिर बाजे बजने लगे। मालूम हुआ कि चढ़ावा आ रहा है। बारात में हर एक रस्म डंके की चोट पर अदा होती है। दूल्हा कलेवा करने आ रहा है, बाजे बजने लगे। समधी मिलने आ रहा है, बाजे बजने लगे। चढ़ावा ज्यों-ही पहुँचा, घर में हलचल मच गई। स्त्री-पुरूष, बूढ़े-जवान, सब चढ़ावा देखने के लिए उत्सुक हो उठे। ज्योंही किश्तियाँ मंडप में

पहुँची, लोग सब काम छोड़कर देखने दौड़े। आपस में धक्कम-धक्का होने लगा। मानकी प्यास से बेहाल हो रही थी, कंठ सूखा जाता था, चढ़ावा आते ही प्यास भाग गई। दीनदयाल मारे भूख-प्यास के निर्जीव-से पड़े थे, यह समाचार सुनते ही सचेत होकर दौड़े। मानकी एक-एक चीज़ को निकाल-निकालकर देखने और दिखाने लगी। वहाँ सभी इस कला के विशेषज्ञ थे। मदोऊ ने गहने बनवाये थे, औरतों ने पहने थे, सभी आलोचना करने लगे। चूहेदन्ती कितनी सुंदर है, कोई दस तोले की होगी वाह! साढ़े ग्यारह तोले से रत्ती-भर भी कम निकल जाए, तो कुछ हार जाऊं! यह शेरदहां तो देखो, क्या हाथ की सफाई है! जी चाहता है, कारीगर के हाथ चूम लें। यह भी बारह तोले से कम न होगा। वाह! कभी देखा भी है, सोलह तोले से कम निकल जाए, तो मुँह न दिखाऊं। हाँ, माल उतना चोखा नहीं है। यह कंगन तो देखो, बिलकुल पक्की जड़ाई है, कितना बारीक काम है कि आँख नहीं ठहरती! कैसा दमक रहा है। सच्चे नगीने हैं। झूठे नगीनों में यह आब कहाँ। चीज तो यह गुलूबंद है, कितने खूबसूरत फूल हैं! और उनके बीच के हीरे कैसे चमक रहे हैं! किसी बंगाली सुनार ने बनाया होगा। क्या बंगालियों ने कारीगरी का ठेका ले लिया है, हमारे देश में एक-से-एक कारीगर पड़े हुए हैं। बंगाली सुनार बेचारे उनकी क्या बराबरी करेंगे। इसी तरह एक-एक चीज की आलोचना होती रही। सहसा किसी ने कहा – "चंद्रहार नहीं है क्या!"

मानकी ने रोनी सूरत बनाकर कहा – "नहीं, चंद्रहार नहीं आया।"

एक महिला बोली – "अरे, चंद्रहार नहीं आया?"

दीनदयाल ने गंभीर भाव से कहा – "और सभी चीजें तो हैं, एक चंद्रहार ही तो नहीं है।"

उसी महिला ने मुँह बनाकर कहा – "चंद्रहार की बात ही और है!"

मानकी ने चढ़ाव को सामने से हटाकर कहा – "बेचारी के भाग में चंद्रहार लिखा ही नहीं है।"

इस गोलाकार जमघट के पीछे अंधेरे में आशा और आकांक्षा की मूर्ति-सी जालपा भी खड़ी थी और सब गहनों के नाम कान में आते थे, चंद्रहार का नाम न आता था। उसकी छाती धक-धक कर रही थी। चंद्रहार नहीं है क्या? शायद सबके नीचे हो इस तरह वह मन को समझाती रही। जब मालूम हो गया चंद्रहार नहीं है, तो उसके कलेजे पर चोट-सी लग गई। मालूम हुआ, देह में रक्त की बूंद भी नहीं है। मानो उसे मूर्च्छा आ जायगी। वह उन्माद की सी दशा में अपने कमरे में आई और फूट-फूटकर रोने लगी। वह लालसा जो आज सात वर्ष हुए, उसके हृदय में अंकुरित हुई थी, जो इस समय पुष्प और पल्लव से लदी खड़ी थी, उस पर वज्रपात

हो गया। वह हरा-भरा लहलहाता हुआ पौधा जल गया?-केवल उसकी राख रह गई। आज ही के दिन पर तो उसकी समस्त आशाएं अवलंबित थीं। दुर्दैव ने आज वह अवलंब भी छीन लिया। उस निराशा के आवेश में उसका ऐसा जी चाहने लगा कि अपना मुँह नोच डाले। उसका वश चलता, तो वह चढ़ावे को उठाकर आग में फेंक देती। कमरे में एक आले पर शिव की मूर्ति रखी हुई थी। उसने उसे उठाकर ऐसा पटका कि उसकी आशाओं की भांति वह भी चूर-चूर हो गई। उसने निश्चय किया, मैं कोई आभूषण न पहनूंगी। आभूषण पहनने से होता ही क्या है। जो रूप-विहीन हों, वे अपने को गहने से सजाएं, मुझे तो ईश्वर ने यों ही सुंदरी बनाया है, मैं गहने न पहनकर भी बुरी न लगूंगी। सस्ती चीजें उठा लाए, जिसमें रूपये खर्च होते थे, उसका नाम ही न लिया। अगर गिनती ही गिनानी थी, तो इतने ही दामों में इसके दूने गहने आ जाते!

वह इसी क्रोध में भरी बैठी थी कि उसकी तीन सखियाँ आकर खड़ी हो गई। उन्होंने समझा था, जालपा को अभी चढ़ाव की कुछ खबर नहीं है। जालपा ने उन्हें देखते ही आँखें पोंछ डालीं और मुस्कराने लगी।

राधा मुस्कराकर बोली – “जालपा! मालूम होता है, तूने बड़ी तपस्या की थी, ऐसा चढ़ाव मैंने आज तक नहीं देखा था। अब तो तेरी सब साध पूरी हो गई।“

जालपा ने अपनी लंबी-लंबी पलकें उठाकर उसकी ओर ऐसे दीन-नज़र से देखा, मानो जीवन में अब उसके लिए कोई आशा नहीं है?

“हाँ बहन, सब साध पूरी हो गई।“ इन शब्दों में कितनी अपार मर्मान्तक वेदना भरी हुई थी, इसका अनुमान तीनों युवतियों में कोई भी न कर सकी। तीनों कौतूहल से उसकी ओर ताकने लगीं, मानो उसका आशय उनकी समझ में न आया हो।

बसंती ने कहा – “जी चाहता है, कारीगर के हाथ चूम लूं।“

शहजादी बोली – “चढ़ावा ऐसा ही होना चाहिए, कि देखने वाले भड़क उठें।“

बसंती – “तुम्हारी सास बड़ी चतुर जान पड़ती हैं, कोई चीज नहीं छोड़ी।“

जालपा ने मुँह उधरकर कहा – “ऐसा ही होगा।“

राधा – “और तो सब कुछ है, केवल चंद्रहार नहीं है।“

शहजादी – “एक चंद्रहार के न होने से क्या होता है बहन, उसकी जगह गुलूबंद तो है।“

जालपा ने वक्रोक्ति के भाव से कहा – “हाँ, देह में एक आँख के न होने से क्या होता है, और सब अंग होते ही हैं। आँखें हुई तो क्या, न हुई तो क्या!”

बालकों के मुँह से गंभीर बातें सुनकर जैसे हमें हँसी आ जाती है, उसी तरह जालपा के मुँह से यह लालसा से भरी हुई बातें सुनकर राधा और बसंती अपनी हँसी

न रोक सकीं। हाँ, शहजादी को हँसी न आई। यह आभूषण लालसा उसके लिए हँसने की बात नहीं, रोने की बात थी।

कृत्रिम सहानुभूति दिखाती हुई बोली – "सब न जाने कहाँ के जंगली हैं कि और सब चीजें तो लाये, चंद्रहार न लाये, जो सब गहनों का राजा है। लाला अभी आते हैं तो पूछती हूँ कि तुमने यह कहाँ की रीति निकाली है? ऐसा अनर्थ भी कोई करता है।"

राधा और बसंती दिल में कांप रही थीं कि जालपा कहीं ताड़ न जाये। उनका बस चलता तो शहजादी का मुँह बंद कर देतीं, बार-बार उसे चुप रहने का इशारा कर रही थीं, मगर जालपा को शहजादी का यह व्यंग्य, संवेदना से परिपूर्ण जान पड़ा। सजल नेत्र होकर बोली –"क्या करोगी पूछकर बहन, जो होना था, सो हो गया!"

शहजादी – "तुम पूछने को कहती हो, मैं रूलाकर छोड़ूंगी। मेरे चढ़ाव पर कंगन नहीं आया था, उस वक्त मन ऐसा खट्टा हुआ कि सारे गहनों पर लात मार दूं। जब तक कंगन न बन गए, मैं नींद भर सोई नहीं।"

राधा – "तो क्या तुम जानती हो, जालपा का चंद्रहार न बनेगा।"

शहजादी – "बनेगा तब बनेगा, इस अवसर पर तो नहीं बना। दस-पाँच की चीज़ तो है नहीं, कि जब चाहा बनवा लिया, सैकड़ों का खर्च है, फिर कारीगर तो हमेशा अच्छे नहीं मिलते।"

जालपा का भग्न हृदय शहजादी की इन बातों से मानो जी उठा, वह रूंधे कंठ से बोली – "यही तो मैं भी सोचती हूँ बहन, जब आज न मिला, तो फिर क्या मिलेगा!"

राधा और बसंती मन-ही-मन शहजादी को कोस रही थीं, और थप्पड़ दिखा-दिखाकर धमका रही थीं, पर शहजादी को इस वक्त तमाशे का मजा आ रहा था। बोली – "नहीं, यह बात नहीं है जल्ली; आग्रह करने से सब कुछ हो सकता है, सास-ससुर को बार-बार याद दिलाती रहना। बहनोईजी से दो-चार दिन रूठे रहने से भी बहुत कुछ काम निकल सकता है। बस यही समझ लो कि घरवाले चैन न लेने पायें, यह बात हरदम उनके ध्यान में रहे। उन्हें मालूम हो जाय कि बिना चंद्रहार बनवाये कुशल नहीं। तुम ज़रा भी ढीली पड़ीं और काम बिगड़ा।"

राधा ने हँसी को रोकते हुए कहा – "इनसे न बने, तो तुम्हें बुला लें, क्यों – अब उठोगी कि सारी रात उपदेश ही करती रहोगी!"

शहजादी – "चलती हूँ, ऐसी क्या भागड़ पड़ी है। हाँ, खूब याद आई, क्यों जल्ली, तेरी अम्मांजी के पास बडा अच्छा चंद्रहार है। तुझे न देंगी।"

जालपा ने एक लंबी सांस लेकर कहा – "क्या कहूं बहन, मुझे तो आशा नहीं है।"

शहजादी – "एक बार कहकर देखो तो, अब उनके कौन पहनने-ओढ़ने के दिन बैठे हैं।"

जालपा – "मुझसे तो न कहा जाएगा।"

शहजादी – "मैं कह दूंगी।"

जालपा – "नहीं-नहीं, तुम्हारे हाथ जोड़ती हूँ। मैं ज़रा उनके मातृस्नेह की परीक्षा लेना चाहती हूँ।"

बसंती ने शहजादी का हाथ पकड़कर कहा – "अब उठेगी भी कि यहाँ सारी रात उपदेश ही देती रहेगी।"

शहजादी उठी, पर जालपा रास्ता रोककर खड़ी हो गई और बोली –"नहीं, अभी बैठो बहन, तुम्हारे पैरों पड़ती हूँ।"

शहजादी – "जब यह दोनों चुड़ैलें बैठने भी दें। मैं तो तुम्हें गुर सिखाती हूँ और यह दोनों मुझ पर झल्लाती हैं। सुन नहीं रही हो, मैं भी विष की गांठ हूँ।"

बसंती – "विष की गांठ तो तू है ही।"

शहजादी – "तुम भी तो ससुराल से सालभर बाद आई हो, कौन-कौन-सी नई चीजें बनवा लाई।"

बसंती – "और तुमने तीन साल में क्या बनवा लिया।"

शहजादी – "मेरी बात छोड़ो, मेरा खसम तो मेरी बात ही नहीं पूछता।"

राधा – "प्रेम के सामने गहनों का कोई मूल्य नहीं।"

शहजादी- "तो सूखा प्रेम तुम्हीं को गले।"

इतने में मानकी ने आकर कहा – "तुम तीनों यहाँ बैठी क्या कर रही हो, चलो वहाँ लोग खाना खाने आ रहे हैं।"

तीनों युवतियाँ चली गईं। जालपा माता के गले में चंद्रहार की शोभा देखकर मन-ही-मन सोचने लगी?-गहनों से इनका जी अब तक नहीं भरा।

महाशय दयानाथ जितनी उमंगों से ब्याह करने गए थे, उतना ही हतोत्साह होकर लौटे। दीनदयाल ने खूब दिया, लेकिन वहाँ से जो कुछ मिला, वह सब नाच-तमाशे, नेगचार में खर्च हो गया। बार-बार अपनी भूल पर पछताते, क्यों दिखावे और तमाशे में इतने रूपये खर्च किए। इसकी जरूरत ही क्या थी, ज्यादा-से-ज्यादा लोग यही तो कहते- 'महाशय बड़े कृपण हैं।' उतना सुन लेने में क्या हानि थी? मैंने गांव वालों को तमाशा दिखाने का ठेका तो नहीं लिया था। यह सब रमा का दुस्साहस है। उसी ने सारे खर्च बढ़ा-बढ़ाकर मेरा दिवाला निकाल दिया और सब तकाजे तो

दस-पाँच दिन टल भी सकते थे, पर सर्राफ़ किसी तरह न मानता था। शादी के सातवें दिन उसे एक हजार रूपये देने का वादा था। सातवें दिन सर्राफ़ आया, मगर यहाँ रूपये कहाँ थे? दयानाथ में लल्लो-चप्पो की आदत न थी, मगर आज उन्होंने उसे चकमा देने की खूब कोशिश की। किस्त बांधकर सब रूपये छः महीने में अदा कर देने का^a वादा किया। फिर तीन महीने पर आए, मगर सर्राफ़ भी एक ही घुटा हुआ आदमी था, उसी वक्त टला, जब दयानाथ ने तीसरे दिन बाकी रकम की चीजें लौटा देने का वादा किया और यह भी उसकी सज्जनता ही थी। वह तीसरा दिन भी आ गया, और अब दयानाथ को अपनी लाज रखने का कोई उपाय न सूझता था। कोई चलता हुआ आदमी शायद इतना व्यग्र न होता, हीले-हवाले करके महाजन को महीनों टालता रहता; लेकिन दयानाथ इस मामले में अनाड़ी थे।

जागेश्वरी ने आकर कहा – "भोजन कब से बना ठंडा हो रहा है। खाकर तब बैठो।"

दयानाथ ने इस तरह गर्दन उठाई, मानो सिर पर सैकड़ों मन का बोझ लदा हुआ है। बोले – "तुम लोग जाकर खा लो, मुझे भूख नहीं है।'

जागेश्वरी – "भूख क्यों नहीं है, रात भी तो कुछ नहीं खाया था! इस तरह दाना-पानी छोड़ देने से महाजन के रूपये थोड़े ही अदा हो जाएंगे।"

दयानाथ – "मैं सोचता हूँ, उसे आज क्या जवाब दूंगा। मैं तो यह विवाह करके बुरा फंस गया। बहू कुछ गहने लौटा तो देगी।"

जागेश्वरी – "बहू का हाल तो सुन चुके, फिर भी उससे ऐसी आशा रखते हो। उसकी टेक है कि जब तक चंद्रहार न बन जायगा, कोई गहना ही न पहनूंगी। सारे गहने संदूक में बंद कर रखे हैं। बस, वही एक बिल्लौरी हार गले में डाले हुए है। बहुयें बहुत देखीं, पर ऐसी बहू न देखी थी। फिर कितना बुरा मालूम होता है कि कल की आई बहू, उससे गहने छीन लिए जायें।"

दयानाथ ने चिढ़कर कहा – "तुम तो जले पर नमक छिड़कती हो, बुरा मालूम होता है, तो लाओ एक हजार निकालकर दे दो, महाजन को दे आऊं, देती हो? बुरा मुझे खुद मालूम होता है, लेकिन उपाय क्या है? गला कैसे छूटेगा?"

जागेश्वरी – "बेटे का ब्याह किया है कि ठट्ठा है? शादी-ब्याह में सभी कर्ज़ लेते हैं, तुमने कोई नई बात नहीं की। खाने-पहनने के लिए कौन कर्ज लेता है। धर्मात्मा बनने का कुछ फल मिलना चाहिए या नहीं। तुम्हारे ही दर्जे पर सत्यदेव हैं, पक्का मकान खड़ाकर दिया, जमींदारी खरीद ली, बेटी के ब्याह में कुछ नहीं तो पाँच हज़ार तो खर्च किए ही होंगे।"

दयानाथ – "जभी दोनों लड़के भी तो चल दिये।"

जागेश्वरी – "मरना-जीना तो संसार की गति है, लेते हैं, वह भी मरते हैं,नहीं लेते, वह भी मरते हैं। अगर तुम चाहो तो छः महीने में सब रूपये चुका सकते हो।"

दयानाथ ने त्योरी चढ़ाकर कहा – "जो बात ज़िन्दगी भर नहीं की, वह अब आखिरी वक्त नहीं कर सकता। बहू से साफ-साफ कह दो, उससे पर्दा रखने की ज़रूरत ही क्या है, और पर्दा रह ही कितने दिन सकता है। आज नहीं तो कल सारा हाल मालूम ही हो जाएगा। बस तीन-चार चीजें लौटा दे, तो काम बन जाय। तुम उससे एक बार कहो तो।"

जागेश्वरी झुंझलाकर बोली – "उससे तुम्हीं कहो, मुझसे तो न कहा जायेगा।"

सहसा रमानाथ टेनिस-रैकेट लिये बाहर से आया। सफेद टेनिस शर्ट था, सफेद पतलून, कैनवस का जूता, गोरे रंग और सुंदर मुखाकृति पर इस पहनावे ने रईसों की शान पैदा कर दी थी। रूमाल में बेले के गजरे लिये हुए था। उससे सुगंध उड़ रही थी। माता-पिता की आँखें बचाकर वह जीने पर जाना चाहता था, कि जागेश्वरी ने टोका – "इन्हीं के तो सब कांटे बोये हुए हैं, इनसे क्यों नहीं सलाह लेते?" (रमा से) "तुमने नाच-तमाशे में बारह-तेरह सौ रूपये उड़ा दिये, बतलाओ सर्राफ़ को क्या जवाब दिया जाये – बड़ी मुश्किलों से कुछ गहने लौटाने पर राजी हुआ, मगर बहू से गहने मांगे कौन? यह सब तुम्हारी ही करतूत है।"

रमानाथ ने इस आक्षेप को अपने ऊपर से हटाते हुए कहा – "मैंने क्या खर्च किया। जो कुछ किया, बाबूजी ने किया। हाँ, जो कुछ मुझसे कहा गया, वह मैंने किया।"

रमानाथ के कथन में बहुत कुछ सत्य था। यदि दयानाथ की इच्छा न होती, तो रमा क्या कर सकता था? जो कुछ हुआ, उन्हीं की अनुमति से हुआ। रमानाथ पर इलज़ाम रखने से तो कोई समस्या हल न हो सकती थी।

बोले – "मैं तुम्हें इलज़ाम नहीं देता भाई। किया तो मैंने ही, मगर यह बला तो किसी तरह सिर से टालनी चाहिए। सर्राफ़ का तकाज़ा है। कल उसका आदमी आवेगा। उसे क्या जवाब दिया जाएगा? मेरी समझ में तो यही एक उपाय है कि उतने रूपये के गहने उसे लौटा दिए जायें। गहने लौटा देने में भी वह झंझट करेगा, लेकिन दस-बीस रूपये के लोभ में लौटाने पर राजी हो जायेगा। तुम्हारी क्या सलाह है?"

रमानाथ ने शरमाते हुए कहा – "मैं इस विषय में क्या सलाह दे सकता हूँ, मगर मैं इतना कह सकता हूँ कि इस प्रस्ताव को वह ख़ुशी से मंजूर न करेगी। अम्मा तो जानती हैं कि चढ़ावे में चंद्रहार न जाने से उसे कितना बुरा लगा था। प्रण कर लिया है, जब तक चंद्रहार न बन जायेगा, कोई गहना न पहनूंगी।'

जागेश्वरी ने अपने पक्ष का समर्थन होते देख, ख़ुश होकर कहा – "यही तो मैं इनसे कह रही हूँ।"

रमानाथ – "रोना-धोना मच जायेगा और इसके साथ घर का पर्दा भी खुल जायेगा।'

दयानाथ ने माथा सिकोड़कर कहा – "उससे पर्दा रखने की ज़रूरत ही क्या! अपनी यथार्थ स्थिति को वह जितनी ही जल्दी समझ ले, उतना ही अच्छा।"

रमानाथ ने जवानों के स्वभाव के अनुसार जालपा से खूब जीभ उड़ाई थी। खूब बढ़-बढ़कर बातें की थीं। जमींदारी है, उससे कई हजार का नफ़ा है। बैंक में रूपये हैं, उनका सूद आता है। जालपा से अब अगर गहने की बात कही गई, तो रमानाथ को वह पूरा लबाड़िया समझेगी।

बोला – "पर्दा तो एक दिन खुल ही जायेगा, पर इतनी जल्दी खोल देने का नतीजा यही होगा कि वह हमें नीच समझने लगेगी। शायद अपने घरवालों को भी लिख भेजे। चारों तरफ बदनामी होगी।"

दयानाथ – "हमने तो दीनदयाल से यह कभी न कहा था कि हम लखपति हैं।"

रमानाथ – "तो आपने यही कब कहा था कि हम उधार गहने लाये हैं और दो-चार दिन में लौटा देंगे! आखिर यह सारा स्वांग अपनी धाक बैठाने के लिए ही किया था या कुछ और?"

दयानाथ – "तो फिर किसी दूसरे बहाने से मांगना पड़ेगा। बिना मांगे काम नहीं चल सकता। कल या तो रूपये देने पड़ेंगे, या गहने लौटाने पड़ेंगे। और कोई राह नहीं।"

रमानाथ ने कोई जवाब न दिया।

जागेश्वरी बोली – "और कौन-सा बहाना किया जायगा। अगर कहा जाये, किसी को मंगनी देना है, तो शायद वह देगी नहीं। देगी भी, तो दो-चार दिन में लौटायेंगे कैसे?"

दयानाथ को एक उपाय सूझा। बोले – "अगर उन गहनों के बदले मुलम्मे के गहने दे दिए जायें?"

मगर तुरंत ही उन्हें ज्ञात हो गया कि यह लचर बात है, खुद ही उसका विरोध करते हुए कहा – "हाँ, बाद में मुलम्मा उड़ जायेगा, तो फिर लज्जित होना पड़ेगा। अक्ल कुछ काम नहीं करती। मुझे तो यही सूझता है, यह सारी स्थिति उसे समझा दी जाये। ज़रा देर के लिए उसे दुःख तो ज़रूर होगा, लेकिन आगे के वास्ते रास्ता साफ़ हो जायेगा।"

संभव था, जैसा दयानाथ का विचार था, कि जालपा रो-धोकर शांत हो जायेगी, पर रमा की इसमें किरकिरी होती थी। फिर वह मुँह न दिखा सकेगा। जब वह उससे कहेगी, तुम्हारी जमींदारी क्या हुई। बैंक के रूपये क्या हुए, तो उसे क्या जवाब देगा।

विरक्त भाव से बोला – "इसमें बेइज्जती के सिवा और कुछ न होगा। आप क्या सर्राफ़ को दो-चार-छः महीने नहीं टाल सकते? आप देना चाहें, तो इतने दिनों में हजार-बारह सौ रूपये बड़ी आसानी से दे सकते हैं।"

दयानाथ ने पूछा – "कैसे ?"

रमानाथ – "उसी तरह जैसे आपके और भाई करते हैं!"

दयानाथ – "वह मुझसे नहीं हो सकता।"

तीनों कुछ देर तक मौन बैठे रहे। दयानाथ ने अपना फैसला सुना दिया। जागेश्वरी और रमा को यह फैसला मंजूर न था। इसलिए अब इस गुत्थी के सुलझाने का भार उन्हीं दोनों पर था। जागेश्वरी ने भी एक तरह से निश्चय कर लिया था। दयानाथ को झख मारकर अपना नियम तोड़ना पड़ेगा। यह कहाँ की नीति है कि हमारे ऊपर संकट पड़ा हुआ हो और हम अपने नियमों का राग अलापे जायें। रमानाथ बुरी तरह फंसा था। वह खूब जानता था कि पिताजी ने जो काम कभी नहीं किया, वह आज न करेंगे। उन्हें जालपा से गहने मांगने में कोई संकोच न होगा और यही वह न चाहता था। वह पछता रहा था कि मैंने क्यों जालपा से डींगें मारीं। अब अपने मुँह की लाली रखने का सारा भार उसी पर था। जालपा की अनुपम छबि ने पहले ही दिन उस पर मोहिनी डाल दी थी। वह अपने सौभाग्य पर फूला न समाता था। क्या यह घर ऐसी अनन्य सुंदरी के योग्य था? जालपा के पिता पाँच रूपये के नौकर थे, पर जालपा ने कभी अपने घर में झाड़ू न लगाई थी। कभी अपनी धोती न छांटी थी। अपना बिछावन न बिछाया था। यहाँ तक कि अपनी के धोती की खींच तक न सी थी। दयानाथ पचास रूपये पाते थे, पर यहाँ केवल चौका-बासन करने के लिए महरी थी। बाकी सारा काम अपने ही हाथों करना पड़ता था। जालपा शहर और देहात का फर्क क्या जाने? शहर में रहने का उसे कभी अवसर ही न पड़ा था। वह कई बार पति और सास से साश्चर्य पूछ चुकी थी, क्या यहाँ कोई नौकर नहीं है? जालपा के घर दूध-दही-घी की कमी नहीं थी। यहाँ बच्चों को भी दूध मयस्सर न था। इन सारे अभावों की पूर्ति के लिए रमानाथ के पास मीठी-मीठी बड़ी-बड़ी बातों के सिवा और क्या था? घर का किराया पाँच रूपया था, रमानाथ ने पंद्रह बतलाये थे। लड़कों की शिक्षा का खर्च मुश्किल से दस रूपये था, रमानाथ ने चालीस बतलाये थे। उस समय उसे इसकी ज़रा भी शंका न थी, कि एक दिन सारा

भंडा फट जायगा। मिथ्या दूरदर्शी नहीं होता, लेकिन वह दिन इतनी जल्दी आयेगा, यह कौन जानता था। अगर उसने ये डींगें न मारी होतीं, तो जागेश्वरी की तरह वह भी सारा भार दयानाथ पर छोड़कर निश्चिंत हो जाता, लेकिन इस वक्त वह अपने ही बनाए हुए जाल में फंस गया था। कैसे निकले? उसने कितने ही उपाय सोचे, लेकिन कोई ऐसा न था, जो आगे चलकर उसे उलझनों में न डाल देता, दलदल में न फंसा देता। एकाएक उसे एक चाल सूझी। उसका दिल उछल पडा, पर इस बात को वह मुँह तक न ला सका, ओह! कितनी नीचता है? कितना कपट? कितनी निर्दयता? अपनी प्रेयसी के साथ ऐसी धूर्तता? उसके मन ने उसे धिक्कारा। अगर इस वक्त उसे कोई एक हजार रूपया दे देता, तो वह उसका उम्र भर के लिए गुलाम हो जाता।

दयानाथ ने पूछा – "कोई बात सूझी? मुझे तो कुछ नहीं सूझता।

"कोई उपाय सोचना ही पड़ेगा। आप ही सोचिए, मुझे तो कुछ नहीं सूझता।"

"क्यों नहीं उससे दो-तीन गहने मांग लेते? तुम चाहो तो ले सकते हो, हमारे लिए मुश्किल है।"

"मुझे शर्म आती है।"

"तुम विचित्र आदमी हो, न खुद मांगोगे, न मुझे मांगने दोगे, तो आखिर यह नाव कैसे चलेगी? मैं एक बार नहीं, हजार बार कह चुका कि मुझसे कोई आशा मत रखो। मैं अपने आखिरी दिन जेल में नहीं काट सकता। इसमें शर्म की क्या बात है, मेरी समझ में नहीं आता। किसके जीवन में ऐसे कुअवसर नहीं आते? तुम्हीं अपनी माँ से पूछो।"

जागेश्वरी ने अनुमोदन किया – "मुझसे तो नहीं देखा जाता था कि अपना आदमी चिंता में पड़ा रहे, मैं गहने पहने बैठी रहूं। नहीं तो आज मेरे पास भी गहने न होते? एक-एक करके सब निकल गये। विवाह में पाँच हजार से कम का चढ़ावा नहीं गया था, मगर पाँच ही साल में सब स्वाहा हो गया। तब से एक छल्ला बनवाना भी नसीब न हुआ।"

दयानाथ ज़ोर देकर बोले – "शर्म करने का यह अवसर नहीं है। इन्हें मांगना पड़ेगा!"

रमानाथ ने झेंपते हुए कहा – "मैं मांग तो नहीं सकता, कहिये उठा लाऊं।"

यह कहते-कहते लज्जा, क्षोभ और अपनी नीचता के ज्ञान से उसकी आँखें सजल हो गईं।

दयानाथ ने भौंचक्ध होकर कहा – "उठा लाओगे, उससे छिपाकर?"

रमानाथ ने तीव्र कंठ से कहा – "और आप क्या समझ रहे हैं?"

दयानाथ ने माथे पर हाथ रख लिया, और एक क्षण के बाद आहत कंठ से बोले – "नहीं, मैं ऐसा न करने दूंगा। मैंने छल कभी नहीं किया, और न कभी करूंगा। वह भी अपनी बहू के साथ! छिः-छिः, जो काम सीधे से चल सकता है, उसके लिए यह फरेब। कहीं उसकी निगाह पड़ गई, तो समझते हो, वह तुम्हें दिल में क्या समझेगी? मांग लेना इससे कहीं अच्छा है।"

रमानाथ – "आपको इससे क्या मतलब? मुझसे चीज़ें ले लीजिएगा, मगर जब आप जानते थे, यह नौबत आएगी, तो इतने जेवर ले जाने की ज़रूरत ही क्या थी ? व्यर्थ की विपत्ति मोल ली। इससे कई लाख गुना अच्छा था कि आसानी से जितना ले जा सकते, उतना ही ले जाते। उस भोजन से क्या लाभ कि पेट में पीड़ा होने लगे? मैं तो समझ रहा था कि आपने कोई मार्ग निकाल लिया होगा। मुझे क्या मालूम था कि आप मेरे सिर यह मुसीबतों की टोकरी पटक देंगे। वरना मैं उन चीज़ों को कभी न ले जाने देता।"

दयानाथ कुछ लज्जित होकर बोले – "इतने पर भी चंद्रहार न होने से वहाँ हाय-तोबा मच गई।"

रमानाथ – "उस हाय-तौबा से हमारी क्या हानि हो सकती थी? जब इतना करने पर भी हाय-तौबा मच गई, तो मतलब भी तो न पूरा हुआ। उधर बदनामी हुई, इधर यह आफ़त सिर पर आई। मैं यह नहीं दिखाना चाहता कि हम इतने फटेहाल हैं। चोरी हो जाने पर तो सब्र करना ही पड़ेगा।"

दयानाथ चुप हो गये। उस आवेश में रमा ने उन्हें खूब खरी-खरी सुनाई और वह चुपचाप सुनते रहे। आखिर जब न सुना गया, तो उठकर पुस्तकालय चले गये। यह उनका नित्य का नियम था। जब तक दो-चार पत्र-पत्रिकायें न पढ़ लें, उन्हें खाना न हजम होता था। उसी सुरक्षित गढ़ी में पहुँचकर घर की चिंताओं और बाधाओं से उनकी जान बचती थी। रमा भी वहाँ से उठा, पर जालपा के पास न जाकर अपने कमरे में गया। उसका कोई कमरा अलग तो था नहीं, एक ही मर्दाना कमरा था, इसी में दयानाथ अपने दोस्तों से गप-शप करते, दोनों लड़के पढ़ते और रमा मित्रों के साथ शतरंज खेलता। रमा कमरे में पहुँचा, तो दोनों लड़के ताश खेल रहे थे। गोपी का तेरहवां साल था, विश्वम्भर का नवां। दोनों रमा से थरथर कांपते थे। रमा खुद खूब ताश और शतरंज खेलता, पर भाइयों को खेलते देखकर हाथ में खुजली होने लगती थी। खुद चाहे दिनभर सैर-सपाटे किया करे, मगर क्या मजाल कि भाई कहीं घूमने निकल जायें। दयानाथ खुद लड़कों को कभी न मारते थे। अवसर मिलता, तो उनके साथ खेलते थे। उन्हें कनकौवे उड़ाते देखकर उनकी बाल-प्रकृति सजग हो जाती थी। दो-चार पेंच लड़ा देते। बच्चों के साथ कभी-कभी गुल्ली-डंडा भी खेलते

थे। इसलिए लड़के जितना रमा से डरते, उतना ही पिता से प्रेम करते थे।

रमा को देखते ही लड़कों ने ताश को टाट के नीचे छिपा दिया और पढ़ने लगे। सिर झुकाये चपत की प्रतीक्षा कर रहे थे, पर रमानाथ ने चपत नहीं लगाई, मोढ़े पर बैठकर गोपीनाथ से बोला – "तुमने भंग की दुकान देखी है न, नुक्कड़ पर?"

गोपीनाथ प्रसन्न होकर बोला – "हाँ, देखी क्यों नहीं?"

"जाकर चार पैसे का माजून ले लो, दौड़े हुए आना। हाँ, हलवाई की दुकान से आधा सेर मिठाई भी लेते आना। यह रूपया लो।"

कोई पंद्रह मिनट में रमा ये दोनों चीज़ें ले, जालपा के कमरे की ओर चला।

रात के दस बज गए थे। जालपा खुली हुई छत पर लेटी हुई थी। जेठ की सुनहरी चाँदनी में सामने फैले हुए नगर के कलश, गुंबद और वृक्ष स्वप्न-चित्रों से लगते थे। जालपा की आँखे चंद्रमा की ओर लगी हुई थीं। उसे ऐसा मालूम हो रहा था, मैं चंद्रमा की ओर उड़ी जा रही हूँ। उसे अपनी नाक में खुश्की, आँखों में जलन और सिर में चक्कर मालूम हो रहा था। कोई बात ध्यान में आते ही भूल जाती, और बहुत याद करने पर भी याद न आती थी। एक बार घर की याद आ गई, रोने लगी। एक ही क्षण में सहेलियों की याद आ गई, हँसने लगी। सहसा रमानाथ हाथ में एक पोटली लिये, मुस्कराता हुआ आया और चारपाई पर बैठ गया।

जालपा ने उठकर पूछा – "पोटली में क्या है?"

रमानाथ – "बूझ जाओ तो जानूं।"

जालपा – "हँसी का गोलगप्पा है!" (यह कहकर हँसने लगी।)

रमानाथ – "मलतब?"

जालपा – "नींद की गठरी होगी!'

रमानाथ – "मलतब?"

जालपा – "तो प्रेम की पिटारी होगी!'

रमानाथ – "ठीक, आज मैं तुम्हें फूलों की देवी बनाऊंगा।"

जालपा खिल उठी। रमा ने बड़े अनुराग से उसे फूलों के गहने पहनाने शुरू किये। फूलों के शीतल कोमल स्पर्श से जालपा के कोमल शरीर में गुदगुदी-सी होने लगी। उन्हीं फूलों की भांति उसका एक-एक रोम प्रफुल्लित हो गया।

रमा ने मुस्कराकर कहा – "कुछ उपहार?'

जालपा ने कुछ उत्तर न दिया। इस वेश में पति की ओर ताकते हुए भी उसे संकोच हुआ। उसकी बड़ी इच्छा हुई कि ज़रा आईने में अपनी छवि देखे। सामने

कमरे में लैंप जल रहा था, वह उठकर कमरे में गई और आईने के सामने खड़ी हो गई। नशे की तरंग में उसे ऐसा मालूम हुआ कि मैं सचमुच फूलों की देवी हूँ। उसने पानदान उठा लिया और बाहर आकर पान बनाने लगी। रमा को इस समय अपने कपट-व्यवहार पर बड़ी ग्लानि हो रही थी। जालपा ने कमरे से लौटकर प्रेमोल्लसित नज़रों से उसकी ओर देखा, तो उसने मुँह उधर लिया। उस सरल विश्वास से भरी हुई आँखों के सामने वह ताक न सका।

उसने सोचा – 'मैं कितना बडा कायर हूँ। क्या मैं बाबूजी को साफ-साफ जवाब न दे सकता था? मैंने हामी ही क्यों भरी? क्या जालपा से घर की दशा साफ-साफ कह देना मेरा कर्तव्य न था?'

उसकी आँखें भर आई। जाकर मुंडेर के पास खड़ा हो गया। प्रणय के उस निर्मल प्रकाश में उसका मनोविकार किसी भंयकर जंतु की भांति घूरता हुआ जान पड़ता था। उसे अपने ऊपर इतनी घृणा हुई कि एक बार जी में आया, सारा कपट-व्यवहार खोल दूं, लेकिन संभल गया। कितना भयंकर परिणाम होगा। जालपा की नज़रों से फिर जाने की कल्पना ही उसके लिए असह्य थी।

जालपा ने प्रेम-सरस नज़रों से देखकर कहा – "मेरे दादाजी तुम्हें देखकर गए और अम्माजी से तुम्हारा बखान करने लगे, तो मैं सोचती थी कि तुम कैसे होगे। मेरे मन में तरह-तरह के चित्र आते थे।'

रमानाथ ने एक लंबी सांस खींची। कुछ जवाब न दिया।

जालपा ने फिर कहा – "मेरी सखियाँ तुम्हें देखकर मुग्ध हो गई। शहजादी तो खिड़की के सामने से हटती ही न थी। तुमसे बातें करने की उसकी बड़ी इच्छा थी। जब तुम अंदर गए थे, तो उसी ने तुम्हें पान के बीड़े दिए थे, याद है?"

रमा ने कोई जवाब न दिया।

जालपा – "अजी, वही जो रंग-रूप में सबसे अच्छी थी, जिसके गाल पर एक तिल था, तुमने उसकी ओर बड़े प्रेम से देखा था, बेचारी लाज के मारे गड़ गई थी। मुझसे कहने लगी, जीजा तो बड़े रसिक जान पड़ते हैं। सखियों ने उसे खूब चिढ़ाया, बेचारी रूआंसी हो गई। याद है?"

रमा ने मानो नदी में डूबते हुए कहा – "मुझे तो याद नहीं आता।"

जालपा – "अच्छा, अबकी चलोगे तो दिखा दूंगी। आज तुम बाज़ार की तरफ गए थे कि नहीं?"

रमा ने सिर झुकाकर कहा – "आज तो फुर्सत नहीं मिली।"

जालपा – "जाओ, मैं तुमसे न बोलूंगी! रोज हीले-हवाले करते हो अच्छा, कल ला दोगे न?"

रमानाथ का कलेजा मसोस उठा। यह चंद्रहार के लिए इतनी विकल हो रही है। इसे क्या मालूम कि दुर्भाग्य इसका सर्वस्व लूटने का सामान कर रहा है। जिस सरल बालिका पर उसे अपने प्राणों को न्योछावर करना चाहिए था, उसी का सर्वस्व अपहरण करने पर वह तुला हुआ है! वह इतना व्यग्र हुआ,कि जी में आया, कोठे से कूदकर प्राणों का अंत कर दे।

आधी रात बीत चुकी थी। चंद्रमा चोर की भांति एक वृक्ष की आड़ से झांक रहा था। जालपा पति के गले में हाथ डाले हुए निद्रा में मग्न थी। रमा मन में विकट संकल्प करके धीरे से उठा, पर निंद्रा की गोद में सोये हुए पुष्प प्रदीप ने उसे अस्थिर कर दिया। वह एक क्षण खड़ा मुग्ध नज़रों से जालपा के निंद्रा-विहसित मुख की ओर देखता रहा। कमरे में जाने का साहस न हुआ। फिर लेट गया।

जालपा ने चौंककर पूछा – "कहाँ जाते हो, क्या सवेरा हो गया?'

रमानाथ – "अभी तो बड़ी रात है।"

जालपा – 'तो तुम बैठे क्यों हो?"

रमानाथ – 'कुछ नहीं, ज़रा पानी पीने उठा था।"

जालपा ने प्रेमातुर होकर रमा के गले में बांहें डाल दीं और उसे सुलाकर कहा – "तुम इस तरह मुझ पर टोना करोगे, तो मैं भाग जाऊंगी। न जाने किस तरह ताकते हो, क्या करते हो, क्या मंत्र पढ़ते हो कि मेरा मन चंचल हो जाता है। बसंती सच कहती थी, पुरूषों की आँख में टोना होता है।"

रमा ने फटे हुए स्वर में कहा – "टोना नहीं कर रहा हूँ, आँखों की प्यास बुझा रहा हूँ।'

दोनों फिर सोये, एक उल्लास में डूबी हुई, दूसरा चिंता में मग्न।

तीन घंटे और गुजर गए। द्वादशी के चाँद ने अपना विश्व-दीपक बुझा दिया। प्रभात की शीतल-समीर प्रकृति को मद के प्याले पिलाती फिरती थी। आधी रात तक जागने वाला बाज़ार भी सो गया। केवल रमा अभी तक जाग रहा था। मन में भांति-भांति के तर्क-वितर्क उठने के कारण वह बार-बार उठता था और फिर लेट जाता था। आखिर जब चार बजने की आवाज़ कान में आई, तो घबराकर उठ बैठा और कमरे में जा पहुँचा। गहनों का संदूकचा आलमारी में रखा हुआ था, रमा ने उसे उठा लिया, और थर-थर कांपता हुआ नीचे उतर गया। इस घबराहट में उसे इतना अवकाश न मिला कि वह कुछ गहने छांटकर निकाल लेता। दयानाथ नीचे बरामदे में सो रहे थे। रमा ने उन्हें धीरे-से जगाया, उन्होंने हकबकाकर पूछा – "कौन?"

रमा ने होंठ पर उंगली रखकर कहा – 'मैं हूँ। यह संदूकची लाया हूँ। रख लीजिए।"

दयानाथ सावधन होकर बैठ गए। अभी तक केवल उनकी आँखें जागी थीं, अब चेतना भी जागृत हो गई। रमा ने जिस वक्त उनसे गहने उठा लाने की बात कही थी, उन्होंने समझा था कि यह आवेश में ऐसा कह रहा है। उन्हें इसका विश्वास न आया था कि रमा जो कुछ कह रहा है, उसे भी पूरा कर दिखाएगा। इन कमीनी चालों से वह अलग ही रहना चाहते थे। ऐसे कुत्सित कार्य में पुत्र से साठ-गांठ करना उनकी अंतरात्मा को किसी तरह स्वीकार न था। पूछा – 'इसे क्यों उठा लाये?'

रमा ने धृष्टता से कहा – 'आप ही का तो हुक्म था।"

दयानाथ – "झूठ कहते हो!"

रमानाथ – "तो क्या फिर रख आऊं?"

रमा के इस प्रश्न ने दयानाथ को घोर संकट में डाल दिया। झेंपते हुए बोले – "अब क्या रख आओगे, कहीं देख ले, तो गजब ही हो जाये। वही काम करोगे, जिसमें जग-हँसाई हो। खड़े क्या हो, संदूकची मेरे बडे संदूक में रख आओ और जाकर लेट रहो। कहीं जाग पड़े, तो बस!'

बरामदे के पीछे दयानाथ का कमरा था। उसमें एक देवदार का पुराना संदूक रखा था। रमा ने संदूकची उसके अंदर रख दी और बड़ी फुर्ती से ऊपर चला गया। छत पर पहुँचकर उसने आहट ली, जालपा पिछले पहर की सुखद निंद्रा में मग्न थी।

रमा ज्यों-ही चारपाई पर बैठा, जालपा चौंक पड़ी और उससे चिमट गई।

रमा ने पूछा – "क्या है, तुम चौंक क्यों पड़ीं?"

जालपा ने इधर-उधर प्रसन्न नज़रों से ताककर कहा – "कुछ नहीं, एक स्वप्न देख रही थी। तुम बैठे क्यों हो, कितनी रात है अभी?'

रमा ने लेटते हुए कहा – "सवेरा हो रहा है, क्या स्वप्न देखती थीं?"

जालपा – "जैसे कोई चोर मेरे गहनों की संदूकची उठाये लिये जाता हो।"

रमा का हृदय इतने जोर से धक-धक करने लगा, मानो उस पर हथौड़े पड़ रहे हैं। खून सर्द हो गया। परंतु संदेह हुआ, कहीं इसने मुझे देख तो नहीं लिया। वह ज़ोर से चिल्ला पडा – "चोर! चोर!"

नीचे बरामदे में दयानाथ भी चिल्ला उठे – "चोर! चोर!"

जालपा घबड़ाकर उठी। दौड़ी हुई कमरे में गई, झटके से आलमारी खोली। संदूकची वहाँ न थी? मूर्छित होकर गिर पड़ी।

सवेरा होते ही दयानाथ गहने लेकर सर्राफ के पास पहुँचे और हिसाब होने लगा। सर्राफ़ के पंद्रह सौ रू. आते थे, मगर वह केवल पंद्रह सौ रू. के गहने लेकर संतुष्ट न हुआ। बिके हुए गहनों को वह बिक्री पर ही ले सकता था। बिकी हुई चीज़ कौन वापस लेता है। रोकड़ पर दिए होते, तो दूसरी बात थी। इन चीज़ों का तो सौदा हो चुका था। उसने कुछ ऐसी व्यापारिक सिद्धांत की बातें कीं, दयानाथ को कुछ ऐसा शिकंजे में कसा कि बेचारे को हाँ-हाँ करने के सिवाय और कुछ न सूझा। दफ्तर का बाबू चतुर दुकानदार से क्या पेश पाता – पंद्रह सौ रू. में पच्चीस सौ रू. के गहने भी चले गए, ऊपर से पचास रू. और बाकी रह गए। इस बात पर पिता-पुत्र में कई दिन खूब वाद-विवाद हुआ। दोनों एकदूसरे को दोषी ठहराते रहे। कई दिन आपस में बोलचाल बंद रही, मगर इस चोरी का हाल गुप्त रखा गया। पुलिस को खबर हो जाती, तो भंडा फट जाने का भय था। जालपा से यही कहा गया कि माल तो मिलेगा नहीं, व्यर्थ का झंझट भले ही होगा। जालपा ने भी सोचा, जब माल

ही न मिलेगा, तो रपट व्यर्थ क्यों की जाय।

जालपा को गहनों से जितना प्रेम था, उतना कदाचित संसार की और किसी वस्तु से न था, और उसमें आश्चर्य की कौन-सी बात थी। जब वह तीन वर्ष की अबोध बालिका थी, उस वक्त उसके लिए सोने के चूड़े बनवाए गए थे।

दादी जब उसे गोद में खिलाने लगती, तो गहनों की ही चर्चा करती – "तेरा दूल्हा तेरे लिए बड़े सुंदर गहने लायेगा। ठुमक-ठुमककर चलेगी।"

जालपा पूछती – "चांदी के होंगे कि सोने के, दादीजी?"

दादी कहती – "सोने के होंगे बेटी, चांदी के क्यों लायेगा, चांदी के लाए तो तुम उठाकर उसके मुँह पर पटक देना।"

मानकी छेड़कर कहती – "चांदी के तो लायेगा ही। सोने के उसे कहाँ मिले जाते हैं!"

जालपा रोने लगती, इस बूढ़ी दादी, मानकी, घर की महरियाँ, पड़ोसिनें और दीनदयाल, सब हँसते। उन लोगों के लिए यह विनोद का अशेष भंडार था। बालिका जब ज़रा और बड़ी हुई, तो गुड़ियों के ब्याह करने लगी। लड़के की ओर से चढ़ावे जाते, दुल्हन को गहने पहनाती, डोली में बैठाकर विदा करती, कभी-कभी दुल्हन गुड़िया अपने दूल्हे से गहनों के लिए मांग करती, गुड्डा बेचारा कहीं-न-कहीं से गहने लाकर स्त्री को प्रसन्न करता था। उन्हीं दिनों बिसाती ने उसे वह चंद्रहार दिया, जो अब तक उसके पास सुरक्षित था। ज़रा और बड़ी हुई, तो बड़ी-बूढ़ियों में बैठकर गहनों की बातें सुनने लगी। महिलाओं के उस छोटे-से संसार में इसके सिवाय और कोई चर्चा ही न थी। किसने कौन-कौन गहने बनवाये, कितने दाम

लगे, ठोस हैं या पोले, जड़ाऊ हैं या सादे, किस लड़की के विवाह में कितने गहने आये? इन्हीं महत्वपूर्ण विषयों पर नित्य आलोचना-प्रत्यालोचना, टीका-टिप्पणी होती रहती थी। कोई दूसरा विषय इतना रोचक, इतना ग्राह्य हो ही नहीं सकता था।

इस आभूषण-मंडित संसार में पली हुई जालपा का यह आभूषण-प्रेम स्वाभाविक ही था।

महीने-भर से ऊपर हो गया। उसकी दशा ज्यों-की-त्यों है। न कुछ खाती-पीती है, न किसी से हँसती-बोलती है। खाट पर पड़ी हुई शून्य नज़रों से शून्याकाश की ओर ताकती रहती है। सारा घर समझाकर हार गया, पड़ोसिनें समझाकर हार गई, दीनदयाल आकर समझा गये, पर जालपा ने रोग-शय्या न छोड़ी। उसे अब घर में किसी पर विश्वास नहीं है, यहाँ तक कि रमा से भी उदासीन रहती है। वह समझती है, सारा घर मेरी उपेक्षा कर रहा है। सबके-सब मेरे प्राण के ग्राहक हो रहे हैं। जब इनके पास इतना धन है, तो फिर मेरे गहने क्यों नहीं बनवाते? जिससे हम सबसे अधिक स्नेह रखते हैं, उसी पर सबसे अधिक रोष भी करते हैं। जालपा को सबसे अधिक क्रोध रमानाथ पर था। अगर यह अपने माता-पिता से जोर देकर कहते, तो कोई इनकी बात न टाल सकता, पर यह कुछ कहें भी – 'इनके मुँह में तो दही जमा हुआ है। मुझसे प्रेम होता, तो यों निश्चिंत न बैठे रहते। जब तक सारी चीज़ें न बनवा लेते, रात को नींद न आती। मुँह देखे की मुहब्बत है, माँ-बाप से कैसे कहें, जायेंगे तो अपनी ही ओर, मैं कौन हूँ!'

वह रमा से केवल खिंची ही रहती थी, वह कभी कुछ पूछता, तो दोचार जली-कटी सुना देती। बेचारा अपना-सा मुँह लेकर रह जाता! गरीब अपनी ही लगाई हुई आग में जला जाता था। अगर वह जानता कि उन डींगों का यह फल होगा, तो वह ज़ुबान पर मुहर लगा लेता। चिंता और ग्लानि उसके हृदय को कुचले डालती थी। कहाँ सुबह से शाम तक हँसी-कहकहे, सैर-सपाटे में कटते थे, कहाँ अब नौकरी की तलाश में ठोकरें खाता फिरता था। सारी मस्ती गायब हो गई। बार-बार अपने पिता पर क्रोध आता, यह चाहते तो दो-चार महीने में सब रूपये अदा हो जाते, मगर इन्हें क्या फ़िक्र! मैं चाहे मर जाऊं, पर यह अपनी टेक न छोड़ेंगे। उसके प्रेम से भरे हुए, निष्कपट हृदय में आग-सी सुलगती रहती थी। जालपा का मुरझाया हुआ मुख देखकर उसके मुँह से ठंडी साँस निकल जाती थी। वह सुखद प्रेम-स्वप्न इतनी जल्द भंग हो गया, क्या वे दिन फिर कभी आयेंगे? तीन हज़ार के गहने कैसे बनेंगे? अगर नौकर भी हुआ, तो ऐसा कौन-सा बड़ा ओहदा मिल जायेगा? तीन हज़ार तो शायद तीन जन्म में भी न जमा हों। वह कोई ऐसा उपाय सोच निकालना चाहता

था, जिसमें वह जल्द-से- जल्द अतुल संपत्ति का स्वामी हो जाये। कहीं उसके नाम कोई लाटरी निकल आती! फिर तो वह जालपा को आभूषणों से मढ़ देता। सबसे पहले चंद्रहार बनवाता। उसमें हीरे जड़े होते। अगर इस वक्त उसे जाली नोट बनाना आ जाता, तो अवश्य बनाकर चला देता। एक दिन वह शाम तक नौकरी की तलाश में मारा-मारा फिरता रहा।

शतरंज की बदौलत उसका कितने ही अच्छे-अच्छे आदमियों से परिचय था, लेकिन वह संकोच और डर के कारण किसी से अपनी स्थिति प्रकट न कर सकता था। यह भी जानता था कि यह मान-सम्मान उसी वक्त तक है, जब तक किसी के सामने मदद के लिए हाथ नहीं फैलाता। यह आन टूटी, फिर कोई बात भी न पूछेगा। कोई ऐसा भलामानुस न दिखता था, जो कुछ बिना कहे ही जान जाये, और उसे कोई अच्छी-सी जगह दिला दे। आज उसका चित्त बहुत खिन्न था। मित्रों पर ऐसा क्रोध आ रहा था कि एक-एक को फटकारे और आयें तो द्वार से दुत्कार दे। अब किसी ने शतरंज खेलने को बुलाया, तो ऐसी फटकार सुनाऊंगा कि बचा याद करें, मगर वह ज़रा ग़ौर करता, तो उसे मालूम हो जाता कि इस विषय में मित्रों का उतना दोष न था, जितना ख़ुद उसका। कोई ऐसा मित्र न था, जिससे उसने बढ़-बढ़कर बातें न की हों। यह उसकी आदत थी। घर की असली दशा को वह सदैव बदनामी की तरह छिपाता रहा। और यह उसी का फल था कि इतने मित्रों के होते हुए भी वह बेकार था। वह किसी से अपनी मनोव्यथा न कह सकता था और मनोव्यथा साँस की भांति अंदर घुटकर असह्य हो जाती है।

घर में आकर मुँह लटकाये हुए बैठ गया।

जागेश्वरी ने पानी लाकर रख दिया और पूछा – "आज तुम दिन भर कहाँ रहे? लो हाथ-मुँह धो डालो।"

रमा ने लोटा उठाया ही था कि जालपा ने आकर उग्र भाव से कहा –"मुझे मेरे घर पहुँचा दो, इसी वक्त!"

रमा ने लोटा रख दिया और उसकी ओर इस तरह ताकने लगा, मानो उसकी बात समझ में न आई हो।

जागेश्वरी बोली – "भला इस तरह कहीं बहू-बेटियाँ विदा होती हैं, कैसी बात कहती हो, बहू?"

जालपा – "मैं उन बहू-बेटियों में नहीं हूँ। मेरा जिस वक्त जी चाहेगा, जाऊंगी, जिस वक्त जी चाहेगा, आऊंगी। मुझे किसी का डर नहीं है। जब यहाँ कोई मेरी बात नहीं पूछता, तो मैं भी किसी को अपना नहीं समझती। सारे दिन अनाथों की तरह पड़ी रहती हूँ। कोई झांकता तक नहीं। मैं चिड़िया नहीं हूँ, जिसका पिंजड़ा दाना-

पानी रखकर बंद कर दिया जाये। मैं भी आदमी हूँ। अब इस घर में मैं क्षण-भर न रूकूंगी। अगर कोई मुझे भेजने न जायेगा, तो अकेली चली जाऊंगी। राह में कोई भेड़िया नहीं बैठा है, जो मुझे उठा ले जायेगा और उठा भी ले जाये, तो क्या ग़म। यहाँ कौन-सा सुख भोग रही हूँ।"

रमा ने सावधानन होकर कहा – "आख़िर कुछ मालूम भी तो हो, क्या बात हुई?"

जालपा – 'बात कुछ नहीं हुई, अपना जी है। यहाँ नहीं रहना चाहती।"

रमानाथ – "भला इस तरह जाओगी तो तुम्हारे घरवाले क्या कहेंगे, कुछ यह भी तो सोचो!"

जालपा – "यह सब कुछ सोच चुकी हूँ, और ज्यादा नहीं सोचना चाहती। मैं जाकर अपने कपड़े बांधती हूँ और इसी गाड़ी से जाऊंगी।"

यह कहकर जालपा ऊपर चली गई। रमा भी पीछे-पीछे यह सोचता हुआ चला, इसे कैसे शांत करूं। जालपा अपने कमरे में जाकर बिस्तर लपेटने लगी कि रमा ने उसका हाथ पकड़ लिया और बोला – "तुम्हें मेरी कसम, जो इस वक्त जाने का नाम लो!"

जालपा ने त्योरी चढ़ाकर कह – "तुम्हारी कसम की हमें कुछ परवाह नहीं है।'

उसने अपना हाथ छुड़ा लिया और फिर बिछावन लपेटने लगी। रमा खिसियाना-सा होकर एक किनारे खड़ा हो गया। जालपा ने बिस्तर-बंद से बिस्तरे को बांधा और फिर अपने संदूक को साफ करने लगी। मगर अब उसमें वह पहले-सी तत्परता न थी, बार-बार संदूक बंद करती और खोलती।

वर्षा बंद हो चुकी थी, केवल छत पर रूका हुआ पानी टपक रहा था। आख़िर वह उसी बिस्तर के बंडल पर बैठ गई और बोली – "तुमने मुझे कसम क्यों दिलाई?"

रमा के ह्रदय में आशा की गुदगुदी हुई। बोला – "इसके सिवाय मेरे पास तुम्हें रोकने का और क्या उपाय था?"

जालपा – "क्या तुम चाहते हो कि मैं यहीं घुट-घुटकर मर जाऊं?"

रमानाथ – "तुम ऐसे मनहूस शब्द क्यों मुँह से निकालती हो? मैं तो चलने को तैयार हूँ, न मानोगी, तो पहुँचाना ही पड़ेगा। जाओ, मेरा ईश्वर मालिक है, मगर कम-से-कम बाबूजी और अम्मा से पूछ लो।"

बुझती हुई आग में तेल पड़ गया। जालपा तड़पकर बोली – "वह मेरे कौन होते हैं, जो उनसे पूछूं?"

रमानाथ – "कोई नहीं होते?"

जालपा – "कोई नहीं! अगर कोई होते, तो मुझे यों न छोड़ देते। रूपये रखते हुए कोई अपने प्रियजनों का कष्ट नहीं देख सकता, ये लोग क्या मेरे आँसू न पोंछ सकते थे? मैं दिन-के दिन यहाँ पड़ी रहती हूँ, कोई झूठों भी पूछता है? मुहल्ले की स्त्रियाँ मिलने आती हैं, कैसे मिलूं? यह सूरत तो मुझसे नहीं दिखाई जाती। न कहीं आना, न जाना, न किसी से बात न चीत, ऐसे कोई कितने दिन रह सकता है? मुझे इन लोगों से अब कोई आशा नहीं रही। आखिर दो लड़के और भी तो हैं, उनके लिए भी कुछ जोड़ेंगे कि तुम्हीं को दे दें!"

रमा को बड़ी-बड़ी बातें करने का फिर अवसर मिला। वह ख़ुश था कि इतने दिनों के बाद आज उसे प्रसन्न करने का मौका तो मिला, बोल- "प्रिये, तुम्हारा ख़याल बहुत ठीक है। ज़रूर यही बात है। नहीं तो ढाई-तीन हज़ार उनके लिए क्या बड़ी बात थी? पचासों हजार बैंक में जमा हैं, दफ्तर तो केवल दिल बहलाने जाते हैं।'

जालपा – "मगर हैं मक्खीचूस पल्ले सिरे के!"

रमानाथ – 'मक्खीचूस न होते, तो इतनी संपत्ति कहाँ से आती!"

जालपा – "मुझे तो किसी की परवाह नहीं है जी, हमारे घर किस बात की कमी है? दाल-रोटी वहाँ भी मिल जायेगी। दो-चार सखी-सहेलियाँ हैं, खेत-खलिहान हैं, बाग-बगीचे हैं, जी बहलता रहेगा।'

रमानाथ – "और मेरी क्या दशा होगी, जानती हो? घुल-घुलकर मर जाऊंगा। जब से चोरी हुई, मेरे दिल पर जैसी गुजरती है, वह दिल ही जानता है। अम्मा और बाबूजी से एक बार नहीं, लाखों बार कहा, ज़ोर देकर कहा कि दो-चार चीज़ें तो बनवा ही दीजिए, पर किसी के कान पर जूं तक न रेंगी। न जाने क्यों मुझसे आँखें उधर कर लीं।"

जालपा – "जब तुम्हारी नौकरी कहीं लग जाये, तो मुझे बुला लेना।'

रमानाथ – "तलाश कर रहा हूँ। बहुत जल्द मिलने वाली है। हज़ारों बड़े-बड़े आदमियों से मुलाकात है, नौकरी मिलते क्या देर लगती है, हाँ, ज़रा अच्छी जगह चाहता हूँ।"

जालपा – "मैं इन लोगों का रूख समझती हूँ। मैं भी यहाँ अब दावे के साथ रहूंगी। क्यों, किसी से नौकरी के लिए कहते नहीं हो?"

रमानाथ – "शर्म आती है, किसी से कहते हुये।"

जालपा – "इसमें शर्म की कौन-सी बात है? कहते शर्म आती हो, तो खत लिख दो।"

रमा उछल पड़ा, कितना सरल उपाय था और अभी तक यह सीधी-सी बात उसे न सूझी थी। बोला – "हाँ, यह तुमने बहुत अच्छी तरकीब बतलाई, कल ज़रूर

लिखूंगा।"

जालपा – "मुझे पहुँचाकर आना तो लिखना। कल ही थोड़े लौट आओगे।'

रमानाथ – "तो क्या तुम सचमुच जाओगी? तब मुझे नौकरी मिल चुकी और मैं खत लिख चुका! इस वियोग के दुःख में बैठकर रोऊंगा कि नौकरी ढूंढूगा। नहीं, इस वक्त जाने का विचार छोड़ो। नहीं, सच कहता हूँ, मैं कहीं भाग जाऊंगा। मकान का हाल देख चुका। तुम्हारे सिवाय और कौन बैठा हुआ है, जिसके लिए यहां पड़ा सड़ा करूं। हटो तो ज़रा मैं बिस्तर खोल दूं।"

जालपा ने बिस्तर पर से ज़रा खिसककर कहा – "मैं बहुत जल्द चली आऊंगी। तुम गये और मैं आई।"

रमा ने बिस्तर खोलते हुए कहा – 'जी नहीं, माफ़ कीजिये, इस धोखे में नहीं आता। तुम्हें क्या, तुम तो सहेलियों के साथ विहार करोगी, मेरी खबर तक न लोगी, और यहाँ मेरी जान पर बन आवेगी। इस घर में फिर कैसे कदम रखा जायेगा।'

जालपा ने एहसान जताते हुए कहा – "आपने मेरा बंधा-बंधाया बिस्तर खोल दिया, नहीं तो आज कितने आनंद से घर पहुँच जाती। शहजादी सच कहती थी, मर्द बड़े टोनहे होते हैं। मैंने आज पक्का इरादा कर लिया था कि चाहे ब्रह्मा भी उतर आयें, पर मैं न मानूंगी। पर तुमने दो ही मिनट में मेरे सारे मनसूबे चौपट कर दिए। कल खत लिखना ज़रूर। बिना कुछ पैदा किए अब निर्वाह नहीं है।"

रमानाथ – "कल नहीं, मैं इसी वक्त जाकर दो-तीन चिट्ठियाँ लिखता हूँ।"

जालपा – "पान तो खाते जाओ।'

रमानाथ ने पान खाया और मर्दाने कमरे में आकर खत लिखने बैठे। मगर फिर कुछ सोचकर उठ खड़े हुए और एक तरफ को चल दिए। स्त्री का सप्रेम आग्रह पुरूष से क्या नहीं करा सकता।

रमा के परिचितों में एक रमेश बाबू म्यूनिसिपल बोर्ड में हेड क्लर्क थे। उम्र तो चालीस के ऊपर थी, पर थे बड़े रसिक। शतरंज खेलने बैठ जाते, तो सवेरा कर देते। दफ्तर भी भूल जाते। न आगे नाथ न पीछे पगहा। जवानी में स्त्री मर गई थी, दूसरा विवाह नहीं किया। उस एकांत जीवन में सिवा विनोद के और क्या अवलंब था। चाहते तो हज़ारों के वारे-न्यारे करते, पर रिश्वत की कौड़ी भी हराम समझते थे। रमा से बडा स्नेह रखते थे। और कौन ऐसा निठल्ला था, जो

रात-रात भर उनसे शतरंज खेलता। आज कई दिन से बेचारे बहुत व्याकुल हो रहे थे। शतरंज की एक बाजी भी न हुई। अखबार कहाँ तक पढ़ते। रमा इधर दो-एक

बार आया अवश्य, पर बिसात पर न बैठा रमेश बाबू ने मुहरे बिछा दिए। उसको पकड़कर बैठाया, पर वह बैठा नहीं। वह क्यों शतरंज खेलने लगा? बहू आई है, उसका मुँह देखेगा, उससे प्रेमालाप करेगा कि इस बूढ़े के साथ शतरंज खेलेगा! कई बार जी में आया, उसे बुलवायें, पर यह सोचकर कि वह क्यों आने लगा, रह गए। कहाँ जायें? सिनेमा ही देख आवें? किसी तरह समय तो कटे। सिनेमा से उन्हें बहुत प्रेम न था, पर इस वक्त उन्हें सिनेमा के सिवाय और कुछ न सूझा। कपड़े पहने और जाना ही चाहते थे कि रमा ने कमरे में कदम रखा। रमेश उसे देखते ही गेंद की तरह लुढ़ककर द्वार पर जा पहुँचे और उसका हाथ पकड़कर बोले – "आइए, आइए, बाबू रमानाथ साहब बहादुर! तुम तो इस बुड्ढे को बिल्कुल ही गये। हाँ भाई, अब क्यों आओगे? प्रेमिका की रसीली बातों का आनंद यहाँ कहाँ? चोरी का कुछ पता चला?"

रमानाथ – "कुछ भी नहीं।'

रमेश – "बहुत अच्छा हुआ, थाने में रपट नहीं लिखाई, नहीं सौ-दो सौ के मत्थे और जाते। बहू को तो बड़ा दुःख हुआ होगा?"

रमानाथ – "कुछ पूछिए मत, तभी से दाना-पानी छोड़ रखा है? मैं तो तंग आ गया। जी में आता है, कहीं भाग जाऊं। बाबूजी सुनते नहीं।"

रमेश – 'बाबूजी के पास क्या कोई खजाना रखा हुआ है? अभी चार-पाँच हज़ार खर्च किये हैं, फिर कहाँ से लाकर गहने बनवा दें? दस-बीस हज़ार रूपये होंगे, तो अभी तो बच्चे भी तो सामने हैं और नौकरी का भरोसा ही क्या पचास रूपये होता ही क्या है?'

रमानाथ – "मैं तो मुसीबत में फंस गया। अब मालूम होता है, कहीं नौकरी करनी पड़ेगी। चैन से खाते और मौज उड़ाते थे, नहीं तो बैठे-बैठाये इस मायाजाल में फंसे। अब बतलाइए, है कहीं नौकरी-चाकरी का सहारा?"

रमेश ने ताक पर से मुहरे और बिसात उतारते हुए कहा – "आओ एक बाजी हो जाए, फिर इस मामले को सोचें, इसे जितना आसान समझ रहे हो, उतना आसान नहीं है। अच्छे-अच्छे धक्के खा रहे हैं।"

रमानाथ – "मेरा तो इस वक्त खेलने को जी नहीं चाहता। जब तक यह प्रश्न हल न हो जाय, मेरे होश ठिकाने नहीं होंगे।'

रमेश बाबू ने शतरंज के मुहरे बिछाते हुए कहा – "आओ बैठो। एक बार तो खेल लो, फिर सोचें, क्या हो सकता है।'

रमानाथ – 'ज़रा भी जी नहीं चाहता, मैं जानता कि सिर मुड़ाते ही ओले पड़ेंगे, तो मैं विवाह के नज़दीक ही न जाता!"

रमेश – "अजी, दो-चार चालें चलो, तो आप-ही-आप जी लग जायगा। ज़रा अक्ल की गांठ तो खुले।"

बाज़ी शुरू हुई। कई मामूली चालों के बाद रमेश बाबू ने रमा का रूख पीट लिया।"

रमानाथ – "ओह, क्या गलती हुई!"

रमेश बाबू की आँखों में नशे की-सी लाली छाने लगी। शतरंज उनके लिए शराब से कम मादक न था। बोले – "बोहनी तो अच्छी हुई! तुम्हारे लिए मैं एक जगह सोच रहा हूँ। मगर वेतन बहुत कम है, केवल तीस रूपये। वह रंगी दाढ़ी वाले खां साहब नहीं हैं, उनसे काम नहीं होता। कई बार बचा चुका हूँ। सोचता था, जब तक किसी तरह काम चले, बने रहें। बाल-बच्चे वाले आदमी हैं। वह तो कई बार कह चुके हैं, मुझे छुट्टी दीजिए। तुम्हारे लायक तो वह जगह नहीं है, चाहो तो कर लो।"

यह कहते-कहते रमा का फीला मार लिया। रमा ने फीले को फिर उठाने की चेष्टा करके कहा – "आप मुझे बातों में लगाकर मेरे मुहरे उड़ाते जाते हैं, इसकी सनद नहीं, लाओ मेरा फीला।'

रमेश – "देखो भाई, बेईमानी मत करो। मैंने तुम्हारा फीला जबरदस्ती तो नहीं उठाया। हाँ, तो तुम्हें वह जगह मंजूर है?"

रमानाथ – "वेतन तो तीस है।'

रमेश – "हाँ, वेतन तो कम है, मगर शायद आगे चलकर बढ़ जाये। मेरी तो राय है, कर लो।"

रमानाथ – "अच्छी बात है, आपकी सलाह है, तो कर लूंगा।"

रमेश – "जगह आमदनी की है। मियां ने तो उसी जगह पर रहते हुए लड़कों को एम.ए., एल.एल. बी. करा लिया। दो कॉलेज में पढ़ते हैं। लड़कियों की शादियां अच्छे घरों में की। हाँ, ज़रा समझ-बूझकर काम करने की ज़रूरत है।"

रमानाथ – "आमदनी की मुझे परवाह नहीं, रिश्वत कोई अच्छी चीज़ तो है नहीं।"

रमेश – "बहुत खराब, मगर बाल-बच्चों वाले आदमी क्या करें? तीस रूपयों में गुज़र नहीं हो सकती। मैं अकेला आदमी हूँ। मेरे लिए डेढ़ सौ काफ़ी हैं। कुछ बचा भी लेता हूँ, लेकिन जिस घर में बहुत से आदमी हों, लड़कों की पढ़ाई हो, लड़कियों की शादियाँ हों, वह आदमी क्या कर सकता है? जब तक छोटे-छोटे आदमियों का वेतन इतना न हो जायेगा कि वह भलमनसी के साथ निर्वाह कर सकें, तब तक रिश्वत बंद न होगी। यही रोटी-दाल, घी-दूध तो वह भी खाते हैं। फिर एक को तीस रूपये और दूसरे को तीन सौ रूपये क्यों देते हो?"

रमा का फर्जी पिट गया, रमेश बाबू ने बड़े ज़ोर से कह-कहा मारा.

रमा ने रोष के साथ कहा – "अगर आप चुपचाप खेलते हैं, तो खेलिए, नहीं मैं जाता हूँ। मुझे बातों में लगाकर सारे मुहरे उड़ा लिये!'

रमेश – "अच्छा साहब, अब बोलूं, तो ज़बान पकड़ लीजिये। यह लीजिये, शह! तो तुम कल अर्जी दे दो। उम्मीद तो है, तुम्हें यह जगह मिल जायेगी, मगर जिस दिन जगह मिले, मेरे साथ रात-भर खेलना होगा।"

रमानाथ – "आप तो दो ही मातों में रोने लगते हैं।'

रमेश – "अजी वह दिन गये, जब आप मुझे मात दिया करते थे। आजकल चंद्रमा बलवान हैं। क्या मजाल कि कोई मात दे सके। फिर शह!"

रमानाथ – "जी तो चाहता है, दूसरी बाज़ी मात देकर जाऊं, मगर देर होगी।'

रमेश – "देर क्या होगी। अभी तो नौ बजे हैं। खेल लो, दिल का अरमान निकल जाये। यह शह और मात!"

रमानाथ – "अच्छा कल की रही। कल ललकार कर पाँच मातें न दी हों, तो कहियेगा।"

रमेश – "अजी जाओ भी, तुम मुझे क्या मात दोगे! हिम्मत हो, तो अभी सही!"

रमानाथ – 'अच्छा आइये, आप भी क्या कहेंगे, मगर मैं पाँच बाज़ियों से कम न खेलूंगा!"

रमेश – "पाँच नहीं, तुम दस खेलो जी। रात तो अपनी है। तो चलो फिर खाना खा लें। तब निश्चिंत होकर बैठें। तुम्हारे घर कहलाए देता हहूँ कि आज यहीं सोयेंगे, इंतज़ार न करें।"

दोनों ने भोजन किया और फिर शतरंज पर बैठे, पहली बाज़ी में ग्यारह बज गये। रमेश बाबू की जीत रही। दूसरी बाजी भी उन्हीं के हाथ रही। तीसरी बाज़ी खत्म हुई, तो दो बज गये।

रमानाथ – 'अब तो मुझे नींद आ रही है।'

रमेश – 'तो मुँह धो डालो, बरग रखी हुई है। मैं पाँच बाज़ियाँ खेले बगैर सोने न दूंगा।'

रमेश बाबू को यह विश्वास हो रहा था कि आज मेरा सितारा बुलंद है। नहीं तो रमा को लगातार तीन मात देना आसान न था। वह समझ गए थे, इस वक्त चाहे जितनी बाज़ियाँ खेलूं, जीत मेरी ही होगी, मगर जब चौथी बाज़ी हार गए, तो यह विश्वास जाता रहा। उलटे यह भय हुआ कि कहीं लगातार हारता न जाऊं। बोले – "अब तो सोना चाहिए।'

रमानाथ – "क्यों, पाँच बाजियाँ पूरी न कर लीजिए?'

रमेश – "कल दफ्तर भी तो जाना है।"

रमा ने अधिक आग्रह न किया। दोनों सोये।

रमा यों ही आठ बजे से पहले न उठता था, फिर आज तो तीन बजे सोया था। आज तो उसे दस बजे तक सोने का अधिकार था। रमेश नियमानुसार पाँच बजे उठ बैठे, स्नान किया, संध्या की, घूमने गये और आठ बजे लौटे, मगर रमा तब तक सोता ही रहा। आखिर जब साढ़े नौ बज गए, तो उन्होंने उसे जगाया।

रमा ने बिगड़कर कहा – "नाहक जगा दिया, कैसी मजे क़ी नींद आ रही थी।'

रमेश – "अजी वह अर्जी देना है कि नहीं तुमको?'

रमानाथ – "आप दे दीजिएगा।"

रमेश- "और जो कहीं साहब ने बुलाया, तो मैं ही चला जाऊंगा?"

रमानाथ – "ऊंह, जो चाहे कीजिएगा, मैं तो सोता हूँ।'

रमा फिर लेट गया और रमेश ने भोजन किया, कपड़े पहने और दफ्तर चलने को तैयार हुए। उसी वक्त रमानाथ हड़बड़ाकर उठा और आँखें मलता हुआ बोला- "मैं भी चलूंगा।'

रमेश- "अरे मुँह-हाथ तो धो ले, भले आदमी!'

रमानाथ- "आप तो चले जा रहे हैं।'

रमेश- "नहीं, अभी पंद्रह-बीस मिनट तक रूक सकता हूँ, तैयार हो जाओ।'

रमानाथ- "मैं तैयार हूँ। वहाँ से लौटकर घर भोजन करूंगा।"

रमेश – "कहता तो हूँ, अभी आधा घंटे तक रूका हुआ हूँ।'

रमा ने एक मिनट में मुँह धोया, पाँच मिनट में भोजन किया और चटपट रमेश के साथ दफ्तर चला।

रास्ते में रमेश ने मुस्कराकर कहा- "घर क्या बहाना करोगे, कुछ सोच रखा है?'

रमानाथ – "कह दूंगा, रमेश बाबू ने आने नहीं दिया।'

रमेश- "मुझे गालियाँ दिलाओगे और क्या फिर कभी न आने पाओगे।'

रमानाथ – "ऐसा स्त्री-भक्त नहीं हूँ। हाँ, यह तो बताइए, मुझे अर्ज़ी लेकर तो साहब के पास न जाना पड़ेगा?"

रमेश – "और क्या तुम समझते हो, घर बैठे जगह मिल जायेगी? महीनों दौड़ना पड़ेगा, महीनों! बीसियों सिफारिशें लानी पड़ेंगी। सुबह-शाम हाज़िरी देनी पड़ेगी। क्या नौकरी मिलना आसान है?"

रमानाथ – 'तो मैं ऐसी नौकरी से बाज़ आया। मुझे तो अर्ज़ी लेकर जाते ही शर्म आती है। खुशामदें कौन करेगा? पहले मुझे क्लर्कों पर बड़ी हँसी आती थी, मगर वही बला मेरे सिर पड़ी। साहब डांट-वांट तो न बतायेंगे?"

रमेश – "बुरी तरह डांटता है, लोग उसके सामने जाते हुए कांपते हैं।'

रमानाथ – "तो फिर मैं घर जाता हूँ। यह सब मुझसे न बर्दाश्त होगा।"

रमेश – "पहले सब ऐसे ही घबराते हैं, मगर सहते-सहते आदत पड़ जाती है। तुम्हारा दिल धड़क रहा होगा कि न जाने कैसी बीतेगी। जब मैं नौकर हुआ, तो तुम्हारी ही उम्र मेरी भी थी, और शादी हुए तीन ही महीने हुए थे। जिस दिन मेरी पेशी होने वाली थी, ऐसा घबराया हुआ था, मानो फांसी पाने जा रहा हूं; मगर तुम्हें डरने का कोई कारण नहीं है। मैं सब ठीक कर दूंगा।"

रमानाथ – "आपको तो बीस-बाईस साल नौकरी करते हो गए होंगे!"

रमेश – "पूरे पच्चीस हो गए, साहब! बीस बरस तो स्त्री का देहांत हुए हो गए। दस रूपये पर नौकर हुआ था!"

रमानाथ – "आपने दूसरी शादी क्यों नहीं की – तब तो आपकी उम्र पच्चीस से ज्यादा न रही होगी।"

रमेश ने हँसकर कहा – "बरफी खाने के बाद गुड़ खाने को किसका जी चाहता है? महल का सुख भोगने के बाद झोंपड़ा किसे अच्छा लगता है? प्रेम आत्मा को तृप्त कर देता है। तुम तो मुझे जानते हो, अब तो बूढ़ा हो गया हूँ, लेकिन मैं तुमसे सच कहता हूँ, इस विधुर-जीवन में मैंने किसी स्त्री की ओर आँख तक नहीं उठाई। कितनी ही सुंदरियां देखीं, कई बार लोगों ने विवाह के लिए घेरा भी, लेकिन कभी इच्छा ही न हुई। उस प्रेम की मधुर स्मृतियों में मेरे लिए प्रेम का सजीव आनंद भरा हुआ है।"

यों बातें करते हुए, दोनों आदमी दफ्तर पहुँच गये।

रमा दफ्तर से घर पहुँचा, तो चार बज रहे थे। वह दफ्तर ही में था कि आसमान पर बादल घिर आए। पानी आया ही चाहता था, पर रमा को घर पहुँचने की इतनी बेचैनी हो रही थी कि उससे रूका न गया। हाते के बाहर भी न निकलने पाया था कि जोर की वर्षा होने लगी। आषाढ़ का पहला पानी था, एक ही क्षण में वह लथपथ हो गया। फिर भी वह कहीं रूका नहीं। नौकरी मिल जाने का शुभ समाचार सुनाने का आनंद इस दौंगड़े की क्या परवाह कर सकता था? वेतन तो केवल तीस ही रूपये थे, पर जगह आमदनी की थी। उसने मन-ही-मन हिसाब लगा लिया था कि कितना मासिक बचत हो जाने से वह जालपा के लिए चंद्रहार बनवा सकेगा। अगर पचास-साठ रूपये महीने भी बच जायें, तो पाँच साल में जालपा गहनों से लद जाएगी। कौन-सा आभूषण कितने का होगा, इसका भी उसने अनुमान कर लिया था। घर

पहुँचकर उसने कपड़े भी न उतारे, लथपथ जालपा के कमरे में पहुँच गया।

जालपा उसे देखते ही बोली – "यह भीग कहाँ गये, रात कहाँ गायब थे?"

रमानाथ – "इसी नौकरी की फिक्र में पड़ा हुआ हूँ। इस वक्त दफ्तर से चला आता हूँ। म्युनिसिपैलिटी के दफ्तर में मुझे एक जगह मिल गई।"

जालपा ने उछलकर पूछा – "सच! कितने की जगह है?"

रमा को ठीक-ठीक बतलाने में संकोच हुआ। तीस की नौकरी बताना अपमान की बात थी। स्त्री के नज़रों में तुच्छ बनना कौन चाहता है?बोला – "अभी तो चालीस मिलेंगे, पर जल्द तरक्की होगी। जगह आमदनी की है।"

जालपा ने उसके लिए किसी बड़े पद की कल्पना कर रखी थी। बोली – "चालीस में क्या होगा? भला साठ-सभार तो होते!"

रमानाथ – "मिल तो सकती थी सौ रूपये की भी, पर यहाँ रौब है, और आराम है। पचास-साठ रूपये ऊपर से मिल जायेंगे।"

जालपा – "तो तुम घूस लोगे, गरीबों का गला काटोगे?"

रमा ने हँसकर कहा – "नहीं प्रिये, वह जगह ऐसी नहीं कि गरीबों का गला काटना पड़े। बड़े-बड़े महाजनों से रकमें मिलेंगी और वह खुशी से गले लगायेंगे।

मैं जिसे चाहूं, दिनभर दफ्तर में खड़ा रखूं, महाजनों का एक-एक मिनट एक-एक अशरफी के बराबर है। जल्द-से-जल्द अपना काम कराने के लिए वे खुशामद भी करेंगे, पैसे भी देंगे।"

जालपा संतुष्ट हो गई, बोली – "हाँ, तब ठीक है। गरीबों का काम यों ही कर देना।"

रमानाथ – "वह तो करूंगा ही।"

जालपा – "अभी अम्माजी से तो नहीं कहा? जाकर कह आओ। मुझे तो सबसे बड़ी खुशी यही है कि अब मालूम होगा कि यहाँ मेरा भी कोई अधिकार है।"

रमानाथ – "हाँ, जाता हूँ, मगर उनसे तो मैं बीस ही बतलाऊंगा।"

जालपा ने उल्लसित होकर कहा – "हाँ जी, बल्कि पंद्रह ही कहना, ऊपर की आमदनी की तो चर्चा ही करना व्यर्थ है। भीतर का हिसाब वे ले सकते हैं। मैं सबसे पहले चंद्रहार बनवाऊंगी।"

इतने में डाकिये ने पुकारा। रमा ने दरवाज़े पर जाकर देखा, तो उसके नाम एक पार्सल आया था। महाशय दीनदयाल ने भेजा था। लेकर खुश-खुश घर में आये और जालपा के हाथों में रखकर बोले – "तुम्हारे घर से आया है, देखो इसमें क्या है?"

रमा ने चटपट कैंची निकाली और पार्सल खोला, उसमें देवदार की एक डिबिया निकली। उसमें एक चंद्रहार रखा हुआ था। रमा ने उसे निकालकर देखा और हँसकर

बोला – "ईश्वर ने तुम्हारी सुन ली, चीज तो बहुत अच्छी मालूम होती है।"

जालपा ने कुंठित स्वर में कहा – "अम्माजी को यह क्या सूझी, यह तो उन्हीं का हार है। मैं तो इसे न लूंगी। अभी डाक का वक्त हो, तो लौटा दो।"

रमा ने विस्मित होकर कहा – "लौटाने की क्या ज़रूरत है, वह नाराज न होंगी?"

जालपा ने नाक सिकोड़कर कहा – "मेरी बला से, रानी रूठेंगी, अपना सुहाग लेंगी। मैं उनकी दया के बिना भी जीती रह सकती हूँ। आज इतने दिनों के बाद उन्हें मुझ पर दया आई है। उस वक्त दया न आई थी, जब मैं उनके घर से विदा हुई थी। उनके गहने उन्हें मुबारक हों। मैं किसी का एहसान नहीं लेना चाहती। अभी उनके ओढ़ने-पहनने के दिन हैं। मैं क्यों बाधक बनूं। तुम कुशल से रहोगे, तो मुझे बहुत गहने मिल जायेंगे। मैं अम्माजी को यह दिखाना चाहती हूँ कि जालपा तुम्हारे गहनों की भूखी नहीं है।"

रमा ने संतोष देते हुए कहा – "मेरी समझ में तो तुम्हें हार रख लेना चाहिए। सोचो, उन्हें कितना दुःख होगा। विदाई के समय यदि न दिया तो, तो अच्छा ही किया। नहीं तो और गहनों के साथ यह भी चला जाता।"

जालपा – "मैं इसे लूंगी नहीं, यह निश्चय है।"

रमानाथ – "आखिर क्यों?"

जालपा – "मेरी इच्छा!"

रमानाथ – "इस इच्छा का कोई कारण भी तो होगा?"

जालपा रूंधे हुए स्वर में बोली – "कारण यही है कि अम्माजी इसे खुशी से नहीं दे रही हैं, बहुत संभव है कि इसे भेजते समय वह रोई भी हों और इसमें तो कोई संदेह ही नहीं कि इसे वापस पाकर उन्हें सच्चा आनंद होगा। देने वाले का हृदय देखना चाहिए। प्रेम से यदि वह मुझे एक छल्ला भी दे दें, तो मैं दोनों हाथों से ले लूं। जब दिल पर जब्र करके दुनिया की लाज से या किसी के धिक्कारने से दिया, तो क्या दिया। दान भिखारिनियों को दिया जाता है। मैं किसी का दान न लूंगी, चाहे वह माता ही क्यों न हों।"

माता के प्रति जालपा का यह द्वेष देखकर रमा और कुछ न कह सका। द्वेष तर्क और प्रमाण नहीं सुनता। रमा ने हार ले लिया और चारपाई से उठता हुआ बोला – "ज़रा अम्मा और बाबू जी को तो दिखा दूं। कम-से-कम उनसे पूछ तो लेना ही चाहिए।"

जालपा ने हार उसके हाथ से छीन लिया और बोली – "वे लोग मेरे कौन होते हैं, जो मैं उनसे पूछूं? केवल एक घर में रहने का नाता है। जब वह मुझे कुछ नहीं

समझते, तो मैं भी उन्हें कुछ नहीं समझती।"

यह कहते हुए उसने हार को उसी डिब्बे में रख दिया, और उस पर कपड़ा लपेटकर सीने लगी।

रमा ने एक बार डरते-डरते फिर कहा – "ऐसी जल्दी क्या है, दस-पाँच दिन में लौटा देना। उन लोगों की भी खातिर हो जायेगी।"

इस पर जालपा ने कठोर नज़रों से देखकर कहा – "जब तक मैं इसे लौटा न दूंगी, मेरे दिल को चैन न आएगा। मेरे हृदय में कांटा-सा खटकता रहेगा। अभी पार्सल तैयार हुआ जाता है, हाल ही लौटा दो।"

एक क्षण में पार्सल तैयार हो गया और रमा उसे लिये हुए चिंतित भाव से नीचे चला।

महाशय दयानाथ को जब रमा के नौकर हो जाने का हाल मालूम हुआ, तो बहुत खुश हुए। विवाह होते ही वह इतनी जल्द चेतेगा, इसकी उन्हें आशा न थी। बोले – "जगह तो अच्छी है। ईमानदारी से काम करोगे, तो किसी अच्छे पद पर पहुँचजाओगे। मेरा यही उपदेश है कि पराये पैसे को हराम समझना।"

रमा के जी में आया कि साफ कह दूं – "अपना उपदेश आप अपने ही लिए रखिये, यह मेरे अनुकूल नहीं है।" मगर इतना बेहया न था।

दयानाथ ने फिर कहा- "यह जगह तो तीस रूपये की थी, तुम्हें बीस ही रूपए मिले?"

रमानाथ – "नये आदमी को पूरा वेतन कैसे देते, शायद साल-छः महीने में बढ़ जाय। काम बहुत है।"

दयानाथ – "तुम जवान आदमी हो, काम से न घबड़ाना चाहिए।"

रमा ने दूसरे दिन नया सूट बनवाया और फैशन की कितनी ही चीज़ें खरीदीं। ससुराल से मिले हुए रूपये कुछ बच रहे थे। कुछ मित्रों से उधार ले लिए। वह साहबी ठाठ बनाकर सारे दफ्तर पर रोब जमाना चाहता था। कोई उससे वेतन तो पूछेगा नहीं, महाजन लोग उसका ठाठ-बाट देखकर सहम जायेंगे। वह जानता था, अच्छी आमदनी तभी हो सकती है, जब अच्छा ठाठ हो, सड़क के चौकीदार को एक पैसा काफ़ी मझा जाता है, लेकिन उसकी जगह सार्जंट हो, तो किसी की हिम्मत ही न पड़ेगी कि उसे एक पैसा दिखाये। फटेहाल भिखारी के लिए चुटकी बहुत समझी जाती है, लेकिन गेरूये रेशम धारण करने वाले बाबाजी को लजाते-लजाते भी एक रूपया देना ही पड़ता है। भेख और भीख में सनातन से मित्रता है।

तीसरे दिन रमा कोट-पैंट पहनकर और हैट लगाकर निकला, तो उसकी शान ही कुछ और हो गई। चपरासियों ने झुककर सलाम किए। रमेश बाबू से मिलकर जब वह अपने काम का चार्ज लेने आया, तो देखा एक बरामदे में फटी हुई मैली दरी पर एक मियां साहब संदूक पर रजिस्टर फैलाये बैठे हैं और व्यापारी लोग उन्हें चारों तरफ से घेरे खड़े हैं। सामने गाड़ियो, ठेलों और इक्कों का बाज़ार लगा हुआ है। सभी अपने-अपने काम की जल्दी मचा रहे हैं। कहीं लोगों में गाली-गलौज हो रही है, कहीं चपरासियों में हँसी-दिल्लगी। सारा काम बड़े ही अव्यवस्थित रूप से हो रहा है। उस फटी हुई दरी पर बैठना रमा को अपमानजनक जान पड़ा। वह सीधे रमेश बाबू से जाकर बोला – "क्या मुझे भी इसी मैली दरी पर बिठाना चाहते हैं? एक अच्छी-सी मेज़ और कई कुर्सियाँ भिजवाइये और चपरासियों को हुक्म दीजिये कि एक आदमी से ज्यादा मेरे सामने न आने पावे।"

रमेश बाबू ने मुस्कराकर मेज़ और कुर्सियाँ भिजवा दीं। रमा शान से कुर्सी पर बैठा, बूढ़े मुंशीजी उसकी उच्छृंखलता पर दिल में हँस थे। समझ गए, अभी नया जोश है, नई सनक है। चार्ज दे दिया। चार्ज में था ही क्या, केवल आज की आमदनी का हिसाब समझा देना था।किस पर किस हिसाब से चुंगी ली जाती है, इसकी छपी हुई तालिका मौजूद थी, रमा आधा घंटे में अपना काम समझ गया। बूढ़े मुंशीजी ने यद्‌यपि खुद ही यह जगह छोड़ी थी, पर इस वक्त जाते हुए उन्हें दुःख हो रहा था। इसी जगह वह तीस साल से बराबर बैठते चले आते थे। इसी जगह की बदलौत उन्होंने धन और यश दोनों ही कमाया था। उसे छोड़ते हुए क्यों न दुःख होता। चार्ज देकर जब वह विदा होने लगे, तो रमा उनके साथ जीने के नीचे तक गया।

खां साहब उसकी इस नम्रता से प्रसन्न हो गए। मुस्कराकर बोले – "हर एक बिल्टी पर एक आना बंधा हुआ है, खुली हुई बात है। लोग शौक से देते हैं। आप अमीर आदमी हैं, मगर रस्म न बिगाड़ियेगा। एक बार कोई रस्म टूट जाती है, तो उसका बंधना मुश्किल हो जाता है। इस एक आने में आधा चपरासियों का हक है। जो बड़े बाबू पहले थे, वह पच्चीस रूपये महीना लेते थे, मगर यह कुछ नहीं लेते।"

रमा ने अरूचि प्रकट करते हुए कहा – "गंदा काम है, मैं सफाई से काम करना चाहता हूँ।"

बूढ़े मियां ने हँसकर कहा – "अभी गंदा मालूम होता है, लेकिन फिर इसी में मज़ा आएगा।"

खां साहब को विदा करके रमा अपनी कुर्सी पर आ बैठा और एक चपरासी से बोला – "इन लोगों से कहो, बरामदे के नीचे चले जायें। एक-एक करके नंबरवार आवें, एक कागज पर सबके नाम नंबरवार लिख लिया करो।"

एक बनिया, जो दो घंटे से खड़ा था, खुश होकर बोला- “हाँ सरकार, यह बहुत अच्छा होगा।“

रमानाथ- ‘जो पहले आवे, उसका काम पहले होना चाहिए। बाकी लोग अपना नंबर आने तक बाहर रहें। यह नहीं कि सबसे पीछे वाले शोर मचाकर पहले आ जायें और पहले वाले खड़े मुँह ताकते रहें।’

कई व्यापारियों ने कहा–‘हाँ बाबूजी, यह इंतज़ाम हो जाए, तो बहुत अच्छा हो, भीड़ में बड़ी देर हो जाती है।’

इतना नियंत्रण रमा का रोब जमाने के लिए काफ़ी था। वणिक-समाज में आज ही उसके रंग-ढंग की आलोचना और प्रशंसा होने लगी। किसी बड़े कॉलेज के प्रोफसर को इतनी ख्याति उम्र भर में न मिलती। दो-चार दिन के अनुभव से ही रमा को सारे दांव-घात मालूम हो गये। ऐसी-ऐसी बातें सूझ गई, जो खां साहब को ख्वाब में भी न सूझी थीं। माल की तौल, गिनती और परख में इतनी धांधली थी, जिसकी कोई हद नहीं। जब इस धांधली से व्यापारी लोग सैकड़ों की रकम डकार जाते हैं, तो रमा बिल्टी पर एक आना लेकर ही क्यों संतुष्ट हो जाये, जिसमें आधा आना चपरासियों का है। माल की तौल और परख में दृढ़ता से नियमों का पालन करके वह धन और कीर्ति, दोनों ही कमा सकता है। यह अवसर वह क्यों छोड़ने लगा – विशेषकर जब बड़े बाबू उसके गहरे दोस्त थे।

रमेश बाबू इस नये रंग ईट की कार्य-पटुता पर मुग्ध हो गये। उसकी पीठ ठोंककर बोले–‘कायदे के अंदर रहो और जो चाहो करो। तुम पर आंच तक न आने पायेगी।’

रमा की आमदनी तेज़ी से बढ़ने लगी। आमदनी के साथ प्रभाव भी बढ़ा। सूखी कलम घिसने वाले दफ्तरके बाबुओं को जब सिगरेट, पान, चाय या जलपान की इच्छा होती, तो रमा के पास चले आते, उस बहती गंगा में सभी हाथ धो सकते थे। सारे दफ्तर में रमा की सराहना होने लगी। पैसे को तो वह ठीकरा समझता है! क्या दिल है कि वाह! और जैसा दिल है, वैसी ही ज़बान भी। मालूम होता है, नस-नस में शराफ़त भरी हुई है। बाबुओं का जब यह हाल था, तो चपरासियों और मुहर्रिरों का पूछना ही क्या? सब-के-सब रमा के बिना दामों गुलाम थे। उन गरीबों की आमदनी ही नहीं, प्रतिष्ठा भी खूब बढ़ गई थी। जहाँ गाड़ीवान तक फटकार दिया करते थे, वहाँ अब अच्छे-अच्छे की गर्दन पकड़कर नीचे ढकेल देते थे। रमानाथ की तूती बोलने लगी।

मगर जालपा की अभिलाषायें अभी एक भी पूरी न हुई। नागपंचमी के दिन मुहल्ले की कई युवतियाँ जालपा के साथ कजली खेलने आई, मगर जालपा अपने

कमरे के बाहर नहीं निकली। भादों में जन्माष्टमी का उत्सव आया। पड़ोस ही में एक सेठजी रहते थे, उनके यहाँ बड़ी धूमधाम से उत्सव मनाया जाता था। वहाँ से सास और बहू को बुलावा आया। जागेश्वरी गई, जालपा ने जाने से इंकार किया। इन तीन महीनों में उसने रमा से एक बार भी आभूषण की चर्चा न की, पर उसका यह एकांत-प्रेम, उसके आचरण से उत्तेजक था। इससे ज्यादा उत्तेजक वह पुराना सूची-पत्र था, जो एक दिन रमा कहीं से उठा लाया था। इसमें भांति-भांति के सुंदर आभूषणों के नमूने बने हुए थे। उनके मूल्य भी लिखे हुए थे। जालपा एकांत में इस सूची-पत्र को बड़े ध्यान से देखा करती। रमा को देखते ही वह सूची-पत्र छिपा लेती थी। इस हार्दिक कामना को प्रकट करके वह अपनी हँसी न उड़वाना चाहती थी।

रमा आधी रात के बाद लौटा, तो देखा, जालपा चारपाई पर पड़ी है। हँसकर बोला – "बड़ा अच्छा गाना हो रहा था। तुम नहीं गई; बड़ी गलती की।'

जालपा ने मुँह उधर कर लिया, कोई उत्तर न दिया।

रमा ने फिर कहा – 'यहाँ अकेले पड़े-पड़े तुम्हारा जी घबराता रहा होगा!'

जालपा ने तीव्र स्वर में कहा – 'तुम कहते हो, मैंने गलती की, मैं समझती हूँ, मैंने अच्छा किया। वहाँ किसके मुँह में कालिख लगती।'

जालपा ताना तो न देना चाहती थी, पर रमा की इन बातों ने उसे उत्तेजित कर दिया। रोष का एक कारण यह भी था कि उसे अकेली छोड़कर सारा घर उत्सव देखने चला गया। अगर उन लोगों के हृदय होता, तो क्या वहाँ जाने से इंकार न कर देते?

रमा ने लज्जित होकर कहा – 'कालिख लगने की तो कोई बात न थी, सभी जानते हैं कि चोरी हो गई है, और इस ज़माने में दो-चार हज़ार के गहने बनवा लेना, मुँह का कौर नहीं है।'

चोरी का शब्द ज़बान पर लाते हुए, रमा का हृदय धड़क उठा। जालपा पति की ओर तीव्र दृष्टि से देखकर रह गई। और कुछ बोलने से बात बढ़ जाने का भय था, पर रमा को उसकी दृष्टि से ऐसा भासित हुआ, मानो उसे चोरी का रहस्य मालूम है और वह केवल संकोच के कारण उसे खोलकर नहीं कह रही है। उसे उस स्वप्न की बात भी याद आई, जो जालपा ने चोरी की रात को देखा था। वह दृष्टि बाण के समान उसके हृदय को छेदने लगी; उसने सोचा, शायद मुझे भ्रम हुआ। इस दृष्टि में रोष के सिवाय और कोई भाव नहीं है, मगर यह कुछ बोलती क्यों नहीं? चुप क्यों हो गई? उसका चुप हो जाना ही गजब था। अपने मन का संशय मिटाने और जालपा के मन की थाह लेने के लिए रमा ने मानो डुब्बी मारी – 'यह कौन जानता था कि डोली से उतरते ही यह विपत्ति तुम्हारा स्वागत करेगी।'

जालपा आँखों में आँसू भरकर बोली – 'तो मैं तुमसे गहनों के लिए रोती तो नहीं हूँ। भाग्य में जो लिखा था, वह हुआ। आगे भी वही होगा, जो लिखा है। जो औरतें गहने नहीं पहनतीं, क्या उनके दिन नहीं कटते?'

इस वाक्य ने रमा का संशय तो मिटा दिया, पर इसमें जो तीव्र वेदना छिपी हुई थी, वह उससे छिपी न रही। इन तीन महीनों में बहुत प्रयत्न करने पर भी वह सौ रूपये से अधिक संग्रह न कर सका था। बाबू लोगों के आदर-सत्कार में उसे बहुत-कुछ फलना पड़ता था; मगर बिना खिलाए-पिलाए काम भी तो न चल सकता था। सभी उसके दुश्मन हो जाते और उसे उखाड़ने की घातें सोचने लगते। मुफ्त का धन अकेले नहीं हजम होता, यह वह अच्छी तरह जानता था। वह स्वयं एक पैसा भी व्यर्थ खर्च न करता। चतुर व्यापारी की भांति वह जो कुछ खर्च करता था, वह केवल कमाने के लिए। आश्वासन देते हुए बोला–'ईश्वर ने चाहा तो दो-एक महीने में कोई चीज़ बन जाएगी।'

जालपा – 'मैं उन स्त्रियों में नहीं हूँ, जो गहनों पर जान देती हैं। हाँ, इस तरह किसी के घर आते-जाते शर्म आती ही है।'

रमा का चित्त ग्लानि से व्याकुल हो उठा। जालपा के एक-एक शब्द से निराशा टपक रही थी। इस अपार वेदना का कारण कौन था? क्या यह भी उसी का दोष न था कि इन तीन महीनों में उसने कभी गहनों की चर्चा नहीं की? जालपा यदि संकोच के कारण इसकी चर्चा न करती थी, तो रमा को उसके आँसू पोंछने के लिए, उसका मन रखने के लिए, क्या मौन के सिवा दूसरा उपाय न था? मुहल्ले में रोज़ ही एक-न-एक उत्सव होता रहता है, रोज़ ही पास-पड़ोस की औरतें मिलने आती हैं, बुलावे भी रोज आते ही रहते हैं, बेचारी जालपा कब तक इस प्रकार आत्मा का दमन करती रहेगी, अंदर-ही-अंदर कुढ़ती रहेगी। हँसने-बोलने को किसका जी नहीं चाहता, कौन कैदियों की तरह अकेला पड़ा रहना पसंद करता है? मेरे ही कारण तो इसे यह भीषण यातना सहनी पड़ रही है। उसने सोचा, क्या किसी सर्राफ़ से गहने उधार नहीं लिए जा सकते? कई बड़े सर्राफों से उसका परिचय था, लेकिन उनसे वह यह बात कैसे कहता? कहीं वे इंकार कर दें तो? या संभव है, बहाना करके टाल दें। उसने निश्चय किया कि अभी उधार लेना ठीक न होगा। कहीं वादे पर रूपये न दे सका, तो व्यर्थ में थुक्का-फजीहत होगी। लज्जित होना पड़ेगा। अभी कुछ दिन और धैर्य से काम लेना चाहिए। सहसा उसके मन में आया, इस विषय में जालपा की राय लूं। देखूं वह क्या कहती है। अगर उसकी इच्छा हो तो किसी सर्राफ़ से वादे पर चीज़ें ले ली जाये, मैं इस अपमान और संकोच को सह लूंगा। जालपा को संतुष्ट करने के लिए कि उसके गहनों की उसे कितनी फ़िक्र है ! बोला – 'तुमसे एक सलाह

करना चाहता हूँ। पूछूं या न पूछूं।'

जालपा को नींद आ रही थी, आँखें बंद किए हुए बोली – 'अब सोने दो भई, सवेरे उठना है।'

रमानाथ – 'अगर तुम्हारी राय हो, तो किसी सर्राफ़ से वादे पर गहने बनवा लाऊं। इसमें कोई हर्ज़ है नहीं।'

जालपा की आँखें खुल गई। कितना कठोर प्रश्न था। किसी मेहमान से पूछना – 'कहिए तो आपके लिए भोजन लाऊं, कितनी बड़ी अशिष्टता है। इसका तो यही आशय है कि हम मेहमान को खिलाना नहीं चाहते। रमा को चाहिए था कि चीजें लाकर जालपा के सामने रख देता। उसके बार-बार पूछने पर भी यही कहना चाहिए था कि दाम देकर लाया हूँ। तब वह अलबत्ता खुश होती। इस विषय में उसकी सलाह लेना, घाव पर नमक छिड़कना था। रमा की ओर अविश्वास की आँखों से देखकर बोली – 'मैं तो गहनों के लिए इतनी उत्सुक नहीं हूँ।'

रमानाथ – 'नहीं, यह बात नहीं, इसमें क्या हर्ज़ है कि किसी सर्राफ़ से चीजें ले लूं। धीरे-धीरे उसके रूपये चुका दूंगा।'

जालपा ने दृढ़ता से कहा – 'नहीं, मेरे लिए कर्ज लेने की ज़रूरत नहीं। मैं वेश्या नहीं हूँ कि तुम्हें नोच-खसोटकर अपना रास्ता लूं। मुझे तुम्हारे साथ जीना और मरना है। अगर मुझे सारी उम्र बे-गहनों के रहना पड़े, तो भी मैं कुछ लेने को न कहूंगी। औरतें गहनों की इतनी भूखी नहीं होतीं। घर के प्राणियों को संकट में डालकर गहने पहनने वाली दूसरी होंगी। लेकिन तुमने तो पहले कहा था कि जगह बड़ी आमदनी की है, मुझे तो कोई विशेष बचत दिखाई नहीं देती।'

रमानाथ – 'बचत तो जरूर होती और अच्छी होती, लेकिन जब अहलकारों के मारे बचने भी पाये। सब शैतान सिर पर सवार रहते हैं। मुझे पहले न मालूम था कि यहाँ इतने प्रेतों की पूजा करनी होगी।'

जालपा – 'तो अभी कौन-सी जल्दी है, बनते रहेंगे धीरे-धीरे।'

रमानाथ – 'खैर, तुम्हारी सलाह है, तो एक-आधा महीने और चुप रहता हूँ। मैं सबसे पहले कंगन बनवाऊंगा।'

जालपा ने गदगद होकर कहा – 'तुम्हारे पास अभी इतने रूपये कहाँ होंगे?'

रमानाथ – 'इसका उपाय तो मेरे पास है। तुम्हें कैसा कंगन पसंद है?'

जालपा अब अपने कृत्रिम संयम को न निभा सकी। आलमारी में से आभूषणों का सूची-पत्र निकालकर रमा को दिखाने लगी। इस समय वह इतनी तत्पर थी, मानो सोना लाकर रक्खा हुआ है, सुनार बैठा हुआ है, केवल डिज़ाइन ही पसंद करना बाकी है। उसने सूची के दो डिज़ाइन पसंद किए। दोनों वास्तव में बहुत ही

सुंदर थे। पर रमा उनका मूल्य देखकर सन्नाटे में आ गया। एक- एक हज़ार का था, दूसरा आठ सौ का।

रमानाथ–'ऐसी चीज़ें तो शायद यहाँ बन भी न सकें, मगर कल मैं ज़रा सर्राफ की सैर करूंगा।'

जालपा ने पुस्तक बंद करते हुए करूण स्वर में कहा- 'इतने रूपये न जाने तुम्हारे पास कब तक होंगे? उंह, बनेंगे-बनेंगे, नहीं कौन कोई गहनों के बिना मरा जाता है।'

रमा को आज इसी उधेड़बुन में बडी रात तक नींद न आई। ये जड़ाऊ कंगन इन गोरी-गोरी कलाइयों पर कितने खिलेंगे। यह मोह-स्वप्न देखते-देखते उसे न जाने कब नींद आ गई।

दूसरे दिन सवेरे ही रमा ने रमेश बाबू के घर का रास्ता लिया। उनके यहाँ भी जन्माष्टमी में झांकी होती थी। उन्हें स्वयं तो इससे कोई अनुराग न था, पर उनकी स्त्री उत्सव मनाती थी, उसी की यादगार में अब तक यह उत्सव मनाते जाते थे। रमा को देखकर बोले – 'आओ जी, रात क्यों नहीं आये? मगर यहाँ गरीबों के घर क्यों आते। सेठजी की झांकी कैसे छोड़ देते? खूब बहार रही होगी!'

रमानाथ – 'आपकी-सी सजावट तो न थी, हाँ और सालों से अच्छी थी। कई कत्थक और वेश्यायें भी आई थीं। मैं तो चला आया था; मगर सुना रातभर गाना होता रहा।'

रमेश – 'सेठजी ने तो वचन दिया था कि वेश्यायें न आने पावेंगी, फिर यह क्या किया। इन मूर्खो के हाथों हिन्दू-धर्म का सर्वनाश हो जायेगा। एक तो वेश्याओं का नाम यों भी बुरा, उस पर ठाकुर-द्वारे में! छिः-छिः, न जाने इन गधों को कब अक्ल आवेगी।'

रमानाथ – 'वेश्यायें न हों, तो झांकी देखने जाये ही कौन? सभी तो आपकी तरह योगी और तपस्वी नहीं हैं।'

रमेश – 'मेरा वश चले, तो मैं कानून से यह दुराचार बंद कर दूं। खैर, फुर्सत, हो तो आओ एक-आधा बाज़ी हो जाये।'

रमानाथ – 'और आया किसलिए हूँ; मगर आज आपको मेरे साथ ज़रा सर्राफ़ तक चलना पड़ेगा। यों कई बड़ी-बड़ी कोठियों से मेरा परिचय है; मगर आपके रहने से कुछ और ही बात होगी।'

रमेश – 'चलने को चला चलूंगा, मगर इस विषय में मैं बिलकुल कोरा हूँ। न कोई चीज बनवाई, न खरीदी। तुम्हें क्या कुछ लेना है?'

रमानाथ – 'लेना-देना क्या है, ज़रा भाव-ताव देखूंगा।'

रमेश – 'मालूम होता है, घर में फटकार पड़ी है।'

रमानाथ – 'जी, बिलकुल नहीं! वह तो जेवरों का नाम तक नहीं लेती। मैं कभी पूछता भी हूँ, तो मना करती हैं, लेकिन अपना कर्तव्य भी तो कुछ है। जब से गहने चोरी चले गये, एक चीज़ भी नहीं बनी।'

रमेश – 'मालूम होता है, कमाने का ढंग आ गया। क्यों न हो, कायस्थ के बच्चे हो, कितने रूपये जोड़ लिये?'

रमानाथ – 'रूपये किसके पास हैं, वादे पर लूंगा।'

रमेश – 'इस ख़ब्त में न पड़ो। जब तक रूपये हाथ में न हों, बाज़ार की तरफ जाओ ही मत। गहनों से तो बुड्ढे नई बीवियों का दिल खुश किया करते हैं, उन बेचारों के पास गहनों के सिवा होता ही क्या है? जवानों के लिए और बहुत से लटके हैं। यों मैं चाहूं, तो दो-चार हज़ार का माल दिलवा सकता हूँ, मगर भई, कर्ज़ की लत बुरी है।'

रमानाथ – 'मैं दो-तीन महीनों में सब रूपये चुका दूंगा। अगर मुझे इसका विश्वास न होता, तो मैं ज़िक्र न करता।'

रमेश – 'तो दो-तीन महीने और सब्र क्यों नहीं कर जाते? कर्ज़ से बड़ा पाप दूसरा नहीं। न इससे बडी विपत्ति दूसरी है। जहाँ एक बार धड़का खुला कि तुम आये दिन सर्राफ की दुकान पर खड़े नज़र आओगे। बुरा न मानना। मैं जानता हूँ, तुम्हारी आमदनी अच्छी है, पर भविष्य के भरोसे पर और चाहे जो काम करो, लेकिन कर्ज क़भी मत लो। गहनों का मर्ज़ न जाने इस दरिद्र देश में कैसे फैल गया? जिन लोगों के भोजन का ठिकाना नहीं, वे भी गहनों के पीछे प्राण देते हैं। हर साल अरबों रूपये केवल सोना-चांदी खरीदने में व्यय हो जाते हैं। संसार के और किसी देश में इन धातुओं की इतनी खपत नहीं। तो बात क्या है? उन्नत देशों में धन व्यापार में लगता है, जिससे लोगों की परवरिश होती है, और धन बढ़ता है। यहाँ धन श्रृंगार में खर्च होता है, उसमें उन्नति और उपकार की जो दो महान शक्तियाँ हैं, उन दोनों ही का अंत हो जाता है। बस यही समझ लो कि जिस देश के लोग जितने ही मूर्ख होंगे, वहाँ जेवरों का प्रचार भी उतना ही अधिक होगा। यहाँ तो खैर नाक-कान छिदाकर ही रह जाते हैं, मगर कई ऐसे देश भी हैं, जहाँ होंठ छेदकर लोग गहने पहनते हैं।'

रमा ने कौतूहल से कहा – 'याद नहीं आता, पर शायद अफ्रीका हो। हमें यह सुनकर अचंभा होता है, लेकिन अन्य देश वालों के लिए नाक-कान का छिदना

कुछ कम अचंभे की बात न होगी। बुरा मरज है, बहुत ही बुरा। वह धन, जो भोजन में खर्च होना चाहिए, बाल-बच्चों का पेट काटकर गहनों की भेंट कर दिया जाता है। बच्चों को दूध न मिले न सही। घी की गंध तक उनकी नाक में न पहुँचे, न सही। मेवों और फलों के दर्शन उन्हें न हों, कोई परवाह नहीं, पर देवीजी गहने ज़रूर पहनेंगी और स्वामीजी गहने जरूर बनवायेंगे। दस-दस, बीस-बीस रूपये पाने वाले क्लर्कों को देखता हूँ, जो सड़ी हुई कोठरियों में पशुओं की भांति जीवन काटते हैं, जिन्हें सवेरे का जलपान तक मयस्सर नहीं होता, उन पर भी गहनों की सनक सवार रहती है। इस प्रथा से हमारा सर्वनाश होता जा रहा है। मैं तो कहता हूँ, यह गुलामी पराधीनता से कहीं बढ़कर है। इसके कारण हमारा कितना आत्मिक, नैतिक, दैहिक, आर्थिक और धार्मिक पतन हो रहा है, इसका अनुमान ब्रह्मा भी नहीं कर सकते।'

रमानाथ – 'मैं तो समझता हूँ, ऐसा कोई भी देश नहीं, जहाँ स्त्रियाँ गहने न पहनती हों। क्या यूंरोप में गहनों का रिवाज नहीं है?'

रमेश – 'तो तुम्हारा देश यूंरोप तो नहीं है। वहाँ के लोग धनी हैं। वह धन लुटायें, उन्हें शोभा देता है। हम दरिद्र हैं, हमारी कमाई का एक पैसा भी फ़िज़ूल न खर्च होना चाहिए।'

रमेश बाबू इस वाद-विवाद में शतरंज भूल गये। छुट्टी का दिन था ही, दो-चार मिलने वाले और आ गये, रमानाथ चुपके से खिसक आया। इस बहस में एक बात ऐसी थी, जो उसके दिल में बैठ गई। उधार गहने लेने का विचार उसके मन से निकल गया। कहीं वह जल्दी रूपया न चुका सका, तो कितनी बड़ी बदनामी होगी। सर्राफ़ तक गया अवश्य, पर किसी दुकान में जाने का साहस न हुआ। उसने निश्चय किया, अभी तीन-चार महीने तक गहनों का नाम न लूंगा।

वह घर पहुँचा, तो नौ बज गए थे। दयानाथ ने उसे देखा तो पूछा – 'आज सवेरे-सवेरे कहाँ चले गए थे?'

रमानाथ – 'ज़रा बड़े बाबू से मिलने गया था।'

दयानाथ – 'घंटे-आधा घंटे के लिए पुस्तकालय क्यों नहीं चले जाया करते। गप-शप में दिन गंवा देते हो। अभी तुम्हारी पढ़ने-लिखने की उम्र है। इम्तहान न सही, अपनी योग्यता तो बढ़ा सकते हो। एक सीधा-सा खत लिखना पड़ जाता है, तो बगलें झांकने लगते हो। असली शिक्षा स्कूल छोड़ने के बाद शुरू होती है, और वही हमारे जीवन में काम भी आती है। मैंने तुम्हारे विषय में कुछ ऐसी बातें सुनी हैं, जिनसे मुझे बहुत खेद हुआ है और तुम्हें समझा देना मैं अपना धर्म समझता हूँ। मैं यह हरगिज नहीं चाहता कि मेरे घर में हराम की एक कौड़ी भी आये। मुझे

नौकरी करते तीस साल हो गये। चाहता, तो अब तक हज़ारों रूपये जमा कर लेता, लेकिन मैं कसम खाता हूँ कि कभी एक पैसा भी हराम का नहीं लिया। तुममें यह आदत कहाँ से आ गई, यह मेरी समझ में नहीं आता।'

रमा ने बनावटी क्रोध दिखाकर कहा – 'किसने आपसे कहा है? ज़रा उसका नाम तो बताइये? मूंछें उखाड़ लूं उसकी!'

दयानाथ – 'किसी ने भी कहा हो, इससे तुम्हें कोई मतलब नहीं। तुम उसकी मूंछें उखाड़ लोगे, इसलिए बताऊंगा नहीं, लेकिन बात सच है या झूठ, मैं इतना ही पूछना चाहता हूँ।'

रमानाथ – 'बिल्कुल झूठ!'

दयानाथ – 'बिल्कुल झूठ?'

रमानाथ – 'जी हाँ, बिल्कुल झूठ?'

दयानाथ – 'तुम दस्तूरी नहीं लेते?'

रमानाथ – 'दस्तूरी रिश्वत नहीं है। सभी लेते हैं और खुल्लम-खुल्ला लेते हैं। लोग बिना मांगे आप-ही-आप देते हैं, मैं किसी से मांगने नहीं जाता।'

दयानाथ – 'सभी खुल्लम-खुल्ला लेते हैं और लोग बिना मांगे देते हैं, इससे तो रिश्वत की बुराई कम नहीं हो जाती।'

रमानाथ – 'दस्तूरी को बंद कर देना मेरे वश की बात नहीं। मैं खुद न लूं, लेकिन चपरासी और मुहर्रिर का हाथ तो नहीं पकड़ सकता। आठ-आठ, नौ-नौ पाने वाले नौकर अगर न लें, तो उनका काम ही नहीं चल सकता मैं खुद न लूं, पर उन्हें नहीं रोक सकता।'

दयानाथ ने उदासीन भाव से कहा – 'मैंने समझा दिया, मानने का अख्तियार तुम्हें है।'

यह कहते हुए दयानाथ दफ्तर चले गये। रमा के मन में आया, साफ कह दे, आपने निस्पृह बनकर क्या कर लिया, जो मुझे दोष दे रहे हैं। हमेशा पैसे-पैसे को मुहताज रहे। लड़कों को पढ़ा तक न सके। जूते-कपड़े तक न पहना सके। यह डींग मारना तब शोभा देता, जब कि नीयत भी साफ रहती और जीवन भी सुख से कटता।

रमा घर में गया तो माता ने पूछा – 'आज कहाँ चले गए बेटा, तुम्हारे बाबूजी इसी पर बिगड़ रहे थे।'

रमानाथ – 'इस पर तो नहीं बिगड़ रहे थे, हाँ, उपदेश दे रहे थे कि दस्तूरी मत लिया करो। इससे आत्मा दुर्बल होती है और बदनामी होती है।'

जागेश्वरी – 'तुमने कहा नहीं, आपने बड़ी ईमानदारी की तो कौन-से झंडे गाड़ दिये! सारी ज़िन्दगी पेट पालते रहे।'

रमानाथ – 'कहना तो चाहता था, पर चिढ़ जाते। जैसे आप कौड़ी-कौड़ी को मुहताज रहे, वैसे मुझे भी बनाना चाहते हैं। आपको लेने का शऊर तो है नहीं। जब देखा कि यहाँ दाल नहीं गलती, तो भगत बन गये। यहाँ ऐसे घोंघा- बसंत नहीं हैं। बनियों से रूपये ऐंठने के लिए अक्ल चाहिए, दिल्लगी नहीं है! जहाँ किसी ने भगतपन किया और मैं समझ गया, बुद्धू है। लेने की तमीज़ नहीं, क्या करे बेचारा। किसी तरह आँसू तो पोंछे।'

जागेश्वरी – 'बस-बस यही बात है बेटा, जिसे लेना आवेगा, वह ज़रूर लेगा। इन्हें तो बस घर में कानून बघारना आता है और किसी के सामने बात तो मुँह से निकलती नहीं। रूपये निकाल लेना तो मुश्किल है।'

रमा दफ्तर जाते समय ऊपर कपड़े पहनने गया, तो जालपा ने उसे तीन लिफाफे डाक में छोड़ने के लिए दिये। इस वक्त उसने तीनों लिफाफे जेब में डाल लिये, लेकिन रास्ते में उन्हें खोलकर चिट्ठियाँ पढ़ने लगा। चिट्ठियाँ क्या थीं, विपत्ति और वेदना का करूण विलाप था, जो उसने अपनी तीनों सहेलियों को सुनाया था। तीनों का विषय एक ही था। केवल भावों का अंतर था, 'ज़िन्दगी पहाड़ हो गई है, न रात को नींद आती है न दिन को आराम, पतिदेव को प्रसन्न करने के लिए, कभी-कभी हँस-बोल लेती हूँ, पर दिल हमेशा रोया करता है। न किसी के घर जाती हूँ, न किसी को मुँह दिखाती हूँ। ऐसा जान पड़ता है कि यह शोक मेरी जान ही लेकर छोड़ेगा। मुझसे वादे तो रोज किए जाते हैं, रूपये जमा हो रहे हैं, सुनार ठीक किया जा रहा है, डिजाइन तय किया जा रहा है, पर यह सब धोखा है और कुछ नहीं।'

रमा ने तीनों चिट्ठियाँ जेब में रख लीं। डाकखाना सामने से निकल गया, पर उसने उन्हें छोड़ा नहीं। यह अभी तक यही समझती है कि मैं इसे धोखा दे रहा हूँ। क्या करूं? कैसे विश्वास दिलाऊं? अगर अपना वश होता, तो इसी वक्त आभूषणों के टोकरे भर-भर जालपा के सामने रख देता, उसे किसी बड़े सर्राफ़ की दुकान पर ले जाकर कहता, तुम्हें जो-जो चीजें लेनी हों, ले लो। कितनी अपार वेदना है, जिसने विश्वास का भी अपहरण कर लिया है। उसको आज उस चोट का सच्चा अनुभव हुआ, जो उसने झूठी मर्यादा की रक्षा में उसे पहुँचाई थी। अगर वह जानता, उस अभिनय का यह फल होगा, तो कदाचित् अपनी डींगों का परदा खोल देता। क्या ऐसी दशा में भी, जब जालपा इस शोक-ताप से फुंकी जा रही थी, रमा को कर्ज़ लेने में संकोच करने की जगह थी? उसका हृदय कातर हो उठा। उसने पहली बार सच्चे

हृदय से ईश्वर से याचना की,भगवन्, मुझे चाहे दंड देना, पर मेरी जालपा को मुझसे मत छीनना। इससे पहले मेरे प्राण हर लेना। उसके रोम-रोम से आत्मध्वनि-सी निकलने लगी – ईश्वर, ईश्वर! मेरी दीन दशा पर दया करो। लेकिन इसके साथ ही उसे जालपा पर क्रोध भी आ रहा था। जालपा ने क्यों मुझसे यह बात नहीं कही। मुझसे क्यों परदा रखा और मुझसे परदा रखकर अपनी सहेलियों से यह दुखड़ा रोया?

बरामदे में माल तौला जा रहा था। मेज़ पर रूपये-पैसे रखे जा रहे थे और रमा चिंता में डूबा बैठा हुआ था। किससे सलाह ले, उसने विवाह ही क्यों किया? सारा दोष उसका अपना था। जब वह घर की दशा जानता था, तो क्यों उसने विवाह करने से इंकार नहीं कर दिया? आज उसका मन काम में नहीं लगता था। समय से पहले ही उठकर चला आया।

जालपा ने उसे देखते ही पूछा, 'मेरी चिट्ठियाँ छोड़ तो नहीं दीं? '

रमा ने बहाना किया, 'अरे इनकी तो याद ही नहीं रही। जेब में पड़ी रह गई।'

जालपा – 'यह बहुत अच्छा हुआ। लाओ, मुझे दे दो, अब न भेजूंगी।'

रमानाथ – 'क्यों, कल भेज दूंगा।'

जालपा – 'नहीं, अब मुझे भेजना ही नहीं है। कुछ ऐसी बातें लिख गई थी,जो मुझे न लिखना चाहिए थीं। अगर तुमने छोड़ दी होती, तो मुझे दुःख होता। मैंने तुम्हारी निंदा की थी। यह कहकर वह मुस्कराई।'

रमानाथ – 'जो बुरा है, दगाबाज है, धूर्त है, उसकी निंदा होनी ही चाहिए।'

जालपा ने व्यग्र होकर पूछा – 'तुमने चिट्ठियाँ पढ़ लीं क्या?'

रमा ने निद्‌यसंकोच भाव से कहा, 'हाँ! यह कोई अक्षम्य अपराध है?'

जालपा कातर स्वर में बोली, 'तब तो तुम मुझसे बहुत नाराज़ होगे?'

आँसुओं के आवेग से जालपा की आवाज़ रूक गई। उसका सिर झुक गया और झुकी हुई आँखों से आँसुओं की बूंदें आंचल पर फिरने लगीं। एक क्षण में उसने स्वर को संभालकर कहा, 'मुझसे बड़ा भारी अपराध हुआ है। जो चाहे सज़ा दो; पर मुझसे अप्रसन्न मत हो, ईश्वर जानते हैं, तुम्हारे जाने के बाद मुझे कितना दुःख हुआ। मेरी कलम से न जाने कैसे ऐसी बातें निकल गई।'

जालपा जानती थी कि रमा को आभूषणों की चिंता मुझसे कम नहीं है, लेकिन मित्रों से अपनी व्यथा कहते समय हम बहुधा अपना दुःख बढ़ाकर कहते हैं। जो बातें परदे की समझी जाती हैं, उनकी चर्चा करने से एक तरह का अपनापन ज़ाहिर होता है। हमारे मित्र समझते हैं, हमसे ज़रा भी दुराव नहीं रखता और उन्हें हमसे सहानुभूति हो जाती है। अपनापन दिखाने की यह आदत औरतों में कुछ अधिक

होती है।

रमा जालपा के आँसू पोंछते हुए बोला – 'मैं तुमसे अप्रसन्न नहीं हूँ, प्रिये! अप्रसन्न होने की तो कोई बात ही नहीं है। आशा का विलंब ही दुराशा है, क्या मैं इतना नहीं जानता? अगर तुमने मुझे मना न कर दिया होता, तो अब तक मैंने किसी-न-किसी तरह दो-एक चीजें अवश्य ही बनवा दी होतीं। मुझसे भूल यही हुई कि तुमसे सलाह ली। यह तो वैसा ही है, जैसे मेहमान को पूछ-पूछकर भोजन दिया जाये। उस वक्त मुझे यह ध्यान न रहा कि संकोच में आदमी इच्छा होने पर भी 'नहीं-नहीं' करता है। ईश्वर ने चाहा, तो तुम्हें बहुत दिनों तक इंतज़ार न करना पड़ेगा।'

जालपा ने सचिंत नज़रों से देखकर कहा, 'तो क्या उधार लाओगे?'

रमानाथ – 'हाँ, उधार लाने में कोई हर्ज़ नहीं है। जब सूद नहीं देना है, तो जैसे नगद वैसे उधार। ऋण से दुनिया का काम चलता है। कौन ऋण नहीं लेता! हाथ में रूपया आ जाने से अलल्ले-तलल्ले खर्च हो जाते हैं। क़र्ज़ सिर पर सवार रहेगा, तो उसकी चिंता हाथ रोके रहेगी।'

जालपा – 'मैं तुम्हें चिंता में नहीं डालना चाहती। अब मैं भूलकर भी गहनों का नाम न लूंगी।'

रमानाथ – 'नाम तो तुमने कभी नहीं लिया, लेकिन तुम्हारे नाम न लेने से मेरे कर्तव्य का अंत तो नहीं हो जाता। तुम क़र्ज़ से व्यर्थ इतना डरती हो। रूपये जमा होने के इंतज़ार में बैठा रहूंगा, तो शायद कभी न जमा होंगे। इसी तरह लेते-देते साल में तीन-चार चीज़ें बन जायेंगी।'

जालपा – 'मगर पहले कोई छोटी-सी चीज़ लाना।'

रमानाथ – 'हाँ, ऐसा तो करूंगा ही।'

रमा बाज़ार चला, तो खूब अंधेरा हो गया था। दिन रहते जाता तो संभव था, मित्रों में से किसी की निगाह उस पर पड़ जाती। मुंशी दयानाथ ही देख लेते। वह इस मामले को गुप्त ही रखना चाहता था।

सर्राफे में गंगू की दुकान मशहूर थी। गंगू था तो ब्राह्मण, पर बड़ा ही व्यापारकुशल! उसकी दुकान पर नित्य गाहकों का मेला लगा रहता था। उसकी कर्मनिष्ठा गाहकों में विश्वास पैदा करती थी। और दुकानों पर ठगे जाने का भय था। यहाँ किसी तरह का धोखा न था। गंगू ने रमा को देखते ही मुस्कराकर कहा, 'आइए बाबूजी, ऊपर आइए। बड़ी दया की। मुनीमजी, आपके वास्ते पान मंगवाओ। क्या हुक्म है

बाबूजी, आप तो जैसे मुझसे नाराज हैं। कभी आते ही नहीं, गरीबों पर भी कभी-कभी दया किया कीजिए।'

गंगू की शिष्टता ने रमा की हिम्मत खोल दी। अगर उसने इतने आग्रह से न बुलाया होता, तो शायद रमा को दुकान पर जाने का साहस न होता। अपनी साख का उसे अभी तक अनुभव न हुआ था। दुकान पर जाकर बोला, 'यहाँ हम जैसे मजदूरों का कहाँ गुज़र है, महाराज! गांठ में कुछ हो भी तो!

गंगू – 'यह आप क्या कहते हैं सरकार, आपकी दुकान है, जो चीज़ चाहिए ले जाइए, दाम आगे-पीछे मिलते रहेंगे। हम लोग आदमी पहचानते हैं बाबू साहब, ऐसी बात नहीं है। धन्य भाग कि आप हमारी दुकान पर आए तो। दिखाऊं कोई जड़ाऊ चीज़? कोई कंगन, कोई हार – अभी हाल ही में दिल्ली से माल आया है।'

रमानाथ – 'कोई हलके दामों का हार दिखाइए।'

गंगू – 'यही कोई सात-आठ सौ तक?'

रमानाथ – 'अजी नहीं, हद चार सौ तक।'

गंगू – 'मैं आपको दोनों दिखाए देता हूँ। जो पसंद आवें, ले लीजिएगा। हमारे यहाँ किसी तरह का दफल-गसल नहीं बाबू साहब! इसकी आप ज़रा भी चिंता न करें। पांच बरस का लड़का हो या सौ बरस का बूढ़ा, सबके साथ एक बात रखते हैं। मालिक को भी एक दिन मुंह दिखाना है, बाबू!'

संदूक सामने आया, गंगू ने हार निकाल-निकालकर दिखाने शुरू किए। रमा की आँखें खुल गई, जी लोट-पोट हो गया। क्या सगाई थी! नगीनों की कितनी सुंदर सजावट! कैसी आब-ताब! उनकी चमक दीपक को मात करती थी। रमा ने सोच रखा था, सौ रूपये से ज्यादा उधार न लगाऊंगा, लेकिन चार सौ वाला हार आँखों में कुछ जंचता न था। और जेब में द्दः तीन सौ रूपये थे। सोचा, अगर यह हार ले गया और जालपा ने पसंद न किया, तो फायदा ही क्या? ऐसी चीज़ ले जाऊं कि वह देखते ही भड़क उठे। यह ड़ाऊ हार उसकी गर्दन में कितनी शोभा देगा। वह हार एक सहस्र मणि-रंजित नजरों से उसके मन को खींचने लगा। वह अभिभूत होकर उसकी ओर ताक रहा था, पर मुंह से कुछ कहने का साहस न होता था। कहीं गंगू ने तीन सौ रूपये उधार लगाने से इंकार कर दिया, तो उसे कितना लज्जित होना पड़ेगा। गंगू ने उसके मन का संशय ताड़कर कहा, 'आपके लायक तो बाबूजी यही चीज़ है, अंधेरे घर में रख दीजिए, तो उजाला हो जाये।'

रमानाथ – 'पसंद तो मुझे भी यही है, लेकिन मेरे पास कुल तीन सौ रूपये हैं, यह समझ लीजिए।'

शर्म से रमा के मुंह पर लाली छा गई। वह धड़कते हुए हृदय से गंगू का मुंह देखने लगा। गंगू ने निष्कपट भाव से कहा, 'बाबू साहब, रूपये का तो ज़िक्र ही न कीजिए। कहिए दस हज़ार का माल साथ भेज दूं। दुकान आपकी है, भला कोई बात है? हुक्म हो, तो एक-आधा चीज़ और दिखाऊं? एक शीशफूल अभी बनकर आया है, बस यही मालूम होता है, गुलाब का फल खिला हुआ है। देखकर जी खुश हो जाएगा। मुनीमजी, ज़रा वह शीशफूल दिखाना तो। और दाम का भी कुछ ऐसा भारी नहीं, आपको ढाई सौ में दे दूंगा।'

रमा ने मुस्कराकर कहा – 'महाराज, बहुत बातें बनाकर कहीं उल्टे छुरे से न मूंड़ लेना, गहनों के मामले में बिलकुल अनाड़ी हूँ।'

गंगू – 'ऐसा न कहो बाबूजी, आप चीज़ ले जाइए, बाज़ार में दिखा लीजिए, अगर कोई। ढाई सौ से कौड़ी कम में दे दे, तो मैं मुफ्त दे दूंगा।'

शीशफूल आया, सचमुच गुलाब का फूल था, जिस पर हीरे की कलियाँ ओस की बूंदों के समान चमक रही थीं। रमा की टकटकी बंध गई, मानो कोई अलौकिक वस्तु सामने आ गई हो।

गंगू – 'बाबूजी, ढाई सौ रूपये तो कारीगर की सगाई के इनाम हैं। यह एक चीज़ है।'

रमानाथ – 'हाँ, है तो सुंदर, मगर भाई ऐसा न हो, कि कल ही से दाम का तकाजा करने लगो। मैं खुद ही जहाँ तक हो सकेगा, जल्दी दे दूंगा।'

गंगू ने दोनों चीजें दो सुंदर मखमली केसों में रखकर रमा को दे दीं। फिर मुनीमजी से नाम टंकवाया और पान खिलाकर विदा किया। रमा के मनोल्लास की इस समय सीमा न थी, किंतु यह विशुद्ध उल्लास न था, इसमें एक शंका का भी समावेश था। यह उस बालक का आनंद न था जिसने माता से पैसे मांगकर मिठाई ली हो; बल्कि उस बालक का, जिसने पैसे चुराकर ली हो, उसे मिठाइयाँ मीठी तो लगती हैं, पर दिल कांपता रहता है कि कहीं घर चलने पर मार न पड़ने लगे। साढ़े छः सौ रूपये चुका देने की, तो उसे विशेष चिंता न थी, घात लग जाये, तो वह छः महीने में चुका देगा। भय यही था कि बाबूजी सुनेंगे, तो जरूर नाराज़ होंगे, लेकिन ज्यों-ज्यों आगे बढ़ता था, जालपा को इन आभूषणों से सुशोभित देखने की उत्कंठा इस शंका पर विजय पाती थी। घर पहुँचने की जल्दी में उसने सड़क छोड़ दी, और एक गली में घुस गया। सघन अंधेरा छाया हुआ था। बादल तो उसी वक्त छाए हुए थे, जब वह घर से चला था। गली में घुसा ही था, कि पानी की बूंद सिर पर छर्रे की तरह पड़ी। जब तक छतरी खोले, वह लथपथ हो चुका था। उसे शंका हुई, इस अंधकार में कोई आकर दोनों चीज़ें छीन न ले, पानी की झरझर में

कोई आवाज़ भी न सुने। अंधेरी गलियों में खून तक हो जाते हैं। पछताने लगा, नाहक इधर से आया। दो-चार मिनट देर ही में पहुँचता, तो ऐसी कौन-सी आफत आ जाती। असामयिक वृष्टि ने उसकी आनंद-कल्पनाओं में बाधा डाल दी। किसी तरह गली का अंत हुआ और सड़क मिली। लालटेनें दिखाई दीं। प्रकाश कितनी विश्वास उत्पन्न करने वाली शक्ति है, आज इसका उसे यथार्थ अनुभव हुआ। वह घर पहुँचा, तो दयानाथ बैठे हुक्का पी रहे थे। वह उस कमरे में न गया। उनकी आँख बचाकर अंदर जाना चाहता था कि उन्होंने टोका, 'इस वक्त कहाँ गए थे?'

रमा ने उन्हें कुछ जवाब न दिया। कहीं वह अख़बार सुनाने लगे, तो घंटों की खबर लेंगे। सीधा अंदर जा पहुँचा। जालपा द्वार पर खड़ी उसकी राह देख रही थी, तुरंत उसके हाथ से छतरी ले ली और बोली, 'तुम तो बिलकुल भीग गए। कहीं ठहर क्यों न गए।'

रमानाथ – 'पानी का क्या ठिकाना, रात-भर बरसता रहे।'

यह कहता हुआ रमा ऊपर चला गया। उसने समझा था, जालपा भी पीछेपीछे आती होगी, पर वह नीचे बैठी अपने देवरों से बातें कर रही थी, मानो उसे गहनों की याद ही नहीं है। जैसे वह बिलकुल भूल गई है कि रमा सर्राफे से आया है। रमा ने कपड़े बदले और मन में झुंझलाता हुआ नीचे चला आया। उसी समय दयानाथ भोजन करने आ गए। सब लोग भोजन करने बैठ गए। जालपा ने ज़ब्त तो किया था, पर इस उत्कंठा की दशा में आज उससे कुछ खाया न गया। जब वह ऊपर पहुँची, तो रमा चारपाई पर लेटा हुआ था। उसे देखते ही कौतुक से बोला, 'आज सर्राफे का जाना तो व्यर्थ ही गया। हार कहीं तैयार ही न था। बनाने को कह आया हूँ। जालपा की उत्साह से चमकती हुई मुख-छवि मलिन पड़ गई, बोली, 'वह तो पहले ही जानती थी। बनते-बनते पांच-छः महीने तो लग ही जाएंगे।'

रमानाथ – 'नहीं जी, बहुत जल्द बना देगा, कसम खा रहा था।'

जालपा – 'ऊह, जब चाहे दे! '

उत्कंठा की चरम सीमा ही निराशा है। जालपा मुँह उधरकर लेटने जा रही थी, कि रमा ने ज़ोर से कहकहा मारा। जालपा चौंक पड़ी। समझ गई, रमा ने शरारत की थी। मुस्कराती हुई बोली, 'तुम भी बड़े नटखट हो, क्या लाये?

रमानाथ – ' कैसा चकमा दिया?'

जालपा – 'यह तो मर्दों की आदत ही है, तुमने नई बात क्या की?'

जालपा दोनों आभूषणों को देखकर निहाल हो गई। हृदय में आनंद की लहरें-सी उठने लगीं। वह मनोभावों को छिपाना चाहती थी कि रमा उसे ओछी न समझे, लेकिन एक-एक अंग खिल जाता था। मुस्कराती हुई आँखें, दमकते हुए कपोल और

खिले हुए अधर उसका भरम गंवाए देते थे। उसने हार गले में पहना, शीशफल जूड़े में सजाया और हर्ष से उन्मत्त होकर बोली, 'तुम्हें आशीर्वाद देती हूँ, ईश्वर तुम्हारी सारी मनोकामनायें पूरी करे।' आज जालपा की वह अभिलाषा पूरी हुई, जो बचपन ही से उसकी कल्पनाओं का एक स्वप्न, उसकी आशाओं का क्रीड़ास्थल बनी हुई थी। आज उसकी वह साध पूरी हो गई। यदि मानकी यहाँ होती, तो वह सबसे पहले यह हार उसे दिखाती और कहती,

'तुम्हारा हार तुम्हें मुबारक हो! '

रमा पर घड़ों नशा चढ़ा हुआ था। आज उसे अपना जीवन सफल जान पड़ा। अपने जीवन में आज पहली बार उसे विजय का आनंद प्राप्त हुआ। जालपा ने पूछा, 'जाकर अम्माजी को दिखा आऊं?

रमा ने नम्रता से कहा, 'अम्मा को क्या दिखाने जाओगी। ऐसी कौन-सी बड़ी चीज़ें हैं।'

जालपा – 'अब मैं तुमसे साल-भर तक और किसी चीज़ के लिए न कहूंगी। इसके रूपये देकर ही मेरे दिल का बोझ हल्का होगा।'

रमा गर्व से बोला, 'रूपये की क्या चिंता! हैं ही कितने!'

जालपा – 'ज़रा अम्माजी को दिखा आऊं, देखें क्या कहती हैं!'

रमानाथ – 'मगर यह न कहना, उधार लाए हैं।'

जालपा इस तरह दौड़ी हुई नीचे गई, मानो उसे वहाँ कोई निधि मिल जायेगी।'

आधी रात बीत चुकी थी। रमा आनंद की नींद सो रहा था। जालपा ने छत पर आकर एक बार आकाश की ओर देखा। निर्मल चांदनी छिटकी हुई थी,वह कार्तिक की चांदनी जिसमें संगीत की शांति हैं, शांति का माधुर्य और माधुर्य का उन्माद, जालपा ने कमरे में आकर अपनी संदूकची खोली और उसमें से वह कांच का चंद्रहार निकाला जिसे एक दिन पहनकर उसने अपने को धन्य माना था। पर अब इस नए चंद्रहार के सामने उसकी चमक उसी भांति मंद पड़ गई थी, जैसे इस निर्मल चंद्रज्योति के सामने तारों का आलोक, उसने उस नकली हार को तोड़ डाला और उसके दानों को नीचे गली में गेंक दिया, उसी भांति जैसे पूजन समाप्त हो जाने के बाद कोई उपासक मिट्टी की मूर्तियों को जल में विसर्जित कर देता है।

उस दिन से जालपा के पति-स्नेह में सेवा-भाव का उदय हुआ। वह स्नान करने जाता, तो उसे अपनी धोती चुनी हुई मिलती। आले पर तेल और साबुन भी रक्खा हुआ पाता। जब दफ्तर जाने लगता, तो जालपा उसके कपड़े लाकर सामने रख

देती। पहले पान मांगने पर मिलते थे, अब ज़बरदस्ती खिलाए जाते थे। जालपा उसका रूख देखा करती। उसे कुछ कहने की जरूरत न थी। यहाँ तक कि जब वह भोजन करने बैठता, तो वह पंखा झला करती। पहले वह बड़ी अनिच्छा से भोजन बनाने जाती थी और उस पर भी बेगार-सी टालती थी। अब बड़े प्रेम से रसोई में जाती। चीजें अब भी वही बनती थीं, पर उनका स्वाद बढ़गया था। रमा को इस मधुर स्नेह के सामने वह दो गहने बहुत ही तुच्छ जंचते थे।

उधर जिस दिन रमा ने गंगू की दुकान से गहने ख़रीदे, उसी दिन दूसरे सर्राफों को भी उसके आभूषण-प्रेम की सूचना मिल गई। रमा जब उधर से निकलता, तो दोनों तरफ से दुकानदार उठ-उठकर उसे सलाम करते, 'आइए बाबूजी, पान तो खाते जाइए। दो-एक चीज़ें हमारी दुकान से तो देखिये।'

रमा का आत्म-संयम उसकी साख को और भी बढ़ाता था। यहां तक कि एक दिन एक दलाल रमा के घर पर आ पहुँचा, और उसके नहीं-नहीं करने पर भी अपनी संदूकची खोल ही दी।

रमा ने उससे पीछा छुडाने के लिए कहा, 'भाई, इस वक्त मुझे कुछ नहीं लेना है। क्यों अपना और मेरा समय नष्ट करोगे। दलाल ने बड़े विनीत भाव से कहा, 'बाबूजी, देख तो लीजिए। पसंद आए तो लीजिएगा, नहीं तो न लीजिएगा। देख लेने में तो कोई हर्ज नहीं है। आखिर रईसों के पास न जायें, तो किसके पास जायें। औरों ने आपसे गहरी रकमें मारीं, हमारे भाग्य में भी बदा होगा, तो आपसे चार पैसा पा जायेंगे। बहूजी और माईजी को दिखा लीजिए! मेरा मन तो कहता है कि आज आप ही के हाथों बोहनी होगी।'

रमानाथ – 'औरतों के पसंद की न कहो, चीज़ें अच्छी होंगी ही। पसंद आते क्या देर लगती है, लेकिन भाई, इस वक्त हाथ ख़ाली है।'

दलाल हँसकर बोला, 'बाबूजी, बस ऐसी बात कह देते हैं कि वाह! आपका हुक्म हो जाय तो हज़ार-पांच सौ आपके ऊपर निछावर कर दें। हम लोग आदमी का मिज़ाज देखते हैं, बाबूजी! भगवान् ने चाहा तो आज मैं सौदा करके ही उठूंगा।'

दलाल ने संदूकची से दो चीज़ें निकालीं, एक तो नए फैशन का जडाऊ कंगन था और दूसरा कानों का रिंग दोनों ही चीजें अपूर्व थीं। ऐसी चमक थी मानो दीपक जल रहा हो दस बजे थे, दयानाथ दफ्तर जा चुके थे, वह भी भोजन करने जा रहा था। समय बिलकुल न था, लेकिन इन दोनों चीज़ों को देखकर उसे किसी बात की सुध ही न रही। दोनों केस लिये हुए घर में आया। उसके हाथ में केस देखते ही दोनों स्त्रियां टूट पड़ीं और उन चीज़ों को निकाल-निकालकर देखने लगीं। उनकी चमक-दमक ने उन्हें ऐसा मोहित कर लिया कि गुण-दोष की विवेचना करने की उनमें

शक्ति ही न रही।

जागेश्वरी – 'आजकल की चीज़ों के सामने तो पुरानी चीज़ें कुछ जंचती ही नहीं।

जालपा – 'मुझे तो उन पुरानी चीज़ों को देखकर कै आने लगती है। न जाने उन दिनों औरतें कैसे पहनती थीं।'

रमा ने मुस्कराकर कहा,'तो दोनों चीज़ें पसंद हैं न?'

जालपा-'पसंद क्यों नहीं हैं, अम्मांजी, तुम ले लो।'

जागेश्वरी ने अपनी मनोव्यथा छिपाने के लिए सिर झुका लिया। जिसका सारा जीवन गृहस्थी की चिंताओं में कट गया, वह आज क्या स्वप्न में भी इन गहनों के पहनने की आशा कर सकती थी! आह! उस दुखिया के जीवन की कोई साध ही न पूरी हुई। पति की आय ही कभी इतनी न हुई कि बाल-बच्चों के पालन-पोषण के उपरांत कुछ बचता। जब से घर की स्वामिनी हुई, तभी से मानो उसकी तपश्चर्या का आरंभ हुआ और सारी लालसाएं एक-एक करके धूल में मिल गई। उसने उन आभूषणों की ओर से आँखें हटा लीं। उनमें इतना आकर्षण था कि उनकी ओर ताकते हुए वह डरती थी। कहीं उसकी विरक्ति का परदा न खुल जाये। बोली,'मैं लेकर क्या करूंगी बेटी, मेरे पहनने-ओढ़ने के दिन तो निकल गए। कौन लाया है बेटा? क्या दाम हैं इनके?'

रमानाथ – 'एक सर्राफ दिखाने लाया है, अभी दाम-आम नहीं पूछे, मगर ऊंचे दाम होंगे। लेना तो था ही नहीं, दाम पूछकर क्या करता ?'

जालपा – 'लेना ही नहीं था, तो यहाँ लाए क्यों?'

जालपा ने यह शब्द इतने आवेश में आकर कहे कि रमा खिसिया गया। उनमें इतनी उत्तेजना, इतना तिरस्कार भरा हुआ था कि इन गहनों को लौटा ले जाने की उसकी हिम्मत न पड़ी। बोला,तो ले लूं?'

जालपा – 'अम्मा लेने ही नहीं कहतीं तो लेकर क्या करोगे- क्या मुफ्त में दे रहा है?'

रमानाथ – 'समझ लो मुफ्त ही मिलते हैं।'

जालपा – 'सुनती हो अम्माजी, इनकी बातें। आप जाकर लौटा आइए। जब हाथ में रूपये होंगे, तो बहुत गहने मिलेंगे।'

जागेश्वरी ने मोहासक्त स्वर में कहा,'रूपये अभी तो नहीं मांगता?'

जालपा – 'उधार भी देगा, तो सूद तो लगा ही लेगा?'

रमानाथ – 'तो लौटा दूं- एक बात चटपट तय कर डालो। लेना हो, ले लो, न लेना हो, तो लौटा दो। मोह और दुविधा में न पड़ो...'

जालपा को यह स्पष्ट बातचीत इस समय बहुत कठोर लगी। रमा के मुंह से उसे ऐसी आशा न थी। इंकार करना उसका काम था, रमा को लेने के लिए आग्रह करना चाहिए था। जागेश्वरी की ओर लालायित नजरों से देखकर बोली,'लौटा दो। रात-दिन के तकाज़े कौन सहेगा।'

वह केसों को बंद करने ही वाली थी कि जागेश्वरी ने कंगन उठाकर पहन लिया, मानो एक क्षण-भर पहनने से ही उसकी साध पूरी हो जायगी। फिर मन में इस ओछेपन पर लज्जित होकर वह उसे उतारना ही चाहती थी कि रमा ने कहा, 'अब तुमने पहन लिया है अम्मां, तो पहने रहो मैं तुम्हें भेंट करता हूं।'

जागेश्वरी की आँखें सजल हो गई। जो लालसा आज तक न पूरी हो सकी, वह आज रमा की मातृ-भक्ति से पूरी हो रही थी, लेकिन क्या वह अपने प्रिय पुत्र पर ऋण का इतना भारी बोझ रख देगी ?अभी वह बेचारा बालक है, उसकी सामर्थ्य ही क्या है? न जाने रूपये जल्द हाथ आयें या देर में। दाम भी तो नहीं मालूम। अगर ऊंचे दामों का हुआ, तो बेचारा देगा कहां से- उसे कितने तकाज़े सहने पड़ेंगे और कितना लज्जित होना पड़ेगा। कातर स्वर में बोली, 'नहीं बेटा, मैंने यों ही पहन लिया था। ले जाओ, लौटा दो।'

माता का उदास मुख देखकर रमा का ह्रदय मातृ-प्रेम से हिल उठा। क्या ऋण के भय से वह अपनी त्यागमूर्ति माता की इतनी सेवा भी न कर सकेगा?माता के प्रति उसका कुछ कर्तव्य भी तो है? बोला,रूपये बहुत मिल जाएंगे अम्मां, तुम इसकी चिंता मत करो। जागेश्वरी ने बहू की ओर देखा। मानो कह रही थी कि रमा मुझ पर कितना अत्याचार कर रहा है। जालपा उदासीन भाव से बैठी थी। कदाचित उसे भय हो रहा था कि माताजी यह कंगन ले न लें। मेरा कंगन पहन लेना बहू को अच्छा नहीं लगा, इसमें जागेश्वरी को संदेह नहीं रहा। उसने तुरंत कंगन उतार डाला, और जालपा की ओर बढ़ाकर बोली,'मैं अपनी ओर से तुम्हें भेंट करती हूं, मुझे जो कुछ पहनना-ओढ़ना था, ओढ़-पहन चुकी। अब ज़रा तुम पहनो, देखूं,'

जालपा को इसमें ज़रा भी संदेह न था कि माताजी के पास रूपये की कमी नहीं। वह समझी, शायद आज वह पसीज गई हैं और कंगन के रूपए दे देंगी। एक क्षण पहले उसने समझा था कि रूपये रमा को देने पड़ेंगे, इसीलिए इच्छा रहने पर भी वह उसे लौटा देना चाहती थी। जब माताजी उसका दाम चुका रही थीं, तो वह क्यों इंकार करती, मगर ऊपरी मन से बोली,' रूपये न हों, तो रहने दीजिए अम्माजी, अभी कौन जल्दी है?'

रमा ने कुछ चिढ़कर कहा,'तो तुम यह कंगन ले रही हो?'

जालपा – 'अम्माजी नहीं मानतीं, तो मैं क्या करूं?

रमानाथ – 'और ये रिंग, इन्हें भी क्यों नहीं रख लेतीं?'

जालपा – 'जाकर दाम तो पूछ आओ।

रमा ने अधीर होकर कहा,'तुम इन चीज़ों को ले जाओ, तुम्हें दाम से क्या मतलब!'

रमा ने बाहर आकर दलाल से दाम पूछा तो सन्नाटे में आ गया। कंगन सात सौ के थे, और रिंग डेढ़ सौ के, उसका अनुमान था कि कंगन अधिकसे-अधिक तीन सौ के होंगे और रिंग चालीस-पचास रूपये के, पछताए कि पहले ही दाम क्यों न पूछ लिए, नहीं तो इन चीज़ों को घर में ले जाने की नौबत ही क्यों आती? उधारते हुए शर्म आती थी, मगर कुछ भी हो, उधारना तो पड़ेगा ही। इतना बडा बोझ वह सिर पर नहीं ले सकता दलाल से बोला, 'बड़े दाम हैं भाई, मैंने तो तीन-चार सौ के भीतर ही आंका था।'

दलाल का नाम चरनदास था। बोला,दाम में एक कौड़ी फरक पड़ जाय सरकार, तो मुँह न दिखाऊं। धनीराम की कोठी का तो माल है, आप चलकर पूछ लें। दमड़ी रूपये की दलाली अलबत्ता मेरी है, आपकी मरज़ी हो दीजिए या न दीजिए।'

रमानाथ – 'तो भाई इन दामों की चीजें तो इस वक्त हमें नहीं लेनी हैं।'

चरनदास – 'ऐसी बात न कहिए, बाबूजी! आपके लिए इतने रूपये कौन बडी बात है। दो महीने भी माल चल जाय तो उसके दूने हाथ आ जायंगे। आपसे बढ़कर कौन शौकीन होगा। यह सब रईसों के ही पसंद की चीज़ें हैं। गंवार लोग इनकी कद्र क्या जानें।'

रमानाथ – 'साढ़े आठ सौ बहुत होते हैं भई!'

चरनदास – 'रूपयों का मुँह न देखिए बाबूजी, जब बहूजी पहनकर बैठेंगी, तो एक निगाह में सारे रूपये तर जायंगे।'

रमा को विश्वास था कि जालपा गहनों का यह मूल्य सुनकर आप ही बिचक जायगी। दलाल से और ज्यादा बातचीत न की। अंदर जाकर बड़े ज़ोर से हँसा और बोला, 'आपने इस कंगन का क्या दाम समझा था, मांजी?'

जागेश्वरी कोई जवाब देकर बेवकूफ न बनना चाहती थी,इन जडाऊ चीज़ों में नाप-तौल का तो कुछ हिसाब रहता नहीं जितने में तै हो जाय, वही ठीक है।

रमानाथ – 'अच्छा, तुम बताओ जालपा, इस कंगन का कितना दाम आंकती हो? '

जालपा – 'छः सौ से कम का नहीं।'

रमा का सारा खेल बिगड़ गया। दाम का भय दिखाकर रमा ने जालपा को डरा देना चाहा था, मगर छः और सात में बहुत थोडा ही अंतर था। और संभव है

चरनदास इतने ही पर राज़ी हो जाय। कुछ झेंपकर बोला,कच्चे नगीने नहीं हैं।'

जालपा – 'कुछ भी हो, छः सौ से ज्यादा का नहीं।'

रमानाथ-'और रिंग का? '

जालपा – 'अधिक से अधिक सौ रूपये! '

रमानाथ – 'यहाँ भी चूकीं, डेढ़सौ मांगता है।'

जालपा – 'जट्टू है कोई, हमें इन दामों लेना ही नहीं।

रमा की चाल उल्टी पड़ी, जालपा को इन चीज़ों के मूल्य के विषय में बहुत धोखा न हुआ था। आख़िर रमा की आर्थिक दशा तो उससे छिपी न थी, फिर वह सात सौ रूपये की चीजों के लिए मुंह खोले बैठी थी। रमा को क्या मालूम था कि जालपा कुछ और ही समझकर कंगन पर लहराई थी। अब तो गला छूटने का एक ही उपाय था और वह यह कि दलाल छः सौ पर राज़ी न हो बोला, 'वह साढ़े आठ से कौड़ी कम न लेगा।'

जालपा – 'तो लौटा दो।'

रमानाथ – 'मुझे तो लौटाते शर्म आती है। अम्मां, ज़रा आप ही दालान में चलकर कह दें, हमें सात सौ से ज्यादा नहीं देना है। देना होता तो दे दो, नहीं चले जाओ।'

जागेश्वरी – 'हाँ रे, क्यों नहीं, उस दलाल से मैं बातें करने जाऊं! '

जालपा – 'तुम्हीं क्यों नहीं कह देते, इसमें तो कोई शर्म की बात नहीं।'

रमानाथ – 'मुझसे साफ जवाब न देते बनेगा। दुनिया-भर की ख़ुशामद करेगा। चुनी चुना,आप बडे आदमी हैं, रईस हैं, राजा हैं। आपके लिए डेढ़सौ क्या चीज़ है। मैं उसकी बातों में आ जाऊंगा। '

जालपा – 'अच्छा, चलो मैं ही कहे देती हूँ।'

रमानाथ – 'वाह, फिर तो सब काम ही बन गया।

रमा पीछे दुबक गया। जालपा दालान में आकर बोली, 'ज़रा यहाँआना जी, ओ सर्राफ! लूटने आए हो, या माल बेचने आए हो! '

चरनदास बरामदे से उठकर द्वार पर आया और बोला, 'क्या हुक्म है, सरकार।

जालपा – 'माल बेचने आते हो, या जटने आते हो? सात सौ रूपये कंगन के मांगते हो? '

चरनदास – 'सात सौ तो उसकी कारीगरी के दाम हैं, हूज़ूर! '

जालपा – 'अच्छा तो जो उस पर सात सौ निछावर कर दे, उसके पास ले जाओ। रिंग के डेढ़ सौ कहते हो, लूट है क्या? मैं तो दोनों चीज़ों के सात सौ से अधिक न दूंगी।

चरनदास – 'बहूजी, आप तो अंधेर करती हैं। कहां साढ़े आठ सौ और कहाँ सात सौ? '

जालपा – 'तुम्हारी खुशी, अपनी चीज़ ले जाओ।'

चरनदास – 'इतने बड़े दरबार में आकर चीज़ लौटा ले जाऊं?' आप यों ही पहनें। दस-पांच रूपये की बात होती, तो आपकी ज़बान ने उधरता। आपसे झूठ नहीं कहता बहूजी, इन चीज़ों पर पैसा रूपया नगद है। उसी एक पैसे में दुकान का भाड़ा, बका-खाता, दस्तूरी, दलाली सब समझिए। एक बात ऐसी समझकर कहिए कि हमें भी चार पैसे मिल जायें। सवेरे-सवेरे लौटना न पड़े।

जालपा – 'कह दिए, वही सात सौ।'

चरनदास ने ऐसा मुँह बनाया, मानो वह किसी धर्म-संकट में पड़ गया है। फिर बोला – 'सरकार, है तो घाटा ही, पर आपकी बात नहीं टालते बनती। रूपये कब मिलेंगे?'

जालपा – 'जल्दी ही मिल जायेंगे।'

जालपा अंदर जाकर बोली – 'आख़िर दिया कि नहीं सात सौ में डेढ़ सौ साफ उड़ायें लिए जाता था। मुझे पछतावा हो रहा है कि कुछ और कम क्यों न कहा। वे लोग इस तरह गाहकों को लूटते हैं।'

रमा इतना भारी बोझ लेते घबरा रहा था, लेकिन परिस्थिति ने कुछ ऐसा रंग पकड़ा कि बोझ उस पर लद ही गया। जालपा तो ख़ुशी की उमंग में दोनों चीजें लिये ऊपर चली गई, पर रमा सिर झुकाए चिंता में डूबा खडाथा। जालपा ने उसकी दशा जानकर भी इन चीज़ों को क्यों ठुकरा नहीं दिया, क्यों ज़ोर देकर नहीं कहा -' मैं न लूंगी, क्यों दुविधा में पड़ी रही। साढ़े पांच सौ भी चुकाना मुश्किल था, इतने और कहाँ से आयेंगे।'

असल में ग़लती मेरी ही है। मुझे दलाल को दरवाजे से ही दुत्कार देना चाहिए था। लेकिन उसने मन को समझाया। यह अपने ही पापों का तो प्रायश्चित है। फिर आदमी इसीलिए तो कमाता है। रोटियों के लाले थोड़े ही थे? भोजन करके जब रमा ऊपर कपड़े पहनने गया, तो जालपा आईने के सामने खड़ी कानों में रिंग पहन रही थी। उसे देखते ही बोली – 'आज किसी अच्छे का मुँह देखकर उठी थी। दो चीज़ें मुफ्त हाथ आ गई।'

रमा ने विस्मय से पूछा, 'मुफ्त क्यों? रूपये न देने पड़ेंगे? '

जालपा-'रूपये तो अम्मांजी देंगी? '

रमानाथ – 'क्या कुछ कहती थीं? '

जालपा – 'उन्होंने मुझे भेंट दिए हैं, तो रूपये कौन देगा? '

रमा ने उसके भोलेपन पर मुस्कराकर कहा, यही समझकर तुमने यह चीज़ें ले लीं ? अम्मा को देना होता तो उसी वक्त दे देती, जब गहने चोरी गए थे। क्या उनके पास रूपये न थे?'

जालपा असमंजस में पड़कर बोली, तो मुझे क्या मालूम था। अब भी तो लौटा सकते हो कह देना, जिसके लिए लिया था, उसे पसंद नहीं आया। यह कहकर उसने तुरंत कानों से रिंग निकाल लिए। कंगन भी उतार डाले और दोनों चीजें केस में रखकर उसकी तरफ इस तरह बढ़ाई, जैसे कोई बिल्ली चूहे से खेल रही हो, वह चूहे को अपनी पकड़ से बाहर नहीं होने देती। उसे छोड़कर भी नहीं छोड़ती। हाथों को फैलाने का साहस नहीं होता था। क्या उसके हृदय की भी यही दशा न थी? उसके मुख पर हवाइयां उड़ रही थीं। क्यों वह रमा की ओर न देखकर भूमि की ओर देख रही थी? क्यों सिर ऊपर न उठाती थी? किसी संकट से बच जाने में जो हार्दिक आनंद होता है, वह कहाँ था? उसकी दशा ठीक उस माता की-सी थी, जो अपने बालक को विदेश जाने की अनुमति दे रही हो वही विवशता, वही कातरता, वही ममता इस समय जालपा के मुख पर उदय हो रही थी। रमा उसके हाथ से केसों को ले सके, इतना कडा संयम उसमें न था। उसे तकाज़े सहना, लज्जित होना, मुँह छिपाए फिरना, चिंता की आग में जलना, सब कुछ सहना मंजूर था। ऐसा काम करना नामंजूर था जिससे जालपा का दिल टूट जाए, वह अपने को अभागिन समझने लगे। उसका सारा ज्ञान, सारी चेष्टा, सारा विवेक इस आघात का विरोध करने लगा। प्रेम और परिस्थितियों के संघर्ष में प्रेम ने विजय पाई।

उसने मुस्कराकर कहा, 'रहने दो, अब ले लिया है, तो क्या लौटायें। अम्माजी भी हँसेंगी।

जालपा ने बनावटी कांपते हुए कंठ से कहा,अपनी चादर देखकर ही पांव फैलाना चाहिए। एक नई विपत्ति मोल लेने की क्या जरूरत है! रमा ने मानो जल में डूबते हुए कहा, ईश्वर मालिक है। और तुरंत नीचे चला गया। हम क्षणिक मोह और संकोच में पड़कर अपने जीवन के सुख और शांति का कैसे होम कर देते हैं! अगर जालपा मोह के इस झोंके में अपने को स्थिर रख सकती, अगर रमा संकोच के आगे सिर न झुका देता, दोनों के हृदय में प्रेम का सच्चा प्रकाश होता, तो वे पथ-भ्रष्ट होकर सर्वनाश की ओर न जाते। ग्यारह बज गए थे। दफ्तर के लिए देर हो रही थी, पर रमा इस तरह जा रहा था, जैसे कोई अपने प्रिय बंधु की दाह-क्रिया करके लौट रहा हो।

जालपा अब वह एकांतवासिनी रमणी न थी, जो दिन-भर मुँह लपेटे उदास पड़ी रहती थी। उसे अब घर में बैठना अच्छा नहीं लगता था। अब तक तो वह मजबूर थी, कहीं आ-जा न सकती थी। अब ईश्वर की दया से उसके पास भी गहने हो गए थे। फिर वह क्यों मन मारे घर में पड़ी रहती। वस्त्राभूषण कोई मिठाई तो नहीं, जिसका स्वाद एकांत में लिया जा सके। आभूषणों को संदूकची में बंद करके रखने से क्या फायदा? मुहल्ले या बिरादरी में कहीं से बुलावा आता, तो वह सास के साथ अवश्य जाती। कुछ दिनों के बाद सास की जरूरत भी न रही। वह अकेली आने-जाने लगी। फिर कार्य-प्रयोजन की कैद भी नहीं रही। उसके रूप-लावण्य, वस्त्र-आभूषण और शील-विनय ने मुहल्ले की स्त्रियों में उसे जल्दी ही सम्मान के पद पर पहुँचा दिया। उसके बिना मंडली सूनी रहती थी। उसका कंठ-स्वर इतना कोमल था, भाषण इतना मधुर, छवि इतनी अनुपम कि वह मंडली की रानी मालूम होती थी। उसके आने से मुहल्ले के नारी-जीवन में जान-सी पड़ गई। नित्य ही कहीं-न-कहीं जमाव हो जाता। घंटे-दो घंटे गा-बजाकर या गपशप करके रमणियाँ दिल बहला लिया करतीं। कभी किसी के घर, कभी किसी के घर, गागुन में पंद्रह दिन बराबर गाना होता रहा। जालपा ने जैसा रूप पाया था, वैसा ही उदार हृदय भी पाया था। पान-पत्तों का ख़र्च प्रायः उसी के मत्थे पड़ता। कभी-कभी गायनें बुलाई जातीं, उनकी सेवा-सत्कार का भार उसी पर था। कभी-कभी वह स्त्रियों के साथ गंगा-स्नान करने जाती, तांगे का किराया और गंगा-तट पर जलपान का ख़र्च भी उसके मत्थे जाता। इस तरह उसके दो-तीन रूपये रोज़ उड़ जाते थे। रमा आदर्श पति था। जालपा अगर मांगती तो प्राण तक उसके चरणों पर रख देता। रूपये की हैसियत ही क्या थी? उसका मुँह जोहता रहता था। जालपा उससे इन जमघटों की रोज़ चर्चा करती। उसका स्त्री-समाज में कितना आदर-सम्मान है, यह देखकर वह फूला न समाता था।

एक दिन इस मंडली को सिनेमा देखने की धुन सवार हुई। वहाँ की बहार देखकर सब-की-सब मुग्ध हो गई। फिर तो आए दिन सिनेमा की सैर होने लगी। रमा को अब तक सिनेमा का शौक न था। शौक होता भी तो क्या करता? अब हाथ में पैसे आने लगे थे, उस पर जालपा का आग्रह, फिर भला वह क्यों न जाता, सिनेमा-गृह में ऐसी कितनी ही रमणियाँ मिलतीं, जो मुँह खोले निसंकोच हँसती-बोलती रहती थीं। उनकी आज़ादी गुप्त रूप से जालपा पर भी जादू डालती जाती थी। वह घर से बाहर निकलते ही मुँह खोल लेती, मगर संकोचवश परदेवाली स्त्रियों के ही स्थान पर बैठती। उसकी कितनी इच्छा होती कि रमा भी उसके साथ बैठता। आख़िर वह उन फैशनेबल औरतों से किस बात में कम है? रूप-रंग में वह हेठी नहीं। सजधज

में किसी से कम नहीं। बातचीत करने में कुशल। फिर वह क्यों परदेवालियों के साथ बैठे। रमा बहुत शिक्षित न होने पर भी देश और काल के प्रभाव से उदार था। पहले तो वह परदे का ऐसा अनन्य भक्त था, कि माता को कभी गंगा-स्नान कराने लिवा जाता, तो पंडों तक से न बोलने देता। कभी माता की हँसी मर्दाने में सुनाई देती, तो आकर बिगड़ता, 'तुमको ज़रा भी शर्म नहीं है अम्मा! बाहर लोग बैठे हुए हैं, और तुम हँस रही हो'। माँ लज्जित हो जाती थीं। किंतु अवस्था के साथ रमा का यह लिहाज़ ग़ायब होता जाता था। उस पर जालपा की रूप-छटा उसके साहस को और भी उभोजित करती थी। जालपा रूपहीन, काली-कलूटी, फूहड़ होती, तो वह ज़बरदस्ती उसको परदे में बैठाता। उसके साथ घूमने या बैठने में उसे शर्म आती। जालपा-जैसी अनन्य सुंदरी के साथ सैर करने में आनंद के साथ गौरव भी तो था। वहाँ के सभ्य समाज की कोई महिला रूप, गठन और श्रृंगार में जालपा की बराबरी न कर सकती थी। देहात की लड़की होने पर भी शहर के रंग में वह इस तरह रंग गई थी, मानो जन्म से शहर ही में रहती आई है। थोड़ी-सी कमी अंग्रेज़ी शिक्षा की थी, उसे भी रमा पूरी किए देता था। मगर परदे का यह बंधन टूटे कैसे। भवन में रमा के कितने ही मित्र, कितनी ही जान -पहचान के लोग बैठे नज़र आते थे। वे उसे जालपा के साथ बैठे देखकर कितना हँसेंगे। आख़िर एक दिन उसने समाज के सामने ताल ठोंककर खड़े हो जाने का निश्चय कर ही लिया। जालपा से बोला, 'आज हम-तुम सिनेमाघर में साथ बैठेंगे।'

जालपा के ह्रदय में गुदगुदी-सी होने लगी। हार्दिक आनंद की आभा चेहरे पर झलक उठी। बोली, 'सच! नहीं भाई, साथवालियाँ जीने न देंगी।'

रमानाथ – 'इस तरह डरने से तो फिर कभी कुछ न होगा। यह क्या स्वांग है कि स्त्रियाँ मुँह छिपाए चिक की आड़ में बैठी रहें।'

इस तरह यह मामला भी तय हो गया। पहले दिन दोनों झेंपते रहे, लेकिन दूसरे दिन से हिम्मत खुल गई। कई दिनों के बाद वह समय भी आया कि रमा और जालपा संध्या समय पार्क में साथ-साथ टहलते दिखाई दिये।

जालपा ने मुस्कराकर कहा,'कहीं बाबूजी देख लें तो?'

रमानाथ – 'तो क्या, कुछ नहीं।'

जालपा – 'मैं तो मारे शर्म के गड़ जाऊं।'

रमानाथ – अभी तो मुझे भी शर्म आएगी, मगर बाबूजी ख़ुद ही इधर न आएंगे।'

जालपा – 'और जो कहीं अम्मांजी देख लें!'

रमानाथ – 'अम्मा से कौन डरता है, दो दलीलों में ठीक कर दूंगा।'

दस ही पाँच दिन में जालपा ने नए महिला-समाज में अपना रंग जमा लिया। उसने इस समाज में इस तरह प्रवेश किया, जैसे कोई कुशल वक्ता पहली बार परिषद के मंच पर आता है। विद्वान लोग उसकी उपेक्षा करने की इच्छा होने पर भी उसकी प्रतिभा के सामने सिर झुका देते हैं। जालपा भी 'आई, देखा और विजय कर लिया।' उसके सौंदर्य में वह गरिमा, वह कठोरता, वह शान, वह तेजस्विता थी, जो कुलीन महिलाओं के लक्षण हैं। पहले ही दिन एक महिला ने जालपा को चाय का निमंत्रण दे दिया और जालपा इच्छा न रहने पर भी उसे अस्वीकार न कर सकी। जब दोनों प्राणी वहाँ से लौटे, तो रमा ने चिंतित स्वर में कहा, 'तो कल इसकी चाय-पार्टी में जाना पड़ेगा?'

जालपा – 'क्या करती? इंकार करते भी तो न बनता था! '

रमानाथ – 'तो सबेरे तुम्हारे लिए एक अच्छी-सी साड़ी ला दूं? '

जालपा – 'क्या मेरे पास साड़ी नहीं है, ज़रा देर के लिए पचास-साठ रूपये खर्च करने से फायदा! '

रमानाथ – 'तुम्हारे पास अच्छी साड़ी कहाँ है। इसकी साड़ी तुमने देखी? ऐसी ही तुम्हारे लिए भी लाऊंगा।'

जालपा ने विवशता के भाव से कहा – 'मुझे साफ कह देना चाहिए था कि फुरसत नहीं है।'

रमानाथ – 'फिर इनकी दावत भी तो करनी पड़ेगी।'

जालपा – 'यह तो बुरी विपत्ति गले पड़ी।'

रमानाथ – 'विपत्ति कुछ नहीं है, सिर्फ यही ख़याल है कि मेरा मकान इस काम के लायक नहीं। मेज़, कुर्सियाँ, चाय के सेट रमेश के यहाँ से मांग लाऊंगा, लेकिन घर के लिए क्या करूं!'

जालपा – 'क्या यह ज़रूरी है कि हम लोग भी दावत करें?'

रमा ने ऐसी बात का कुछ उत्तर न दिया। उसे जालपा के लिए एक जूते की जोड़ी और सुंदर कलाई की घड़ी की फिक्र पैदा हो गई। उसके पास कौड़ी भी न थी। उसका ख़र्च रोज़ बढ़ता जाता था। अभी तक गहने वालों को एक पैसा भी देने की नौबत न आई थी। एक बार गंगू महाराज ने इशारे से तकाजा भी किया था, लेकिन यह भी तो नहीं हो सकता कि जालपा फटे हालों चाय- पार्टी में जाये। नहीं, जालपा पर वह इतना अन्याय नहीं कर सकता इस अवसर पर जालपा की रूप-शोभा का सिक्का बैठ जायगा। सभी तो आज चमाचम साड़ियाँ पहने हुए थीं। जड़ाऊ कंगन और मोतियों के हारों की भी तो कमी न थी, पर जालपा अपने सादे आवरण में उनसे कोसों आगे थी। उसके सामने एक भी नहीं जंचती थी। यह मेरे पूर्व कर्मो का

फल है कि मुझे ऐसी सुंदरी मिली। आख़िर यही तो खाने-पहनने और जीवन का आनंद उठाने के दिन हैं। जब जवानी ही में सुख न उठाया, तो बुढ़ापे में क्या कर लेंगे! बुढ़ापे में मान लिया धन हुआ ही तो क्या यौवन बीत जाने पर विवाह किस काम का? साड़ी और घड़ी लाने की उसे धुन सवार हो गई। रात भर तो उसने सब्र किया। दूसरे दिन दोनों चीजें लाकर ही दम लिया। जालपा ने झुंझलाकर कहा, 'मैंने तो तुमसे कहा था कि इन चीज़ों का काम नहीं है। डेढ़ सौ से कम की न होंगी?

रमानाथ – 'डेढ़ सौ! इतना फिजूल-ख़र्च मैं नहीं हूँ।'

जालपा – 'डेढ़ सौ से कम की ये चीज़ें नहीं हैं।'

जालपा ने घड़ी कलाई में बांध ली और साड़ी को खोलकर मंत्रमुग्ध नजरों से देखा।

रमानाथ – 'तुम्हारी कलाई पर यह घड़ी कैसी खिल रही है! मेरे रूपये वसूल हो गए।

जालपा – 'सच बताओ, कितने रूपये ख़र्च हुए?

रमानाथ – 'सच बता दूं- एक सौ पैंतीस रूपये। पचहत्तर रूपये की साड़ी, दस के जूते और पचास की घड़ी।'

जालपा – 'यह डेढ़ सौ ही हुए। मैंने कुछ बढ़ाकर थोड़े कहा था, मगर यह सब रूपये अदा कैसे होंगे? उस चुड़ैल ने व्यर्थ ही मुझे निमंत्रण दे दिया। अब मैं बाहर जाना ही छोड़ दूंगी।'

रमा भी इसी चिंता में मग्न था, पर उसने अपने भाव को प्रकट करके जालपा के हर्ष में बाधा न डाली। बोला, 'सब अदा हो जायेगा।'

जालपा ने तिरस्कार के भाव से कहा – 'कहाँ से अदा हो जाएगा, ज़रा सुनूं। कौड़ी तो बचती नहीं, अदा कहाँ से हो जायेगा? वह तो कहो बाबूजी घर का ख़र्च संभाले हुए हैं, नहीं तो मालूम होता। क्या तुम समझते हो कि मैं गहने और साड़ियों पर मरती हूँ? इन चीज़ों को लौटा आओ। रमा ने प्रेमपूर्ण नज़रों से कहा, 'इन चीज़ों को रख लो। फिर तुमसे बिना पूछे कुछ न लाऊंगा।'

संध्या समय जब जालपा ने नई साड़ी और नए जूते पहने, घड़ी कलाई पर बांधी और आईने में अपनी सूरत देखी, तो मारे गर्व और उल्लास के उसका मुखमंडल प्रज्वलित हो उठा। उसने उन चीज़ों के लौटाने के लिए सच्चे दिल से कहा हो, पर इस समय वह इतना त्याग करने को तैयार न थी। संध्या समय जालपा और रमा छावनी की ओर चले। महिला ने केवल बंगले का नंबर बतला दिया था। बंगला आसानी से मिल गया। गाटक पर साइनबोर्ड था,'इन्दुभूषण, ऐडवोकेट, हाईकोर्ट' अब रमा को मालूम हुआ कि वह महिला पं. इन्दुभूषण की पत्नी थी। पंडितजी

काशी के नामी वकील थे। रमा ने उन्हें कितनी ही बार देखा था, पर इतने बडे आदमी से परिचय का सौभाग्य उसे कैसे होता! छः महीने पहले वह कल्पना भी न कर सकता था, कि किसी दिन उसे उनके घर निमंत्रित होने का गौरव प्राप्त होगा, पर जालपा की बदौलत आज वह अनहोनी बात हो गई। वह काशी के बड़े वकील का मेहमान था। रमा ने सोचा था कि बहुत से स्त्री-पुरूष निमंत्रित होंगे, पर यहाँ वकील साहब और उनकी पत्नी रतन के सिवा और कोई न था। रतन इन दोनों को देखते ही बरामदे में निकल आई और उनसे हाथ मिलाकर अंदर ले गई और अपने पति से उनका परिचय कराया। पंडितजी ने आरामकुर्सी पर लेटे-ही-लेटे दोनों मेहमानों से हाथ मिलाया और मुस्कराकर कहा, 'क्षमा कीजिएगा बाबू साहब, मेरा स्वास्थ्य अच्छा नहीं है। आप यहाँ किसी आफिस में हैं?'

रमा ने झेंपते हुए कहा,'जी हाँ, म्युनिसिपल आफिस में हूँ। अभी हाल ही में आया हूँ। कानून की तरफ जाने का इरादा था, पर नए वकीलों की यहाँ जो हालत हो रही है, उसे देखकर हिम्मत न पड़ी। '

रमा ने अपना महत्व बढ़ाने के लिए ज़रा-सा झूठ बोलना अनुचित न समझा। इसका असर बहुत अच्छा हुआ। अगर वह साफ कह देता, 'मैं पच्चीस रूपये का क्लर्क हूँ, तो शायद वकील साहब उससे बातें करने में अपना अपमान समझते। बोले, 'आपने बहुत अच्छा किया जो इधर नहीं आए। वहाँ दो-चार साल के बाद अच्छी जगह पर पहुँच जायेंगे, यहाँ संभव है दस साल तक आपको कोई मुकदमा ही न मिलता।'

जालपा को अभी तक संदेह हो रहा था कि रतन वकील साहब की बेटी है या पत्नी वकील साहब की उम्र साठ से नीचे न थी। चिकनी चाँद आसपास के सफेद बालों के बीच में वारनिश की हुई लकड़ी की भांति चमक रही थी। मूंछें साफ थीं, पर माथे की शिकन और गालों की झुर्रियां बतला रही थीं कि यात्री संसार-यात्रा से थक गया है। आरामकुर्सी पर लेटे हुए वह ऐसे मालूम होते थे, जैसे बरसों के मरीज़ हों! हाँ, रंग गोरा था, जो साठ साल की गर्मीसर्दी खाने पर भी उड़ न सका था। ऊंची नाक थी, ऊंचा माथा और बड़ी-बड़ी आँखें, जिनमें अभिमान भरा हुआ था! उनके मुख से ऐसा भासित होता था कि उन्हें किसी से बोलना या किसी बात का जवाब देना भी अच्छा नहीं लगता। इसके प्रतिकूल रतन सांवली, सुगठित युवती थी, बडी मिलनसार, जिसे गर्व ने छुआ तक न था। सौंदर्य का उसके रूप में कोई लक्षण न था। नाक चिपटी थी, मुख गोल, आँखें छोटी, फिर भी वह रानी-सी लगती थी। जालपा उसके सामने ऐसी लगती थी, जैसे सूर्यमूखी के सामने जूही का फूल। चाय आई। मेवे, फल, मिठाई, बर्ग की कुल्फी, सब मेज़ों पर सजा दिए गए। रतन और

जालपा एक मेज़ पर बैठीं। दूसरी मेज़ रमा और वकील साहब की थी। रमा मेज़ के सामने जा बैठा, मगर वकील साहब अभी आरामकुर्सी पर लेटे ही हुए थे।

रमा ने मुस्कराकर वकील साहब से कहा, 'आप भी तो आयें।'

वकील साहब ने लेटे-लेटे मुस्कराकर कहा, 'आप शुरू कीजिए, मैं भी आया जाता हूँ।'

लोगों ने चाय पी, फल खाए, पर वकील साहब के सामने हँसते-बोलते रमा और जालपा दोनों ही झिझकते थे। जिंदादिल बूढ़ों के साथ तो सोहबत का आनंद उठाया जा सकता है, लेकिन ऐसे रूखे, निर्जीव मनुष्य जवान भी हों, तो दूसरों को मुर्दा बना देते हैं। वकील साहब ने बहुत आग्रह करने पर दो घूंट चाय पी। दूर से बैठे तमाशा देखते रहे। इसलिए जब रतन ने जालपा से कहा,चलो, हम लोग ज़रा बग़ीचे की सैर करें, इन दोनों महाशयों को समाज और नीति की विवेचना करने दें, तो मानो जालपा के गले का गंदा छूट गया। रमा ने पिंजड़े में बंद पक्षी की भांति उन दोनों को कमरे से निकलते देखा और एक लंबी सांस ली। वह जानता कि यहां यह विपत्ति उसके सिर पड़ जायेगी, तो आने का नाम न लेता।

वकील साहब ने मुँह सिकोड़कर पहलू बदला और बोले, 'मालूम नहीं, पेट में क्या हो गया है, कि कोई चीज़ हज़म ही नहीं होती। दूध भी नहीं हज़म होता। चाय को लोग न जाने क्यों इतने शौक से पीते हैं, मुझे तो इसकी सूरत से भी डर लगता है। पीते ही बदन में ऐंठन-सी होने लगती है और आँखों से चिनगारियाँ-सी निकलने लगती हैं।'

रमा ने कहा, 'आपने हाज़मे की कोई दवा नहीं की? '

वकील साहब ने अरूचि के भाव से कहा, 'दवाओं पर मुझे रत्ती-भर भी विश्वास नहीं। इन वैद्य और डाक्टरों से ज्यादा बेसमझ आदमी संसार में न मिलेंगे। किसी में निदान की शक्ति नहीं। दो वैद्यों, दो डाक्टरों के निदान कभी न मिलेंगे। लक्षण वही है, पर एक वैद्य रक्तदोष बतलाता है, दूसरा पित्तदोष, एक डाक्टर फेफड़े का सूजन बतलाता है, दूसरा आमाशय का विकार। बस, अनुमान से दवा की जाती है और निर्दयता से रोगियों की गर्दन पर छुरी ट्ठरी जाती है। इन डाक्टरों ने मुझे तो अब तक जहन्नुम पहुँचा दिया होता; पर मैं उनके पंजे से निकल भागा। योगाभ्यास की बड़ी प्रशंसा सुनता हूँ, पर कोई ऐसे महात्मा नहीं मिलते, जिनसे कुछ सीख सकूं। किताबों के आधार पर कोई क्रिया करने से लाभ के बदले हानि होने का डर रहता है। यहां तो आरोग्य-शास्त्र का खंडन हो रहा था, उधार दोनों महिलाओं में प्रगाढ़स्नेह की बातें हो रही थीं।

रतन ने मुस्कराकर कहा, 'मेरे पतिदेव को देखकर तुम्हें बड़ा आश्चर्य हुआ होगा।'

जालपा को आश्चर्य ही नहीं, भम्र भी हुआ था। बोली, 'वकील साहब का दूसरा विवाह होगा।

रतन, 'हाँ, अभी पाँच ही बरस तो हुए हैं। इनकी पहली स्त्री को मरे पैंतीस वर्ष हो गए। उस समय इनकी अवस्था कुल पच्चीस साल की थी। लोगों ने समझाया, दूसरा विवाह कर लो, पर इनके एक लड़का हो चुका था, विवाह करने से इंकार कर दिया और तीस साल तक अकेले रहे, मगर आज पाँच वर्ष हुए, जवान बेटे का देहांत हो गया, तब विवाह करना आवश्यक हो गया। मेरे माँ-बाप न थे। मामाजी ने मेरा पालन किया था। कह नहीं सकती, इनसे कुछ ले लिया या इनकी सज्जनता पर मुग्ध हो गए। मैं तो समझती हूँ, ईश्वर की यही इच्छा थी, लेकिन मैं जब से आई हूँ, मोटी होती चली जाती हूँ। डाक्टरों का कहना है कि तुम्हें संतान नहीं हो सकती। बहन, मुझे तो संतान की लालसा नहीं है, लेकिन मेरे पति मेरी दशा देखकर बहुत दुखी रहते हैं। मैं ही इनके सब रोगों की जड़ हूँ। आज ईश्वर मुझे एक संतान दे दे, तो इनके सारे रोग भाग जायेंगे। कितना चाहती हूँ कि दुबली हो जाऊं, गरम पानी से टब-स्नान करती हूँ, रोज़ पैदल घूमने जाती हूँ, घी-दूध कम खाती हूँ, भोजन आधा कर दिया है, जितना परिश्रम करते बनता है, करती हूँ, फिर भी दिन-दिन मोटी ही होती जाती हूँ। कुछ समझ में नहीं आता, क्या करूं?'

जालपा – 'वकील साहब तुमसे चिढ़ते होंगे?'

रतन, 'नहीं बहन, बिल्कुल नहीं, भूलकर भी कभी मुझसे इसकी चर्चा नहीं की। उनके मुँह से कभी एक शब्द भी ऐसा नहीं निकला, जिससे उनकी मनोव्यथा प्रकट होती, पर मैं जानती हूँ, यह चिंता उन्हें मारे डालती है। अपना कोई बस नहीं है। क्या करूं। मैं जितना चाहूं, ख़र्च करूं, जैसे चाहूं रहूं, कभी नहीं बोलते। जो कुछ पाते हैं, लाकर मेरे हाथ पर रख देते हैं। समझाती हूँ, अब तुम्हें वकालत करने की क्या जरूरत है, आराम क्यों नहीं करते, पर इनसे घर पर बैठे रहा नहीं जाता। केवल दो चपातियों से नाता है। बहुत ज़िद की तो दो चार दाने अंगूर खा लिए। मुझे तो उन पर दया आती है, अपने से जहाँ तक हो सकता है, उनकी सेवा करती हूँ। आख़िर वह मेरे ही लिए तो अपनी जान खपा रहे हैं।'

जालपा – 'ऐसे पुरूष को देवता समझना चाहिए। यहाँ तो एक स्त्री मरी नहीं कि दूसरा ब्याह रच गया। तीस साल अकेले रहना सबका काम नहीं है।'

रतन – 'हाँ बहन, हैं तो देवता ही। अब भी कभी उस स्त्री की चर्चा आ जाती है, तो रोने लगते हैं। तुम्हें उनकी तस्वीर दिखाऊंगी। देखने में जितने कठोर मालूम

होते हैं, भीतर से इनका हृदय उतना ही नरम है। कितने ही अनाथों, विधवाओं और ग़रीबों के महीने बंधा रखे हैं। तुम्हारा वह कंगन तो बड़ा सुंदर है!'

जालपा – 'हाँ, बड़े अच्छे कारीगर का बनाया हुआ है।'

रतन – 'मैं तो यहाँ किसी को जानती ही नहीं। वकील साहब को गहनों के लिए कष्ट देने की इच्छा नहीं होती। मामूली सुनारों से बनवाते डर लगता है, न जाने क्या मिला दें। मेरी सपत्नीजी के सब गहने रखे हुए हैं, लेकिन वह मुझे अच्छे नहीं लगते। तुम बाबू रमानाथ से मेरे लिए ऐसा ही एक जोड़ा कंगन बनवा दो।'

जालपा – 'देखिए, पूछती हूँ।'

रतन – 'आज तुम्हारे आने से जी बहुत ख़ुश हुआ। दिनभर अकेली पड़ी रहती हूं। जी घबड़ाया करता है। किसके पास जाऊं?' किसी से परिचय नहीं और न मेरा मन ही चाहता है कि उनसे मिन्नत करूं। दो-एक महिलाओं को बुलाया, उनके घर गई, चाहा कि उनसे बहनापा जोड़ लूं, लेकिन उनके आचार-विचार देखकर उनसे दूर रहना ही अच्छा मालूम हुआ। दोनों ही मुझे उल्लू बनाकर जटना चाहती थीं। मुझसे रूपये उधार ले गई और आज तक दे रही हैं। श्रृंगार की चीज़ों पर मैंने उनका इतना प्रेम देखा, कि कहते लज्जा आती है। तुम घड़ी-आधा घड़ी के लिए रोज़ चली आया करो बहन।'

जालपा – 'वाह इससे अच्छा और क्या होगा.'

रतन – 'मैं मोटर भेज दिया करूंगी।'

जालपा – 'क्या जरूरत है। तांगे तो मिलते ही हैं।'

रतन – 'न जाने क्यों तुम्हें छोड़ने को जी नहीं चाहता। तुम्हें पाकर रमानाथजी अपना भाग्य सराहते होंगे।'

जालपा ने मुस्कराकर कहा, 'भाग्य-वाग्य तो कहीं नहीं सराहते, घुड़कियाँ जमाया करते हैं।'

रतन – 'सच! मुझे तो विश्वास नहीं आता। लो, वह भी तो आ गए। पूछना,ऐसा दूसरा कंगन बनवा देंगे।'

जालपा (रमा से) – ' क्यों चरनदास से कहा जाये, तो ऐसा कंगन कितने दिन में बना देगा! रतन ऐसा ही कंगन बनवाना चाहती हैं।'

रमा ने तत्परता से कहा – 'हाँ, बना क्यों नहीं सकता इससे बहुत अच्छे बना सकता है।'

रतन – 'इस जोड़े के क्या लिए थे? '

जालपा – 'आठ सौ के थे।'

रतन – 'कोई हरज़ नहीं, मगर बिल्कुल ऐसा ही हो, इसी नमूने का।'

रमा – 'हाँ-हाँ, बनवा दूंगा। '

रतन – 'मगर भाई, अभी मेरे पास रूपये नहीं हैं।

रूपये के मामले में पुरूष महिलाओं के सामने कुछ नहीं कह सकता, क्या वह कह सकता है, इस वक्त मेरे पास रूपये नहीं हैं। वह मर जाएगा, पर यह उज्र न करेगा। वह कर्ज़ लेगा, दूसरों की ख़ुशामद करेगा, पर स्त्री के सामने अपनी मजबूरी न दिखाएगा। रूपये की चर्चा को ही वह तुच्छ समझता है। जालपा पति की आर्थिक दशा अच्छी तरह जानती थी। पर यदि रमा ने इस समय कोई बहाना कर दिया होता, तो उसे बहुत बुरा मालूम होता। वह मन में डर रही थी कि कहीं यह महाशय यह न कह बैठें, सर्राफ से पूछकर कहूंगा। उसका दिल धड़क रहा था, जब रमा ने वीरता के साथ कहा, -'हाँ-हाँ, रूपये की कोई बात नहीं, जब चाहे दे दीजिएगा, तो वह ख़ुश हो गई।

रतन – 'तो कब तक आशा करूं? '

रमानाथ – 'मैं आज ही सर्राफ से कह दूंगा, तब भी पंद्रह दिन तो लग ही जायेंगे।'

जालपा – 'अब की रविवार को मेरे ही घर चाय पीजिएगा। '

रतन ने निमंत्रण सहर्ष स्वीकार किया और दोनों आदमी विदा हुए। घर पहुँचे, तो शाम हो गई थी। रमेश बाबू बैठे हुए थे। जालपा तो तांगे से उतरकर अंदर चली गई, रमा रमेश बाबू के पास जाकर बोला – 'क्या आपको आए देर हुई?

रमेश – 'नहीं, अभी तो चला आ रहा हूं। क्या वकील साहब के यहाँ गए थे?'

रमा – 'जी हाँ, तीन रूपये की चपत पड़ गई।'

रमेश – 'कोई हरज़ नहीं, यह रूपये वसूल हो जायेंगे। बड़े आदमियों से राह रस्म हो जाय तो बुरा नहीं है, बड़े-बड़े काम निकलते हैं। एक दिन उन लोगों को भी तो बुलाओ।'

रमा – 'अबकी इतवार को चाय की दावत दे आया हूँ।'

रमेश – 'कहो तो मैं भी आ जाऊं। जानते हो न वकील साहब के एक भाई इंजीनियर हैं। मेरे एक साले बहुत दिनों से बेकार बैठे हैं। अगर वकील साहब उसकी सिफारिश कर दें, तो ग़रीब को जगह मिल जाये। तुम ज़रा मेरा इंट्रोडक्शन करा देना, बाकी और सब मैं कर लूंगा। पार्टी का इंतजाम ईश्वर ने चाहा, तो ऐसा होगा कि मेमसाहब ख़ुश हो जायेंगी। चाय के सेट, शीशे के रंगीन गुलदानऔर फानूस मैं ला दूंगा। कुर्सियां, मेज़ें, फर्श सब मेरे ऊपर छोड़ दो। न कुली की जरूरत, न मजूर की। उन्हीं मूसलचंद को रगे दूंगा।'

रमानाथ – 'तब तो बड़ा मज़ा रहेगा। मैं तो बड़ी चिंता में पड़ा हुआ था।'

रमेश – 'चिंता की कोई बात नहीं, उसी लौंडे को जोत दूंगा। कहूंगा, जगह चाहते हो तो कारगुजारी दिखाओ। फिर देखना, कैसी दौड़-धूप करता है।'

रमानाथ – 'अभी दो-तीन महीने हुए आप अपने साले को कहीं नौकर रखा चुके हैं न?'

रमेश – 'अजी, अभी छः और बाकी हैं। पूरे सात जीव हैं। ज़रा बैठ जाओ, ज़रूरी चीज़ों की सूची बना ली जाए। आज ही से दौड़-धूप होगी, तब सब चीजें जुटा सकूंगा। और कितने मेहमान होंगे? '

रमानाथ – 'मेम साहब होंगी, और शायद वकील साहब भी आएं।'

रमेश – 'यह बहुत अच्छा किया। बहुत-से आदमी हो जाते, तो भभ्भड़ हो जाता। हमें तो मेम साहब से काम है। ठलुओं की ख़ुशामद करने से क्या फायदा? '

दोनों आदमियों ने सूची तैयार की। रमेश बाबू ने दूसरे ही दिन से सामान जमा करना शुरू किया। उनकी पहुँच अच्छे-अच्छे घरों में थी। सजावट की अच्छी-अच्छी चीज़ें बटोर लाए, सारा घर जगमगा उठा। दयानाथ भी इन तैयारियों में शरीक थे। चीज़ों को करीने से सजाना उनका काम था। कौन गमला कहाँ रख जाये, कौन तस्वीर कहाँ लटकाई जाये, कौन?सा गलीचा कहाँ बिछाया जाये, इन प्रश्नों पर तीनों मनुष्यों में घंटों वाद-विवाद होता था। दफ्तर जाने के पहले और दफ्तर से आने के बाद तीनों इन्हीं कामों में जुट जाते थे। एक दिन इस बात पर बहस छिड़ गई कि कमरे में आईना कहाँ रखा जाय। दयानाथ कहते थे, इस कमरे में आईने की जरूरत नहीं। आईना पीछे वाले कमरे में रखना चाहिए। रमेश इसका विरोध कर रहे थे। रमा दुविधो में चुपचाप खड़ा था। न इनकी-सी कह सकता था, न उनकी-सी।

दयानाथ – 'मैंने सैकड़ों अंगरेज़ों के ड्राइंग-ईम देखे हैं, कहीं आईना नहीं देखा। आईना श्रृंगार के कमरे में रहना चाहिए। यहां आईना रखना बेतुकी-सी बात है।'

रमेश – 'मुझे सैकड़ों अंगरेज़ों के कमरों को देखने का अवसर तो नहीं मिला है, लेकिन दो-चार जरूर देखे हैं और उनमें आईना लगा हुआ देखा। फिर क्या यह जरूरी बात है कि इन ज़रा-ज़रा-सी बातों में भी हम अंगरेज़ों की नकल करें- हम अंगरेज़ नहीं, हिन्दुस्तानी हैं।'

हिन्दुस्तानी रईसों के कमरे में बड़े-बड़े आदमकद आईने रखे जाते हैं। यह तो आपने हमारे बिगड़े हुए बाबुओं की सी बात कही, जो पहनावे में, कमरे की सजावट में, बोली में, चाय और शराब में, चीनी की प्यालियों में, ग़रज़ दिखावे की सभी बातों में तो अंगरेज़ों का मुंह चिढ़ाते हैं, लेकिन जिन बातों ने अंगरेज़ों को अंगरेज़ बना दिया है, और जिनकी बदौलत वे दुनिया पर राज़ करते हैं, उनकी हवा तक नहीं छू

जाती। क्या आपको भी बुढ़ापे में, अंगरेज़ बनने का शौक चर्राया है?'

दयानाथ अंगरेजों की नकल को बहुत बुरा समझते थे। यह चाय-पार्टी भी उन्हें बुरी मालूम हो रही थी। अगर कुछ संतोष था, तो यही कि दो-चार बडे आदमियों से परिचय हो जायगा। उन्होंने अपनी ज़िन्दगी में कभी कोट नहीं पहना था। चाय पीते थे, मगर चीनी के सेट की कैद न थी। कटोरा-कटोरी, गिलास, लोटा-तसला किसी से भी उन्हें आपत्ति न थी, लेकिन इस वक्त उन्हें अपना पक्ष निभाने की पड़ी थी। बोले, 'हिन्दुस्तानी रईसों के कमरे में मेज़ें-कुर्सियां नहीं होतीं, फर्श होता है। आपने कुर्सी-मेज़ लगाकर इसे अंगरेज़ी ढंग पर तो बना दिया, अब आईने के लिए हिंदुस्तानियों की मिसाल दे रहे हैं। या तो हिंदुस्तानी रखिए या अंगरेज़ीब यह क्या कि आधा तीतर आधा बटेरब कोटपतलून पर चौगोशिया टोपी तो नहीं अच्छी मालूम होती! रमेश बाबू ने समझा था कि दयानाथ की ज़बान बंद हो जायगी, लेकिन यह जवाब सुना तो चकराए। मैदान हाथ से जाता हुआ दिखाई दिया। बोले, 'तो आपने किसी अंगरेज़ के कमरे में आईना नहीं देखा- भला ऐसे दस-पांच अंगरेजों के नाम तो बताइए? एक आपका वही किरंटा हेड क्लर्क है, उसके सिवा और किसी अंगरेज़ के कमरे में तो शायद आपने कदम भी न रक्खा हो उसी किरंटे को आपने अंगरेज़ी रूचि का आदर्श समझ लिया है खूब! मानता हूँ।'

दयानाथ – 'यह तो आपकी ज़बान है, उसे किरंटा, चमरेशियन, पिलपिली जो चाहे कहें, लेकिन रंग को छोड़कर वह किसी बात में अंगरेज़ों से कम नहीं। और उसके पहले तो योरोपियन था।

रमेश इसका कोई जवाब सोच ही रहे थे कि एक मोटरकार द्वार पर आकर रूकी, और रतनबाई उतरकर बरामदे में आई। तीनों आदमी चटपट बाहर निकल आए। रमा को इस वक्त रतन का आना बुरा मालूम हुआ। डर रहा था कि कहीं कमरे में भी न चली आए, नहीं तो सारी कलई खुल जाए। आगे बढ़कर हाथ मिलाता हुआ बोला, 'आइए, यह मेरे पिता हैं, और यह मेरे दोस्त रमेश बाबू हैं, लेकिन उन दोनों सज्जनों ने न हाथ बढ़ाया और न जगह से हिले। सकपकाये से खड़े रहे। रतन ने भी उनसे हाथ मिलाने की ज़रूरत न समझी। दूर ही से उनको नमस्कार करके रमा से बोली, 'नहीं, बैठूंगी नहीं। इस वक्त फुरसत नहीं है। आपसे कुछ कहना था।' यह कहते हुए वह रमा के साथ मोटर तक आई और आहिस्ता से बोली, 'आपने सर्राफ से कह तो दिया होगा? '

रमा ने निःसंकोच होकर कहा, 'जी हाँ, बना रहा है।'

रतन – 'उस दिन मैंने कहा था, अभी रूपये न दे सकूंगी, पर मैंने समझा शायद आपको कष्ट हो, इसलिए रूपये मंगवा लिए। आठ सौ चाहिए न?'

जालपा ने कंगन के दाम आठ सौ बताए थे। रमा चाहता तो इतने रूपये ले सकता था। पर रतन की सरलता और विश्वास ने उसके हाथ पकड़ लिए। ऐसी उदार, निष्कपट रमणी के साथ वह विश्वासघात न कर सका। वह व्यापारियों से दो-दो, चार-चार आने लेते ज़रा भी न झिझकता था। वह जानता था कि वे सब भी ग्राहकों को उल्टे छुरे से मूंड़ते हैं। ऐसों के साथ ऐसा व्यवहार करते हुए उसकी आत्मा को लेशमात्र भी संकोच न होता था, लेकिन इस देवी के साथ यह कपट व्यवहार करने के लिए किसी पुराने पापी की जरूरत थी। कुछ सकुचाता हुआ बोला,क्या जालपा ने कंगन के दाम आठ सौ बतलाए थे? उसे शायद याद न रही होगी। उसके कंगन छः सौ के हैं। आप चाहें तो आठ सौ का बनवा दूं! रतन-'नहीं, मुझे तो वही पसंद है। आप छः सौ का ही बनवाइए।'

उसने मोटर पर से अपनी थैली उठाकर सौ-सौ रूपये के छः नोट निकाले।

रमा ने कहा, 'ऐसी जल्दी क्या थी, चीज़ तैयार हो जाती, तब हिसाब हो जाता।'

रतन – 'मेरे पास रूपये खर्च हो जाते। इसलिए मैंने सोचा, आपके सिर पर लाद आऊं। मेरी आदत है कि जो काम करती हूं, जल्द-से-जल्द कर डालती हूं। विलंब से मुझे उलझन होती है।'

यह कहकर वह मोटर पर बैठ गई, मोटर हवा हो गई। रमा संदूक में रूपये रखने के लिए अंदर चला गया, तो दोनों वृद्‌ध'जनों में बातें होने लगीं।

रमेश – 'देखा?'

दयानाथ – 'जी हाँ, आँखें खुली हुई थीं। अब मेरे घर में भी वही हवा आ रही है। ईश्वर ही बचावे।'

रमेश – 'बात तो ऐसी ही है, पर आजकल ऐसी ही औरतों का काम है। जरूरत पड़े, तो कुछ मदद तो कर सकती हैं। बीमार पड़ जाओ तो डाक्टर को तो बुला ला सकती हैं। यहां तो चाहे हम मर जाएं, तब भी क्या मजाल कि स्त्री घर से बाहर पांव निकाले।'

दयानाथ – 'हमसे तो भाई, यह अंगरेज़ियत नहीं देखी जाती। क्या करें। संतान की ममता है, नहीं तो यही जी चाहता है कि रमा से साफ कह दूं, भैया अपना घर अलग लेकर रहो आंख फटी, पीर गई। मुझे तो उन मर्दो पर क्रोध आता है, जो स्त्रियों को यों सिर चढ़ाते हैं। देख लेना, एक दिन यह औरत वकील साहब को दगा देगी।'

रमेश – 'महाशय, इस बात में मैं तुमसे सहमत नहीं हूं। यह क्यों मान लेते हो कि जो औरत बाहर आती-जाती है, वह जरूर ही बिगड़ी हुई है? मगर रमा को मानती बहुत है। रूपये न जाने किसलिए दिए? '

दयानाथ – 'मुझे तो इसमें कुछ गोलमाल मालूम होता है। रमा कहीं उससे कोई चाल न चल रहा हो? '

इसी समय रमा भीतर से निकला आ रहा था। अंतिम वाक्य उसके कान में पड़ गया। भौंहें चढ़ाकर बोला, 'जी हाँ, जरूर चाल चल रहा हूं। उसे धोखा देकर रूपये ऐंठ रहा हूं। यही तो मेरा पेशा है! '

दयानाथ ने झेंपते हुए कहा,तो इतना बिगड़ते क्यों हो, 'मैंने तो कोई ऐसी बात नहीं कही।'

रमानाथ – 'पक्का जालिया बना दिया और क्या कहते?आपके दिल में ऐसा शुबहा क्यों आया- आपने मुझमें ऐसी कौन?सी बात देखी, जिससे आपको यह ख़याल पैदा हुआ- मैं ज़रा साफ-सुथरे कपड़े पहनता हूं, ज़रा नई प्रथा के अनुसार चलता हूँ, इसके सिवा आपने मुझमें कौन?सी बुराई देखी- मैं जो कुछ ख़र्च करता हूं, ईमान से कमाकर ख़र्च करता हूँ। जिस दिन धोखे और फरेब की नौबत आएगी, ज़हर खाकर प्राण दे दूंगा। हाँ, यह बात है कि किसी को ख़र्च करने की तमीज़ होती है, किसी को नहीं होती। वह अपनी सुबुद्धि है, अगर इसे आप धोखेबाज़ी समझें, तो आपको अख्तियार है। जब आपकी तरफ से मेरे विषय में ऐसे संशय होने लगे, तो मेरे लिए यही अच्छा है कि मुंह में कालिख लगाकर कहीं निकल जाऊं। रमेश बाबू यहां मौजूद हैं। आप इनसे मेरे विषय में जो कुछ चाहें, पूछ सकते हैं। यह मेरे खातिर झूठ न बोलेंगे।'

सत्य के रंग में रंगी हुई इन बातों ने दयानाथ को आश्वस्त कर दिया। बोले, 'जिस दिन मुझे मालूम हो जायगा कि तुमने यह ढंग अख्तियार किया है, उसके पहले मैं मुँह में कालिख लगाकर निकल जाऊंगा। तुम्हारा बढ़ता हुआ ख़र्च देखकर मेरे मन में संदेह हुआ था, मैं इसे छिपाता नहीं हूं, लेकिन जब तुम कह रहे हो तुम्हारी नीयत साफ है, तो मैं संतुष्ट हूँ। मैं केवल इतना ही चाहता हूँ कि मेरा लड़का चाहे ग़रीब रहे, पर नीयत न बिगाड़े। मेरी ईश्वर से यही प्रार्थना है कि वह तुम्हें सत्पथ पर रखे।'

रमेश ने मुस्कराकर कहा, 'अच्छा, यह किस्सा तो हो चुका, अब यह बताओ, उसने तुम्हें रूपये किसलिए दिए! मैं गिन रहा था, छः नोट थे, शायद सौ-सौ के थे।'

रमानाथ – 'ठग लाया हूँ।'

रमेश – 'मुझसे शरारत करोगे तो मार बैठूंगा। अगर जट ही लाए हो, तो भी मैं तुम्हारी पीठ ठोकूंगा, जीते रहो खूब जटो, लेकिन आबरू पर आंच न आने पाए। किसी को कानोंकान ख़बर न हो ईश्वर से तो मैं डरता नहीं। वह जो कुछ पूछेगा, उसका जवाब मैं दे लूंगा, मगर आदमी से डरता हूँ। सच बताओ, किसलिए रूपये

दिए? कुछ दलाली मिलने वाली हो तो मुझे भी शरीक कर लेना।'

रमानाथ – 'जड़ाऊ कंगन बनवाने को कह गई हैं।'

रमेश – 'तो चलो, मैं एक अच्छे सर्राफ से बनवा दूं। यह झंझट तुमने बुरा मोल ले लिया। औरत का स्वभाव जानते नहीं। किसी पर विश्वास तो इन्हें आता ही नहीं। तुम चाहे दो-चार रूपये अपने पास ही से खर्च कर दो, पर वह यही समझेंगी कि मुझे लूट लिया। नेकनामी तो शायद ही मिले, हाँ, बदनामी तैयार खड़ी है।'

रमानाथ – 'आप मूर्ख स्त्रियों की बातें कर रहे हैं। शिक्षित स्त्रियाँ ऐसी नहीं होतीं।'

ज़रा देर बाद रमा अंदर जाकर जालपा से बोला, 'अभी तुम्हारी सहेली रतन आई थीं।'

जालपा – 'सच! तब तो बड़ा गड़बड़ हुआ होगा। यहां कुछ तैयारी तो थी ही नहीं।'

रमानाथ – 'कुशल यही हुई कि कमरे में नहीं आई। कंगन के रूपये देने आई थीं। तुमने उनसे शायद आठ सौ रूपये बताए थे। मैंने छः सौ ले लिए। '

जालपा ने झेंपते हुए कहा,मैंने तो दिल्लगी की थी। जालपा ने इस तरह अपनी सफाई तो दे दी, लेकिन बहुत देर तक उसके मन में उथल-पुथल होती रही। रमा ने अगर आठ सौ रूपये ले लिए होते, तो शायद उथल-पुथल न होती। वह अपनी सफलता पर ख़ुश होती, पर रमा के विवेक ने उसकी धर्म-बुद्धि को जगा दिया था। वह पछता रही थी कि मैं व्यर्थ झूठ बोली। यह मुझे अपने मन में कितनी नीच समझ रहे होंगे। रतन भी मुझे कितनी बेईमान समझ रही होगी।

चाय-पार्टी में कोई विशेष बात नहीं हुई। रतन के साथ उसकी एक नाते की बहन और थी। वकील साहब न आए थे। दयानाथ ने उतनी देर के लिए घर से टल जाना ही उचित समझा, हाँ, रमेश बाबू बरामदे में बराबर खड़े रहे। रमा ने कई बार चाहा कि उन्हें भी पार्टी में शरीक कर लें, पर रमेश में इतना साहस न था। जालपा ने दोनों मेहमानों को अपनी सास से मिलाया। ये युवतियाँ उन्हें कुछ ओछी जान पड़ीं। उनका सारे घर में दौड़ना, धम-धम करके कोठे पर जाना, छत पर इधर-उधर उचकना, खिलखिलाकर हँससना, उन्हें हुड़दंगपन मालूम होता था। उनकी नीति में बहू-बेटियों को भारी और लज्जाशील होना चाहिए था। आश्चर्य यह था कि आज जालपा भी उन्हीं में मिल गई थी। रतन ने आज कंगन की चर्चा तक न की।

अभी तक रमा को पार्टी की तैयारियों से इतनी फुर्सत नहीं मिली थी कि गंगू की दुकान तक जाता। उसने समझा था, गंगू को छः सौ रूपये दे दूंगा तो पिछले हिसाब में जमा हो जायेंगे। केवल ढाई सौ रूपये और रह जायेंगे। इस नये हिसाब में छः सौ और मिलाकर फिर आठ सौ रह जायेंगे। इस तरह उसे अपनी साख जमाने का सुअवसर मिल जायगा। दूसरे दिन रमा ख़ुश होता हुआ गंगू की दुकान पर पहुँचा और रौब से बोला, 'क्या रंग-ढंग है महाराज, कोई नई चीज़ बनवाई है इधर?'

रमा के टालमटोल से गंगू इतना विरक्त हो रहा था कि आज कुछ रूपये मिलने की आशा भी उसे प्रसन्न न कर सकी। शिकायत के ढंग से बोला, 'बाबू साहब, चीज़ें कितनी बनीं और कितनी बिकीं, आपने तो दुकान पर आना ही छोड़ दिया। इस तरह की दुकानदारी हम लोग नहीं करते। आठ महीने हुए, आपके यहाँ से एक पैसा भी नहीं मिला।

रमानाथ – 'भाई, ख़ाली हाथ दुकान पर आते शर्म आती है। हम उन लोगों में नहीं हैं, जिनसे तकाज़ा करना पड़े। आज यह छः सौ रूपये जमा कर लो, और एक अच्छा-सा कंगन तैयार कर दो।'

गंगू ने रूपये लेकर संदूक में रखे और बोला,'बन जायेंगे। बाकी रूपये कब तक मिलेंगे?'

रमानाथ – 'बहुत जल्द।'

गंगू – 'हाँ बाबूजी, अब पिछला साफ कर दीजिए।'

गंगू ने बहुत जल्द कंगन बनवाने का वचन दिया, लेकिन एक बार सौदा करके उसे मालूम हो गया था कि यहां से जल्द रूपये वसूल होने वाले नहीं। नतीजा यह हुआ कि रमा रोज़ तकाज़ा करता और गंगू रोज़ हीले करके टालता। कभी कारीगर बीमार पड़ जाता, कभी अपनी स्त्री की दवा कराने ससुराल चला जाता, कभी उसके लड़के बीमार हो जाते। एक महीना गुज़र गया और कंगन न बने। रतन के तकाज़ों के डर से रमा ने पार्क जाना छोड़ दिया, मगर उसने घर तो देख ही रखा था। इस एक महीने में कई बार तकाज़ा करने आई। आख़िर जब सावन का महीना आ गया तो उसने एक दिन रमा से कहा, 'वह सुअर नहीं बनाकर देता, तो तुम किसी और कारीगर को क्यों नहीं देते?'

रमानाथ – 'उस पाजी ने ऐसा धोखा दिया कि कुछ न पूछो, बस रोज़ आजकल किया करता है। मैंने बड़ी भूल की जो उसे पेशगी रूपये दे दिये। अब उससे रूपये निकलना मुश्किल है।'

रतन – 'आप मुझे उसकी दुकान दिखा दीजिए, मैं उसके बाप से वसूल कर लूंगी। ऐसे बेईमान आदमी को पुलिस में देना चाहिए।'

जालपा ने कहा, 'हाँ और क्या सभी सुनार देर करते हैं, मगर ऐसा नहीं, रूपये डकार जायं और चीज़ के लिए महीनों दौडायें।

रमा ने सिर खुजलाते हुए कहा, 'आप दस दिन और सब्र करें, मैं आज ही उससे रूपये लेकर किसी दूसरे सर्राफ को दे दूंगा।'

रतन – 'आप मुझे उस बदमाश की दुकान क्यों नहीं दिखा देते। मैं हंटर से बात करूं।'

रमानाथ – 'कहता तो हूँ। दस दिन के अंदर आपको कंगन मिल जायेंगे।'

रतन – 'आप खुद ही ढील डाले हुए हैं। आप उसकी लल्लो-चप्पो की बातों में आ जाते होंगे। एक बार कड़े पड़ जाते, तो मजाल थी कि यों हीलेहवाले करता!'

आख़िर रतन बड़ी मुश्किल से विदा हुई। उसी दिन शाम को गंगू ने साफ जवाब दे दिया,बिना आधे रूपये लिये कंगन न बन सकेंगे। पिछला हिसाब भी बेबाक हो जाना चाहिए।'

रमा को मानो गोली लग गई। बोला, 'महाराज, यह तो भलमनसी नहीं है। एक महिला की चीज़ है, उन्होंने पेशगी रूपये दिए थे। सोचो, मैं उन्हें क्या मुँह दिखाऊंगा। मुझसे अपने रूपयों के लिए पुरनोट लिखा लो, स्टांप लिखा लो और क्या करोगे? '

गंगू – 'पुरनोट को शहद लगाकर चाटूंगा क्या? आठ-आठ महीने का उधार नहीं होता। महीना, दो महीना बहुत है। आप तो बड़े आदमी हैं, आपके लिए पांच-छः सौ रूपये कौन बडी बात है। कंगन तैयार हैं।'

रमा ने दांत पीसकर कहा, 'अगर यही बात थी तो तुमने एक महीना पहले क्यों न कह दी? अब तक मैंने रूपये की कोई फिक्र की होती न!'

गंगू – 'मैं क्या जानता था, आप इतना भी नहीं समझ रहे हैं।'

रमा निराश होकर घर लौट आया। अगर इस समय भी उसने जालपा से सारा वृत्तांत साफ-साफ कह दिया होता तो उसे चाहे कितना ही दुःख होता, पर वह कंगन उतारकर दे देती, लेकिन रमा में इतना साहस न था। वह अपनी आर्थिक कठिनाइयों की दशा कहकर उसके कोमल हृदय पर आघात न कर सकता था। इसमें संदेह नहीं कि रमा को सौ रूपये के करीब ऊपर से मिल जाते थे, और वह किफायत करना जानता तो इन आठ महीनों में दोनों सर्राफों के कमसे- कम आधे रूपये अवश्य दे देता, लेकिन ऊपर की आमदनी थी तो ऊपर का ख़र्च भी था। जो कुछ मिलता था, सैर-सपाटे में ख़र्च हो जाता और सर्राफों का देना किसी एकमुश्त रकम की आशा में रूका हुआ था। कौड़ियों से रूपये बनाना वणिकों का ही काम है। बाबू लोग तो रूपये की कौड़ियाँ ही बनाते हैं। कुछ रात जाने पर रमा ने एक बार

फिर सर्राफे का चक्कर लगाया। बहुत चाहा, किसी सर्राफ को झांसा दूं, पर कहीं दाल न गली। बाज़ार में बेतार की ख़बरें चला करती हैं।

रमा को रातभर नींद न आई। यदि आज उसे एक हज़ार का रूक्का लिखकर कोई पांच सौ रूपये भी दे देता तो वह निहाल हो जाता, पर अपनी जान-पहचान वालों में उसे ऐसा कोई नजर न आता था। अपने मिलने वालों में उसने सभी से अपनी हवा बांध रखी थी। खिलाने-पिलाने में खुले हाथों रूपया ख़र्च करता था। अब किस मुँह से अपनी विपत्ति कहे – वह पछता रहा था कि नाहक गंगू को रूपये दिए। गंगू नालिश करने तो जाता न था। इस समय यदि रमा को कोई भयंकर रोग हो जाता तो वह उसका स्वागत करता। कम-से-कम दस-पांच दिन की मुहलत तो मिल जाती, मगर बुलाने से तो मौत भी नहीं आती! वह तो उसी समय आती है, जब हम उसके लिए बिलकुल तैयार नहीं होते। ईश्वर कहीं से कोई तार ही भिजवा दे, कोई ऐसा मित्र भी नज़र नहीं आता था, जो उसके नाम फर्जी तार भेज देता। वह इन्हीं चिंताओं में करवटें बदल रहा था कि जालपा की आँख खुल गई। रमा ने तुरंत चादर से मुँह छिपा लिया, मानो बेखबर सो रहा है। जालपा ने धीरे से चादर हटाकर उसका मुँह देखा और उसे सोता पाकर ध्यान से उसका मुँह देखने लगी। जागरण और निद्रा का अंतर उससे छिपा न रहा। उसे धीरे से हिलाकर बोली, 'क्या अभी तक जाग रहे हो?'

रमानाथ – 'क्या जाने, क्यों नींद नहीं आ रही है। पड़े-पड़े सोचता था, कुछ दिनों के लिए कहीं बाहर चला जाऊं। कुछ रूपये कमा लाऊं।'

जालपा – 'मुझे भी लेते चलोगे न?'

रमानाथ – 'तुम्हें परदेश में कहाँ लिये-लिये फिरूंगा? '

जालपा – 'तो मैं यहाँ अकेली रह चुकी। एक मिनट तो रहूंगी नहीं। मगर जाओगे कहाँ? '

रमानाथ – 'अभी कुछ निश्चय नहीं कर सका हूं।'

जालपा – 'तो क्या सचमुच तुम मुझे छोड़कर चले जाओगे? मुझसे तो एक दिन भी न रहा जाये। मैं समझ गई, तुम मुझसे मुहब्बत नहीं करते। केवल मुँह देखे की प्रीति करते हो।'

रमानाथ – 'तुम्हारे प्रेम-पाश ही ने मुझे यहां बांध रख है। नहीं तो अब तक कभी चला गया होता।'

जालपा – 'बातें बना रहे हो अगर तुम्हें मुझसे सच्चा प्रेम होता, तो तुम कोई परदा न रखते। तुम्हारे मन में जरूर कोई ऐसी बात है, जो तुम मुझसे छिपा रहे हो कई दिनों से देख रही हूँ, तुम चिंता में डूबे रहते हो, मुझसे क्यों नहीं कहते। जहाँ

विश्वास नहीं है, वहाँ प्रेम कैसे रह सकता है? '

रमानाथ – 'यह तुम्हारा भ्रम है, जालपा! मैंने तो तुमसे कभी परदा नहीं रखा।'

जालपा – 'तो तुम मुझे सचमुच दिल से चाहते हो? '

रमानाथ – 'यह क्या मुँह से कहूंगा जभी! '

जालपा – 'अच्छा, अब मैं एक प्रश्न करती हूँ। संभले रहना। तुम मुझसे क्यों प्रेम करते हो! तुम्हें मेरी कसम है, सच बताना।'

रमानाथ – 'यह तो तुमने बेढब प्रश्न किया। अगर मैं तुमसे यही प्रश्न पूछूं, तो तुम मुझे क्या जवाब दोगी? '

जालपा – 'मैं तो जानती हूँ।'

रमानाथ – 'बताओ।'

जालपा – 'तुम बतला दो, मैं भी बतला दूं।'

रमानाथ – 'मैं तो जानता ही नहीं। केवल इतना ही जानता हूं कि तुम मेरे रोम-रोम में रम रही हो।'

जालपा – 'सोचकर बतलाओ। मैं आदर्श-पत्नी नहीं हूँ, इसे मैं खूब जानती हूँ। पति-सेवा अब तक मैंने नाम को भी नहीं की। ईश्वर की दया से तुम्हारे लिए अब तक कष्ट सहने की जरूरत ही नहीं पड़ी। घर-गृहस्थी का कोई काम मुझे नहीं आता। जो कुछ सीखा, यहीं सीखा, फिर तुम्हें मुझसे क्यों प्रेम है? बातचीत में निपुण नहीं। रूप-रंग भी ऐसा आकर्षक नहीं। जानते हो, मैं तुमसे क्यों प्रश्न कर रही हूँ?'

रमानाथ – 'क्या जाने भाई, मेरी समझ में तो कुछ नहीं आ रहा है।'

जालपा – 'मैं इसलिए पूछ रही हूँ कि तुम्हारे प्रेम को स्थायी बना सकूं।'

रमानाथ – 'मैं कुछ नहीं जानता जालपा, ईमान से कहता हूँ। तुममें कोई कमी है, कोई दोष है, यह बात आज तक मेरे ध्यान में नहीं आई, लेकिन तुमने मुझमें कौन?सी बात देखी, न मेरे पास धन है, न रूप है। बताओ?'

जालपा – 'बता दूं? मैं तुम्हारी सज्जनता पर मोहित हूँ। अब तुमसे क्या छिपाऊं, जब मैं यहाँ आई, तो यद्यपि तुम्हें अपना पति समझती थी, लेकिन कोई बात कहते या करते समय मुझे चिंता होती थी कि तुम उसे पसंद करोगे या नहीं। यदि तुम्हारे बदले मेरा विवाह किसी दूसरे पुरूष से हुआ होता, तो उसके साथ भी मेरा यही व्यवहार होता। यह पत्नी और पुरूष का रिवाजी नाता है, पर अब मैं तुम्हें गोपियों के कृष्ण से भी न बदलूंगी। लेकिन तुम्हारे दिल में अब भी चोर है। तुम अब भी मुझसे किसी-किसी बात में परदा रखते हो!'

रमानाथ – 'यह तुम्हारी केवल शंका है, जालपा! मैं दोस्तों से भी कोई दुराव नहीं करता। फिर तुम तो मेरी हृदयेश्वरी हो।'

जालपा – 'मेरी तरफ देखकर बोलो, आँखें नीची करना मर्दों का काम नहीं है!'

रमा के जी में एक बार फिर आया कि अपनी कठिनाइयों की कथा कह सुनाऊं, लेकिन मिथ्या गौरव ने फिर उसकी ज़बान बंद कर दी। जालपा जब उससे पूछती, सर्राफों को रूपये देते जाते हो या नहीं, तो वह बराबर कहता, 'हाँ कुछ-न?कुछ हर महीने देता जाता हूँ, पर आज रमा की दुर्बलता ने जालपा के मन में एक संदेह पैदा कर दिया था। वह उसी संदेह को मिटाना चाहती थी। ज़रा देर बाद उसने पूछा, 'सर्राफ के तो अभी सब रूपये अदा न हुए होंगे? '

रमानाथ – 'अब थोड़े ही बाकी हैं।'

जालपा – 'कितने बाकी होंगे, कुछ हिसाब-किताब लिखते हो? '

रमानाथ – 'हाँ, लिखता क्यों नहीं। सात सौ से कुछ कम ही होंगे।'

जालपा – 'तब तो पूरी गठरी है, तुमने कहीं रतन के रूपये तो नहीं दे दिए? '

रमा दिल में कांप रहा था, कहीं जालपा यह प्रश्न न कर बैठे। आख़िर उसने यह प्रश्न पूछ ही लिया। उस वक्त भी यदि रमा ने साहस करके सच्ची बात स्वीकार कर ली होती तो शायद उसके संकटों का अंत हो जाता। जालपा एक मिनट तक अवश्य सन्नाटे में आ जाती। संभव है, क्रोध और निराशा के आवेश में दो-चार कटु शब्द मुँह से निकालती, लेकिन फिर शांत हो जाती। दोनों मिलकर कोई-न-कोई युक्ति सोच निकालते। जालपा यदि रतन से यह रहस्य कह सुनाती, तो रतन अवश्य मान जाती, पर हाय रे आत्मगौरव, रमा ने यह बात सुनकर ऐसा मुँह बना लिया, मानो जालपा ने उस पर कोई निष्ठुर प्रहार किया हो बोला, 'रतन के रूपये क्यों देता। आज चाहूं, तो दो-चार हज़ार का माल ला सकता हूँ। कारीगरों की आदत देर करने की होती ही है। सुनार की खटाई मशहूर है। बस और कोई बात नहीं। दस दिन में या तो चीज़ ही लाऊंगा या रूपये वापस कर दूंगा, मगर यह शंका तुम्हें क्यों हुई? पराई रकम भला मैं अपने ख़र्च में कैसे लाता।'

जालपा – 'कुछ नहीं, मैंने यों ही पूछा था।'

जालपा को थोड़ी देर में नींद आ गई, पर रमा फिर उसी उधेड़बुन में पड़ा। कहां से रूपये लाए। अगर वह रमेश बाबू से साफ-साफ कह दे तो वह किसी महाजन से रूपये दिला देंगे, लेकिन नहीं, वह उनसे किसी तरह न कह सकेगा। उसमें इतना साहस न था। उसने प्रातःकाल नाश्ता करके दफ्तर की राह ली। शायद वहाँ कुछ प्रबंध हो जाए! कौन प्रबंध करेगा, इसका उसे ध्यान न था। जैसे रोगी वैद्य के पास जाकर संतुष्ट हो जाता है पर यह नहीं जानता, मैं अच्छा हूंगा या नहीं। यही दशा

इस समय रमा की थी। दफ्तर में चपरासी के सिवा और कोई न था। रमा रजिस्टर खोलकर अंकों की जांच करने लगा। कई दिनों से मीज़ान नहीं दिया गया था, पर बड़े बाबू के हस्ताक्षर मौजूद थे। अब मीज़ान दिया, तो ढाई हजार निकले। एकाएक उसे एक बात सूझी। क्यों न ढाई हजार की जगह मीज़ान दो हजार लिख दूं। रसीद बही की जांच कौन करता है। अगर चोरी पकड़ी भी गई तो कह दूंगा, मीजान लगाने में गलती हो गई। मगर इस विचार को उसने मन में टिकने न दिया। इस भय से, कहीं चित्त चंचल न हो जाए, उसने पेंसिल के अंकों पर रोशनाई उधर दी, और रजिस्टर को दराज में बंद करके इधर-उधर घूमने लगा। इक्की-दुक्की गाड़ियाँ आने लगीं। गाड़ीवानों ने देखा, बाबू साहब आज यहीं हैं, तो सोचा जल्दी से चुंगी देकर छुक्री पर जाये। रमा ने इस कृपा के लिए दस्तूरी की दूनी रकम वसूल की, और गाड़ीवानों ने शौक से दी क्योंकि यही मंडी का समय था और बारह-एक बजे तक चुंगीघर से फुरसत पाने की दशा में चौबीस घंटे का हर्ज होता था, मंडी दस-ग्यारह बजे के बाद बंद हो जाती थी, दूसरे दिन का इंतज़ार करना पड़ता था। अगर भाव रूपये में आधा पाव भी फिर गया, तो सैकड़ों के मत्थे गई। दस-पांच रूपये का बल खा जाने में उन्हें क्या आपत्ति हो सकती थी। रमा को आज यह नई बात मालूम हुई। सोचा, आख़िर सुबह को मैं घर ही पर बैठा रहता हूँ। अगर यहाँ आकर बैठ जाऊं तो रोज़ दस-पांच रूपये हाथ आ जायं। फिर तो छः महीने में यह सारा झगडासाफ हो जाय। मान लो रोज़ यह चांदी न होगी, पंद्रह न सही, दस मिलेंगे, पांच मिलेंगे। अगर सुबह को रोज़ पांच रूपये मिल जाये और इतने ही दिनभर में और मिल जाये, तो पांच-छः महीने में मैं ऋण से मुक्त हो जाऊं। उसने दराज़ खोलकर फिर रजिस्टर निकाला। यह हिसाब लगा लेने के बाद अब रजिस्टर में हेर-उधर कर देना उसे इतना भंयकर न जान पड़ा। नया रंगरूट जो पहले बंदूक की आवाज़ से चौंक पड़ता है, आगे चलकर गोलियों की वर्षा में भी नहीं घबड़ाता। रमा दफ्तर बंद करके भोजन करने घर जाने ही वाला था कि एक बिसाती का ठेला आ पहुँचा। रमा ने कहा, लौटकर चुंगी लूंगा। बिसाती ने मिकैत करनी शुरू की। उसे कोई बड़ा ज़रूरी काम था। आख़िर दस रूपये पर मामला ठीक हुआ। रमा ने चुंगी ली, रूपये जेब में रखे और घर चला। पच्चीस रूपये केवल दो-ढाई घंटों में आ गए। अगर एक महीने भी यह औसत रहे तो पल्ला पार है। उसे इतनी ख़ुशी हुई कि वह भोजन करने घर न गया। बाज़ार से भी कुछ नहीं मंगवाया। रूपये भुनाते हुए उसे एक रूपया कम हो जाने का ख़याल हुआ। वह शाम तक बैठा काम करता रहा। चार रूपये और वसूल हुए। चिराग़ जले वह घर चला, तो उसके मन पर से चिंता और निराशा का बहुत कुछ बोझ उतर चुका था। अगर दस दिन यही तेज़ी रही, तो रतन

से मुँह चुराने की नौबत न आएगी।

नौ दिन गुजर गए। रमा रोज़ प्रातः दफ्तर जाता और चिराग जले लौटता। वह रोज़ यही आशा लेकर जाता कि आज कोई बड़ा शिकार फंस जाएगा। पर वह आशा न पूरी होती। इतना ही नहीं। पहले दिन की तरह फिर कभी भाग्य का सूर्य न चमका। फिर भी उसके लिए कुछ कम श्रेय की बात नहीं थी कि नौ दिनों में ही उसने सौ रूपये जमा कर लिए थे। उसने एक पैसे का पान भी न खाया था। जालपा ने कई बार कहा, चलो कहीं घूम आवें, तो उसे भी उसने बातों में ही टाला। बस, कल का दिन और था। कल आकर रतन कंगन मांगेगी, तो उसे वह क्या जवाब देगा। दफ्तर से आकर वह इसी सोच में बैठा हुआ था। क्या वह एक महीना-भर के लिए और न मान जायगी। इतने दिन वह और न बोलती, तो शायद वह उससे उऋण हो जाता। उसे विश्वास था कि मैं उससे चिकनी-चुपड़ी बातें करके राज़ी कर लूंगा। अगर उसने ज़िद की तो मैं उससे कह दूंगा, सर्राफ रूपये नहीं लौटाता। सावन के दिन थे, अंधेरा हो चला था, रमा सोच रहा था, रमेश बाबू के पास चलकर दो-चार बाज़ियाँ खेल आऊं, मगर बादलों को देख-देख रूक जाता था। इतने में रतन आ पहुंची। वह प्रसन्न न थी। उसकी मुद्रा कठोर हो रही थी। आज वह लड़ने के लिए घर से तैयार होकर आई है और मुरव्वत और मुलाहजे की कल्पना को भी कोसों दूर रखना चाहती है।

जालपा ने कहा, ' तुम खूब आई। आज मैं भी ज़रा तुम्हारे साथ घूम आऊंगी। इन्हें काम के बोझ से आजकल सिर उठाने की भी फुर्सत नहीं है।'

रतन ने निष्ठुरता से कहा, 'मुझे आज तो बहुत जल्द घर लौट जाना है। बाबूजी को कल की याद दिलाने आई हूँ।'

रमा उसका लटका हुआ मुँह देखकर ही मन में सहम रहा था। किसी तरह उसे प्रसन्न करना चाहता था। बड़ी तत्परता से बोला, 'जी हाँ, खूब याद है, अभी सर्राफ की दुकान से चला आ रहा हूँ। रोज़ सुबह-शाम घंटे-भर हाज़िरी देता हूँ, मगर इन चीज़ों में समय बहुत लगता है। दाम तो कारीगरी के हैं। मालियत देखिए, तो कुछ नहीं। दो आदमी लगे हुए हैं, पर शायद अभी एक महीने से कम में चीज़ तैयार न हो, पर होगी लाजवाब, जी ख़ुश हो जायेगा।'

पर रतन ज़रा भी न पिघली। तिनककर बोली, 'अच्छा! अभी महीना-भर और लगेगा। ऐसी कारीगरी है कि तीन महीने में पूरी न हुई! आप उससे कह दीजिएगा मेरे रूपये वापस कर दे। आशा के कंगन देवियाँ पहनती होंगी, मेरे लिए ज़रूरत

नहीं!'

रमानाथ – 'एक महीना न लगेगा, मैं जल्दी ही बनवा दूंगा। एक महीना तो मैंने अंदाजन कह दिया था। अब थोड़ी ही कसर रह गई है। कई दिन तो नगीने तलाश करने में लग गए।'

रतन – 'मुझे कंगन पहनना ही नहीं है, भाई! आप मेरे रूपये लौटा दीजिए, बस, सुनार मैंने भी बहुत देखे हैं। आपकी दया से इस वक्त भी तीन जोड़े कंगन मेरे पास होंगे, पर ऐसी धांधली कहीं नहीं देखी। '

धांधली के शब्द पर रमा तिलमिला उठा, 'धांधली नहीं, मेरी हिमाकत कहिए। मुझे क्या जरूरत थी कि अपनी जान संकट में डालता। मैंने तो पेशगी रूपये इसलिए दे दिए कि सुनार खुश होकर जल्दी से बना देगा। अब आप रूपये मांग रही हैं, सर्राफ रूपये नहीं लौटा सकता।'

रतन ने तीव्र नजरों से देखकर कहा,क्यों, रूपये क्यों न लौटाएगा? '

रमानाथ – 'इसलिए कि जो चीज़ आपके लिए बनाई है, उसे वह कहाँ बेचता गिरेगा। संभव है, साल-छः महीने में बिक सके। सबकी पसंद एक-सी तो नहीं होती।'

रतन ने त्योरियाँ चढ़ाकर कहा,'मैं कुछ नहीं जानती, उसने देर की है, उसका दंड भोगे। मुझे कल या तो कंगन ला दीजिए या रूपये। आपसे यदि सर्राफ से दोस्ती है, आप मुलाहिजे और मुरव्वत के सबब से कुछ न कह सकते हों, तो मुझे उसकी दुकान दिखा दीजिए।नहीं आपको शर्म आती हो, तो उसका नाम बता दीजिए, मैं पता लगा लूंगी। वाह, अच्छी दिल्लगी! दुकान नीलाम करा दूंगी। जेल भिजवा दूंगी। इन बदमाशों से लड़ाई के बगैर काम नहीं चलता।' रमा अप्रतिभ होकर ज़मीन की ओर ताकने लगा। वह कितनी मनहूस घड़ी थी, जब उसने रतन से रूपये लिए! बैठे-बिठाए विपत्ति मोल ली।

जालपा ने कहा, 'सच तो है, इन्हें क्यों नहीं सर्राफ की दुकान पर ले जाते,चीज़ आँखों से देखकर इन्हें संतोष हो जायेगा।'

रतन – 'मैं अब चीज़ लेना ही नहीं चाहती।'

रमा ने कांपते हुए कहा,'अच्छी बात है, आपको रूपये कल मिल जायेंगे।'

रतन – 'कल किस वक्त?'

रमानाथ – 'दफ्तर से लौटते वक्त लेता आऊंगा।'

रतन – 'पूरे रूपये लूंगी। ऐसा न हो कि सौ-दो सौ रूपये देकर टाल दे।'

रमानाथ – 'कल आप अपने सब रूपये ले जाइएगा।'

यह कहता हुआ रमा मरदाने कमरे में आया, और रमेश बाबू के नाम एक रूक्का लिखकर गोपी से बोला,इसे रमेश बाबू के पास ले जाओ। जवाब लिखाते आना। फिर उसने एक दूसरा रूक्का लिखकर विश्वम्भरदास को दिया कि माणिकदास को दिखाकर जवाब लाए। विश्वम्भर ने कहा,'पानी आ रहा है।'

रमानाथ – 'तो क्या सारी दुनिया बह जाएगी! दौड़ते हुए जाओ।'

विश्वम्भर – 'और वह जो घर पर न मिलें?'

रमानाथ – 'मिलेंगे। वह इस वक्त क़हीं नहीं जाते।'

आज जीवन में पहला अवसर था कि रमा ने दोस्तों से रूपये उधार मांगे। आग्रह और विनय के जितने शब्द उसे याद आये, उनका उपयोग किया। उसके लिए यह बिलकुल नया अनुभव था। जैसे पत्र आज उसने लिखे, वैसे ही पत्र उसके पास कितनी ही बार आ चुके थे। उन पत्रों को पढ़कर उसका हृदय कितना द्रवित हो जाता था, पर विवश होकर उसे बहाने करने पड़ते थे। क्या रमेश बाबू भी बहाना कर जायेंगे? उनकी आमदनी ज्यादा है, ख़र्च कम, वह चाहें तो रूपये का इंतज़ाम कर सकते हैं। क्या मेरे साथ इतना सुलूक भी न करेंगे? अब तक दोनों लड़के लौटकर नहीं आए। वह द्वार पर टहलने लगा। रतन की मोटर अभी तक खड़ी थी। इतने में रतन बाहर आई और उसे टहलते देखकर भी कुछ बोली नहीं। मोटर पर बैठी और चल दी। दोनों कहाँ रह गए अब तक! कहीं खेलने लगे होंगे। शैतान तो हैं ही। जो कहीं रमेश रूपये दे दें, तो चांदी है। मैंने दो सौ नाहक मांगे, शायद इतने रूपये उनके पास न हों। ससुराल वालों की नोच-खसोट से कुछ रहने भी तो नहीं पाता। माणिक चाहे तो हज़ार-पांच सौ दे सकता है, लेकिन देखा चाहिए, आज परीक्षा हो जायगी। आज अगर इन लोगों ने रूपये न दिए, तो फिर बात भी न पूछूंगा। किसी का नौकर नहीं हूँ कि जब वह शतरंज खेलने को बुलायें तो दौड़ा चला जाऊं। रमा किसी की आहट पाता, तो उसका दिल ज़ोर से धड़कने लगता था। आखिर विश्वम्भर लौटा, माणिक ने लिखा था,आजकल बहुत तंग हूँ। मैं तो तुम्हीं से मांगने वाला था। रमा ने पुर्ज़ा फाड़कर फेंक दिया। मतलबी कहीं का! अगर सब-इंस्पेक्टर ने मांगा होता, तो पुर्ज़ा देखते ही रूपये लेकर दौड़े जाते। ख़ैर, देखा जायेगा। चुंगी के लिए माल तो आयेगा ही। इसकी कसर तब निकल जायगी। इतने में गोपी भी लौटा। रमेश ने लिखा था,मैंने अपने जीवन में दोचार नियम बना लिए हैं। और बड़ी कठोरता से उनका पालन करता हूँ। उनमें से एक नियम यह भी है कि मित्रों से लेन-देन का व्यवहार न करूंगा। अभी तुम्हें अनुभव नहीं हुआ है, लेकिन कुछ दिनों में हो जाएगा कि जहां मित्रों से लेन-देन शुरू हुआ, वहाँ मनमुटाव होते देर नहीं लगती। तुम मेरे प्यारे दोस्त हो, मैं तुमसे दुश्मनी नहीं करना चाहता। इसलिए मुझे क्षमा करो। रमा

ने इस पत्र को भी फाड़कर फेंक दिया और कुर्सी पर बैठकर दीपक की ओर टकटकी बांधकर देखने लगा। दीपक उसे दिखाई देता था, इसमें संदेह है। इतनी ही एकाग्रता से वह कदाचित आकाश की काली, अभेध मेघ-राशि की ओर ताकता! मन की एक दशा वह भी होती है, जब आँखें खुली होती हैं और कुछ नहीं सूझता, कान खुले रहते हैं और कुछ नहीं सुनाई देता।

संध्या हो गई थी, म्युनिसिपैलिटी के अहाते में सन्नाटा छा गया था। कर्मचारी एक-एक करके जा रहे थे। मेहतर कमरों में झाड़ू लगा रहा था। चपरासियों ने भी जूते पहनना शुरू कर दिया था। खोंचे वाले दिनभर की बिक्री के पैसे गिन रहे थे। पर रमानाथ अपनी कुर्सी पर बैठा रजिस्टर लिख रहा था। आज भी वह प्रातःकाल आया था, पर आज भी कोई बड़ा शिकार न फंसा, वही दस रूपये मिलकर रह गए। अब अपनी आबरू बचाने का उसके पास और क्या उपाय था! रमा ने रतन को झांसा देने की ठान ली। वह खूब जानता था कि रतन की यह अधीरता केवल इसलिए है कि शायद उसके रूपये मैंने ख़र्च कर दिए। अगर उसे मालूम हो जाए कि उसके रूपये तत्काल मिल सकते हैं, तो वह शांत हो जाएगी। रमा उसे रूपये से भरी हुई थैली दिखाकर उसका संदेह मिटा देना चाहता था। वह खजांची साहब के चले जाने की राह देख रहा था। उसने आज जान-बूझकर देर की थी। आज की आमदनी के आठ सौ रूपये उसके पास थे। इसे वह अपने घर ले जाना चाहता था। खजांची ठीक चार बजे उठा। उसे क्या ग़रज़ थी कि रमा से आज की आमदनी मांगता। रूपये गिनने से ही छुट्टी मिली। दिन भर वही लिखते-लिखते और रूपये गिनते-गिनते बेचारे की कमर दुख रही थी। रमा को जब मालूम हो गया कि खजांची साहब दूर निकल गए होंगे, तो उसने रजिस्टर बंद कर दिया और चपरासी से बोला, 'थैली उठाओ। चलकर जमा कर आयें।'

चपरासी ने कहा, 'खजांची बाबू तो चले गए!'

रमा ने आँखें गाड़कर कहा, 'खजांची बाबू चले गए! तुमने मुझसे कहा क्यों नहीं? अभी कितनी दूर गए होंगे?'

चपरासी – 'सड़क के नुक्कड़ तक पहुँचे होंगे।'

रमानाथ – 'यह आमदनी कैसे जमा होगी?'

चपरासी – 'हुकुम हो तो बुला लाऊं?'

रमानाथ – 'अजी, जाओ भी, अब तक तो कहा नहीं, अब उन्हें आधे रास्ते से बुलाने जाओगे। हो तुम भी निरे बछिया के ताऊब आज ज्यादा छान गए थे क्या?

ख़ैर, रूपये इसी दराज़ में रखे रहेंगे। तुम्हारी ज़िम्मेदारी रहेगी।'

चपरासी – 'नहीं बाबू साहब, मैं यहाँ रूपया नहीं रखने दूंगा। सब घड़ी बराबर नहीं जाती। कहीं रूपये उठ जायं, तो मैं बेगुनाह मारा जाऊं। सुभीते का ताला भी तो नहीं है यहाँ।'

रमानाथ – 'तो फिर ये रूपये कहाँ रक्खूं?'

चपरासी – 'हुज़ूर, अपने साथ लेते जाये।'

रमा तो यह चाहता ही था। एक इक्का मंगवाया, उस पर रूपयों की थैली रक्खी और घर चला। सोचता जाता था कि अगर रतन भभकी में आ गई, तो क्या पूछना! कह दूंगा, दो-ही-चार दिन की कसर है। रूपये सामने देखकर उसे तसल्ली हो जाएगी।

जालपा ने थैली देखकर पूछा,क्या कंगन न मिला?'

रमानाथ – 'अभी तैयार नहीं था, मैंने समझा रूपये लेता चलूं, जिसमें उन्हें तस्कीन हो जाये।

जालपा – 'क्या कहा सर्राफ ने?'

रमानाथ – 'कहा क्या, आज-कल करता है। अभी रतन देवी आई नहीं?'

जालपा – 'आती ही होगी, उसे चैन कहाँ?'

जब चिराग जले तक रतन न आई, तो रमा ने समझा अब न आएगी। रूपये आल्मारी में रख दिए और घूमने चल दिया। अभी उसे गए दस मिनट भी न हुए होंगे कि रतन आ पहुँची और आते-ही-आते बोली,कंगन तो आ गए होंगे?'

जालपा – 'हाँ आ गए हैं, पहन लो! बेचारे कई दफा सर्राफ के पास गए। अभागा देता ही नहीं, हीले-हवाले करता है।'

रतन – 'कैसा सर्राफ है कि इतने दिन से हीले-हवाले कर रहा है। मैं जानती कि रूपये झमेले में पड़ जाएंगे, तो देती ही क्यों। न रूपये मिलते हैं, न कंगन मिलता है!'

रतन ने यह बात कुछ ऐसे अविश्वास के भाव से कही कि जालपा जल उठी। गर्व से बोली,आपके रूपये रखे हुए हैं, जब चाहिए ले जाइए। अपने बस की बात तो है नहीं। आखिर जब सर्राफ देगा, तभी तो लाएंगे?'

रतन – 'कुछ वादा करता है, कब तक देगा?'

जालपा – 'उसके वादों का क्या ठीक, सैकड़ों वादे तो कर चुका है।'

रतन – 'तो इसके मानी यह हैं कि अब वह चीज़ न बनाएगा?'

जालपा – 'जो चाहे समझ लो!'

रतन – 'तो मेरे रूपये ही दे दो, बाज आई ऐसे कंगन से।'

जालपा झमककर उठी, आल्मारी से थैली निकाली और रतन के सामने पटककर बोली, 'ये आपके रूपये रखे हैं, ले जाइए।'

वास्तव में रतन की अधीरता का कारण वही था, जो रमा ने समझा था। उसे भ्रम हो रहा था कि इन लोगों ने मेरे रूपये ख़र्च कर डाले। इसीलिए वह बार-बार कंगन का तकाजा करती थी। रूपये देखकर उसका भ्रम शांत हो गया। कुछ लज्जित होकर बोली, 'अगर दो-चार दिन में देने का वादा करता हो तो रूपये रहने दो।'

जालपा – 'मुझे तो आशा नहीं है कि इतनी जल्द दे दे। जब चीज़ तैयार हो जायगी तो रूपये मांग लिए जाएंगे।'

रतन – 'क्या जाने उस वक्त मेरे पास रूपये रहें या न रहें। रूपये आते तो दिखाई देते हैं, जाते नहीं दिखाई देते। न जाने किस तरह उड़ जाते हैं। अपने ही पास रख लो तो क्या बुरा?'

जालपा – 'तो यहाँ भी तो वही हाल है। फिर पराई रकम घर में रखना जोखिम की बात भी तो है। कोई गोलमाल हो जाए, तो व्यर्थ का दंड देना पड़े। मेरे ब्याह के चौथे ही दिन मेरे सारे गहने चोरी चले गए। हम लोग जागते ही रहे, पर न जाने कब आँख लग गई, और चोरों ने अपना काम कर लिया। दस हज़ार की चपत पड़ गई। कहीं वही दुर्घटना फिर हो जाए, तो कहीं के न रहें।'

रतन – 'अच्छी बात है, मैं रूपये लिये जाती हूँ; मगर देखना निश्चिन्त न हो जाना। बाबूजी से कह देना सर्राफ का पिंड न छोड़ें।'

रतन चली गई। जालपा खुश थी कि सिर से बोझ टला। बहुधा हमारे जीवन पर उन्हीं के हाथों कठोरतम आघात होता है, जो हमारे सच्चे हितैषी होते हैं। रमा कोई नौ बजे घूमकर लौटा, जालपा रसोई बना रही थी। उसे देखते ही बोली, 'रतन आई थी, मैंने उसके सब रूपये दे दिए।'

रमा के पैरों के नीचे से मिट्टी खिसक गई। आँखें फैलकर माथे पर जा पहुंचीं। घबराकर बोला, 'क्या कहा, रतन को रूपये दे दिए? तुमसे किसने कहा था कि उसे रूपये दे देना?'

जालपा – 'उसी के रूपये तो तुमने लाकर रक्खे थे। तुम ख़ुद उसका इंतजार करते रहे। तुम्हारे जाते ही वह आई और कंगन मांगने लगी। मैंने झल्लाकर उसके रूपये फेंक दिए।

रमा ने सावधन होकर कहा, 'उसने रूपये मांगे तो न थे?'

जालपा – 'मांगे क्यों नहीं। हाँ, जब मैंने दे दिए तो अलबत्ता कहने लगी, इसे क्यों लौटाती हो, अपने पास ही पड़ा रहने दो। मैंने कह दिया, ऐसे शक्की मिज़ाज

वालों का रूपया मैं नहीं रखती।'

रमानाथ – 'ईश्वर के लिए तुम मुझसे बिना पूछे ऐसे काम मत किया करो।'

जालपा – 'तो अभी क्या हुआ, उसके पास जाकर रूपये मांग लाओ, मगर अभी से रूपये घर में लाकर अपने जी का जंजाल क्यों मोल लोगे।'

रमा इतना निस्तेज हो गया कि जालपा पर बिगड़ने की भी शक्ति उसमें न रही। रूआंसा होकर नीचे चला गया और स्थिति पर विचार करने लगा। जालपा पर बिगड़ना अन्याय था। जब रमा ने साफ कह दिया कि ये रूपये रतन के हैं, और इसका संकेत तक न किया कि मुझसे पूछे बगैर रतन को रूपये मत देना, तो जालपा का कोई अपराध नहीं। उसने सोचा, इस समय झल्लाने और बिगड़ने से समस्या हल न होगी। शांत चित्त होकर विचार करने की आवश्यकता थी। रतन से रूपये वापस लेना अनिवार्य था। जिस समय वह यहाँ आई है, अगर मैं खुद मौजूद होता तो कितनी खूबसूरती से सारी मुश्किल आसान हो जाती। मुझको क्या शामत सवार थी कि घूमने निकला! एक दिन न घूमने जाता, तो कौन मरा जाता था! कोई गुप्त शक्ति मेरा अनिष्ट करने पर उताई हो गई है। दस मिनट की अनुपस्थिति ने सारा खेल बिगाड़ दिया। वह कह रही थी कि रूपये रख लीजिए। जालपा ने ज़रा समझ से काम लिया होता तो यह नौबत काहे को आती। लेकिन फिर मैं बीती हुई बातें सोचने लगा। समस्या है, रतन से रूपये वापस कैसे लिए जायें। क्यों न चलकर कहूं, रूपये लौटाने से आप नाराज हो गई हैं। असल में मैं आपके लिए रूपये न लाया था। सर्राफ से इसलिए मांग लाया था, जिसमें वह चीज़ बनाकर दे दे। संभव है, वह खुद ही लज्जित होकर क्षमा मांगे और रूपये दे दे। बस इस वक्त वहाँ जाना चाहिए।

यह निश्चय करके उसने घड़ी पर नज़र डाली। साढ़े आठ बजे थे। अंधकार छाया हुआ था। ऐसे समय रतन घर से बाहर नहीं जा सकती। रमा ने साइकिल उठाई और रतन से मिलने चला।

रतन के बंगले पर आज बड़ी बहार थी। यहां नित्य ही कोई-न-कोई उत्सव, दावत, पार्टी होती रहती थी। रतन का एकांत नीरस जीवन इन विषयों की ओर उसी भांति लपकता था, जैसे प्यासा पानी की ओर लपकता है। इस वक्त वहां बच्चों का जमघट था। एक आम के वृक्ष में झूला पडा था, बिजली की बत्तियाँ जल रही थीं, बच्चे झूला झूल रहे थे और रतन खड़ी झुला रही थी। हू-हा मचा हुआ था। वकील साहब इस मौसम में भी ऊनी ओवरकोट पहने बरामदे में बैठे सिगार पी रहे थे। रमा की इच्छा हुई, कि झूले के पास जाकर रतन से बातें करे, पर वकील साहब को खड़े देखकर वह संकोच के मारे उधर न जा सका। वकील साहब ने उसे देखते ही

हाथ बढ़ा दिया और बोले, 'आओ रमा बाबू, कहो, तुम्हारे म्युनिसिपल बोर्ड की क्या खबरें हैं?'

रमा ने कुर्सी पर बैठते हुए कहा, 'कोई नई बात तो नहीं हुई।'

वकील – 'आपके बोर्ड में लड़कियों की अनिवार्य शिक्षा का प्रस्ताव कब पास होगा? और कई बोडोऊ ने तो पास कर दिया। जब तक स्त्रियों की शिक्षा का काफी प्रचार न होगा, हमारा कभी उद्धार न होगा। आप तो योरप न गए होंगे? ओह! क्या आज़ादी है, क्या दौलत है, क्या जीवन है, क्या उत्साह है! बस मालूम होता है, यही स्वर्ग है। और स्त्रियां भी सचमुच देवियाँ हैं। इतनी हँसमुख, इतनी स्वच्छंद, यह सब स्त्री-शिक्षा का प्रसाद है! '

रमा ने समाचार-पत्रों में इन देशों का जो थोडा-बहुत हाल पढ़ा था, उसके आधार पर बोला,वहाँ स्त्रियों का आचरण तो बहुत अच्छा नहीं है।'

वकील – 'नॉनसेंस ! अपने-अपने देश की प्रथा है। आप एक युवती को किसी युवक के साथ एकांत में विचरते देखकर दांतों तले उंगली दबाते हैं। आपका अंतःकरण इतना मलिन हो गया है कि स्त्री-पुरूष को एक जगह देखकर आप संदेह किए बिना रह ही नहीं सकते, पर जहाँ लडके और लड़कियाँ एक साथ शिक्षा पाते हैं, वहाँ यह जाति-भेद बहुत महत्व की वस्तु नहीं रह जाती,आपस में स्नेह और सहानुभूति की इतनी बातें पैदा हो जाती हैं कि कामुकता का अंश बहुत थोड़ा रह जाता है। यह समझ लीजिए कि जिस देश में स्त्रियों की जितनी अधिक स्वाधीनता है, वह देश उतना ही सभ्य है। स्त्रियों को कैद में, परदे में, या पुरूषों से कोसों दूर रखने का तात्पर्य यही निकलता है कि आपके यहाँ जनता इतनी आचार-भ्रष्ट है कि स्त्रियों का अपमान करने में ज़रा भी संकोच नहीं करती। युवकों के लिए राजनीति, धर्म, ललित-कला, साहित्य, दर्शन, इतिहास, विज्ञान और हज़ारों ही ऐसे विषय हैं, जिनके आधार पर वे युवतियों से गहरी दोस्ती पैदा कर सकते हैं। कामलिप्सा उन देशों के लिए आकर्षण का प्रधान विषय है, जहाँ लोगों की मनोवृत्तियाँ संकुचित रहती हैं। मैं सालभर योरप और अमरीका में रह चुका हूँ। कितनी ही सुंदरियों के साथ मेरी दोस्ती थी। उनके साथ खेला हूँ, नाचा भी हों, पर कभी मुँह से ऐसा शब्द न निकलता था, जिसे सुनकर किसी युवती को लज्जा से सिर झुकाना पड़े, और फिर अच्छे और बुरे कहाँ नहीं हैं?'

रमा को इस समय इन बातों में कोई आनंद न आया, वह तो इस समय दूसरी ही चिंता में मग्न था। वकील साहब ने फिर कहा, जब तक हम स्त्री-पुरूषों को अबाध रूप से अपना-अपना मानसिक विकास न करने देंगे, हम अवनति की ओर खिसकते चले जायेंगे। बंधनों से समाज का पैर न बांधिए, उसके गले में कैदी की

जंजीर न डालिए। विधवा-विवाह का प्रचार कीजिए, ख़ूब ज़ोरों से कीजिए, लेकिन यह बात मेरी समझ में नहीं आती कि जब कोई अधेड़ आदमी किसी युवती से ब्याह कर लेता है तो क्यों अख़बारों में इतना कुहराम मच जाता है। योरप में अस्सी बरस के बूढ़े युवतियों से ब्याह करते हैं, सत्तर वर्ष की वृद्धायें युवकों से विवाह करती हैं, कोई कुछ नहीं कहता। किसी को कानों-कान ख़बर भी नहीं होती। हम बूढ़ों को मरने के पहले ही मार डालना चाहते हैं। हालांकि मनुष्य को कभी किसी सहगामिनी की जरूरत होती है तो वह बुढ़ापे में, जब उसे हरदम किसी अवलंब की इच्छा होती है, जब वह परमुखापेक्षी हो जाता है। रमा का ध्यान झूले की ओर था। किसी तरह रतन से दो-दो बातें करने का अवसर मिले। इस समय उसकी सबसे बड़ी यही कामना थी। उसका वहाँ जाना शिष्टाचार के विरूद्ध था। आख़िर उसने एक क्षण के बाद झूले की ओर देखकर कहा, 'ये इतने लड़के किधर से आ गये?'

वकील – 'रतन बाई को बाल-समाज से बड़ा स्नेह है। न जाने कहाँ-कहाँ से इतने लड़के जमा हो जाते हैं। अगर आपको बच्चों से प्यार हो, तो जाइए! रमा तो यह चाहता ही था, चट झूले के पास जा पहुँचा। रतन उसे देखकर मुस्कराई और बोली, 'इन शैतानों ने मेरी नाक में दम कर रक्खा है। झूले से इन सबों का पेट ही नहीं भरता। आइए, ज़रा आप भी बेगार कीजिए, मैं तो थक गई। यह कहकर वह पक्के चबूतरे पर बैठ गई। रमा झोंके देने लगा। बच्चों ने नया आदमी देखा, तो सब-के-सब अपनी बारी के लिए उतावले होने लगे। रतन के हाथों दो बारियाँ आ चुकी थीं? पर यह कैसे हो सकता था कि कुछ लड़के तो तीसरी बार झूलें, और बाकी बैठे मुँह ताकें! दो उतरते तो चार झूले पर बैठ जाते। रमा को बच्चों से नाममात्र को भी प्रेम न था, पर इस वक्त फंस गया था, क्या करता! आख़िर आधा घंटे की बेगार के बाद उसका जी ऊब गया। घड़ी में साढ़े नौ बज रहे थे। मतलब की बात कैसे छेड़े। रतन तो झूले में इतनी मग्न थी, मानो उसे रूपयों की सुध ही नहीं है। सहसा रतन ने झूले के पास जाकर कहा, 'बाबूजी, मैं बैठती हूँ, मुझे झुलाइए, मगर नीचे से नहीं, झूले पर खड़े होकर पेंग मारिये।'

रमा बचपन ही से झूले पर बैठते डरता था। एक बार मित्रों ने जबरदस्ती झूले पर बैठा दिया, तो उसे चक्कर आने लगा, पर इस अनुरोध ने उसे झूले पर आने के लिए मजबूर कर दिया। अपनी अयोग्यता कैसे प्रकट करे। रतन दो बच्चों को लेकर बैठ गई, और यह गीत गाने लगी,

'कदम की डरिया झूला पड़ गयो री, राधा रानी झूलन आई।'

रमा झूले पर खडा होकर पेंग मारने लगा, लेकिन उसके पांव कांप रहे थे, और दिल बैठा जाता था। जब झूला ऊपर से फिरता था, तो उसे ऐसा जान पड़ता था,

मानो कोई तरल वस्तु उसके वक्ष में चुभती चली जा रही है,और रतन लड़कियों के साथ गा रही थी –

कदम की डरिया झूला पड़ गयो री, राधा रानी झूलन आई।

एक क्षण के बाद रतन ने कहा, 'ज़रा और बढ़ाइए साहब, आपसे तो झूला बढ़ता ही नहीं।'

रमा ने लज्जित होकर और ज़ोर लगाया पर झूला न बढ़ा, रमा के सिर में चक्कर आने लगा।

रतन – 'आपको पेंग मारना नहीं आता, कभी झूला नहीं झूले?'

रमा ने झिझकते हुए कहा, 'हाँ, इधर तो वर्षों से नहीं बैठा।'

रतन – 'तो आप इन बच्चों को संभालकर बैठिए, मैं आपको झुलाऊंगी।'

अगर उस डाल से न छू ले तो कहिएगा! रमा के प्राण सूख गए। बोला, 'आज तो बहुत देर हो गई है, फिर कभी आऊंगा। '

रतन – 'अजी अभी क्या देर हो गई है, दस भी नहीं बजे, घबड़ाइए नहीं, अभी बहुत रात पड़ी है। खूब झूलकर जाइएगा। कल जालपा को लाइएगा, हम दोनों झूलेंगे।'

रमा झूले पर से उतर आया तो उसका चेहरा सहमा हुआ था। मालूम होता था, अब गिरा, अब गिरा ; वह लड़खडाता हुआ साइकिल की ओर चला और उस पर बैठकर तुरंत घर भागा। कुछ दूर तक उसे कुछ होश न रहा। पांव आप ही आप पैडल घुमाते जाते थे, आधी दूर जाने के बाद उसे होश आया। उसने साइकिल घुमा दी, कुछ दूर चला, फिर उतरकर सोचने लगा,आज संकोच में पड़कर कैसी बाज़ी हाथ से खोई, वहां से चुपचाप अपना-सा मुँह लिये लौट आया। क्यों उसके मुँह से आवाज़ नहीं निकली। रतन कुछ हौवा तो थी नहीं, जो उसे खा जाती। सहसा उसे याद आया, थैली में आठ सौ रूपये थे, जालपा ने झुंझलाकर थैली की थैली उसके हवाले कर दी। शायद, उसने भी गिना नहीं, नहीं जरूर कहती। कहीं ऐसा न हो, थैली किसी को दे दे, या और रूपयों में मिला दे, तो गजब ही हो जाए। कहीं का न रहूं। क्यों न इसी वक्त चलकर बेशी रूपये मांग लाऊं, लेकिन देर बहुत हो गई है, सबेरे फिर आना पड़ेगा। मगर यह दो सौ रूपये मिल भी गए, तब भी तो पांच सौ रूपयों की कमी रहेगी। उसका क्या प्रबंध होगा? ईश्वर ही बेड़ा पार लगायें, तो लग सकता है।

सबेरे कुछ प्रबंध न हुआ, तो क्या होगा! यह सोचकर वह कांप उठा। जीवन में ऐसे अवसर भी आते हैं, जब निराशा में भी हमें आशा होती है। रमा ने सोचा, एक बार फिर गंगू के पास चलूं, शायद दुकान पर मिल जाय, उसके हाथ-पांव जोड़ूं। संभव है, कुछ दया आ जाये। वह सर्राफे जा पहुँचा, मगर गंगू की दुकान बंद थी।

वह लौटा ही था कि चरनदास आता हुआ दिखाई दिया।

रमा को देखते ही बोला, 'बाबूजी, आपने तो इधर का रास्ता ही छोड़ दिया। कहिए रूपये कब तक मिलेंगे?'

रमा ने विनम्र भाव से कहा, 'अब बहुत जल्द मिलेंगे भाई, देर नहीं है। देखो गंगू के रूपये चुकाए हैं, अब की तुम्हारी बारी है।'

चरनदास, 'वह सब किस्सा मालूम है, गंगू ने होशियारी से अपने रूपये न ले लिये होते, तो हमारी तरह टापा करते। साल-भर हो रहा है। रूपये सैकड़े का सूद भी रखिए तो चौरासी रूपये होते हैं। कल आकर हिसाब कर जाइए, सब नहीं तो आधा-तिहाई कुछ दे दीजिए। लेते-देते रहने से मालिक को ढाढ़स रहता है। कान में तेल डालकर बैठे रहने से तो उसे शंका होने लगती है कि इनकी नीयत ख़राब है। तो कल कब आइएगा?'

रमानाथ – 'भई, कल मैं रूपये लेकर तो न आ सकूंगा, यों जब कहो तब चला आऊं। क्यों, इस वक्त अपने सेठजी से चार-पांच सौ रूपयों का बंदोबस्त न करा दोगे?'तुम्हारी मुट्ठी भी गर्म कर दूंगा।'

चरनदास – 'कहाँ की बात लिये फिरते हो बाबूजी, सेठजी एक कौड़ी तो देंगे नहीं। उन्होंने यही बहुत सलूक किया कि नालिश नहीं कर दी। आपके पीछे मुझे बातें सुननी पड़ती हैं। क्या बड़े मुंशीजी से कहना पड़ेगा?'

रमा ने झल्लाकर कहा, 'तुम्हारा देनदार मैं हूँ, बडे मुंशी नहीं हैं। मैं मर नहीं गया हूँ, घर छोड़कर भागा नहीं जाता हूँ। इतने अधीर क्यों हुए जाते हो? '

चरनदास – 'साल-भर हुआ, एक कौड़ी नहीं मिली, अधीर न हों तो क्या हों। कल कम-से-कम दो सौ की गिकर कर रखियेगा।'

रमानाथ – 'मैंने कह दिया, मेरे पास अभी रूपये नहीं हैं।'

चरनदास – 'रोज़ गठरी काट-काटकर रखते हो, उस पर कहते हो, रूपये नहीं हैं। कल रूपये जुटा रखना। कल आदमी जाएगा जरूर।'

रमा ने उसका कोई जवाब न दिया, आगे बढ़ा। इधर आया था कि कुछ काम निकलेगा, उल्टे तकाज़ा सहना पड़ा। कहीं दुष्ट सचमुच बाबूजी के पास तकाज़ा न भेज दे। आग ही हो जायेंगे। जालपा भी समझेगी, कैसा लबाड़िया आदमी है। इस समय रमा की आंखों से आंसू तो न निकलते थे, पर उसका एक- एक रोआं रो रहा था। जालपा से अपनी असली हालत छिपाकर उसने कितनी भारी भूल की! वह समझदार औरत है, अगर उसे मालूम हो जाता कि मेरे घर में भूंजी भांग भी नहीं है, तो वह मुझे कभी उधार गहने न लेने देती। उसने तो कभी अपने मुँह से कुछ नहीं कहा। मैं ही अपनी शान जमाने के लिए मरा जा रहा था। इतना बडा बोझ सिर

पर लेकर भी मैंने क्यों किफायत से काम नहीं लिया? मुझे एक-एक पैसा दांतों से पकड़ना चाहिए था। साल-भर में मेरी आमदनी सब मिलाकर एक हज़ार से कम न हुई होगी। अगर किफायत से चलता, तो इन दोनों महाजनों के आधे-आधे रूपये जरूर अदा हो जाते, मगर यहाँ तो सिर पर शामत सवार थी। इसकी क्या जरूरत थी कि जालपा मुहल्ले भर की औरतों को जमा करके रोज सैर करने जाती? सैकड़ों रूपये तो तांगे वाला ले गया होगा, मगर यहाँ तो उस पर रोब जमाने की पड़ी हुई थी। सारा बाज़ार जान जाय कि लाला निरे लफंगे हैं, पर अपनी स्त्री न जानने पाए! वाह री बुद्धि, दरवाज़े के लिए परदों की क्या जरूरत थी! दो लैंप क्यों लाया, नई निवाड़ लेकर चारपाइयाँ क्यों बिनवाई, उसने रास्ते ही में उन ख़र्चो का हिसाब तैयार कर लिया, जिन्हें उसकी हैसियत के आदमी को टालना चाहिए था। आदमी जब तक स्वस्थ रहता है, उसे इसकी चिंता नहीं रहती कि वह क्या खाता है, कितना खाता है, कब खाता है, लेकिन जब कोई विकार उत्पन्न हो जाता है, तो उसे याद आती है कि कल मैंने पकौड़ियाँ खाई थीं। विजय बहिर्मुखी होती है, पराजय अन्तर्मुखी। जालपा ने पूछा, 'कहाँ चले गए थे, बड़ी देर लगा दी।'

रमानाथ – 'तुम्हारे कारण रतन के बंगले पर जाना पड़ा। तुमने सब रूपये उठाकर दे दिए, उसमें दो सौ रूपये मेरे भी थे। '

जालपा – 'तो मुझे क्या मालूम था, तुमने कहा भी तो न था, मगर उनके पास से रूपये कहीं जा नहीं सकते, वह आप ही भेज देंगी।'

रमानाथ – 'माना, पर सरकारी रकम तो कल दाख़िल करनी पड़ेगी।'

जालपा – 'कल मुझसे दो सौ रूपये ले लेना, मेरे पास हैं।'

रमा को विश्वास न आया। बोला-'कहीं हों न तुम्हारे पास! इतने रूपये कहाँ से आए? '

जालपा – 'तुम्हें इससे क्या मतलब, मैं तो दो सौ रूपये देने को कहती हूँ।'

रमा का चेहरा खिल उठा। कुछ-कुछ आशा बंधी। दो-सौ रूपये यह देदे, दो सौ रूपये रतन से ले लूं, सौ रूपये मेरे पास हैं ही, तो कुल तीन सौ की कमी रह जाएगी, मगर यही तीन सौ रूपये कहाँ से आयेंगे? ऐसा कोई नज़र न आता था, जिससे इतने रूपये मिलने की आशा की जा सके। हाँ, अगर रतन सब रूपये दे दे तो बिगड़ी बात बन जाये। आशा का यही एक आधार रह गया था।

जब वह खाना खाकर लेटा, तो जालपा ने कहा, 'आज किस सोच में पड़े हो?'

रमानाथ – 'सोच किस बात का- क्या मैं उदास हूं?'

जालपा – 'हाँ, किसी चिंता में पड़े हुए हो, मगर मुझसे बताते नहीं हो!'

रमानाथ – 'ऐसी कोई बात होती तो तुमसे छिपाता?'

जालपा – 'वाह, तुम अपने दिल की बात मुझसे क्यों कहोगे? ऋषियों की आज्ञा नहीं है।'

रमानाथ – 'मैं उन ऋषियों के भक्तों में नहीं हूँ।'

जालपा – 'वह तो तब मालूम होता, जब मैं तुम्हारे ह्रदय में पैठकर देखती।'

रमानाथ – 'वहाँ तुम अपनी ही प्रतिमा देखतीं।'

रात को जालपा ने एक भयंकर स्वप्न देखा, वह चिल्ला पड़ी। रमा ने चौंककर पूछा,'क्या है? जालपा, क्या स्वप्न देख रही हो? '

जालपा ने इधर-उधर घबडाई हुई आंखों से देखकर कहा, 'बड़े संकट में जान पड़ी थी। न जाने कैसा सपना देख रही थी! '

रमानाथ – 'क्या देखा?'

जालपा -' क्या बताऊं, कुछ कहा नहीं जाता। देखती थी कि तुम्हें कई सिपाही पकड़े लिये जा रहे हैं। कितना भंयकर रूप था उनका!'

रमा का ख़ून सूख गया। दो-चार दिन पहले, इस स्वप्न को उसने हँसी में उड़ा दिया होता, इस समय वह अपने को सशंकित होने से न रोक सका, पर बाहर से हँसकर बोला, 'तुमने सिपाहियों से पूछा नहीं, इन्हें क्यों पकड़े लिये जाते हो?'

जालपा – 'तुम्हें हँसी सूझ रही है, और मेरा ह्रदय कांप रहा है।'

थोड़ी देर के बाद रमा ने नींद में बकना शुरू किया, 'अम्मा, कहे देता हूँ, फिर मेरा मुँह न देखोगी, मैं डूब मरूंगा।'

जालपा को अभी तक नींद न आई थी, भयभीत होकर उसने रमा को ज़ोर से हिलाया और बोली, 'मुझे तो हँसते थे और ख़ुद बकने लगे। सुनकर रोयें खड़े हो गए। स्वप्न देखते थे क्या?'

रमा ने लज्जित होकर कहा, 'हाँ जी, न जाने क्या देख रहा था कुछ याद नहीं।'

जालपा ने पूछा, 'अम्माजी को क्यों धमका रहे थे। सच बताओ, क्या देखते थे? '

रमा ने सिर खुजलाते हुए कहा, 'कुछ याद नहीं आता, यों ही बकने लगा हूंगा।'

जालपा – 'अच्छा तो करवट सोना। चित सोने से आदमी बकने लगता है।'

रमा करवट पौढ़ गया, पर ऐसा जान पड़ता था, मानो चिंता और शंका दोनों आँखों में बैठी हुई निद्रा के आक्रमण से उनकी रक्षा कर रही हैं। जगते हुए दो बज गए। सहसा जालपा उठ बैठी, और सुराही से पानी उंड़ेलती हुई बोली, 'बड़ी प्यास लगी थी, क्या तुम अभी तक जाग ही रहे हो? '

रमा-'हाँ जी, नींद उचट गई है। मैं सोच रहा था, तुम्हारे पास दो सौ रूपये कहाँ से आ गए? मुझे इसका आश्चर्य है।'

जालपा – 'ये रूपये मैं मायके से लाई थी, कुछ बिदाई में मिले थे, कुछ पहले से रक्खे थे। '

रमानाथ – 'तब तो तुम रूपये जमा करने में बडी कुशल हो यहां क्यों नहीं कुछ जमा किया?'

जालपा ने मुस्कराकर कहा, 'तुम्हें पाकर अब रूपये की परवाह नहीं रही।'

रमानाथ – 'अपने भाग्य को कोसती होगी!'

जालपा – 'भाग्य को क्यों कोसूं, भाग्य को वह औरतें रोएं, जिनका पति निखट्टू हो, शराबी हो, दुराचारी हो, रोगी हो, तानों से स्त्री को छेदता रहे, बात-बात पर बिगड़े। पुरूष मन का हो तो स्त्री उसके साथ उपवास करके भी प्रसन्न रहेगी।'

रमा ने विनोद भाव से कहा, 'तो मैं तुम्हारे मन का हूँ! '

जालपा ने प्रेम-पूर्ण गर्व से कहा, 'मेरी जो आशा थी, उससे तुम कहीं बढ़कर निकले। मेरी तीन सहेलियाँ हैं। एक का भी पति ऐसा नहीं। एक एम.ए. है पर सदा रोगी। दूसरा विद्‌वान भी है और धनी भी, पर वेश्यागामीब तीसरा घरघुस्सू है और बिलकुल निखट्टू...'

रमा का हृदय गदगद हो उठा। ऐसी प्रेम की मूर्ति और दया की देवी के साथ उसने कितना बड़ा विश्वासघात किया। इतना दुराव रखने पर भी जब इसे मुझसे इतना प्रेम है, तो मैं अगर उससे निष्कपट होकर रहता, तो मेरा जीवन कितना आनंदमय होता!

2

भाग दो

प्रातःकाल रमा ने रतन के पास अपना आदमी भेजा। ख़त में लिखा, मुझे बड़ा खेद है कि कल जालपा ने आपके साथ ऐसा व्यवहार किया, जो उसे न करना चाहिए था। मेरा विचार यह कदापि न था कि रूपये आपको लौटा दूं, मैंने सर्राफ को ताकीद करने के लिए उससे रूपये लिए थे। कंगन दो-चार रोज़ में अवश्य मिल जायेंगे। आप रूपये भेज दें। उसी थैली में दो सौ रूपये मेरे भी थे। वह भी भेजिएगा। अपने सम्मान की रक्षा करते हुए जितनी विनम्रता उससे हो सकती थी, उसमें कोई कसर नहीं रक्खी। जब तक आदमी लौटकर न आया, वह बड़ी व्यग्रता से उसकी राह देखता रहा। कभी सोचता, कहीं बहाना न कर दे, या घर पर मिले ही नहीं, या दो-चार दिन के बाद देने का वादा करे। सारा दारोमदार रतन के रूपये पर था। अगर रतन ने साफ जवाब दे दिया, तो फिर सर्वनाश! उसकी कल्पना से ही रमा के प्राण सूखे जा रहे थे। आख़िर नौ बजे आदमी लौटा। रतन ने दो सौ रूपये तो दिए थे। मगर खत का कोई जवाब न दिया था। रमा ने निराश आँखों से आकाश की ओर देखा। सोचने लगा, रतन ने ख़त का जवाब क्यों नहीं दिया – 'मामूली शिष्टाचार भी नहीं जानती? कितनी मक्कार औरत है! रात को ऐसा मालूम होता था कि साधुता और सज्जनता की प्रतिमा ही है, पर दिल में यह गुबार भरा हुआ था!' शेष रूपयों की चिंता में रमा को नहाने-खाने की भी सुध न रही। कहार अंदर गया, तो जालपा ने पूछा, 'तुम्हें कुछ काम-धंधो की भी ख़बर है कि मटरगश्ती ही करते रहोगे! दस बज रहे हैं, और अभी तक तरकारी-भाजी का कहीं पता नहीं?'

कहार ने त्योरियाँ बदलकर कहा, 'तो का चार हाथ-गोड़ कर लेई! कामें से तो गवा रहिनब बाबू मेम साहब के तीर रूपैया लेबे का भेजिन रहा।'

जालपा – 'कौन मेम साहब?'

कहार – ' 'जौन मोटर पर चढ़कर आवत हैं।'

जालपा – 'तो लाए रूपये?'

कहार -'लाए काहे नाहींब पिरथी के छोर पर तो रहत हैं, दौरत-दौरत गोड़ पिराय लाग।'

जालपा – 'अच्छा चटपट जाकर तरकारी लाओ।'

कहार तो उधर गया, रमा रूपये लिये हुए अंदर पहुँचा तो जालपा ने कहा, 'तुमने अपने रूपये रतन के पास से मंगवा लिए न? अब तो मुझसे न लोगे?'

रमा ने उदासीन भाव से कहा, 'मत दो!'

जालपा – 'मैंने कह दिया था रूपया दे दूंगी। तुम्हें इतनी जल्द मांगने की क्यों सूझी? समझी होगी, इन्हें मेरा इतना विश्वास भी नहीं।'

रमा ने हताश होकर कहा, 'मैंने रूपये नहीं मांगे थे। केवल इतना लिख दिया था कि थैली में दो सौ रूपये ज्यादे हैं। उसने आप ही आप भेज दिए।'

जालपा ने हँसकर कहा, 'मेरे रूपये बड़े भाग्यवान हैं, दिखाऊं? चुनचुनकर नए रूपये रक्खे हैं। सब इसी साल के हैं, चमाचम! देखो तो आँखें ठंडी हो जायें।

इतने में किसी ने नीचे से आवाज़ दी, ' बाबूजी, सेठ ने रूपये के लिए भेजा है।'

दयानाथ स्नान करने अंदर आ रहे थे, सेठ के प्यादे को देखकर पूछा, 'कौन सेठ, कैसे रूपये? मेरे यहाँ किसी के रूपये नहीं आते!'

प्यादा – 'छोटे बाबू ने कुछ माल लिया था। साल-भर हो गए, अभी तक एक पैसा नहीं दिया। सेठजी ने कहा है, बात बिगड़ने पर रूपये दिए तो क्या दिए। आज कुछ जरूर दिलवा दीजिए।'

दयानाथ ने रमा को पुकारा और बोले, 'देखो, किस सेठ का आदमी आया है। उसका कुछ हिसाब बाकी है, साफ क्यों नहीं कर देते?कितना बाकी है इसका?'

रमा कुछ जवाब न देने पाया था कि प्यादा बोल उठा, 'पूरे सात सौ हैं, बाबूजी!'

दयानाथ की आँखें फैलकर मस्तक तक पहुँच गई, 'सात सौ! क्यों जी,यह तो सात सौ कहता है?'

रमा ने टालने के इरादे से कहा, 'मुझे ठीक से मालूम नहीं।'

प्यादा -' मालूम क्यों नहीं। पुरजा तो मेरे पास है। तब से कुछ दिया ही नहीं,कम कहाँ से हो गए।'

रमा ने प्यादे को पुकारकर कहा, 'चलो तुम दुकान पर, मैं ख़ुद आता हूँ।'

प्यादा – 'हम बिना कुछ लिए न जाएंगे, साहब! आप यों ही टाल दिया करते हैं, और बातें हमको सुननी पड़ती हैं।'

रमा सारी दुनिया के सामने जलील बन सकता था, किंतु पिता के सामने जलील बनना उसके लिए मौत से कम न था। जिस आदमी ने अपने जीवन में कभी हराम का एक पैसा न छुआ हो, जिसे किसी से उधार लेकर भोजन करने के बदले भूखों सो रहना मंजूर हो, उसका लड़का इतना बेशर्म और बेगैरत हो! रमा पिता की आत्मा का यह घोर अपमान न कर सकता था। वह उन पर यह बात प्रकट न होने देना चाहता था कि उनका पुत्र उनके नाम को बट्टा लगा रहा है। कर्कश स्वर में प्यादे से बोला, 'तुम अभी यहीं खड़े हो? हट जाओ, नहीं तो धक्का देकर निकाल दिए जाओगे।'

प्यादा – 'हमारे रूपये दिलवाइए, हम चले जायं। हमें क्या आपके द्वार पर मिठाई मिलती है! '

रमानाथ – 'तुम न जाओगे! जाओ लाला से कह देना नालिश कर दें।'

दयानाथ ने डांटकर कहा, 'क्या बेशर्मी की बातें करते हो जी, जब फिरह में रूपये न थे, तो चीज़ लाए ही क्यों? और लाए, तो जैसे बने वैसे रूपये अदा करो। कह दिया, नालिश कर दो। नालिश कर देगा, तो कितनी आबरू रह जायेगी? इसका भी कुछ ख़याल है! सारे शहर में उंगलियां उठेंगी, मगर तुम्हें इसकी क्या परवा। तुमको यह सूझी क्या कि एकबारगी इतनी बडी गठरी सिर पर लाद ली। कोई शादी-ब्याह का अवसर होता, तो एक बात भी थी। और वह औरत कैसी है जो पति को ऐसी बेहूदगी करते देखती है और मना नहीं करती। आख़िर तुमने क्या सोचकर यह कर्ज लिया? तुम्हारी ऐसी कुछ बड़ी आमदनी तो नहीं है!'

रमा को पिता की यह डांट बहुत बुरी लग रही थी। उसके विचार में पिता को इस विषय में कुछ बोलने का अधिकार ही न था। निसंकोच होकर बोला, 'आप नाहक इतना बिगड़ रहे हैं, आपसे रूपये मांगने जाऊं तो कहिएगा। मैं अपने वेतन से थोड़ा-थोड़ा करके सब चुका दूंगा।'

अपने मन में उसने कहा, 'यह तो आप ही की करनी का फल है। आप ही के पाप का प्रायश्चित्ता कर रहा हूँ।'

प्यादे ने पिता और पुत्र में वाद-विवाद होते देखा, तो चुपके से अपनी राह ली। मुंशीजी भुनभुनाते हुए स्नान करने चले गए। रमा ऊपर गया, तो उसके मुँह पर लज्जा और ग्लानि की फटकार बरस रही थी। जिस अपमान से बचने के लिए वह डाल-डाल, पात-पात भागता-फिरता था, वह हो ही गया। इस अपमान के सामने सरकारी रूपयों की फिक्र भी ग़ायब हो गई। कर्ज़ लेने वाले बला के हिम्मती होते हैं। साधारण बुद्धिका मनुष्य ऐसी परिस्थितियों में पड़कर घबरा उठता है, पर बैठकबाजों के माथे पर बल तक नहीं पड़ता। रमा अभी इस कला में दक्ष नहीं हुआ

था। इस समय यदि यमदूत उसके प्राण हरने आता, तो वह आँखों से दौड़कर उसका स्वागत करता। कैसे क्या होगा, यह शब्द उसके एक-एक रोम से निकल रहा था। कैसे क्या होगा! इससे अधिक वह इस समस्या की और व्याख्या न कर सकता था। यही प्रश्न एक सर्वव्यापी पिशाच की भांति उसे घूरता दिखाई देता था। कैसे क्या होगा! यही शब्द अगणित बगूलों की भांति चारों ओर उठते नज़र आते थे। वह इस पर विचार न कर सकता था। केवल उसकी ओर से आँखें बंद कर सकता था। उसका चित्त इतना खिन्न हुआ कि आँखें सजल हो गई।

जालपा ने पूछा, 'तुमने तो कहा था, इसके अब थोड़े ही रूपये बाकी हैं।'

रमा ने सिर झुकाकर कहा, 'यह दुष्ट झूठ बोल रहा था, मैंने कुछ रूपये दिए हैं।'

जालपा – 'दिए होते, तो कोई रूपयों का तकषज़ा क्यों करता? जब तुम्हारी आमदनी इतनी कम थी तो गहने लिए ही क्यों? मैंने तो कभी ज़िद न की थी। और मान लो, मैं दो-चार बार कहती भी, तुम्हें समझ-बूझकर काम करना चाहिए था। अपने साथ मुझे भी चार बातें सुनवा दीं। आदमी सारी दुनिया से परदा रखता है, लेकिन अपनी स्त्री से परदा नहीं रखता। तुम मुझसे भी परदा रखते हो अगर मैं जानती, तुम्हारी आमदनी इतनी थोड़ी है, तो मुझे क्या ऐसा शौक चर्राया था कि मुहल्ले-भर की स्त्रियों को तांगे पर बैठा-बैठाकर सैर कराने ले जाती। अधिक-से-अधिक यही तो होता, कि कभी-कभी चित्त दुखी हो जाता, पर यह तकाज़े तो न सहने पड़ते। कहीं नालिश कर दे, तो सात सौ के एक हज़ार हो जाएं। मैं क्या जानती थी कि तुम मुझ से यह छल कर रहे हो कोई वेश्या तो थी नहीं कि तुम्हें नोच-खसोटकर अपना घर भरना मेरा काम होता। मैं तो भले- बुरे दोनों ही की साथिन हूँ। भले में तुम चाहे मेरी बात मत पूछो, बुरे में तो मैं तुम्हारे गले पड़ूंगी ही।'

रमा के मुख से एक शब्द न निकला, दफ्तर का समय आ गया था। भोजन करने का अवकाश न था। रमा ने कपड़े पहने, और दफ्तर चला। जागेश्वरी ने कहा, 'क्या बिना भोजन किए चले जाओगे?'

रमा ने कोई जवाब न दिया, और घर से निकलना ही चाहता था कि जालपा झपटकर नीचे आई और उसे पुकारकर बोली, 'मेरे पास जो दो सौ रूपये हैं, उन्हें क्यों नहीं सर्राफ को दे देते?'

रमा ने चलते वक्त ज़ान-बूझकर जालपा से रूपये न मांगे थे। वह जानता था, जालपा मांगते ही दे देगी, लेकिन इतनी बातें सुनने के बाद अब रूपये के लिए उसके सामने हाथ फैलाते उसे संकोच ही नहीं, भय होता था। कहीं वह फिर न उपदेश देने बैठ जाए,इसकी अपेक्षा आने वाली विपत्तियां कहीं हल्की थीं। मगर जालपा ने उसे पुकारा, तो कुछ आशा बंधीब ठिठक गया और बोला, 'अच्छी बात है, लाओ दे दो।'

वह बाहर के कमरे में बैठ गया। जालपा दौड़कर ऊपर से रूपये लाई और गिन-गिनकर उसकी थैली में डाल दिए। उसने समझा था, रमा रूपये पाकर फूला न समाएगा, पर उसकी आशा पूरी न हुई। अभी तीन सौ रूपये की फिक्र करनी थी। वह कहाँ से आयेंगे? भूखा आदमी इच्छापूर्ण भोजन चाहता है, दो-चार फुलकों से उसकी तुष्टि नहीं होती। सड़क पर आकर रमा ने एक तांगा लिया और उससे जार्जटाउन चलने को कहा,शायद रतन से भेंट हो जाए। वह चाहे तो तीन सौ रूपये का बड़ी आसानी से प्रबंध कर सकती है। रास्ते में वह सोचता जाता था, आज बिलकुल संकोच न करूंगा। ज़रा देर में जार्जटाउन आ गया। रतन का बंगला भी आया। वह बरामदे में बैठी थी। रमा ने उसे देखकर हाथ उठाया, उसने भी हाथ उठाया, पर वहां उसका सारा संयम टूट गया। वह बंगले में न जा सका। तांगा सामने से निकल गया। रतन बुलाती, तो वह चला जाता। वह बरामदे में न बैठी होती तब भी शायद वह अंदर जाता, पर उसे सामने बैठे देखकर वह संकोच में डूब गया। जब तांगा गवर्नमेंट हाउस के पास पहुँचा, तो रमा ने चौंककर कहा, 'चुंगी के दफ्तर चलो। तांगे वाले ने घोड़ा उधर मोड़ दिया।

ग्यारह बजते-बजते रमा दफ्तर पहुँचा। उसका चेहरा उतरा हुआ था। छाती धड़क रही थी। बडे बाबू ने जरूर पूछा होगा। जाते ही बुलाएंगे। दफ्तर में ज़रा भी रियायत नहीं करते। तांगे से उतरते ही उसने पहले अपने कमरे की तरफ निगाह डाली। देखा, कई आदमी खड़े उसकी राह देख रहे हैं। वह उधर न जाकर रमेश बाबू के कमरे की ओर गया।

रमेश बाबू ने पूछा, 'तुम अब तक कहाँ थे जी, ख़ज़ांची साहब तुम्हें खोजते फिरते हैं? चपरासी मिला था?'

रमा ने अटकते हुए कहा, 'मैं घर पर न था। ज़रा वकील साहब की तरफ चला गया था। एक बडी मुसीबत में फंस गया हूँ।'

रमेश -' कैसी मुसीबत, घर पर तो कुशल है।'

रमानाथ – 'जी हाँ, घर पर तो कुशल है। कल शाम को यहां काम बहुत था, मैं उसमें ऐसा फंसा कि वक्त क़ी कुछ ख़बर ही न रही। जब काम ख़त्म करके उठा, तो ख़जांची साहब चले गए थे। मेरे पास आमदनी के आठ सौ रूपये थे। सोचने लगा इसे कहां रक्खूं, मेरे कमरे में कोई संदूक है नहीं। यही निश्चय किया कि साथ लेता जाऊं। पांच सौ रूपये नकद थे, वह तो मैंने थैली में रक्खे तीन सौ रूपये के नोट जेब में रख लिए और घर चला। चौक में एक-दो चीज़ें लेनी थीं। उधार से होता हुआ घर पहुंचा तो नोट गायब थे। रमेश बाबू ने आँखें गाड़कर कहा, 'तीन सौ के नोट गायब हो गए?'

रमानाथ – 'जी हाँ, कोट के ऊपर की जेब में थे। किसी ने निकाल लिए?'

रमेश – 'और तुमको मारकर थैली नहीं छीन ली?'

रमानाथ – 'क्या बताऊं बाबूजी, तब से चित्त की जो दशा हो रही है, वह बयान नहीं कर सकता तब से अब तक इसी फिक्र में दौड़ रहा हूं। कोई बंदोबस्त न हो सका।'

रमेश – 'अपने पिता से तो कहा ही न होगा? '

रमानाथ – 'उनका स्वभाव तो आप जानते हैं। रूपये तो न देते, उल्टी डांट सुनाते।'

रमेश – 'तो फिर क्या फिक्र करोगे?'

रमानाथ – 'आज शाम तक कोई न कोई फिक्र करूंगा ही।'

रमेश ने कठोर भाव धारण करके कहा, 'तो फिर करो न! इतनी लापरवाही तुमसे हुई कैसे! यह मेरी समझ में नहीं आता। मेरी जेब से तो आज तक एक पैसा न गिरा, आँखें बंद करके रास्ता चलते हो या नशे में थे? मुझे तुम्हारी बात पर विश्वास नहीं आता। सच-सच बतला दो, कहीं अनाप-शनाप तो नहीं ख़र्च कर डाले? उस दिन तुमने मुझसे क्यों रूपये मांगे थे? '

रमा का चेहरा पीला पड़ गया। कहीं कलई तो न खुल जाएगी। बात बनाकर बोला, 'क्या सरकारी रूपया ख़र्च कर डालूंगा? उस दिन तो आपसे रूपये इसलिए मांगे थे कि बाबूजी को एक जरूरत आ पड़ी थी। घर में रूपये न थे। आपका ख़त मैंने उन्हें सुना दिया था। बहुत हँसे, दूसरा इंतजाम कर लिया। इन नोटों के गायब होने का तो मुझे ख़ुद ही आश्चर्य है।'

रमेश – 'तुम्हें अपने पिताजी से मांगते संकोच होता हो, तो मैं ख़त लिखकर मंगवा लूं।'

रमा ने कानों पर हाथ रखकर कहा, 'नहीं बाबूजी, ईश्वर के लिए ऐसा न कीजिएगा। ऐसी ही इच्छा हो, तो मुझे गोली मार दीजिए।'

रमेश ने एक क्षण तक कुछ सोचकर कहा, 'तुम्हें विश्वास है, शाम तक रूपये मिल जाएंगे?'

रमानाथ – 'हाँ, आशा तो है।'

रमेश – 'तो इस थैली के रूपये जमा कर दो, मगर देखो भाई, मैं साफ-साफ कहे देता हूँ, अगर कल दस बजे रूपये न लाए तो मेरा दोष नहीं। कायदा तो यही कहता है कि मैं इसी वक्त तुम्हें पुलिस के हवाले करूं, मगर तुम अभी लड़के हो, इसलिए क्षमा करता हूँ। वरना तुम्हें मालूम है, मैं सरकारी काम में किसी प्रकार की मुरौवत नहीं करता। अगर तुम्हारी जगह मेरा भाई या बेटा होता, तो मैं उसके साथ भी यही

सलूक करता, बल्कि शायद इससे सख्त। तुम्हारे साथ तो फिर भी बडी नर्मी कर रहा हूँ। मेरे पास रूपये होते तो तुम्हें दे देता, लेकिन मेरी हालत तुम जानते हो हाँ, किसी का कर्ज़ नहीं रखता। न किसी को कर्ज देता हूँ, न किसी से लेता हूँ। कल रूपये न आए तो बुरा होगा। मेरी दोस्ती भी तुम्हें पुलिस के पंजे से न बचा सकेगी। मेरी दोस्ती ने आज अपना हक अदा कर दिया वरना इस वक्त तुम्हारे हाथों में हथकड़ियाँ होतीं।'

हथकड़ियाँ! यह शब्द तीर की भांति रमा की छाती में लगा। वह सिर से पांव तक कांप उठा। उस विपत्ति की कल्पना करके उसकी आँखें डबडबा आई। वह धीरे-धीरे सिर झुकाए, सज़ा पाए हुए कैदी की भांति जाकर अपनी कुर्सी पर बैठ गया, पर यह भयंकर शब्द बीच-बीच में उसके हृदय में गूंज जाता था। आकाश पर काली घटाएं छाई थीं। सूर्य का कहीं पता न था, क्या वह भी उस घटारूपी कारागार में बंद है, क्या उसके हाथों में भी हथकड़ियाँ हैं?

रमा शाम को दफ्तर से चलने लगा, तो रमेश बाबू दौड़े हुए आए और कल रूपये लाने की ताकीद की। रमा मन में झुंझला उठा। आप बड़े ईमानदार की दुम बने हैं! ढोंगिया कहीं का! अगर अपनी जरूरत आ पड़े, तो दूसरों के तलवे सहलाते गिरेंगे, पर मेरा काम है, तो आप आदर्शवादी बन बैठे। यह सब दिखाने के दांत हैं, मरते समय इसके प्राण भी जल्दी नहीं निकलेंगे! कुछ दूर चलकर उसने सोचा, एक बार फिर रतन के पास चलूं। और ऐसा कोई न था जिससे रूपये मिलने की आशा होती। वह जब उसके बंगले पर पहुँचा, तो वह अपने बगीचे में गोल चबूतरे पर बैठी हुई थी। उसके पास ही एक गुज़राती जौहरी बैठा संदूक से सुंदर आभूषण निकाल-निकालकर दिखा रहा था। रमा को देखकर वह बहुत ख़ुश हुई। 'आइये बाबू साहब, देखिए सेठजी कैसी अच्छी-अच्छी चीजें लाए हैं। देखिए, हार कितना सुंदर है, इसके दाम बारह सौ रूपये बताते हैं।'

रमा ने हार को हाथ में लेकर देखा और कहा,हाँ, चीज़ तो अच्छी मालूम होती है!'

रतन – 'दाम बहुत कहते हैं।'

जौहरी – 'बाईजी, ऐसा हार अगर कोई दो हज़ार में ला दे, तो जो जुर्माना कहिए, दूं। बारह सौ मेरी लागत बैठ गई है।'

रमा ने मुस्कराकर कहा, 'ऐसा न कहिए सेठजी, जुर्माना देना पड़ जाएगा।'

जौहरी – 'बाबू साहब, हार तो सौ रूपये में भी आ जाएगा और बिलकुल ऐसा ही। बल्कि चमक-दमक में इससे भी बढ़कर। मगर परखना चाहिए। मैंने ख़ुद ही आपसे मोल-तोल की बात नहीं की। मोल-तोल अनाड़ियों से किया जाता है। आपसे क्या मोल-तोल, हम लोग निरे रोजगारी नहीं हैं बाबू साहब, आदमी का मिज़ाज देखते हैं। श्रीमतीजी ने क्या अमीराना मिज़ाज दिखाया है कि वाह! '

रतन ने हार को लुब्ध नजरों से देखकर कहा, 'कुछ तो कम कीजिए, सेठजी! आपने तो जैसे कसम खा ली! '

जौहरी – 'कमी का नाम न लीजिए, हुज़ूर! यह चीज़ आपकी भेंट है।'

रतन – 'अच्छा, अब एक बात बतला दीजिए, कम-से-कम इसका क्या लेंगे?'

जौहरी ने कुछ क्षुब्ध होकर कहा, 'बारह सौ रूपये और बारह कौड़ियाँ होंगी, हुज़ूर, आप से कसम खाकर कहता हूँ, इसी शहर में पंद्रह सौ का बेचूंगा, और आपसे कह जाऊंगा, किसने लिया।'

यह कहते हुए जौहरी ने हार को रखने का केस निकाला। रतन को विश्वास हो गया, यह कुछ कम न करेगा। बालकों की भांति अधीर होकर बोली, 'आप तो ऐसा समेटे लेते हैं कि हार को नजर लग जाएगी! '

जौहरी – 'क्या करूं हुज़ूर! जब ऐसे दरबार में चीज़ की कदर नहीं होती,तो दुख होता ही है।'

रतन ने कमरे में जाकर रमा को बुलाया और बोली, 'आप समझते हैं यह कुछ और उतरेगा?'

रमानाथ – 'मेरी समझ में तो चीज़ एक हज़ार से ज्यादा की नहीं है।'

रतन – 'उंह, होगा। मेरे पास तो छः सौ रूपये हैं। आप चार सौ रूपये का प्रबंध कर दें, तो ले लूं। यह इसी गाड़ी से काशी जा रहा है। उधार न मानेगा। वकील साहब किसी जलसे में गए हैं, नौ-दस बजे के पहले न लौटेंगे। मैं आपको कल रूपये लौटा दूंगी।'

रमा ने बड़े संकोच के साथ कहा, 'विश्वास मानिए, मैं बिलकुल खाली हाथ हूँ। मैं तो आपसे रूपये मांगने आया था। मुझे बड़ी सख्त जरूरत है। वह रूपये मुझे दे दीजिए, मैं आपके लिए कोई अच्छा-सा हार यहीं से ला दूंगा। मुझे विश्वास है, ऐसा हार सात-आठ सौ में मिल जायेगा। '

रतन – 'चलिए, मैं आपकी बातों में नहीं आती। छः महीने में एक कंगन तो बनवा न सके, अब हार क्या लाएंगे! मैं यहां कई दुकानें देख चुकी हूँ, ऐसी चीज़ शायद ही कहीं निकले। और निकले भी, तो इसके ड्योढ़े दाम देने पड़ेंगे।'

रमानाथ – 'तो इसे कल क्यों न बुलाइए, इसे सौदा बेचने की ग़रज़ होगी,तो आप ठहरेगा। '

रतन – 'अच्छा कहिए, देखिए क्या कहता है।'

दोनों कमरे के बाहर निकले, रमा ने जौहरी से कहा, 'तुम कल आठ बजे क्यों नहीं आते?'

जौहरी – 'नहीं हुज़ूर, कल काशी में दो-चार बडे रईसों से मिलना है। आज के न जाने से बड़ी हानि हो जाएगी।'

रतन – 'मेरे पास इस वक्त छः सौ रूपये हैं, आप हार दे जाइए, बाकी के रूपये काशी से लौटकर ले जाइएगा। '

जौहरी – 'रूपये का तो कोई हर्ज़ न था, महीने-दो महीने में ले लेता, लेकिन हम परदेशी लोगों का क्या ठिकाना, आज यहाँ हैं, कल व्हाँ हैं, कौन जाने यहाँ फिर कब आना हो! आप इस वक्त एक हजार दे दें, दो सौ फिर दे दीजिएगा।'

रमानाथ – 'तो सौदा न होगा।'

जौहरी – 'इसका अख्तियार आपको है, मगर इतना कहे देता हूं कि ऐसा माल फिर न पाइएगा।'

रमानाथ – 'रूपये होंगे तो माल बहुत मिल जायगा। '

जौहरी – 'कभी-कभी दाम रहने पर भी अच्छा माल नहीं मिलता।'यह कहकर जौहरी ने फिर हार को केस में रक्खा और इस तरह संदूक समेटने लगा, मानो वह एक क्षण भी न रूकेगा।

रतन का रोयां-रोयां कान बना हुआ था, मानो कोई कैदी अपनी किस्मत का फैसला सुनने को खड़ा हो उसके ह्रदय की सारी ममता, ममता का सारा अनुराग, अनुराग की सारी अधीरता, उत्कंठा और चेष्टा उसी हार पर केंद्रित हो रही थी, मानो उसके प्राण उसी हार के दानों में जा छिपे थे, मानो उसके जन्मजन्मांतरों की संचित अभिलाषा उसी हार पर मंडरा रही थी। जौहरी को संदूक बंद करते देखकर वह जलविहीन मछली की भांति तड़पने लगी। कभी वह संदूक खोलती, कभी वह दराज खोलती, पर रूपये कहीं न मिले। सहसा मोटर की आवाज़ सुनकर रतन ने फाटक की ओर देखा। वकील साहब चले आ रहे थे। वकील साहब ने मोटर बरामदे के सामने रोक दी और चबूतरे की तरफ चले। रतन ने चबूतरे के नीचे उतरकर कहा, 'आप तो नौ बजे आने को कह गए थे?'

वकील, 'वहाँ काम ही पूरा न हुआ, बैठकर क्या करता! कोई दिल से तो काम करना नहीं चाहता, सब मुफ्त में नाम कमाना चाहते हैं। यह क्या कोई जौहरी है? '

जौहरी ने उठकर सलाम किया।

वकील साहब रतन से बोले, 'क्यों, तुमने कोई चीज़ पसंद की ?'

रतन – 'हाँ, एक हार पसंद किया है, बारह सौ रूपये मांगते हैं। '

वकील, 'बस! और कोई चीज़ पसंद करो। तुम्हारे पास सिर की कोई अच्छी चीज़ नहीं है।'

रतन – 'इस वक्त मैं यही एक हार लूंगी। आजकल सिर की चीज़ें कौन पहनता है।'

वकील – 'लेकर रख लो, पास रहेगी तो कभी पहन भी लोगी। नहीं तो कभी दूसरों को पहने देख लिया, तो कहोगी, मेरे पास होता, तो मैं भी पहनती।'

वकील साहब को रतन से पति का-सा प्रेम नहीं, पिता का-सा स्नेह था। जैसे कोई स्नेही पिता मेले में लड़कों से पूछ-पूछकर खिलौने लेता है, वह भी रतन से पूछ-पूछकर खिलौने लेते थे। उसके कहने भर की देर थी। उनके पास उसे प्रसन्न करने के लिए धन के सिवा और चीज़ ही क्या थी। उन्हें अपने जीवन में एक आधार की जरूरत थी,सदेह आधार की, जिसके सहारे वह इस जीर्ण दशा में भी जीवन? संग्राम में खड़े रह सकें, जैसे किसी उपासक को प्रतिमा की जरूरत होती है। बिना प्रतिमा के वह किस पर फल चढ़ाए, किसे गंगा-जल से नहलाए, किसे स्वादिष्ट चीज़ों का भोग लगाए। इसी भांति वकील साहब को भी पत्नी की जरूरत थी। रतन उनके लिए सदेह कल्पना मात्र थी जिससे उनकी आत्मिक पिपासा शांत होती थी। कदाचित रतन के बिना उनका जीवन उतना ही सूना होता, जितना आँखों के बिना मुख।

रतन ने केस में से हार निकालकर वकील साहब को दिखाया और बोली, 'इसके बारह सौ रूपये मांगते हैं।'

वकील साहब की निगाह में रूपये का मूल्य आनंददायिनी शक्ति थी। अगर हार रतन को पसंद है, तो उन्हें इसकी परवाह न थी कि इसके क्या दाम देने पड़ेंगे। उन्होंने चेक निकालकर जौहरी की तरफ देखा और पूछा, 'सच-सच बोलो, कितना लिखूं!'

जौहरी ने हार को उलट-पलटकर देखा और हिचकते हुए बोला, 'साढ़े ग्यारह सौ कर दीजिए।।' वकील साहब ने चेक लिखकर उसको दिया, और वह सलाम करके चलता हुआ। रतन का मुख इस समय वसंत की प्राकृतिक शोभा की भांति विहसित था। ऐसा गर्व, ऐसा उल्लास उसके मुख पर कभी न दिखाई दिया था। मानो उसे संसार की संपत्ति मिल गई है। हार को गले में लटकाए वह अंदर चली गई। वकील साहब के आचार-विचार में नई और पुरानी प्रथाओं का विचित्र मेल था। भोजन वह अभी तक किसी ब्राह्मण के हाथ का भी न खाते थे। आज रतन उनके लिए अच्छी-

अच्छी चीजें बनाने गई, अपनी कृतज्ञता को वह कैसे ज़ाहिर करे।

रमा कुछ देर तक तो बैठा वकील साहब का योरप-गौरव-गान सुनता रहा, अंत को निराश होकर चल दिया।

अगर इस समय किसी को संसार में सबसे दुखी, जीवन से निराश, चिंताग्नि में जलते हुए प्राणी की मूर्ति देखनी हो, तो उस युवक को देखे, जो साइकिल पर बैठा हुआ, अल्प्रेड पार्क के सामने चला जा रहा है। इस वक्त अगर कोई काला सांप नज़र आये, तो वह दोनों हाथ फैलाकर उसका स्वागत करेगा और उसके विष को सुधा की तरह पियेगा। उसकी रक्षा सुधा से नहीं, अब विष ही से हो सकती है। मौत ही अब उसकी चिंताओं का अंत कर सकती है, लेकिन क्या मौत उसे बदनामी से भी बचा सकती है? सबेरा होते ही, यह बात घर-घर फैल जायेगी, सरकारी रूपया खा गया और जब पकड़ा गया, तब आत्महत्या कर ली! कलंक लगाकर, मरने के बाद भी अपनी हँसी कराके चिंताओं से मुक्त हुआ तो क्या, लेकिन दूसरा उपाय ही क्या है? अगर वह इस समय जाकर जालपा से सारी स्थिति कह सुनाये, तो वह उसके साथ अवश्य सहानुभूति दिखायेगी। जालपा को चाहे कितना ही दुख हो, पर अपने गहने निकालकर देने में एक क्षण का भी विलंब न करेगी। गहनों को गिरवी रखकर वह सरकारी रूपये अदा कर सकता है। उसे अपना परदा खोलना पड़ेगा। इसके सिवा और कोई उपाय नहीं है।

मन में यह निश्चय करके रमा घर की ओर चला, पर उसकी चाल में वह तेज़ी न थी, जो मानसिक स्फूर्ति का लक्षण है। लेकिन घर पहुँचकर उसने सोचा, जब यही करना है, तो जल्दी क्या है, जब चाहूंगा मांग लूंगा। कुछ देर गप-शप करता रहा, फिर खाना खाकर लेटा।

सहसा उसके जी में आया, क्यों न चुपके से कोई चीज़ उठा ले जाऊं?' कुलमर्यादा की रक्षा करने के लिए एक बार उसने ऐसा ही किया था। उसी उपाय से क्या वह प्राणों की रक्षा नहीं कर सकता। अपनी जबान से तो शायद वह कभी अपनी विपत्ति का हाल न कह सकेगा। इसी प्रकार आगा-पीछा में पड़े हुए सबेरा हो जायेगा। और तब उसे कुछ कहने का अवसर ही न मिलेगा।

मगर उसे फिर शंका हुई, कहीं जालपा की आँख खुल जाये, फिर तो उसके लिए त्रिवेणी के सिवा और स्थान ही न रह जायेगा। जो कुछ भी हो एक बार तो यह उद्योग करना ही पड़ेगा। उसने धीरे से जालपा का हाथ अपनी छाती पर से हटाया, और नीचे खड़ा हो गया। उसे ऐसा ख़याल हुआ कि जालपा हाथ हटाते ही चौंकी

और फिर मालूम हुआ कि यह भ्रम-मात्र था। उसे अब जालपा के सलूके की जेब से चाभियों का गुच्छा निकालना था। देर करने का अवसर न था। नींद में भी निम्न-चेतना अपना काम करती रहती है। बालक कितना ही ग़ाफिल सोया हो, माता के चारपाई से उठते ही जाग पड़ता है, लेकिन जब चाभी निकालने के लिए झुका, तो उसे जान पडा जालपा मुस्करा रही है। उसने झट हाथ खींच लिया और लैंप के क्षीण प्रकाश में जालपा के मुख की ओर देखा, जो कोई सुखद स्वप्न देख रही थी। उसकी स्वप्न-सुख विलसित छवि देखकर

उसका मन कातर हो उठा। हा! इस सरला के साथ मैं ऐसा विश्वासघात करूं? जिसके लिए मैं अपने प्राणों को भेंट कर सकता हूँ, उसी के साथ यह कपट?

जालपा का निष्कपट स्नेह-पूर्ण हृदय मानो उसके मुखमंडल पर अंकित हो रहा था। आह जिस समय इसे ज्ञात होगा इसके गहने फिर चोरी हो गए,इसकी क्या दशा होगी? पछाड़ खायेगी, सिर के बाल नोचेगी। वह किन आँखों से उसका यह क्लेश देखेगा? उसने सोचा, मैंने इसे आराम ही कौन?सा पहुँचाया है। किसी दूसरे से विवाह होता, तो अब तक वह रत्नों से लद जाती। दुर्भाग्यवश इस घर में आई, जहाँ कोई सुख नहीं, उल्टे और रोना पड़ा।

रमा फिर चारपाई पर लेट रहा। उसी वक्त ज़ालपा की आँखें खुल गई। उसके मुख की ओर देखकर बोली, 'तुम कहाँ गए थे? मैं अच्छा सपना देख रही थी। बड़ा बाग़ है, और हम-तुम दोनों उसमें टहल रहे हैं। इतने में तुम न जाने कहाँ चले जाते हो, एक और साधु आकर मेरे सामने खड़ा हो जाता है। बिल्कुल देवताओं का-सा उसका स्वरूप है। वह मुझसे कहता है, 'बेटी, मैं तुझे वर देने आया हूँ। मांग, क्या मांगती है। मैं तुम्हें इधर-उधर खोज रही हूँ कि तुमसे पूछूं क्या मांगू और तुम कहीं दिखाई नहीं देते। मैं सारा बाग़ छान आई। पेड़ों पर झांककर देखा, तुम न-जाने कहाँ चले गए हो, बस इतने में नींद खुल गई, वरदान न मांगने पाई।

रमा ने मुस्कराते हुए कहा, 'क्या वरदान मांगतीं?'

'मांगती जो जी में आता, तुम्हें क्या बता दूं?'

'नहीं, बताओ, शायद तुम बहुत-सा धन मांगतीं।'

'धन को तुम बहुत बड़ी चीज़ समझते होगे? मैं तो कुछ नहीं समझती।'

'हाँ, मैं तो समझता हूँ। निर्धन रहकर जीना मरने से भी बदतर है। मैं अगर किसी देवता को पकड़ पाऊं, तो बिना काफ़ी रूपये लिये न मानूं,

मैं सोने की दीवार नहीं खड़ी करना चाहता, न राकट्ठलर और कारनेगी बनने की मेरी इच्छा है। मैं केवल इतना धन चाहता हूँ कि ज़रूरत की मामूली चीज़ों के लिए तरसना न पड़े। बस कोई देवता मुझे पाँच लाख दे दे, तो मैं फिर उससे कुछ न

मांगूंगा। हमारे ही ग़रीब मुल्क़ में ऐसे कितने ही रईस,सेठ, ताल्लुकेदार हैं, जो पाँच लाख एक साल में ख़र्च करते हैं, बल्कि कितनों ही का तो माहवार खर्च पाँच लाख होगा। मैं तो इसमें सात जीवन काटने को तैयार हूँ, मगर मुझे कोई इतना भी नहीं देता। तुम क्या मांगतीं – अच्छे-अच्छे गहने!'

जालपा ने त्योरियाँ चढ़ाकर कहा, 'क्यों चिढ़ाते हो मुझे! क्या मैं गहनों पर और स्त्रियों से ज्यादा जान देती हूँ। मैंने तो तुमसे कभी आग्रह नहीं किया? तुम्हें ज़रूरत हो, आज इन्हें उठा ले जाओ, मैं ख़ुशी से दे दूंगी।'

रमा ने मुस्कराकर कहा, 'तो फिर बतलातीं क्यों नहीं?'

जालपा-'मैं यही मांगती कि मेरा स्वामी सदा मुझसे प्रेम करता रहे। उनका मन कभी मुझसे न गिरे।'

रमा ने हँसकर कहा, 'क्या तुम्हें इसकी भी शंका है?'

'तुम देवता भी होते तो शंका होती, तुम तो आदमी हो मुझे तो ऐसी कोई स्त्री न मिली, जिसने अपने पति की निष्ठुरता का दुखड़ा रोया हो, साल-दो साल तो वह खूब प्रेम करते हैं, फिर न जाने क्यों उन्हें स्त्री से अरूचि-सी हो जाती है। मन चंचल होने लगता है। औरत के लिए इससे बडी विपत्ति नहीं। उस विपत्ति से बचने के सिवा मैं और क्या वरदान मांगती?' यह कहते हुए जालपा ने पति के गले में बांहें डाल दीं और प्रणय-संचित नजरों से देखती हुई बोली, 'सच बताना, तुम अब भी मुझे वैसे ही चाहते हो, जैसे पहले चाहते थे?देखो, सच कहना, बोलो!'

रमा ने जालपा के गले से चिमटकर कहा, 'उससे कहीं अधिक, लाख गुना!'

जालपा ने हँसकर कहा, 'झूठ! बिलकुल झूठ! सोलहों आना झूठ!'

रमानाथ-'यह तुम्हारी ज़बरदस्ती है। आख़िर ऐसा तुम्हें कैसे जान पडा?'

जालपा-'आँखों से देखती हूँ और कैसे जान पड़ा। तुमने मेरे पास बैठने की कसम खा ली है। जब देखो तुम गुमसुम रहते हो, मुझसे प्रेम होता, तो मुझ पर विश्वास भी होता। बिना विश्वास के प्रेम हो ही कैसे सकता है? जिससे तुम अपनी बुरी-से-बुरी बात न कह सको, उससे तुम प्रेम नहीं कर सकते। हाँ, उसके साथ विहार कर सकते हो, विलास कर सकते हो, उसी तरह जैसे कोई वेश्या के पास जाता है। वेश्या के पास लोग आनंद उठाने ही जाते हैं, कोई उससे मन की बात कहने नहीं जाता। तुम्हारी भी वही दशा है। बोलो है या नहीं? आँखें क्यों छिपाते हो? क्या मैं देखती नहीं, तुम बाहर से कुछ घबड़ाये हुए आते हो? बातें करते समय देखती हूँ, तुम्हारा मन किसी और तरफ रहता है। भोजन में भी देखती हूँ, तुम्हें कोई आनंद नहीं आता। दाल गाढ़ी है या पतली, शाक कम है या ज्यादा, चावल में कनी है या पक गए हैं, इस तरफ तुम्हारी निगाह नहीं जाती। बेगार की तरह भोजन करते हो

और जल्दी से भागते हो। मैं यह सब क्या नहीं देखती। मुझे देखना न चाहिए! मैं विलासिनी हूँ, इसी रूप में तो तुम मुझे देखते हो मेरा काम है,विहार करना, विलास करना, आनंद करना। मुझे तुम्हारी चिंताओं से मतलब! मगर ईश्वर ने वैसा ह्रदय नहीं दिया। क्या करूं? मैं समझती हूँ, जब मुझे जीवन ही व्यतीत करना है, जब मैं केवल तुम्हारे मनोरंजन की ही वस्तु हूँ, तो क्यों अपनी जान विपत्ति में डालूं?'

जालपा ने रमा से कभी दिल खोलकर बात न की थी। वह इतनी विचारशील है, उसने अनुमान ही न किया था। वह उसे वास्तव में रमणी ही समझता था। अन्य पुरूषों की भांति वह भी पत्नी को इसी रूप में देखता था। वह उसके यौवन पर मुग्ध था। उसकी आत्मा का स्वरूप देखने की कभी चेष्टा ही न की। शायद वह समझता था, इसमें आत्मा है ही नहीं। अगर वह रूप-लावण्य की राशि न होती, तो कदाचित वह उससे बोलना भी पसंद न करता। उसका सारा आकर्षण, उसकी सारी आसक्ति केवल उसके रूप पर थी। वह समझता था, जालपा इसी में प्रसन्न है। अपनी चिंताओं के बोझ से वह उसे दबाना नहीं चाहता था,पर आज उसे ज्ञात हुआ, जालपा उतनी ही चिंतनशील है, जितना वह ख़ुद था। इस वक्त उसे अपनी मनोव्यथा कह डालने का बहुत अच्छा अवसर मिला था, पर हाय संकोच! इसने फिर उसकी ज़बान बंद कर दी। जो बातें वह इतने दिनों तक छिपाये रहा, वह अब कैसे कहे? क्या ऐसा करना जालपा के आरोपित आक्षेपों को स्वीकार करना न होगा? हाँ, उसकी आँखों से आज भ्रम का परदा उठ गया। उसे ज्ञात हुआ कि विलास पर प्रेम का निर्माण करने की चेष्टा करना उसका अज्ञान था।

रमा इन्हीं विचारों में पड़ा-पड़ा सो गया, उस समय आधी रात से ऊपर गुज़र गई थी। सोया तो इसी सबब से था कि बहुत सबेरे उठ जाऊंगा, पर नींद खुली, तो कमरे में धूप की किरणें आ-आकर उसे जगा रही थीं। वह चटपट उठा और बिना मुँह-हाथ धोये, कपड़े पहनकर जाने को तैयार हो गया। वह रमेश बाबू के पास जाना चाहता था। अब उनसे यह कथा कहनी पड़ेगी। स्थिति का पूरा ज्ञान हो जाने पर वह कुछ-न-कुछ सहायता करने पर तैयार हो जायेंगे।

जालपा उस समय भोजन बनाने की तैयारी कर रही थी। रमा को इस भांति जाते देखकर प्रश्न-सूचक नजरों से देखा। रमा के चेहरे पर चिंता, भय,चंचलता और हिंसा मानो बैठी घूर रही थीं। एक क्षण के लिए वह बेसुध-सी हो गई। एक हाथ में छुरी और दूसरे में एक करेला लिये हुए वह द्वार की ओर ताकती रही। यह बात क्या है, उसे कुछ बताते क्यों नहीं? वह और कुछ न कर सके, हमदर्दी तो कर ही सकती है। उसके जी में आया,पुकार कर पूछूं, क्या बात है? उठकर द्वार तक आई भी, पर रमा सड़क पर दूर निकल गया था। उसने देखा, वह बडी तेज़ी से चला

जा रहा है, जैसे सनक गया हो न दाहिनी ओर ताकता है, न बाई ओर, केवल सिर झुकाये, पथिकों से टकराता, पैर-गाड़ियों की परवा न करता हुआ, भागा चला जा रहा था। आख़िर वह लौटकर फिर तरकारी काटने लगी, पर उसका मन उसी ओर लगा हुआ था। क्या बात है, क्यों मुझसे इतना छिपाते हैं?

रमा रमेश के घर पहुँचा, तो आठ बज गए थे। बाबू साहब चौकी पर बैठे संध्या कर रहे थे। इन्हें देखकर इशारे से बैठने को कहा, कोई आधा घंटे में संध्या समाप्त हुई, बोले, 'क्या अभी मुँह-हाथ भी नहीं धोया, यही लीचड़पन मुझे नापसंद है। तुम और कुछ करो या न करो, बदन की सगाई तो करते रहो क्या हुआ, रूपये का कुछ प्रबंध हुआ?'

रमानाथ-'इसी फिक्र में तो आपके पास आया हूँ।'

रमेश-'तुम भी अजीब आदमी हो, अपने बाप से कहते हुए तुम्हें क्यों शर्म आती है? यही न होगा, तुम्हें ताने देंगे, लेकिन इस संकट से तो छूट जाओगे। उनसे सारी बातें साफ-साफ कह दो। ऐसी दुर्घटनायें अक्सर हो जाया करती हैं। इसमें डरने की क्या बात है! नहीं कहो, मैं चलकर कह हूँ।'

रमानाथ-'उनसे कहना होता, तो अब तक कभी कह चुका होता! क्या आप कुछ बंदोबस्त नहीं कर सकते?'

रमेश-'कर क्यों नहीं सकता, पर करना नहीं चाहता। ऐसे आदमी के साथ मुझे कोई हमदर्दी नहीं हो सकती। तुम जो बात मुझसे कह सकते हो, क्या उनसे नहीं कह सकते?मेरी सलाह मानो। उनसे जाकर कह दो। अगर वह रूपये न दें, तब मेरे पास आना।'

रमा को अब और कुछ कहने का साहस न हुआ। लोग इतनी घनिष्ठता होने पर भी इतने कठोर हो सकते हैं। वह यहाँ से उठा, पर उसे कुछ सुझाई न देता था। चौवैया में आकाश से फिरते हुए जल-बिंदुओं की जो दशा होती है, वही इस समय रमा की हुई। दस कदम तेज़ी से आगे चलता, तो फिर कुछ सोचकर रूक जाता और दस-पाँच कदम पीछे लौट जाता। कभी इस गली में घुस जाता, कभी उस गली में... सहसा उसे एक बात सूझी, क्यों न जालपा को एक पत्र लिखकर अपनी सारी कठिनाइयाँ कह सुनाऊं। मुँह से तो वह कुछ न कह सकता था, पर कलम से लिखने में उसे कोई मुश्किल मालूम नहीं होती थी। पत्र लिखकर जालपा को दे दूंगा और बाहर के कमरे में आ बैठूंगा। इससे सरल और क्या हो सकता है? वह भागा हुआ घर आया, और तुरंत पत्र लिखा, 'प्रिये, क्या कहूं, किस विपत्ति में फंसा हुआ हूँ। अगर एक घंटे के अंदर तीन सौ रूपये का प्रबंध न हो गया, तो हाथों में हथकड़ियाँ पड़ जायेंगी। मैंने बहुत कोशिश की, किसी से उधार ले लूं, किंतु कहीं न मिल सके।

अगर तुम अपने दो-एक जेवर दे दो, तो मैं गिरों रखकर काम चला लूं। ज्योंही रूपये हाथ आ जाएंगे, छुड़ा दूंगा। अगर मजबूरी न आ पड़ती तो, तुम्हें कष्ट न देता। ईश्वर के लिए रूष्ट न होना। मैं बहुत जल्द छुड़ा दूंगा...'

अभी यह पत्र समाप्त न हुआ था कि रमेश बाबू मुस्कराते हुए आकर बैठ गए और बोले, 'कहा उनसे तुमने?

रमा ने सिर झुकाकर कहा, 'अभी तो मौका नहीं मिला।

रमेश-'तो क्या दो-चार दिन में मौका मिलेगा- मैं डरता हूँ कि कहीं आज भी तुम यों ही ख़ाली हाथ न चले जाओ, नहीं तो ग़जब ही हो जाय! '

रमानाथ-'जब उनसे मांगने का निश्चय कर लिया, तो अब क्या चिंता! '

रमेश-'आज मौका मिले, तो ज़रा रतन के पास चले जाना। उस दिन मैंने कितना जोर देकर कहा था, लेकिन मालूम होता है तुम भूल गए।'

रमानाथ-'भूल तो नहीं गया, लेकिन उनसे कहते शर्म आती है।'

रमेश-'अपने बाप से कहते भी शर्म आती है? अगर अपने लोगों में यह संकोच न होता, तो आज हमारी यह दशा क्यों होती?'

रमेश बाबू चले गए, तो रमा ने पत्र उठाकर जेब में डाला और उसे जालपा को देने का निश्चय करके घर में गया। जालपा आज किसी महिला के घर जाने को तैयार थी। थोड़ी देर हुई, बुलावा आ गया। उसने अपनी सबसे सुंदर साड़ी पहनी थी। हाथों में जड़ाऊ कंगन शोभा दे रहे थे, गले में चंद्रहार,आईना सामने रखे हुए कानों में झुमके पहन रही थी।

रमा को देखकर बोली, 'आज सबेरे कहाँ चले गए थे? हाथ-मुँह तक न धोया। दिन-भर तो बाहर रहते ही हो, शाम-सबेरे तो घर पर रहा करो। तुम नहीं रहते, तो घर सूना-सूना लगता है। मैं अभी

सोच रही थी, मुझे मैके जाना पड़े, तो मैं जाऊं या न जाऊं? मेरा जी तो वहाँ बिल्कुल न लगे।

रमानाथ-'तुम तो कहीं जाने को तैयार बैठी हो।'

जालपा-'सेठानीजी ने बुला भेजा है, दोपहर तक चली आऊंगी।'

रमा की दशा इस समय उस शिकारी की-सी थी, जो हिरनी को अपने शावकों के साथ किलोल करते देखकर तनी हुई बंदूक कंधो पर रख लेता है,और वह वात्सल्य और प्रेम की क्रीड़ा देखने में तल्लीन हो जाता है।

उसे अपनी ओर टकटकी लगाये देखकर जालपा ने मुस्कराकर कहा, 'देखो, मुझे नज़र न लगा देना। मैं तुम्हारी आँखों से बहुत डरती हूँ।'

रमा एक ही उड़ान में वास्तविक संसार से कल्पना और कवित्व के संसार में जा पहुँचा। ऐसे अवसर पर जब जालपा का रोम-रोम आनंद से नाच रहा है, क्या वह अपना पत्र देकर उसकी सुखद कल्पनाओं को दलित कर देगा? वह कौन हृदयहीन व्याधा है, जो चहकती हुई चिड़िया की गर्दन पर छुरी चला देगा? वह कौन अरसिक आदमी है, जो किसी प्रभात-कुसुम को तोड़कर पैरों से कुचल डालेगा- रमा इतना हृदयहीन, इतना अरसिक नहीं है। वह जालपा पर इतना बडा आघात नहीं कर सकता उसके सिर कैसी ही विपत्ति क्यों न पड़ जाये, उसकी कितनी ही बदनामी क्यों न हो, उसका जीवन ही क्यों न कुचल दिया जाए, पर वह इतना निष्ठुर नहीं हो सकता उसने अनुरक्त होकर कहा,नज़र तो न लगाऊंगा, हाँ, हृदय से लगा लूंगा। इसी एक वाक्य में उसकी सारी चिंतायें, सारी बाधायें विसर्जित हो गई। स्नेह-संकोच की वेदी पर उसने अपने को भेंट कर दिया। इस अपमान के सामने जीवन के और सारे क्लेश तुच्छ थे। इस समय उसकी दशा उस बालक की-सी थी, जो गोड़े पर नश्तर की क्षणिक पीडा न सहकर उसके फटने, नासूर पड़ने, वर्षो खाट पर पड़े रहने और कदाचित प्राणांत हो जाने के भय को भी भूल जाता है।

जालपा नीचे जाने लगी, तो रमा ने कातर होकर उसे गले से लगा लिया और इस तरह भींच-भींचकर उसे आलिंगन करने लगा, मानो यह सौभाग्य उसे फिर न मिलेगा। कौन जानता है, यही उसका अंतिम आलिंगन हो उसके करपाश मानो रेशम के सहस्रों तारों से संगठित होकर जालपा से चिमट गए थे। मानो कोई मरणासन्न कृपण अपने कोष की कुजी मुट्ठी में बंद किए हो, और प्रतिक्षण मुट्ठी कठोर पड़ती जाती हो क्या मुट्ठी को बलपूर्वक खोल देने से ही उसके प्राण न निकल जायेंगे?

सहसा जालपा बोली, 'मुझे कुछ रूपये तो दे दो, शायद वहाँ कुछ जरूरत पड़े। '

रमा ने चौंककर कहा, 'रूपये! रूपये तो इस वक्त नहीं हैं।'

जालपा-'हैं हैं, मुझसे बहाना कर रहे हो, बस मुझे दो रूपये दे दो, और ज्यादा नहीं चाहती।'

यह कहकर उसने रमा की जेब में हाथ डाल दिया, और कुछ पैसे के साथ वह पत्र भी निकाल लिया।

रमा ने हाथ बढ़ाकर पत्र को जालपा से छीनने की चेष्टा करते हुए कहा, 'काग़ज़ मुझे दे दो, सरकारी काग़ज़ है।'

जालपा-'किसका ख़त है। पढ़ने दो?'

जालपा ने तह किए हुए पुरजे क़ो खोलकर कहा,यह सरकारी काग़ज़ है! झूठे कहीं के! तुम्हारा ही लिखा—

रमानाथ-'दे दो, क्यों परेशान करती हो!'

रमा ने फिर काग़ज़ छीन लेना चाहा, पर जालपा ने हाथ पीछे उधरकर कहा, 'मैं बिना पढ़े न दूंगी। कह दिया ज्यादा ज़िद करोगे, तो फाड़ डालूंगी।'

रमानाथ-'अच्छा फाड़ डालो।'

जालपा-'तब तो मैं ज़रूर पढ़ूंगी।'

उसने दो कदम पीछे हटकर फिर ख़त को खोला और पढ़ने लगी। रमा ने फिर उसके हाथ से काग़ज़ छीनने की कोशिश नहीं की। उसे जान पड़ा,आसमान फट पड़ा है, मानो कोई भंयकर जंतु उसे निगलने के लिए बढ़ा चला आता है। वह धड़-धड़ करता हुआ ऊपर से उतरा और घर के बाहर निकल गया। कहाँ अपना मुँह छिपा ले? कहाँ छिप जाये कि कोई उसे देख न सके।

उसकी दशा वही थी, जो किसी नंगे आदमी की होती है। वह सिर से पांव तक कपड़े पहने हुए भी नंगा था। आह! सारा परदा खुल गया! उसकी सारी कपटलीला खुल गई! जिन बातों को छिपाने की उसने इतने दिनों चेष्टा की, जिनको गुप्त रखने के लिए उसने कौन?कौन?सी कठिनाइयाँ नहीं झेलीं, उन सबों ने आज मानो उसके मुँह पर कालिख पोत दी। वह अपनी दुर्गति अपनी आँखों से नहीं देख सकता, जालपा की सिसकियाँ, पिता की झिड़कियाँ, पड़ोसियों की कनफुसकियाँ सुनने की अपेक्षा मर जाना कहीं आसान होगा। जब कोई संसार में न रहेगा, तो उसे इसकी क्या परवा होगी, कोई उसे क्या कह रहा है। हाय! केवल तीन सौ रूपयों के लिए उसका सर्वनाश हुआ जा रहा है, लेकिन ईश्वर की इच्छा है, तो वह क्या कर सकता है। प्रियजनों की नज़रों से फिरकर जिये, तो क्या जिये! जालपा उसे कितना नीच, कितना कपटी, कितना धूर्त, कितना गपोड़िया समझ रही होगी। क्या वह अपना मुँह दिखा सकता है?

क्या संसार में कोई ऐसी जगह नहीं है, जहाँ वह नये जीवन का सूत्रपात कर सके, जहाँ वह संसार से अलग-थलग सबसे मुँह मोड़कर अपना जीवन काट सके। जहाँ वह इस तरह छिप जाये कि पुलिस उसका पता न पा सके। गंगा की गोद के सिवा ऐसी जगह और कहाँ थी। अगर जीवित रहा, तो महीने दो महीने में अवश्य ही पकड़ लिया जायेगा। उस समय उसकी क्या दशा होगी,वह हथकड़ियाँ और बेड़ियाँ पहने अदालत में खड़ा होगा। सिपाहियों का एक दल उसके ऊपर सवार होगा। सारे शहर के लोग उसका तमाशा देखने जायेंगे। जालपा भी जायेगी। रतन भी जाएगी। उसके पिता, संबंधी, मित्र, अपने-पराये,सभी भिन्न-भिन्न भावों से उसकी दुर्दशा का तमाशा देखेंगे। नहीं, वह अपनी मिट्‌टी यों न ख़राब करेगा, न करेगा। इससे कहीं अच्छा है, कि वह डूब मरे! मगर फिर ख़याल आया कि जालपा किसकी होकर

रहेगी! हाय, मैं अपने साथ उसे भी ले डूबा! बाबूजी और अम्मजी तो रो-धोकर सब्र कर लेंगे, पर उसकी रक्षा कौन करेगा- क्या वह छिपकर नहीं रह सकता- क्या शहर से दूर किसी छोटे-से गाँव में वह अज्ञातवास नहीं कर सकता। संभव है, कभी जालपा को उस पर दया आये, उसके अपराधों को क्षमा कर दे। संभव है, उसके पास धन भी हो जाये, पर यह असंभव है कि वह उसके सामने आँखें सीधी कर सके। न जाने इस समय उसकी क्या दशा होगी! शायद मेरे पत्र का आशय समझ गई हो, शायद परिस्थिति का उसे कुछ ज्ञान हो गया हो, शायद उसने अम्मा को मेरा पत्र दिखाया हो और दोनों घबराई हुई मुझे खोज रही हों। शायद पिताजी को बुलाने के लिए लड़कों को भेजा गया हो, चारों तरफ मेरी तलाश हो रही होगी। कहीं कोई इधर भी न आता हो, कदाचित मौत को देखकर भी वह इस समय इतना भयभीत न होता, जितना किसी परिचित को देखकर। आगे-पीछे चौकन्नी आँखों से ताकता हुआ, वह उस जलती हुई धूप में चला जा रहा था,कुछ ख़बर न थी, किधर! सहसा रेल की सीटी सुनकर वह चौंक पड़ा। अरे, मैं इतनी दूर निकल आया? रेलगाड़ी सामने खड़ी थी। उसे उस पर बैठ जाने की प्रबल इच्छा हुई, मानो उसमें बैठते ही वह सारी बाधाओं से मुक्त हो जाएगा, मगर जेब में रूपये न थे। उंगली में अंगूठी पड़ी हुई थी। उसने कुलियों के जमादार को बुलाकर कहा, 'कहीं यह अंगूठी बिकवा सकते हो?एक रूपया तुम्हें दूंगा।

मुझे गाड़ी में जाना है। रूपये लेकर घर से चला था, पर मालूम होता है, कहीं फिर गये। फिर लौटकर जाने में गाड़ी न मिलेगी और बड़ा भारी नुकसान हो जायेगा।'

जमादार ने उसे सिर से पांव तक देखा, अंगूठी ली और स्टेशन के अंदर चला गया। रमा टिकट-घर के सामने टहलने लगा। आँखें उसकी ओर लगी हुई थीं। दस मिनट गुज़र गये और जमादार का कहीं पता नहीं। अंगूठी लेकर कहीं गायब तो नहीं हो जायेगा! स्टेशन के अंदर जाकर उसे खोजने लगा। एक कुली से पूछा, उसने पूछा, 'जमादार का नाम क्या है?'रमा ने ज़बान दांतों से काट ली।

नाम तो पूछा ही नहीं। बतलाये क्या? इतने में गाड़ी ने सीटी दी, रमा अधीर हो उठा। समझ गया, जमादार ने चरका दिया। बिना टिकट लिये ही गाड़ी में आ बैठा मन में निश्चय कर लिया, साफ कह दूंगा मेरे पास टिकट नहीं है। अगर उतरना भी पड़ा, तो यहाँ से दस पाँच कोस तो चला ही जाऊंगा। गाड़ी चल दी, उस वक्त रमा को अपनी दशा पर रोना आ गया। हाय, न जाने उसे कभी लौटना नसीब भी होगा या नहीं। फिर यह सुख के दिन कहाँ मिलेंगे। यह दिन तो गए, हमेशा के लिए गए। इसी तरह सारी दुनिया से मुँह छिपाये, वह एक दिन मर जायगा। कोई उसकी लाश पर आँसूं बहाने वाला भी न होगा। घरवाले भी रो-धोकर चुप हो रहेंगे। केवल

थोड़े-से संकोच के कारण उसकी यह दशा हुई। उसने शुरू ही से, जालपा से अपनी सच्ची हालत कह दी होती, तो आज उसे मुँह पर कालिख लगाकर क्यों भागना पड़ता। मगर कहता कैसे, वह अपने को अभागिनी न समझने लगती – कुछ न सही, कुछ दिन तो उसने जालपा को सुखी रखा। उसकी लालसाओं की हत्या तो न होने दी। रमा के संतोष के लिए अब इतना ही काफी था। अभी गाड़ी चले दस मिनट भी न बीते होंगे। गाड़ी का दरवाज़ा खुला,और टिकट बाबू अंदर आए। रमा के चेहरे पर हवाइयाँ उड़ने लगीं। एक क्षण में वह उसके पास आ जायेगा। इतने आदमियों के सामने उसे कितना लज्जित होना पड़ेगा। उसका कलेजा धक-धक करने लगा। ज्यों-ज्यों टिकट बाबू उसके समीप आता था, उसकी नाड़ी की गति तीव्र होती जाती थी। आख़िर बला सिर पर आ ही गई। टिकट बाबू ने पूछा, 'आपका टिकट?'

रमा ने ज़रा सावधान होकर कहा, 'मेरा टिकट तो कुलियों के जमादार के पास ही रह गया। उसे टिकट लाने के लिए रूपये दिए थे। न जाने किधर निकल गया।'

टिकट बाबू को यकीन न आया, बोला, 'मैं यह कुछ नहीं जानता। आपको अगले स्टेशन पर उतरना होगा। आप कहाँ जा रहे हैं?'

रमानाथ-'सफर तो बड़ी दूर का है, कलकत्ता तक जाना है।'

टिकट बाबू-'आगे के स्टेशन पर टिकट ले लीजियेगा। '

रमानाथ-'यही तो मुश्किल है। मेरे पास पचास का नोट था। खिड़की पर बड़ी भीड़ थी। मैंने नोट उस जमादार को टिकट लाने के लिए दिया, पर वह ऐसा ग़ायब हुआ कि लौटा ही नहीं। शायद आप उसे पहचानते हों। लंबा-लंबा चेचकरू आदमी है।'

टिकट बाबू-'इस विषय में आप लिखा-पढ़ी कर सकते है? मगर बिना टिकट के जा नहीं सकते।'

रमा ने विनीत भाव से कहा, 'भाई साहब, आपसे क्या छिपाऊं। मेरे पास और रूपये नहीं हैं। आप जैसा मुनासिब समझें, करें।'

टिकट बाबू-'मुझे अफसोस है, बाबू साहब, कायदे से मजबूर हूँ।'

कमरे के सारे मुसाफिर आपस में कानाफूसी करने लगे। तीसरा दर्जा था,अधिकांश मजदूर बैठे हुए थे, जो मजूरी की टोह में पूरब जा रहे थे। वे एक बाबू जाति के प्राणी को इस भांति अपमानित होते देखकर आनंद पा रहे थे। शायद टिकट बाबू ने रमा को धक्का देकर उतार दिया होता, तो और भी ख़ुश होते। रमा को जीवन में कभी इतनी झेंप न हुई थी। चुपचाप सिर झुकाये खड़ा था। अभी तो जीवन की इस नई यात्रा का आरंभ हुआ है। न जाने आगे क्या? क्या विपत्तियाँ झेलनी पड़ेंगी। किस-किसके हाथों धोखा खाना पड़ेगा। उसके जी में आया,गाड़ी से

कूद पड़ूं, इस छीछालेदर से तो मर जाना ही अच्छा। उसकी आँखें भर आई, उसने खिड़की से सिर बाहर निकाल लिया और रोने लगा।

सहसा एक बूढ़े आदमी ने, जो उसके पास ही बैठा हुआ था, पूछा, 'कलकत्ता में कहाँ जाओगे, बाबूजी?'

रमा ने समझा, वह गंवार मुझे बना रहा है, झुंझलाकर बोला,'तुमसे मतलब, मैं कहीं जाऊंगा!'

बूढ़े ने इस उपेक्षा पर कुछ भी ध्यान न दिया, बोला, 'मैं भी वहीं चलूंगा। हमारा-तुम्हारा साथ हो जायगा। फिर धीरे से बोला,किराये के रूपये मुझसे ले लो, वहाँ दे देना।'

अब रमा ने उसकी ओर ध्यान से देखा। कोई साठ-सत्तर साल का बूढ़ा घुला हुआ आदमी था। मांस तो क्या हड्डियाँ तक फूल गई थीं। मूंछ और सिर के बाल मुड़े हुए थे। एक छोटी-सी बद्दची के सिवा उसके पास कोई असबाब भी न था। रमा को अपनी ओर ताकते देखकर वह फिर बोला, 'आप हावड़े ही उतरेंगे या और कहीं जायेंगे?'

रमा ने एहसान के भार से दबकर कहा, 'बाबा, आगे मैं उतर पडूंगा। रूपये का कोई बंदोबस्त करके फिर आऊंगा। '

बूढ़ा-'तुम्हें कितने रूपये चाहिए, मैं भी तो वहीं चल रहा हूँ। जब चाहे दे देना। क्या मेरे दस-पाँच रूपये लेकर भाग जाओगे। कहाँ घर है?'

रमानाथ-'यहीं, प्रयाग ही में रहता हूँ।'

बूढ़े ने भक्ति के भाव से कहा,मान्य है प्रयाग, धन्य है! मैं भी त्रिवेणी का स्नान करके आ रहा हूँ, सचमुच देवताओं की पुरी है। तो कै रूपये निकालूं?'

रमा ने सकुचाते हुए कहा, 'मैं चलते ही चलते रूपया न दे सकूंगा, यह समझ लो।'

बूढ़े ने सरल भाव से कहा, 'अरे बाबूजी, मेरे दस-पाँच रूपये लेकर तुम भाग थोड़े ही जाओगे। मैंने तो देखा, प्रयाग के पण्डे यात्रियों को बिना लिखाये-पढ़ाये रूपये दे देते हैं। दस रूपये में तुम्हारा काम चल जायेगा?'

रमा ने सिर झुकाकर कहा, 'हाँ, इतने बहुत हैं।'

टिकट बाबू को किराया देकर रमा सोचने लगा,यह बूढ़ा कितना सरल, कितना परोपकारी, कितना निष्कपट जीव है। जो लोग सभ्य कहलाते हैं, उनमें कितने आदमी ऐसे निकलेंगे, जो बिना जान – पहचान किसी यात्री को उबार लें। गाड़ी के और मुसाफिर भी बूढ़े को श्रद्धा की नज़रों से देखने लगे। रमा को बूढ़े की बातों से मालूम हुआ कि वह जाति का खटिक है, कलकत्ता में उसकी शाक-भाजी की दुकान

है। रहने वाला तो बिहार का है, पर चालीस साल से कलकत्ता ही में रोजगार कर रहा है। देवीदीन नाम है, बहुत दिनों से तीर्थयात्रा की इच्छा थी, बदरीनाथ की यात्रा करके लौटा जा रहा है।

रमा ने आश्चर्य से पूछा, 'तुम बद्रीनाथ की यात्रा कर आये? वहाँ तो पहाड़ों की बड़ी-बड़ी चढ़ाइयाँ हैं।'

देवीदीन-'भगवान की दया होती है, तो सब कुछ हो जाता है, बाबूजी! उनकी दया चाहिए।'

रमानाथ-'तुम्हारे बाल-बच्चे तो कलकत्ता ही में होंगे?'

देवीदीन ने रूखी हँसी हँसकर कहा, 'बाल-बच्चे तो सब भगवान के घर गए। चार बेटे थे। दो का ब्याह हो गया था। सब चल दिए। मैं बैठा हुआ हूँ। मुझी से तो सब पैदा हुए थे। अपने बोये हुए बीज को किसान ही तो काटता है!'यह कहकर वह फिर हँसा, ज़रा देर बाद बोला, 'बुढ़िया अभी जीती हैं। देखें, हम दोनों में पहले कौन चलता है। वह कहती है, पहले मैं जाऊंगी, मैं कहता हूँ,पहले मैं जाऊंगा। देखो किसकी टेक रहती है। बन पड़ा, तो तुम्हें दिखाऊंगा। अब भी गहने पहनती है। सोने की बालियाँ और सोने की हसली पहने दुकान पर बैठी रहती है। जब कहा कि चल तीर्थ कर आवें तो बोली, 'तुम्हारे तीर्थ के लिए क्या दुकान मिट्टी में मिला दूं? यह है ज़िन्दगी का हाल, आज मरे कि कल मरे, मगर दुकान न छोड़ेगी। न कोई आगे, न कोई पीछे, न कोई रोने वाला, न कोई हँसने वाला, मगर माया बनी हुई है। अब भी एक-न-एक गहना बनवाती ही रहती है। न जाने कब उसका पेट भरेगा। सब घरों का यही हाल है। जहाँ देखो,हाय गहने! हाय गहने! गहने के पीछे जान दे दें, घर के आदमियों को भूखा मारें, घर की चीज़ें बेचें और कहाँ तक कहूं, अपनी आबरू तक बेच दें। छोटे-बड़े, अमीर-गरीब सबको यही रोग लगा हुआ है। कलकत्ता में कहाँ काम करते हो, भैया?'

रमानाथ-'अभी तो जा रहा हूँ। देखूं कोई नौकरी-चाकरी मिलती है या नहीं?'

देवीदीन-'तो फिर मेरे ही घर ठहरना। दो कोठरियाँ हैं, सामने दालान है, एक कोठरी ऊपर है। आज बेचूं, तो दस हज़ार मिलें। एक कोठरी तुम्हें दे दूंगा। जब कहीं काम मिल जाये, तो अपना घर ले लेना। पचास साल हुए घर से भागकर हावड़े गया था, तब से सुख भी देखे, दुख भी देखे। अब मना रहा हूँ, भगवान ले चलो। हाँ, बुढ़िया को अमर कर दो। नहीं, तो उसकी दुकान कौन लेगा, घर कौन लेगा और गहने कौन लेगा!

यह कहकर देवीदीन फिर हँसा, वह इतना हँसोड़, इतना प्रसन्नचित्त था कि रमा को आश्चर्य हो रहा था। बेबात की बात पर हँसता था। जिस बात पर और लोग रोते

हैं, उस पर उसे हँसी आती थी। किसी जवान को भी रमा ने यों हँसते न देखा था। इतनी ही देर में उसने अपनी सारी जीवन-कथा कह सुनाई, कितने ही लतीफे याद थे। मालूम होता था, रमा से वर्षों की मुलाकात है। रमा को भी अपने विषय में एक मनगढ़ंत कथा कहनी पड़ी।

देवीदीन-'तो तुम भी घर से भाग आये हो, समझ गया। घर में झगड़ा हुआ होगा। बहू कहती होगी, मेरे पास गहने नहीं, मेरा नसीब जल गया। सास- बहू में पटती न होगी। उनका कलह सुन-सुन जी और खट्टा हो गया होगा।

रमानाथ-'हाँ बाबा, बात यही है, तुम कैसे जान गये?

देवीदीन हँसकर बोला,'यह बड़ा भारी काम है भैया! इसे तेली की खोपड़ी पर जगाया जाता है। अभी लड़के-बाले तो नहीं हैं न?'

रमानाथ-'नहीं, अभी तो नहीं हैं।'

देवीदीन-'छोटे भाई भी होंगे?'

रमा चकित होकर बोला, 'हाँ दादा, ठीक कहते हो, तुमने कैसे जाना?'

देवीदीन फिर ठटठा मारकर बोला,यह सब कर्मों का खेल है। ससुराल धनी होगी, क्यों? '

रमानाथ-'हाँ दादा, है तो।'

देवीदीन-'मगर हिम्मत न होगी।'

रमानाथ-'बहुत ठीक कहते हो, दादा। बड़े कम-हिम्मत हैं। जब से विवाह हुआ, अपनी लड़की तक को तो बुलाया नहीं।'

देवीदीन–'समझ गया भैया, यही दुनिया का दस्तूर है। बेटे के लिए कहो चोरी करें, भीख मांगें, बेटी के लिए घर में कुछ है ही नहीं।'

तीन दिन से रमा को नींद न आई थी। दिनभर रूपये के लिए मारा-मारा फिरता, रात-भर चिंता में पड़ा रहता। इस वक्त बातें करते-करते उसे नींद आ गई। गर्दन झुकाकर झपकी लेने लगा। देवीदीन ने तुरंत अपनी गठरी खोली, उसमें से एक दरी निकाली, और तख्त पर बिछाकर बोला, 'तुम यहाँ आकर लेट रहो, भैया! मैं तुम्हारी जगह पर बैठ जाता हूँ।'

रमा लेट रहा। देवीदीन बार-बार उसे स्नेह-भरी आँखों से देखता था, मानो उसका पुत्र कहीं परदेश से लौटा हो।

जब रमा कोठे से धम-धम नीचे उतर रहा था, उस वक्त ज़ालपा को इसकी ज़रा भी शंका न हुई कि वह घर से भागा जा रहा है। पत्र तो उसने पढ़ ही लिया था। जी ऐसा

झुंझला रहा था कि चलकर रमा को ख़ूब खरी-खरी सुनाऊं। मुझसे यह छल-कपट! पर एक ही क्षण में उसके भाव बदल गए। कहीं ऐसा तो नहीं हुआ है, सरकारी रूपये ख़र्च कर डाले हों। यही बात है, रतन के रूपये सराफ़ को दिये होंगे। उस दिन रतन को देने के लिए शायद वे सरकारी रूपये उठा लाये थे। यह सोचकर उसे फिर क्रोध आया, यह मुझसे इतना परदा क्यों करते हैं? क्यों मुझसे बढ़-बढ़कर बातें करते थे? क्या मैं इतना भी नहीं जानती कि संसार में अमीर-ग़रीब दोनों ही होते हैं? क्या सभी स्त्रियाँ गहनों से लदी रहती हैं? गहने न पहनना क्या कोई पाप है? जब और ज़रूरी कामों से रूपये बचते हैं, तो गहने भी बन जाते हैं। पेट और तन काटकर, चोरी या बेईमानी करके तो गहने नहीं पहने जाते! क्या उन्होंने मुझे ऐसी गई-गुजरी समझ लिया! उसने सोचा, रमा अपने कमरे में होगा, चलकर पूछूं, कौन से गहने चाहते हैं। परिस्थिति की भयंकरता का अनुमान करके क्रोध की जगह उसके मन में भय का संचार हुआ। वह बड़ी तेज़ी से नीचे उतरी, उसे विश्वास था, वह नीचे बैठे हुए इंतज़ार कर रहे होंगे। कमरे में आई तो उनका पता न था। साइकिल रखी हुई थी, तुरंत दरवाज़े से झांका। सड़क पर भी नहीं। कहाँ चले गए? लड़के दोनों पढ़ने स्कूल गए थे, किसको भेजे कि जाकर उन्हें बुला लाये। उसके हृदय में एक अज्ञात संशय अंद्दरित हुआ। फौरन ऊपर गई, गले का हार और हाथ का कंगन उतारकर रूमाल में बांधा, फिर नीचे उतरी, सड़क पर आकर एक तांगा लिया, और कोचवान से बोली, 'चुंगी कचहरी चलो।' वह पछ्ता रही थी कि मैं इतनी देर बैठी क्यों रही। क्यों न गहने उतारकर तुरंत दे दिये। रास्ते में वह दोनों तरफ बड़े ध्यान से देखती जाती थी। क्या इतनी जल्द इतनी दूर निकल आये? शायद देर हो जाने के कारण वह भी आज तांगे ही पर गए हैं, नहीं तो अब तक ज़रूर मिल गए होते। तांगे वाले से बोली, 'क्यों जी, अभी तुमने किसी बाबूजी को तांगे पर जाते देखा?'

तांगे वाले ने कहा, 'हाँ माईजी, एक बाबू अभी इधर ही से गये हैं।'

जालपा को कुछ ढाढ़स हुआ, रमा के पहुँचते-पहुँचते वह भी पहुँच जायेगी। कोचवान से बार-बार घोड़ा तेज़ करने को कहती। जब वह दफ्तर पहुँची, तो ग्यारह बज गए थे। कचहरी में सैकड़ों आदमी इधर-उधर दौड़ रहे थे। किससे पूछे? न जाने वह कहाँ बैठते हैं। सहसा एक चपरासी दिखलाई दिया। जालपा ने उसे बुलाकर कहा, 'सुनो जी, ज़रा बाबू रमानाथ को तो बुला लाओ।'

चपरासी बोला, 'उन्हीं को बुलाने तो जा रहा हूँ। बड़े बाबू ने भेजा है। आप क्या उनके घर ही से आई हैं?'

जालपा – ' हाँ, मैं तो घर ही से आ रही हूँ। अभी दस मिनट हुए, वह घर से चले हैं।'

चपरासी – 'यहाँ तो नहीं आये।'

जालपा बड़े असमंजस में पड़ी। वह यहाँ भी नहीं आये, रास्ते में भी नहीं मिले, तो फिर गए कहाँ? उसका दिल बांसों उछलने लगा। आँखें भर-भर आने लगीं। वहाँ बड़े बाबू के सिवा वह और किसी को न जानती थी। उनसे बोलने का अवसर कभी न पड़ा था, पर इस समय उसका संकोच ग़ायब हो गया। भय के सामने मन के और सभी भाव दब जाते हैं। चपरासी से बोली, 'ज़रा बड़े बाबू से कह दो – 'नहीं चलो, मैं ही चलती हूँ। बड़े बाबू से कुछ बातें करनी हैं।'

जालपा का ठाठ-बाट और रंग-ढंग देखकर चपरासी रोब में आ गया, उल्टे पांव बड़े बाबू के कमरे की ओर चला। जालपा उसके पीछे-पीछे हो ली। बड़े बाबू खबर पाते ही तुरंत बाहर निकल आये।

जालपा ने कदम आगे बढ़ाकर कहा, 'क्षमा कीजिए, बाबू साहब, आपको कष्ट हुआ। वह पंद्रह-बीस मिनट हुए घर से चले, क्या अभी तक यहाँ नहीं आये?'

रमेश – 'अच्छा आप मिसेज रमानाथ हैं। अभी तो यहाँ नहीं आये। मगर दफ्तर के वक्त सैर-सपाटे करने की तो उसकी आदत न थी।'

जालपा ने चपरासी की ओर ताकते हुए कहा, 'मैं आपसे कुछ अर्ज़ करना चाहती हूँ।'

रमेश- 'तो चलो अंदर बैठो, यहाँ कब तक खड़ी रहोगी। मुझे आश्चर्य है कि वह गए कहाँ! कहीं बैठे शतरंज खेल रहे होंगे।'

जालपा – 'नहीं बाबूजी, मुझे ऐसा भय हो रहा है कि वह कहीं और न चले गए हों। अभी दस मिनट हुए, उन्होंने मेरे नाम एक पुरज़ा लिखा था। (जेब से टटोल कर) जी हाँ, देखिए वह पुरज़ा मौजूद है। आप उन पर कृपा रखते हैं, तो कोई परदा नहीं। उनके जिम्मे कुछ सरकारी रूपये तो नहीं निकलते!'

रमेश ने चकित होकर कहा, 'क्यों? उन्होंने तुमसे कुछ नहीं कहा?'

जालपा – 'कुछ नहीं! इस विषय में कभी एक शब्द भी नहीं कहा!'

रमेश – 'कुछ समझ में नहीं आता। आज उन्हें तीन सौ रूपये जमा करना है। परसों की आमदनी उन्होंने जमा नहीं की थी? नोट थे, जेब में डालकर चल दिये। बाज़ार में किसी ने नोट निकाल लिये। (मुस्कराकर) किसी और देवी की पूजा तो नहीं करते?'

जालपा का मुख लज्जा से नत हो गया। बोली, 'अगर यह ऐब होता, तो आप भी उस इल्ज़ाम से न बचते। जेब से किसी ने निकाल लिए होंगे। मारे शर्म के मुझसे कहा न होगा। मुझसे ज़रा भी कहा होता, तो तुरंत रूपये निकालकर दे देती, इसमें बात ही क्या थी।'

रमेश बाबू ने अविश्वास के भाव से पूछा, 'क्या घर में रूपये हैं?'

जालपा ने निशंक होकर कहा, 'तीन सौ चाहिए न, मैं अभी लिये आती हूँ।'

रमेश – 'अगर वह घर पर आ गए हों, तो भेज देना।'

जालपा आकर तांगे पर बैठी और कोचवान से चौक चलने को कहा। उसने अपना हार बेच डालने का निश्चय कर लिया। यों उसकी कई सहेलियाँ थीं, जिनसे उसे रूपये मिल सकते थे। स्त्रियों में बड़ा स्नेह होता है। पुरूषों की भांति उनकी मित्रता केवल पान-गुटके तक ही समाप्त नहीं हो जाती, मगर अवसर नहीं था। सर्राफे में पहुँचकर वह सोचने लगी, किस दुकान पर जाऊं। भय हो रहा था, कहीं ठगी न जाऊं। इस सिरे से उस सिरे तक चक्कर लगा आई, किसी दुकान पर जाने की हिम्मत न पड़ी। उधर वक्त भी निकला जाता था। आख़िर एक दुकान पर एक बूढ़े सर्राफ को देखकर उसका संकोच कुछ कम हुआ। सर्राफ बड़ा घाघ था, जालपा की झिझक और हिचक देखकर समझ गया, अच्छा शिकार फंसा। जालपा ने हार दिखाकर कहा, 'आप इसे ले सकते हैं?'

सर्राफ ने हार को इधर-उधर देखकर कहा, 'मुझे चार पैसे की गुंजाइश होगी, तो क्यों न ले लूंगा। माल चोखा नहीं है।'

जालपा – 'तुम्हें लेना है, इसलिए माल चोखा नहीं है, बेचना होता, तो चोखा होता। कितने में लोगे?'

सर्राफ – 'आप ही कह दीजिए।'

सर्राफ ने साढ़े तीन सौ दाम लगाए, और बढ़ते-बढ़ते चार सौ तक पहुँचा। जालपा को देर हो रही थी, रूपये लिये और चल खड़ी हुई। जिस हार को उसने इतने चाव से ख़रीदा था, जिसकी लालसा उसे बाल्यकाल ही में उत्पन्न हो गई थी, उसे आज आधे दामों बेचकर उसे ज़रा भी दुःख नहीं हुआ, बल्कि गर्वमय हर्ष का अनुभव हो रहा था। जिस वक्त रमा को मालूम होगा कि उसने रूपये दे दिये हैं, उन्हें कितना आनंद होगा। कहीं दफ्तर पहुँच गए हों, तो बड़ा मज़ा हो।"

यह सोचती हुई वह फिर दफ्तर पहुँची। रमेश बाबू उसे देखते हुए बोले, 'क्या हुआ, घर पर मिले?'

जालपा-'क्या अभी तक यहाँ नहीं आये? घर तो नहीं गये। यह कहते हुए उसने नोटों का पुलिंदा रमेश बाबू की तरफ बढ़ा दिया।

रमेश बाबू नोटों को गिनकर बोले, 'ठीक है, मगर वह अब तक कहाँ हैं। अगर न आना था, तो एक ख़त लिख देते। मैं तो बड़े संकट में पडा हुआ था। तुम बड़े वक्त से आ गई। इस वक्त तुम्हारी सूझ-बूझ देखकर जी ख़ुश हो गया। यही सच्ची देवियों का धर्म है।'

जालपा फिर तांगे पर बैठकर घर चली, तो उसे मालूम हो रहा था, मैं कुछ ऊँची हो गई हूँ। शरीर में एक विचित्र स्फूर्ति दौड़ रही थी। उसे विश्वास था, वह आकर चिंतित बैठे होंगे। वह जाकर पहले उन्हें खूब आड़े हाथों लेगी, और खूब लज्जित करने के बाद यह हाल कहेगी, लेकिन जब घर में पहुँची, तो रमानाथ का कहीं पता न था।

जागेश्वरी ने पूछा, 'कहाँ चली गई थीं इस धूप में?'

जालपा – 'एक काम से चली गई थी। आज उन्होंने भोजन नहीं किया, न जाने कहाँ चले गये।'

जागेश्वरी – 'दफ्तर गए होंगे।'

जालपा – 'नहीं, दफ्तर नहीं गये। वहाँ से एक चपरासी पूछने आया था।'

यह कहती हुई वह ऊपर चली गई, बचे हुए रूपये संदूक में रखे और पंखा झलने लगी। मारे गरमी के देह फुंकी जा रही थी, लेकिन कान द्वार की ओर लगे थे। अभी तक उसे इसकी ज़रा भी शंका न थी कि रमा ने विदेश की राह ली है।

चार बजे तक तो जालपा को विशेष चिंता न हुई, लेकिन ज्यों-ज्यों दिन ढलने लगा, उसकी चिंता बढ़ने लगी। आख़िर वह सबसे ऊंची छत पर चढ़ गई, हालांकि उसके जीर्ण होने के कारण कोई ऊपर नहीं आता था, और वहाँ चारों तरफ नज़र दौड़ाई, लेकिन रमा किसी तरफ से आता दिखाई न दिया। जब संध्या हो गई और रमा घर न आया, तो जालपा का जी घबराने लगा। कहाँ चले गए? वह दफ्तर से घर आए बिना कहीं बाहर न जाते थे। अगर किसी मित्र के घर होते, तो क्या अब तक न लौटते? मालूम नहीं, जेब में कुछ है भी या नहीं। बेचारे दिनभर से न मालूम कहाँ भटक रहे होंगे। वह फिर पछताने लगी कि उनका पत्र पढ़ते ही उसने क्यों न हार निकालकर दे दिया। क्यों दुविधा में पड़ गई। बेचारे शर्म के मारे घर न आते होंगे। कहाँ जाये? किससे पूछे?

चिराग़ जल गए, तो उससे न रहा गया। सोचा, शायद रतन से कुछ पता चले। उसके बंगले पर गई तो मालूम हुआ, आज तो वह इधर आए ही नहीं। जालपा ने उन सभी पार्कों और मैदानों को छान डाला, जहाँ रमा के साथ वह बहुधा घूमने आया करती थी, और नौ बजते-बजते निराश लौट आई। अब तक उसने अपने आँसुओं को रोका था, लेकिन घर में कदम रखते ही जब उसे मालूम हो गया कि अब तक वह नहीं आए, तो वह हताश होकर बैठ गई। उसकी यह शंका अब दृढ़ हो गई कि वह ज़रूर कहीं चले गए। फिर भी कुछ आशा थी कि शायद मेरे पीछे आये हों और फिर चले गए हों। जाकर जागेश्वरी से पूछा, 'वह घर आए थे, अम्मांजी?'

जागेश्वरी – 'यार-दोस्तों में बैठे कहीं गपशप कर रहे होंगे। घर तो सराय है। दस बजे घर से निकले थे, अभी तक पता नहीं।'

जालपा – 'दफ्तर से घर आकर तब वह कहीं जाते थे। आज तो आए नहीं। कहिए तो गोपी बाबू को भेज दूं। जाकर देखें, कहाँ रह गये।'

जागेश्वरी – 'लड़के इस वक्त कहाँ देखने जायेंगे। उनका क्या ठीक है। थोड़ी देर और देख लो, फिर खाना उठाकर रख देना। कोई कहाँ तक इंतज़ार करे।'

जालपा ने इसका कुछ जवाब न दिया। दफ्तर की कोई बात उनसे न कही। जागेश्वरी सुनकर घबड़ा जाती, और उसी वक्त रोना-पीटना मच जाता। वह ऊपर जाकर लेट गई और अपने भाग्य पर रोने लगी। रह-रहकर चित्त ऐसा विकल होने लगा, मानो कलेजे में शूल उठ रहा हो बार-बार सोचती, अगर रातभर न आये, तो कल क्या करना होगा? जब तक कुछ पता न चले कि वह किधर गए, तब तक कोई जाये, तो कहाँ जाये! आज उसके मन ने पहली बार स्वीकार किया कि यह सब उसी की करनी का फल है। यह सच है कि उसने कभी आभूषणों के लिए आग्रह नहीं किया, लेकिन उसने कभी स्पष्ट रूप से मना भी तो नहीं किया। अगर गहने चोरी जाने के बाद इतनी अधीर न हो गई होती, तो आज यह दिन क्यों आता। मन की इस दुर्बल अवस्था में जालपा अपने भार से अधिक भाग अपने ऊपर लेने लगी। वह जानती थी, रमा रिश्वत लेता है, नोच-खसोटकर रूपये लाता है। फिर भी कभी उसने मना नहीं किया। उसने ख़ुद क्यों अपनी कमली के बाहर पांव फैलाया? क्यों उसे रोज़ सैर-सपाटे की सूझती थी? उपहारों को ले-लेकर वह क्यों फूली न समाती थी? इस जिम्मेदारी को भी इस वक्त ज़ालपा अपने ही ऊपर ले रही थी। रमानाथ ने प्रेम के वश होकर उसे प्रसन्न करने के लिए ही तो सब कुछ करते थे। युवकों का यही स्वभाव है। फिर उसने उनकी रक्षा के लिए क्या किया? क्यों उसे यह समझ न आई कि आमदनी से ज्यादा ख़र्च करने का दंड एक दिन भोगना पड़ेगा। अब उसे ऐसी कितनी ही बातें याद आ रही थीं, जिनसे उसे रमा के मन की विकलता का परिचय पा जाना चाहिए था, पर उसने कभी उन बातों की ओर ध्यान न दिया।

जालपा इन्हीं चिंताओं में डूबी हुई न जाने कब तक बैठी रही। जब चौकीदारों की सीटियों की आवाज़ उसके कानों में आई, तो वह नीचे जाकर जागेश्वरी से बोली, 'वह तो अब तक नहीं आये। आप चलकर भोजन कर लीजिये।'

जागेश्वरी बैठे-बैठे झपकियाँ ले रही थी। चौंककर बोली, 'कहाँ चले गए थे? '

जालपा – 'वह तो अब तक नहीं आये।'

जागेश्वरी – 'अब तक नहीं आये? आधी रात तो हो गई होगी। जाते वक्त तुमसे कुछ कहा भी नहीं?'

जालपा – 'कुछ नहीं।'

जागेश्वरी – 'तुमने तो कुछ नहीं कहा?'

जालपा – 'मैं भला क्यों कहती।'

जागेश्वरी- 'तो मैं लालाजी को जगाऊं?'

जालपा – 'इस वक्त ज़गाकर क्या कीजयेगा? आप चलकर कुछ खा लीजिए न।'

जागेश्वरी – 'मुझसे अब कुछ न खाया जायेगा। ऐसा मनमौजी लड़का है कि कुछ कहा न सुना, न जाने कहाँ जाकर बैठ रहा। कम-से-कम कहला तो देता कि मैं इस वक्त न आऊंगा।'

जागेश्वरी फिर लेट रही, मगर जालपा उसी तरह बैठी रही। यहाँ तक कि सारी रात गुज़र गई, पहाड़-सी रात जिसका एक-एक पल एक-एक वर्ष के समान कट रहा था।

एक सप्ताह हो गया, रमा का कहीं पता नहीं। कोई कुछ कहता है, कोई कुछ। बेचारे रमेश बाबू दिन में कई-कई बार आकर पूछ जाते हैं। तरह-तरह के अनुमान हो रहे हैं। केवल इतना ही पता चलता है कि रमानाथ ग्यारह बजे रेलवे स्टेशन की ओर गए थे। मुंशी दयानाथ का खयाल है, यद्यपि वे इसे स्पष्ट रूप से प्रकट नहीं करते कि रमा ने आत्महत्या कर ली। ऐसी दशा में यही होता है। इसकी कई मिसालें उन्होंने ख़ुद आँखों से देखी हैं। सास और ससुर दोनों ही जालपा पर सारा इल्ज़ाम थोप रहे हैं। साफ-साफ कह रहे हैं कि इसी के कारण उसके प्राण गये। इसने उसका नाकों दम कर दिया। पूछो, थोड़ी-सी तो आपकी आमदनी, फिर तुम्हें रोज़ सैर-सपाटे और दावत-तवाज़े की क्यों सूझती थी। जालपा पर किसी को दया नहीं आती। कोई उसके आँसू नहीं पोंछता। केवल रमेश बाबू उसकी तत्परता और सदबुद्धि की प्रशंसा करते हैं, लेकिन मुंशी दयानाथ की आँखों में उस कृत्य का कुछ मूल्य नहीं। आग लगाकर पानी लेकर दौड़ने से कोई निर्दोष नहीं हो जाता!

एक दिन दयानाथ वाचनालय से लौटे, तो मुँह लटका हुआ था। एक तो उनकी सूरत यों ही मुहर्रमी थी, उस पर मुँह लटका लेते थे, तो कोई बच्चा भी कह सकता था कि इनका मिज़ाज बिगड़ा हुआ है।

जागेश्वरी ने पूछा, 'क्या है, किसी से कहीं बहस हो गई क्या?'

दयानाथ – 'नहीं जी, इन तकषज़ों के मारे हैरान हो गया। जिधर जाओ, उधर लोग नोचने दौड़ते हैं, न जाने कितना कर्ज़ ले रखा है। आज तो मैंने साफ कह दिया,

मैं कुछ नहीं जानता। मैं किसी का देनदार नहीं हूँ। जाकर मेमसाहब से मांगो।

इसी वक्त ज़ालपा आ पड़ी। ये शब्द उसके कानों में पड़ गये। इन सात दिनों में उसकी सूरत ऐसी बदल गई थी कि पहचानी न जाती थी। रोते-रोते आँखें सूज आई थीं। ससुर के ये कठोर शब्द सुनकर तिलमिला उठी, बोली, 'जी हाँ! आप उन्हें सीधे मेरे पास भेज दीजिए, मैं उन्हें या तो समझा दूंगी, या उनके दाम चुका दूंगी।'

दयानाथ ने तीखे होकर कहा, 'क्या दे दोगी तुम, हज़ारों का हिसाब है, सात सौ तो एक ही सर्राफ के हैं। अभी कै पैसे दिए हैं तुमने?'

जालपा – 'उसके गहने मौजूद हैं, केवल दो-चार बार पहने गए हैं। वह आए, तो मेरे पास भेज दीजिए। मैं उसकी चीजें वापस कर दूंगी। बहुत होगा, दस-पांच रूपये दीवान के ले लेगा।'

यह कहती हुई वह ऊपर जा रही थी कि रतन आ गई और उसे गले से लगाती हुई बोली, 'क्या अब तक कुछ पता नहीं चला? जालपा को इन शब्दों में स्नेह और सहानुभूति का एक सागर उमड़ता हुआ जान पड़ा। यह गैर होकर इतनी चिंतित है, और यहाँ अपने ही सास और ससुर हाथ धोकर पीछे पड़े हुए हैं। इन अपनों से गैर ही अच्छे। आँखों में आँसू भरकर बोली, 'अभी तो कुछ पता नहीं चला बहन!'

रतन – 'यह बात क्या हुई, कुछ तुमसे तो कहा-सुनी नहीं हुई?'

जालपा – 'ज़रा भी नहीं, कसम खाती हूँ। उन्होंने नोटों के खो जाने का मुझसे ज़िक्र ही नहीं किया। अगर इशारा भी कर देते, तो मैं रूपये दे देती। जब वह दोपहर तक नहीं आये और मैं खोजती हुई दफ्तर गई, तब मुझे मालूम हुआ, कुछ नोट खो गए हैं। उसी वक्त जाकर मैंने रूपये जमा कर दिये।'

रतन – 'मैं तो समझती हूँ, किसी से आँखें लड़ गई। दस-पाँच दिन में आप पता लग जायगा। यह बात सच न निकले, तो जो कहो दूं।'

जालपा ने हकबकाकर पूछा, 'क्या तुमने कुछ सुना है?'

रतन – 'नहीं, सुना तो नहीं, पर मेरा अनुमान है।'

जालपा – 'नहीं रतन! मैं इस पर ज़रा भी विश्वास नहीं करती। यह बुराई उनमें नहीं है, और चाहे जितनी बुराइयाँ हों। मुझे उन पर संदेह करने का कोई कारण नहीं है।'

रतन ने हँसकर कहा, 'इस कला में ये लोग निपुण होते हैं। तुम बेचारी क्या जानो!'

जालपा दृढ़ता से बोली, 'अगर वह इस कला में निपुण होते हैं, तो हम भी हृदय को परखने में कम निपुण नहीं होतीं। मैं इसे नहीं मान सकती। अगर वह मेरे स्वामी थे, तो मैं भी उनकी स्वामिनी थी।'

रतन – 'अच्छा चलो, कहीं घूमने चलती हो? चलो, तुम्हें कहीं घुमा लावें।'

जालपा – 'नहीं, इस वक्त तो मुझे फुर्सत नहीं है। फिर घरवाले यों ही प्राण लेने पर तुले हुए हैं, तब तो जीता ही न छोड़ेंगे। किधर जाने का विचार है?'

रतन – 'कहीं नहीं, ज़रा बाज़ार तक जाना था।'

जालपा – 'क्या लेना है?'

रतन – 'जौहरियों की दुकान पर एक-दो चीज़ देखूंगी। बस, मैं तुम्हारा जैसा कंगन चाहती हूँ। बाबूजी ने भी कई महीने के बाद रूपये लौटा दिये। अब ख़ुद तलाश करूंगी।'

जालपा – 'मेरे कंगन में ऐसे कौन-से रूप लगे हैं। बाज़ार में उससे बहुत अच्छे मिल सकते हैं।'

रतन – 'मैं तो उसी नमूने का चाहती हूँ।'

जालपा – 'उस नमूने का तो बना-बनाया मुश्किल से मिलेगा, और बनवाने में महीनों का झंझट। अगर सब्र न आता हो, तो मेरा ही कंगन ले लो, मैं फिर बनवा लूंगी।'

रतन ने उछलकर कहा, 'वाह, तुम अपना कंगन दे दो, तो क्या कहना है! मूसलों ढोल बजाऊं! छः सौ का था न?'

जालपा – 'हाँ, था तो छः सौ का, मगर महीनों सर्राफ की दुकान की खाक छाननी पड़ी थी। जड़ाई तो ख़ुद बैठकर करवाई थी। तुम्हारे ख़ातिर दे दूंगी। जालपा ने कंगन निकालकर रतन के हाथों में पहना दिए। रतन के मुख पर एक विचित्र गौरव का आभास हुआ, मानो किसी कंगाल को पारस मिल गया हो, यही आत्मिक आनंद की चरम सीमा है। कृतज्ञता से भरे हुए स्वर से बोली, 'तुम जितना कहो, उतना देने को तैयार हूँ। तुम्हें दबाना नहीं चाहती। तुम्हारे लिए यही क्या कम है कि तुमने इसे मुझे दे दिया। मगर एक बात है। अभी मैं सब रूपये न दे सकूंगी, अगर दो सौ रूपये फिर दे दूं, तो कुछ हर्ज़ है?'

जालपा ने साहसपूर्वक कहा, 'कोई हर्ज़ नहीं, जी चाहे कुछ भी मत दो।'

रतन – 'नहीं, इस वक्त मेरे पास चार सौ रूपये हैं, मैं दिये जाती हूँ। मेरे पास रहेंगे, तो किसी दूसरी जगह ख़र्च हो जायेंगे। मेरे हाथ में तो रूपये टिकते ही नहीं, करूं क्या जब तक ख़र्च न हो जायें, मुझे एक चिंता-सी लगी रहती है, जैसे सिर पर कोई बोझ सवार हो'

जालपा ने कंगन की डिबिया उसे देने के लिए निकाली, तो उसका दिल मसोस उठा। उसकी कलाई पर यह कंगन देखकर रमा कितना ख़ुश होता था।

आज वह होता, तो क्या यह चीज़ इस तरह जालपा के हाथ से निकल जाती! फिर कौन जाने कंगन पहनना उसे नसीब भी होगा या नहीं। उसने बहुत ज़ब्त किया, पर आँसू निकल ही आये।

रतन उसके आँसू देखकर बोली, 'इस वक्त रहने दो बहन, फिर ले लूंगी, जल्दी ही क्या है।'

जालपा ने उसकी ओर बक्स को बढ़ाकर कहा, 'क्यों, क्या मेरे आँसू देखकर? तुम्हारी खातिर से दे रही हूँ, नहीं यह मुझे प्राणों से भी प्रिय था। तुम्हारे पास इसे देखूंगी, तो मुझे तसल्ली रहेगी। किसी दूसरे को मत देना, इतनी दया करना।'

रतन – 'किसी दूसरे को क्यों देने लगी? इसे तुम्हारी निशानी समझूंगी। आज बहुत दिन के बाद मेरे मन की अभिलाषा पूरी हुई। केवल दुःख इतना ही है, कि बाबूजी अब नहीं हैं। मेरा मन कहता है कि वे जल्दी ही आयेंगे। वे मारे शर्म के चले गए हैं, और कोई बात नहीं। वकील साहब को भी यह सुनकर बडा दुःख हुआ। लोग कहते हैं, वकीलों का ह्रदय कठोर होता है, मगर इनको तो मैं देखती हूँ, ज़रा भी किसी की विपत्ति सुनी और तड़प उठे।'

जालपा ने मुस्कराकर कहा, 'बहन, एक बात पूछूं, बुरा तो न मानोगी? वकील साहब से तुम्हारा दिल तो न मिलता होगा।'

रतन का विनोद-रंजित, प्रसन्न मुख एक क्षण के लिए मलिन हो उठा। मानो किसी ने उसे उस चिर-स्नेह की याद दिला दी हो, जिसके नाम को वह बहुत पहले रो चुकी थी। बोली, 'मुझे तो कभी यह ख़याल भी नहीं आया बहन कि मैं युवती हूँ और वे बूढ़े हैं। मेरे ह्रदय में जितना प्रेम, जितना अनुराग है, वह सब मैंने उनके ऊपर अर्पण कर दिया। अनुराग, यौवन या रूप या धन से नहीं उत्पन्न होता। अनुराग अनुराग से उत्पन्न होता है। मेरे ही कारण वे इस अवस्था में इतना परिश्रम कर रहे हैं, और दूसरा है ही कौन। क्या यह छोटी बात है? कल कहीं चलोगी? कहो तो शाम को आऊं?'

जालपा – 'जाऊंगी तो मैं कहीं नहीं, मगर तुम आना जरूर। दो घड़ी दिल बहलेगा। कुछ अच्छा नहीं लगता। मन डाल-डाल दौड़ता-फिरता है। समझ में नहीं आता, मुझसे इतना संकोच क्यों किया? यह भी मेरा ही दोष है। मुझमें ज़रूर उन्होंने कोई ऐसी बात देखी होगी, जिसके कारण मुझसे परदा करना उन्हें ज़रूरी मालूम हुआ। मुझे यही दुःख है कि मैं उनका सच्चा स्नेह न पा सकी। जिससे प्रेम होता है, उससे हम कोई भेद नहीं रखते।'

रतन उठकर चली, तो जालपा ने देखा, कंगन का बक्स मेज़ पर पड़ा हुआ है। बोली, 'इसे लेती जाओ बहन, यहाँ क्यों छोड़े जाती हो।'

रतन – 'ले जाऊंगी, अभी क्या जल्दी पड़ी है। अभी पूरे रूपये भी तो नहीं दिये!'

जालपा – 'नहीं, नहीं, लेती जाओ। मैं न मानूंगी।'

मगर रतन सीढ़ी से नीचे उतर गई। जालपा हाथ में कंगन लिये खड़ी रही। थोड़ी देर बाद जालपा ने संदूक से पाँच सौ रूपये निकाले और दयानाथ के पास जाकर बोली, 'यह रूपये लीजिए, नारायणदास के पास भिजवा दीजिए। बाकी रूपये भी मैं जल्द ही दे दूंगी।'

दयानाथ ने झेंपकर कहा, 'रूपये कहाँ मिल गये?'

जालपा ने निसंकोच होकर कहा, 'रतन के हाथ कंगन बेच दिया।' दयानाथ उसका मुंह ताकने लगे।

एक महीना गुजर गया। प्रयाग के सबसे अधिक छपने वाले दैनिक पत्र में एक नोटिस निकल रहा है, जिसमें रमानाथ के घर लौट आने की प्रेरणा दी गई है, और उसका पता लगा लेने वाले आदमी को पांच सौ रूपये इनाम देने का वचन दिया गया है, मगर अभी कहीं से कोई ख़बर नहीं आई। जालपा चिंता और दुःख से घुलती चली जाती है। उसकी दशा देखकर दयानाथ को भी उस पर दया आने लगी है। आख़िर एक दिन उन्होंने दीनदयाल को लिखा, 'आप आकर बहू को कुछ दिनों के लिए ले जाइये। दीनदयाल यह समाचार पाते ही घबराये हुए आये, पर जालपा ने मायके जाने से इंकार कर दिया। दीनदयाल ने विस्मित होकर कहा, 'क्या यहाँ पड़े-पड़े प्राण देने का विचार है?'

जालपा ने गंभीर स्वर में कहा, 'अगर प्राणों को इसी भांति जाना होगा, तो कौन रोक सकता है। मैं अभी नहीं मरने की दादाजी, सच मानिये। अभागिनों के लिए वहाँ भी जगह नहीं है।'

दीनदयाल, 'आख़िर चलने में हर्ज़ ही क्या है। शहजादी और बासंती दोनों आई हुई हैं। उनके साथ हँस-बोलकर जी बहलता रहेगा।

जालपा – 'यहाँ लाला और अम्माजी को अकेली छोड़कर जाने को मेरा जी नहीं चाहता। जब रोना ही लिखा है, तो रोऊंगी।'

दीनदयाल, 'यह बात क्या हुई, सुनते हैं कुछ कर्ज़ हो गया था, कोई कहता है, सरकारी रकम खा गए थे।'

जालपा – 'जिसने आपसे यह कहा, उसने सरासर झूठ कहा।'

दीनदयाल – 'तो फिर क्यों चले गये?'

जालपा – 'यह मैं बिल्कुल नहीं जानती। मुझे बार-बार ख़ुद यही शंका होती है।'

दीनदयाल – 'लाला दयानाथ से तो झगड़ा नहीं हुआ? '

जालपा – 'लालाजी के सामने तो वह सिर तक नहीं उठाते, पान तक नहीं खाते, भला झगड़ा क्या करेंगे। उन्हें घूमने का शौक था। सोचा होगा, यों तो कोई जाने न देगा, चलो भाग चलें।'

दीनदयाल – 'शायद ऐसा ही हो कुछ लोगों को इधर-उधर भटकने की सनक होती है। तुम्हें यहाँ जो कुछ तकलीफ़ हो, मुझसे साफ-साफ कह दो। ख़र्च के लिए कुछ भेज दिया करूं?'

जालपा ने गर्व से कहा, 'मुझे कोई तकलीफ नहीं है, दादाजी! आपकी दया से किसी चीज़ की कमी नहीं है।

दयानाथ और जागेश्वरी दोनों ने जालपा को समझाया, पर वह जाने पर राज़ी न हुई। तब दयानाथ झुंझलाकर बोले, 'यहाँ दिन-भर पड़े-पड़े रोने से तो अच्छा है।'

जालपा – 'क्या वह कोई दूसरी दुनिया है, या मैं वहाँ जाकर कुछ और हो जाऊंगी। और फिर रोने से क्यों डरूं, जब हँसना था, तब हँसती थी, जब रोना है, तो रोऊंगी। वह काले कोसों चले गए हों, पर मुझे तो हरदम यहीं बैठे दिखाई देते हैं। यहाँ वे स्वयं नहीं हैं, पर घर की एक-एक चीज़ में बसे हुए हैं। यहाँ से जाकर तो मैं निराशा से पागल हो जाऊंगी।'

दीनदयाल समझ गए कि यह अभिमानिनी अपनी टेक न छोड़ेगी। उठकर बाहर चले गये। संध्या समय चलते वक्त उन्होंने पचास रूपये का एक नोट जालपा की तरफ बढ़ाकर कहा, 'इसे रख लो, शायद कोई ज़रूरत पड़े। जालपा ने सिर हिलाकर कहा, 'मुझे इसकी बिल्कुल ज़रूरत नहीं है,

दादाजी, हाँ, इतना चाहती हूँ कि आप मुझे आशीर्वाद दें। संभव है, आपके आशीर्वाद से मेरा कल्याण हो।'

दीनदयाल की आँखों में आँसू भर आये, नोट वहीं चारपाई पर रखकर बाहर चले आये।

क्वार का महीना लग चुका था। मेघ के जल-शून्य टुकड़े कभी-कभी आकाश में दौड़ते नज़र आ जाते थे। जालपा छत पर लेटी हुई उन मेघ-खंडों की किलोलें देखा करती। चिंता-व्यथित प्राणियों के लिए इससे अधिक मनोरंजन की और वस्तु ही कौन है? बादल के टुकड़े भांति-भांति के रंग बदलते, भांति-भांति के रूप भरते, कभी आपस में प्रेम से मिल जाते, कभी रुठकर अलग-अलग हो जाते, कभी दौड़ने लगते, कभी ठिठक जाते। जालपा सोचती, रमानाथ भी कहीं बैठे यही मेघ-क्रीड़ा देखते होंगे। इस कल्पना में उसे विचित्र आनंद मिलता। किसी माली को अपने लगाए पौधों से, किसी बालक को अपने बनाए हुए घरौंदों से जितनी आत्मीयता

होती है, कुछ वैसा ही अनुराग उसे उन आकाशगामी जीवों से होता था। विपत्ति में हमारा मन अंतर्मुखी हो जाता है। जालपा को अब यही शंका होती थी कि ईश्वर ने मेरे पापों का यह दंड दिया है। आख़िर रमानाथ किसी का गला दबाकर ही तो रोज़ रूपये लाते थे। कोई ख़ुशी से तो न दे देता।

यह रूपये देखकर वह कितनी ख़ुश होती थी। इन्हीं रूपयों से तो नित्य शौक श्रृंगार की चीजें आती रहती थीं। उन वस्तुओं को देखकर अब उसका जी जलता था। यही सारे दुखों की मूल हैं। इन्हीं के लिए तो उसके पति को विदेश जाना पड़ा। वे चीजें उसकी आँखों में अब कांटों की तरह गड़ती थीं, उसके हृदय में शूल की तरह चुभती थीं।

आख़िर एक दिन उसने इन चीज़ों को जमा किया, मखमली स्लीपर, रेशमी मोज़े, तरह-तरह की बेलें, गीते, पिन, कंघियाँ, आईने, कोई कहाँ तक गिनाये। अच्छा-खासा एक ढेर हो गया। वह इस ढेर को गंगा में डुबा देगी, और अब से एक नये जीवन का सूत्रपात करेगी। इन्हीं वस्तुओं के पीछे, आज उसकी यह गति हो रही है। आज वह इस मायाजाल को नष्ट कर डालेगी। उनमें कितनी ही चीजें तो ऐसी सुंदर थीं कि उन्हें फ़ेंकते मोह आता था, मगर ग्लानि की उस प्रचंड ज्वाला को पानी के ये छींटे क्या बुझाते। आधी रात तक वह इन चीज़ों को उठा-उठाकर अलग रखती रही, मानो किसी यात्रा की तैयारी कर रही हो, हाँ, यह वास्तव में यात्रा ही थी, अंधेरे से उजाले की, मिथ्या से सत्य की। मन में सोच रही थी, अब यदि ईश्वर की दया हुई और वह फिर लौटकर घर आये, तो वह इस तरह रहेगी कि थोड़े-से-थोड़े में निर्वाह हो जाये। एक पैसा भी व्यर्थ न ख़र्च करेगी। अपनी मजदूरी के ऊपर एक कौड़ी भी घर में न आने देगी। आज से उसके नये जीवन का आरंभ होगा।

ज्योंही चार बजे, सड़क पर लोगों के आने-जाने की आहट मिलने लगी। जालपा ने बैग उठा लिया और गंगा-स्नान करने चली। बैग बहुत भारी था, हाथ में उसे लटकाकर दस कदम भी चलना कठिन हो गया। बार-बार हाथ बदलती थी। यह भय भी लगा हुआ था कि कोई देख न ले। बोझ लेकर चलने का उसे कभी अवसर न पड़ा था। इक्के वाले पुकारते थे, पर वह इधर कान न देती थी। यहाँ तक कि हाथ बेकाम हो गये, तो उसने बेग को पीठ पर रख लिया और कदम बढ़ाकर चलने लगी। लंबा घूंघट निकाल लिया था कि कोई पहचान न सके।

वह घाट के समीप पहुँची, तो प्रकाश हो गया था। सहसा उसने रतन को अपनी मोटर पर आते देखा। उसने चाहा, सिर झुकाकर मुँह छिपा ले, पर रतन ने दूर ही से पहचान लिया, मोटर रोककर बोली, 'कहाँ जा रही हो बहन, यह पीठ पर बैग कैसा है?'

जालपा ने घूंघट हटा लिया और निद्यशंक होकर बोली, 'गंगा-स्नान करने जा रही हूँ।'

रतन – 'मैं तो स्नान करके लौट आई, लेकिन चलो, तुम्हारे साथ चलती हूँ। तुम्हें घर पहुँचाकर लौट जाऊंगी। बैग रख दो।'

जालपा – 'नहीं-नहीं, यह भारी नहीं है। तुम जाओ, तुम्हें देर होगी। मैं चली जाऊंगी।'

मगर रतन ने न माना, कार से उतरकर उसके हाथ से बैग ले ही लिया और कार में रखती हुई बोली, 'क्या भरा है तुमने इसमें, बहुत भारी है। खोलकर देखूं?'

जालपा – 'इसमें तुम्हारे देखने लायक कोई चीज़ नहीं है।'

बैग में ताला न लगा था। रतन ने खोलकर देखा, तो विस्मित होकर बोली, 'इन चीज़ों को कहाँ लिये जाती हो?'

जालपा ने कार पर बैठते हुए कहा, 'इन्हें गंगा में बहा दूंगी।'

रतन ने विस्मय में पड़कर कहा, 'गंगा में! कुछ पागल तो नहीं हो गई हो चलो, घर लौट चलो। बैग रखकर फिर आ जाना।'

जालपा ने दृढ़ता से कहा, 'नहीं रतन, मैं इन चीजों को डुबाकर ही जाऊंगी।'

रतन – 'आखिर क्यों?'

जालपा – 'पहले कार को बढ़ाओ, फिर बताऊं।'

रतन – 'नहीं, पहले बता दो।'

जालपा – 'नहीं, यह न होगा। पहले कार को बढ़ाओ।'

रतन ने हारकर कार को बढ़ाया और बोली, 'अच्छा अब तो बताओगी? '

जालपा ने उलाहने के भाव से कहा, 'इतनी बात तो तुम्हें ख़ुद ही समझ लेनी चाहिए थी। मुझसे क्या पूछती हो, अब वे चीज़ें मेरे किस काम की हैं! इन्हें देख-देखकर मुझे दुख होता है। जब देखने वाला ही न रहा, तो इन्हें रखकर क्या करूं? '

रतन ने एक लंबी साँस खींची और जालपा का हाथ पकड़कर कांपते हुए स्वर में बोली, 'बाबूजी के साथ तुम यह बहुत बड़ा अन्याय कर रही हो, बहन, वे कितनी उमंग से इन्हें लाये होंगे। तुम्हारे अंगों पर इनकी शोभा देखकर कितना प्रसन्न हुए होंगे। एक-एक चीज़ उनके प्रेम की एक-एक स्मृति है। उन्हें गंगा में बहाकर तुम उस प्रेम का घोर अनादर कर रही हो।' जालपा विचार में डूब गई। मन में संकल्प-विकल्प होने लगा, किंतु एक ही क्षण में वह फिर संभल गई, बोली, 'यह बात नहीं है बहन! जब तक ये चीजें मेरी आँखों से दूर न हो जायेंगी, मेरा चित्त शांत न होगा। इसी विलासिता ने मेरी यह दुर्गति की है। यह मेरी विपत्ति की गठरी है, प्रेम की स्मृति नहीं। प्रेम तो मेरे हृदय पर अंकित है।'

रतन – 'तुम्हारा हृदय बड़ा कठोर है। जालपा, मैं तो शायद ऐसा न कर सकती।'

जालपा – 'लेकिन मैं तो इन्हें अपनी विपत्ति का मूल समझती हूँ।'

एक क्षण चुप रहने के बाद वह फिर बोली, 'उन्होंने मेरे साथ बड़ा अन्याय किया है, बहन! जो पुरूष अपनी स्त्री से कोई परदा रखता है, मैं समझती हूँ, वह उससे प्रेम नहीं करता। मैं उनकी जगह पर होती, तो यों तिलांजलि देकर न भागती। अपने मन की सारी व्यथा कह सुनाती और जो कुछ करती, उनकी सलाह से करती। स्त्री और पुरूष में दुराव कैसा!'

रतन ने गंभीर मुस्कान के साथ कहा, 'ऐसे पुरूष तो बहुत कम होंगे, जो स्त्री से अपना दिल खोलते हों। जब तुम स्वयं दिल में चोर रखती हो, तो उनसे क्यों आशा रखती हो कि वे तुमसे कोई परदा न रक्खें। तुम ईमान से कह सकती हो कि तुमने उनसे परदा नहीं रखा?

जालपा ने सद्‌दचाते हुए कहा, 'मैंने अपने मन में चोर नहीं रखा।'

रतन ने ज़ोर देकर कहा, 'झूठ बोलती हो, बिल्कुल झूठ, अगर तुमने विश्वास किया होता, तो वे भी खुलते।'

जालपा इस आक्षेप को अपने सिर से न टाल सकी। उसे आज ज्ञात हुआ कि कपट का आरंभ पहले उसी की ओर से हुआ। गंगा का तट आ पहुँचा। कार रूक गई। जालपा उतरी और बेग को उठाने लगी, किंतु रतन ने उसका हाथ हटाकर कहा, 'नहीं, मैं इसे न ले जाने दूंगी। समझ लो कि डूब गये।'

जालपा – 'ऐसा कैसे समझ लूं।'

रतन – 'मुझ पर दया करो, बहन के नाते।'

जालपा – 'बहन के नाते तुम्हारे पैर धो सकती हूँ, मगर इन कांटों को हृदय में नहीं रख सकती।'

रतन ने भौंहें सिकोड़कर कहा, 'किसी तरह न मानोगी?'

जालपा ने स्थिर भाव से कहा, 'हाँ, किसी तरह नहीं।'

रतन ने विरक्त होकर मुँह उधर लिया। जालपा ने बैग उठा लिया और तेज़ी से घाट से उतरकर जल-तट तक पहुँच गई, फिर बैग को उठाकर पानी में फेंक दिया। अपनी निर्बलता पर यह विजय पाकर उसका मुख प्रदीप्त हो गया। आज उसे जितना गर्व और आनंद हुआ, उतना इन चीज़ों को पाकर भी न हुआ था। उन असंख्य प्राणियों में जो इस समय स्नानध्यान कर रहे थे, कदाचित किसी को अपने अंत:करण में प्रकाश का ऐसा अनुभव न हुआ होगा। मानो प्रभात की सुनहरी ज्योति उसके रोम-रोम में व्याप्त हो रही है। जब वह स्नान करके ऊपर आई, तो रतन ने पूछा, 'डुबा दिया?'

जालपा – 'हाँ।'

रतन – 'बड़ी निष्ठुर हो'

जालपा – 'यही निष्ठुरता मन पर विजय पाती है। अगर कुछ दिन पहले निष्ठुर हो जाती, तो आज यह दिन क्यों आता। कार चल पड़ी।

रमानाथ को कलकत्ता आए दो महीने के ऊपर हो गए हैं। वह अभी तक देवीदीन के घर पड़ा हुआ है। उसे हमेशा यही धुन सवार रहती है कि रूपये कहाँ से आवें, तरह-तरह के मंसूबे बांधता है, भांति-भांति की कल्पनायें करता है, पर घर से बाहर नहीं निकलता। हाँ, जब खूब अंधेरा हो जाता है, तो वह एक बार मुहल्ले के वाचनालय में ज़रूर जाता है। अपने नगर और प्रांत के समाचारों के लिए उसका मन सदैव उत्सुक रहता है। उसने वह नोटिस देखी, जो दयानाथ ने पत्रों में छपवाई थी, पर उस पर विश्वास न आया। कौन जाने, पुलिस ने उसे गिरफ्तार करने के लिए माया रची हो, रूपये भला किसने चुकाए होंगे? असंभव...एक दिन उसी पत्र में रमानाथ को जालपा का एक ख़त छपा मिला, जालपा ने आग्रह और याचना से भरे हुए शब्दों में उसे घर लौट आने की प्रेरणा की थी। उसने लिखा था, तुम्हारे ज़िम्मे किसी का कुछ बाकी नहीं है, कोई तुमसे कुछ न कहेगा। रमा का मन चंचल हो उठा, लेकिन तुरंत ही उसे ख़याल आया, यह भी पुलिस की शरारत होगी। जालपा ने यह पत्र लिखा, इसका क्या प्रमाण है? अगर यह भी मान लिया जाये कि रूपये घरवालों ने अदा कर दिए होंगे, तो क्या इस दशा में भी वह घर जा सकता है। शहर भर में उसकी बदनामी हो ही गई होगी, पुलिस में इत्तला की ही जा चुकी होगी। उसने निश्चय किया कि मैं नहीं जाऊंगा। जब तक कम-से-कम पाँच हज़ार रूपये हाथ में न हो जायेंगे, घर जाने का नाम न लूंगा। और रूपये नहीं दिए गए, पुलिस मेरी खोज में है, तो कभी घर न जाऊंगा। कभी नहीं।

देवीदीन के घर में दो कोठरियाँ थीं और सामने एक बरामदा था। बरामदे में दुकान थी, एक कोठरी में खाना बनता था, दूसरी कोठरी में बरतन-भांड़े रखे हुए थे। ऊपर एक कोठरी थी और छोटी-सी खुली हुई छत, रमा इसी ऊपर के हिस्से में रहता था। देवीदीन के रहने, सोने, बैठने का कोई विशेष स्थान न था। रात को दुकान बढ़ाने के बाद वही बरामदा शयनगृह बन जाता था। दोनों वहीं पड़े रहते थे। देवीदीन का काम चिलम पीना और दिनभर गप्पें लड़ाना था।

दुकान का सारा काम बुढ़िया करती थी। मंडी जाकर माल लाना, स्टेशन से माल भेजना या लेना, यह सब भी वही कर लेती थी। देवीदीन ग्राहकों को पहचानता

तक न था। थोड़ी-सी हिंदी जानता था। बैठा-बैठा रामायण, तोता-मैना, रामलीला या माता मरियम की कहानी पढ़ा करता। जब से रमा आ गया है, बुड्ढे को अंग्रेज़ी पढ़ने का शौक हो गया है। सबेरे ही प्राइमर लाकर बैठ जाता है, और नौ-दस बजे तक अक्षर पढ़ता रहता है। बीच-बीच में लतीफें भी होते जाते हैं, जिनका देवीदीन के पास अखंड भंडार है। मगर जग्गो को रमा का आसन जमाना अच्छा नहीं लगता। वह उसे अपना मुनीम तो बनाए हुए है, हिसाब-किताब उसी से लिखवाती है, पर इतने से काम के लिए वह एक आदमी रखना व्यर्थ समझती है। यह काम तो वह गाहकों से यूं ही करा लेती थी। उसे रमा का रहना खलता था, पर रमा इतना विनम्र, इतना सेवा-तत्पर, इतना धर्मनिष्ठ है कि वह स्पष्ट रूप से कोई आपत्ति नहीं कर सकती। हाँ, दूसरों पर रखकर क्लेश रूप से उसे सुना-सुनाकर दिल का गुबार निकालती रहती है। रमा ने अपने को ब्राह्मण कह रखा है और उसी धर्म का पालन करता है। ब्राह्मण और धर्मनिष्ठ बनकर वह दोनों प्राणियों का श्रद्धापात्र बन सकता है। बुढ़िया के भाव और व्यवहार को वह ख़ूब समझता है, पर करे क्या? बेहयाई करने पर मजबूर है। परिस्थिति ने उसके आत्मसम्मान का अपहरण कर डाला है। एक दिन रमानाथ वाचनालय में बैठा हुआ पत्र पढ़ रहा था कि एकाएक उसे रतन दिखाई पड़ गई। उसके अंदाज़ से मालूम होता था कि वह किसी को खोज रही है। बीसों आदमी बैठे पुस्तकें और पत्र पढ़ रहे थे। रमा की छाती धक-धक करने लगी। वह रतन की आँखें बचाकर सिर झुकाए हुए कमरे से निकल गया और पीछे के अंधेरे बरामदे में, जहाँ पुराने टूटे-फटे संदूक और कुर्सियाँ पड़ी हुई थीं, छिपा खड़ा रहा। रतन से मिलने और घर के समाचार पूछने के लिए उसकी आत्मा तड़प रही थी, पर मारे संकोच के सामने न आ सकता था। आह! कितनी बातें पूछने की थीं! पर उनमें मुख्य यही थी कि जालपा के विचार उसके विषय में क्या हैं। उसकी निष्ठुरता पर रोती तो नहीं है। उसकी उद्दंडता पर क्षुब्धा तो नहीं है? उसे धूर्त और बेईमान तो नहीं समझ रही है? दुबली तो नहीं हो गई है? और लोगों के क्या भाव हैं? क्या घर की तलाशी हुई? मुकदमा चला? ऐसी ही हज़ारों बातें जानने के लिए वह विकल हो रहा था, पर मुँह कैसे दिखाये! वह झांक-झांककर देखता रहा। जब रतन चली गई, मोटर चल दिया, तब उसकी जान में जान आई। उसी दिन से एक सप्ताह तक वह वाचनालय न गया। घर से निकला तक नहीं।

कभी-कभी पड़े-पड़े रमा का जी ऐसा घबड़ाता कि पुलिस में जाकर सारी कथा कह सुनाये। जो कुछ होना है, हो जाये। साल-दो साल की कैद इस आजीवन कारावास से तो अच्छी ही है। फिर वह नए सिरे से जीवन-संग्राम में प्रवेश करेगा, हाथ-पाँव बचाकर काम करेगा, अपनी चादर के बाहर जौ-भर भी पाँव न फैलायेगा,

लेकिन एक ही क्षण में हिम्मत टूट जाती। इस प्रकार दो महीने और बीत गये। पूस का महीना आया। रमा के पास जाड़ों का कोई कपड़ा न था। घर से तो वह कोई चीज़ लाया ही न था, यहाँ भी कोई चीज़ बनवा न सका था। अब तक तो उसने धोती ओढ़कर किसी तरह रातें काटीं, पर पूस के कड़क रातें जाड़े लिहाफ या कंबल के बगैर कैसे कटते।

बेचारा रात-भर गठरी बना पड़ा रहता। जब बहुत सर्दी लगती, तो बिछावन ओढ़ लेता। देवीदीन ने उसे एक पुरानी दरी बिछाने को दे दी थी। उसके घर में शायद यही सबसे अच्छा बिछावन था। इस श्रेणी के लोग चाहे दस हज़ार के गहने पहन लें, शादी-ब्याह में दस हज़ार ख़र्च कर दें, पर बिछावन गुदड़ी रखेंगे। इस सड़ी हुई दरी से जाड़ा भला क्या जाता, पर कुछ न होने से अच्छा ही था।

रमा संकोचवश देवीदीन से कुछ कह न सकता था और देवीदीन भी शायद इतना बड़ा ख़र्च न उठाना चाहता था, या संभव है, इधर उसकी निगाह ही न जाती हो जब दिन ढलने लगता, तो रमा रात के कष्ट की कल्पना से भयभीत हो उठता था, मानो काली बला दौड़ती चली आती हो। रात को बार-बार खिड़की खोलकर देखता कि सबेरा होने में कितनी कसर है। एक दिन शाम को वह वाचनालय जा रहा था कि उसने देखा, एक बड़ी कोठी के सामने हज़ारों कंगले जमा हैं। उसने सोचा, यह क्या बात है, क्यों इतने आदमी जमा हैं? भीड़ के अंदर घुसकर देखा, तो मालूम हुआ, सेठजी कंबलों का दान कर रहे हैं। कंबल बहुत घटिया थे, पतले और हल्के; पर जनता एक पर एक टूटी पड़ती थी। रमा के मन में आया, एक कंबल ले लूं। यहाँ मुझे कौन जानता है? अगर कोई जान भी जाये, तो क्या हर्ज़, ग़रीब ब्राह्मण अगर दान का अधिकारी नहीं तो और कौन है? लेकिन एक ही क्षण में उसका आत्मसम्मान जाग उठा। वह कुछ देर वहाँ खड़ा ताकता रहा, फिर आगे बढ़ा। उसके माथे पर तिलक देखकर मुनीमजी ने समझ लिया, यह ब्राह्मण है। इतने सारे कंगलों में ब्राह्मणों की संख्या बहुत कम थी। ब्राह्मणों को दान देने का पुण्य कुछ और ही है। मुनीम मन में प्रसन्न था कि एक ब्राह्मण देवता दिखाई तो दिये! इसलिए जब उसने रमा को जाते देखा, तो बोला, 'पंडितजी, कहाँ चले, कंबल तो लेते जाइए!'

रमा मारे संकोच के गड़ गया। उसके मुँह से केवल इतना ही निकला, 'मुझे इच्छा नहीं है।'

यह कहकर वह फिर बढ़ा, मुनीमजी ने समझा, शायद कंबल घटिया देखकर देवताजी चले जा रहे हैं। ऐसे आत्म-सम्मान वाले देवता उसे अपने जीवन में शायद कभी मिले ही न थे। कोई दूसरा ब्राह्मण होता, दो-चार चिकनी-चुपड़ी बातें करता

और अच्छे कंबल मांगता। यह देवता बिना कुछ कहे, निर्व्याज भाव से चले जा रहे हैं, तो अवश्य कोई त्यागी जीव हैं। उसने लपककर रमा का हाथ पकड़ लिया और बोला, 'आओ तो महाराज! आपके लिए चोखा कंबल रखा है। यह तो कंगलों के लिए है। रमा ने देखा कि बिना मांगे एक चीज़ मिल रही है, ज़बरदस्ती गले लगाई जा रही है, तो वह दो बार और नहीं-नहीं करके मुनीम के साथ अंदर चला गया। मुनीम ने उसे कोठी में ले जाकर तख्त पर बैठाया और एक अच्छा-सा दबीज कंबल भेंट किया। रमा की संतोष वृत्ति का उस पर इतना प्रभाव पड़ा कि उसने पाँच रूपये दक्षिणा भी देना चाहा, किंतु रमा ने उसे लेने से साफ इंकार कर दिया। जन्म-जन्मांतर की संचित मर्यादा कंबल लेकर ही आहत हो उठी थी। दक्षिणा के लिए हाथ फैलाना उसके लिए असंभव हो गया।

मुनीम ने चकित होकर कहा, 'आप यह भेंट न स्वीकार करेंगे, तो सेठजी को बड़ा दुःख होगा।'

रमा ने विरक्त होकर कहा, 'आपके आग्रह से मैंने कंबल ले लिया, पर दक्षिणा नहीं ले सकता। मुझे धन की आवश्यकता नहीं। जिस सज्जन के घर टिका हुआ हूँ, वह मुझे भोजन देते हैं। और मुझे लेकर क्या करना है?'

'सेठजी मानेंगे नहीं!'

'आप मेरी ओर से क्षमा मांग लीजियेगा।'

'आपके त्याग तो धन्य है। ऐसे ही ब्राह्मणों से धर्म की मर्यादा बनी हुई है। कुछ देर बैठिए तो, सेठजी आते होंगे। आपके दर्शन पाकर बहुत प्रसन्न होंगे। ब्राह्मणों के परम भक्त हैं और त्रिकाल संध्या-वंदन करते हैं महाराज, तीन बजे रात को गंगा-तट पर पहुँच जाते हैं और वहाँ से आकर पूजा पर बैठ जाते हैं। दस बजे भागवत का पारायण करते हैं। भोजन पाते हैं, तब कोठी में आते हैं। तीन-चार बजे फिर संध्या करने चले जाते हैं। आठ बजे थोड़ी देर के लिए फिर आते हैं। नौ बजे ठाकुरद्वारे में कीर्तन सुनते हैं और फिर संध्या करके भोजन पाते हैं। थोड़ी देर में आते ही होंगे। आप कुछ देर बैठें, तो बड़ा अच्छा हो। आपका स्थान कहाँ है?'

रमा ने प्रयाग न बताकर काशी बतलाया। इस पर मुनीमजी का आग्रह और बढ़ा, पर रमा को यह शंका हो रही थी कि कहीं सेठजी ने कोई धार्मिक प्रसंग छेड़ दिया, तो सारी कलई खुल जायेगी। किसी दूसरे दिन आने का वचन देकर उसने पिंड छुड़ाया।

नौ बजे वह वाचनालय से लौटा, तो डर रहा था कि कहीं देवीदीन ने कंबल देखकर पूछा, कहाँ से लाये, तो क्या जवाब दूंगा। कोई बहाना कर दूंगा। कह दूंगा, एक पहचान की दुकान से उधार लाया हूँ।

देवीदीन ने कंबल देखते ही पूछा, 'सेठ करोड़ीमल के यहाँ पहुँच गए क्या, महाराज?'

रमा ने पूछा, 'कौन सेठ करोड़ीमल?'

'अरे वही, जिसकी वह बड़ी लाल कोठी है।'

रमा कोई बहाना न कर सका। बोला, 'हाँ, मुनीमजी ने पिंड ही न छोड़ा! बड़ा धर्मात्मा जीव है।'

देवीदीन ने मुस्कराकर कहा, 'बड़ा धर्मात्मा! उसी के थामे, तो यह धरती थमी है, नहीं तो अब तक मिट गई होती!'

रमानाथ – 'काम तो धर्मात्माओं ही के करता है, मन का हाल ईश्वर जाने। जो सारे दिन पूजापाठ और दान-व्रत में लगा रहे, उसे धर्मात्मा नहीं तो और क्या कहा जाये।'

देवीदीन – 'उसे पापी कहना चाहिए, महापापी, दया तो उसके पास से होकर भी नहीं निकली। उसकी जूट की मिल है। मजूरों के साथ जितनी निर्दयता इसकी मिल में होती है, और कहीं नहीं होती। आदमियों को हंटरों से पिटवाता है, हंटरों से। चर्बी-मिला घी बेचकर इसने लाखों कमा लिये। कोई नौकर एक मिनट की भी देर करे, तो तुरंत तलब काट लेता है। अगर साल में दो-चार हज़ार दान न कर दे, तो पाप का धन पचे कैसे? धर्म-कर्म वाले ब्राह्मण तो उसके द्वार पर झांकते भी नहीं। तुम्हारे सिवा वहाँ कोई पंडित था?'

रमा ने सिर हिलाया।

'कोई जाता ही नहीं। हाँ, लोभी-लंपट पहुँच जाते हैं। जितने पुजारी देखे, सबको पत्थर ही पाया। पत्थर पूजते-पूजते इनके दिल भी पत्थर हो जाते हैं। इसके तीन तो बड़े-बड़े धरमशाले हैं, मुदा है पाखंडी। आदमी चाहे और कुछ न करे, मन में दया बनाए रखे। यही सौ धरम का एक धरम है।'

दिन की रखी हुई रोटियाँ खाकर जब रमा कंबल ओढ़कर लेटा, तो उसे बडी ग्लानि होने लगी। रिश्वत में उसने हज़ारों रूपये मारे थे, पर कभी एक क्षण के लिए भी उसे ग्लानि न आई थी। रिश्वत बुद्धि से, कौशल से, पुरूषार्थ से मिलती है। दान पौरूषहीन, कर्महीन या पाखंडियों का आधार है। वह सोच रहा था, मैं अब इतना दीन हूँ कि भोजन और वस्त्र के लिए मुझे दान लेना पड़ता है! वह देवीदीन के घर दो महीने से पड़ा हुआ था, पर देवीदीन उसे भिक्षुक नहीं मेहमान समझता था। उसके मन में कभी दान का भाव आया ही न था। रमा के मन में ऐसा उद्वेग उठा कि इसी दम थाने में जाकर अपना सारा वृत्तांत कह सुनाये। यही न होगा, दो-तीन साल की सज़ा हो जायेगी, फिर तो यूं प्राण सूली पर न टंगे रहेंगे। कहीं डूब ही क्यों न गया,

इस तरह जीने से फायदा ही क्या! न घर का हूँ न घाट का। दूसरों का भार तो क्या उठाऊंगा, अपने ही लिए दूसरों का मुँह ताकता हूँ। इस जीवन से किसका उपकार हो रहा है? धिक्कार है मेरे जीने को! रमा ने निश्चय किया, कल निद्यशंक होकर काम की टोह में निकलूंगा। जो कुछ होना है, हो।

अभी रमा मुँह-हाथ धो रहा था कि देवीदीन प्राइमर लेकर आ पहुँचा और बोला, 'भैया, यह तुम्हारी अंग्रेजी बड़ी विकट है। एस.आई.आर. 'सर' होता है, तो पी.आई.टी. 'पिट' क्यों हो जाता है? बी.यू.टी. 'बट' है, लेकिन पी.यू.टी. 'पुट' क्यों होता है? तुम्हें भी बड़ी कठिन लगती होगी।

रमा ने मुस्कराकर कहा, 'पहले तो कठिन लगती थी, पर अब तो आसान मालूम होती है।'

देवीदीन – 'जिस दिन पराइमर खतम होगी, महाबीरजी को सवा सेर लड्डू चढ़ाऊंगा। पराई-मर का मतलब है, पराई स्त्री मर जाये। मैं कहता हूँ, हमारीमर, पराई के मरने से हमें क्या सुख! तुम्हारे बाल-बच्चे तो हैं न भैया?'

रमा ने इस भाव से कहा, 'मानो हैं, पर न होने के बराबर हैं,हाँ, हैं तो!'

'कोई चिट्ठी-चपाती आई थी?'

'ना!'

'और न तुमने लिखी – 'अरे! तीन महीने से कोई चिट्ठी ही नहीं भेजी? घबड़ाते न होंगे लोग?'

'जब तक यहाँ कोई ठिकाना न लग जये, क्या पत्र लिखूं।'

'अरे भले आदमी, इतना तो लिख दो कि मैं यहाँ कुशल से हूँ। घर से भाग आये थे, उन लोगों को कितनी चिंता हो रही होगी! माँ-बाप तो हैं न?'

'हाँ, हैं तो।'

देवीदीन ने गिड़गिडाकर कहा, 'तो भैया, आज ही चिट्ठी डाल दो, मेरी बात मानो।'

रमा ने अब तक अपना हाल छिपाया था। उसके मन में कितनी ही बार इच्छा हुई कि देवीदीन से कह दूं, पर बात होंठों तक आकर रूक जाती थी। वह देवीदीन के मुँह से आलोचना सुनना चाहता था। वह जानना चाहता था कि यह क्या सलाह देता है। इस समय देवीदीन के सद्भाव ने उसे पराभूत कर दिया।

बोला, 'मैं घर से भाग आया हूँ, दादा!'

देवीदीन ने मूंछों में मुस्कराकर कहा, 'यह तो मैं जानता हूँ, क्या बाप से लड़ाई हो गई?'

'नहीं!'

'माँ ने कुछ कहा होगा?'

'यह भी नहीं!'

'तो फिर घरवाली से ठन गई होगी। वह कहती होगी, मैं अलग रहूंगी, तुम कहते होगे मैं अपने माँ-बाप से अलग न रहूंगा। या गहने के लिए ज़िद करती होगी। नाक में दम कर दिया होगा। क्यों?'

रमा ने लज्जित होकर कहा, 'कुछ ऐसी बात थी, दादा! वह तो गहनों की बहुत इच्छुक न थी, लेकिन पा जाती थी, तो प्रसन्न हो जाती थी, और मैं प्रेम की तरंग में आगा-पीछा कुछ न सोचता था।'

देवीदीन के मुँह से मानो आप-ही-आप निकल आया, 'सरकारी रकम तो नहीं उड़ा दी?'

रमा को रोमांच हो आया। छाती धक-से हो गई। वह सरकारी रकम की बात उससे छिपाना चाहता था। देवीदीन के इस प्रश्न ने मानो उस पर छापा मार दिया। वह कुशल सैनिक की भांति अपनी सेना को घाटियों से, जासूसों की आँख बचाकर, निकाल ले जाना चाहता था, पर इस छापे ने उसकी सेना को अस्त- व्यस्त कर दिया। उसके चेहरे का रंग उड़ गया। वह एकाएक कुछ निश्चय न कर सका कि इसका क्या जवाब दूं।

देवीदीन ने उसके मन का भाव भांपकर कहा, 'प्रेम बड़ा बेढब होता है, भैया! बड़े-बडे चूक जाते हैं, तुम तो अभी ललड़के हो, ग़बन के हज़ारों मुकदमे हर साल होते हैं। तहकीकात की जाये, तो सबका कारण एक ही होगा, गहना। दस-बीस वारदात तो मैं आँखों देख चुका हूँ। यह रोग ही ऐसा है। औरत मुँह से तो यही कहे जाती है कि यह क्यों लाये, वह क्यों लाये, रूपये कहाँ से आवेंगे, लेकिन उसका मन आनंद से नाचने लगता है। यहीं एक डाक-बाबू रहते थे। बेचारे ने छुरी से गला काट लिया। एक दूसरे मियां साहब को मैं जानता हूँ, जिनको पाँच साल की सज़ा हो गई, जेल में मर गये। एक तीसरे पंडितजी को जानता हूँ, जिन्होंने अफ़ीम खाकर जान दे दी। बुरा रोग है। दूसरों को क्या कहूं, मैं ही तीन साल की सज़ा काट चुका हूँ। जवानी की बात है, जब इस बुढ़िया पर जोबन था, ताकती थी तो मानो कलेजे पर तीर चला देती थी। मैं डाकिया था। मनीआर्डर तकसीम किया करता था। यह कानों के झुमकों के लिए जान खा रही थी। कहती थी, सोने ही के लूंगी। इसका बाप चौधरी था। मेवे की दुकान थी। मिजाज बढ़ा हुआ था। मुझ पर प्रेम का नशा छाया हुआ था। अपनी

आमदनी की डींगें मारता रहता था। कभी फूल के हार लाता, कभी मिठाई, कभी अतर-फुलेलब शहर का हलका था। जमाना अच्छा था। दुकानदारों से जो चीज़ मांग लेता, मिल जाती थी। आख़िर मैंने एक मनीआर्डर पर झूठे दस्तखत बनाकर रूपये उड़ा लिये। कुल तीस रूपये थे। झुमके लाकर इसे दिये। इतनी ख़ुश हुई, इतनी ख़ुश हुई, कि कुछ न पूछो, लेकिन एक ही महीने में चोरी पकड़ ली गई। तीन साल की सज़ा हो गई। सज़ा काटकर निकला तो यहाँ भाग आया। फिर कभी घर नहीं गया। यह मुँह कैसे दिखाता। हाँ, घर पत्र भेज दिया। बुढ़िया खबर पाते ही चली आई। यह सब कुछ हुआ, मगर गहनों से उसका पेट नहीं भरा। जब देखो, कुछ-न-कुछ बनता ही रहता है। एक चीज़ आज बनवाई, कल उसी को तुड़वाकर कोई दूसरी चीज़ बनवाई, यही तार चला जाता है। एक सोनार मिल गया है, मजूरी में साग-भाजी ले जाता है। मेरी तो सलाह है, घर पर एक ख़त लिख दो, लेकिन पुलिस तो तुम्हारी टोह में होगी। कहीं पता मिल गया, तो काम बिगड़ जायेगा। मैं न किसी से एक ख़त लिखाकर भेज दूं?'

रमा ने आग्रहपूर्वक कहा, 'नहीं, दादा! दया करो। अनर्थ हो जायेगा। पुलिस से ज्यादा तो मुझे घरवालों का भय है।'

देवीदीन – 'घर वाले खबर पाते ही आ जायेंगे। यह चर्चा ही न उठेगी। उनकी कोई चिंता नहीं। डर पुलिस ही का है।'

रमानाथ – 'मैं सज़ा से बिल्कुल नहीं डरता। तुमसे कहा नहीं, एक दिन मुझे वाचनालय में जान-पहचान की एक स्त्री दिखाई दी। हमारे घर बहुत आती-जाती थी। मेरी स्त्री से बड़ी मित्रता थी। एक बड़े वकील की पत्नी है। उसे देखते ही मेरी नानी मर गई। ऐसा सिटपिटा गया कि उसकी ओर ताकने की हिम्मत न पड़ी। चुपके से उठकर पीछे के बरामदे में जा छिपा। अगर उस वक्त उससे दो-चार बातें कर लेता, तो घर का सारा समाचार मालूम हो जाता और मुझे यह विश्वास है कि वह इस मुलाकात की किसी से चर्चा भी न करती। मेरी पत्नी से भी न कहती, लेकिन मेरी हिम्मत ही न पड़ी। अब अगर मिलना भी चाहूं, तो नहीं मिल सकता। उसका पता-ठिकाना कुछ भी तो नहीं मालूम।

देवीदीन – 'तो फिर उसी को क्यों नहीं एक चिट्ठी लिखते?'

रमानाथ – 'चिटठी तो मुझसे न लिखी जायेगी।'

देवीदीन – 'तो कब तक चिट्ठी न लिखोगे?'

रमानाथ – 'देखा जायेगा।'

देवीदीन – 'पुलिस तुम्हारी टोह में होगी।'

देवीदीन चिंता में डूब गया। रमा को भ्रम हुआ, शायद पुलिस का भय इसे चिंतित कर रहा है। बोला, 'हाँ, इसकी शंका मुझे हमेशा बनी रहती है। तुम देखते हो, मैं दिन को बहुत कम घर से निकलता हूँ, लेकिन मैं तुम्हें अपने साथ नहीं घसीटना चाहता। मैं तो जाऊंगा ही, तुम्हें क्यों उलझन में डालूं। सोचता हूँ, कहीं और चला जाऊं, किसी ऐसे गाँव में जाकर रहूं, जहाँ पुलिस की गंध भी न हो।'

देवीदीन ने गर्व से सिर उठाकर कहा, 'मेरे बारे में तुम कुछ चिंता न करो भैया, यहाँ पुलिस से डरने वाले नहीं हैं। किसी परदेशी को अपने घर ठहराना पाप नहीं है। हमें क्या मालूम किसके पीछे पुलिस है? यह पुलिस का काम है, पुलिस जाने। मैं पुलिस का मुखबिर नहीं, जासूस नहीं, गोइंदा नहीं। तुम अपने को बचाए रहो, देखो भगवान क्या करते हैं। हाँ, कहीं बुढ़िया से न कह देना, नहीं तो उसके पेट में पानी न पचेगा।'

दोनों एक क्षण चुपचाप बैठे रहे। दोनों इस प्रसंग को इस समय बंद कर देना चाहते थे।

सहसा देवीदीन ने कहा, 'क्यों भैया, कहो तो मैं तुम्हारे घर चला जाऊं। किसी को कानो-कान खबर न होगी। मैं इधर-उधर से सारा ब्यौरा पूछ आऊंगा। तुम्हारे पिता से मिलूंगा, तुम्हारी माता को समझाऊंगा, तुम्हारी घरवाली से बातचीत करूंगा। फिर जैसा उचित जान पड़े, वैसा करना।'

रमा ने मन-ही-मन प्रसन्न होकर कहा, 'लेकिन कैसे पूछोगे दादा, लोग कहेंगे न कि तुमसे इन बातों से क्या मतलब?'

देवीदीन ने ठट्ठा मारकर कहा, 'भैया, इससे सहज तो कोई काम ही नहीं।'

एक जनेऊ गले में डाला और ब्राह्मण बन गये। फिर चाहे हाथ देखो, चाहे, कुंडली बांचो, चाहे सगुन विचारो, सब कुछ कर सकते हो बुढिया भिक्षा लेकर आवेगी। उसे देखते ही कहूंगा, माता तेरे को पुत्र के परदेश जाने का बड़ा कष्ट है, क्या तेरा कोई पुत्र विदेश गया है? इतना सुनते ही घर-भर के लोग आ जायेंगे। वह भी आवेगी। उसका हाथ देखूंगा। इन बातों में मैं पक्का हूँ भैया, तुम निश्चिंत रहो, कुछ कमा लाऊंगा, देख लेना। माघ-मेला भी होगा। स्नान करता आऊंगा।

रमा की आँखें मनोल्लास से चमक उठीं। उसका मन मधुर कल्पनाओं के संसार में जा पहुँचा। जालपा उसी वक्त रतन के पास दौड़ी जायेगी। दोनों भांति-भांति के प्रश्न करेंगी, क्यों बाबा, वह कहाँ गए हैं? अच्छी तरह हैं न? कब तक घर आवेंगे? कभी बाल-बच्चों की सुधि आती है उनको? वहाँ किसी कामिनी के माया-जाल में तो नहीं फंस गए? दोनों शहर का नाम भी पूछेंगी।

कहीं दादा ने सरकारी रूपये चुका दिए हों, तो मज़ा आ जाये। तब एक ही चिंता

रहेगी।'

देवीदीन बोला, 'तो है न सलाह?'

रमानाथ – 'कहाँ जायेंगे दादा, कष्ट होगा।'

'माघ का स्नान भी तो करूंगा। कष्ट के बिना कहीं पुण्य होता है! मैं तो कहता हूँ, तुम भी चलो। मैं वहाँ सब रंग-ढंग देख लूंगा। अगर देखना कि मामला टिचन है, तो चैन से घर चले जाना। कोई खटका मालूम हो, तो मेरे साथ ही लौट आना।'

रमा ने हँसकर कहा, 'कहाँ की बात करते हो, दादा! मैं यों कभी न जाऊंगा। स्टेशन पर उतरते ही कहीं पुलिस का सिपाही पकड़ ले, तो बस!'

देवीदीन ने गंभीर होकर कहा, 'सिपाही क्या पकड़ लेगा, दिल्लगी है! मुझसे कहो, मैं प्रयागराज के थाने में ले जाकर खड़ा कर दूं। अगर कोई तिरछी आँखों से भी देख ले, तो मूंछ मुड़ा लूं! ऐसी बात भला! सैकड़ों खूनियों को जानता हूँ, जो यहाँ कलकत्ता में रहते हैं। पुलिस के अफसरों के साथ दावतें खाते हैं, पुलिस उन्हें जानती है, फिर भी उनका कुछ नहीं कर सकती! रूपये में बड़ा
बल है, भैया!'

रमा ने कुछ जवाब न दिया। उसके सामने यह नया प्रश्न आ खडा हुआ। जिन बातों को वह अनुभव न होने के कारण महाकष्ट-साकेय समझता था, उन्हें इस बूढ़े ने निर्मूल कर दिया, और बूढ़ा शेखीबाजों में नहीं है, वह मुँह से जो कहता है, उसे पूरा कर दिखाने की सामर्थ्य रखता है। उसने सोचा, तो क्या मैं सचमुच देवीदीन के साथ घर चला जाऊं?' यहाँ कुछ रूपये मिल जाते, तो नये सूट बनवा लेता, फिर शान से जाता। वह उस अवसर की कल्पना करने लगा, जब वह नया सूट पहने हुए घर पहुँचेगा। उसे देखते ही गोपी और विश्वम्भर दौड़ेंगे, भैया आये, भैया आये! दादा निकल आयेंगे। अम्मा को पहले विश्वास न आयेगा, मगर जब दादा जाकर कहेंगे, हाँ, आ तो गए, तब वह रोती हुई द्वार की ओर चलेंगी। उसी वक्त मैं पहुँचकर उनके पैरों पर फिर पड़ूंगा। जालपा वहाँ न आयेगी। वह मान किए बैठी रहेगी। रमा ने मन-ही-मन वह वाक्य भी सोच लिए, जो वह जालपा को मनाने के लिए कहेगा। शायद रूपये की चर्चा ही न आये। इस विषय पर कुछ कहते हुए सभी को संकोच होगा। अपने प्रियजनों से जब कोई अपराध हो जाता है, तो हम उघाड़ कर उसे दुखी नहीं करते। चाहते हैं कि उस बात का उसे ध्यान ही न आये, उसके साथ ऐसा व्यवहार करते हैं कि उसे हमारी ओर से ज़रा भी भ्रम न हो, वह भूलकर भी यह न समझे कि मेरी अपकीर्ति हो रही है।

देवीदीन ने पूछा, 'क्या सोच रहे हो? चलोगे न?'

रमा ने दबी जबान से कहा, 'तुम्हारी इतनी दया है, तो चलूंगा, मगर पहले तुम्हें मेरे घर जाकर पूरा-पूरा समाचार लाना पड़ेगा। अगर मेरा मन न भरा, तो मैं लौट आऊंगा।'

देवीदीन ने दृढ़ता से कहा, 'मंजूर।'

रमा ने संकोच से आँखें नीची करके कहा, 'एक बात और है?'

देवीदीन -' 'क्या बात है? कहो।'

'मुझे कुछ कपड़े बनवाने पड़ेंगे।'

'बन जायेंगे।'

'मैं घर पहुँचकर तुम्हारे रूपये दिला दूंगा।'

'और मैं तुम्हारी गुरू-दक्षिणा भी वहीं दे दूंगा।'

'गुरू-दक्षिणा भी मुझी को देनी पड़ेगी। मैंने तुम्हें चार हरफ अंग्रेज़ी पढ़ा दिये, तुम्हारा इससे कोई उपकार न होगा। तुमने मुझे पाठ पढ़ाए हैं, उन्हें मैं उम्र-भर नहीं भूल सकता। मुँह पर बड़ाई करना ख़ुशामद है, लेकिन दादा, मातापिता के बाद जितना प्रेम मुझे तुमसे है, उतना और किसी से नहीं। तुमने ऐसे गाढ़े समय मेरी बांह पकड़ी, जब मैं बीच धार में बहा जा रहा था। ईश्वर ही जाने, अब तक मेरी क्या गति हुई होती, किस घाट लगा होता!'

देवीदीन ने चुहल से कहा, 'और जो कहीं तुम्हारे दादा ने मुझे घर में न घुसने दिया तो?'

रमा ने हँसकर कहा, 'दादा तुम्हें अपना बड़ा भाई समझेंगे, तुम्हारी इतनी ख़ातिर करेंगे कि तुम ऊब जाओगे। जालपा तुम्हारे चरण धो-धो पियेगी, तुम्हारी इतनी सेवा करेगी कि जवान हो जाओगे।'

देवीदीन ने हँसकर कहा, 'तब तो बुढ़िया डाह के मारे जल मरेगी। मानेगी नहीं, नहीं तो मेरा जी चाहता है कि हम दोनों यहाँ से अपना डेरा-डंडा लेकर चलते और वहीं अपनी सिरकी तानते। तुम लोगों के साथ ज़िंदगी के बाकी दिन आराम से कट जाते, मगर इस चुड़ैल से कलकत्ता न छोड़ा जायेगा। तो बात पक्की हो गई न?'

'हाँ, पक्की ही है।'

'दुकान खुले तो चलें, कपड़े लावें, आज ही सिलने को दे दें।'

देवीदीन के चले जाने के बाद रमा बड़ी देर तक आनंद-कल्पनाओं में मग्न बैठा रहा। जिन भावनाओं को उसने कभी मन में आश्रय न दिया था, जिनकी गहराई और विस्तार और उद्‌वेग से वह इतना भयभीत था कि उनमें फिसलकर डूब जाने के भय से चंचल मन को उधर भटकने भी न देता था, उसी अथाह और अछोर कल्पना-सागर में वह आज स्वच्छंद रूप से क्रीड़ा करने लगा। उसे अब एक नौका

मिल गई थी। वह त्रिवेणी की सैर, वह अल्प्रेड पार्क की बहार, वह ख़ुसरो बाग़ का आनंद, वह मित्रों के जलसे, सब याद आ-आकर ह्रदय को गुदगुदाने लगे। रमेश उसे देखते ही गले लिपट जायेंगे। मित्रगण पूछेंगे, कहाँ गए थे, यार? ख़ूब सैर की? रतन उसकी ख़बर पाते ही दौड़ी आयेगी और पूछेगी, तुम कहाँ ठहरे थे, बाबूजी? मैंने सारा कलकत्ता छान मारा। फिर जालपा की मान-प्रतिमा सामने आ खड़ी हुई।

सहसा देवीदीन ने आकर कहा, 'भैया, दस बज गए, चलो बाज़ार होते आवें।'

रमा ने चौंककर पूछा, 'क्या दस बज गए?'

देवीदीन – 'दस नहीं, ग्यारह का अमल होगा।'

रमा चलने को तैयार हुआ, लेकिन द्वार तक आकर रूक गया।

देवीदीन ने पूछा, 'क्यों खड़े कैसे हो गए?'

'तुम्हीं चले जाओ, मैं जाकर क्या करूंगा!'

'क्या डर रहे हो?'

'नहीं, डर नहीं रहा हूँ, मगर क्या फायदा?'

'मैं अकेले जाकर क्या करूंगा! मुझे क्या मालूम, तुम्हें कौन कपड़ा पसंद है। चलकर अपनी पसंद से ले लो। वहीं दरजी को दे देंगे।'

'तुम जैसा कपड़ा चाहे ले लेना। मुझे सब पंसद है।'

'तुम्हें डर किस बात का है? पुलिस तुम्हारा कुछ नहीं करेगी। कोई तुम्हारी तरफ ताकेगा भी नहीं।

'मैं डर नहीं रहा हूँ दादा, जाने की इच्छा नहीं है।'

'डर नहीं रहे हो, तो क्या कर रहे हो कह रहा हूँ कि कोई तुम्हें कुछ न कहेगा, इसका मेरा जिम्मा, मुदा तुम्हारी जान निकली जाती है!'

देवीदीन ने बहुत समझाया, आश्वासन दिया, पर रमा जाने पर राज़ी न हुआ। वह डरने से कितना ही इंकार करे, पर उसकी हिम्मत घर से बाहर निकलने की न पड़ती थी। वह सोचता था, अगर किसी सिपाही ने पकड़ लिया, तो देवीदीन क्या कर लेगा। माना सिपाही से इसका परिचय भी हो, तो यह आवश्यक नहीं कि वह सरकारी मामले में मौ का निर्वाह करे। यह मिकैत-ख़ुशामद करके रह जाएगा, जाएगी मेरे सिरब कहीं पकडा जाऊं, तो प्रयाग के बदले जेल जाना पड़े। आखिर देवीदीन लाचार होकर अकेला ही गया।

देवीदीन घंटे-भर में लौटा, तो देखा, रमा छत पर टहल रहा है। बोला, 'कुछ खबर है, कै बज गए? बारह का अमल है। आज रोटी न बनाओगे क्या?घर जाने की ख़ुशी में खाना-पीना छोड़ दोगे?'

रमा ने झेंपकर कहा, 'बना लूंगा दादा, जल्दी क्या है।'

'यह देखो, नमूने लाया हूँ, इनमें जौन-सा पसंद करो, ले लूं।

यह कह कर देवीदीन ने ऊनी और रेशमी कपड़ों के सैकड़ों नमूने निकालकर रख दिए। पांच-छः रूपये गज से कम का कोई कपड़ा था। रमा ने नमूनों को उलट-पलटकर देखा और बोला, 'इतने महंगे कपड़े क्यों लाए, दादा? और सस्ते न थे?'

'सस्ते थे, मुदा विलायती थे।'

'तुम विलायती कपड़े नहीं पहनते?'

'इधर बीस साल से तो नहीं लिए, उधर की बात नहीं कहता। कुछ बेसी दाम लग जाता है, पर रूपया तो देस ही में रह जाता है।'

रमा ने लजाते हुए कहा, 'तुम नियम के बडे पक्के हो दादा! '

देवीदीन की मुद्रा सहसा तेजवान हो गई। उसकी बुझी हुई आँखें चमक उठीं। देह की नसें तन गईं। अकड़कर बोला, जिस देश में रहते हैं, जिसका अन्न-जल खाते हैं, उसके लिए इतना भी न करें तो जीने को धिक्कार है। दो जवान बेटे इसी स्वदेशी की भेंट कर चुका हूँ,भैया! ऐसे-ऐसे पट्ठे थे, कि तुमसे क्या कहें। दोनों बिदेसी कपड़ों की दुकान पर तैनात थे। क्या मजाल थी कोई गाहक दुकान पर आ जाय। हाथ जोड़कर, घिघियाकर, धमकाकर, लजवाकर सबको उधर लेते थे। बजाजे में सियार लोटने लगे। सबों ने जाकर कमिसनर से फरियाद की। सुनकर आग हो गया। बीस गौजी गोरे भेजे कि अभी जाकर बज़ार से पहरे उठा दो। गोरों ने दोनों भाइयों से कहा, यहाँ से चले जाव, मुदा वह अपनी जगह से जौ-भर न हिले। भीड़ लग गई। गोरे उन पर घोड़े चढ़ा लाते थे, पर दोनों चट्टान की तरह डटे खड़े थे। आख़िर जब इस तरह कुछ बस न चला, तो सबों ने डंडों से पीटना सुई किया। दोनों वीर डंडे खाते थे, पर जगह से न हिलते थे। जब बड़ा भाई गिर पड़ा, तो छोटा उसकी जगह पर आ खड़ा हुआ। अगर दोनों अपने डंडे संभाल लेते, तो भैया उन बीसों को मार भगाते। लेकिन हाथ उठाना तो बड़ी बात है, सिर तक न उठाया। अन्त में छोटा भी वहीं गिर पड़ा। दोनों को लोगों ने उठाकर अस्पताल भेजा। उसी रात को दोनों सिधार गए। तुम्हारे चरन छूकर कहता हों भैया, उस बखत ऐसा जान पड़ता था कि मेरी छाती गज-भर की हो गई है, पांव ज़मीन पर न पड़ते थे, यही उमंग आती थी कि भगवान ने औरों को पहले न उठा लिया होता, तो इस समय उन्हें भी भेज देता। जब अर्थी चली है, तो एक लाख आदमी साथ थे। बेटों को गंगा में सौंपकर मैं सीधे बजाजे पहुँचा और उसी जगह खड़ा हुआ, जहाँ दोनों बीरों की लाश गिरी थी। गाहक के नाम चिड़िये का पूत तक न दिखाई दिया। आठ दिन वहाँ से हिला तक नहीं। बस भोर के समय आधा घंटे के लिए घर आता था और नहा-धोकर कुछ जलपान करके चला जाता था। नवें दिन दुकानदारों ने कसम खाई कि विलायती कपड़े अब न मंगावेंगे।

तब पहरे उठा लिए गए। तब से बिदेसी दियासलाई तक घर में नहीं लाया।'

रमा ने सच्चे दिल से कहा, 'दादा, तुम सच्चे वीर हो, और वे दोनों लड़के भी सच्चे योद्धा थे। तुम्हारे दर्शनों से आँखें पवित्र होती हैं।'

देवीदीन ने इस भाव से देखा, मानो इस बड़ाई को वह बिल्कुल अतिशयोक्ति नहीं समझता। शहीदों की शान से बोला, 'इन बड़े-बड़े आदमियों के किए कुछ न होगा। इन्हें बस रोना आता है, छोकरियों की भांति बिसूरने के सिवा इनसे और कुछ नहीं हो सकता। बड़े-बड़े देश-भगतों को बिना बिलायती सराब के चैन नहीं आता। उनके घर में जाकर देखो, तो एक भी देसी चीज़ न मिलेगी।

दिखाने को दस-बीस कुरते गाढ़े के बनवा लिए, घर का और सब सामान बिलायती है। सब-के-सब भोग-बिलास में अंधे हो रहे हैं, छोटे भी और बड़े भी। उस पर दावा यह है कि देस का उद्धार करेंगे। अरे तुम क्या देस का उद्धार करोगे। पहले अपना उद्धार तो कर लो। गरीबों को लूटकर बिलायत का घर भरना तुम्हारा काम है। इसीलिए तुम्हारा इस देस में जनम हुआ है। हाँ, रोये जाव, बिलायती सराबें उड़ाओ, बिलायती मोटरें दौड़ाओ, बिलायती मुरब्बे और अचार चक्खो, बिलायती बरतनों में खाओ, बिलायती दवाइयाँ पियो, पर देस के नाम को रोये जाव। मुदा इस रोने से कुछ न होगा। रोने से माँ दूध पिलाती है, सेर अपना सिकार नहीं छोड़ता। रोओ उसके सामने, जिसमें दया और धरम हो। तुम धमकाकर ही क्या कर लोगे? जिस धमकी में कुछ दम नहीं है, उस धमकी की परवाह कौन करता है। एक बार यहाँ एक बड़ा भारी जलसा हुआ। एक साहब बहादुर खड़े होकर खूब उछले-कूदे, जब वह नीचे आये, तब मैंने उनसे पूछा, साहब, सच बताओ, जब तुम सुराज का नाम लेते हो, तो उसका कौनसा रूप तुम्हारी आँखों के सामने आता है? तुम भी बड़ी-बड़ी तलब लोगे, तुम भी अंगरेज़ों की तरह बंगलों में रहोगे, पहाड़ों की हवा खाओगे, अंगरेज़ी ठाठ बनाए घूमोगे, इस सुराज से देस का क्या कल्यान होगा। तुम्हारी और तुम्हारे भाईबंदों की ज़िंदगी भले आराम और ठाठ से गुज़रे, पर देस का तो कोई भला न होगा। बस, बगलें झांकने लगे। तुम दिन में पाँच बेर खाना चाहते हो, और वह भी बढ़िया माल, ग़रीब किसान को एक जून सूखा चबेना भी नहीं मिलता। उसी का रक्त चूसकर तो सरकार तुम्हें हुप्रे देती है। तुम्हारा ध्यान कभी उनकी ओर जाता है? अभी तुम्हारा राज नहीं है,तब तो तुम भोग-बिलास पर इतना मरते हो, जब तुम्हारा राज हो जायगा, तब तो तुम ग़रीबों को पीसकर पी जाओगे। रमा भद्र-समाज पर यह आक्षेप न सुन सका। आख़िर वह भी तो भद्रसमाज का ही एक अंग था। बोला, 'यह बात तो नहीं है दादा, कि पढ़े-लिखे लोग किसानों का ध्यान नहीं करते। उनमें से कितने ही ख़ुद किसान थे, या हैं। उन्हें अगर विश्वास हो

जाय कि हमारे कष्ट उठाने से किसानों का कोई उपकार होगा और जो बचत होगी, वह किसानों के लिए ख़र्च की जायगी, तो वह ख़ुशी से कम वेतन पर काम करेंगे, लेकिन जब वह देखते हैं कि बचत दूसरे हड़प जाते हैं, तो वह सोचते हैं, अगर दूसरों को ही खाना है, तो हम क्यों न खायें।'

देवीदीन – 'तो सुराज मिलने पर दस-दस, पांच-पांच हज़ार के अफसर नहीं रहेंगे? वकीलों की लूट नहीं रहेगी? पुलिस की लूट बंद हो जायेगी?'

एक क्षण के लिए रमा सिटपिटा गया। इस विषय में उसने ख़ुद कभी विचार न किया था, मगर तुरंत ही उसे जवाब सूझ गया। बोला, 'दादा, तब तो सभी काम बहुमत से होगा। अगर बहुमत कहेगा कि कर्मचारियों के वेतन घटा दिए जायें, तो घट जायेंगे। देहातों के संगठनों के लिए भी बहुमत जितने रूपये मांगेगा, मिल जायेंगे। कुंजी बहुमत के हाथ में रहेगी, और अभी दस-पाँच बरस चाहे न हो, लेकिन आगे चलकर बहुमत किसानों और मजूरों ही का हो जायेगा। देवीदीन ने मुस्कराकर कहा, 'भैया, तुम भी इन बातों को समझते हो, यही मैंने भी सोचा था। भगवान करे, कुछ दिन और जिऊं। मेरा पहला सवाल यह होगा कि बिलायती चीज़ों पर दुगुना महसूल लगाया जाये और मोटरों पर चौगुना। अच्छा अब भोजन बनाओ। सांझ को चलकर कपड़े दरजी को दे देंगे। मैं भी जब तक खा लूं।'

शाम को देवीदीन ने आकर कहा, 'चलो भैया, अब तो अंधेरा हो गया।'

रमा सिर पर हाथ धरे बैठा हुआ था। मुख पर उदासी छाई हुई थी। बोला, 'दादा, मैं घर न जाऊंगा।'

देवीदीन ने चकित होकर पूछा, 'क्यों क्या बात हुई?'

रमा की आँखें सजल हो गई। बोला, 'कौ सा मुँह लेकर जाऊं, दादा! मुझे तो डूब मरना चाहिए था।'

यह कहते-कहते वह खुलकर रो पड़ा। वह वेदना जो अब तक मूर्छित पड़ी थी, शीतल जल के यह छींटे पाकर सचेत हो गई और उसके क्रंदन ने रमा के सारे अस्तित्व को जैसे छेद डाला। इसी क्रंदन के भय से वह उसे छेड़ता न था, उसे सचेत करने की चेष्टा न करता था। संयत विस्मृति से उसे अचेत ही रखना चाहता था, मानो कोई दुद्यखिनी माता अपने बालक को इसलिए जगाते डरती हो कि वह तुरंत खाने को मांगने लगेगा।

कई दिनों के बाद एक दिन कोई आठ बजे रमा पुस्तकालय से लौट रहा था कि मार्ग में उसे कई युवक शतरंज के किसी नक्शे की बातचीत करते मिले। यह नक्शा वहाँ

के एक हिंदी दैनिक पत्र में छपा था और उसे हल करने वाले को पचास रूपये इनाम देने का वचन दिया गया था। नक्शा असाकेय-सा जान पड़ता था। कम-से-कम इन युवकों की बातचीत से ऐसा ही टपकता था। यह भी मालूम हुआ कि वहाँ के और भी कितने ही शतरंजबाज़ों ने उसे हल करने के लिए भरपूर ज़ोर लगाया, पर कुछ पेश न गई। अब रमा को याद आया कि पुस्तकालय में एक पत्र पर बहुत-से आदमी झुके हुए थे और उस नक्शे की नकल कर रहे थे। जो आता था, दो-चार मिनट तक वह पत्र देख लेता था। अब मालूम हुआ, यह बात थी। रमा का इनमें से किसी से भी परिचय न था, पर वह यह नक्शा देखने के लिए इतना उत्सुक हो रहा था कि उससे बिना पूछे न रहा गया। बोला, 'आप लोगों में किसी के पास वह नक्शा है?'

युवकों ने एक कंबलपोश आदमी को नक्शे की बात पूछते सुना, तो समझे कोई अताई होगा। एक ने रूखाई से कहा, 'हाँ, है तो, मगर तुम देखकर क्या करोगे, यहाँ अच्छे-अच्छे गोते खा रहे हैं। एक महाशय, जो शतरंज में अपना सानी नहीं रखते, उसे हल करने के लिए सौ रूपये अपने पास से देने को तैयार हैं।'

दूसरा युवक बोला, 'दिखा क्यों नहीं देते जी, कौन जाने यही बेचारे हल कर लें, शायद इन्हीं की सूझ लड़ जाये।'

इस प्रेरणा में सज्जनता नहीं व्यंग्य था, उसमें यह भाव छिपा था कि हमें दिखाने में कोई उज्र नहीं है, देखकर अपनी आँखों को तप्त कर लो, मगर तुम जैसे उल्लू उसे समझ ही नहीं सकते, हल क्या करेंगे। जान-पहचान की एक दुकान में जाकर उन्होंने रमा को नक्शा दिखाया।

रमा को तुरंत याद आ गया, यह नक्शा पहले भी कहीं देखा है। सोचने लगा, कहाँ देखा है?

एक युवक ने चुटकी ली, 'आपने तो हल कर लिया होगा!'

दूसरा, 'अभी नहीं किया तो एक क्षण में किए लेते हैं!'

तीसरा, 'ज़रा दो-एक चाल बताइए तो?'

रमा ने उत्तेजित होकर कहा, यह मैं नहीं कहता कि मैं उसे हल कर ही लूंगा, मगर ऐसा नक्शा मैंने एक बार हल किया है, और संभव है, इसे भी हल कर लूं। ज़रा काग़ज़-पेंसिल दीजिए तो नकल कर लूं।'

युवकों का अविश्वास कुछ कम हुआ। रमा को काग़ज़-पेंसिल मिल गया। एक क्षण में उसने नक्शा नकल कर लिया और युवकों को धन्यवाद देकर चला। एकाएक उसने फिरकर पूछा, 'जवाब किसके पास भेजना होगा?'

एक युवक ने कहा, 'प्रजा-मित्र' के संपादक के पास।'

रमा ने घर पहुँचकर उस नक्शे पर दिमाग़ लगाना शुरू किया, लेकिन मुहरों की चालें सोचने की जगह वह यही सोच रहा था कि यह नक्शा कहाँ देखा। शायद याद आते ही उसे नक्शे का हल भी सूझ जायगा। अन्य प्राणियों की तरह मस्तिष्क भी कार्य में तत्पर न होकर बहाने खोजता है। कोई आधार मिल जाने से वह मानो छुट्टी पा जाता है। रमा आधी रात तक नक्शा सामने खोले बैठा रहा। शतरंज की जो बड़ी-बड़ी मार्के की बाजियाँ खेली थीं, उन सबका नक्शा उसे याद था, पर यह नक्शा कहाँ देखा?

सहसा उसकी आँखों के सामने बिजली-सी कौंध गई। खोई हुई स्मृति मिल गई। अहा! राजा साहब ने यह नक्शा दिया था। हाँ, ठीक है। लगातार तीन दिन दिमाग़ लडाने के बाद इसे उसने हल किया था। नक्शे की नकल भी कर लाया था। फिर तो उसे एक-एक चाल याद आ गई। एक क्षण में नक्शा हल हो गया! उसने उल्लास के नशे में ज़मीन पर दो-तीन कुलांचें लगाई, मूछों पर ताव दिया, आईने में मुँह देखा और चारपाई पर लेट गया। इस तरह अगर महीने में एक नक्शा मिलता जाये, तो क्या पूछना!

देवीदीन अभी आग सुलगा रहा था कि रमा प्रसन्न मुख आकर बोला, 'दादा, जानते हो 'प्रजा-मित्र' अख़बार का दफ्तर कहाँ है?'

देवीदीन – 'जानता क्यों नहीं हूँ। यहाँ कौन अख़बार है, जिसका पता मुझे न मालूम हो। 'प्रजा-मित्र' का संपादक एक रंगीला युवक है, जो हरदम मुँह में पान भरे रहता है। मिलने जाओ, तो आँखों से बातें करता है, मगर है हिम्मत का धनी, दो बेर जेहल हो आया है।'

रमा – 'आज ज़रा वहाँ तक जाओगे?'

देवीदीन ने कातर भाव से कहा, 'मुझे भेजकर क्या करोगे? मैं न जा सकूंगा।' '

'क्या बहुत दूर है?'

'नहीं, दूर नहीं है।'

'फिर क्या बात है?'

देवीदीन ने अपराधियों के भाव से कहा, 'बात कुछ नहीं है, बुढ़िया बिगड़ती है। उसे बचन दे चुका हूँ कि सुदेसी-बिदेसी के झगड़े में न पड़ूंगा, न किसी अख़बार के दफ्तर में जाऊंगा। उसका दिया खाता हूँ, तो उसका हुकुम भी तो बजाना पड़ेगा।'

रमा ने मुस्कराकर कहा, 'दादा, तुम तो दिल्लगी करते हो, मेरा एक बडा ज़रूरी काम है। उसने शतरंज का एक नक्शा छापा था, जिस पर पचास रूपया इनाम है। मैंने वह नक्शा हल कर दिया है। आज छप जाये, तो मुझे यह इनाम मिल जाये। अख़बारों के दफ्तर में अक्सर खुफिया पुलिस के आदमी आते-जाते रहते हैं। यही

भय है। नहीं, मैं ख़ुद चला जाता, लेकिन तुम नहीं जा रहे
हो, तो लाचार मुझे ही जाना पड़ेगा। बड़ी मेहनत से यह नक्शा हल किया है। सारी रात जागता रहा हूँ।'

देवीदीन ने चिंतित स्वर में कहा, 'तुम्हारा वहाँ जाना ठीक नहीं।'

रमा ने हैरान होकर पूछा, 'तो फिर? क्या डाक से भेज दूं?'

देवीदीन ने एक क्षण सोचकर कहा, 'नहीं, डाक से क्या भेजोगे। इधर-उधर हो जाये, तो तुम्हारी मेहनत व्यर्थ जाये। रजिस्ट्री कराओ, तो कहीं परसों पहुँचेगा। कल इतवार है। किसी और ने जवाब भेज दिया, तो इनाम वह मार ले जायेगा। यह भी तो हो सकता है कि अख़बार वाले धांधली कर बैठें और तुम्हारा जवाब अपने नाम से छापकर रूपया हजम कर लें।'

रमा ने दुविधा में पड़कर कहा, 'मैं ही चला जाऊंगा।'

'तुम्हें मैं न जाने दूंगा। कहीं फंस जाओ तो बस!'

'फंसंना तो एक दिन है ही। कब तक छिपा रहूंगा?'

'तो मरने के पहले ही क्यों रोना-पीटना हो, जब फंसोगे, तब देखी जाएगी। लाओ, मैं चला जाऊं। बुढ़िया से कोई बहाना कर दूंगा। अभी भेंट भी हो जाएगी। दफ्तर ही में रहते भी हैं। फिर घूमने-घामने चल देंगे, तो दस बजे से पहले न लौटेंगे।'

रमा ने डरते-डरते कहा, 'तो दस बजे बाद जाना, क्या हरज है।'

देवीदीन ने खड़े होकर कहा, 'तब तक कोई दूसरा काम आ गया, तो आज रह जाएगा। घंटे-भर में लौट आता हूँ। अभी बुढ़िया देर में आएगी।'

यह कहते हुए देवीदीन ने अपना काला कंबल ओढ़ा, रमा से लिफाफा लिया और चल दिया।

जग्गो साग-भाजी और फल लेने मंडी गई हुई थी। आधा घंटे में सिर पर एक टोकरी रखे और एक बड़ा-सा टोकरा मजूर के सिर पर रखवाए आई। पसीने से तर थी। आते ही बोली, 'कहाँ गए? ज़रा बोझा तो उतारो, गरदन टूट गई।'

रमा ने आगे बढ़कर टोकरी उतरवा ली। इतनी भारी थी कि संभाले न संभलती थी।

जग्गो ने पूछा, 'वह कहाँ गए हैं?'

रमा ने बहाना किया, 'मुझे तो नहीं मालूम, अभी इसी तरफ चले गए हैं।'

बुढ़िया ने मजूर के सिर का टोकरा उतरवाया और ज़मीन पर बैठकर एक टूटी-सी पंखिया झलती हुई बोली, 'चरस की चाट लगी होगी और क्या, मैं मर-मर कमाऊं और यह बैठे-बैठे मौज उड़ाये और चरस पीये।'

रमा जानता था, देवीदीन चरस पीता है, पर बुढ़िया को शांत करने के लिए बोला, 'क्या चरस पीते हैं? मैंने तो नहीं देखा!'

बुढ़िया ने पीठ की साड़ी हटाकर उसे पंखी की डंडी से खुजाते हुए कहा, 'इनसे कौन नसा छूटा है, चरस यह पीयें, गांजा यह पीयें, सराब इन्हें चाहिए, भांग इन्हें चाहिए, हाँ अभी तक अफ़ीम नहीं खाई, या राम जाने खाते हों, मैं कौन हरदम देखती रहती हूँ। मैं तो सोचती हूँ, कौन जाने आगे क्या हो, हाथ में चार पैसे होंगे, तो पराये भी अपने हो जायेंगे, पर इस भले आदमी को रत्ती-भर चिंता नहीं सताती। कभी तीरथ है, कभी कुछ, कभी कुछ, मेरा तो नाक पर उंगली रखकर नाक में दम आ गया। भगवान उठा ले जाते, तो यह कुसंग तो छूट जाती। तब याद करेंगे लाला! तब जग्गो कहाँ मिलेगी, जो कमा-कमाकर गुलछर्रे उड़ाने को दिया करेगी। तब रक्त के आँसू न रोयें, तो कह देना कोई कहता था। (मजूर से) 'कै पैसे हुए तेरे?'

मजूर ने बीड़ी जलाते हुए कहा, 'बोझा देख लो दाई, गरदन टूट गई!'

जग्गो ने निर्दय भाव से कहा, हाँ-हाँ, गरदन टूट गई! बड़ी सुकुमार है न? यह ले, कल फिर चले आना।'

मजूर ने कहा, 'यह तो बहुत कम है। मेरा पेट न भरेगा।'

जग्गो ने दो पैसे और थोड़े से आलू देकर उसे विदा किया और दुकान सजाने लगी। सहसा उसे हिसाब की याद आ गई। रमा से बोली, 'भैया, ज़रा आज का खरचा तो टांक दो। बाज़ार में जैसे आग लग गई है।' बुढ़िया छबबड़ियों में चीज़ें लगा-लगाकर रखती जाती थी और हिसाब भी लिखाती जाती थी। आलू, टमाटर, कद्दू, केले, पालक, सेम, संतरे, गोभी, सब चीज़ों का तौल और दर उसे याद था। रमा से दोबारा पढ़वाकर उसने सुना तब उसे संतोष हुआ। इन सब कामों से छुट्टी पाकर उसने अपनी चिलम भरी और मोढ़े पर बैठकर पीने लगी, लेकिन उसके अंदाज से मालूम होता था कि वह तंबाकू का रस लेने के लिए नहीं, दिल को जलाने के लिए पी रही है। एक क्षण के बाद बोली, 'दूसरी औरत होती तो घड़ी-भर इसके साथ निबाह न होता, घड़ी- भर, पहर रात से चक्की में जुत जाती हूँ और दस बजे रात तक दुकान पर बैठी सती होती रहती हूँ। खाते-पीते बारह बजते हैं तब जाकर चार पैसे दिखाई देते हैं, और जो कुछ कमाती हूँ, यह नसे में बरबाद कर देता है। सात कोठरी में छिपा के रखूं, पर इसकी निगाह पहुँच जाती है। निकाल लेता है। कभी एकाध चीज़-बस्त बनवा लेती हूँ, तो वह आँखों में गड़ने लगती है। तानों से छेदने लगता है। भाग में लड़कों का सुख भोगना नहीं बदा था, तो क्या करूं! छाती फाड़ के मर जाऊं? मांगे से मौत भी तो नहीं मिलती। सुख भोगना लिखा होता, तो जवान बेटे चल देते,और इस पियक्कड़ के हाथों मेरी यह सांसत होती! इसी ने सुदेसी के झगड़े

में पड़कर मेरे लालों की जान ली। आओ, इस कोठरी में भैया, तुम्हें मुग्दर की जोड़ी दिखाऊं। दोनों इस जोड़ी से पांच-पांच सौ हाथ उधरते थे।'

अंधेरी कोठरी में जाकर रमा ने मुग्दर की जोड़ी देखी। उस पर वार्निश थी, साफ-सुथरी मानो अभी किसी ने उधरकर रख दिया हो बुढिया ने सगर्व नजरों से देखकर कहा,लोग कहते थे कि यह जोड़ी महा ब्राह्मन को दे दे, तुझे देख-देख कलक होगा। मैंने कहा, यह जोड़ी मेरे लालों की जुफल जोड़ी है। यही मेरे दोनों लाल हैं। बुढ़िया या के प्रति आज रमा के ह्रदय में असीम श्रद्धा जाग्रत हुई। कितना पावन धैर्य है, कितनी विशाल वत्सलता, जिसने लकड़ी के इन दो टुकड़ों को जीवन प्रदान कर दिया है। रमा ने जग्गो को माया और लोभ में डूबी हुई, पैसे पर जान देने वाली, कोमल भावों से सर्वथा विहीन समझ रखा था। आज उसे विदित हुआ कि उसका ह्रदय कितना स्नेहमय, कितना कोमल, कितना मनस्वी है। बुढ़िया ने उसके मुँह की ओर देखा, तो न जाने क्यों उसका मात-ह्रदय उसे गले लगाने के लिए अधीर हो उठा। दोनों के ह्रदय प्रेम के सूत्र में बंध गए। एक ओर पुत्र-स्नेह था,दूसरी ओर मातृ-भक्ति। वह मालिन्य जो अब तक गुप्त भाव से दोनों को पृथक किए हुए था, आज एकाएक दूर हो गया। बुढ़िया ने कहा, 'मुँह-हाथ धो लिया है न बेटा, बड़े मीठे संतरे लाई हूँ, एक लेकर चखो तो।'

रमा ने संतरा खाते हुए कहा, 'आज से मैं तुम्हें अम्मा कहा करूंगा।'

बुढ़िया के शुष्क, ज्योतिहीन, ठंडे, कृपण नजरों से मोती के-से दो बिंदु निकल पड़े।

इतने में देवीदीन दबे पांव आकर खड़ा हो गया। बुढ़िया ने तड़पकर पूछा, 'यह इतने सबेरे किधर सवारी गई थी सरकार की?'

देवी ने सरलता से मुस्कराकर कहा, 'कहीं नहीं, ज़रा एक काम से चला गया था।'

'क्या काम था, ज़रा मैं भी तो सुनूं, या मेरे सुनने लायक नहीं है?'

'पेट में दरद था, ज़रा वैदजी के पास चूरन लेने गया था।'

'झूठे हो तुम, उड़ो उससे जो तुम्हें जानता न हो चरस की टोह में गए थे तुम।'

'नहीं, तेरे चरन छूकर कहता हूँ। तू झूठ-मूठ मुझे बदनाम करती है।'

'तो फिर कहाँ गए थे तुम?'

'बता तो दिया। रात खाना दो कौर ज्यादा खा गया था, सो पेट फूल गया,और मीठा-मीठा.'

'झूठ है, बिल्कुल झूठ! तुम चाहे झूठ बोलो, तुम्हारा मुँह साफ कहे देता है, यह बहाना है, चरस, गांजा, इसी टोह में गए थे तुम। मैं एक न मानूंगी। तुम्हें इस बुढ़ापे

में नसे की सूझती है, यहाँ मेरी मरन हुई जाती है। सबेरे के गए-गए नौ बजे लौटे हैं, जानो यहाँ कोई इनकी लौंडी है।'

देवीदीन ने एक झाड़ू लेकर दुकान में झाड़ू लगाना शुरू किया, पर बुढ़िया ने उसके हाथ से झाडू छीन लिया और पूछा, 'तुम अब तक थे कहाँ? जब तक यह न बताओगे, भीतर घुसने न दूंगी।

देवीदीन ने सिटपिटाकर कहा, 'क्या करोगी पूछकर, एक अख़बार के दफ्तर में तो गया था। जो चाहे कर ले।'

बुढ़िया ने माथा ठोंककर कहा, 'तुमने फिर वही लत पकड़ी? तुमने कान न पकडाथा कि अब कभी अख़बारों के नगीच न जाऊंगा। बोलो, यही मुँह था कि कोई और!'

'तू बात तो समझती नहीं, बस बिगड़ने लगती है।'

'ख़ूब समझती हूँ। अख़बार वाले दंगा मचाते हैं और ग़रीबों को जेहल ले जाते हैं। आज बीस साल से देख रही हूँ। वहाँ जो आता-जाता है, पकड़ लिया जाता है। तलासी तो आये दिन हुआ करती है। क्या बुढ़ापे में जेहल की रोटियाँ तोड़ोगे?'

देवीदीन ने एक लिफाफा रमानाथ को देकर कहा, 'यह रूपये हैं भैया, गिन लो। देख, यह रूपये वसूल करने गया था। जी न मानता हो, तो आधे ले ले!'

बुढ़िया ने आँखें गाड़कर कहा, 'अच्छा! तो तुम अपने साथ इस बेचारे को भी डुबाना चाहते हो, तुम्हारे रूपये में आग लगा दूंगी। तुम रूपये मत लेना, भैया! जान से हाथ धोओगे। अब सेंत-मेंत आदमी नहीं मिलते, तो सब लालच दिखाकर लोगों को फंसाते हैं। बाज़ार में पहरा दिलावेंगे, अदालत में गवाही करावेंगे! फेंक दो उसके रूपये, जितने रूपये चाहो, मुझसे ले जाओ।'

जब रमानाथ ने सारा वृत्तांत कहा, तो बुढ़िया का चित्त शांत हुआ। तनी हुई भवें ढीली पड़ गई, कठोर मुद्रा नर्म हो गई। मेघ-पट को हटाकर नीला आकाश हँस पड़ा। विनोद करके बोली, 'इसमें से मेरे लिए क्या लाओगे, बेटा?'

रमा ने लिफाफा उसके सामने रखकर कहा, 'तुम्हारे तो सभी हैं, अम्मा! मैं रूपये लेकर क्या करूंगा?'

'घर क्यों नहीं भेज देते। इतने दिन आए हो गए, कुछ भेजा नहीं।'

'मेरा घर यही है, अम्मा! कोई दूसरा घर नहीं है।'

बुढ़िया का मातृत्व वंचित ह्रदय गद्‌गद हो उठा। इस मात!-भक्ति के लिए कितने दिनों से उसकी आत्मा तड़प रही थी। इस कृपण ह्रदय में जितना प्रेम संचित हो रहा था, वह सब माता के स्तन में एकत्र होने वाले दूध की भांति बाहर निकलने के लिए आतुर हो गया। उसने नोटों को गिनकर कहा,'पचास हैं, बेटा! पचास मुझसे

और ले लो। चाय का पतीला रखा हुआ है। चाय की दुकान खोल दो। यहीं एक तरफ चारपांच मोढ़े और मेज़ रख लेना। दो-दो घंटे सांझ-सवेरे बैठ जाओगे तो गुज़र भर को मिल जायगा। हमारे जितने गाहक आवेंगे, उनमें से कितने ही चाय भी पी लेंगे।'

देवीदीन बोला, 'तब चरस के पैसे मैं इस दुकान से लिया करूंगा!'

बुढ़िया ने विहंसित और पुलकित नजरों से देखकर कहा, 'कौड़ी-कौड़ी का हिसाब लूंगी। इस उधर में न रहना।'

रमा अपने कमरे में गया, तो उसका मन बहुत प्रसन्न था। आज उसे कुछ वही आनंद मिल रहा था, जो अपने घर भी कभी न मिला था। घर पर जो स्नेह मिलता था, वह उसे मिलना ही चाहिए था। यहाँ जो स्नेह मिला, वह मानो आकाश से टपका था। उसने स्नान किया, माथे पर तिलक लगाया और पूजा का स्वांग भरने बैठा कि बुढ़िया आकर बोली, बेटा, तुम्हें रसोई बनाने में बड़ी तकलीफ होती है। मैंने एक ब्राह्मनी ठीक कर दी है। बेचारी बड़ी ग़रीब है। तुम्हारा भोजन बना दिया करेगी। उसके हाथ का तो तुम खा लोगे, नेम-करम से रहती है बेटा,ऐसी बात नहीं है। मुझसे रूपये-पैसे उधार ले जाती है। इसी से राजी हो गई है।'

उन वृद्ध आँखों से प्रगाढ़, अखंड मातृत्व झलक रहा था, कितना विशुद्ध, पवित्र! ऊंच-नीच और जाति-मर्यादा का विचार आप ही आप मिट गया। बोला,'जब तुम मेरी माता हो गई तो फिर काहे का छूत-विचार! मैं तुम्हारे ही हाथ का खाऊंगा। '

बुढ़िया ने जीभ दांतों से दबाकर कहा, 'अरे नहीं बेटा! मैं तुम्हारा धरम न लूंगी, कहाँ तुम ब्राह्मण और कहाँ हम खटिक ऐसा कहीं हुआ है।'

'मैं तो तुम्हारी रसोई में खाऊंगा। जब माँ-बाप खटिक हैं, तो बेटा भी खटिक है। जिसकी आत्मा बड़ी हो, वही ब्राह्मण है।'

'और जो तुम्हारे घरवाले सुनें तो क्या कहें! '

'मुझे किसी के कहने-सुनने की चिंता नहीं है, अम्मा! आदमी पाप से नीच होता है, खाने-पीने से नीच नहीं होता। प्रेम से जो भोजन मिलता है, वह पवित्र होता है। उसे तो देवता भी खाते हैं।'

बुढ़िया के हृदय में भी जाति-गौरव का भाव उदय हुआ। बोली, 'बेटा, खटिक कोई नीच जात नहीं है। हम लोग ब्राह्मण के हाथ का भी नहीं खाते। कहार का पानी तक नहीं पीते। मांस-मछरी हाथ से नहीं छूते, कोई-कोई सराब पीते हैं, मुदा लुक-छिपकर। इसने किसी को नहीं छोड़ा, बेटा! बड़े-बडे तिलकधारी गटाफट पीते हैं। लेकिन मेरी रोटियाँ तुम्हें अच्छी नहीं लगेंगी?'

रमा ने मुस्कराकर कहा, 'प्रेम की रोटियों में अमृत रहता है, अम्मा! चाहे गेहूं की हों या बाजरे की।' बुढ़िया यहाँ से चली, तो मानो अंचल में आनंद की निधि भरे हो।

जब से रमा चला गया था, रतन को जालपा के विषय में बड़ी चिंता हो गई थी। वह किसी बहाने से उसकी मदद करते रहना चाहती थी। इसके साथ ही यह भी चाहती थी कि जालपा किसी तरह ताड़ने न पाए। अगर कुछ रूपया ख़र्च करके भी रमा का पता चल सकता, तो वह सहर्ष ख़र्च कर देती। जालपा की वह रोती हुई आंख देखकर उसका हृदय मसोस उठता था। वह उसे प्रसन्नमुख देखना चाहती थी। अपने अंधेरे, रोने घर से ऊबकर वह जालपा के घर चली जाया करती थी। वहां घड़ी-भर हँस-बोल लेने से उसका चित्त प्रसन्न हो जाता था। अब वहाँ भी वही नहूसत छा गई। यहाँ आकर उसे अनुभव होता था कि मैं भी संसार में हूँ, उस संसार में जहाँ जीवन है, लालसा है, प्रेम है, विनोद है। उसका अपना जीवन तो व्रत की वेदी पर अर्पित हो गया था। वह तन-मन से उस व्रत का पालन करती थी, पर शिवलिंग के ऊपर रखे हुए घट में क्या वह प्रवाह है, तरंग है, नाद है, जो सरिता में है? वह शिव के मस्तक को शीतल करता रहे, यही उसका काम है, लेकिन क्या उसमें सरिता के प्रवाह और तरंग और नाद का लोप नहीं हो गया है?

इसमें संदेह नहीं कि नगर के प्रतिष्ठित और संपन्न घरों से रतन का परिचय था, लेकिन जहां प्रतिष्ठा थी, वहाँ तकल्लुग था, दिखावा था, ईर्ष्या थी,निंदा थी। क्लब के संसर्ग से भी उसे अरूचि हो गई थी। वहां विनोद अवश्य था, क्रीडा अवश्य थी,, किंतु पुरूषों के आतुर नो भी थे, विकल हृदय भी,उन्मत्त शब्द भी। जालपा के घर अगर वह शान न थी, वह दौलत न थी, तो वह दिखावा भी न था, वहईर्ष्याभी न थी। रमा जवान था, रूपवान था,चाहे रसिक भी हो, पर रतन को अभी तक उसके विषय में संदेह करने का कोई अवसर न मिला था, और जालपा जैसी सुंदरी के रहते हुए उसकी संभावना भी न थी। जीवन के बाज़ार में और सभी दुकानदारों की कुटिलता और जट्टूपन से तंग आकर उसने इस छोटी-सी दूकान का आश्रय लिया था, किंतु यह दूकान भी टूट गई। अब वह जीवन की सामग्रियां कहां बेसाहेगी, सच्चा माल कहां पावेगी?

एक दिन वह ग्रामोफोन लाई और शाम तक बजाती रही। दूसरे दिन ताजे मेवों की एक कटोरी लाकर रख गई। जब आती तो कोई सौगात लिये आती। अब तक वह जागेश्वरी से बहुत कम मिलती थी, पर अब बहुधा उसके पास आ बैठती और

इधर-उधर की बातें करती। कभी-कभी उसके सिर में तेल डालती और बाल गूंथती। गोपी और विश्वम्भर से भी अब स्नेह हो गया। कभीकभी दोनों को मोटर पर घुमाने ले जाती। स्यल से आते ही दोनों उसके बंगले पर पहुँच जाते और कई लड़कों के साथ वहां खेलते। उनके रोने-चिल्लाने और झगड़ने में रतन को हार्दिक आनंद प्राप्त होता था। वकील साहब को भी अब रमा के घरवालों से कुछ आत्मीयता हो गई थी। बार-बार पूछते रहते थे, 'रमा बाबू का कोई ख़त आया- कुछ पता लगा? उन लोगों को कोई तकलीफ तो नहीं है?'

एक दिन रतन आई, तो चेहरा उतरा हुआ था। आंखें भारी हो रही थीं। जालपा ने पूछा, 'आज जी अच्छा नहीं है क्या?' रतन ने कुंठित स्वर में कहा,'जी तो अच्छा है, पर रात-भर जागना पड़ा।

रात से उन्हें बड़ा कष्ट है। जाड़ों में उनको दमे का दौरा हो जाता है। बेचारे जाड़ों-भर एमलशन और सनाटोजन और न जाने कौन-कौन से रस खाते रहते हैं, पर यह रोग गला नहीं छोड़ता। कलकत्ता में एक नामी वैद्य हैं। अबकी उन्हीं से इलाज कराने का इरादा है। कल चली जाऊंगी। मुझे ले तो नहीं जाना चाहते, कहते हैं, वहां बहुत कष्ट होगा, लेकिन मेरा जी नहीं मानता। कोई बोलने वाला तो होना चाहिए। वहां दो बार हो आई हूँ, और जब-जब गई हूँ, बीमार हो गई हूँ।

मुझे वहाँ ज़रा भी अच्छा नहीं लगता, लेकिन अपने आराम को देखूं या उनकी बीमारी को देखूं। बहन कभी-कभी ऐसा जी ऊब जाता है कि थोड़ी-सी संखिया खाकर सो रहूं। विधाता से इतना भी नहीं देखा जाता। अगर कोई मेरा सर्वस्व लेकर भी इन्हें अच्छा कर दे, कि इस बीमारी की जड़ टूट जावे,तो मैं ख़ुशी से दे दूंगी।'

जालपा ने सशंक होकर कहा,'यहाँ किसी वैद्य को नहीं बुलाया?'

'यहां के वैद्यों को देख चुकी हूँ, बहन! वैद्य -डारुक्टर सबको देख चुकी!'

'तो कब तक आओगी?'

'कुछ ठीक नहीं। उनकी बीमारी पर है। एक सप्ताह में आ जाऊं, महीने -दो महीने लग जायं, क्या ठीक है, मगर जब तक बीमारी की जड़ न टूट जायगी, न आऊंगी।'

विधि अंतरिक्ष में बैठी हँस रही थी। जालपा मन में मुस्कराई। जिस बीमारी की जड़ जवानी में न टूटी, बुढ़ापे में क्या टूटेगी, लेकिन इस सदिच्छा से सहानुभूति न रखना असंभव था। बोली, 'ईश्वर चाहेंगे, तो वह वहाँ से जल्द अच्छे होकर लौटेंगे, बहन!'

'तुम भी चलतीं तो बड़ा आनंद आता।'

जालपा ने करूण भाव से कहा, 'क्या चलूं बहन, जाने भी पाऊं। यहाँ दिन-भर यह आशा लगी रहती है कि कोई ख़बर मिलेगी। वहाँ मेरा जी और घबड़ाया करेगा। '

'मेरा दिल तो कहता है कि बाबूजी कलकत्ता में हैं।'

'तो ज़रा इधर-उधर खोजना। अगर कहीं पता मिले तो मुझे तुरंत ख़बर देना।'

'यह तुम्हारे कहने की बात नहीं है, जालपा।'

'यह मुझे मालूम है। ख़त तो बराबर भेजती रहोगी?'

'हां अवश्य, रोज़ नहीं तो अंतरे दिन जरूर लिखा करूंगी, मगर तुम भी जवाब देना।'

जालपा पान बनाने लगी। रतन उसके मुँह की ओर अपेक्षा के भाव से ताकती रही, मानो कुछ कहना चाहती है और संकोचवश नहीं कह सकती। जालपा ने पान देते समय उसके मन का भाव ताड़कर कहा, 'क्या है ।हन, क्या कह रही हो?

रतन-'कुछ नहीं, मेरे पास कुछ रूपये हैं, तुम रख लो। मेरे पास रहेंगे, तो ख़र्च हो जायेंगे।

जालपा ने मुस्कराकर आपत्ति की, 'और जो मुझसे ख़र्च हो जाये?'

रतन ने पफुल्ल मन से कहा, 'तुम्हारे ही तो हैं बहन, किसी ग़ैर के तो नहीं हैं।'

जालपा विचारों में डूबी हुई ज़मीन की तरफ ताकती रही। कुछ जवाब न दिया। रतन ने शिकवे के अंदाज से कहा, 'तुमने कुछ जवाब नहीं दिया बहन,मेरी समझ में नहीं आता, तुम मुझसे खिंची क्यों रहती हो मैं चाहती हूँ, हममें और तुममें ज़रा भी अंतर न रहे, लेकिन तुम मुझसे दूर भागती हो, अगर मान लो मेरे सौ-पचास रूपये तुम्हीं से ख़र्च हो गए, तो क्या हुआ। बहनों में तो ऐसा कौड़ी-कौड़ी का हिसाब नहीं होता।'

जालपा ने गंभीर होकर कहा, 'कुछ कहूं, बुरा तो न मानोगी?'

'बुरा मानने की बात होगी तो जरूर बुरा मानूंगी।'

'मैं तुम्हारा दिल दुखाने के लिए नहीं कहती। संभव है, तुम्हें बुरी लगे। तुम अपने मन में सोचो, तुम्हारे इस बहनापे में दया का भाव मिला हुआ है या नहीं? तुम मेरी ग़रीबी पर तरस खाकर—'

रतन ने लपककर दोनों हाथों से उसका मुँह बंद कर दिया और बोली, 'बस अब रहने दो। तुम चाहे जो ख़याल करो, मगर यह भाव कभी मेरे मन में न था और न हो सकता है। मैं तो जानती हूँ, अगर मुझे भूख लगी हो, तो मैं निस्संकोच होकर तुमसे कह दूंगी, बहन, मुझे कुछ खाने को दो, भूखी हूँ।'

जालपा ने उसी निर्ममता से कहा, 'इस समय तुम ऐसा कह सकती हो, तुम जानती

हो कि किसी दूसरे समय तुम पूरियों या रोटियों के बदले मेवे खिला सकती हो, लेकिन ईश्वर न करे कोई ऐसा समय आए जब तुम्हारे घर में रोटी का टुकडान हो, तो शायद तुम इतनी निस्संकोच न हो सको।'

रतन ने दृढ़ता से कहा, 'मुझे उस दशा में भी तुमसे मांगने में संकोच न होगा। मैत्री परिस्थितियों का विचार नहीं करती। अगर यह विचार बना रहे,तो समझ लो मैत्री नहीं है। ऐसी बातें करके तुम मेरा द्वार बंद कर रही हो मैंने मन में समझा था, तुम्हारे साथ जीवन के दिन काट दूंगी, लेकिन तुम अभी से चेतावनी दिए देती हो अभागों को प्रेम की भिक्षा भी नहीं मिलती। यह कहते-कहते रतन की आँखें सजल हो गई। जालपा अपने को दुखिनी समझ रही थी और दुखी जनों को निर्मम सत्य कहने की स्वाधीनता होती है। लेकिन रतन की मनोव्यथा उसकी व्यथा से कहीं विदारक थी। जालपा के पति के लौट आने की अब भी आशा थी। वह जवान है, उसके आते ही जालपा को ये बुरे दिन भूल जायेंगे। उसकी आशाओं का सूर्य फिर उदय होगा। उसकी इच्छायें फिर फले-फूलेंगी। भविष्य अपनी सारी आशाओं और आकांक्षाओं के साथ उसके सामने था,विशाल, उज्ज्वल, रमणीकब रतन का भविष्य क्या था? कुछ नहीं, शून्य, अंधकार!

जालपा आँखें पोंछकर उठ खड़ी हुई। बोली, 'पत्रों के जवाब देती रहना। रूपये देती जाओ।'

रतन ने पर्स से नोटों का एक बंडल निकालकर उसके सामने रख दिया, पर उसके चेहरे पर प्रसन्नता न थी। जालपा ने सरल भाव से कहा, 'क्या बुरा मान गई।'

रतन ने रूठे हुए शब्दों में कहा, 'बुरा मानकर तुम्हारा क्या कर लूंगी।'

जालपा ने उसके गले में बांहें डाल दीं। अनुराग से उसका हृदय गदगद हो गया। रतन से उसे इतना प्रेम कभी न हुआ था। वह उससे अब तक खिंचती थी,ईर्ष्याकरती थी। आज उसे रतन का असली रूप दिखाई दिया। यह सचमुच अभागिनी है और मुझसे बढ़कर। एक क्षण बाद, रतन आँखों में आँसू और हँसी एक साथ भरे विदा हो गई।

कलकत्ता में वकील साहब ने ठरहने का पहले ही इंतज़ाम कर लिया था। कोई कष्ट न हुआ। रतन ने महराज और टीमल कहार को साथ ले लिया था। दोनों वकील साहब के पुराने नौकर थे और घर के-से आदमी हो गए थे। शहर के बाहर एक बंगला था। उसके तीन कमरे मिल गए। इससे ज्यादा जगह की वहां जरूरत भी न

थी। हाते में तरह-तरह के फल-पौधो लगे हुए थे। स्थान बहुत सुंदर मालूम होता था। पास-पड़ोस में और कितने ही बंगले थे। शहर के लोग उधर हवाखोरी के लिए जाया करते थे और हरे होकर लौटते थे, पर रतन को वह जगह फाड़े खाती थी। बीमार के साथ वाले भी बीमार होते हैं। उदासों के लिए स्वर्ग भी उदास है। सगष्र ने वकील साहब को और भी शिथिल कर दिया था। दो-तीन दिन तो उनकी दशा उससे भी ख़राब रही, जैसी प्रयाग में थी, लेकिन दवा शुरू होने के दो-तीन दिन बाद वह कुछ संभलने लगे। रतन सुबह से आधी रात तक उनके पास ही कुर्सी डाले बैठी रहती। स्नान-भोजन की भी सुधि न रहती। वकील साहब चाहते थे कि यह यहां से हट जाय तो दिल खोलकर कराहें। उसे तस्कीन देने के लिए वह अपनी दशा को छिपाने की चेष्टा करते रहते थे। वह पूछती, आज कैसी तबीयत है? तो वह फीकी मुस्कराहट के साथ कहते, 'आज तो जी बहुत हल्का मालूम होता है।' बेचारे सारी रात करवटें बदलकर काटते थे, पर रतन पूछती, 'रात नींद आई थी?' तो कहते, 'हाँ, खूब सोया।'रतन पथ्य सामने ले जाती, तो अरूचि होने पर भी खा लेते। रतन समझती, अब यह अच्छे हो रहे हैं। कविराज जी से भी वह यही समाचार कहती। वह भी अपने उपचार की सफलता पर प्रसन्न थे। एक दिन वकील साहब ने रतन से कहा, 'मुझे डर है कि मुझे अच्छा होकर तुम्हारी दवा न करनी पड़े।'

रतन ने प्रसन्न होकर कहा, 'इससे बढ़कर क्या बात होगी। मैं तो ईश्वर से मनाती हूं कि तुम्हारी बीमारी मुझे दे दें। 'शाम को घूम आया करो। अगर बीमार पड़ने की इच्छा हो, तो मेरे अच्छे हो जाने पर पड़ना।'

'कहाँ जाऊं, मेरा तो कहीं जाने को जी ही नहीं चाहता। मुझे यहीं सबसे अच्छा लगता है।'

वकील साहब को एकाएक रमानाथ का ख़याल आ गया। बोले, 'ज़रा शहर के पार्कों में घूम-घाम कर देखो, शायद रमानाथ का पता चल जाय। रतन को अपना वादा याद आ गया। रमा को पा जाने की आनंदमय आशा ने एक क्षण के लिए उसे चंचल कर दिया। कहीं वह पार्क में बैठे मिल जाएं, तो पूछूं कहिए बाबूजी, अब कहां भागकर जाइएगा? इस कल्पना से उसकी मुद्रा खिल उठी। बोली, 'जालपा से मैंने वादा तो किया था कि पता लगाऊंगी,पर यहाँ आकर भूल गई।'

वकील साहब ने साग्रह कहा, 'आज चली जाओ। आज क्या, शाम को रोज़ घंटे-भर के लिए निकल जाया करो।'

रतन ने चिंतित होकर कहा, 'लेकिन चिंता तो लगी रहेगी।'

वकील साहब ने मुस्कराकर कहा, 'मेरी? मैं तो अच्छा हो रहा हूँ।'

रतन ने संदिग्ध भाव से कहा, 'अच्छा, चली जाऊंगी।'

रतन को कल से वकील साहब के आश्वासन पर कुछ संदेह होने लगा था। उनकी चेष्टा से अच्छे होने का कोई लक्षण उसे न दिखाई देता था। इनका चेहरा क्यों दिन-दिन पीला पड़ता जाता है! इनकी आँखें क्यों हरदम बंद रहती हैं! देह क्यों दिन-दिन घुलती जाती है! महराज और कहार से वह यह शंका न कह सकती थी। कविराज से पूछते उसे संकोच होता था। अगर कहीं रमा मिल जाते, तो उनसे पूछती। वह इतने दिनों से यहां हैं, किसी दूसरे डाक्टर को दिखाती। इन कविराज जी से उसे कुछ-कुछ निराशा हो चली थी। जब रतन चली गई, तो वकील साहब ने टीमल से कहा, 'मुझे ज़रा उठाकर बिठा दो,टीमल, पड़े-पड़े कमर सीधी हो गई। एक प्याली चाय पिला दो। कई दिन हो गए, चाय की सूरत नहीं देखी। यह पथ्य मुझे मारे डालता है। दूध देखकर ज्वर चढ़ आता है, पर उनकी ख़ातिर से पी लेता हूँ! मुझे तो इन कविराज की दवा से कोई फायदा नहीं मालूम होता। तुम्हें क्या मालूम होता है?'

टीमल ने वकील साहब को तकिए के सहारे बैठाकर कहा, 'बाबूजी सो देख लेव, यह तो मैं पहले ही कहने वाला था। सो देख लेव, बहूजी के डर के मारे नहीं कहता था।'

वकील साहब ने कई मिनट चुप रहने के बाद कहा, 'मैं मौत से डरता नहीं, टीमल! बिलकुल नहीं। मुझे स्वर्ग और नरक पर बिलकुल विश्वास नहीं है। अगर संस्कारों के अनुसार आदमी को जन्म लेना पड़ता है, तो मुझे विश्वास है, मेरा जन्म किसी अच्छे घर में होगा। फिर भी मरने को जी नहीं चाहता। सोचता हूँ, मर गया तो क्या होगा।'

टीमल ने कहा, 'बाबूजी सो देख लेव, आप ऐसी बातें न करें। भगवान चाहेंगे, तो आप अच्छे हो जाएंगे। किसी दूसरे डाक्टर को बुलाऊं- आप लोग तो अंगरेज़ी पढ़े हैं, सो देख लेव, कुछ मानते ही नहीं, मुझे तो कुछ और ही संदेह हो रहा है। कभी-कभी गंवारों की भी सुन लिया करो। सो देख लेव,आप मानो चाहे न मानो, मैं तो एक सयाने को लाऊंगा। बंगाल के ओझे-सयाने मसहूर हैं।'

वकील साहब ने मुँह उधर लिया। प्रेत-बाधा का वह हमेशा मज़ाक उडाया करते थे। कई ओझों को पीट चुके थे। उनका ख़याल था कि यह प्रवंचना है, ढोंग है, लेकिन इस वक्त उनमें इतनी शक्ति भी न थी कि टीमल के इस प्रस्ताव का विरोध करते। मुँह उधर लिया।

महराज ने चाय लाकर कहा, 'सरकार, चाय लाया हूँ।'

वकील साहब ने चाय के प्याले को क्षुधित नजरों से देखकर कहा, 'ले जाओ, अब न पीऊंगा। उन्हें मालूम होगा, तो दुखी होंगी। क्यों महराज, जब से मैं आया हूँ,

मेरा चेहरा कुछ हरा हुआ है?'

महराज ने टीमल की ओर देखा। वह हमेशा दूसरों की राय देखकर राय दिया करते थे। ख़ुद सोचने की शक्ति उनमें न थी। अगर टीमल ने कहाँ है,आप अच्छे हो रहे हैं, तो वह भी इसका समर्थन करेंगे। टीमल ने इसके विरुद्ध कहा है, तो उन्हें भी इसके विरुद्ध ही कहना चाहिए। टीमल ने उनके असमंजस को भांपकर कहा, 'हरा क्यों नहीं हुआ है, हाँ, जितना होना चाहिए उतना नहीं हुआ।'

महराज बोले, 'हां, कुछ हरा जरूर हुआ है, मुदा बहुत कम।'

वकील साहब ने कुछ जवाब नहीं दिया। दो-चार वाक्य बोलने के बाद वह शिथिल हो जाते थे और दस-पांच मिनट शांत अचेत पड़े रहते थे। कदाचित उन्हें अपनी दशा का यथार्थ ज्ञान हो चुका था। उसके मुख पर, बुद्धि पर, मस्तिष्क पर मृत्युकी छाया पड़ने लगी थी। अगर कुछ आशा थी,तो इतनी ही कि शायद मन की दुर्बलता से उन्हें अपनी दशा इतनी हीन मालूम होती हो उनका दम अब पहले से ज्यादा फलने लगा था। कभी-कभी तो ऊपर की सांस ऊपर ही रह जाती थी। जान पड़ता था, बस अब प्राण निकला। भीषण प्राण-वेदना होने लगती थी। कौन जाने, कब यही अवरोध एक क्षण और बढ़कर जीवन का अंत कर दे।

सामने उद्यान में चांदनी द्दहरे की चादर ओढ़े, ज़मीन पर पड़ी सिसक रही थी। फल और पौधो मलिन मुख, सिर झुकाए, आशा और भय से विकल हो-होकर मानो उसके वक्ष पर हाथ रखते थे, उसकी शीतल देह को स्पर्श करते थे और आंसू की दो बूंदें गिराकर फिर उसी भांति देखने लगते थे। सहसा वकील साहब ने आंखन खोलीं। आंखों के दोनों कोनों में आँसू की बूंदें मचल रही थीं।
क्षीण स्वर में बोले, 'टीमल! क्या सिद्धू आए थे?'

फिर इस प्रश्न पर आप ही लज्जित हो मुस्कराते हुए बोले, 'मुझे ऐसा मालूम हुआ, जैसे सिद्धू आए हों।'

फिर गहरी सांस लेकर चुप हो गए, और आंखें बंद कर लीं। सिद्धू उस बेटे का नाम था, जो जवान होकर मर गया था। इस समय वकील साहब को बराबर उसी की याद आ रही थी। कभी उसका बालपन सामने आ जाता, कभी उसका मरना आगे दिखाई देने लगता,कितने स्पष्ट, कितने सजीव चित्र थे। उनकी स्मृति कभी इतनी मूर्तिमान, इतनी चित्रमय न थी। कई मिनट के बाद उन्होंने फिर आंखें खोलीं और इधर-उधर खोई हुई आंखों से देखा। उन्हें अभी ऐसा जान पड़ता था कि मेरी माता आकर पूछ रही हैं, 'बेटा, तुम्हारा जी कैसा है?'

सहसा उन्होंने टीमल से कहा, 'यहां आओ। किसी वकील को बुला लाओ, जल्दी जाओ, नहीं वह घूमकर आती होंगी।'

इतने में मोटर का हार्न सुनाई दिया और एक पल में रतन आ पहुंची। वकील को बुलाने की बात उड़ गई। वकील साहब ने प्रसन्न-मुख होकर पूछा, 'कहाँ?कहाँ गई?कुछ उसका पता मिला?'

रतन ने उनके माथे पर हाथ रखते हुए कहा, 'कई जगह देखा। कहीं न दिखाई दिए। इतने बडे शहर में सड़कों का पता तो जल्दी चलता नहीं, वह भला क्या मिलेंगे। दवा खाने का समय तो आ गया न?'

वकील साहब ने दबी ज़बान से कहा, 'लाओ, खा लूं।'

रतन ने दवा निकाली और उन्हें उठाकर पिलाई। इस समय वह न जानेक्यों कुछ भयभीत-सी हो रही थी। एक अस्पष्ट, अज्ञात शंका उसके हृदय को दबाए हुए थी। एकाएक उसने कहा, 'उन लोगों में से किसी को तार दे दूं?'

वकील साहब ने प्रश्न की आँखों से देखा। फिर आप ही आप उसका आशय समझकर बोले, 'नहीं-नहीं, किसी को बुलाने की जरूरत नहीं। मैं अच्छा हो रहा हूँ।'

फिर एक क्षण के बाद सावधान होने की चेष्टा करके बोले, 'मैं चाहता हूँ कि अपनी वसीयत लिखवा दूं।'

जैसे एक शीतल, तीव्र बाण रतन के पैर से घुसकर सिर से निकल गया। मानो उसकी देह के सारे बंधन खुल गए, सारे अवयव बिखर गए, उसके मस्तिष्क के सारे परमाणु हवा में उड़ गए। मानो नीचे से धारती निकल गई, ऊपर से आकाश निकल गया और अब वह निराधार, निस्पंद, निर्जीव खड़ी है। अवरूद्ध, अश्रुकंपित कंठ से बोली-घर से किसी को बुलाऊं? यहां किससे सलाह ली जाए? कोई भी तो अपना नहीं है।

'अपनों' के लिए इस समय रतन अधीर हो रही थी। कोई भी तो अपना होता, जिस पर वह विश्वास कर सकती, जिससे सलाह ले सकती। घर के लोग आ जाते, तो दौड़-धूप करके किसी दूसरे डाक्टर को बुलाते। वह अकेली क्या? क्या करे-आख़िर भाई-बंद और किस दिन काम आवेंगे। संकट में ही अपने काम आते हैं। फिर यह क्यों कहते हैं कि किसी को मत बुलाओ!

वसीयत की बात फिर उसे याद आ गई! यह विचार क्यों इनके मन में आया? वैद्य जी ने कुछ कहा तो नहीं? क्या होने वाला है, भगवान! यह शब्द अपने सारे संसर्गो के साथ उसके हृदय को विदीर्ण करने लगा। चिल्ला-चिल्लाकर रोने के लिए उसका मन विकल हो उठा। अपनी माता याद आई। उसके आँचल में मुँह छिपाकर रोने की आकांक्षा उसके मन में उत्पन्न हुई। उस स्नेहमय आँचल में रोकर उसकी बाल-आत्मा को कितना संतोष होता था। कितनी जल्द उसकी सारी मनोव्यथा शांत हो जाती थी। आह! यह आधार भी अब नहीं। महराज ने आकर कहा, 'सरकार,

भोजन तैयार है। थाली परसूं?'

रतन ने उसकी ओर कठोर नजरों से देखा। वह बिना जवाब की अपेक्षा किए चुपके-से चला गया।

मगर एक ही क्षण में रतन को महराज पर दया आ गई। उसने कौन-सी बुराई की जो भोजन के लिए पूछने आया। भोजन भी ऐसी चीज़ है, जिसे कोई छोड़ सके! वह रसोई में जाकर महराज से बोली, 'तुम लोग खा लो, महराज! मुझे आज भूख नहीं लगी है।'

महराज ने आग्रह किया, 'दो ही फुलके खा लीजिए, सरकार!'

रतन ठिठक गई। महराज के आग्रह में इतनी सहृदयता, इतनी संवेदना भरी हुई थी कि रतन को एक प्रकार की सांत्वना का अनुभव हुआ। यहां कोई अपना नहीं है, यह सोचने में उसे अपनी भूल प्रतीत हुई। महराज ने अब तक रतन को कठोर स्वामिनी के रूप में देखा था। वही स्वामिनी आज उसके सामने खड़ी मानो सहानुभूति की भिक्षा मांग रही थी। उसकी सारी सदवृत्तियां उमड़ उठीं।

रतन को उसके दुर्बल मुख पर अनुराग का तेज़ नज़र आया। उसने पूछा, 'क्यों महराज, बाबूजी को इस कविराज की दवा से कोई लाभ हो रहा है?'

महराज ने डरते-डरते वही शब्द दुहरा दिए, जो आज वकील साहब से कहे थे,कुछ-कुछतो हो रहा है, लेकिन जितना होना चाहिए उतना नहीं।

रतन ने अविश्वास के अंदाज से देखकर कहा,तुम भी मुझे धोखा देते हो, महराज!

महराज की आँखें डबडबा गईं। बोले, 'भगवान सब अच्छा ही करेंगे बहूजी, घबडाने से क्या होगा। अपना तो कोई बस नहीं है।'

रतन ने पूछा, 'यहाँ कोई ज्योतिषी न मिलेगा? ज़रा उससे पूछते। कुछ पूजापाठ भी करा लेने से अच्छा होता है।'

महराज ने तुष्टि के भाव से कहा, 'यह तो मैं पहले ही कहने वाला था, बहूजी! लेकिन बाबूजी का मिजाज तो जानती हो इन बातों से वह कितना बिगड़ते हैं।'

रतन ने दृढ़ता से कहा, 'सबेरे किसी को जरूर बुला लाना।'

'सरकार चिढ़ेंगे!'

'मैं तो कहती हूँ।'

यह कहती हुई वह कमरे में आई और रोशनी के सामने बैठकर जालपा को पत्र लिखने लगी,

'बहन, नहीं कह सकती, क्या होने वाला है। आज मुझे मालूम हुआ है कि मैं अब तक मीठे भ्रम में पड़ी हुई थी। बाबूजी अब तक मुझसे अपनी दशा छिपाते थे,

मगर आज यह बात उनके काबू से बाहर हो गई। तुमसे क्या कहूं, आज वह वसीयत लिखने की चर्चा कर रहे थे। मैंने ही टाला। दिल घबडा रहा है ।हन, जी चाहता है, थोड़ी-सी संखिया खाकर सो रहूं। विधाता को संसार दयालु, कृपालु, दीन?बंधु और जाने कौन?कौन?सी उपाधियां देता है। मैं कहती हूँ, उससे निर्दयी, निर्मम, निष्ठुर कोई शत्रु भी नहीं हो सकता पूर्वजन्म का संस्कार केवल मन को समझाने की चीज़ है। जिस दंड का हेतु ही हमें न मालूम हो, उस दंड का मूल्य ही क्या! वह तो ज़बर्दस्त की लाठी है, जो आघात करने के लिए कोई कारण गढ़लेती है। इस अंधेरे, निर्जन, कांटों से भरे हुए जीवन-मार्ग में मुझे केवल एक टिमटिमाता हुआ दीपक मिला था। मैं उसे अंचल में छिपाए, विधि को धन्यवाद देती हुई, गाती चली जाती थी, पर वह दीपक भी मुझसे छीना जा रहा है। इस अंधकार में मैं कहां जाऊंगी, कौन मेरा रोना सुनेगा,कौन मेरी बांह पकड़ेगा। बहन, मुझे क्षमा करना। मुझे बाबूजी का पता लगाने का अवकाश नहीं मिला। आज कई पार्कों का चक्कर लगा आई, पर कहीं पता नहीं चला। कुछ अवसर मिला तो फिर जाऊंगी।

'माताजी को मेरा प्रणाम कहना। '

पत्र लिखकर रतन बरामदे में आई। शीतल समीर के झोंके आ रहे थे। प्रकृति मानो रोग-शय्या पर पड़ी सिसक रही थी। उसी वक्त वकील साहब की सांस वेग से चलने लगी।

रात के तीन बज चुके थे। रतन आधी रात के बाद आरामकुर्सी पर लेटे ही लेटे झपकियाँ ले रही थी कि सहसा वकील साहब के गले का खर्राटा सुनकर चौंक पड़ी। उल्टी सांसें चल रही थीं। वह उनके सिरहाने चारपाई पर बैठ गई और उनका सिर उठाकर अपनी जांघ पर रख लिया। अभी न जाने कितनी रात बाकी है। मेज़ पर रखी हुई छोटी घड़ी की ओर देखा। अभी तीन बजे थे। सबेरा होने में चार घंटे की देर थी। कविराज कहीं नौ बजे आवेंगे! यह सोचकर वह हताश हो गई। अभागिनी रात क्या अपना काला मुँह लेकर विदा न होगी! मालूम होता है, एक युग हो गया! कई मिनट के बाद वकील साहब की सांस रूकी। सारी देह पसीने में तर थी। हाथ से रतन को हट जाने का इशारा किया और तकिए पर सिर रखकर फिर आँखें बंद कर लीं।

एकाएक उन्होंने क्षीण स्वर में कहा,रतन-' अब विदाई का समय आ गया। मेरे अपरा के—'

उन्होंने दोनों हाथ जोड़ लिए और उसकी ओर दीन याचना की आँखों से देखा। कुछ कहना चाहते थे, पर मुँह से आवाज़ न निकली।

रतन ने चीखकर कहा, 'टीमल, महराज, क्या दोनों मर गए?'

महराज ने आकर कहा, 'मैं सोया थोड़े ही था बहूजी, क्या बाबूजी?'

रतन ने डांटकर कहा, 'बको मत, जाकर कविराज को बुला लाओ, कहना अभी चलिए।'

महराज ने तुरंत अपना पुराना ओवरकोट पहना, सोटा उठाया और चल दिया। रतन उठकर स्टोव जलाने लगी कि शायद सेंक से कुछ फायदा हो उसकी सारी घबराहट, सारी दुर्बलता, सारा शोक मानो लुप्त हो गया। उसकी जगह एक प्रबल आत्मर्निभरता का उदय हुआ। कठोर कर्तव्य ने उसके सारे अस्तित्व को सचेत कर दिया। स्टोव जलाकर उसने रूई के गाले से छाती को सेंकना शुरू किया। कोई पंद्रह मिनट तक ताबड़तोड़ सेंकने के बाद वकील साहब की सांस कुछ थमी।

आवाज़ काबू में हुई। रतन के दोनों हाथ अपने गालों पर रखकर बोले, 'तुम्हें बडी तकलीफ हो रही है मुन्नी! क्या जानता था, इतनी जल्द यह समय आ जाएगा। मैंने तुम्हारे साथ बडा अन्याय किया है, प्रिये! ओह कितना बड़ा अन्याय! मन की सारी लालसा मन में रह गई। मैंने तुम्हारे जीवन का सर्वनाश कर दिया,क्षमा करना।'

यही अंतिम शब्द थे जो उनके मुख से निकले। यही जीवन का अंतिम सूत्र था, यही मोह का अंतिम बंधन था।

रतन ने द्वार की ओर देखा। अभी तक महराज का पता न था। हां, टीमल खडा था,और सामने अथाह अंधकारजैसे अपने जीवन की अंतिम वेदना से मूर्छित पड़ा था।

रतन ने कहा, 'टीमल, ज़रा पानी गरम करोगे?'

टीमल ने वहीं खड़े-खड़े कहा, 'पानी गरम करके क्या करोगी बहूजी, गोदान करा दो। दो बूंद गंगाजल मुँह में डाल दो।'

रतन ने पति की छाती पर हाथ रक्खा। छाती गरम थी। उसने फिर द्वार की ओर ताका। महराज न दिखाई दिए। वह अब भी सोच रही थी,कविराजजी आ जाते तो शायद इनकी हालत संभल जाती। पछता रही थी कि इन्हें यहां क्यो लाई- कदाचित रास्ते की तकलीग और जलवायु ने बीमारी को असाध्य कर दिया। यह भी पछतावा हो रहा था कि मैं संध्या समय क्यों घूमने चली गई। शायद उतनी ही देर में इन्हें ठंड लग गई। जीवन एक दीर्घ पश्चाताप के सिवा और क्या है! पछतावे की एक-दो बात थी! इस आठ साल के जीवन में मैंने पति को क्या आराम पहुंचाया-

वह बारह बजे रात तक कानूनी पुस्तकें देखते रहते थे, मैं पड़ी सोती रहती थी। वह संध्या समय भी मुवक्किलों से मामले की बातें करते थे, मैं पार्क और सिनेमा की सैर करती थी, बाज़ारों में मटरगश्ती करती थी। मैंने इन्हें धनोपार्जन के एक यंत्र के सिवा और क्या समझा! यह कितना चाहते थे कि मैं इनके साथ बैठूं और बातें करूं, पर मैं भागती फिरती थी। मैंने कभी इनके ह्रदय के समीप जाने की चेष्टा नहीं की, कभी प्रेम की दृष्टि से नहीं देखा। अपने घर में दीपक न जलाकर दूसरों के उजाले घर का आनंद उठाती गिरी,मनोरंजन के सिवा मुझे और कुछ सूझता ही न था। विलास और मनोरंजन, यही मेरे जीवन के दो लक्ष्य थे। अपने जले हुए दिल को इस तरह शांत करके मैं संतुष्ट थी। खीर और मलाई की थाली क्यों न मुझे मिली, इस क्षोभ में मैंने अपनी रोटियों को लात मार दी। आज रतन को उस प्रेम का पूर्ण परिचय मिला, जो इस विदा होने वाली आत्मा को उससे था,वह इस समय भी उसी की चिंता में मग्न थी। रतन के लिए जीवन में फिर भी कुछ आनंद था, कुछ रूचि थी, कुछ उत्साह था। इनके लिए जीवन में कौन?सा सुख था। न खाने-पीने का सुख, न मेले-तमाशे का शौक। जीवन क्या, एक दीर्घ तपस्या थी, जिसका मुख्य उद्‌देश्य कर्तव्य का पालन था?

क्या रतन उनका जीवन सुखी न बना सकती थी? क्या एक क्षण के लिए कठोर कर्तव्य की चिंताओं से उन्हें मुक्त न कर सकती थी? कौन कह सकता है कि विराम और विश्राम से यह बुझने वाला दीपक कुछ दिन और न प्रकाशमान रहता। लेकिन उसने कभी अपने पति के प्रति अपना कर्तव्य ही न समझा। उसकी अंतरात्मा सदैव विद्रोह करती रही, केवल इसलिए कि इनसे मेरा संबंध क्यों हुआ?

क्या उस विषय में सारा अपराध इन्हीं का था! कौन कह सकता है कि दरिद्र मातापिता ने मेरी और भी दुर्गति न की होती,जवान आदमी भी सब-के-सब क्या आदर्श ही होते हैं? उनमें भी तो व्यभिचारी, क्रोधी, शराबी सभी तरह के होते हैं। कौन कह सकता है, इस समय मैं किस दशा में होती। रतन का एक-एक रोआं इस समय उसका तिरस्कार कर रहा था। उसने पति के शीतल चरणों पर सिर झुका लिया और बिलख-बिलखकर रोने लगी। वह सारे कठोर भाव जो बराबर उसके मन में उठते रहते थे, वह सारे कटु वचन जो उसने जल-जलकर उन्हें कहे थे, इस समय सैकड़ों बिच्छुओं के समान उसे डंक मार रहे थे। हाय! मेरा यह व्यवहार उस प्राणी के साथ था, जो सागर की भांति गंभीर था। इस ह्रदय में कितनी कोमलता थी, कितनी उदारता! मैं एक बीड़ापान दे देती थी, तो कितना प्रसन्न हो जाते थे। ज़रा हँसकर बोल देती थी, तो कितने तृप्त हो जाते थे, पर मुझसे इतना भी न होता था। इन बातों को याद कर-करके उसका ह्रदय फटा जाता था। उन चरणों पर सिर रक्खे हुए

उसे प्रबल आकांक्षा हो रही थी कि मेरे प्राण इसी क्षण निकल जायें। उन चरणों को मस्तक से स्पर्श करके उसके हृदय में कितना अनुराग उमडाआता था, मानो एक युग की संचित निधि को वह आज ही, इसी क्षण, लुटा देगी। मृत्युकी दिव्य ज्योति के सम्मुख उसके अंदर का सारा मालिन्य, सारी दुर्भावना, सारा विक्रोह मिट गया था। वकील साहब की आँखें खुली हुई थीं, पर मुख पर किसी भाव का चिन्ह न था। रतन की विह्नलता भी अब उनकी बुझती हुई चेतना को प्रदीप्त न कर सकती थी। हर्ष और शोक के बंधन से वह मुक्त हो गए थे, कोई रोए तो ग़म नहीं, हँसे तो ख़ुशी नहीं। टीमल ने आचमनी में गंगाजल लेकर उनके मुंह में डाल दिया। आज उन्होंने कुछ बाधा न दी। वह जो पाखंडों और रूढियों का शत्रु था, इस समय शांत हो गया था, इसलिए नहीं कि उसमें धार्मिक विश्वास का उदय हो गया था, बल्कि इसलिए कि उसमें अब कोई इच्छा न थी। इतनी ही उदासीनता से वह विष का घूंट पी जाता। मानव-जीवन की सबसे महान घटना कितनी शांति के साथ घटित हो जाती है। वह विश्व का एक महान अंग, वह महत्तवाकांक्षाओं का प्रचंड सागर, वह उद्योग का अनंत भंडार, वह प्रेम और द्वेष, सुख और दुःख का लीला-क्षेत्र, वह बुद्धि और बल की रंगभूमि न जाने कब और कहां लीन हो जाती है, किसी को ख़बर नहीं होती। एक हिचकी भी नहीं, एक उच्छ्वास भी नहीं, एक आह भी नहीं निकलती! सागर की हिलोरों का कहां अंत होता है, कौन बता सकता है। ध्वनि कहां वायु-मग्न हो जाती है, कौन जानता है। मानवीय जीवन उस हिलोर के सिवा, उस ध्वनि के सिवा और क्या है! उसका अवसान भी उतना ही शांत, उतना ही अदृश्य हो तो क्या आश्चर्य है। भूतों के भक्त पूछते हैं, क्या वस्तु निकल गई?कोई विज्ञान का उपासक कहता है, एक क्षीण ज्योति निकल जाती है। कपोल-विज्ञान के पुजारी कहते हैं, आंखों से प्राण निकले, मुँह से निकले, ब्रह्मांड से निकले। कोई उनसे पूछे, हिलोर लय होते समय क्या चमक उठती है? ध्वनि लीन होते समय क्या मूर्तिमान हो जाती है? यह उस अनंत यात्रा का एक विश्राम मात्र है, जहां यात्रा का अंत नहीं, नया उत्थान होता है। कितना महान परिवर्तन! वह जो मच्छर के डंक को सहन न कर सकता था, अब उसे चाहे मिट्टी में दबा दो, चाहे अग्नि-चिता पर रख दो, उसके माथे पर बल तक न पड़ेगा।

टीमल ने वकील साहब के मुख की ओर देखकर कहा, 'बहूजी, आइए खाट से उतार दें। मालिक चले गए!'

यह कहकर वह भूमि पर बैठ गया और दोनों आंखों पर हाथ रखकर फूट-फूटकर रोने लगा। आज तीस वर्ष का साथ छूट गया। जिसने कभी आधी बात नहीं कही, कभी तू करके नहीं पुकारा, वह मालिक अब उसे छोड़े चला जा रहा था।

रतन अभी तक कविराज की बाट जोह रही थी। टीमल के मुख से यह शब्द सुनकर उसे धक्का-सा लगा। उसने उठकर पति की छाती पर हाथ रक्खा।

साठ वर्ष तक अविश्राम गति से चलने के बाद वह अब विश्राम कर रही थी। फिर उसे माथे पर हाथ रखने की हिम्मत न पड़ी। उस देह को स्पर्श करते हुए, उस मरे हुए मुख की ओर ताकते हुए, उसे ऐसा विराग हो रहा था, जो ग्लानि से मिलता था। अभी जिन चरणों पर सिर रखकर वह रोई थी, उसे छूते हुए उसकी उंगलियां कटी-सी जाती थीं। जीवन?सू इतना कोमल है, उसने कभी न समझा था। मौत का ख़याल कभी उसके मन में न आया था। उस मौत ने आंखों के सामने उसे लूट लिया! एक क्षण के बाद टीमल ने कहा, 'बहूजी, अब क्या देखती हो, खाट के नीचे उतार दो। जो होना था हो गया।'

उसने पैर पकड़ा, रतन ने सिर पकडाऔर दोनों ने शव को नीचे लिटा दिया और वहीं ज़मीन पर बैठकर रतन रोने लगी, इसलिए नहीं कि संसार में अब उसके लिए कोई अवलंब न था, बल्कि इसलिए कि वह उसके साथ अपने कर्तव्य को पूरा न कर सकी। उसी वक्त मोटर की आवाज़ आई और कविराजजी ने पदार्पण किया। कदाचित अब भी रतन के ह्रदय में कहीं आशा की कोई बुझती हुई चिनगारी पड़ी हुई थी! उसने तुरंत आँखें पोंछ डालीं,सिर का अंचल संभाल लिया, उलझे हुए केश समेट लिये और खड़ी होकर द्वार की ओर देखने लगी। प्रभात ने आकाश को अपनी सुनहली किरणों से रंजित कर दिया था। क्या इस आत्मा के नव-जीवन का यही प्रभात था।

उसी दिन शव काशी लाया गया। यहीं उसकी दाह-क्रिया हुई। वकील साहब के एक भतीजे मालवे में रहते थे। उन्हें तार देकर बुला लिया गया। दाह-क्रिया उन्होंने की। रतन को चिता के दृश्य की कल्पना ही से रोमांच होता था। वहाँ पहुँचकर शायद वह बेहोश हो जाती। जालपा आजकल प्रायद्य सारे दिन उसी के साथ रहती। शोकातुर रतन को न घर-बार की सुधि थी, न खाने-पीने की। नित्य ही कोई-न-कोई ऐसी बात याद आ जाती जिस पर वह घंटों रोती। पति के साथ उसका जो धर्म था, उसके एक अंश का भी उसने पालन किया होता, तो उसे बोध होता। अपनी कर्तव्यहीनता, अपनी निष्ठुरता, अपनी श्रृंगार-लोलुपता की चर्चा करके वह इतना रोती कि हिचकियाँ बंध जातीं। वकील साहब के सदगुणों की चर्चा करके ही वह अपनी आत्मा को शांति देती थी। जब तक जीवन के द्वार पर एक रक्षक बैठा हुआ था, उसे कुत्तों या बिल्ली या चोर-चकार की चिंता न थी, लेकिन अब द्वार पर कोई

रक्षक न था, इसलिए वह सजग रहती थी,पति का गुणगान किया करती। जीवन का निर्वाह कैसे होगा, नौकरों-चाकरों में किन-किन को जवाब देना होगा, घर का कौन-कौनसा ख़र्च कम करना होगा, इन प्रश्नों के विषय में दोनों में कोई बात न होती। मानो यह चिंता म!त आत्मा के प्रति अभक्ति होगी। भोजन करना, साफ वस्त्र पहनना और मन को कुछ पढ़कर बहलाना भी उसे अनुचित जान पड़ता था। श्राद्ध के दिन उसने अपने सारे वस्त्र और आभूषण महापात्र को दान कर दिए। इन्हें लेकर अब वह क्या करेगी? इनका व्यवहार करके क्या वह अपने जीवन को कलंकित करेगी! इसके विरुद्ध पति की छोटी से छोटी वस्तु को भी स्मृतिचिन्ह समझकर वह देखती-भालती रहती थी। उसका स्वभाव इतना कोमल हो गया था कि कितनी ही बड़ी हानि हो जाये, उसे क्रोध न आता था। टीमल के हाथ से चाय का सेट छूटकर फिर पड़ा, पर रतन के माथे पर बल तक न आया। पहले एक दवात टूट जाने पर इसी टीमल को उसने बुरी डांट बताई थी, निकाले देती थी, पर आज उससे कई गुने नुकसान पर उसने ज़बान तक न खोली। कठोर भाव उसके हृदय में आते हुए मानो डरते थे कि कहीं आघात न पहुँचे या शायद पति-शोक और पति-गुणगान के सिवा और किसी भाव या विचार को मन में लाना वह पाप समझती थी। वकील साहब के भतीजे का नाम था मणिभूषणब बडा ही मिलनसार, हँसमुख, कार्य-कुशल इसी एक महीने में उसने अपने सैकड़ों मित्र बना लिये।

शहर में जिन-जिन वकीलों और रईसों से वकील साहब का परिचय था, उन सबसे उसने ऐसा मेल-जोल बढ़ाया, ऐसी बेतकल्लुफी पैदा की कि रतन को ख़बर नहीं और उसने बैंक का लेन-देन अपने नाम से शुरू कर दिया। इलाहाबाद बैंक में वकील साहब के बीस हज़ार रूपये जमा थे। उस पर तो उसने कब्ज़ा कर ही लिया, मकानों के किराए भी वसूल करने लगा। गांवों की तहसील भी ख़ुद ही शुरू कर दी, मानो रतन से कोई मतलब नहीं है। एक दिन टीमल ने आकर रतन से कहा, 'बहूजी, जाने वाला तो चला गया, अब घर-द्वार की भी कुछ ख़बर लीजिए। मैंने सुना, भैयाजी ने बैंक का सब रूपया अपने नाम करा लिया।'

रतन ने उसकी ओर ऐसे कठोर कुपित नजरों से देखा कि उसे फिर कुछ कहने की हिम्मत न पड़ी। उस दिन शाम को मणिभूषण ने टीमल को निकाल दिया,चोरी का इलज़ाम लगाकर निकाला जिससे रतन कुछ कह भी न सके। अब केवल महराज रह गये। उन्हें मणिभूषण ने भंग पिला-पिलाकर ऐसा मिलाया कि वह उन्हीं का दम भरने लगे। महरी से कहते, बाबूजी का बड़ा रईसाना मिज़ाज है। कोई सौदा लाओ, कभी नहीं पूछते,कितने का लाए। बड़ों के घर में बड़े ही होते हैं। बहूजी बाल की खाल निकाला करती थीं, यह बेचारे कुछ नहीं बोलते। महरी का मुंह पहले

ही सी दिया गया था। उसके अधेड़ यौवन ने नए मालिक की रसिकता को चंचल कर दिया था। वह एक न एक बहाने से बाहर की बैठक में ही मंडलाया करती। रतन को ज़रा भी ख़बर न थी, किस तरह उसके लिए व्यूह रचा जा रहा है।

एक दिन मणिभूषण ने रतन से कहा, 'काकीजी, अब तो मुझे यहाँ रहना व्यर्थ मालूम होता है। मैं सोचता हूँ, अब आपको लेकर घर चला जाऊं। वहाँ आपकी बहू आपकी सेवा करेगी, बाल-बच्चों में आपका जी बहल जायगा और ख़र्च भी कम हो जायेगा। आप कहें तो यह बंगला बेच दिया जाय। अच्छे दाम मिल जायेंगे।'

रतन इस तरह चौंकी, मानो उसकी मूर्छा भंग हो गई हो, मानो किसी ने उसे झंझोड़कर जगा दिया हो सकपकाई हुई आँखों से उसकी ओर देखकर बोली, 'क्या मुझसे कुछ कह रहे हो?'

मणिभूषण-'जी हाँ, कह रहा था कि अब हम लोगों का यहाँ रहना व्यर्थ है। आपको लेकर चला जाऊं, तो कैसा हो?'

रतन ने उदासीनता से कहा, 'हाँ, अच्छा तो होगा।'

मणिभूषण-'काकाजी ने कोई वसीयतनामा लिखा हो, तो लाइए देखूं, उनको इच्छाओं के आगे सिर झुकाना हमारा धर्म है।'

रतन ने उसी भांति आकाश पर बैठे हुए, जैसे संसार की बातों से अब उसे कोई सरोकार ही न रहा हो, जवाब दिया, 'वसीयत तो नहीं लिखी, और क्या जरूरत थी?'

मणिभूषण ने फिर पूछा, 'शायद कहीं लिखकर रख गए हों?'

रतन-'मुझे तो कुछ मालूम नहीं। कभी ज़िक्र नहीं किया।'

मणिभूषण ने मन में प्रसन्न होकर कहा,मेरी इच्छा है कि उनकी कोई यादगार बनवा दी जाये।

रतन ने उत्सुकता से कहा, 'हां-हां, मैं भी चाहती हूं।'

मणिभूषण-'गाँव की आमदनी कोई तीन हज़ार साल की है, यह आपको मालूम है। इतना ही उनका वार्षिक दान होता था। मैंने उनके हिसाब की किताब देखी है। दो सौ-ढाई सौ से किसी महीने में कम नहीं है। मेरी सलाह है कि वह सब ज्यों-का-त्यों बना रहे।'

रतन ने प्रसन्न होकर कहा, 'हाँ, और क्या! '

मणिभूषण-'तो गाँव की आमदनी तो धार्मार्थ पर अर्पण कर दी जाए। मकानों का किराया कोई दो सौ रूपये महीना है। इससे उनके नाम पर एक छोटीसी संस्कृत पाठशाला खोल दी जाये।

रतन-'बहुत अच्छा होगा।'

मणिभूषण-'और यह बंगला बेच दिया जाए। इस रूपये को बैंक में रख दिया जाये।'

रतन-'बहुत अच्छा होगा। मुझे रूपये-पैसे की अब क्या जरूरत है।'

मणिभूषण-'आपकी सेवा के लिए तो हम सब हाज़िर हैं। मोटर भी अलग कर दी जाये। अभी से यह फिक्र की जाएगी, तब जाकर कहीं दो-तीन महीने में फुरसत मिलेगी।'

रतन ने लापरवाही से कहा, 'अभी जल्दी क्या है। कुछ रूपये बैंक में तो हैं।'

मणिभूषण-'बैंक में कुछ रूपये थे, मगर महीने-भर से ख़र्च भी तो होरहे हैं। हज़ार-पांच सौ पड़े होंगे। यहां तो रूपये जैसे हवा में उड़ जाते हैं। मुझसे तो इस शहर में एक महीना भी न रहा जाये। मोटर को तो जल्द ही निकाल देना चाहिए।'

रतन ने इसके जवाब में भी यही कह दिया, 'अच्छा तो होगा।'

वह उस मानसिक दुर्बलता की दशा में थी, जब मनुष्य को छोटे-छोटे काम भी असूझ मालूम होने लगते हैं। मणिभूषण की कार्य-कुशलता ने एक प्रकार से उसे पराभूत कर दिया था। इस समय जो उसके साथ थोड़ी-सी भी सहानुभूति दिखा देता, उसी को वह अपना शुभचिंतक समझने लगती। शोक और मनस्ताप ने उसके मन को इतना कोमल और नर्म बना दिया था कि उस पर किसी की भी छाप पड़ सकती थी। उसकी सारी मलिनता और भिकैता मानो भस्म हो गई थी, वह सभी को अपना समझती थी। उसे किसी पर संदेह न था, किसी से शंका न थी। कदाचित उसके सामने कोई चोर भी उसकी संपत्ति का अपहरण करता तो वह शोर न मचाती।

षोडशी के बाद से जालपा ने रतन के घर आना-जाना कम कर दिया था। केवल एक बार घंटे-दो घंटे के लिए चली जाया करती थी। इधर कई दिनों से मुंशी दयानाथ को ज्वर आने लगा था। उन्हें ज्वर में छोड़कर कैसे जाती। मुंशीजी को ज़रा भी ज्वर आता, तो वह बक-झक करने लगते थे। कभी गाते, कभी रोते, कभी यमदूतों को अपने सामने नाचते देखते। उनका जी चाहता कि सारा घर मेरे पास बैठा रहे, संबंधियों को भी बुला लिया जाय,जिसमें वह सबसे अंतिम भेंट कर लें। क्योंकि इस बीमारी से बचने की उन्हें आशा न थी। यमराज स्वयं उनके सामने विमान लिये खड़े थे। जागेयेश्वरी और सब कुछ कर सकती थी, उनकी बक-झक न सुन सकती थी। ज्यों ही वह रोने लगते, वह कमरे से निकल जाती। उसे भूत-बाधा का भ्रम होता था। मुंशीजी के कमरे में कई समाचार-पत्रों के गाइल थे। यही उन्हें एक व्यसन

था। जालपा का जी वहाँ बैठे-बैठे घबडाने लगता, तो इन गाइलों को उलटपलटकर देखने लगती। एक दिन उसने एक पुराने पत्र में शतरंज का एक नक्शा देखा, जिसे हल कर देने के लिए किसी सज्जन ने पुरस्कार भी रक्खा था। उसे ख़याल आया कि जिस ताक पर रमानाथ की बिसात और मुहरे रक्खे हुए हैं उस पर एक किताब में कई नक्शे भी दिए हुए हैं। वह तुरंत दौड़ी हुई ऊपर गई और वह कापी उठा लाई, यह नक्शा उस कापी में मौजूद था, और नक्शा ही न था, उसका हल भी दिया हुआ था। जालपा के मन में सहसा यह विचार चमक पड़ा, इस नक्शे को किसी पत्र में छपा दूं तो कैसा हो! शायद उनकी निगाह पड़ जाये। यह नक्शा इतना सरल तो नहीं है कि आसानी से हल हो जाये। इस नगर में जब कोई उनका सानी नहीं है, तो ऐसे लोगों की संख्या बहुत नहीं हो सकती, जो यह नक्शा हल कर सकें, कुछ भी हो, जब उन्होंने यह नक्शा हल किया है, तो इसे देखते ही फिर हल कर लेंगे। जो लोग पहली बार देखेंगे, उन्हें दो-एक दिन सोचने में लग जायेंगे। मैं लिख दूंगी कि जो सबसे पहले हल कर ले, उसी को पुरस्कार दिया जाये। जुआ तो है ही। उन्हें रूपये न भी मिलें, तो भी इतना तो संभव है ही कि हल करने वालों में उनका नाम भी हो कुछ पता लग जायेगा। कुछ भी न हो,तो रूपये ही तो जायेंगे। दस रूपये का पुरस्कार रख दूं। पुरस्कार कम होगा, तो कोई बड़ा खिलाड़ी इधर ध्यान न देगा। यह बात भी रमा के हित की ही होगी। इसी उधेड़-बुन में वह आज रतन से न मिल सकी। रतन दिन भर तो उसकी राह देखती रही। जब वह शाम को भी न गई, तो उससे न रहा गया।

आज वह पति-शोक के बाद पहली बार घर से निकली। कहीं रौनक न थी, कहीं जीवन न था, मानो सारा नगर शोक मना रहा है। उसे तेज़ मोटर चलाने की धुन थी, पर आज वह तांगे से भी कम जा रही थी। एक वृद्धा को सडक के किनारे बैठे देखकर उसने मोटर रोक दिया और उसे चार आने दे दिये। कुछ आगे और बढ़ी, तो दो कांस्टेबल एक कैदी को लिये जा रहे थे। उसने मोटर रोककर एक कांस्टेबल को बुलाया और उसे एक रूपया देकर कहा,इस कैदी को मिठाई खिला देना। कांस्टेबल ने सलाम करके रूपया ले लिया। दिल में ख़ुश हुआ, आज किसी भाग्यवान का मुँह देखकर उठा था।

जालपा ने उसे देखते ही कहा, 'क्षमा करना बहन, आज मैं न आ सकी। दादाजी को कई दिन से ज्वर आ रहा है।'

रतन ने तुरंत मुंशीजी के कमरे की ओर कदम उठाया और पूछा, 'यहीं हैं न? तुमने मुझसे न कहा।'

मुंशीजी का ज्वर इस समय कुछ उतरा हुआ था। रतन को देखते ही बोले, 'बडा दुःख हुआ देवीजी, मगर यह तो संसार है। आज एक की बारी है, कल दूसरे की बारी है। यही चल-चलाव लगा हुआ है। अब मैं भी चला। नहीं बच सकता बड़ी प्यास है, जैसे छाती में कोई भटठी जल रही हो फुंका जाता हूँ। कोई अपना नहीं होता। बाईजी, संसार के नाते सब स्वार्थ के नाते हैं। आदमी अकेला हाथ पसारे एक दिन चला जाता है। हाय-हाय! लड़का था वह भी हाथ से निकल गया! न जाने कहाँ गया। आज होता, तो एक पानी देने वाला तो होता। यह दो लौंडे हैं, इन्हें कोई फिक्र ही नहीं, मैं मर जाऊं या जी जाऊं। इन्हें तीन वक्त खाने को चाहिए, तीन दट्ठ पानी पीने को, बस और किसी काम के नहीं। यहाँ बैठते दोनों का दम घुटता है। क्या करूं। अबकी न बचूंगा।'

रतन ने तस्कीन दी, 'यह मलेरिया है, दो-चार दिन में आप अच्छे हो जायेंगे। घबडाने की कोई बात नहीं।'

मुंशीजी ने दीन नजरों से देखकर कहा, 'बैठ जाइए बहूजी, आप कहती हैं, आपका आशीर्वाद है, तो शायद बच जाऊं, लेकिन मुझे तो आशा नहीं है। मैं भी ताल ठोके यमराज से लड़ने को तैयार बैठा हूँ। अब उनके घर मेहमानी खाऊंगा। अब कहाँ जाते हैं बचकर बचा! ऐसा-ऐसा रगड़ू, कि वह भी याद करें। लोग कहते हैं, वहां भी आत्मायें इसी तरह रहती हैं। इसी तरह वहाँ भी कचहरियाँ हैं, हाकिम हैं, राजा हैं, रंक हैं। व्याख्यान होते हैं, समाचार-पत्र छपते हैं। फिर क्या चिंता है। वहाँ भी अहलमद हो जाऊंगा। मज़े से अख़बार पढ़ा करूंगा।'

रतन को ऐसी हँसी छूटी कि वहाँ खड़ी न रह सकी। मुंशीजी विनोद के भाव से वे बातें नहीं कर रहे थे। उनके चेहरे पर गंभीर विचार की रेखा थी। आज डेढ़-दो महीने के बाद रतन हँसी, और इस असामयिक हँसी को छिपाने के लिए कमरे से निकल आई। उसके साथ ही जालपा भी बाहर आ गई। रतन ने अपराधी नजरों से उसकी ओर देखकर कहा, 'दादाजी ने मन में क्या समझा होगा। सोचते होंगे, मैं तो जान से मर रहा हूँ और इसे हँसी सूझती है। अब वहाँ न जाऊंगी, नहीं ऐसी ही कोई बात फिर कहेंगे, तो मैं बिना हँसे न रह सकूंगी। देखो तो आज कितनी बे-मौका हँसी आई है। वह अपने मन को इस उच्छृंखलता के लिए धिक्कारने लगी। जालपा ने उसके मन का भाव ताड़कर कहा,मुझे भी अक्सर इनकी बातों पर हँसी आ जाती है, बहन! इस वक्त तो इनका ज्वर कुछ हल्का है। जब ज़ोर का ज्वर होता है तब तो यह और भी ऊल-जलूल बकने लगते हैं। उस वक्त हँसी रोकनी मुश्किल हो जाती है। आज सबेरे कहने लगे,मेरा पेट भक हो गया,मेरा पेट भक हो गया। इसकी रट लगा दी। इसका आशय क्या था, न मैं समझ सकी, न अम्मा समझ सकीं, पर वह बराबर यही रटे

जाते थे,पेट भक हो गया! पेट भक हो गया! आओ कमरे में चलें।'

रतन-'मेरे साथ न चलोगी?'

जालपा-'आज तो न चल सयंगी, बहन।'

'कल आओगी?'

'कह नहीं सकती। दादा का जी कुछ हल्का रहा, तो आऊंगी।'

'नहीं भाई, जरूर आना। तुमसे एक सलाह करनी है।'

'क्या सलाह है?'

'मन्नी कहते हैं, यहाँ अब रहकर क्या करना है, घर चलो। बंगले को बेच देने को कहते हैं।'

जालपा ने एकाएक ठिठककर उसका हाथ पकड़ लिया और बोली, 'यह तो तुमने बुरी ख़बर सुनाई, बहन! मुझे इस दशा में तुम छोड़कर चली जाओगी? मैं न जाने दूंगी! मन्नी से कह दो, बंगला बेच दें, मगर जब तक उनका कुछ पता न चल जायेगा। मैं तुम्हें न छोड़ूंगी। तुम कुल एक हफ्ते बाहर रहीं, मुझे एक-एक पल पहाड़ हो गया। मैं न जानती थी कि मुझे तुमसे इतना प्रेम हो गया है। अब तो शायद मैं मर ही जाऊं। नहीं बहन, तुम्हारे पैरों पड़ती हूं, अभी जाने का नाम न लेना।'

रतन की भी आँखें भर आईं। बोली, 'मुझसे भी वहां न रहा जायेगा, सच कहती हूं। मैं तो कह दूंगी, मुझे नहीं जाना है।' जालपा उसका हाथ पकड़े हुए ऊपर अपने कमरे में ले गई और उसके गले में हाथ डालकर बोली, 'कसम खाओ कि मुझे छोड़कर न जाओगी।'

रतन ने उसे अंकवार में लेकर कहा, 'लो, कसम खाती हूँ, न जाऊंगी। चाहे इधर की दुनिया उधर हो जाये। मेरे लिए वहाँ क्या रक्खा है। बंगला भी क्यों बेचूं, दो-ढाई सौ मकानों का किराया है। हम दोनों के गुज़र के लिए काफी है। मैं आज ही मन्नी से कह दूंगी,मैं न जाऊंगी।'

सहसा फर्श पर शतरंज के मुहरे और नक्शे देखकर उसने पूछा,यह शतरंज किसके साथ खेल रही थीं?

जालपा ने शतरंज के नक्शे पर अपने भाग्य का पांसा फेंकने की जो बात सोची थी, वह सब उससे कह सुनाई,मन में डर रही थी कि यह कहीं इस प्रस्ताव को व्यर्थ न समझे, पागलपन न ख़याल करे, लेकिन रतन सुनते ही बाग़-बाग़ हो गई। बोली,दस रूपये तो बहुत कम पुरस्कार है। पचास रूपये कर दो। रूपये मैं देती हूँ।

जालपा ने शंका की, 'लेकिन इतने पुरस्कार के लोभ से कहीं अच्छे शतरंजबाज़ों ने मैदान में कदम रक्खा तो?'

रतन ने दृढ़ता से कहा,कोई हरज नहीं। बाबूजी की निगाह पड़ गई, तो वह इसे जरूर हल कर लेंगे और मुझे आशा है कि सबसे पहले उन्हीं का नाम आवेगा। कुछ न होगा, तो पता तो लग ही जायगा। अख़बार के दफ्तर में तो उनका पता आ ही जायगा। तुमने बहुत अच्छा उपाय सोच निकाला है। मेरा मन कहता है, इसका अच्छा फल होगा, मैं अब मन की प्रेरणा की कायल हो गई हूं। जब मैं इन्हें लेकर कलकत्ता चली थी, उस वक्त मेरा मन कह रहा था, यहाँ जाना अच्छा न होगा।'

जालपा-'तो तुम्हें आशा है?'

'पूरी! मैं कल सबेरे रूपये लेकर आऊंगी।'

'तो मैं आज ख़त लिख रक्खूंगी। किसके पास भेजूं? वहां का कोई प्रसिद्ध पत्र होना चाहिए।'

'वहाँ तो 'प्रजा-मित्र' की बडी चर्चा थी। पुस्तकालयों में अक्सर लोग उसी को पढ़ते नज़र आते थे। '

'तो 'प्रजा-मित्र' ही को लिखूंगी, लेकिन रूपये हड़प कर जाये और नक्शा न छापे तो क्या हो?'

'होगा क्या, पचास रूपये ही तो ले जायेगा। दमड़ी की हंडिया खोकर कुत्तों की जात तो पहचान ली जायगी, लेकिन ऐसा हो नहीं सकता जो लोग देशहित के लिए जेल जाते हैं, तरह-तरह की धौंस सहते हैं, वे इतने नीच नहीं हो सकते। मेरे साथ आधा घंटे के लिए चलो तो तुम्हें इसी वक्त रूपये दे दूं।'

जालपा ने नीमराजी होकर कहा, 'इस वक्त क़हाँ चलूं। कल ही आऊंगी।'

उसी वक्त मुंशीजी पुकार उठे, 'बहू! बहू!'

जालपा तो लपकी हुई उनके कमरे की ओर चली। रतन बाहर जा रही थी कि जागेश्वरी पंखा लिये अपने को झलती हुई दिखाई पड़ गई।

रतन ने पूछा, 'तुम्हें गर्मी लग रही है अम्मांजी? मैं तो ठंड के मारे कांप रही हूँ। अरे! तुम्हारे पांवों में यह क्या उजला-उजला लगा हुआ है? क्या आटा पीस रही थीं?'

जागेश्वरी ने लज्जित होकर कहा, 'हाँ, वैद्य जी ने इन्हें हाथ के आटे की रोटी खाने को कहा है। बाज़ार में हाथ का आटा कहाँ मयस्सर- मुहल्ले में कोई पिसनहारी नहीं मिलती। मजूरिनें तक चक्की से आटा पिसवा लेती हैं। मैं तो एक आना सेर देने को राज़ी हूँ, पर कोई मिलती ही नहीं।'

रतन ने अचंभे से कहा, 'तुमसे चक्की चल जाती है?'

जागेश्वरी ने झेंप से मुस्कराकर कहा,'कौन बहुत था। पाव-भर तो दो दिन के लिए हो जाता है। खाते नहीं एक कौर भी, बहू पीसने जा रही थी, लेकिन फिर मुझे उनके पास बैठना पड़ता। मुझे रात-भर चक्की पीसना गौं है, उनके पास घड़ी-भर

बैठना गौं नहीं।

रतन जाकर जांत के पास एक मिनट खड़ी रही, फिर मुस्कराकर माची पर बैठ गई और बोली, 'तुमसे तो अब जांत न चलता होगा, मांजी! लाओ थोड़ा सा गेहूं मुझे दो, देखूं तो।'

जागेश्वरी ने कानों पर हाथ रखकर कहा, 'अरे नहीं बहू, तुम क्या पीसोगी!चलो यहाँ से।'

रतन ने प्रमाण दिया, 'मैंने बहुत दिनों तक पीसा है, मांजीब जब मैं अपने घर थी, तो रोज़ पीसती थी। मेरी अम्मा, लाओ थोडा-सा गेहूं।'

'हाथ दुखने लगेगा। छाले पड़ जायेंगे।'

'कुछ नहीं होगा मांजी, आप गेहूं तो लाइए।'

जागेश्वरी ने उसका हाथ पकड़कर उठाने की कोशिश करके कहा, 'गेहूं घर में नहीं हैं। अब इस वक्त बाज़ार से कौन लावे।'

'अच्छा चलिए, मैं भंडारे में देखूं। गेहूं होगा कैसे नहीं।'

रसोई की बगल वाली कोठरी में सब खाने-पीने का सामान रहता था। रतन अंदर चली गई और हांडियों में टटोल-टटोलकर देखने लगी। एक हांडी में गेहूं निकल आये। बड़ी खुश हुई। बोली,देखो मांजी, निकले कि नहीं, तुम मुझसे बहाना कर रही थीं। उसने एक टोकरी में थोडा-सा गेहूं निकाल लिया और ख़ुश-ख़ुश चक्की पर जाकर पीसने लगी। जागेश्वरी ने जाकर जालपा से कहा, 'बहू, वह जांत पर बैठी गेहूं पीस रही हैं। उठाती हूँ, उठतीं ही नहीं। कोई देख ले तो क्या कहे।

जालपा ने मुंशीजी के कमरे से निकलकर सास की घबराहट का आनंद उठाने के लिए कहा, 'यह तुमने क्या ग़ज़ब किया, अम्माजी! सचमुच, कोई देख ले तो नाक ही कट जाय! चलिए, ज़रा देखूं।'

जागेश्वरी ने विवशता से कहा, 'क्या करूं, मैं तो समझा के हार गई, मानतीं ही नहीं।'

जालपा ने जाकर देखा, तो रतन गेहूं पीसने में मग्न थी। विनोद के स्वाभाविक आनंद से उसका चेहरा खिला हुआ था। इतनी ही देर में उसके माथे पर पसीने की बूंदें आ गई थीं। उसके बलिष्ठ हाथों में जांत लट्टू के समान नाच रहा था।

जालपा ने हँसकर कहा, 'ओ री, आटा महीन हो, नहीं पैसे न मिलेंगे।'

रतन को सुनाई न दिया। बहरों की भांति अनिश्चित भाव से मुस्कराई।

जालपा ने और ज़ोर से कहा, 'आटा खूब महीन पीसना, नहीं पैसे न पायेगी।' रतन ने भी हँसकर कहा, जितना महीन कहिए उतना महीन पीस दूं,बहूजी। पिसाई अच्छी मिलनी चाहिए।

जालपा-'मोले सेर।'

रतन-'मोले सेर सही।'

जालपा-'मुँह धो आओ। धोले सेर मिलेंगे।'

रतन-'मैं यह सब पीसकर उठूंगी। तुम यहां क्यों खड़ी हो?'

जालपा-'आ जाऊं, मैं भी खिंचा दूं।'

रतन-'जी चाहता है, कोई जांत का गीत गाऊं!'

जालपा-'अकेले कैसे गाओगी! (जागेश्वरी से) अम्मा आप ज़रा दादाजी के पास बैठ जायें, मैं अभी आती हूँ।'

जालपा भी जांत पर जा बैठी और दोनों जांत का यह गीत गाने लगीं।

'मोहि जोगिन बनाके कहाँ गए रे जोगिया।'

दोनों के स्वर मधुर थे। जांत की घुमुर-घुमुर उनके स्वर के साथ साज़ का काम कर रही थी। जब दोनों एक कड़ी गाकर चुप हो जातीं, तो जांत का स्वर माना कंठ-ध्वनि से रंजित होकर और भी मनोहर हो जाता था। दोनों के हृदय इस समय जीवन के स्वाभाविक आनंद से पूर्ण थे? न शोक का भार था, न वियोग का दुःख। जैसे दो चिडियां प्रभात की अपूर्व शोभा से मग्न होकर चहक रही हों।

रमानाथ की चाय की दुकान खुल तो गई, पर केवल रात को खुलती थी। दिन-भर बंद रहती थी। रात को भी अधिकतर देवीदीन ही दुकान पर बैठता,पर बिक्री अच्छी हो जाती थी। पहले ही दिन तीन रूपये के पैसे आए, दूसरे दिन से चार-पाँच रूपये का औसत पड़ने लगा। चाय इतनी स्वादिष्ट होती थी कि जो एक बार यहाँ चाय पी लेता फिर दूसरी दुकान पर न जाता। रमा ने मनोरंजन की भी कुछ सामग्री जमा कर दी। कुछ रूपये जमा हो गए, तो उसने एक सुंदर मेज़ ली। चिराग़ जलने के बाद साग-भाजी की बिक्री ज्यादा न होती थी। वह उन टोकरों को उठाकर अंदर रख देता और बरामदे में वह मेज़ लगा देता। उस पर ताश के सेट रख देता। दो दैनिक-पत्र भी मंगाने लगा। दुकान चल निकली। उन्हीं तीन-चार घंटों में छः-सात रूपये आ जाते थे और सब ख़र्च निकालकर तीन-चार रूपये बच रहते थे।

इन चार महीनों की तपस्या ने रमा की भोग-लालसा को और भी प्रचंड कर दिया था। जब तक हाथ में रूपये न थे, वह मजबूर था। रूपये आते ही सैर-सपाटे की धुन सवार हो गई। सिनेमा की याद भी आई। रोज़ के व्यवहार की मामूली चीजें, ज़िन्हें अब तक वह टालता आया था, अब अबाध रूप से आने लगीं। देवीदीन के लिए वह एक सुंदर रेशमी चादर लाया। जग्गो के सिर में पीड़ा होती रहती थी। एक

दिन सुगंधित तेल की शीशियाँ लाकर उसे दे दीं। दोनों निहाल हो गए। अब बुढिया कभी अपने सिर पर बोझ लाती तो डांटता, 'काकी, अब तो मैं भी चार पैसे कमाने लगा हूँ, अब तू क्यों जान देती है? अगर फिर कभी तेरे सिर पर टोकरी देखी तो कहे देता हूँ, दुकान उठाकर फेंक दूंगा। फिर मुझे जो सज़ा चाहे दे देना। बुढ़िया बेटे की डांट सुनकर गदगद हो जाती। मंडी से बोझ लाती तो पहले चुपके से देखती, रमा दुकान पर नहीं है। अगर वह बैठा होता, तो किसी द्दली को एक-दो पैसा देकर उसके सिर पर रख देती। वह न होता, तो लपकी हुई आती और जल्दी से बोझ उतारकर शांत बैठ जाती,जिससे रमा भांप न सके।

एक दिन 'मनोरमा थियेटर' में राधेश्याम का कोई नया ड्रामा होने वाला था। इस ड्रामे की बड़ी धूम थी। एक दिन पहले से ही लोग अपनी जगहें रक्षित करा रहे थे। रमा को भी अपनी जगह रक्षित करा लेने की धुन सवार हुई। सोचा, कहीं रात को टिकट न मिला, तो टापते रह जायेंगे। तमाशे की बड़ी तारीफ है। उस वक्त एक के दो देने पर भी जगह न मिलेगी। इसी उत्सुकता ने पुलिस के भय को भी पीछे डाल दिया। ऐसी आफत नहीं आई है कि घर से निकलते ही पुलिस पकड़ लेगी। दिन को न सही, रात को तो निकलता ही हूँ। पुलिस चाहती, तो क्या रात को न पकड़ लेती। फिर मेरा वह हुलिया भी नहीं रहा। पगड़ी चेहरा बदल देने के लिए काफी है। यों मन को समझाकर वह दस बजे घर से निकला। देवीदीन कहीं गया हुआ था। बुढ़िया ने पूछा,कहाँ जाते हो, बेटा- रमा ने कहा, 'कहीं नहीं काकी, अभी आता हूँ।'

रमा सड़क पर आया, तो उसका साहस हिम की भांति पिघलने लगा। उसे पग-पग पर शंका होती थी, कोई कांस्टेबल न आ रहा हो उसे विश्वास था कि पुलिस का एक-एक चौकीदार भी उसका हुलिया पहचानता है और उसके चेहरे पर निगाह पड़ते ही पहचान लेगा। इसलिए वह नीचे सिर झुकाए चल रहा था। सहसा उसे ख़याल आया, गुप्त पुलिस वाले सादे कपड़े पहने इधर-उधर घूमा करते हैं। कौन जाने, जो आदमी मेरे बग़ल में आ रहा है, कोई जासूस ही हो मेरी ओर ध्यान से देख रहा है। यों सिर झुकाकर चलने से ही तो नहीं उसे संदेह हो रहा है। यहाँ और सभी सामने ताक रहे हैं। कोई यों सिर झुकाकर नहीं चल रहा है। मोटरों की इस रेल-पेल में सिर झुकाकर चलना मौत को नेवता देना है। पार्क में कोई इस तरह चहलकदमी करे, तो कर सकता है। यहाँ तो सामने देखना चाहिए। लेकिन बग़ल वाला आदमी अभी तक मेरी ही तरफ ताक रहा है। है शायद कोई खुफिया हो। उसका साथ छोड़ने के लिए वह एक तंबोली की दुकान पर पान खाने लगा। वह आदमी आगे निकल गया। रमा ने आराम की लंबी सांस ली।

अब उसने सिर उठा लिया और दिल मज़बूत करके चलने लगा। इस वक्त ट्राम का भी कहीं पता न था, नहीं उसी पर बैठ लेता। थोड़ी ही दूर चला होगा कि तीन कांस्टेबल आते दिखाई दिए। रमा ने सड़क छोड़ दी और पटरी पर चलने लगा। ख्वामख्वाह सांप के बिल में उंगली डालना कौन-सी बहादुरी है। दुर्भाग्य की बात, तीनों कांस्टेबलों ने भी सड़क छोड़कर वही पटरी ले ली। मोटरों के आने-जाने से बार-बार इधर-उधर दौड़ना पड़ता था। रमा का कलेजा धक-धक करने लगा। दूसरी पटरी पर जाना तो संदेह को और भी बढ़ा देगा। कोई ऐसी गली भी नहीं जिसमें घुस जाऊं। अब तो सब बहुत समीप आ गये। क्या बात है, सब मेरी ही तरफ देख रहे हैं। मैंने बड़ी हिमाकत की कि यह पग्गड़ बांध लिया और बंधी भी कितनी बेतुकी। एक टीले-सा ऊपर उठ गया है। यह पगड़ी आज मुझे पकड़ावेगी। बांधी थी कि इससे सूरत बदल जायेगी। यह उल्टे और तमाशा बन गई। हाँ, तीनों मेरी ही ओर ताक रहे हैं। आपस में कुछ बातें भी कर रहे हैं। रमा को ऐसा जान पड़ा, पैरों में शक्ति नहीं है। शायद सब मन में मेरा हुलिया मिला रहे हैं। अब नहीं बच सकता, घर वालों को मेरे पकड़े जाने की ख़बर मिलेगी, तो कितने लज्जित होंगे। जालपा तो रो-रोकर प्राण ही दे देगी। पाँच साल से कम सज़ा न होगी। आज इस जीवन का अंत हो रहा है। इस कल्पना ने उसके ऊपर कुछ ऐसा आतंक जमाया कि उसके औसान जाते रहे। जब सिपाहियों का दल समीप आ गया, तो उसका चेहरा भय से कुछ ऐसा विकृत हो गया, उसकी आँखें कुछ ऐसी सशंक हो गई और अपने को उनकी आँखों से बचाने के लिए वह कुछ इस तरह दूसरे आदमियों की आड़ खोजने लगा कि मामूली आदमी को भी उस पर संदेह होना स्वाभाविक था, फिर पुलिस वालों की मंजी हुई आँखें क्यों चूकतीं।

एक ने अपने साथी से कहा, 'यो मनई चोर न होय, तो तुमरी टांगन ते निकर जाईब कस चोरन की नाई ताकत है।'

दूसरा बोला, 'कुछ संदेह तो हमऊ का हुय रहा है। फुरै कह पांडे, असली चोर है।'

तीसरा आदमी मुसलमान था, उसने रमानाथ को ललकारा, 'ओ जी ओ पगड़ी, ज़रा इधर आना, तुम्हारा क्या नाम है?'

रमानाथ ने सीनाजोरी के भाव से कहा,'हमारा नाम पूछकर क्या करोगे? मैं क्या चोर हूँ?'

'चोर नहीं, तुम साह हो, नाम क्यों नहीं बताते?'

रमा ने एक क्षण आगा-पीछा में पड़कर कहा, 'हीरालाल।'

'घर कहाँ है?'

'घर!'

'हाँ, घर ही पूछते हैं।'

'शाहजहाँपुर।'

'कौन मुहल्ला-'

रमा शाहजहाँपुर न गया था, न कोई कल्पित नाम ही उसे याद आया कि बता दे। दुस्साहस के साथ बोला, 'तुम तो मेरा हुलिया लिख रहे हो!'

कांस्टेबल ने भभकी दी,'तुम्हारा हुलिया पहले से ही लिखा हुआ है! नाम झूठ बताया, सयनत झूठ बताई, मुहल्ला पूछा तो बगलें झांकने लगे। महीनों से तुम्हारी तलाश हो रही है, आज जाकर मिले हो चलो थाने पर।' यह कहते हुए उसने रमानाथ का हाथ पकड़ लिया। रमा ने हाथ छुड़ाने की चेष्टा करके कहा, 'वारंट लाओ तब हम चलेंगे। क्या मुझे कोई देहाती समझ लिया है?'

कांस्टेबल ने एक सिपाही से कहा, 'पकड़ लो जी इनका हाथ, वहीं थाने पर वारंट दिखाया जाएगा।'

शहरों में ऐसी घटनायें मदारियों के तमाशों से भी ज्यादा मनोरंजक होती हैं। सैकड़ों आदमी जमा हो गये। देवीदीन इसी समय अफीम लेकर लौटा आ रहा था, यह जमाव देखकर वह भी आ गया। देखा कि तीन कांस्टेबल रमानाथ को घसीटे लिये जा रहे हैं। आगे बढ़कर बोला, 'हैं?हैं, जमादार! यह क्या करते हो? यह पंडितजी तो हमारे मिहमान हैं, कहाँ पकड़े लिये जाते हो?'

तीनों कांस्टेबल देवीदीन से परिचित थे। रूक गए। एक ने कहा, 'तुम्हारे मिहमान हैं यह, कब से? '

देवीदीन ने मन में हिसाब लगाकर कहा, 'चार महीने से कुछ बेशी हुए होंगे। मुझे प्रयाग में मिल गए थे। रहने वाले भी वहीं के हैं। मेरे साथ ही तो आए थे।'

मुसलमान सिपाही ने मन में प्रसन्न होकर कहा, 'इनका नाम क्या है?'

देवीदीन ने सिटपिटाकर कहा, 'नाम इन्होंने बताया न होगा? '

सिपाहियों का संदेह दृढ़ हो गया। पांडे ने आँखें निकालकर कहा, 'जान परत है तुमहू मिले हौ, नांव काहे नाहीं बतावत हो इनका?'

देवीदीन ने आधारहीन साहस के भाव से कहा, 'मुझसे रोब न जमाना पांडे, समझे! यहाँ धमकियों में नहीं आने के।'

मुसलमान सिपाही ने मानो मध्यस्थ बनकर कहा, 'बूढ़े बाबा, तुम तो ख्वामख्वाह बिगड़ रहे हो, इनका नाम क्यों नहीं बतला देते?'

देवीदीन ने कातर नजरों से रमा की ओर देखकर कहा, 'हम लोग तो रमानाथ कहते हैं। असली नाम यही है या कुछ और, यह हम नहीं जानते। '

पांडे ने आँखें निकालकर हथेली को सामने करके कहा, 'बोलो पंडितजी, क्या नाम है तुम्हारा? रमानाथ या हीरालाल? या दोनों,एक घर का एक ससुराल का? '

तीसरे सिपाही ने दर्शकों को संबोधित करके कहा, 'नांव है रमानाथ, बतावत है हीरालाल? सबूत हुय गवा।' दर्शकों में कानाफूसी होने लगी। शुबहे की बात तो है।

'साफ है, नाम और पता दोनों ग़लत बता दिया।'

एक मारवाड़ी सज्जन बोले, 'उचक्को सो है।'

एक मौलवी साहब ने कहा, 'कोई इश्तिहारी मुलज़िम है।'

जनता को अपने साथ देखकर सिपाहियों को और भी ज़ोर हो गया। रमा को भी अब उनके साथ चुपचाप चले जाने ही में अपनी कुशल दिखाई दी। इस तरह सिर झुका लिया, मानो उसे इसकी बिलकुल परवा नहीं है कि उस पर लाठी पड़ती है या तलवार। इतना अपमानित वह कभी न हुआ था। जेल की कठोरतम यातना भी इतनी ग्लानि न उत्पन्न करती। थोड़ी देर में पुलिस स्टेशन दिखाई दिया। दर्शकों की भीड़ बहुत कम हो गई थी। रमा ने एक बार उनकी ओर लज्जित आशा के भाव से ताका, देवीदीन का पता न था। रमा के मुँह से एक लंबी सांस निकल गई। इस विपत्ति में क्या यह सहारा भी हाथ से निकल गया?

पुलिस स्टेशन के दफ्तर में इस समय बड़ी मेज़ के सामने चार आदमी बैठे हुए थे। एक दारोग़ा थे, गोरे से, शौकीन, जिनकी बड़ी-बड़ी आँखों में कोमलता की झलक थी। उनकी बग़ल में नायब दारोग़ा थे। यह सिक्ख थे, बहुत हंसमुख, सजीवता के पुतले, गेहुंआं रंग, सुडौल, सुगठित शरीरब सिर पर केश था, हाथों में कड़ेॠ पर सिगार से परहेज न करते थे। मेज़ की दूसरी तरफ इंस्पेक्टर और डिप्टी सुपरिंटेंडेंट बैठे हुए थे। इंस्पेक्टर अधेड़, सांवला, लंबा आदमी था, कौड़ी की-सी आँखें, फूले हुए गाल और ठिगना कद, डिप्टी सुपरिंटेंडेंट लंबा छरहरा जवान था, बहुत ही विचारशील और अल्पभाषी, इसकी लंबी नाक और ऊँचा मस्तक उसकी कुलीनता के साक्षी थे।

डिप्टी ने सिगार का एक कश लेकर कहा, 'बाहरी गवाहों से काम नहीं चल सकेगा। इनमें से किसी को एप्रूवर बनना होगा। और कोई अल्टरनेटिव नहीं है।'

इंस्पेक्टर ने दारोग़ा की ओर देखकर कहा, 'हम लोगों ने कोई बात उठा तो नहीं रक्खी, हलफ से कहता हूँ। सभी तरह के लालच देकर हार गए। सबों ने ऐसी गुट कर रक्खी है कि कोई टूटता ही नहीं। हमने बाहर के गवाहों को भी आजमाया, पर सब कानों पर हाथ रखते हैं।'

डिप्टी, 'उस मारवाड़ी को फिर आजमाना होगा। उसके बाप को बुलाकर खूब धमकाइए। शायद इसका कुछ दबाव पड़े।'

इंस्पेक्टर-'हलफ से कहता हूँ, आज सुबह से हम लोग यही कर रहे हैं। बेचारा बाप लड़के के पैरों पर गिरा, पर लड़का किसी तरह राज़ी नहीं होता।'

कुछ देर तक चारों आदमी विचारों में मग्न बैठे रहे। अंत में डिप्टी ने निराशा के भाव से कहा,मुकदमा नहीं चल सकता, मुफ्त का बदनामी हुआ। इंस्पेक्टर,एक हफ्ते की मुहलत और लीजिए, शायद कोई टूट जाये। यह निश्चय करके दोनों आदमी यहाँ से रवाना हुए। छोटे दारोग़ा भी उसके साथ ही चले गए। दारोग़ाजी ने हुक्का मंगवाया कि सहसा एक मुसलमान सिपाही ने आकर कहा, 'दारोग़ाजी, लाइए कुछ इनाम दिलवाइए। एक मुलजिम को शुबहे पर गिरफ्तार किया है। इलाहाबाद का रहने वाला है, नाम है रमानाथ,पहले नाम और सयनत दोनों ग़लत बतलाई थीं। देवीदीन खटिक जो नुक्कड़ पर रहता है, उसी के घर ठहरा हुआ है। ज़रा डांट बताइएगा, तो सब कुछ उगल देगा।'

दारोग़ा-'वही है न जिसके दोनों लड़के—'

सिपाही-'जी हाँ, वही है।'

इतने में रमानाथ भी दारोग़ा के सामने हाज़िर किया गया। दारोग़ा ने उसे सिर से पांव तक देखा, मानो मन में उसका हुलिया मिला रहे हों।

तब कठोर दृष्टि से देखकर बोले, 'अच्छा, यह इलाहाबाद का रमानाथ है। खूब मिले भाई। छः महीने से परेशान कर रहे हो, कैसा साफ हुलिया है कि अंधा भी पहचान ले। यहाँ कब से आए हो?' कांस्टेबल ने रमा को परामर्श दिया, 'सब हाल सच-सच कह दो, तो तुम्हारे साथ कोई सख्ती न की जायेगी।'

रमा ने प्रसन्नचित्त बनने की चेष्टा करके कहा, 'अब तो आपके हाथ में हूँ, रियायत कीजिए या सख्ती कीजिए। इलाहाबाद की म्युनिसिपैलिटी में नौकर था। हिमाकत कहिए या बदनसीबी, चुंगी के चार सौ रूपये मुझसे ख़र्च हो गये। मैं वक्त पर रूपये जमा न कर सका। शर्म के मारे घर के आदमियों से कुछ न कहा, नहीं तो इतने रूपये इंतजाम हो जाना कोई मुश्किल न था। जब कुछ बस न चला, तो वहाँ से भागकर यहाँ चला आया। इसमें एक हर्फ भी ग़लत नहीं है।'

दारोग़ा ने गंभीर भाव से कहा, 'मामला कुछ संगीन है,क्या कुछ शराब का चस्का पड़ गया था? '

'मुझसे कसम ले लीजिए, जो कभी शराब मुँह से लगाई हो।'

कांस्टेबल ने विनोद करके कहा,मुहब्बत के बाज़ार में लुट गए होंगे, हुजूर।'

रमा ने मुस्कराकर कहा, 'मुझसे फाकेमस्तों का वहाँ कहाँ गुजर?'

दारोग़ा -'तो क्या जुआ खेल डाला? या, बीवी के लिए जेवर बनवा डाले!'

रमा झेंपकर रह गया। अपराधी मुस्कराहट उसके मुख पर रो पड़ी।

दारोग़ा-'अच्छी बात है, तुम्हें भी यहाँ खासे मोटे जेवर मिल जायेंगे!'

एकाएक बूढ़ा देवीदीन आकर खडाहो गया। दारोग़ा ने कठोर स्वर में कहा, 'क्या काम है यहाँ?'

देवीदीन-'हुज़ूर को सलाम करने चला आया। इन बेचारों पर दया की नज़र रहे हुज़ूर, बेचारे बडे सीधे आदमी हैं।'

दारोग़ा -'बचा सरकारी मुलज़िम को घर में छिपाते हो, उस पर सिफारिश करने आए हो!'

देवीदीन-'मैं क्या सिफारिस करूंगा हुज़ूर, दो कौड़ी का आदमी।'

दारोग़ा-'जानता है, इन पर वारंट है, सरकारी रूपये ग़बन कर गए हैं।'

देवीदीन-'हुज़ूर, भूल-चूक आदमी से ही तो होती है। जवानी की उम्र है ही, ख़र्च हो गए होंगे।

यह कहते हुए देवीदीन ने पांच गिन्नियाँ कमर से निकालकर मेज़ पर रख दीं।

दारोग़ा ने तड़पकर कहा, 'यह क्या है?'

देवीदीन-'कुछ नहीं है, हुजूर को पान खाने को।'

दारोग़ा -'रिश्वत देना चाहता है! क्यों? कहो तो बचा, इसी इल्ज़ाम में भेज दूं।'

देवीदीन-'भेज दीजिए सरकार। घरवाली लकड़ी-कफन की फिकर से छूट जायेगी। वहीं बैठा आपको दुआ दूंगा।'

दारोग़ा -'अबे इन्हें छुड़ाना है, तो पचास गिन्नियाँ लाकर सामने रक्खो। जानते हो इनकी गिरफ्तारी पर पाँच सौ रूपये का इनाम है!'

देवीदीन-'आप लोगों के लिए इतना इनाम हुज़ूर क्या है। यह ग़रीब परदेसी आदमी हैं, जब तक जियेंगे आपको याद करेंगे।'

दारोग़ा -'बक-बक मत कर, यहाँ धरम कमाने नहीं आया हूँ।'

देवीदीन-'बहुत तंग हूँ हुज़ूर। दुकानदारी तो नाम की है।'

कांस्टेबल-'बुढ़िया से मांग जाके।'

देवीदीन-'कमाने वाला तो मैं ही हूँ हुज़ूर, लड़कों का हाल जानते ही हो तन-पेट काटकर कुछ रूपये जमा कर रखे थे, सो अभी सातों-धाम किए चला आता हूँ। बहुत तंग हो गया हूँ।

दारोग़ा -'तो अपनी गिन्नियाँ उठा ले। इसे बाहर निकाल दो जी।'

देवीदीन-'आपका हुकुम है, तो लीजिए जाता हूँ। धक्का क्यों दिलवाइएगा।'

दारोग़ा -'कांस्टेबल सेध्द इन्हें हिरासत में रखो। मुंशी से कहो इनका बयान लिख लें।'

देवीदीन के होंठ आवेश से कांप रहे थे। उसके चेहरे पर इतनी व्यग्रता रमा ने कभी नहीं देखी, जैसे कोई चिड़िया अपने घोंसले में कौवे को घुसते देखकर विह्नल हो गई हो वह एक मिनट तक थाने के द्वार पर खड़ा रहा, फिर पीछे गिरा और एक सिपाही से कुछ कहा, तब लपका हुआ सड़क पर चला गया, मगर एक ही पल में फिर लौटा और दारोग़ा से बोला, 'हुज़ूर, दो घंटे की मुहलत न दीजिएगा?'

रमा अभी वहीं खड़ाथा। उसकी यह ममता देखकर रो पड़ा। बोला, 'दादा, अब तुम हैरान न हो, मेरे भाग्य में जो कुछ लिखा है, वह होने दो। मेरे भी यहाँ होते, तो इससे ज्यादा और क्या करते! मैं मरते दम तक तुम्हारा उपकार —'

देवीदीन ने आँखें पोंछते हुए कहा, 'कैसी बातें कर रहे हो, भैया! जब रूपये पर आई, तो देवीदीन पीछे हटने वाला आदमी नहीं है। इतने रूपये तो एक-एक दिन जुए में हार-जीत गया हूँ। अभी घर बेच दूं, तो दस हज़ार की मालियत है। क्या सिर पर लाद कर ले जाऊंगा। दारोग़ाजी, अभी भैया को हिरासत में न भेजो, मैं रूपये की गिकर करके थोड़ी देर में आता हूँ।'

देवीदीन चला गया तो दारोग़ाजी ने सह्रदयता से भरे स्वर में कहा, 'है तो खुर्राट, मगर बड़ा नेक। तुमने इसे कौन-सी बूटी सुंघा दी?'

रमा ने कहा, 'गरीबों पर सभी को रहम आता है।'

दारोग़ा ने मुस्कराकर कहा, 'पुलिस को छोड़कर, इतना और कहिए। मुझे तो यकीन नहीं कि पचास गिन्नियाँ लावे।'

रमानाथ-'अगर लाए भी तो उससे इतना बडा तावान नहीं दिलाना चाहता। आप मुझे शौक से हिरासत में ले लें।'

दारोग़ा -'मुझे पाँच सौ के बदले साढ़े छः सौ मिल रहे हैं, क्यों छोड़ूं। तुम्हारी गिरफ्तारी का इनाम मेरे किसी दूसरे भाई को मिल जाये, तो क्या बुराई है।'

रमानाथ-'जब मुझे चक्की पीसनी है, तो जितनी जल्द पीस लूं, उतना ही अच्छा। मैंने समझा था, मैं पुलिस की नज़रों से बचकर रह सकता हूँ। अब मालूम हुआ कि यह बेकली और आठों पहर पकड़ लिए जाने का ख़ौफ जेल से कम जानलेवा नहीं।'

दारोग़ाजी को एकाएक जैसे कोई भूली हुई बात याद आ गई। मेज़ के दराज़ से एक मिसल निकाली, उसके पन्ने इधर-उधर उल्टे, तब नम्रता से बोले,अगर मैं कोई ऐसी तरकीब बतलाऊं कि देवीदीन के रूपये भी बच जाये और तुम्हारे ऊपर भी आँच न आये, तो कैसा?'

रमा ने अविश्वास के भाव से कहा, ऐसी तरकीब कोई है, मुझे तो आशा नहीं।'

दारोग़ा-'अभी साई के सौ खेल हैं। इसका इंतज़ाम मैं कर सकता हूँ। आपको महज़ एक मुकदमे में शहादत देनी पड़ेगी?'

रमानाथ-'झूठी शहादत होगी।'

दारोग़ा-'नहीं, बिलकुल सच्ची। बस समझ लो कि आदमी बन जाओगे। म्युनिसिपैलिटी के पंजे से तो छूट जाओगे, शायद सरकार परवरिश भी करे। यों अगर चालान हो गया, तो पाँच साल से कम की सज़ा न होगी। मान लो, इस वक्त देवी तुम्हें बचा भी ले, तो बकरे की माँ कब तक ख़ैर मनायेगी। ज़िन्दगी ख़राब हो जायगी। तुम अपना नफा-नुकसान ख़ुद समझ लो। मैं ज़बरदस्ती नहीं करता।'

दारोग़ाजी ने डकैती का वृत्तांत कह सुनाया। रमा ऐसे कई मुकदमे समाचारपत्रों में पढ़ चुका था। संशय के भाव से बोला, 'तो मुझे मुख़बिर बनना पड़ेगा और यह कहना पड़ेगा कि मैं भी इन डकैतियों में शरीक था। यह तो झूठी शहादत हुई।'

दारोग़ा-'मुआमला बिलकुल सच्चा है। आप बेगुनाहों को न फंसायेंगे। वही लोग जेल जायेंगे, जिन्हें जाना चाहिए। फिर झूठ कहाँ रहा- डाकुओं के डर से यहाँ के लोग शहादत देने पर राज़ी नहीं होते। बस और कोई बात नहीं। यह मैं मानता हूँ कि आपको कुछ झूठ बोलना पड़ेगा, लेकिन आपकी ज़िन्दगी बनी जा रही है, इसके लिहाज़ से तो इतना झूठ कोई चीज़ नहीं। ख़ूब सोच लीजिये। शाम तक जवाब दीजयेगा।'

रमा के मन में बात बैठ गई। अगर एक बार झूठ बोलकर वह अपने पिछले कर्मों का प्रायश्चित्त कर सके और भविष्य भी सुधार ले, तो पूछना ही क्या जेल से तो बच जायेगा। इसमें बहुत आगा-पीछा की जरूरत ही न थी। हाँ, इसका निश्चय हो जाना चाहिए कि उस पर फिर म्युनिसिपैलिटी अभियोग न चलायेगी और उसे कोई जगह अच्छी मिल जायगी। वह जानता था, पुलिस की ग़रज़ है और वह मेरी कोई वाजिब शर्त अस्वीकार न करेगी। इस तरह बोला, मानो उसकी आत्मा धर्म और अधर्म के संकट में पड़ी हुई है, 'मुझे यही डर है कि कहीं मेरी गवाही से बेगुनाह लोग न फंस जायें।'

दारोग़ा -'इसका मैं आपको इत्मीनान दिलाता हूँ।'

रमानाथ-'लेकिन कल को म्युनिसिपैलिटी मेरी गर्दन नापे तो मैं किसे पुकारूंगा?'

दारोग़ा -'मजाल है, म्युनिसिपैलिटी चूं कर सके। गौजदारी के मुकदमे में मुददई तो सरकार ही होगी। जब सरकार आपको मुआफ कर देगी, तो मुकदमा कैसे चलायेगी। आपको तहरीरी मुआफीनामा दे दिया जायेगा, साहब।'

रमानाथ-'और नौकरी?'

दारोग़ा -'वह सरकार आप इंतज़ाम करेगी। ऐसे आदमियों को सरकार ख़ुद अपना दोस्त बनाए रखना चाहती है। अगर आपकी शहादत बढिया हुई और उस फ्री की जिरहों के जाल से आप निकल गए, तो फिर आप पारस हो जायेंगे!' दारोग़ा ने उसी वक्त मोटर मंगवाई और रमा को साथ लेकर डिप्टी साहब से मिलने चल दिये। इतनी बडी कारगुज़ारी दिखाने में विलंब क्यों करते? डिप्टी से एकांत में ख़ूब ज़ीट उडाई। इस आदमी का यों पता लगाया। इसकी सूरत देखते ही भांप गया कि मगरूर है, बस गिरफ्तार ही तो कर लिया! बात सोलहों आने सच निकली। निगाह कहीं चूक सकती है! हुजूर, मुज़रिम की आँखें पहचानता हूँ। इलाहाबाद की म्युनिसिपैलिटी के रूपये ग़बन करके भागा है। इस मामले में शहादत देने को तैयार है। आदमी पढ़ा-लिखा, सूरत का शरीफ और ज़हीन है।'

डिप्टी ने संदिग्ध भाव से कहा, 'हाँ, आदमी तो होशियार मालूम होता है।'

'मगर मुआफीनामा लिये बग़ैर इसे हमारा एतबार न होगा। कहीं इसे यह शुबहा हुआ कि हम लोग इसके साथ कोई चाल चल रहे हैं, तो साफ निकल जायेगा।'

डिप्टी-'यह तो होगा ही। गवर्नमेंट से इसके बारे में बातचीत करना होगा। आप टेलीफोन मिलाकर इलाहाबाद पुलिस से पूछिए कि इस आदमी पर कैसा मुकदमा है। यह सब तो गवर्नमेंट को बताना होगा। दारोग़ाजी ने टेलीफोन डाइरेक्टरी देखी, नंबर मिलाया और बातचीत शुरू हुई।

डिप्टी-'क्या बोला?'

दारोग़ा -'कहता है, यहाँ इस नाम के किसी आदमी पर मुकदमा नहीं है।'

डिप्टी-'यह कैसा है भाई, कुछ समझ में नहीं आता। इसने नाम तो नहीं बदल दिया?'

दारोग़ा -'कहता है, म्युनिसिपैलिटी में किसी ने रूपये ग़बन नहीं किए। कोई मामला नहीं है।'

डिप्टी-'ये तो बडा ताज्जुब का बात है। आदमी बोलता है हम रूपया लेकर भागा, निसिपैलिटी बोलता है कोई रूपया ग़बन नहीं किया। यह आदमी पागल तो नहीं है?'

दारोग़ा -'मेरी समझ में कोई बात नहीं आती, अगर कह दें कि तुम्हारे ऊपर कोई इल्ज़ाम नहीं है, तो फिर उसकी गर्द भी न मिलेगी।'

'अच्छा, म्युनिसिपैलिटी के दफ्तर से पूछिए।'

दारोग़ा ने फिर नंबर मिलाया। सवाल-जवाब होने लगा।

दारोग़ा -'आपके यहाँ रमानाथ कोई क्लर्क था?'

जवाब, 'जी हाँ, था।'

दारोग़ा -'वह कुछ रूपये ग़बन करके भागा है?

जवाब,'नहीं। वह घर से भागा है, पर ग़बन नहीं किया। क्या वह आपके यहाँ है?'

दारोग़ा -'जी हाँ, हमने उसे गिरफ्तार किया है। वह ख़ुद कहता है कि मैंने रूपये ग़बन किए। बात क्या है?'

जवाब, 'पुलिस तो लाल बुझक्कड़ है। ज़रा दिमाग़ लड़ाइये।

'दारोग़ा -'यहाँ तो अक्ल काम नहीं करती।'

जवाब, 'यहीं क्या, कहीं भी काम नहीं करती। सुनिए, रमानाथ ने मीज़ान लगाने में ग़लती की, डरकर भागा। बाद को मालूम हुआ कि तहबील में कोई कमी न थी। आई समझ में बात।'

डिप्टी-'अब क्या करना होगा खां साहब, चिड़िया हाथ से निकल गया!'

दारोग़ा -'निकल कैसे जाएगी हुज़ूर! रमानाथ से यह बात कही ही क्यों जाये? बस उसे किसी ऐसे आदमी से मिलने न दिया जाये, जो बाहर की ख़बरें पहुँचा सके। घरवालों को उसका पता अब लग जावेगा ही, कोई न कोई जरूर उसकी तलाश में आवेगा। किसी को न आने दें। तहरीर में कोई बात न लाई जाये। ज़बानी इत्मीनान दिला दिया जाये। कह दिया जाये, कमिश्नर साहब को मुआफीनामा के लिए रिपोर्ट की गई है। इंस्पेक्टर साहब से भी राय ले ली जाये। इधर तो यह लोग सुपरिंटेंडेंट से परामर्श कर रहे थे, उधर एक घंटे में देवीदीन लौटकर थाने आया तो कांस्टेबल ने कहा, 'दारोग़ाजी तो साहब के पास गये।'

देवीदीन ने घबड़ाकर कहा, 'तो बाबूजी को हिरासत में डाल दिया?'

कांस्टेबल, 'नहीं, उन्हें भी साथ ले गये।'

देवीदीन ने सिर पीटकर कहा, 'पुलिस वालों की बात का कोई भरोसा नहीं। कह गया कि एक घंटे में रूपये लेकर आता हूँ, मगर इतना भी सबर न हुआ। सरकार से पाँच ही सौ तो मिलेंगे। मैं छः सौ देने को तैयार हूँ। हाँ, सरकार में कारगुज़ारी हो जायेगी और क्या वहीं से उन्हें परागराज भेज देंगे। मुझसे भेटं भी न होगी। बुढ़िया रो-रोकर मर जायेगी। यह कहता हुआ देवीदीन वहीं ज़मीन पर बैठ गया।'

कांस्टेबल ने पूछा, 'तो यहाँ कब तक बैठे रहोगे?'

देवीदीन ने मानो कोड़े की काट से आहत होकर कहा,'अब तो दारोग़ाजी से दो-दो बातें करके ही जाऊंगा। चाहे जेहल ही जाना पड़े, पर फटकारूंगा जरूर, बुरी तरह फटकारूंगा। आख़िर उनके भी तो बाल-बच्चे होंगे! क्या भगवान से ज़रा भी नहीं डरते! तुमने बाबूजी को जाती बार देखा था?बहुत रंजीदा थे? '

कांस्टेबल, 'रंजीदा तो नहीं थे, ख़ासी तरह हँस रहे थे। दोनों जने मोटर में बैठकर गए हैं।'

देवीदीन ने अविश्वास के भाव से कहा, 'हंस क्या रहे होंगे बेचारे। मुँह से चाहे हँस लें, दिल तो रोता ही होगा। '

देवीदीन को यहाँ बैठे एक घंटा भी न हुआ था कि सहसा जग्गो आ खड़ी हुई। देवीदीन को द्वार पर बैठे देखकर बोली, 'तुम यहाँ क्या करने लगे? भैया कहाँ हैं?'

देवीदीन ने मर्माहत होकर कहा, 'भैया को ले गए सुपरीडंट के पास, न जाने भेंट होती है कि ऊपर ही ऊपर परागराज भेज दिए जाते हैं। '

जग्गो-'दारोग़ाजी भी बड़े वो हैं। कहाँ तो कहा था कि इतना लेंगे, कहाँ लेकर चल दिए!'

देवीदीन-'इसीलिए तो बैठा हूँ कि आवें तो दो-दो बातें कर लूं।'

जग्गो-'हाँ, फटकारना जरूर,जो अपनी बात का नहीं, वह अपने बाप का क्या होगा। मैं तो खरी कहूंगी। मेरा क्या कर लेंगे!'

देवीदीन-'दुकान पर कौन है?'

जग्गो-'बंद कर आई हूँ। अभी बेचारे ने कुछ खाया भी नहीं। सबेरे से वैसे ही हैं। चूल्हे में जाये, वह तमासाब उसी के टिकट लेने तो जाते थे। न घर से निकलते, तो काहे को यह बला सिर पड़ती।

देवीदीन-'जो उधार ही से पराग भेज दिया तो?'

जग्गो-'तो चिट्ठी तो आवेगी ही। चलकर वहीं देख आवेंगे?'

देवीदीन-'(आँखों में आँसू भरकर) सज़ा हो जायेगी?

जग्गो-'रूपया जमा कर देंगे तब काहे को होगी। सरकार अपने रूपये ही तो लेगी?

देवीदीन-'नहीं पगली, ऐसा नहीं होता। चोर माल लौटा दे तो वह छोड़ थोड़े ही दिया जायेगा।'

जग्गो ने परिस्थिति की कठोरता अनुभव करके कहा, 'दारोग़ाजी, '

वह अभी बात भी पूरी न करने पाई थी कि दारोग़ाजी की मोटर सामने आ पहुँची। इंस्पेक्टर साहब भी थे। रमा इन दोनों को देखते ही मोटर से उतरकर आया और प्रसन्न मुख से बोला, 'तुम यहाँ देर से बैठे हो क्या दादा? आओ, कमरे में चलो। अम्मा, तुम कब आई?'

दारोग़ाजी ने विनोद करके कहा, 'कहो चौधारी, लाये रूपये?'

देवीदीन-'जब कह गया कि मैं थोड़ी देर में आता हूँ, तो आपको मेरी राह देख लेनी चाहिए थी। चलिए, अपने रूपये लीजिये।'

दारोग़ा -'खोदकर निकाले होंगे?'

देवीदीन-'आपके अकबाल से हज़ार-पाँच सौ अभी ऊपर ही निकल सकते हैं। ज़मीन खोदने की जरूरत नहीं पड़ी। चलो भैया, बुढिया कब से खड़ी है। मैं रूपये चुकाकर आता हूँ। यह तो इंस्पेक्टर साहब थे न? पहले इसी थाने में थे।'

दारोग़ा -'तो भाई, अपने रूपये ले जाकर उसी हांडी में रख दो। अफसरों की सलाह हुई कि इन्हें छोड़ना न चाहिए। मेरे बस की बात नहीं है।'

इंस्पेक्टर साहब तो पहले ही दफ्तर में चले गए थे। ये तीनों आदमी बातें करते उसके बग़ल वाले कमरे में गये। देवीदीन ने दारोग़ा की बात सुनी,तो भौंहें तिरछी हो गई। बोला, दारोग़ाजी, मरदों की एक बात होती है, मैं तो यही जानता हूँ। मैं रूपये आपके हुक्म से लाया हूँ। आपको अपना कौल पूरा करना पड़ेगा। कहके मुकर जाना नीचों का काम है।'

इतने कठोर शब्द सुनकर दारोग़ाजी को भन्ना जाना चाहिए था, पर उन्होंने ज़रा भी बुरा न माना। हँसते हुए बोले,भई अब चाहे, नीच कहो, चाहे दग़ाबाज़ कहो, पर हम इन्हें छोड़ नहीं सकते। ऐसे शिकार रोज़ नहीं मिलते। कौल के पीछे अपनी तरक्की नहीं छोड़ सकता दारोग़ा के हँसने पर देवीदीन और भी तेज़ हुआ, 'तो आपने कहा किस मुँह से था? '

दारोग़ा -'कहा तो इसी मुँह से था, लेकिन मुँह हमेशा एक-सा तो नहीं रहता। इसी मुँह से जिसे गाली देता हूँ, उसकी इसी मुँह से तारीफ भी करता हूँ।'

देवीदीन-'(तिनककर) यह मूंछें मुड़वा डालिये।'

दारोग़ा -'मुझे बड़ी ख़ुशी से मंजूर है। नीयत तो मेरी पहले ही थी, पर शर्म के मारे न मुड़वाता था। अब तुमने दिल मज़बूत कर दिया।'

देवीदीन-'हँसिये मत दारोग़ाजी, आप हँसते हैं और मेरा ख़ून जला जाता है। मुझे चाहे जेहल ही क्यों न हो जाये, लेकिन मैं कप्तान साहब से जरूर कह दूंगा। हूं तो टके का आदमी पर आपके अकबाल से बडे अफसरों तक पहुँच है।'

दारोग़ा -'अरे, यार तो क्या सचमुच कप्तान साहब से मेरी शिकायत कर दोगे?'

देवीदीन ने समझा कि धमकी कारगर हुई। अकड़कर बोला, 'आप जब किसी की नहीं सुनते, बात कहकर मुकर जाते हैं, तो दूसरे भी अपने-सी करेंगे ही। मेम साहब तो रोज़ ही दुकान पर आती हैं।'

दारोग़ा -'कौन, देवी? अगर तुमने साहब या मेम साहब से मेरी कुछ शिकायत की, तो कसम खाकर कहता हूँ, कि घर खुदवाकर फेंक दूंगा!'

देवीदीन-'जिस दिन मेरा घर खुदेगा, उस दिन यह पगड़ी और चपरास भी न रहेगी, हुजूर।'

दारोग़ा -'अच्छा तो मारो हाथ पर हाथ, हमारी तुम्हारी दो-दो चोटें हो जाये,यही सही।'

देवीदीन-'पछताओगे सरकार, कहे देता हूँ पछताओगे।'

रमा अब जब्त न कर सका। अब तक वह देवीदीन के बिगड़ने का तमाशा देखने के लिए भीगी बिल्ली बना खड़ा था। कहकहा मारकर बोला, 'दादा,दारोग़ाजी तुम्हें चिढ़ा रहे हैं। हम लोगों में ऐसी सलाह हो गई है कि मैं बिना कुछ लिए-दिए ही छूट जाऊंगा, ऊपर से नौकरी भी मिल जायेगी। साहब ने पक्का वादा किया है। मुझे अब यहीं रहना होगा।'

देवीदीन ने रास्ता भटके हुए आदमी की भांति कहा, 'कैसी बात है भैया, क्या कहते हो! क्या पुलिस वालों के चकमे में आ गये? इसमें कोई न कोई चाल जरूर छिपी होगी।'

रमा ने इत्मीनान के साथ कहा, 'और बात नहीं, एक मुकदमे में शहादत देनी पड़ेगी।'

देवीदीन ने संशय से सिर हिलाकर कहा, 'झूठा मुकदमा होगा?'

रमानाथ-'नहीं दादा, बिलकुल सच्चा मामला है। मैंने पहले ही पूछ लिया है।'

देवीदीन की शंका शांत न हुई। बोला, 'मैं इस बारे में और कुछ नहीं कह सकता भैया, ज़रा सोच-समझकर काम करना। अगर मेरे रूपयों को डरते हो,तो यही समझ लो कि देवीदीन ने अगर रूपयों की परवा की होती, तो आज लखपति होता। इन्हीं हाथों से सौ-सौ रूपये रोज़ कमाए और सब-के-सब उड़ा दिए हैं। किस मुकदमे में सहादत देनी है? कुछ मालूम हुआ?'

दारोग़ाजी ने रमा को जवाब देने का अवसर न देकर कहा, 'वही डकैतियों वाला मुआमला है, जिसमें कई ग़रीब आदमियों की जान गई थी। इन डाकुओं ने सूबे-भर में हंगामा मचा रक्खा था। उनके डर के मारे कोई आदमी गवाही देने पर राज़ी नहीं होता।'

देवीदीन ने उपेक्षा के भाव से कहा, 'अच्छा तो यह मुख़बिर बन गये? यह बात है। इसमें तो जो पुलिस सिखायेगी, वही तुम्हें कहना पड़ेगा, भैया! मैं छोटी समझ का आदमी हूँ, इन बातों का मर्म क्या जानूं, पर मुझसे मुख़बिर बनने को कहा जाता, तो मैं न बनता, चाहे कोई लाख रूपया देता। बाहर के आदमी को क्या मालूम, कौन अपराधी है, कौन बेकसूर है। दो-चार अपराधियों के साथ दो-चार बेकसूर भी जरूर ही होंगे।'

दारोग़ा -'हरगिज़ नहीं। जितने आदमी पकड़े गए हैं, सब पक्के डाकू हैं।'

देवीदीन-'यह तो आप कहते हैं न, हमें क्या मालूम।'

दारोग़ा -'हम लोग बेगुनाहों को फंसाएंगे ही क्यों? यह तो सोचो।'

देवीदीन-'यह सब भुगते बैठा हूँ, दारोग़ाजी! इससे तो यही अच्छा है कि आप इनका चालान कर दें। साल-दो साल का जेहल ही तो होगा। एक अधरम के दंड से बचने के लिए बेगुनाहों का ख़ून तो सिर पर न चढ़ेगा! '

रमा ने भीरूता से कहा, 'मैंने ख़ूब सोच लिया है दादा, सब काग़ज़ देख लिए हैं, इसमें कोई बेगुनाह नहीं है।'

देवीदीन ने उदास होकर कहा,'होगा भाई! जान भी तो प्यारी होती है!'यह कहकर वह पीछे घूम पड़ा। अपने मनोभावों को इससे स्पष्ट रूप से वह प्रकट न कर सकता था। एकाएक उसे एक बात याद आ गई। मुड़कर बोला, 'तुम्हें कुछ रूपये देता जाऊं।'

रमा ने खिसियाकर कहा, 'क्या जरूरत है?'

दारोग़ा -'आज से इन्हें यहीं रहना पड़ेगा।'

देवीदीन ने कर्कश स्वर में कहा,'हाँ हुजूर, इतना जानता हूँ। इनकी दावत होगी, बंगला रहने को मिलेगा, नौकर मिलेंगे, मोटर मिलेगी। यह सब जानता हूँ। कोई बाहर का आदमी इनसे मिलने न पावेगा, न यह अकेले आ-जा सकेंगे, यह सब देख चुका हूँ।'

यह कहता हुआ देवीदीन तेज़ी से कदम उठाता हुआ चल दिया, मानो वहाँ उसका दम घुट रहा हो दारोग़ा ने उसे पुकारा, पर उसने फिरकर न देखा। उसके मुख पर पराभूत वेदना छाई हुई थी।

जग्गो ने पूछा, 'भैया नहीं आ रहे हैं?'

देवीदीन ने सड़क की ओर ताकते हुए कहा, 'भैया अब नहीं आवेंगे। जब अपने ही अपने न हुए तो बेगाने तो बेगाने हैं ही!' वह चला गया।

बुढ़िया भी पीछे-पीछे भुनभुनाती चली।

रूदन में कितना उल्लास, कितनी शांति, कितना बल है। जो कभी एकांत में बैठकर, किसी की स्मृति में, किसी के वियोग में, सिसक-सिसक और बिलखबिलख नहीं रोया, वह जीवन के ऐसे सुख से वंचित है, जिस पर सैकड़ों हंसियां न्योछावर हैं। उस मीठी वेदना का आनंद उन्हीं से पूछो,जिन्होंने यह सौभाग्य प्राप्त किया है। हंसी के बाद मन खिकै हो जाता है, आत्मा क्षुब्धा हो जाती है, मानो हम थक गए हों, पराभूत हो गए हों। रूदन के पश्चात एक नवीन स्फूर्ति, एक नवीन जीवन, एक नवीन उत्साह का अनुभव होता है। जालपा के पास 'प्रजा-मित्र' कार्यालय का पत्र

पहुंचा, तो उसे पढ़कर वह रो पड़ी। पत्र एक हाथ में लिये, दूसरे हाथ से चौखट पकड़े, वह खूब रोई। क्या सोचकर रोई, वह कौन कह सकता है। कदाचित अपने उपाय की इस आशातीत सफलता ने उसकी आत्मा को विह्नल कर दिया, आनंद की उस गहराई पर पहुँचा दिया जहाँ पानी है, या उस ऊँचाई पर जहां उष्णता हिम बन जाती है। आज छः महीने के बाद यह सुख-संवाद मिला। इतने दिनों वह छलमयी आशा और कठोर दुराशा का खिलौना बनी रही। आह! कितनी बार उसके मन में तरंग उठी कि इस जीवन का क्यों न अंत कर दूं! कहीं मैंने सचमुच प्राण त्याग दिए होते, तो उनके दर्शन भी न पाती! पर उनका हिया कितना कठोर है। छः महीने से वहाँ बैठे हैं, एक पत्र भी न लिखा, ख़बर तक नहीं ली। आख़िर यही न समझ लिया होगा कि बहुत होगा रो-रोकर मर जायेगी। उन्होंने मेरी परवाह ही कब की! दस-बीस रूपये तो आदमी यार-दोस्तों पर भी ख़र्च कर देता है। वह प्रेम नहीं है। प्रेम हृदय की वस्तु है, रूपये की नहीं। जब तक रमा का कुछ पता न था, जालपा सारा इलज़ाम अपने सिर रखती थी, पर आज उनका पता पाते ही उसका मन अकस्मात कठोर हो गया। तरह-तरह के शिकवे पैदा होने लगे। वहाँ क्या समझकर बैठे हैं? इसीलिए तो कि वह स्वाधीन हैं, आज़ाद हैं,किसी का दिया नहीं खाते।

इसी तरह मैं कहीं बिना कहे-सुने चली जाती, तो वह मेरे साथ किस तरह पेश आते? शायद तलवार लेकर गर्दन पर सवार हो जाते या ज़िन्दगी-भर मुँह न देखते। वहीं खड़े-खड़े जालपा ने मन-ही-मन शिकायतों का दफ्तर खोल दिया।

सहसा रमेश बाबू ने द्वार पर पुकारा, 'गोपी, गोपी, ज़रा इधर आना।'

मुंशीजी ने अपने कमरे में पड़े-पड़े कराहकर कहा, 'कौन है भाई, कमरे में आ जाओ। अरे! आप हैं रमेश बाबू! बाबूजी, मैं तो मरकर जिया हूं। बस यही समझिए कि नई ज़िन्दगी हुई। कोई आशा न थी। कोई आगे न कोई पीछे, दोनों लौंडे आवारा हैं, मैं मरूं या जीऊं, उनसे मतलब नहीं। उनकी माँ को मेरी सूरत देखते डर लगता है। बस बेचारी बहू ने मेरी जान बचाई, वह न होती तो अब तक चल बसा होता।'

रमेश बाबू ने कृत्रिम संवेदना दिखाते हुए कहा, 'आप इतने बीमार हो गए और मुझे ख़बर तक न हुई। मेरे यहाँ रहते आपको इतना कष्ट हुआ! बहू ने भी मुझे एक पुर्ज़ा न लिख दिया। छुट्टी लेनी पड़ी होगी?'

मुंशी-'छुट्टी के लिए दरख्वास्त तो भेज दी थी, मगर साहब मैंने डाक्टरी सर्टिफिकेट नहीं भेजी। सोलह रूपये किसके घर से लाता। एक दिन सिविल सर्जन के पास गया, मगर उन्होंने चिट्ठी लिखने से इनकार किया। आप तो जानते हैं वह बिना फीस लिये बात नहीं करते। मैं चला आया और दरख्वास्त भेज दी। मालूम नहीं मंजूर हुई या नहीं। यह तो डाक्टरों का हाल है। देख रहे हैं कि आदमी मर रहा

है, पर बिना भेंट लिये कदम न उठावेंगे!'

रमेश बाबू ने चिंतित होकर कहा, 'यह तो आपने बुरी ख़बर सुनाई, मगर आपकी छुट्टी नामंजूर हुई तो क्या होगा?'

मुंशीजी ने माथा ठोंकर कहा,'होगा क्या, घर बैठ रहूंगा। साहब पूछेंगे तो साफ कह दूंगा, मैं सर्जन के पास गया था, उसने छुट्टी नहीं दी। आख़िर इन्हें क्यों सरकार ने नौकर रक्खा है। महज़ कुर्सी की शोभा बढ़ाने के लिए? मुझे डिसमिस हो जाना मंज़ूर है, पर सर्टिफिकेट न दूंगा। लौंडे ग़ायब हैं। आपके लिए पान तक लाने वाला कोई नहीं। क्या करूं?'

रमेश ने मुस्कराकर कहा, 'मेरे लिए आप तरददुद न करें। मैं आज पान खाने नहीं, भरपेट मिठाई खाने आया हूँ। (जालपा को पुकारकर) बहूजी,तुम्हारे लिए ख़ुशख़बरी लाया हूं। मिठाई मंगवा लो।'

जालपा ने पान की तश्तरी उनके सामने रखकर कहा, 'पहले वह ख़बर सुनाइए। शायद आप जिस ख़बर को नई-नई समझ रहे हों, वह पुरानी हो गई हो'

रमेश-'जी कहीं हो न! रमानाथ का पता चल गया। कलकत्ता में हैं।'

जालपा-'मुझे पहले ही मालूम हो चुका है।'

मुंशीजी झपटकर उठ बैठे। उनका ज्वर मानो भागकर उत्सुकता की आड़ में जा छिपा, रमेश का हाथ पकड़कर बोले, 'मालूम हो गया कलकत्ता में हैं?कोई ख़त आया था?'

रमेश-'खत नहीं था, एक पुलिस इंक्वायरी थी। मैंने कह दिया, उन पर किसी तरह का इलज़ाम नहीं है। तुम्हें कैसे मालूम हुआ, बहूजी?'

जालपा ने अपनी स्कीम बयान की। 'प्रजा-मित्र' कार्यालय का पत्र भी दिखाया। पत्र के साथ रूपयों की एक रसीद थी जिस पर रमा का हस्ताक्षर था।

रमेश-'दस्तख़त तो रमा बाबू का है, बिलकुल साफ धोखा हो ही नहीं सकता मान गया बहूजी तुम्हें! वाह, क्या हिकमत निकाली है! हम सबके कान काट लिए। किसी को न सूझी। अब जो सोचते हैं, तो मालूम होता है, कितनी आसान बात थी। किसी को जाना चाहिए जो बचा को पकड़कर घसीट लाए। यह बातचीत हो रही थी कि रतन आ पहुंची। जालपा उसे देखते ही वहाँ से निकली और उसके गले से लिपटकर बोली, 'बहन कलकत्ता से पत्र आ गया। वहीं हैं।

'रतन-'मेरे सिर की कसम?'

जालपा-'हाँ, सच कहती हूँ। ख़त देखो न!'

रतन-'तो आज ही चली जाओ।'

जालपा-'यही तो मैं भी सोच रही हूं। तुम चलोगी?'

रतन-'चलने को तो मैं तैयार हूं, लेकिन अकेला घर किस पर छोड़ूं! बहन, मुझे मणिभूषण पर कुछ शुबहा होने लगा है। उसकी नीयत अच्छी नहीं मालूम होती। बैंक में बीस हज़ार रूपये से कम न थे। सब न जाने कहां उडा दिये। कहता है, क्रिया-कर्म में ख़र्च हो गये। हिसाब मांगती हूँ, तो आँखें दिखाता है। दफ्तर की कुंजी अपने पास रखे हुए है। मांगती हूँ, तो टाल जाता है। मेरे साथ कोई कानूनी चाल चल रहा है। डरती हूँ, मैं उधार जाऊं,इधर वह सब कुछ ले-देकर चलता बने। बंगले के गाहक आ रहे हैं। मैं भी सोचती हूँ, गाँव में जाकर शांति से पड़ी रहूं। बंगला बिक जायगा, तो नकद रूपये हाथ आ जायेंगे। मैं न रहूंगी,तो शायद ये रूपये मुझे देखने को भी न मिलें। गोपी को साथ लेकर आज ही चली जाओ। रूपये का इंतजाम मैं कर दूंगी।'

जालपा-'गोपीनाथ तो शायद न जा सकें, दादा की दवा-दारू के लिए भी तो कोई चाहिए।

रतन-'वह मैं कर दूंगी। मैं रोज़ सबेरे आ जाऊंगी और दवा देकर चली जाऊंगी। शाम को भी एक बार आ जाया करूंगी। '

जालपा ने मुस्कराकर कहा, 'और दिन?भर उनके पास बैठा कौन रहेगा।'

रतन-'मैं थोड़ी देर बैठी भी रहा करूंगी, मगर तुम आज ही जाओ। बेचारे वहां न जाने किस दशा में होंगे। तो यही तय रही न? '

रतन मुंशीजी के कमरे में गई, तो रमेश बाबू उठकर खड़े हो गए और बोले, 'आइए देवीजी, रमा बाबू का पता चल गया! '

रतन-'इसमें आधा श्रेय मेरा है।'

रमेश-'आपकी सलाह से तो हुआ ही होगा। अब उन्हें यहाँ लाने की फिक्र करनी है।'

रतन-'जालपा चली जायें और पकड़ लायें। गोपी को साथ लेती जावें, आपको इसमें कोई आपत्ति तो नहीं है, दादाजी?'

मुंशीजी को आपत्ति तो थी, उनका बस चलता तो इस अवसर पर दस-पांच आदमियों को और जमा कर लेते, फिर घर के आदमियों के चले जाने पर क्यों आपत्ति न होती, मगर समस्या ऐसी आ पड़ी थी कि कुछ बोल न सके। गोपी कलकत्ता की सैर का ऐसा अच्छा अवसर पाकर क्यों न ख़ुश होता। विशम्भर दिल में ऐंठकर रह गया। विधाता ने उसे छोटा न बनाया होता, तो आज उसकी यह हकतलफी न होती। गोपी ऐसे कहाँ के बड़े होशियार हैं, जहाँ जाते हैं कोई-न-कोई चीज़ खो आते हैं। हाँ, मुझसे बड़े हैं। इस दैवी विधान ने उसे मजबूर कर दिया। रात को नौ बजे जालपा चलने को तैयार हुई। सास-ससुर के चरणों पर सिर झुकाकर आशीर्वाद लिया, विशम्भर रो रहा था, उसे गले लगा कर प्यार किया और मोटर पर

बैठी। रतन स्टेशन तक पहुँचाने के लिए आई थी। मोटर चली तो जालपा ने कहा, 'बहन, कलकत्ता तो बहुत बड़ा शहर होगा। वहाँ कैसे पता चलेगा?'

रतन-'पहले 'प्रजा-मित्र' के कार्यालय में जाना। वहाँ से पता चल जाएगा। गोपी बाबू तो हैं ही।'

जालपा-'ठहरूंगी कहाँ?'

रतन-'कई धर्मशाले हैं। नहीं होटल में ठहर जाना। देखो रूपये की जरूरत पड़े, तो मुझे तार देना। कोई-न कोई इंतज़ाम करके भेजूंगी। बाबूजी आ जायें,तो मेरा बड़ा उपकार हो, यह मणिभूषण मुझे तबाह कर देगा।'

जालपा-'होटल वाले बदमाश तो न होंगे? '

रतन-'कोई ज़रा भी शरारत करे, तो ठोकर मारना। बस, कुछ पूछना मत, ठोकर जमाकर तब बात करना। (कमर से एक छुरी निकालकर) इसे अपने पास रख लो। कमर में छिपाए रखना। मैं जब कभी बाहर निकलती हूँ, तो इसे अपने पास रख लेती हूँ। इससे दिल बड़ा मज़बूत रहता है। जो मर्द किसी स्त्री को छेड़ता है, उसे समझ लो कि पल्ले सिरे का कायर, नीच और लंपट है। तुम्हारी छुरी की चमक और तुम्हारे तेवर देखकर ही उसकी ईह गष्ना हो जायगी। सीधा दुम दबाकर भागेगा, लेकिन अगर ऐसा मौका आ ही पड़े जब तुम्हें छुरी से काम लेने के लिए मजबूर हो जाना पड़े, तो ज़रा भी मत झिझकना। छुरी लेकर पिल पड़ना। इसकी बिलकुल फिक्र मत करना कि क्या होगा, क्या न होगा। जो कुछ होना होगा, हो जायेगा।'

जालपा ने छुरी ले ली, पर कुछ बोली नहीं। उसका दिल भारी हो रहा था। इतनी बातें सोचने और पूछने की थीं कि उनके विचार से ही उसका दिल बैठा जाता था।

स्टेशन आ गया। द्दलियों ने असबाब उतारा, गोपी टिकट लाया। जालपा पत्थर की मूर्ति की भांति प्लेटफार्म पर खड़ी रही, मानो चेतना शून्य हो गई हो किसी बडी परीक्षा के पहले हम मौन हो जाते हैं। हमारी सारी शक्तियाँ उस संग्राम की तैयारी में लग जाती हैं। रतन ने गोपी से कहा, 'होशियार रहना।'

गोपी इधर कई महीनों से कसरत करता था। चलता तो मुडढे और छाती को देखा करता। देखने वालों को तो वह ज्यों का त्यों मालूम होता है, पर अपनी नज़र में वह कुछ और हो गया था। शायद उसे आश्चर्य होता था कि उसे आते देखकर क्यों लोग रास्ते से नहीं हट जाते, क्यों उसके डील-डौल से भयभीत नहीं हो जाते। अकड़कर बोला, 'किसी ने ज़रा चीं-चपड़ की तो तोड़ दूंगा।'

रतन मुस्कराई, 'यह तो मुझे मालूम है। सो मत जाना।'

गोपी, 'पलक तक तो झपकेगी नहीं। मजाल है नींद आ जाये।'

गाड़ी आ गई। गोपी ने एक डिब्बे में घुसकर कब्जा जमाया। जालपा की आँखों में आँसू भरे हुए थे। बोली, बहन, 'आशीर्वाद दो कि उन्हें लेकर कुशल से लौट आऊं।'

इस समय उसका दुर्बल मन कोई आश्रय, कोई सहारा, कोई बल ढूंढ रहा था और आशीर्वाद और प्रार्थना के सिवा वह बल उसे कौन प्रदान करता। यही बल और शांति का वह अक्षय भंडार है जो किसी को निराश नहीं करता, जो सबकी बांह पकड़ता है, सबका बड़ा पार लगाता है। इंजन ने सीटी दी। दोनों सहेलियाँ गले मिलीं। जालपा गाड़ी में जा बैठी।

रतन ने कहा, 'जाते ही जाते ख़त भेजना।' जालपा ने सिर हिलाया।

'अगर मेरी जरूरत मालूम हो, तो तुरंत लिखना। मैं सब कुछ छोड़कर चली आऊंगी।'

जालपा ने सिर हिला दिया।

'रास्ते में रोना मत।' जालपा हँस पड़ी। गाड़ी चल दी।

3

भाग 3

देवीदीन ने चाय की दुकान उसी दिन से बंद कर दी थी और दिन-भर उस अदालत की खाक छानता फिरता था, जिसमें डकैती का मुकदमा पेश था और रमानाथ की शहादत हो रही थी। तीन दिन रमा की शहादात बराबर होती रही और तीनों दिन देवीदीन ने न कुछ खाया और न सोया। आज भी उसने घर आते ही आते कुरता उतार दिया और एक पंखिया लेकर झलने लगा। फागुन लग गया था और कुछ-कुछ गर्मी शुरू हो गई थी, पर इतनी गर्मी न थी कि पसीना बहे या पंखे की जरूरत हो अफसर लोग तो जाड़ों के कपड़े पहने हुए थे, लेकिन देवीदीन पसीने में तर था। उसका चेहरा, जिस पर निष्कपट बुढ़ापा हँसता रहता था, खिसियाया हुआ था, मानो बेगार से लौटा हो। जग्गो ने लोटे में पानी लाकर रख दिया और बोली, चिलम रख दूं? देवीदीन की आज तीन दिन से यह ख़ातिर हो रही थी। इसके पहले बुढ़िया कभी चिलम रखने को न पूछती थी। देवीदीन इसका मतलब समझता था। बुढ़िया को सदय नजरों से देखकर बोला,नहीं, रहने दो, चिलम न पिऊंगा।

'तो मुँह-हाथ तो धो लो। गर्द पड़ी हुई है।'

'धो लूंगा, जल्दी क्या है।'

बुढ़िया आज का हाल जानने को उत्सुक थी, पर डर रही थी कहीं देवीदीन झुंझला न पड़े। वह उसकी थकान मिटा देना चाहती थी, जिससे देवीदीन प्रसन्न होकर आप-ही-आप सारा वृत्तांत कह चले।

'तो कुछ जलपान तो कर लो। दोपहर को भी तो कुछ नहीं खाया था, मिठाई लाऊं- लाओ, पंखी मुझे दे दो।'

देवीदीन ने पंखिया दे दी। बुढ़िया झलने लगी। दो-तीन मिनट तक आँखें बंद करके बैठे रहने के बाद देवीदीन ने कहा, 'आज भैया की गवाही खत्म हो गई!

बुढ़िया का हाथ रूक गया। बोली, 'तो कल से वह घर आ जायेंगे?'

देवीदीन-'अभी नहीं छुट्टी मिली जाती, यही बयान दीवानी में देना पड़ेगा। और अब वह यहाँ आने ही क्यों लगे! कोई अच्छी जगह मिल जायगी,घोड़े पर चढ़े-चढ़े घूमेंगे, मगर है पक्का मतलबी, पंद्रह बेगुनाहों को फंसा दिया। पाँच-छः को तो फांसी हो जायेगी। औरों को दस-दस बारह-बारह साल की सज़ा मिली रक्खी है। इसी के बयान से मुकदमा सबूत हो गया। कोई कितनी ही जिरह करे, क्या मजाल ज़रा भी हिचकिचाएये। अब एक भी न बचेगा। किसने कर्म किया, किसने नहीं किया इसका हाल दैव जाने, पर मारे सब जायेंगे। घर से भी तो सरकारी रूपया खाकर भागा था। हमें बड़ा धोखा हुआ। जग्गो ने मीठे तिरस्कार से देखकर कहा, 'अपनी नेकी-बदी अपने साथ है। मतलबी तो संसार है, कौन किसके लिए मरता है।'

देवीदीन ने तीव्र स्वर में कहा,'अपने मतलब के लिए जो दूसरों का गला काटे उसको ज़हर दे देना भी पाप नहीं है।'

सहसा दो प्राणी आकर खड़े हो गए। एक गोरा, खूबसूरत लड़का था, जिसकी उम्र पंद्रह-सोलह साल से ज्यादा न थी। दूसरा अधेड़ था और सूरत से चपरासी मालूम होता था। देवीदीन ने पूछा, 'किसे खोजते हो?'

चपरासी ने कहा,'तुम्हारा ही नाम देवीदीन है न? मैं 'प्रजा-मित्र' के दफ्तर से आया हूँ। यह बाबू उन्हीं रमानाथ के भाई हैं, जिन्हें सतरंज का इनाम मिला था। यह उन्हीं की खोज में दफ्तर गए थे। संपादकजी ने तुम्हारे पास भेज दिया। तो मैं जाऊं न?' यह कहता हुआ वह चला गया।

देवीदीन ने गोपी को सिर से पांव तक देखा। आकृति रमा से मिलती थी। बोला, 'आओ बेटा, बैठो। कब आए घर से?'गोपी ने एक खटिक की दुकान पर बैठना शान के ख़िलाफ समझा, खड़ा-खड़ा बोला, 'आज ही तो आया हूँ। भाभी भी साथ हैं। धर्मशाले में ठहरा हुआ हूँ।'

देवीदीन ने खड़े होकर कहा, 'तो जाकर बहू को यहाँ लाओ नब ऊपर तो रमा बाबू का कमरा है ही, आराम से रहो धरमसाले में क्यों पड़े रहोगे। नहीं चलो, मैं भी चलता हूँ। यहाँ सब तरह का आराम है।'

उसने जग्गो को यह ख़बर सुनाई और ऊपर झाड़ू लगाने को कहकर गोपी के साथ धर्मशाले चल दिया। बुढ़िया ने तुरंत ऊपर जाकर झाड़ू। लगाया,लपककर हलवाई की दूकान से मिठाई और दही लाई, सुराही में पानी भरकर रख दिया। फिर अपना हाथ-मुँह धोया, एक रंगीन साड़ी निकाली, गहने पहने और बन-ठनकर बहू की राह देखने लगी।

इतने में फिटन भी आ पहुँची। बुढ़िया ने जाकर जालपा को उतारा। जालपा पहले तो साफ-भाजी की दुकान देखकर कुछ झिझकी, पर बुढ़िया का स्नेह-स्वागत देखकर उसकी झिझक दूर हो गई। उसके साथ ऊपर गई, तो हर एक चीज़ इसी तरह अपनी जगह पर पाई मानो अपना ही घर हो।

जग्गो ने लोटे में पानी रखकर कहा, 'इसी घर में भैया रहते थे, बेटी! आज पंद्रह रोज़ से घर सूना पडाहुआ है। हाथ-मुँह धोकर दही-चीनी खा लो न,बेटी! भैया का हाल तो अभी तुम्हें न मालूम हुआ होगा। '

जालपा ने सिर हिलाकर कहा, 'कुछ ठीक-ठीक नहीं मालूम हुआ। वह जो पत्र छपता है, वहाँ मालूम हुआ था कि पुलिस ने गिरफ्तार कर लिया है।'

देवीदीन भी ऊपर आ गया था। बोला, 'गिरफ्तार तो किया था, पर अब तो वह एक मुकदमे में सरकारी गवाह हो गए हैं। परागराज में अब उन पर कोई मुकदमा न चलेगा और साइत नौकरी-चाकरी भी मिल जाए। जालपा ने गर्व से कहा, 'क्या इसी डर से वह सरकारी गवाह हो गए हैं?

वहाँ तो उन पर कोई मामला ही नहीं है। मुकदमा क्यों चलेगा?'

देवीदीन ने डरते-डरते कहा, 'कुछ रूपये-पैसे का मुआमला था न?'

जालपा ने मानो आहत होकर कहा, 'वह कोई बात न थी। ज्योंही हम लोगों को मालूम हुआ कि कुछ सरकारी रकम इनसे खर्च हो गई है, उसी वक्त पहुंचा दी। यह व्यर्थ घबड़ाकर चले आए और फिर ऐसी चुप्पी साधी कि अपनी ख़बर तक न दी।'

देवीदीन का चेहरा जगमगा उठा, मानो किसी व्यथा से आराम मिल गया हो बोला, 'तो यह हम लोगों को क्या मालूम! बार-बार समझाया कि घर पर खत-पत्तर भेज दो, लोग घबड़ाते होंगे, पर मारे शर्म के लिखते ही न थे। इसी धोखे में पड़े रहे कि परागराज में मुकदमा चल गया होगा। जानते तो सरकारी गवाह क्यों बनते?'

'सरकारी गवाह' का आशय जालपा से छिपा न था। समाज में उनकी जो निंदा और अपकीर्ति होती है, यह भी उससे छिपी न थी। सरकारी गवाह क्यों बनाए जाते हैं, किस तरह प्रलोभन दिया जाता है, किस भांति वह पुलिस के पुतले बनकर अपने ही मित्रों का गला घोंटते हैं, यह उसे मालूम था। मगर कोई आदमी अपने बुरे आचरण पर लज्जित होकर भी सत्य का उदघाटन करे, छल और कपट का आवरण हटा दे, तो वह सज्जन है, उसके साहस की जितनी प्रशंसा की जाये, कम है। मगर शर्त यही है कि वह अपनी गोष्ठी के साथ किए का फल भोगने को तैयार रहे। हँसता-खेलता फांसी पर चढ़जाए तो वह सच्चा वीर है, लेकिन अपने प्राणों की रक्षा के लिए स्वार्थ के नीच विचार से, दंड की कठोरता से भयभीत होकर अपने साथियों से दगा करे, आस्तीन का सांप बन जाए तो वह कायर है, पतित है, बेहया

है। विश्वासघात डाकुओं और समाज के शत्रुओं में भी उतना ही हेय है, जितना किसी अन्य क्षो मेंब ऐसे प्राणी को समाज कभी क्षमा नहीं करता, कभी नहीं,जालपा इसे ख़ूब समझती थी। यहाँ तो समस्या और भी जटिल हो गई थी। रमा ने दंड के भय से अपने किए हुए पापों का परदा नहीं खोला था। उसमें कम-से-कम सच्चाई तो होती। निंदा होने पर भी आंशिक सच्चाई का एक गुण तो होता। यहाँ तो उन पापों का परदा खोला गया था, जिनकी हवा तक उसे न लगी थी। जालपा को सहसा इसका विश्वास न आया। अवश्य कोई-न? कोई बात हुई होगी, जिसने रमा को सरकारी गवाह बनने पर मज़बूर कर दिया होगा। सद्दचाती हुई बोली,'क्या यहाँ भी कोई—कोई बात हो गई थी?'

देवीदीन उसकी मनोव्यथा का अनुभव करता हुआ बोला, 'कोई बात नहीं। यहाँ वह मेरे साथ ही परागराज से आए। जब से आए यहाँ से कहीं गए नहीं। बाहर निकलते ही न थे। बस एक दिन निकले और उसी दिन पुलिस ने पकड़ लिया। एक सिपाही को आते देखकर डरे कि मुझी को पकड़ने आ रहा है, भाग खड़े हुए। उस सिपाही को खटका हुआ। उसने शुबहे में गिरफ्तार कर लिया। मैं भी इनके पीछे थाने में पहुँचा। दारोग़ा पहले तो रिसवत मांगते थे, मगर जब मैं घर से रूपये लेकर गया, तो वहां और ही गुल खिल चुका था। अफसरों में न जाने क्या बातचीत हुई। उन्हें सरकारी गवाह बना लिया। मुझसे तो भैया ने कहा कि इस मुआमले में बिलकुल झूठ न बोलना पड़ेगा। पुलिस का मुकदमा सच्चा है। सच्ची बात कह देने में क्या हरज है। मैं चुप हो रहा। क्या करता।'

जग्गो-'न जाने सबों ने कौनसी बूटी सुंघा दी। भैया तो ऐसे न थे। दिन भर अम्मां-अम्मां करते रहते थे। दूकान पर सभी तरह के लोग आते हैं,मर्द भी औरत भी, क्या मजाल कि किसी की ओर आंख उठाकर देखा हो ।'

देवीदीन-'कोई बुराई न थी। मैंने तो ऐसा लड़का ही नहीं देखा। उसी धोखे में आ गये।'

जालपा ने एक मिनट सोचने के बाद कहा, 'क्या उनका बयान हो गया?'

'हाँ, तीन दिन बराबर होता रहा। आज खतम हो गया।'

जालपा ने उद्विग्न होकर कहा, 'तो अब कुछ नहीं हो सकता? मैं उनसे मिल सकती हूँ?'

देवीदीन जालपा के इस प्रश्न पर मुस्करा पड़ा। बोला, 'हाँ, और क्या, जिसमें जाकर भंडागोड़ कर दो, सारा खेल बिगाड़ दो! पुलिस ऐसी गधी नहीं है। आजकल कोई भी उनसे नहीं मिलने पाता। कडा पहरा रहता है।'

इस प्रश्न पर इस समय और कोई बातचीत न हो सकती थी। इस गुत्थी को सुलझाना आसान न था। जालपा ने गोपी को बुलाया। वह छज्जे पर खडा सड़क का तमाशा देख रहा था। ऐसा शरमा रहा था, मानो ससुराल आया हो धीरे-धीरे आकर खडा हो गया। जालपा ने कहा, 'मुँह-हाथ धोकर कुछ खा तो लो। दही तो तुम्हें बहुत अच्छा लगता है।'गोपी लजा कर फिर बाहर चला गया।

देवीदीन ने मुस्कराकर कहा, 'हमारे सामने न खायेंगे। हम दोनों चले जाते हैं। तुम्हें जिस चीज़ की जरूरत हो, हमसे कह देना, बहूजी! तुम्हारा ही घर है।'

'भैया को तो हम अपना ही समझते थे। और हमारे कौन बैठा हुआ है।'जग्गो ने गर्व से कहा, 'वह तो मेरे हाथ का बनाया खा लेते थे।'

जालपा ने मुस्कराकर कहा, 'अब तुम्हें भोजन न बनाना पड़ेगा, मांजी, मैं बना दिया करूंगी।'

जग्गो ने आपत्ति की, 'हमारी बिरादरी में दूसरों के हाथ का खाना मना है, बहू, अब चार दिन के लिए बिरादरी में नक्य क्या बनूं!'

जालपा-'हमारी बिरादरी में भी तो दूसरों का खाना मना है।'

जग्गो-'यहाँ तुम्हें कौन देखने आता है। फिर पढ़े-लिखे आदमी इन बातों का विचार भी तो नहीं करते। हमारी बिरादरी तो मूरख लोगों की है। '

जालपा-'यह तो अच्छा नहीं लगता कि तुम बनाओ और मैं खाऊं। जिसे बहू बनाया, उसके हाथ का खाना पड़ेगा। नहीं खाना था, तो बहू क्यों बनाया।'

देवीदीन ने जग्गो की ओर प्रशंसा-सूचक नजरों से देखकर कहा, 'बहू ने बात पते की कह दी। इसका जवाब सोचकर देना। अभी चलो। इन लोगों को ज़रा आराम करने दो।'

दोनों नीचे चले गए, तो गोपी ने आकर कहा, 'भैया इसी खटिक के यहां रहते थे क्या? खटिक ही तो मालूम होते हैं।'

जालपा ने फटकारकर कहा, 'खटिक हों या चमार हों, लेकिन हमसे और तुमसे सौगुने अच्छे हैं। एक परदेशी आदमी को छः महीने तक अपने घर में ठहराया, खिलाया, पिलाया। हममें है इतनी हिम्मत! यहां तो कोई मेहमान आ जाता है, तो वह भी भारी हो जाता है। अगर यह नीचे हैं, तो हम इनसे कहीं नीचे हैं।'

गोपी मुँह-हाथ धो चुका था। मिठाई खाता हुआ बोला, किसी को ठहरा लेने से कोई ऊँचा नहीं हो जाता। चमार कितना ही दानपुण्य करे, पर रहेगा तो चमार ही।'

जालपा-'मैं उस चमार को उस पंडित से अच्छा समझूंगी, जो हमेशा दूसरों का धन खाया करता है।'

जलपान करके गोपी नीचे चला गया। शहर घूमने की उसकी बडी इच्छा थी। जालपा की इच्छा कुछ खाने की न हुई। उसके सामने एक जटिल समस्या खड़ी थी,रमा को कैसे इस दलदल से निकाले। उस निंदा और उपहास की कल्पना ही से उसका अभिमान आहत हो उठता था। हमेशा के लिए वह सबकी आंखों से फिर जाएंगे, किसी को मुँह न दिखा सकेंगे। फिर, बेगुनाहों का ख़ून किसकी गर्दन पर होगा। अभियुक्तों में न जाने कौन अपराधी है, कौन निरपराध है, कितने द्वेष के शिकार हैं, कितने लोभ के, सभी सज़ा पा जायेंगे। शायद दो-चार को फांसी भी हो जाय। किस पर यह हत्या पड़ेगी? उसने फिर सोचा, माना किसी पर हत्या न पड़ेगी। कौन जानता है, हत्या पड़ती है या नहीं, लेकिन अपने स्वार्थ के लिए,ओह! कितनी बड़ी नीचता है। यह कैसे इस बात पर राज़ी हुए! अगर म्युनिसिपैलिटी के मुकदमा चलाने का भय भी था, तो दो-चार साल की कैद के सिवा और क्या होता, उससे बचने के लिए इतनी घोर नीचता पर उतर आये! अब अगर मालूम भी हो जाए कि म्युनिसिपैलिटी कुछ नहीं कर सकती, तो अब हो ही क्या सकता है। इनकी शहादत तो हो ही गई। सहसा एक बात किसी भारी कील की तरह उसके हृदय में चुभ गई।

क्यों न यह अपना बयान बदल दें। उन्हें मालूम हो जाए कि म्युनिसिपैलिटी उनका कुछ नहीं कर सकती, तो शायद वह ख़ुद ही अपना बयान बदल दें। यह बात उन्हें कैसे बताई जाए? किसी तरह संभव है। वह अधीर होकर नीचे उतर आई और देवीदीन को इशारे से बुलाकर बोली,'क्यों दादा, उनके पास कोई खत भी नहीं पहुँच सकता? पहरे वालों को दस-पांच रूपये देने से तो शायद ख़त पहुँच जाये।'

देवीदीन ने गर्दन हिलाकर कहा,'मुसकिल है। पहरे पर बड़े जंचे हुए आदमी रखे गए हैं। मैं दो बार गया था। सबों ने फाटक के सामने खड़ा भी न होने दिया।'

'उस बंगले के आसपास क्या है?'

'एक ओर तो दूसरा बंगला है। एक ओर एक कलमी आम का बाग़ है और सामने सड़क है।'

'हाँ, शाम को घूमने-घामने तो निकलते ही होंगे?''हां, बाहर द्दरसी डालकर बैठते हैं। पुलिस के दो-एक अफसर भी साथ रहते हैं।'

'अगर कोई उस बाग़ में छिपकर बैठे, तो कैसा हो! जब उन्हें अकेले देखे, ख़त फेंक दे। वह जरूर उठा लेंगे।'

देवीदीन ने चकित होकर कहा, 'हां, हो तो सकता है, लेकिन अकेले मिलें तब तो!'

ज़रा और अंधेरा हुआ, तो जालपा ने देवीदीन को साथ लिया और रमानाथ का बंगला देखने चली। एक पत्र लिखकर जेब में रख लिया था। बार-बार देवीदीन से

पूछती, अब कितनी दूर है? अच्छा! अभी इतनी ही दूर और! वहां हाते में रोशनी तो होगी ही। उसके दिल में लहरें-सी उठने लगीं। रमा अकेले टहलते हुए मिल जायें, तो क्या पूछना। ईमाल में बांधकर ख़त को उनके सामने फेंक दूं। उनकी सूरत बदल गई होगी। सहसा उसे शंका हो गई,कहीं वह पत्र पढ़कर भी अपना बयान न बदलें, तब क्या होगा? कौन जाने अब मेरी याद भी उन्हें है या नहीं। कहीं मुझे देखकर वह मुंह उधर लें तो- इस शंका से वह सहम उठी। देवीदीन से बोली, 'क्यों दादा, वह कभी घर की चर्चा करते थे?'

देवीदीन ने सिर हिलाकर कहा,'कभी नहीं। मुझसे तो कभी नहीं की। उदास बहुत रहते थे। '

इन शब्दों ने जालपा की शंका को और भी सजीव कर दिया। शहर की घनी बस्ती से ये लोग दूर निकल आए थे। चारों ओर सन्नाटा था। दिनभर वेग से चलने के बाद इस समय पवन भी विश्राम कर रहा था। सड़क के किनारे के वृक्ष और मैदान चन्द्रमा के मंद प्रकाश में हतोत्साह, निर्जीव-से मालूम होते थे। जालपा को ऐसा आभास होने लगा कि उसके प्रयास का कोई फल नहीं है, उसकी यात्रा का कोई लक्ष्य नहीं है, इस अनंत मार्ग में उसकी दशा उस अनाथ की-सी है जो मुत्तीभर अकै के लिए द्वार-द्वार फिरता हो वह जानता है, अगले द्वार पर उसे अकै न मिलेगा, गालियाँ ही मिलेंगी,फिर भी वह हाथ फैलाता है, बढ़ती मनाता है। उसे आशा का अवलंब नहीं निराशा ही का अवलंब है।

एकाएक सड़क के दाहनी तरफ बिजली का प्रकाश दिखाई दिया। देवीदीन ने एक बंगले की ओर उंगली उठाकर कहा, 'यही उनका बंगला है।'

जालपा ने डरते-डरते उधर देखा, मगर बिलकुल सन्नाटा छाया हुआ था। कोई आदमी न था। फाटक पर ताला पड़ा हुआ था।

जालपा बोली, 'यहाँ तो कोई नहीं है।'

देवीदीन ने फाटक के अंदर झांककर कहा, 'हां, शायद यह बंगला छोड़ दिया।'

'कहीं घूमने गए होंगे?'

'घूमने जाते तो द्वार पर पहरा होता। यह बंगला छोड़ दिया।'

'तो लौट चलें।'

'नहीं, ज़रा पता लगाना चाहिए, गए कहाँ?'

बंगले की दाहनी तरफ आमों के बाग़ में प्रकाश दिखाई दिया। शायद खटिक बाग़ की रखवाली कर रहा था। देवीदीन ने बाग में आकर पुकारा, 'कौन है यहाँ? किसने यह बाग़ लिया है?'

एक आदमी आमों के झुरमुट से निकल आया। देवीदीन ने उसे पहचानकर कहा , 'अरे! तुम हो जंगली? तुमने यह बाग़ लिया है?'

जंगली ठिगना-सा गठीला आदमी था, बोला,'हां दादा, ले लिया, पर कुछ है नहीं। डंड ही भरना पड़ेगा। तुम यहाँ कैसे आ गये?'

'कुछ नहीं, यों ही चला आया था। इस बंगले वाले आदमी क्या हुये?'

जंगली ने इधर-उधर देखकर कनबतियों में कहा, 'इसमें वही मुखबर टिका हुआ था। आज सब चले गए। सुनते हैं, पंद्रह-बीस दिन में आयेंगे, जब फिर हाईकोर्ट में मुकदमा पेस होगा। पढ़े-लिखे आदमी भी ऐसे दगाबाज होते हैं, दादा! सरासर झूठी गवाही दी। न जाने इसके बाल-बच्चे हैं या नहीं,भगवान को भी नहीं डरा!'

जालपा वहीं खड़ी थी। देवीदीन ने जंगली को और ज़हर उगलने का अवसर न दिया। बोला, 'तो पंद्रह-बीस दिन में आयेंगे, ख़ूब मालूम है?

जंगली-'हाँ, वही पहरे वाले कह रहे थे।'

'कुछ मालूम हुआ, कहाँ गए हैं?'

'वही मौका देखने गए हैं, जहाँ वारदात हुई थी।'

देवीदीन चिलम पीने लगा और जालपा सड़क पर आकर टहलने लगी। रमा की यह निंदा सुनकर उसका हृदय टुकड़े-टुकड़े हुआ जाता था। उसे रमा पर क्रोध न आया, ग्लानि न आई, उसे हाथों का सहारा देकर इस दलदल से निकालने के लिए उसका मन विकल हो उठा। रमा चाहे उसे दुत्कार ही क्यों न दे, उसे ठुकरा ही क्यों न दे, वह उसे अपयश के अंधेरे खड्ड में न फिरने देगी। जब दोनों यहाँ से चले तो जालपा ने पूछा, 'इस आदमी से कह दिया न कि जब वह आ जायं तो हमें ख़बर दे दे?'

'हाँ, कह दिया।'

एक महीना गुज़र गया। गोपीनाथ पहले तो कई दिन कलकत्ता की सैर करता रहा, मगर चार-पाँच दिन में ही यहां से उसका जी ऐसा उचाट हुआ कि घर की रट लगानी शुरू की। आख़िर जालपा ने उसे लौटा देना ही अच्छा समझा, यहाँ तो वह छिप-छिप कर रोया करता था।

जालपा कई बार रमा के बंगले तक हो आई। वह जानती थी कि अभी रमा नहीं आए हैं। फिर भी वहाँ का एक चक्कर लगा आने में उसको एक विचित्र संतोष होता था। जालपा कुछ पढ़ते-पढ़ते या लेटे-लेटे थक जाती, तो एक क्षण के लिए खिड़की

के सामने आ खड़ी होती थी। एक दिन शाम को वह खिड़की के सामने आई, तो सड़क पर मोटरों की एक कतार नज़र आई। कौतूहल हुआ, इतनी मोटरें कहाँ जा रही हैं! ग़ौर से देखने लगी। छः मोटरें थीं। उनमें पुलिस के अफसर बैठे हुए थे। एक में सब सिपाही थे। आख़िरी मोटर पर जब उसकी निगाह पड़ी तो, मानो उसके सारे शरीर में बिजली की लहर दौड़ गई। वह ऐसी तन्मय हुई कि खिड़की से जीने तक दौड़ी आई, मानो मोटर को रोक लेना चाहती हो, पर इसी एक पल में उसे मालूम हो गया कि मेरे नीचे उतरते-उतरते मोटरें निकल जाएंगी। वह फिर खिड़की के सामने आयी, रमा अब बिलकुल सामने आ गया था। उसकी आंखें खिड़की की ओर लगी हुई थीं। जालपा ने इशारे से कुछ कहना चाहा, पर संकोच ने रोक दिया। ऐसा मालूम हुआ कि रमा की मोटर कुछ धीमी हो गई है। देवीदीन की आवाज़ भी सुनाई दी, मगर मोटर रूकी नहीं। एक ही क्षण में वह आगे बढ़गई, पर रमा अब भी रह-रहकर खिड़की की ओर ताकता जाता था।

जालपा ने जीने पर आकर कहा, 'दादा!'

देवीदीन ने सामने आकर कहा, 'भैया आ गये! वह क्या मोटर जा रही है!'

यह कहता हुआ वह ऊपर आ गया। जालपा ने उत्सुकता को संकोच से दबाते हुए कहा, 'तुमसे कुछ कहा?'

देवीदीन-'और क्या कहते, खाली राम-राम की। मैंने कुशल पूछी। हाथ से दिलासा देते चले गये। तुमने देखा कि नहीं?'

जालपा ने सिर झुकाकर कहा,देखा क्यों नहीं? खिड़की पर ज़रा खड़ी थी।'

'उन्होंने भी तुम्हें देखा होगा?'

'खिड़की की ओर ताकते तो थे। '

'बहुत चकराए होंगे कि यह कौन है!'

'कुछ मालूम हुआ मुकदमा कब पेश होगा?'

'कल ही तो।'

'कल ही! इतनी जल्द, तब तो जो कुछ करना है आज ही करना होगा। किसी तरह मेरा ख़त उन्हें मिल जाता, तो काम बन जाता।'

देवीदीन ने इस तरह ताका मानो कह रहा है, तुम इस काम को जितना आसान समझती हो उतना आसान नहीं है।

जालपा ने उसके मन का भाव ताड़कर कहा, 'क्या तुम्हें संदेह है कि वह अपना बयान बदलने पर राज़ी होंगे?'

देवीदीन को अब इसे स्वीकार करने के सिवा और कोई उपाय न सूझा, बोला,हाँ, बहूजी, मुझे इसका बहुत अंदेशा है। और सच पूछो तो है भी जोखिम,अगर वह

बयान बदल भी दें, तो पुलिस के पंजे से नहीं छूट सकते। वह कोई दूसरा इलज़ाम लगा कर उन्हें पकड़ लेगी और फिर नया मुकदमा चलावेगी।'

जालपा ने ऐसी नज़रों से देखा, मानो वह इस बात से ज़रा भी नहीं डरती। फिर बोली, 'दादा, मैं उन्हें पुलिस के पंजे से बचाने का ठेका नहीं लेती। मैं केवल यह चाहती हूँ कि हो सके तो अपयश से उन्हें बचा लूं। उनके हाथों इतने घरों की बरबादी होते नहीं देख सकती। अगर वह सचमुच डकैतियों में शरीक होते, तब भी मैं यही चाहती कि वह अंत तक अपने साथियों के साथ रहें और जो सिर पर पड़े उसे ख़ुशी से झेलें। मैं यह कभी न पसंद करती कि वह दूसरों को दग़ा देकर मुख़बिर बन जायें, लेकिन यह मामला तो बिलकुल झूठ है। मैं यह किसी तरह नहीं बरदाश्त कर सकती कि वह अपने स्वार्थ के लिए झूठी गवाही दें। अगर उन्होंने ख़ुद अपना बयान न बदला, तो मैं अदालत में जाकर सारा कच्चा चित्ता खोल दूंगी, चाहे नतीजा कुछ भी हो वह हमेशा के लिए मुझे त्याग दें, मेरी सूरत न देखें, यह मंजूर है, पर यह नहीं हो सकता कि वह इतना बड़ा कलंक माथे पर लगावें। मैंने अपने पत्र में सब लिख दिया है। देवीदीन ने उसे आदर की दृष्टि से देखकर कहा, 'तुम सब कर लोगी बहू, अब मुझे विश्वास हो गया। जब तुमने कलेजा इतना मजबूत कर लिया है, तो तुम सब कुछ कर सकती हो।'

'तो यहाँ से नौ बजे चलें?'

'हाँ, मैं तैयार हूँ।'

वह रमानाथ, जो पुलिस के भय से बाहर न निकलता था, जो देवीदीन के घर में चोरों की तरह ज़िन्दगी के दिन पूरे कर रहा था, आज दो महीनों से राजसी भोग-विलास में डूबा हुआ है। रहने को सुंदर सजा हुआ बंगला है, सेवा-टहल के लिए चौकीदारों का एक दल, सवारी के लिए मोटरब भोजन पकाने के लिए एक काश्मीरी बावरची है। बड़े-बड़े अफसर उसका मुँह ताका करते हैं। उसके मुँह से बात निकली नहीं कि पूरी हुई! इतने ही दिनों में उसके मिज़ाज में इतनी नफासत आ गई है, मानो वह ख़ानदानी रईस हो विलास ने उसकी विवेक-बुद्धि को सम्मोहित-सा कर दिया है। उसे कभी इसका ख़याल भी नहीं आता कि मैं क्या कर रहा हूँ और मेरे हाथों कितने बेगुनाहों का ख़ून हो रहा है। उसे एकांत-विचार का अवसर ही नहीं दिया जाता। रात को वह अधिकारियों के साथ सिनेमा या थिएटर देखने जाता है, शाम को मोटरों की सैर होती है। मनोरंजन के नित्य नए सामान होते रहते हैं। जिस

दिन अभियुक्तों को मैजिस्ट्रेट ने सेशन सुपुर्द किया, सबसे ज्यादा ख़ुशी उसी को हुई। उसे अपना सौभाग्य-सूर्य उदय होता हुआ मालूम होता था।

पुलिस को मालूम था कि सेशन जज के इजलास में यह बहार न होगी। संयोग से जज हिन्दुस्तानी थे और निष्पक्षता के लिए बदनाम, पुलिस हो या चोर, उनकी निगाह में बराबर था। वह किसी के साथ रिआयत न करते थे। इसलिए पुलिस ने रमा को एक बार उन स्थानों की सैर कराना ज़रूरी समझा, जहाँ वारदातें हुई थीं। एक ज़मींदार की सजी-सजाई कोठी में डेरा पड़ा। दिन भर लोग शिकार खेलते, रात को ग्रामोफोन सुनते, ताश खेलते और बज़रों पर नदियों की सैर करते। ऐसा जान पड़ता था कि कोई राजकुमार शिकार खेलने निकला है। इस भोग-विलास में रमा को अगर कोई अभिलाषा थी, तो यह कि जालपा भी यहां होती। जब तक वह पराश्रित था, दरिद्र था, उसकी विलासेंद्रियां मानो मूच्छित हो रही थीं। इन शीतल झोंकों ने उन्हें फिर सचेत कर दिया। वह इस कल्पना में मग्न था कि यह मुकदमा ख़त्म होते ही उसे अच्छी जगह मिल जायेगी। तब वह जाकर जालपा को मना लावेगा और आनंद से जीवनसुख भोगेगा।

हाँ, वह नए प्रकार का जीवन होगा, उसकी मर्यादा कुछ और होगी, सिद्धान्त कुछ और होंगे। उसमें कठोर संयम होगा और पक्का नियांण! अब उसके जीवन का कुछ उद्देश्य होगा, कुछ आदर्श होगा। केवल खाना, सोना और रूपये के लिए हाय-हाय करना ही जीवन का व्यापार न होगा। इसी मुकदमे के साथ इस मार्गहीन जीवन का अंत हो जायेगा। दुर्बल इच्छा ने उसे यह दिन दिखाया था और अब एक नए और संस्कृत जीवन का स्वप्न दिखा रही थी। शराबियों की तरह ऐसे मनुष्य रोज़ ही संकल्प करते हैं, लेकिन उन संकल्पों का अंत क्या होता है? नए-नए प्रलोभन सामने आते रहते हैं और संकल्प की अवधि भी बढ़ती चली जाती है। नए प्रभात का उदय कभी नहीं होता।

एक महीना देहात की सैर के बाद रमा पुलिस के सहयोगियों के साथ अपने बंगले पर जा रहा था। रास्ता देवीदीन के घर के सामने से था, कुछ दूर ही से उसे अपना कमरा दिखाई दिया। अनायास ही उसकी निगाह ऊपर उठ गई। खिड़की के सामने कोई खड़ा था। इस वक्त देवीदीन वहाँ क्या कर रहा है? उसने ज़रा ध्यान से देखा। यह तो कोई औरत है! मगर औरत कहाँ से आई? क्या देवीदीन ने वह कमरा किराए पर तो नहीं उठा दिया, ऐसा तो उसने कभी नहीं किया।

मोटर ज़रा और समीप आई तो उस औरत का चेहरा साफ नज़र आने लगा। रमा चौंक पड़ा। यह तो जालपा है! बेशक जालपा है! मगर नहीं, जालपा यहाँ कैसे आयगी? मेरा पता-ठिकाना उसे कहाँ मालूम! कहीं बुडढे ने उसे ख़त तो नहीं लिख

दिया? जालपा ही है। नायब दारोग़ा मोटर चला रहा था। रमा ने बड़ी मित्रता के साथ कहा,सरदार साहब, एक मिनट के लिए रूक जाइए। मैं ज़रा देवीदीन से एक बात कर लूं। नायब ने मोटर ज़रा धीमी कर दी, लेकिन फिर कुछ सोचकर उसे आगे बढ़ा दिया।

रमा ने तेज़ होकर कहा, 'आप तो मुझे कैदी बनाए हुए हैं।'

नायब ने खिसियाकर कहा, 'आप तो जानते हैं, डिप्टी साहब कितनी जल्द जामे से बाहर हो जाते हैं।'

बंगले पर पहुँचकर रमा सोचने लगा, जालपा से कैसे मिलूं। वहां जालपा ही थी, इसमें अब उसे कोई शुबहा न था। आँखों को कैसे धोखा देता। ह्रदय में एक ज्वाला-सी उठी हुई थी, क्या करूं? कैसे जाऊं?' उसे कपड़े उतारने की सुधि भी न रही। पंद्रह मिनट तक वह कमरे के द्वार पर खडारहा। कोई हिकमत न सूझी। लाचार पलंग पर लेटा रहा। ज़रा ही देर में वह फिर उठा और सामने सहन में निकल आया। सडक पर उसी वक्त बिजली रोशन हो गई। फाटक पर चौकीदार खडा था। रमा को उस पर इस समय इतना क्रोध आया, कि गोली मार दे। अगर मुझे कोई अच्छी जगह मिल गई, तो एक-एक से समझूंगा। तुम्हें तो डिसमिस कराके छोडूंगा। कैसा शैतान की तरह सिर पर सवार है। मुंह तो देखो ज़राब मालूम होता है। करी की दुम है। वाह रे आपकी पगड़ी, कोई टोकरी ढोने वाला कुली है। अभी कुत्ता भूंक पड़े, तो आप दुम दबाकर भागेंगे, मगर यहाँ ऐसे डटे खड़े हैं, मानो किसी किले के द्वार की रक्षा कर रहे हैं।

एक चौकीदार ने आकर कहा, 'इंस्पेक्टर साहब ने बुलाया है। कुछ नए तवे मंगवाए हैं।

रमा ने झल्लाकर कहा, 'मुझे इस वक्त फुरसत नहीं है।'

फिर सोचने लगा। जालपा यहाँ कैसे आई, अकेले ही आई है या और कोई साथ है? जालिम ने बुडढे से एक मिनट भी बात नहीं करने दिया। जालपा पूछेगी तो जरूर, कि क्यों भागे थे। साफ-साफ कह दूंगा, उस समय और कर ही क्या सकता था। पर इन थोड़े दिनों के कष्ट ने जीवन का प्रश्न तो हल कर दिया। अब आनंद से ज़िन्दगी कटेगी। कोशिश करके उसी तरफ अपना तबादला करवा लूंगा। यह सोचते-सोचते रमा को ख़याल आया कि जालपा भी यहाँ मेरे साथ रहे, तो क्या हरज है। बाहर वालों से मिलने की रोक-टोक है। जालपा के लिए क्या रूकावट हो सकती है। लेकिन इस वक्त इस प्रश्न को छेड़ना उचित नहीं। कल इसे तय करूंगा। देवीदीन भी विचित्र जीव है। पहले तो कई बार आया, पर आज उसने भी सन्नाटा खींच लिया। कम-से-कम इतना तो हो सकता था कि आकर पहरे वाले कांस्टेबल

से जालपा के आने की ख़बर मुझे देता। फिर मैं देखता कि कौन जालपा को नहीं आने देता। पहले इस तरह की कैद ज़रूरी थी, पर अब तो मेरी परीक्षा पूरी हो चुकी। शायद सब लोग ख़ुशी से राजी हो जायेंगे।

रसोइया थाली लाया। मांस एक ही तरह का था। रमा थाली देखते ही झल्ला गया। इन दिनों रूचिकर भोजन देखकर ही उसे भूख लगती थी। जब तक चार-पांच प्रकार का मांस न हो, चटनी-अचार न हो, उसकी तृप्ति न होती थी। बिगड़कर बोला, 'क्या खाऊं तुम्हारा सिर? थाली उठा ले जाओ।'

रसोइये ने डरते-डरते कहा,'हुजूर, इतनी जल्द और चीजें कैसे बनाता! अभी कुल दो घंटे तो आए हुए हैं।'

'दो घंटे तुम्हारे लिए थोड़े होते हैं!'

'अब हुजूर से क्या कहूं!'

'मत बको।'

'हुजूर'

'मत बको – डैम!'

रसोइए ने फिर कुछ न कहा। बोतल लाया, बर्फ तोड़कर ग्लास में डाली और पीछे हटकर खड़ा हो गया। रमा को इतना क्रोध आ रहा था कि रसोइए को नोच खाए। उसका मिज़ाज इन दिनों बहुत तेज़ हो गया था। शराब का दौर शुरू हुआ, तो रमा का गुस्सा और भी तेज़ हो गया। लाल-लाल आँखों से देखकर बोला, 'चाहूं तो अभी तुम्हारा कान पकड़कर निकाल दूं। अभी, इसी दम! तुमने समझा क्या है!'

उसका क्रोध बढ़ता देखकर रसोइया चुपके-से सरक गया। रमा ने ग्लास लिया और दो-चार लुकमे खाकर बाहर सहन में टहलने लगा। यही धुन सवार थी, कैसे यहाँ से निकल जाऊं। एकाएक उसे ऐसा जान पड़ा कि तार के बाहर वृक्षों की आड़ में कोई है। हाँ, कोई खड़ा उसकी तरफ ताक रहा है। शायद इशारे से अपनी तरफ बुला रहा है। रमानाथ का दिल धड़कने लगा। कहीं षडयंत्रकारियों ने उसके प्राण लेने की तो नहीं ठानी है! यह शंका उसे सदैव बनी रहती थी। इसी ख़याल से वह रात को बंगले के बाहर बहुत कम निकलता था। आत्म-रक्षा के भाव ने उसे अंदर चले जाने की प्रेरणा की। उसी वक्त एक मोटर सड़क पर निकली। उसके प्रकाश में रमा ने देखा, वह अंधेरी छाया स्त्री है। उसकी साड़ी साफ नज़र आ रही है। फिर उसे ऐसा मालूम हुआ कि वह स्त्री उसकी ओर आ रही है। उसे फिर शंका हुई, कोई मर्द यह वेश बदलकर मेरे साथ छल तो नहीं कर रहा है। वह ज्यों-ज्यों पीछे हटता गया, वह छाया उसकी ओर बढ़ती गई, यहाँ तक कि तार के पास आकर उसने कोई चीज़ रमा की तरफ फेंकी। रमा चीख मारकर पीछे हट गया, मगर वह केवल

एक लिफाफा था। उसे कुछ तस्कीन हुई। उसने फिर जो सामने देखा, तो वह छाया अंधकार में विलीन हो गई थी। रमा ने लपककर वह लिफाफा उठा लिया। भय भी था और कौतूहल भी। भय कम था, कौतूहल अधिक। लिफाफे को हाथ में लेकर देखने लगा। सिरनामा देखते ही उसके हृदय में फुरहरियाँ-सी उड़ने लगीं। लिखावट जालपा की थी। उसने फौरन लिफाफा खोला। जालपा ही की लिखावट थी। उसने एक ही सांस में पत्र पढ़ डाला और तब एक लंबी सांस ली। उसी सांस के साथ चिंता का वह भीषण भार जिसने आज छः महीने से उसकी आत्मा को दबाकर रक्खा था, वह सारी मनोव्यथा जो उसका जीवनरक्त चूस रही थी, वह सारी दुर्बलता, लज्जा, ग्लानि मानो उड़ गई, छू मंतर हो गई। इतनी स्फूर्ति, इतना गर्व, इतना आत्म-विश्वास उसे कभी न हुआ था। पहली सनक यह सवार हुई, अभी चलकर दारोग़ा से कह दूं, मुझे इस मुकदमे से कोई सरोकार नहीं है, लेकिन फिर ख़याल आया, बयान तो अब हो ही चुका, जितना अपयश मिलना था, मिल ही चुका,अब उसके फल से क्यों हाथ धोऊं। मगर इन सबों ने मुझे कैसा चकमा दिया है! और अभी तक मुगालते में डाले हुए हैं। सब-के-सब मेरी दोस्ती का दम भरते हैं, मगर अभी तक असली बात मुझसे छिपाए हुए हैं। अब भी इन्हें मुझ पर विश्वास नहीं। अभी इसी बात पर अपना बयान बदल दूं, तो आटे-दाल का भाव मालूम हो यही न होगा, मुझे कोई जगह न मिलेगी। बला से, इन लोगों के मनसूबे तो ख़ाक में मिल जाएंगे। इस दग़ाबाज़ी की सज़ा तो मिल जायगी। और, यह कुछ न सही, इतनी बडी बदनामी से तो बच जाऊंगा। यह सब शरारत जरूर करेंगे, लेकिन झूठा इलज़ाम लगाने के सिवा और कर ही क्या सकते हैं। जब मेरा यहाँ रहना साबित ही नहीं तो मुझ पर दोष ही क्या लग सकता है। सबों के मुंह में कालिख लग जायगी। मुंह तो दिखाया न जाएगा, मुकदमा क्या चलायेंगे।

मगर नहीं, इन्होंने मुझसे चाल चली है, तो मैं भी इनसे वही चाल चलूंगा। कह दूंगा, अगर मुझे आज कोई अच्छी जगह मिल जाएगी, तो मैं शहादत दूंगा, वरना साफ कह दूंगा, इस मामले से मेरा कोई संबंध नहीं। नहीं तो पीछे से किसी छोटे-मोटे थाने में नायब दारोग़ा बनाकर भेज दें और वहां सडा करूं। लूंगा इंस्पेक्टरी और कल दस बजे मेरे पास नियुक्ति का परवाना आ जाना चाहिए।

वह चला कि इसी वक्त दारोग़ा से कह दूं, लेकिन फिर रूक गया। एक बार जालपा से मिलने के लिए उसके प्राण तड़प रहे थे। उसके प्रति इतना अनुराग, इतनी श्रद्धा उसे कभी न हुई थी, मानो वह कोई दैवी-शक्ति हो जिसे देवताओं ने उसकी रक्षा के लिए भेजा हो दस बज गए थे। रमानाथ ने बिजली गुल कर दी और बरामदे में आकर ज़ोर से किवाड़ बंद कर दिए, जिसमें पहरे वाले सिपाही को

मालूम हो, अंदर से किवाड़ बंद करके सो रहे हैं। वह अंधेरे बरामदे में एक मिनट खडा रहा। तब आहिस्ता से उतरा और कांटेदार गेंसिंग के पास आकर सोचने लगा, उस पार कैसे जाऊं?' शायद अभी जालपा बग़ीचे में हो देवीदीन जरूर उसके साथ होगा। केवल यही तार उसकी राह रोके हुए था। उसे गांद जाना असंभव था। उसने तारों के बीच से होकर निकल जाने का निश्चय किया। अपने सब कपड़े समेट लिए और कांटों को बचाता हुआ सिर और कंधो को तार के बीच में डाला, पर न जाने कैसे कपड़े फंस गए। उसने हाथ से कपड़ों को छुडाना चाहा, तो आस्तीन कांटों में फंस गई। धोती भी उलझी हुई थी। बेचारा बडे संकट में पड़ा। न इस पार जा सकता था, न उस पारब ज़रा भी असावधानी हुई और कांटे उसकी देह में चुभ जायेंगे।

मगर इस वक्त उसे कपड़ों की परवा न थी। उसने गर्दन और आगे बढ़ाई और कपड़ों में लंबा चीरा लगाता उस पार निकल गया। सारे कपड़े तार-तार हो गए। पीठ में भी कुछ खरोंचे लगेॠ पर इस समय कोई बंदूक का निशाना बांधकर भी उसके सामने खडा हो जाता, तो भी वह पीछे न हटता। फटे हुए कुरते को उसने वहीं फेंक दिया, गले की चादर फट जाने पर भी काम दे सकती थी, उसे उसने ओढ़लिया, धोती समेट ली और बग़ीचे में घूमने लगा। सन्नाटा था। शायद रखवाला खटिक खाना खाने गया हुआ था। उसने दो-तीन बार धीरेधीरे जालपा का नाम लेकर पुकारा भी। किसी की आहट न मिली, पर निराशा होने पर भी मोह ने उसका गला न छोड़ा। उसने एक पेड़ के नीचे जाकर देखा। समझ गया, जालपा चली गई। वह उन्हीं पैरों देवीदीन के घर की ओर चला।

उसे ज़रा भी शोक न था। बला से किसी को मालूम हो जाय कि मैं बंगले से निकल आया हूं, पुलिस मेरा कर ही क्या सकती है। मैं कैदी नहीं हूँ,गुलामी नहीं लिखाई है।

आधी रात हो गई थी। देवीदीन भी आधा घंटा पहले लौटा था और खाना खाने जा रहा था कि एक नंगे-धड़ंगे आदमी को देखकर चौंक पड़ा। रमा ने चादर सिर पर बांधा ली थी और देवीदीन को डराना चाहता था। देवीदीन ने सशंक होकर कहा, 'कौन है? '

सहसा पहचान गया और झपटकर उसका हाथ पकड़ता हुआ बोला, 'तुमने तो भैया खूब भेस बनाया है? कपड़े क्या हुये?'

रमानाथ-'तार से निकल रहा था। सब उसके कांटों में उलझकर फट गये।'

देवीदीन-'राम राम! देह में तो कांटे नहीं चुभे? '

रमानाथ-'कुछ नहीं, दो-एक खरोंचे लग गए। मैं बहुत बचाकर निकला।'

देवीदीन-'बहू की चिट्ठी मिल गई न? '

रमानाथ-'हाँ, उसी वक्त मिल गई थी। क्या वह भी तुम्हारे साथ थी? '

देवीदीन-'वह मेरे साथ नहीं थीं, मैं उनके साथ था। जब से तुम्हें मोटर पर आते देखा, तभी से जाने-जाने लगाए हुए थीं।'

रमानाथ-'तुमने कोई ख़त लिखा था? '

देवीदीन-'मैंने कोई ख़त-पत्तर नहीं लिखा भैया। जब वह आई तो मुझे आप ही अचंभा हुआ कि बिना जाने-बूझे कैसे आ गई। पीछे से उन्होंने बताया। वह सतरंज वाला नकसा उन्हीं ने पराग से भेजा था और इनाम भी वहीं से आया था।'

रमा की आँखें फैल गई। जालपा की चतुराई ने उसे विस्मय में डाल दिया। इसके साथ ही पराजय के भाव ने उसे कुछ खिकै कर दिया। यहाँ भी उसकी हार हुई! इस बुरी तरह!

बुढ़िया ऊपर गई हुई थी। देवीदीन ने जीने के पास जाकर कहा, 'अरे क्या करती है? बहू से कह दे। एक आदमी उनसे मिलने आया है।'

यह कहकर देवीदीन ने फिर रमा का हाथ पकड़ लिया और बोला, 'चलो,अब सरकार में तुम्हारी पेसी होगी। बहुत भागे थे। बिना वारंट के पकड़े गए। इतनी आसानी से पुलिस भी न पकड़ सकती! '

रमा का मनोल्लास द्रवित हो गया था। लज्जा से गड़ा जाता था। जालपा के प्रश्नों का उसके पास क्या जवाब था। जिस भय से वह भागा था, उसने अंत में उसका पीछा करके उसे परास्त ही कर दिया। वह जालपा के सामने सीधी आँखें भी तो न कर सकता था। उसने हाथ छुड़ा लिया और जीने के पास ठिठक गया। देवीदीन ने पूछा, 'क्यों रूक गये? '

रमा ने सिर खुजलाते हुए कहा, 'चलो, मैं आता हूँ।'

बुढिया ने ऊपर ही से कहा, 'पूछो, कौन आदमी है, कहाँ से आया है? '

देवीदीन ने विनोद किया, 'कहता है, मैं जो कुछ कहूंगा, बहू से ही कहूंगा।'

'कोई चिट्ठी लाया है?'

'नहीं!

सन्नाटा हो गया। देवीदीन ने एक क्षण के बाद पूछा, 'कह दूं, लौट जाये?'

जालपा जीने पर आकर बोली, 'कौन आदमी है, पूछती तो हूँ!'

'कहता है, बडी दूर से आया हूं!'

'है कहाँ?'

'यह क्या खड़ा है!'

'अच्छा, बुला लो!'

रमा चादर ओढ़े, कुछ झिझकता, कुछ झेंपता, कुछ डरता, जीने पर चढ़ा। जालपा ने उसे देखते ही पहचान लिया। तुरंत दो कदम पीछे हट गई। देवीदीन वहाँ न होता तो वह दो कदम और आगे बढ़ी होती। उसकी आँखों में कभी इतना नशा न था, अंगों में कभी इतनी चपलता
न थी, कपोल कभी इतने न दमके थे, ह्रदय में कभी इतना मृदु कंपन न हुआ था। आज उसकी तपस्या सफल हुई!

वियोगियों के मिलन की रात बटोहियों के पड़ाव की रात है, जो बातों में कट जाती है। रमा और जालपा,दोनों ही को अपनी छः महीने की कथा कहनी थी। रमा ने अपना गौरव बढ़ाने के लिए अपने कष्टों को ख़ूब बढ़ा-चढ़ाकर बयान किया। जालपा ने अपनी कथा में कष्टों की चर्चा तक न आने दी। वह डरती थी इन्हें दुःख होगा, लेकिन रमा को उसे रूलाने में विशेष आनंद आ रहा था। वह क्यों भागा, किसलिए भागा, कैसे भागा, यह सारी गाथा उसने करूण शब्दों में कही और जालपा ने सिसक-सिसककर सुनी, वह अपनी बातों से उसे प्रभावित करना चाहता था। अब तक सभी बातों में उसे परास्त होना पड़ा था। जो बात उसे असूझ मालूम हुई, उसे जालपा ने चुटकियों में पूरा कर दिखाया। शतरंज वाली बात को वह ख़ूब नमक-मिर्च लगाकर बयान कर सकता था, लेकिन वहाँ भी जालपा ही ने नीचा दिखाया। फिर उसकी कीर्ति-लालसा को इसके सिवा और क्या उपाय था कि अपने कष्टों की राई को पर्वत बनाकर दिखाये।

जालपा ने सिसककर कहा, 'तुमने यह सारी आफतें झेंली, पर हमें एक पत्र तक न लिखा। क्यों लिखते, हमसे नाता ही क्या था! मुँह देखे की प्रीति थी! आँख ओट पहाड़ ओट।'

रमा ने हसरत से कहा, 'यह बात नहीं थी जालपा, दिल पर जो कुछ गुज़रती थी दिल ही जानता है, लेकिन लिखने का मुँह भी तो हो जब मुँह छिपाकर घर से भागा, तो अपनी विपत्ति-कथा क्या लिखने बैठता! मैंने तो सोच लिया था, जब तक ख़ूब रूपये न कमा लूंगा, एक शब्द भी न लिखूंगा।'

जालपा ने आँसू-भरी आँखों में व्यंग्य भरकर कहा, 'ठीक ही था, रूपये आदमी से ज्यादा प्यारे होते ही हैं! हम तो रूपये के यार हैं, तुम चाहे चोरी करो, डाका मारो, जाली नोट बनाओ, झूठी गवाही दो या भीख मांगो, किसी उपाय से रूपये लाओ। तुमने हमारे स्वभाव को कितना ठीक समझा है, कि वाह! गोसाई जी भी तो कह

गए हैं,स्वारथ लाइ करहिं सब प्रीति।'

रमा ने झेंपते हुए कहा, 'नहीं-नहीं प्रिये, यह बात न थी। मैं यही सोचता था कि इन फटे-हालों जाऊंगा कैसे। सच कहता हूँ, मुझे सबसे ज्यादा डर तुम्हीं से लगता था। सोचता था, तुम मुझे कितना कपटी, झूठा, कायर समझ रही होगी। शायद मेरे मन में यह भाव था कि रूपये की थैली देखकर तुम्हारा हृदय कुछ तो नर्म होगा।'

जालपा ने व्यथित कंठ से कहा, 'मैं शायद उस थैली को हाथ से छूती भी नहीं। आज मालूम हो गया, तुम मुझे कितनी नीच, कितनी स्वार्थिनी,कितनी लोभिन समझते हो! इसमें तुम्हारा कोई दोष नहीं, सरासर मेरा दोष है। अगर मैं भली होती, तो आज यह दिन ही क्यों आता। जो पुरूष तीस-चालीस रूपये का नौकर हो, उसकी स्त्री अगर दो-चार रूपये रोज़ ख़र्च करे, हज़ार-दो हज़ार के गहने पहनने की नीयत रक्खे, तो वह अपनी और उसकी तबाही का सामान कर रही है। अगर तुमने मुझे इतना धनलोलुप समझा, तो कोई अन्याय नहीं किया। मगर एक बार जिस आग में जल चुकी, उसमें फिर न जलूंगी। इन महीनों में मैंने उन पापों का कुछ प्रायश्चित्त किया है और शेष जीवन के अंत समय तक करूंगी। यह मैं नहीं कहती कि भोग-विलास से मेरा जी भर गया, या गहने-कपड़े से मैं ऊब गई, या सैर-तमाशे से मुझे घृणा हो गई। यह सब अभिलाषायें ज्यों की त्यों हैं। अगर तुम अपने पुरूषार्थ से, अपने परिश्रम से, अपने सदुद्योग से उन्हें पूरा कर सको तो क्या कहना, लेकिन नीयत खोटी करके, आत्मा को कलुषित करके एक लाख भी लाओ, तो मैं उसे ठुकरा दूंगी। जिस वक्त मुझे मालूम हुआ कि तुम पुलिस के गवाह बन गए हो, मुझे इतना दुःख हुआ कि मैं उसी वक्त दादा को साथ लेकर तुम्हारे बंगले तक गई, मगर उसी दिन तुम बाहर चले गए थे और आज लौटे हो मैं इतने आदमियों का ख़ून अपनी गर्दन पर नहीं लेना चाहती। तुम अदालत में साफ-साफ कह दो कि मैंने पुलिस के चकमे में आकर गवाही दी थी, मेरा इस मुआमले से कोई संबंध नहीं है। रमा ने चिंतित होकर कहा, 'जब से तुम्हारा ख़त मिला, तभी से मैं इस प्रश्न पर विचार कर रहा हूँ, लेकिन समझ में नहीं आता क्या करूं। एक बात कहकर मुकर जाने का साहस मुझमें नहीं है।'

'बयान तो बदलना ही पड़ेगा।'

'आख़िर कैसे? '

'मुश्किल क्या है। जब तुम्हें मालूम हो गया कि म्युनिसिपैलिटी तुम्हारे ऊपर कोई मुकदमा नहीं चला सकती, तो फिर किस बात का डर?'

'डर न हो, झेंप भी तो कोई चीज़ है। जिस मुँह से एक बात कही, उसी मुँह से मुकर जाऊं, यह तो मुझसे न होगा। फिर मुझे कोई अच्छी जगह मिल जाएगी।

आराम से ज़िन्दगी बसर होगी। मुझमें गली-गली ठोकर खाने का बूता नहीं है।'

जालपा ने कोई जवाब न दिया। वह सोच रही थी, आदमी में स्वार्थ की मात्रा कितनी अधिक होती है। रमा ने फिर धृष्टता से कहा, 'और कुछ मेरी ही गवाही पर तो सारा फैसला नहीं हुआ जाता। मैं बदल भी जाऊं, तो पुलिस कोई दूसरा आदमी खड़ा कर देगी। अपराधियों की जान तो किसी तरह नहीं बच सकती। हाँ, मैं मुफ्त में मारा जाऊंगा।'

जालपा ने त्योरी चढ़ाकर कहा, ' कैसी बेशर्मी की बातें करते हो जी! क्या तुम इतने गए-बीते हो कि अपनी रोटियों के लिए दूसरों का गला काटो। मैं इसे नहीं सह सकती। मुझे मजदूरी करना, भूखों मर जाना मंजूर है, बड़ी-से-बड़ी विपत्ति जो संसार में है, वह सिर पर ले सकती हूँ, लेकिन किसी का बुरा करके स्वर्ग का राज भी नहीं ले सकती।'

रमा इस आदर्शवाद से चिढ़कर बोला, ' तो क्या तुम चाहती कि मैं यहाँ कुलीगीरी करूं? '

जालपा-'नहीं, मैं यह नहीं चाहती, लेकिन अगर कुलीगीरी भी करनी पड़े तो वह ख़ून से तर रोटियाँ खाने से कहीं बढ़कर है।'

रमा ने शांत भाव से कहा, ' जालपा, तुम मुझे जितना नीच समझ रही हो, मैं उतना नीच नहीं हूँ। बुरी बात सभी को बुरी लगती है। इसका दुःख मुझे भी है कि मेरे हाथों इतने आदमियों का ख़ून हो रहा है, लेकिन परिस्थिति ने मुझे लाचार कर दिया है। मुझमें अब ठोकरें खाने की शक्ति नहीं है। न मैं पुलिस से रार मोल ले सकता हूं। दुनिया में सभी थोड़े ही आदर्श पर चलते हैं। मुझे क्यों उस ऊँचाई पर चढ़ाना चाहती हो, जहाँ पहुँचने की शक्ति मुझमें नहीं है।'

जालपा ने तीक्ष्ण स्वर में कहा, ' जिस आदमी में हत्या करने की शक्ति हो, उसमें हत्या न करने की शक्ति का न होना अचंभे की बात है। जिसमें दौड़ने की शक्ति हो, उसमें खड़े रहने की शक्ति न हो इसे कौन मानेगा। जब हम कोई काम करने की इच्छा करते हैं, तो शक्ति आप ही आप आ जाती है। तुम यह निश्चय कर लो कि तुम्हें बयान बदलना है, बस और बातें आप आ जायेंगी।'

रमा सिर झुकाये हुए सुनता रहा।

जालपा ने और आवेश में आकर कहा, 'अगर तुम्हें यह पाप की खेती करनी है, तो मुझे आज ही यहाँ से विदा कर दो। मैं मुँह में कालिख लगाकर यहाँ से चली जाऊंगी और फिर तुम्हें दिक करने न आऊंगी। तुम आनंद से रहना। मैं अपना पेट मेहनत-मजूरी करके भर लूंगी। अभी प्रायश्चित्त पूरा नहीं हुआ है, इसीलिए यह दुर्बलता हमारे पीछे पड़ी हुई है। मैं देख रही हूँ, यह हमारा सर्वनाश करके छोड़ेगी।'

रमा के दिल पर कुछ चोट लगी। सिर खुजलाकर बोला, ' चाहता तो मैं भी हूं कि किसी तरह इस मुसीबत से जान बचे।'

'तो बचाते क्यों नहीं। अगर तुम्हें कहते शर्म आती हो, तो मैं चलूं। यही अच्छा होगा। मैं भी चली चलूंगी और तुम्हारे सुपरिटेंडंट साहब से सारा वृत्तांत साफ- साफ कह दूंगी।'

रमा का सारा पसोपेश गायब हो गया। अपनी इतनी दुर्गति वह न कराना चाहता था कि उसकी स्त्री जाकर उसकी वकालत करे। बोला, 'तुम्हारे चलने की जरूरत नहीं है जालपा, मैं उन लोगों को समझा दूंगा। '

जालपा ने ज़ोर देकर कहा, 'साफ बताओ, अपना बयान बदलोगे या नहीं? '

रमा ने मानो कोने में दबकर कहा,कहता तो हूँ, बदल दूंगा। '

'मेरे कहने से या अपने दिल से?'

'तुम्हारे कहने से नहीं, अपने दिल से मुझे ख़ुद ही ऐसी बातों से घृणा है। सिर्फ ज़रा हिचक थी, वह तुमने निकाल दी।'

फिर और बातें होने लगीं। कैसे पता चला कि रमा ने रूपये उडा दिए हैं? रूपये अदा कैसे हो गये? और लोगों को ग़बन की ख़बर हुई या घर ही में दबकर रह गई?रतन पर क्या गुज़री- गोपी क्यों इतनी जल्द चला गया? दोनों कुछ पढ़ रहे हैं या उसी तरह आवारा फिरा करते हैं?आख़िर में अम्मां और दादा का ज़िक्र आया। फिर जीवन के मनसूबे बांधो जाने लगे। जालपा ने कहा, 'घर चलकर रतन से थोड़ी-सी ज़मीन ले लें और आनंद से खेती-बारी करें।'

रमा ने कहा, 'कहीं उससे अच्छा है कि यहाँ चाय की दुकान खोलें।' इस पर दोनों में मुबाहसा हुआ। आख़िर रमा को हार माननी पड़ी। यहाँ रहकर वह घर की देखभाल न कर सकता था, भाइयों को शिक्षा न दे सकता था और न मातापिता की सेवा-सत्कार कर सकता था। आख़िर घरवालों के प्रति भी तो उसका कुछ कर्तव्य है। रमा निरूत्तर हो गया।

रमा मुँह-अंधेरे अपने बंगले जा पहुँचा। किसी को कानों-कान ख़बर न हुई। नाश्ता करके रमा ने ख़त साफ किया, कपड़े पहने और दारोग़ा के पास जा पहुँचा। त्योरियाँ चढ़ी हुई थीं। दारोग़ा ने पूछा, 'ख़ैरियत तो है, नौकरों ने कोई शरारत तो नहीं की।'

रमा ने खड़े-खड़े कहा, 'नौकरों ने नहीं, आपने शरारत की है, आपके मातहतों, अफसरों और सब ने मिलकर मुझे उल्लू बनाया है।'

दारोग़ा ने कुछ घबडाकर पूछा, आख़िर बात क्या है, कहिए तो? '

रमानाथ-'बात यही है कि इस मुआमले में अब कोई शहादत न दूंगा। उससे मेरा ताल्लुक नहीं। आप ने मेरे साथ चाल चली और वारंट की

धमकी देकर मुझे शहादत देने पर मजबूर किया। अब मुझे मालूम हो गया कि मेरे ऊपर कोई इलज़ाम नहीं। आप लोगों का चकमा था। पुलिस की तरफ से शहादत नहीं देना चाहता, मैं आज जज साहब से साफ कह दूंगा। बेगुनाहों का ख़ून अपनी गर्दन पर न लूंगा। '

दारोग़ा ने तेज़ होकर कहा, 'आपने खुद गबन तस्लीम किया था।'

रमानाथ-'मीजान की ग़लती थी। ग़बन न था। म्युनिसिपैलिटी ने मुझ पर कोई मुकदमा नहीं चलाया।'

'यह आपको मालूम कैसे हुआ? '

'इससे आपको कोई बहस नहीं। मै शहादत न दूंगा। साफ-साफ कह दूंगा, पुलिस ने मुझे धोखा देकर शहादत दिलवाई है। जिन तारीख़ों का वह वाकया है, उन तारीख़ों में मैं इलाहाबाद में था। म्युनिसिपल आफिस में मेरी हाजिरी मौजूद है।'

दारोग़ा ने इस आपत्ति को हँसी में उडाने की चेष्टा करके कहा, 'अच्छा साहब, पुलिस ने धोखा ही दिया, लेकिन उसका ख़ातिरख्वाह इनाम देने को भी तो हाज़िर है। कोई अच्छी जगह मिल जाएगी, मोटर पर बैठे हुए सैर करोगे। खुगिया पुलिस में कोई जगह मिल गई, तो चैन ही चैन है। सरकार की नज़रों में इज्जत और रूसूख कितना बढ़ गया, यों मारे-मारे फिरते। शायद किसी दफ्तर में क्लर्की मिल जाती, वह भी बडी मुश्किल सेब यहां तो बैठे-बिठाए तरक्की का दरवाज़ा खुल गया। अच्छी तरह कारगुज़ारी होगी, तो एक दिन रायबहादुर मुंशी रमानाथ डिप्टी सुपरिंटेंडेंट हो जाओगे। तुम्हें हमारा एहसान मानना चाहिए और आप उल्टे ख़फा होते हैं। '

रमा पर इस प्रलोभन का कुछ असर न हुआ। बोला, 'मुझे क्लर्क बनना मंजूर है, इस तरह की तरक्की नहीं चाहता। यह आप ही को मुबारक रहे। इतने में डिप्टी साहब और इंस्पेक्टर भी आ पहुंचे। रमा को देखकर इंस्पेक्टर साहब ने गरमाया, 'हमारे बाबू साहब तो पहले ही से तैयार बैठे हैं। बस इसी की कारगुज़ारी पर वारा-न्यारा है। '

रमा ने इस भाव से कहा, 'मानो मैं भी अपना नफा-नुकसान समझता हूं,जी। हां, आज वारा-न्यारा कर दूंगा। इतने दिनों तक आप लोगों के इशारे पर चला, अब अपनी आँखों से देखकर चलूंगा। '

इंस्पेक्टर ने दारोग़ा का मुँह देखा, दारोग़ा ने डिप्टी का मुँह देखा, डिप्टी ने इंस्पेक्टर का मुँह देखा। यह कहता क्या है? इंस्पेक्टर साहब विस्मित होकर बोले, 'क्या बात है? हलफ से कहता हूं, आप कुछ नाराज मालूम होते हैं! '

रमानाथ-'मैंने फैसला किया है कि आज अपना बयान बदल दूंगा। बेगुनाहों का ख़ून नहीं कर सकता ।'

इंस्पेक्टर ने दया-भाव से उसकी तरफ देखकर कहा, 'आप बेगुनाहों का ख़ून नहीं कर रहे हैं, अपनी तकष्दीर की इमारत खड़ी कर रहे हैं। हलफ से कहता हूं, ऐसे मौके बहुत कम आदमियों को मिलते हैं। आज क्या बात हुई कि आप इतने खफा हो गये? आपको कुछ मालूम है, दारोग़ा साहब, आदमियों ने तो कोई शोखी नहीं की- अगर किसी ने आपके मिज़ाज़ के ख़िलाफ कोई काम किया हो, तो उसे गोली मार दीजिए, हलफ से कहता हूँ!

दारोग़ा -'मैं अभी जाकर पता लगाता हूँ। '

रमानाथ-'आप तकलीफ न करें। मुझे किसी से शिकायत नहीं है। मैं थोड़े से फायदे के लिए अपने ईमान का ख़ून नहीं कर सकता। '

एक मिनट सन्नाटा रहा। किसी को कोई बात न सूझी। दारोग़ा कोई दूसरा चकमा सोच रहे थे, इंस्पेक्टर कोई दूसरा प्रलोभन। डिप्टी एक दूसरी ही फिक्र में था। रूखेपन से बोला, 'रमा बाबू, यह अच्छा बात न होगा। '

रमा ने भी गर्म होकर कहा, 'आपके लिए न होगी। मेरे लिए तो सबसे अच्छी यही बात है। '

डिप्टी, 'नहीं, आपका वास्ते इससे बुरा दूसरा बात नहीं है। हम तुमको छोड़ेगा नहीं, हमारा मुकदमा चाहे बिगड़ जाये, लेकिन हम तुमको ऐसा लेसन दे देगा कि तुम उमिर भर न भूलेगा। आपको वही गवाही देना होगा जो आप दिया। अगर तुम कुछ गड़बड़ करेगा, कुछ भी गोलमाल किया तो हम तोमारे साथ दोसरा बर्ताव करेगा। एक रिपोर्ट में तुम यों (कलाइयों को ऊपर-नीचे रखकर) चला जायगा। '

यह कहते हुए उसने आँखें निकालकर रमा को देखा, मानो कच्चा ही खा जाएगा। रमा सहम उठा। इन आतंक से भरे शब्दों ने उसे विचलित कर दिया। यह सब कोई झूठा मुकदमा चलाकर उसे फंसा दें, तो उसकी कौन रक्षा करेगा। उसे यह आशा न थी कि डिप्टी साहब जो शील और विनय के पुतले बने हुए थे, एकबारगी यह रूद्र रूप धारणा कर लेंगे, मगर वह इतनी आसानी से दबने वाला न था। तेज़

होकर बोला, 'आप मुझसे ज़बरदस्ती शहादत दिलायेंगे '

डिप्टी ने पैर पटकते हुए कहा, 'हाँ, ज़बरदस्ती दिलायेगा!'

रमानाथ-'यह अच्छी दिल्लगी है!'

डिप्टी-'तोम पुलिस को धोखा देना दिल्लगी समझता है। अभी दो गवाह देकर साबित कर सकता है कि तुम राजक्रोह की बात कर रहा था। बस चला जायेगा सात साल के लिए। चक्की पीसते-पीसते हाथ में घड्डा पड़ जायगा। यह चिकना-चिकना गाल नहीं रहेगा। '

रमा जेल से डरता था। जेल-जीवन की कल्पना ही से उसके रोएं खड़े होते थे। जेल ही के भय से उसने यह गवाही देनी स्वीकार की थी। वही भय इस वक्त भी उसे कातर करने लगा। डिप्टी भाव-विज्ञान का ज्ञाता था। आसन का पता पा गया। बोला, 'वहां हलवा पूरी नहीं पायगा। धूल मिला हुआ आटा का रोटी, गोभी के सड़े हुए पत्तों का रसा, और अरहर के दाल का पानी खाने को पावेगा। काल-कोठरी का चार महीना भी हो गया, तो तुम बच नहीं सकता वहीं मर जायगा। बात-बात पर वार्डर गाली देगा, जूतों से पीटेगा,तुम समझता क्या है! '

रमा का चेहरा फीका पड़ने लगा। मालूम होता था, प्रतिक्षण उसका ख़ून सूखता चला जाता है। अपनी दुर्बलता पर उसे इतनी ग्लानि हुई कि वह रो पड़ा। कांपती हुई आवाज़ से बोला, 'आप लोगों की यह इच्छा है, तो यही सही! भेज दीजिए जेल। मर ही जाऊंगा न, फिर तो आप लोगों से मेरा गला छूट जायगा। जब आप यहाँ तक मुझे तबाह करने पर आमादा हैं, तो मैं भी मरने को तैयार हूँ। जो कुछ होना होगा, होगा। '

उसका मन दुर्बलता की उस दशा को पहुँच गया था, जब ज़रा-सी सहानुभूति, ज़रा-सी सहृदयता सैकड़ों धामकियों से कहीं कारगर हो जाती है। इंस्पेक्टर साहब ने मौका ताड़ लिया। उसका पक्ष लेकर डिप्टी से बोले,हलफ से कहता हूँ, 'आप लोग आदमी को पहचानते तो हैं नहीं, लगते हैं रोब जमाने। इस तरह गवाही देना हर एक समझदार आदमी को बुरा मालूम होगा। यह द्ददरती बात है। जिसे ज़रा भी इज्जत का खयाल है, वह पुलिस के हाथों की कठपुतली बनना पसंद न करेगा। बाबू साहब की जगह मैं होता तो मैं भी ऐसा ही करता, लेकिन इसका मतलब यह नहीं है कि यह हमारे खिलाफ शहादत देंगे। आप लोग अपना काम कीजिए, बाबू साहब की तरफ से बेफिक्र रहिए, हलफ से कहता हूं। '

उसने रमा का हाथ पकड़ लिया और बोला, 'आप मेरे साथ चलिए, बाबूजी! आपको अच्छे-अच्छे रिकार्ड सुनाऊं। '

रमा ने रूठे हुए बालक की तरह हाथ छुड़ाकर कहा, 'मुझे दिक न कीजिए। इंस्पेक्टर साहबब अब तो मुझे जेलखाने में मरना है। '

इंस्पेक्टर ने उसके कंधो पर हाथ रखकर कहा, 'आप क्यों ऐसी बातें मुंह से निकालते हैं साहबब जेलखाने में मरें आपके दुश्मन। '

डिप्टी ने तसमा भी बाकी न छोड़ना चाहा, बड़े कठोर स्वर में बोला, मानो रमा से कभी का परिचय नहीं है, 'साहब, यों हम बाबू साहब के साथ सब तरह का सलूक करने को तैयार हैं, लेकिन जब वह हमारा ख़िलाफ गवाही देगा, हमारा जड़ खोदेगा, तो हम भी कार्रवाई करेगा। जरूर से करेगा। कभी छोड़ नहीं सकता। '

इसी वक्त सरकारी एडवोकेट और बैरिस्टर मोटर से उतरे।

रतन पत्रों में जालपा को तो ढाढ़स देती रहती थी, पर अपने विषय में कुछ न लिखती थी। जो आप ही व्यथित हो रही हो, उसे अपनी व्यथाओं की कथा क्या सुनाती! वही रतन जिसने रूपयों की कभी कोई हैसियत न समझी, इस एक ही महीने में रोटियों को भी मुहताज हो गई थी। उसका वैवाहिक जीवन बहुत सुखी न हो, पर उसे किसी बात का अभाव न था। मरियल घोड़े पर सवार होकर भी यात्रा पूरी हो सकती है अगर सड़क अच्छी हो, नौकर-चाकर, रूपय-पैसे और भोजन आदि की सामग्री साथ हो घोड़ा भी तेज़ हो, तो पूछना ही क्या! रतन की दशा उसी सवार की-सी थी। उसी सवार की भांति वह मंदगति से अपनी जीवन-यात्रा कर रही थी। कभी-कभी वह घोड़े पर झुंझलाती होगी, दूसरे सवारों को उड़े जाते देखकर उसकी भी इच्छा होती होगी कि मैं भी इसी तरह उड़ती, लेकिन वह दु:खी न थी, अपने नसीबों को रोती न थी। वह उस गाय की तरह थी, जो एक पतली-सी पगहिया के बंधन में पड़कर, अपनी नाद के भूसे-खली में मगन रहती है। सामने हरे-हरे मैदान हैं, उसमें सुगंधमय घासें लहरा रही हैं, पर वह पगहिया तुड़ाकर कभी उधार नहीं जाती। उसके लिए उस पगहिया और लोहे की जंजीर में कोई अंतर नहीं। यौवन को प्रेम की इतनी क्षुधा नहीं होती, जितनी आत्म-प्रदर्शन की। प्रेम की क्षुधा पीछे आती है। रतन को आत्मप्रदर्शन के सभी उपाय मिले हुए थे। उसकी युवती आत्मा अपने श्रृंगार और प्रदर्शन में मग्न थी। हँसी-विनोद, सैर-सपाटा, खाना-पीना, यही उसका जीवन था, जैसा प्राय: सभी मनुष्यों का होता है। इससे गहरे जल में जाने की न उसे इच्छा थी, न प्रयोजन, संपन्नता बहुत कुछ मानसिक व्यथाओं को शांत करती है। उसके पास अपने दु:खों को भुलाने के कितने ही ढंग हैं, सिनेमा है, थिएटर है,

देश-भ्रमण है, ताश है, पालतू जानवर हैं, संगीत है, लेकिन विपन्नता को भुलाने का मनुष्य के पास कोई उपाय नहीं, इसके सिवा कि वह रोये, अपने भाग्य को कोसे या संसार से विरक्त होकर आत्म-हत्या कर ले। रतन की तकदीर ने पलटा खाया था। सुख का स्वप्न भंग हो गया था और विपन्नता का कंकाल अब उसे खड़ा घूर रहा था। और यह सब हुआ अपने ही हाथों!

पंडितजी उन प्राणियों में थे, जिन्हें मौत की फ़िक्र नहीं होती। उन्हें किसी तरह यह भ्रम हो गया था कि दुर्बल स्वास्थ्य के मनुष्य अगर पथ्य और विचार से रहें, तो बहुत दिनों तक जी सकते हैं। वह पथ्य और विचार की सीमा के बाहर कभी न जाते। फिर मौत को उनसे क्या दुश्मनी थी, जो ख्वाह-मा-ख्वाह उनके पीछे पड़ती। अपनी वसीयत लिख डालने का ख़याल उन्हें उस वक्त आया, जब वह मरणासन्न हुए, लेकिन रतन वसीयत का नाम सुनते ही इतनी शोकातुर, इतनी भयभीत हुई कि पंडितजी ने उस वक्त टाल जाना ही उचित समझा, तब से फिर उन्हें इतना होश न आया कि वसीयत लिखवाते। पंडितजी के देहावसान के बाद रतन का मन इतना विरक्त हो गया कि उसे किसी बात की भी सुध-बुध न रही। यह वह अवसर था, जब उसे विशेष रूप से सावधन रहना चाहिए था। इस भांति सतर्क रहना चाहिए था, मानो दुश्मनों ने उसे घेर रखा हो, पर उसने सब कुछ मणिभूषण पर छोड़ दिया और उसी मणिभूषण ने धीरे-धीरे उसकी सारी संपत्ति हरण कर ली। ऐसे-ऐसे षड्यंत्र रचे कि सरला रतन को उसके कपट-व्यवहार का आभास तक न हुआ। फंदा जब ख़ूब कस गया, तो उसने एक दिन आकर कहा, 'आज बंगला खाली करना होगा। मैंने इसे बेच दिया है।'

रतन ने ज़रा तेज़ होकर कहा, 'मैंने तो तुमसे कहा था कि मैं अभी बंगला न बेचूंगी।'

मणिभूषण ने विनय का आवरण उतार फेंका और त्योरी चढ़ाकर बोला, 'आपमें बातें भूल जाने की बुरी आदत है। इसी कमरे में मैंने आपसे यह ज़िक्र किया था और आपने हामी भरी थी। जब मैंने बेच दिया, तो आप यह स्वांग खड़ा करती हैं! बंगला आज खाली करना होगा और आपको मेरे साथ चलना होगा।'

'मैं अभी यहीं रहना चाहती हूँ।'

'मैं आपको यहाँ न रहने दूंगा। '

'मैं तुम्हारी लौंडी नहीं हूँ।'

'आपकी रक्षा का भार मेरे ऊपर है। अपने कुल की मर्यादा-रक्षा के लिए मैं आपको अपने साथ ले जाऊंगा।'

रतन ने होंठ चबाकर कहा, 'मैं अपनी मर्यादा की रक्षा आप कर सकती हूँ। तुम्हारी मदद की ज़रूरत नहीं। मेरी मर्ज़ी के बगैर तुम यहाँ कोई चीज़ नहीं बेच सकते।'

मणिभूषण ने वज्र-सा मारा, 'आपका इस घर पर और चाचाजी की संपत्ति पर कोई अधिकार नहीं। वह मेरी संपत्ति है। आप मुझसे केवल गुज़ारे का सवाल कर सकती हैं।'

रतन ने विस्मित होकर कहा, 'तुम कुछ भंग तो नहीं खा गए हो? '

मणिभूषण ने कठोर स्वर में कहा, 'मैं इतनी भंग नहीं खाता कि बेसिर-पैर की बातें करने लगूं, आप तो पढ़ी-लिखी हैं, एक बड़े वकील की धर्मपत्नी थीं। कानून की बहुत-सी बातें जानती होंगी। सम्मिलित परिवार में विधवा का अपने पुरूष की संपत्ति पर कोई अधिकार नहीं होता। चाचाजी और मेरे पिताजी में कभी अलगौझा नहीं हुआ। चाचाजी यहाँ थे, हम लोग इंदौर में थे, पर इससे यह नहीं सिद्ध होता कि हममें अलगौझा था। अगर चाचा अपनी संपत्ति आपको देना चाहते, तो कोई वसीयत अवश्य लिख जाते और यद्यपि वह वसीयत कानून के अनुसार कोई चीज़ न होती, पर हम उसका सम्मान करते। उनका कोई वसीयत न करना साबित कर रहा है कि वह कानून के साधरण व्यवहार में कोई बाधा न डालना चाहते थे। आज आपको बंगला खाली करना होगा। मोटर और अन्य वस्तुयें भी नीलाम कर दी जायेंगी। आपकी इच्छा हो, मेरे साथ चलें या रहें। यहाँ रहने के लिए आपको दस-ग्यारह रूपये का मकान काफ़ी होगा। गुज़ारे के लिए पचास रूपये महीने का प्रबंध मैंने कर दिया है। लेना-देना चुका लेने के बाद इससे ज्यादा की गुंजाइश ही नहीं। '

रतन ने कोई जवाब न दिया। कुछ देर वह हतबुद्धि-सी बैठी रही, फिर मोटर मंगवाई और सारे दिन वकीलों के पास दौड़ती फिरी।

पंडितजी के कितने ही वकील मित्र थे। सभी ने उसका वृत्तांत सुनकर खेद प्रकट किया और वकील साहब के वसीयत न लिख जाने पर हैरत करते रहे। अब उसके लिए एक ही उपाय था। वह यह सिद्ध करने की चेष्टा करे कि वकील साहब और उनके भाई में अलहदगी हो गई थी। अगर यह सिद्ध हो गया और सिद्ध हो जाना बिलकुल आसान था, तो रतन उस संपत्ति की स्वामिनी हो जायेगी। अगर वह यह सिद्ध न कर सकी, तो उसके लिए कोई चारा न था। अभागिनी रतन लौट आई। उसने निश्चय किया, जो कुछ मेरा नहीं है, उसे लेने के लिए मैं झूठ का आश्रय न लूंगी। किसी तरह नहीं। मगर ऐसा कानून बनाया किसने? क्या स्त्री इतनी नीच, इतनी तुच्छ, इतनी नगण्य है? क्यों?

दिन-भर रतन चिंता में डूबी, मौन बैठी रही। इतने दिनों वह अपने को इस घर की स्वामिनी समझती रही। कितनी बड़ी भूल थी। पति के जीवन में जो लोग उसका मुँह ताकते थे, वे आज उसके भाग्य के विधाता हो गए! यह घोर अपमान रतन-जैसी मानिनी स्त्री के लिए असह्य था। माना, कमाई पंडितजी की थी, पर यह गाँव तो उसी ने ख़रीदा था, इनमें से कई मकान तो उसके सामने ही बने, उसने यह एक क्षण के लिए भी न ख़याल किया था कि एक दिन यह जायदाद मेरी जीविका का आधार होगी। इतनी भविष्य-चिंता वह कर ही न सकती थी। उसे इस जायदाद के खरीदने में, उसके संवारने और सजाने में वही आनंद आता था, जो माता अपनी संतान को फलते-फलते देखकर पाती है। उसमें स्वार्थ का भाव न था, केवल अपनेपन का गर्व था, वही ममता थी, पर पति की आँखें बंद होते ही उसके पाले और गोद के खिलाये बालक भी उसकी गोद से छीन लिए गये। उसका उन पर कोई अधिकार नहीं! अगर वह जानती कि एक दिन यह कठिन समस्या उसके सामने आएगी, तो वह चाहे रूपये को लुटा देती या दान कर देती, पर संपत्ति की कील अपनी छाती पर न गाड़ती। पंडितजी की ऐसी कौन बहुत बड़ी आमदनी थी। क्या गर्मियों में वह शिमले न जा सकती थी? क्या दो-चार और नौकर न रखे जा सकते थे? अगर वह गहने ही बनवाती, तो एक-एक मकान के मूल्य का एक-एक गहना बनवा सकती थी, पर उसने इन बातों को कभी उचित सीमा से आगे न बढ़ने दिया। केवल यही स्वप्न देखने के लिए! यही स्वप्न! इसके सिवाय और था ही क्या! जो कल उसका था उसकी ओर आज आँखें उठाकर वह देख भी नहीं सकती! कितना महंगा था वह स्वप्न! हाँ, वह अब अनाथिनी थी। कल तक दूसरों को भीख देती थी, आज उसे ख़ुद भीख मांगनी पड़ेगी। और कोई आश्रय नहीं! पहले भी वह अनाथिनी थी, केवल भ्रम-वश अपने को स्वामिनी समझ रही थी। अब उस भ्रम का सहारा भी नहीं रहा!

सहसा विचारों ने पलटा खाया। मैं क्यों अपने को अनाथिनी समझ रही हूँ? क्यों दूसरों के द्वार पर भीख मांगू? संसार में लाखों ही स्त्रियाँ मेहनत-मजदूरी करके जीवन का निर्वाह करती हैं। क्या मैं कोई काम नहीं कर सकती? मैं कपडा क्या नहीं सी सकती? किसी चीज़ की छोटी-मोटी दुकान नहीं रख सकती? लड़के भी पढ़ा सकती हूँ। यही न होगा, लोग हँसेंगे, मगर मुझे उस हँसी की क्या परवाह! वह मेरी हँसी नहीं है, अपने समाज की हँसी है।

शाम को द्वार पर कई ठेले वाले आ गये। मणिभूषण ने आकर कहा, 'चाचीजी, आप जो-जो चीज़ें कहें लदवाकर भिजवा दूं। मैंने एक मकान ठीक कर लिया है।'

रतन ने कहा, 'मुझे किसी चीज़ की ज़रूरत नहीं। न तुम मेरे लिए मकान लो। जिस चीज़ पर मेरा कोई अधिकार नहीं, वह मैं हाथ से भी नहीं छू सकती। मैं अपने घर से कुछ लेकर नहीं आई थी। उसी तरह लौट जाऊंगी।'

मणिभूषण ने लज्जित होकर कहा, 'आपका सब कुछ है, यह आप कैसे कहती हैं कि आपका कोई अधिकार नहीं। आप वह मकान देख लें। पंद्रह रूपया किराया है। मैं तो समझता हूँ, आपको कोई कष्ट न होगा। जो-जो चीजें आप कहें, मैं वहाँ पहुँचा दूं।'

रतन ने व्यंग्यमय आँखों से देखकर कहा, 'तुमने पंद्रह रूपये का मकान मेरे लिए व्यर्थ लिया! इतना बड़ा मकान लेकर मैं क्या करूंगी! मेरे लिए एक कोठरी काफी है, जो दो रूपये में मिल जायेगी। सोने के लिए जमीन है ही। दया का बोझ सिर पर जितना कम हो, उतना ही अच्छा!

मणिभूषण ने बडे विनम्र भाव से कहा, 'आख़िर आप चाहती क्या हैं? उसे कहिए तो!'

रतन उत्तेजित होकर बोली, 'मैं कुछ नहीं चाहती। मैं इस घर का एक तिनका भी अपने साथ न ले जाऊंगी। जिस चीज़ पर मेरा कोई अधिकार नहीं, वह मेरे लिए वैसी ही है, जैसी किसी गैर आदमी की चीज़, मैं दया की भिखारिणी न बनूंगी। तुम इन चीज़ों के अधिकारी हो, ले जाओ। मैं ज़रा भी बुरा नहीं मानती! दया की चीज़ न जबरदस्ती ली जा सकती है, न जबरदस्ती दी जा सकती है। संसार में हज़ारों विधवायें हैं, जो मेहनत-मजूरी करके अपना निर्वाह कर रही हैं। मैं भी वैसे ही हूँ। मैं भी उसी तरह मजूरी करूंगी और अगर न कर सकूंगी, तो किसी गड्ढे में डूब मरूंगी। जो अपना पेट भी न पाल सके, उसे जीते रहने का, दूसरों का बोझ बनने का कोई हक नहीं है।'

यह कहती हुई रतन घर से निकली और द्वार की ओर चली। मणिभूषण ने उसका रास्ता रोककर कहा, 'अगर आपकी इच्छा न हो, तो मैं बंगला अभी न बेचूं।'

रतन ने जलती हुई आँखों से उसकी ओर देखा। उसका चेहरा तमतमाया हुआ था। आँसुओं के उमड़ते हुए वेग को रोककर बोली, ' मैंने कह दिया, इस घर की किसी चीज़ से मेरा नाता नहीं है। मैं किराये की लौंडी थी। लौंडी का घर से क्या संबंध है! न जाने किस पापी ने यह कानून बनाया था। अगर ईश्वर कहीं है और उसके यहाँ कोई न्याय होता है, तो एक दिन उसी के सामने उस पापी से पूछूंगी, क्या तेरे घर में माँ-बहनें न थीं? तुझे उनका अपमान करते लज्जा न आई? अगर मेरी ज़बान में इतनी ताकत होती कि सारे देश में उसकी आवाज़ पहुँचती, तो मैं सब स्त्रियों से कहती, बहनो, किसी सम्मिलित परिवार में विवाह मत करना और

अगर करना, तो जब तक अपना घर अलग न बना लो, चैन की नींद मत सोना। यह मत समझो कि तुम्हारे पति के पीछे उस घर में तुम्हारा मान के साथ पालन होगा। अगर तुम्हारे पुरूष ने कोई लड़का नहीं छोड़ा, तो तुम अकेली रहो चाहे परिवार में, एक ही बात है। तुम अपमान और मजूरी से नहीं बच सकतीं। अगर तुम्हारे पुरूष ने कुछ छोड़ा है, तो अकेली रहकर तुम उसे भोग सकती हो, परिवार में रहकर तुम्हें उससे हाथ धोना पड़ेगा। परिवार तुम्हारे लिए फूलों की सेज नहीं, कांटों की शय्या है, तुम्हारा पार लगाने वाली नौका नहीं,तुम्हें निगल जाने वाला जंतु।'

संध्या हो गई थी। गर्द से भरी हुई फागुन की वायु चलने वालों की आँखों में धूल झोंक रही थी। रतन चादर संभालती सड़क पर चली जा रही थी। रास्ते में कई परिचित स्त्रियों ने उसे टोका, कई ने अपनी मोटर रोक ली और उसे बैठने को कहा, पर रतन को उनकी सहृदयता इस समय बाण-सी लग रही थी। वह तेज़ी से कदम उठाती हुई जालपा के घर चली जा रही थी। आज उसका वास्तविक जीवन आरंभ हुआ था।

ठीक दस बजे जालपा और देवीदीन कचहरी पहुँच गये। दर्शकों की काफी भीड़ थी। ऊपर की गैलरी दर्शकों से भरी हुई थी। कितने ही आदमी बरामदों में और सामने के मैदान में खड़े थे। जालपा ऊपर गैलरी में जा बैठीब देवीदीन बरामदे में खड़ा हो गया।

इजलास पर जज साहब के एक तरफ अहलमद था और दूसरी तरफ पुलिस के कई कर्मचारी खड़े थे। सामने कठघरे के बाहर दोनों तरफ के वकील खड़े मुकदमा पेश होने का इंतज़ार कर रहे थे। मुलजिमों की संख्या पंद्रह से कम न थी। सब कठघरे के बग़ल में ज़मीन पर बैठे हुए थे। सभी के हाथों में हथकड़ियाँ थीं, पैरों में बेड़ियाँ। कोई लेटा था, कोई बैठा था, कोई आपस में बातें कर रहा था। दो पंजे लड़ा रहे थे। दो में किसी विषय पर बहस हो रही थी। सभी प्रसन्नचित्त थे। घबराहट, निराशा या शोक का किसी के चेहरे पर चिन्ह भी न था।

ग्यारह बजते-बजते अभियोग की पेशी हुई। पहले जाब्ते की कुछ बातें हुई, फिर दो-एक पुलिस की शहादतें हुई। अंत में कोई तीन बजे रमानाथ गवाहों के कठघरे में लाया गया। दर्शकों में सनसनी-सी फैल गई। कोई तंबोली की दुकान से पान खाता हुआ भागा, किसी ने समाचार-पत्र को मरोड़कर जेब में रखा और सब इजलास के कमरे में जमा हो गये। जालपा भी संभलकर बारजे में खड़ी हो गई। वह चाहती

थी कि एक बार रमा की आँखें उठ जातीं और वह उसे देख लेती, लेकिन रमा सिर झुकाये खड़ा था, मानो वह इधर-उधर देखते डर रहा हो, उसके चेहरे का रंग उड़ा हुआ था। कुछ सहमा हुआ, कुछ घबराया हुआ इस तरह खड़ा था, मानो उसे किसी ने बांध रखा है और भागने की कोई राह नहीं है। जालपा का कलेजा धक-धक कर रहा था, मानो उसके भाग्य का निर्णय हो रहा हो।

रमा का बयान शुरू हुआ। पहला ही वाक्य सुनकर जालपा सिहर उठी, दूसरे वाक्य ने उसकी त्योरियों पर बल डाल दिये, तीसरे वाक्य ने उसके चेहरे का रंग फीका कर दिया और चौथा वाक्य सुनते ही वह एक लंबी साँस खींचकर पीछे रखी हुई कुरसी पर टिक गई, मगर फिर दिल न माना। जंगले पर झुककर फिर उधर कान लगा दिये। वही पुलिस की सिखाई हुई शहादत थी, जिसका आशय वह देवीदीन के मुँह से सुन चुकी थी। अदालत में सन्नाटा छाया हुआ था। जालपा ने कई बार खांसा कि शायद अब भी रमा की आँखें ऊपर उठ जायें, लेकिन रमा का सिर और भी झुक गया। मालूम नहीं, उसने जालपा के खांसने की आवाज़ पहचान ली या आत्म-ग्लानि का भाव उदय हो गया। उसका स्वर भी कुछ धीमा हो गया।

एक महिला ने जो जालपा के साथ ही बैठी थी, नाक सिकोड़कर कहा, 'जी चाहता है, इस दुष्ट को गोली मार दें। ऐसे-ऐसे स्वार्थी भी इस देश में पड़े हैं जो नौकरी या थोड़े-से धन के लोभ में निरपराधों के गले पर छुरी उधरने से भी नहीं हिचकते!' जालपा ने कोई जवाब न दिया।

एक दूसरी महिला ने जो आँखों पर ऐनक लगाये हुए थी, 'निराशा के भाव से कहा, ' इस अभागे देश का ईश्वर ही मालिक है। गवर्नरी तो लाला को कहीं नहीं मिल जाती! अधिक-से-अधिक कहीं क्लर्क हो जायेंगे। उसी के लिए अपनी आत्मा की हत्या कर रहे हैं। मालूम होता है, कोई मरभुखा, नीच आदमी है, पल्ले सिरे का कमीना और छिछोरा।'

तीसरी महिला ने ऐनक वाली देवी से मुस्कराकर पूछा, ' आदमी फैशनेबुल है और पढ़ा-लिखा भी मालूम होता है। भला, तुम इसे पा जाओ, तो क्या करो?'

ऐनकबाज़ देवी ने उद्दंडता से कहा, 'नाक काट लूं! बस नकटा बनाकर छोड़ दूं।'

'और जानती हो, मैं क्या करूं?'

'नहीं! शायद गोली मार दोगी!'

'ना! गोली न मारूं। सरे बाज़ार खड़ा करके पाँच सौ जूते लगवाऊं। चांद गंजी हो जाये!'

'उस पर तुम्हें ज़रा भी दया नहीं आयेगी?'

यह कुछ कम दया है? उसकी पूरी सज़ा तो यह है कि किसी ऊँची पहाड़ी से ढकेल दिया जाये! अगर यह महाशय अमेरीका में होते, तो ज़िन्दा जला दिये जाते!'

एक वृद्धा ने इन युवतियों का तिरस्कार करके कहा, ' क्यों व्यर्थ में मुँह ख़राब करती हो? वह घृणा के योग्य नहीं, दया के योग्य है। देखती नहीं हो, उसका चेहरा कैसा पीला हो गया है, जैसे कोई उसका गला दबाये हुए हो, अपनी माँ या बहन को देख ले, तो ज़रूर रो पड़े। आदमी दिल का बुरा नहीं है। पुलिस ने धमकाकर उसे सीधा किया है। मालूम होता है, एक-एक शब्द उसके हृदय को चीर-चीरकर निकल रहा हो।'

ऐनक वाली महिला ने व्यंग्य किया, ' जब अपने पांव कांटा चुभता है, तब आह निकलती है? '

जालपा अब वहाँ न ठहर सकी। एक-एक बात चिंगारी की तरह उसके दिल पर आग के गोले डाले देती थी। ऐसा जी चाहता था कि इसी वक्त उठकर कह दे, 'यह महाशय बिल्कुल झूठ बोल रहे हैं, सरासर झूठ, और इसी वक्त इसका सबूत दे दे। वह इस आवेश को पूरे बल से दबाये हुए थी। उसका मन अपनी कायरता पर उसे धिक्कार रहा था। क्यों वह इसी वक्त सारा वृत्तांत नहीं कह सुनाती। पुलिस उसकी दुश्मन हो जायेगी, हो जाये। कुछ तो अदालत को खयाल होगा। कौन जाने, इन ग़रीबों की जान बच जाये! जनता को तो मालूम हो जायेगा कि यह झूठी शहादत है। उसके मुँह से एक बार आवाज़ निकलते-निकलते रह गई। परिणाम के भय ने उसकी ज़बान पकड़ ली। आख़िर उसने वहाँ से उठकर चले आने ही में कुशल समझी।

देवीदीन उसे उतरते देखकर बरामदे में चला आया और दया से सने हुए स्वर में बोला, 'क्या घर चलती हो, बहूजी?'

जालपा ने आँसुओं के वेग को रोककर कहा, 'हाँ, यहाँ अब नहीं बैठा जाता।'

हाते के बाहर निकलकर देवीदीन ने जालपा को सांत्वना देने के इरादे से कहा, 'पुलिस ने जिसे एक बार बूटी सुंघा दी, उस पर किसी दूसरी चीज़ का असर नहीं हो सकता।'

जालपा ने घृणा-भाव से कहा, 'यह सब कायरों के लिए है।'

कुछ दूर दोनों चुपचाप चलते रहे। सहसा जालपा ने कहा, 'क्यों दादा, अब और तो कहीं अपील न होगी? कैदियों का यहीं फैसला हो जायेगा।।'

देवीदीन इस प्रश्न का आशय समझ गया। बोला, 'नहीं, हाईकोर्ट में अपील हो सकती है।'

फिर कुछ दूर तक दोनों चुपचाप चलते रहे। जालपा एक वृक्ष की छांह में खड़ी हो गई और बोली, 'दादा, मेरा जी चाहता है, आज जज साहब से मिलकर सारा हाल कह दूं। शुरू से जो कुछ हुआ, सब कह सुनाऊं। मैं सबूत दे दूंगी, तब तो मानेंगे?'

देवीदीन ने आँखें गाड़कर कहा, 'जज साहब से!'

जालपा ने उसकी आँखों से आँखें मिलाकर कहा, 'हाँ!'

देवीदीन ने दुविधा में पड़कर कहा, 'मैं इस बारे में कुछ नहीं कह सकता, बहूजी! हाकिम का वास्ता न जाने चित पड़े या पट।'

जालपा बोली, 'क्या पुलिस वालों से यह नहीं कह सकता कि तुम्हारा गवाह बनाया हुआ है?'

'कह तो सकता है।'

'तो आज मैं उससे मिलूं। मिल तो लेता है?'

'चलो, दरियार्ति करेंगे, लेकिन मामला जोखिम है।'

'क्या जोखिम है, बताओ।'

'भैया पर कहीं झूठी गवाही का इल्ज़ाम लगाकर सज़ा कर दे तो?'

'तो कुछ नहीं। जो जैसा करे, वैसा भोगे।'

देवीदीन ने जालपा की इस निर्ममता पर चकित होकर कहा, 'एक दूसरा खटका है। सबसे बड़ा डर उसी का है।'

जालपा ने उद्यत भाव से पूछा,'वह क्या?'

देवीदीन-'पुलिस वाले बड़े कायर होते हैं। किसी का अपमान कर डालना तो इनकी दिल्लगी है। जज साहब पुलिस कमिश्नर को बुलाकर यह सब हाल कहेंगे ज़रूर। कमिश्नर सोचेंगे कि यह औरत सारा खेल बिगाड़ रही है। इसी को गिरफ्तार कर लो। जज अंग्रेज होता, तो निडर होकर पुलिस की तौहीन करता। हमारे भाई तो ऐसे मुकदमों में चूं करते डरते हैं कि कहीं हमारे ही ऊपर न बगावत का इल्ज़ाम लग जाये। यही बात है। जज साहब पुलिस कमिश्नर से ज़रूर कह सुनावेंगे। फिर यह तो न होगा कि मुकदमा उठा लिया जाये। यही होगा कि कलई न खुलने पावे। कौन जाने तुम्हीं को गिरफ्तार कर लें। कभी-कभी जब गवाह बदलने लगता है, या कलई खोलने पर उताई हो जाता है, तो पुलिस वाले उसके घर वालों को दबाते हैं। इनकी माया अपरंपार है।

जालपा सहम उठी। अपनी गिरफ्तारी का उसे भय न था, लेकिन कहीं पुलिस वाले रमा पर अत्याचार न करें। इस भय ने उसे कातर कर दिया। उसे इस समय ऐसी थकान मालूम हुई मानो सैकड़ों कोस की मंज़िल मारकर आई हो उसका सारा सत्साहस बर्फ के समान पिघल गया।

कुछ दूर आगे चलने के बाद उसने देवीदीन से पूछा, 'अब तो उनसे मुलाकात न हो सकेगी?'

देवीदीन ने पूछा, 'भैया से?'

'हाँ'

'किसी तरह नहीं। पहरा और कड़ा कर दिया गया होगा। चाहे उस बंगले को ही छोड़ दिया हो और अब उनसे मुलाकात हो भी गई, तो क्या फ़ायदा! अब किसी तरह अपना बयान नहीं बदल सकते। दरोगहलगी में फंस जायेंगे।'

कुछ दूर और चलकर जालपा ने कहा, 'मैं सोचती हूँ, घर चली जाऊं। यहाँ रहकर अब क्या करूंगी।'

देवीदीन ने करूणा भरी हुई आँखों से उसे देखकर कहा, 'नहीं बहू, अभी मैं न जाने दूंगा। तुम्हारे बिना अब हमारा यहाँ पल-भर भी जी न लगेगा। बुढिया तो रो-रोकर प्राण ही दे देगी। अभी यहाँ रहो, देखो क्या फैसला होता है। भैया को मैं इतना कच्चे दिल का आदमी नहीं समझता था। तुम लोगों की बिरादरी में सभी सरकारी नौकरी पर जान देते हैं। मुझे तो कोई सौ रूपया भी तलब दे, तो नौकरी न करूं। अपने रोजगार की बात ही दूसरी है। इसमें आदमी कभी थकता ही नहीं। नौकरी में जहाँ पाँच से छः घंटे हुए कि देह टूटने लगी, जम्हाइयाँ आने लगीं।'

रास्ते में और कोई बातचीत न हुई। जालपा का मन अपनी हार मानने के लिए किसी तरह राज़ी न होता था। वह परास्त होकर भी दर्शक की भांति यह अभिनय देखने से संतुष्ट न हो सकती थी। वह उस अभिनय में सम्मिलित होने और अपना पार्ट खेलने के लिए विवश हो रही थी। क्या एक बार फिर रमा से मुलाकात न होगी? उसके ह्रदय में उन जलते हुए शब्दों का एक सागर उमड़ रहा था, जो वह उससे कहना चाहती थी। उसे रमा पर ज़रा भी दया न आती थी, उससे रत्ती-भर सहानुभूति न होती थी। वह उससे कहना चाहती थी, ' तुम्हारा धन और वैभव तुम्हें मुबारक हो, जालपा उसे पैरों से ठुकराती है। तुम्हारे ख़ून से रंगे हुए हाथों के स्पर्श से मेरी देह में छाले पड़ जायेंगे। जिसने धन और पद के लिए अपनी आत्मा बेच दी, उसे मैं मनुष्य नहीं समझती। तुम मनुष्य नहीं हो, तुम पशु भी नहीं, तुम कायर हो! कायर!'जालपा का मुखमंडल तेजमय हो गया। गर्व से उसकी गर्दन तन गई। यह शायद समझते होंगे, जालपा जिस वक्त मुझे झब्बेदार पगड़ी बांध घोड़े पर सवार देखेगी, फली न समायेगी। जालपा इतनी नीच नहीं है। तुम घोड़े पर नहीं, आसमान में उड़ो, मेरी आँखों में हत्यारे हो, पूरे हत्यारे, जिसने अपनी जान बचाने के लिए इतने आदमियों की गर्दन पर छुरी चलाई! मैंने चलते-चलते समझाया था, उसका कुछ असर न हुआ! ओह, तुम इतने धन-लोलुप हो, इतने लोभी! कोई हर्ज़

नहीं। जालपा अपने पालन और रक्षा के लिए तुम्हारी मुहताज नहीं।' इन्हीं संतप्त भावनाओं में डूबी हुई जालपा घर पहुँची।

एक महीना गुज़र गया। जालपा कई दिन तक बहुत विकल रही। कई बार उन्माद-सा हुआ कि अभी सारी कथा किसी पत्र में छपवा दूं, सारी कलई खोल दूं, सारे हवाई किले ढा दूं, पर यह सभी उद्वेग शांत हो गए। आत्मा की गहराइयों में छिपी हुई कोई शक्ति उसकी ज़बान बंद कर देती थी। रमा को उसने हृदय से निकाल दिया था। उसके प्रति अब उसे क्रोध न था, द्वेष न था, दया भी न थी, केवल उदासीनता थी। उसके मर जाने की सूचना पाकर भी शायद वह न रोती। हाँ, इसे ईश्वरीय विधान की एक लीला, माया का एक निर्मम हास्य, एक क्रूर क्रीड़ा समझकर थोड़ी देर के लिए वह दुखी हो जाती। प्रणय का वह बंधन जो उसके गले में दो-ढाई साल पहले पड़ा था, टूट चुका था, पर उसका निशान बाकी था। रमा को इस बीच में उसने कई बार मोटर पर अपने घर के सामने से जाते देखा। उसकी आँखें किसी को खोजती हुई मालूम होती थीं। उन आँखों में कुछ लज्जा थी, कुछ क्षमा-याचना, पर जालपा ने कभी उसकी तरफ आँखें न उठाईं। वह शायद इस वक्त आकर उसके पैरों पर पड़ता, तो भी वह उसकी ओर न ताकती। रमा की इस घृणित कायरता और महान स्वार्थपरता ने जालपा के हृदय को मानो चीर डाला था, फिर भी उस प्रणय-बंधन का निशान अभी बना हुआ था। रमा की वह प्रेम-विह्नल मूर्ति, जिसे देखकर एक दिन वह गदगद हो जाती थी, कभी-कभी उसके हृदय में छाये हुए अंधेरे में क्षीण, मलिन,निरानंद ज्योत्स्ना की भांति प्रवेश करती, और एक क्षण के लिए वह स्मृतियाँ विलाप कर उठतीं। फिर उसी अंधकार और नीरवता का परदा पड़ जाता। उसके लिए भविष्य की मृदु स्मृतियाँ न थीं, केवल कठोर, नीरस वर्तमान विकराल रूप से खड़ा घूर रहा था।

वह जालपा, जो अपने घर बात-बात पर मान किया करती थी, अब सेवा, त्याग और सहिष्णुता की मूर्ति थी। जग्गो मना करती रहती, पर वह मुँह-अंधेरे सारे घर में झाड़ू लगा आती, चौका-बरतन कर डालती, आटा गूंधकर रख देती, चूल्हा जला देती। तब बुढ़िया का काम केवल रोटियाँ सेंकना था। छूत-विचार को भी उसने ताक पर रख दिया था। बुढ़िया उसे ठेल-ठालकर रसोई में ले जाती और कुछ न कुछ खिला देती। दोनों में माँ-बेटी का-सा प्रेम हो गया था।

मुकदमे की सब कार्रवाई समाप्त हो चुकी थी। दोनों पक्ष के वकीलों की बहस हो चुकी थी। केवल फैसला सुनाना बाकी था। आज उसकी तारीख़ थी। आज बड़े सबरे घर के काम-धंधों से फुर्सत पाकर जालपा दैनिक-पत्र वाले की आवाज़ पर कान लगाये बैठी थी, मानो आज उसी का भाग्य-निर्णय होने वाला है। इतने में देवीदीन ने पत्र लाकर उसके सामने रख दिया। जालपा पत्र पर टूट पड़ी और फैसला पढ़ने लगी। फैसला क्या था, एक ख़याली कहानी थी, जिसका प्रधान नायक रमा था। जज ने बार-बार उसकी प्रशंसा की थी। सारा अभियोग उसी के बयान पर अवलंबित था।

देवीदीन ने पूछा, 'फैसला छपा है?'

जालपा ने पत्र पढ़ते हुए कहा, 'हाँ, है तो!'

'किसकी सजा हुई?'

'कोई नहीं छूटा, एक को फांसी की सज़ा मिली। पाँच को दस-दस साल और आठ को पाँच-पाँच साल। उसी दिनेश को फांसी हुई।'

यह कहकर उसने समाचार-पत्र रख दिया और एक लंबी साँस लेकर बोली, 'इन बेचारों के बाल-बच्चों का न जाने क्या हाल होगा!'

देवीदीन ने तत्परता से कहा, 'तुमने जिस दिन मुझसे कहा था, उसी दिन से मैं इन बातों का पता लगा रहा हूँ। आठ आदमियों का तो अभी तक ब्याह ही नहीं हुआ और उनके घर वाले मज़े में हैं। किसी बात की तकलीफ नहीं है। पाँच आदमियों का विवाह तो हो गया है, पर घर के ख़ुश हैं। किसी के घर रोजगार होता है, कोई जमींदार है, किसी के बाप-चचा नौकर हैं। मैंने कई आदमियों से पूछा, यहाँ कुछ चंदा भी किया गया है। अगर उनके घर वाले लेना चाहें, तो तो दिया जायगा। खाली दिनेश तबाह है। दो छोटे-छोटे बच्चे हैं, बुढ़िया, माँ और औरत, यहाँ किसी स्कूल में मास्टर था। एक मकान किराये पर लेकर रहता था। उसकी खराबी है।'

जालपा ने पूछा, 'उसके घर का पता लगा सकते हो?'

'हाँ, उसका पता कौन मुश्किल है?'

जालपा ने याचना-भाव से कहा, 'तो कब चलोगे? मैं भी तुम्हारे साथ चलूंगी। अभी तो वक्त है। चलो, ज़रा देखें।'

देवीदीन ने आपत्ति करके कहा, 'पहले मैं देख तो आऊं। इस तरह मेरे साथ कहाँ-कहाँ दौड़ती फिरोगी?'

जालपा ने मन को दबाकर लाचारी से सिर झुका लिया और कुछ न बोली। देवीदीन चला गया। जालपा फिर समाचार-पत्र देखने लगी,पर उसका ध्यान दिनेश की ओर लगा हुआ था। बेचारा फांसी पा जायेगा। जिस वक्त उसने फांसी का हुक्म

सुना होगा, उसकी क्या दशा हुई होगी। उसकी बूढ़ी माँ और स्त्री यह खबर सुनकर छाती पीटने लगी होंगी। बेचारा स्कूल-मास्टर ही तो था, मुश्किल से रोटियाँ चलती होंगी। और क्या सहारा होगा? उनकी विपत्ति की कल्पना करके उसे रमा के प्रति उत्तेजना, पूर्ण घृणा हुई कि वह उदासीन न रह सकी। उसके मन में ऐसा उद्वेग उठा कि इस वक्त वह आ जाये, तो ऐसा धिक्कारूं कि वह भी याद करें। तुम मनुष्य हो! कभी नहीं। तुम मनुष्य के रूप में राक्षस हो, राक्षस! तुम इतने नीच हो कि उसको प्रकट करने के लिए कोई शब्द नहीं है। तुम इतने नीच हो कि आज कमीने से कमीना आदमी भी तुम्हारे ऊपर थूक रहा है। तुम्हें किसी ने पहले ही क्यों न मार डाला। इन आदमियों की जान तो जाती ही, पर तुम्हारे मुँह में तो कालिख न लगती। तुम्हारा इतना पतन हुआ कैसे! जिसका पिता इतना सच्चा, इतना ईमानदार हो, वह इतना लोभी, इतना कायर!

शाम हो गई, पर देवीदीन न आया। जालपा बार-बार खिड़की पर खड़ी हो-होकर इधर-उधर देखती थी, पर देवीदीन का पता न था। धीरे-धीरे आठ बज गए और देवी न लौटा। सहसा एक मोटर द्वार पर आकर रूकी और रमा ने उतरकर जग्गो से पूछा, 'सब कुशल-मंगल है न दादी! दादा कहाँ गए हैं?'

जग्गो ने एक बार उसकी ओर देखा और मुँह उधर लिया। केवल इतना बोली, 'कहीं गए होंगे, मैं नहीं जानती।'

रमा ने सोने की चार चूड़ियाँ जेब से निकालकर जग्गो के पैरों पर रख दीं और बोला, 'यह तुम्हारे लिए लाया हूँ दादी, पहनो, ढीली तो नहीं हैं?'

जग्गो ने चूड़ियाँ उठाकर ज़मीन पर पटक दीं और आँखें निकालकर बोली, 'जहाँ इतना पाप समा सकता है, वहाँ चार चूड़ियों की जगह नहीं है! भगवान की दया से बहुत चूड़ियाँ पहन चुकी और अब भी सेर-दो सेर सोना पडा होगा, लेकिन जो खाया, पहना, अपनी मेहनत की कमाई से, किसी का गला नहीं दबाया, पाप की गठरी सिर पर नहीं लादी, नीयत नहीं बिगाड़ी। उस कोख में आग लगे, जिसने तुम जैसे कपूत को जन्म दिया। यह पाप की कमाई लेकर तुम बहू को देने आये होगे! समझते होगे, तुम्हारे रूपयों की थैली देखकर वह लट्टू हो जायेगी। इतने दिन उसके साथ रहकर भी तुम्हारी लोभी आँखें उसे न पहचान सकीं। तुम जैसे राक्षस उस देवी के जोग न थे। अगर अपनी कुसल चाहते हो, तो इन्हीं पैरों जहाँ से आये हो, वहीं लौट जाओ, उसके सामने जाकर क्यों अपना पानी उतरवाओगे। तुम आज पुलिस के हाथों ज़ख्मी होकर, मार खाकर आये होते, तुम्हें सज़ा हो गई होती, तुम जेल में डाल दिये गये होते, तो बहू तुम्हारी पूजा करती, तुम्हारे चरण धो-धोकर पीती। वह उन औरतों में है जो चाहे मजूरी करें, उपास करें, फटे-चीथड़े पहनें, पर किसी की

बुराई नहीं देख सकतीं। अगर तुम मेरे लड़के होते, तो तुम्हें जहर दे देती। क्यों खड़े मुझे जला रहे हो, चले क्यों नहीं जाते। मैंने तुमसे कुछ ले तो नहीं लिया है?

रमा सिर झुकाये चुपचाप सुनता रहा। तब आहत स्वर में बोला, 'दादी, मैंने बुराई की है और इसके लिए मरते दम तक लज्जित रहूंगा, लेकिन तुम मुझे जितना नीच समझ रही हो, उतना नीच नहीं हूँ। अगर तुम्हें मालूम होता कि पुलिस ने मेरे साथ कैसी-कैसी सख्तियाँ कीं, मुझे कैसी-कैसी धमकियाँ दीं, तो तुम मुझे राक्षस न कहतीं।'

जालपा के कानों में इन आवाज़ों की भनक पड़ी। उसने जीने से झांककर देखा। रमानाथ खड़ा था। सिर पर बनारसी रेशमी साफा था, रेशम का बढ़िया कोट, आँखों पर सुनहली ऐनक। इस एक ही महीने में उसकी देह निखर आई थी। रंग भी अधिक गोरा हो गया था। ऐसी कांति उसके चेहरे पर कभी न दिखाई दी थी। उसके अंतिम शब्द जालपा के कानों में पड़ गये, बाज की तरह टूटकर धम-धम करती हुई नीचे आई और ज़हर में बुझे हुए बाणों का उस पर प्रहार करती हुई बोली, 'अगर तुम सख्तियों और धमकियों से इतना दब सकते हो, तो तुम कायर हो, तुम्हें अपने को मनुष्य कहने का कोई अधिकार नहीं। क्या सख्तियाँ की थीं? ज़रा सुनूं! लोगों ने तो हँसते-हँसते सिर कटा लिए हैं, अपने बेटों को मरते देखा है, कोल्हू में पेले जाना मंजूर किया है, पर सच्चाई से जौभर भी नहीं हटे, तुम भी तो आदमी हो, तुम क्यों धमकी में आ गये? क्यों नहीं छाती खोलकर खड़े हो गए कि इसे गोली का निशाना बना लो, पर मैं झूठ न बोलूंगा। क्यों नहीं सिर झुका दिया- देह के भीतर इसीलिए आत्मा रक्खी गई है कि देह उसकी रक्षा करे। इसलिए नहीं कि उसका सर्वनाश कर दे। इस पाप का क्या पुरस्कार मिला? ज़रा मालूम तो हो!

रमा ने दबी हुई आवाज़ से कहा, 'अभी तो कुछ नहीं।'

जालपा ने सर्पिणी की भांति फुंकारकर कहा, 'यह सुनकर मुझे बड़ी ख़ुशी हुई! ईश्वर करे, तुम्हें मुँह में कालिख लगाकर भी कुछ न मिले! मेरी यह सच्चे दिल से प्रार्थना है, लेकिन नहीं, तुम जैसे मोम के पुतलों को पुलिस वाले कभी नाराज़ न करेंगे। तुम्हें कोई जगह मिलेगी और शायद अच्छी जगह मिले, मगर जिस जाल में तुम फंसे हो, उसमें से निकल नहीं सकते। झूठी गवाही, झूठे मुकदमे बनाना और पाप का व्यापार करना ही तुम्हारे भाग्य में लिख गया। जाओ शौक से जिंदगी के सुख लूटो। मैंने तुमसे पहले ही कह दिया था और आज फिर कहती हूँ कि मेरा तुमसे कोई नाता नहीं है। मैंने समझ लिया कि तुम मर गये। तुम भी समझ लो कि मैं मर गई। बस, जाओ। मैं औरत हूँ। अगर कोई धमकाकर मुझसे पाप कराना चाहे, तो चाहे उसे न मार स्वयं अपनी गर्दन पर छुरी चला दूंगी। क्या तुममें औरतों

के बराबर भी हिम्मत नहीं है?'

रमा ने भिक्षुकों की भांति गिड़गिड़ाकर कहा, 'तुम मेरा कोई उज्र न सुनोगी?'

जालपा ने अभिमान से कहा, 'नहीं!'

'तो मैं मुँह में कालिख लगाकर कहीं निकल जाऊं?

'तुम्हारी ख़ुशी!'

'तुम मुझे क्षमा न करोगी?'

'कभी नहीं, किसी तरह नहीं!'

रमा एक क्षण सिर झुकाये खड़ा रहा, तब धीरे-धीरे बरामदे के नीचे जाकर जग्गो से बोला, 'दादी, दादा आयें, तो कह देना, मुझसे ज़रा देर मिल लें। जहाँ कहें, आ जाऊं?'

जग्गो ने कुछ पिघलकर कहा, 'कल यहीं चले आना।'

रमा ने मोटर पर बैठते हुए कहा, 'यहाँ अब न आऊंगा, दादी!'

मोटर चली गई तो जालपा ने कुत्सित भाव से कहा, 'मोटर दिखाने आये थे, जैसे ख़रीद ही तो लाये हों!'

जग्गो ने भर्त्सना की, 'तुम्हें इतना बेलगाम न होना चाहिए था, बहू! दिल पर चोट लगती है, तो आदमी को कुछ नहीं सूझता।'

जालपा ने निष्ठुरता से कहा, 'ऐसे हयादार नहीं हैं, दादी! इसी सुख के लिए तो आत्मा बेची, उनसे यह सुख भला क्या छोड़ा जायेगा। पूछा नहीं, दादा से मिलकर क्या करोगे? वह होते तो ऐसी फटकार सुनाते कि छठी का दूध याद आ जाता।'

जग्गो ने तिरस्कार के भाव से कहा, 'तुम्हारी जगह मैं होती तो मेरे मुँह से ऐसी बातें न निकलतीं। तुम्हारा हृदय बड़ा कठोर है। दूसरा मर्द होता, तो इस तरह चुपका-चुपका सुनता, मैं तो थर-थर कांप रही थी कि कहीं तुम्हारे ऊपर हाथ न चला दे, मगर है बड़ा गमखोर।'

जालपा ने उसी निष्ठुरता से कहा, 'इसे गमखोरी नहीं कहते दादी, यह बेहयाई है।'

देवीदीन ने आकर कहा, 'क्या यहाँ भैया आये थे? मुझे मोटर पर रास्ते में दिखाई दिये थे।'

जग्गो ने कहा, 'हाँ, आये थे। कह गए हैं, दादा मुझसे ज़रा मिल लें।'

देवीदीन ने उदासीन होकर कहा, 'मिल लूंगा। यहाँ कोई बातचीत हुई?'

जग्गो ने पछताते हुए कहा, 'बातचीत क्या हुई, पहले मैंने पूजा की, मैं चुप हुई, तो बहू ने अच्छी तरह फल-माला चढ़ाई।'

जालपा ने सिर नीचा करके कहा, 'आदमी जैसा करेगा, वैसा भोगेगा।'

जग्गो – 'अपना ही समझकर तो मिलने आये थे।'

जालपा – 'कोई बुलाने तो न गया था। कुछ दिनेश का पता चला, दादा!'

देवीदीन – 'हाँ, सब पूछ आया। हावड़े में घर है। पता-ठिकाना सब मालूम हो गया।'

जालपा ने डरते-डरते कहा, 'इस वक्त चलोगे या कल किसी वक्त?'

देवीदीन-'तुम्हारी जैसी मरजी, जी जाहे इसी बखत चलो, मैं तैयार हूँ।

जालपा – 'थक गये होगे?'

देवीदीन – 'इन कामों में थकान नहीं होती बेटी।'

आठ बज गये थे। सड़क पर मोटरों का तांता बंध हुआ था। सड़क की दोनों पटरियों पर हज़ारों स्त्री-पुरूष बने-ठने, हँसते-बोलते चले जाते थे। जालपा ने सोचा, दुनिया कैसी अपने राग-रंग में मस्त है। जिसे उसके लिए मरना हो मरे, वह अपनी टेव न छोड़ेगी। हर एक अपना छोटा-सा मिट्टी का घरौंदा बनाये बैठा है। देश बह जाये, उसे परवा नहीं। उसका घरौंदा बच रहे! उसके स्वार्थ में बाधा न पड़े। उसका भोला-भाला हृदय बाज़ार को बंद देखकर ख़ुश होता। सभी आदमी शोक से सिर झुकाये, त्योरियाँ बदले उन्मभा-से नज़र आते। सभी के चेहरे भीतर की जलन से लाल होते। वह न जानती थी कि इस जन-सागर में ऐसी छोटी-छोटी कंकड़ियों के गिरने से एक हल्कोरा भी नहीं उठता, आवाज तक नहीं आती।

रमा मोटर पर चला, तो उसे कुछ सूझता न था, कुछ समझ में न आता था, कहाँ जा रहा है। जाने हुए रास्ते उसके लिए अनजाने हो गए थे। उसे जालपा पर क्रोध न था, ज़रा भी नहीं। जग्गो पर भी उसे क्रोध न था। क्रोध था अपनी दुर्बलता पर, अपनी स्वार्थलोलुपता पर, अपनी कायरता पर। पुलिस के वातावरण में उसका औचित्य-ज्ञान भ्रष्ट हो गया था। वह कितना बड़ा अन्याय करने जा रहा है, उसका उसे केवल उस दिन ख़याल आया था, जब जालपा ने समझाया था। फिर यह शंका मन में उठी ही नहीं। अफसरों ने बड़ी-बड़ी आशायें बांधकर उसे बहला रखा। वह कहते, अजी बीबी की कुछ फिक्र न करो। जिस वक्त तुम एक जड़ाऊ हार लेकर पहुँचोगे और रूपयों की थैली नज़र कर दोगे, बेगम साहब का सारा गुस्सा भाग जायेगा। अपने सूबे में किसी अच्छी-सी जगह पर पहुँच जाओगे, आराम से ज़िन्दगी कटेगी। कैसा गुस्सा! इसकी कितनी ही आँखों देखी, मिसालें दी गई। रमा चक्कर में फंस गया। फिर उसे जालपा से मिलने का अवसर ही न मिला। पुलिस

का रंग जमता गया। आज वह जड़ाऊ हार जेब में रखे जालपा को अपनी विजय की ख़ुशख़बरी देने गया था। वह जानता था जालपा पहले कुछ नाक-भौं सिकोड़ेगी, पर यह भी जानता था कि यह हार देखकर वह ज़रूर ख़ुश हो जायेगी। कल ही संयुक्त प्रांत के होम सेक्रेटरी के नाम कमिश्नर पुलिस का पत्र उसे मिल जायेगा। दो-चार दिन यहाँ ख़ूब सैर करके घर की राह लेगा। देवीदीन और जग्गो को भी वह अपने साथ ले जाना चाहता था। उनका एहसान वह कैसे भूल सकता था। यही मनसूबे मन में बांधकर वह जालपा के पास गया था, जैसे कोई भक्त फल और नैवेद्य लेकर देवता की उपासना करने जाये, पर देवता ने वरदान देने के बदले उसके थाल को ठुकरा दिया, उसके नैवेद्य उसकी ओर ताकने का साहस न कर सकता था। उसने सोचा, इसी वक्त ज़ज के पास चलूं और सारी कथा कह सुनाऊं। पुलिस मेरी दुश्मन हो जाये, मुझे जेल में सड़ा डाले, कोई परवाह नहीं। सारी कलई खोल दूंगा। क्या जज अपना फैसला नहीं बदल सकता – अभी तो सभी मुज़िलम हवालात में हैं। पुलिस वाले खूब दांत पीसेंगे, खूब नाचे-यदेंगे, शायद मुझे कच्चा ही खा जायें। खा जायें! इसी दुर्बलता ने तो मेरे मुँह में कालिख लगा दी।

जालपा की वह क्रोधोन्मभा मूर्ति उसकी आँखों के सामने फिर गई। ओह, कितने गुस्से में थी! मैं जानता कि वह इतना बिगड़ेगी, तो चाहे दुनिया इधर से उधर हो जाती, अपना बयान बदल देता। बड़ा चकमा दिया इन पुलिस वालों ने, अगर कहीं जज ने कुछ नहीं सुना और मुलिज़मों को बरी न किया, तो जालपा मेरा मुँह न देखेगी। मैं उसके पास कौन मुँह लेकर जाऊंगा। फिर ज़िन्दा रहकर ही क्या करूंगा। किसके लिये?

उसने मोटर रोकी और इधर-उधर देखने लगा। कुछ समझ में न आया, कहाँ आ गया। सहसा एक चौकीदार नज़र आया। उसने उससे जज साहब के बंगले का पता पूछा, चौकीदार हँसकर बोला, 'हुजूर तो बहुत दूर निकल आये। यहाँ से तो छः-सात मील से कम न होगा, वह उधर चौरंगी की ओर रहते हैं।'

रमा चौरंगी का रास्ता पूछकर फिर चला। नौ बज गए थे। उसने सोचा, 'जज साहब से मुलाकात न हुई, तो सारा खेल बिगड़ जायेगा। बिना मिले हटूंगा ही नहीं। अगर उन्होंने सुन लिया तो ठीक ही है, नहीं कल हाईकोर्ट के जजों से कहूंगा। कोई तो सुनेगा। सारा वृत्तांत समाचार-पत्रों में छपवा दूंगा, तब तो सबकी आँखें खुलेंगी।'

मोटर तीस मील की चाल से चल रही थी। दस मिनट ही में चौरंगी आ पहुँची। यहाँ अभी तक वही चहल-पहल थी, मगर रमा उसी ज़न्नाटे से मोटर लिये जाता था। सहसा एक पुलिसमैन ने लाल बत्ती दिखाई। वह रूक गया और बाहर सिर निकालकर देखा, तो वही दारोग़ाजी!

दारोग़ा ने पूछा, 'क्या अभी तक बंगले पर नहीं गए? इतनी तेज़ मोटर न चलाया कीजिए। कोई वारदात हो जायेगी। कहिए, बेगम साहब से मुलाकात हुई? मैंने तो समझा था, वह भी आपके साथ होंगी। ख़ुश तो ख़ूब हुई होंगी!'

रमा को ऐसा क्रोध आया कि मूंछें उखाड़ लूं, पर बात बनाकर बोला, 'जी हाँ, बहुत ख़ुश हुई।'

'मैंने कहा था न, औरतों की नाराज़ी की वही दवा है। आप कांपे जाते थे। '

'मेरी हिमाकत थी।'

'चलिए, मैं भी आपके साथ चलता हूँ। एक बाज़ी ताश उड़े और ज़रा सरूर जमे, डिप्टी साहब और इंस्पेक्टर साहब आयेंगे। ज़ोहरा को बुलवा लेंगे। दो घड़ी की बहार रहेगी। अब आप मिसेज़ रमानाथ को बंगले ही पर क्यों नहीं बुला लेते। वहाँ उस खटिक के घर पड़ी हुई हैं।'

रमा ने कहा, 'अभी तो मुझे एक ज़रूरत से दूसरी तरफ जाना है। आप मोटर ले जायें। मैं पांव-पांव चला आऊंगा।'

दारोग़ा ने मोटर के अंदर जाकर कहा, 'नहीं साहब, मुझे कोई जल्दी नहीं है। आप जहाँ चलना चाहें, चलिये। मैं ज़रा भी मुख़िल न हूंगा। रमा ने कुछ चिढ़कर कहा, 'लेकिन मैं अभी बंगले पर नहीं जा रहा हूँ।'

दारोग़ा ने मुस्कराकर कहा, 'मैं समझ रहा हूँ, लेकिन मैं ज़रा भी मुख़िल न हूंगा। वही बेगम साहब.....'

रमा ने बात काटकर कहा, 'जी नहीं, वहाँ मुझे नहीं जाना है।'

दारोग़ा -'तो क्या कोई दूसरा शिकार है? बंगले पर भी आज कुछ कम बहार न रहेगी। वहीं आपके दिल-बहलाव का कुछ सामान हाज़िर हो जायगा।'

रमा ने एकबारगी आँखें लाल करके कहा, 'क्या आप मुझे शोहदा समझते हैं? मैं इतना जलील नहीं हूँ।'

दारोग़ा ने कुछ लज्जित होकर कहा, 'अच्छा साहब, गुनाह हुआ, माफ कीजिए। अब कभी ऐसी गुस्ताखी न होगी, लेकिन अभी आप अपने को खतरे से बाहर न समझें, मैं आपको किसी ऐसी जगह न जाने दूंगा, जहाँ मुझे पूरा इत्मीनान न होगा। आपको ख़बर नहीं, आपके कितने दुश्मन हैं। मैं आप ही के फायदे के ख़याल से कह रहा हूँ।'

रमा ने होंठ चबाकर कहा, 'बेहतर हो कि आप मेरे फायदे का इतना ख़याल न करें। आप लोगों ने मुझे मलियामेट कर दिया और अब भी मेरा गला नहीं छोड़ते। मुझे अब अपने हाल पर मरने दीजिये। मैं इस गुलामी से तंग आ गया हूँ। मैं माँ के पीछे-पीछे चलने वाला बच्चा नहीं बनना चाहता। आप अपनी मोटर चाहते हैं,

शौक से ले जाइए। मोटर की सवारी और बंगले में रहने के लिए पंद्रह आदमियों को कुर्बान करना पड़ा है। कोई जगह पा जाऊं, तो शायद पंद्रह सौ आदमियों को कुर्बान करना पड़े। मेरी छाती इतनी मजबूत नहीं है। आप अपनी मोटर ले जाइये।'

यह कहता हुआ वह मोटर से उतर पड़ा और जल्दी से आगे बढ़ गया।

दारोग़ा ने कई बार पुकारा, 'ज़रा सुनिए, बात तो सुनिए, ' लेकिन उसने पीछे फिरकर देखा तक नहीं। ज़रा और आगे चलकर वह एक मोड़ से घूम गया। इसी सड़क पर जज का बंगला था। सड़क पर कोई आदमी न मिला। रमा कभी इस पटरी पर और कभी उस पटरी पर जा-जाकर बंगलों के नंबर पढ़ता चला जाता था। सहसा एक नंबर देखकर वह रूक गया। एक मिनट तक खड़ा देखता रहा कि कोई निकले, तो उससे पूछूं साहब हैं या नहीं। अंदर जाने की उसकी हिम्मत न पड़ती थी। ख़याल आया, जज ने पूछा, तुमने क्यों झूठी गवाही दी, तो क्या जवाब दूंगा। यह कहना कि पुलिस ने मुझसे जबरदस्ती गवाही दिलवाई, प्रलोभन दिया, मारने की धमकी दी, लज्जास्पद बात है। अगर वह पूछे कि तुमने केवल दो-तीन साल की सज़ा से बचने के लिए इतना बड़ा कलंक सिर पर ले लिया, इतने आदमियों की जान लेने पर उतारू हो गए, उस वक्त तुम्हारी बुद्धि कहाँ गई थी, तो उसका मेरे पास क्या जवाब है? ख्वाह-मा-ख्वाह लज्जित होना पड़ेगा।

बेवकूफ बनाया जाऊंगा। वह लौट पड़ा। इस लज्जा का सामना करने की उसमें सामर्थ्य न थी। लज्जा ने सदैव वीरों को परास्त किया है। जो काल से भी नहीं डरते, वे भी लज्जा के सामने खड़े होने की हिम्मत नहीं करते। आग में झुंक जाना, तलवार के सामने खड़े हो जाना, इसकी अपेक्षा कहीं सहज है। लाज की रक्षा ही के लिए बड़े-बड़े राज्य मिट गए हैं, रक्त की नदियाँ बह गई हैं, प्राणों की होली खेल डाली गई है। उसी लाज ने आज रमा के पग भी पीछे हटा दिए।

शायद जेल की सज़ा से वह इतना भयभीत न होता।

रमा आधी रात गए सोया, तो नौ बजे दिन तक नींद न खुली, वह स्वप्न देख रहा था,दिनेश को फांसी हो रही है। सहसा एक स्त्री तलवार लिये हुए फांसी की ओर दौड़ी और फांसी की रस्सी काट दी, चारों ओर हलचल मच गई। वह औरत जालपा थी। जालपा को लोग घेरकर पकड़ना चाहते थे, पर वह पकड़ में न आती थी। कोई उसके सामने जाने का साहस न कर सकता था । तब उसने एक छलांग मारकर रमा के ऊपर तलवार चलाई। रमा घबड़ाकर उठ बैठा, देखा तो दारोग़ा और

इंस्पेक्टर कमरे में खड़े हैं, और डिप्टी साहब आरामकुर्सी पर लेटे हुए सिगार पी रहे हैं।

दारोग़ा ने कहा, 'आज तो आप ख़ूब सोये बाबू साहब! कल कब लौटे थे। ?'

रमा ने एक कुर्सी पर बैठकर कहा, 'ज़रा देर बाद लौट आया था। इस मुकदमे की अपील तो हाईकोर्ट में होगी न?'

इंस्पेक्टर, 'अपील क्या होगी, ज़ाब्ते की पाबंदी होगी। आपने मुकदमे को इतना मज़बूत कर दिया है कि वह अब किसी के हिलाये हिल नहीं सकता। हलफ से कहता हूँ, आपने कमाल कर दिया। अब आप उधर से बेफिक्र हो जाइए। हाँ, अभी जब तक फैसला न हो जाये, यह मुनासिब होगा कि आपकी हिफ़ाज़त का ख़याल रखा जाये। इसलिए फिर पहरे का इंतज़ाम कर दिया गया है। इधर हाईकोर्ट से फैसला हुआ, उधार आपको जगह मिली।'

डिप्टी साहब ने सिगार का धुआं फेंक कर कहा, यह डी. ओ. कमिश्नर साहब ने आपको दिया है, जिसमें आपको कोई तरह की शक न हो । देखिए, यू. पी. के होम सेक्रेटरी के नाम है । आप वहाँ यह डी. ओ. दिखायेंगे, वह आपको कोई बहुत अच्छी जगह दे देगा। इंस्पेक्टर,कमिश्नर साहब आपसे बहुत ख़ुश हैं, हलफ़ से कहता हूँ। डिप्टी-बहुत ख़ुश हैं। वह यू. पी. को अलग डायरेक्ट भी चिटठी लिखेगा। तुम्हारा भाग्य खुल गया।'

यह कहते हुए उसने डी. ओ. रमा की तरफ बढ़ा दिया। रमा ने लिफाफा खोलकर देखा और एकाएक उसको फाड़कर पुर्जे-पुर्जे कर डाला, तीनों आदमी विस्मय से उसका मुँह ताकने लगे।

दारोग़ा ने कहा, 'रात बहुत पी गए थे क्या? आपके हक में अच्छा न होगा!'

इंस्पेक्टर, 'हलफ़ से कहता हूँ, कमिश्नर साहब को मालूम हो जायेगा, तो बहुत नाराज़ होंगे।'

डिप्टी, 'इसका कुछ मतलब हमारे समझ में नहीं आया। इसका क्या मतलब है?'

रमानाथ – 'इसका यह मतलब है कि मुझे इस डी. ओ. की ज़रूरत नहीं है और न मैं नौकरी चाहता हूँ। मैं आज ही यहाँ से चला जाऊंगा।'

डिप्टी – 'जब तक हाईकोर्ट का फैसला न हो जाये, तब तक आप कहीं नहीं जा सकते'

रमानाथ – 'क्यों?'

डिप्टी – 'कमिश्नर साहब का यह हुक्म है।'

रमानाथ – 'मैं किसी का गुश्लाम नहीं हूँ।

इंस्पेक्टर – 'बाबू रमानाथ, आप क्यों बना-बनाया खेल बिगाड़ रहे हैं? जो कुछ होना था, वह हो गया। दस-पाँच दिन में हाईकोर्ट से फैसले की तसदीक हो जायेगी, आपकी बेहतरी इसी में है कि जो सिला मिल रहा है, उसे ख़ुशी से लीजिये और आराम से ज़िन्दगी के दिन बसर कीजिये। ख़ुदा ने चाहा, तो एक दिन आप भी किसी ऊँचे ओहदे पर पहुँचा जायेंगे। इससे क्या फायदा कि अफसरों को नाराज़ कीजिए और कैद की मुसीबतें झेलिये। हलफ़ से कहता हूँ, अफसरों की ज़रा-सी निगाह बदल जाये, तो आपका कहीं पता न लगे। हलफ़ से कहता हूँ, एक इशारे में आपको दस साल की सज़ा हो जाये। आप हैं किस ख़याल में? हम आपके साथ शरारत नहीं करना चाहते। हाँ, अगर आप हमें सख्ती करने पर मजबूर करेंगे, तो हमें सख्ती करनी पड़ेगी। जेल को आसान न समझियेगा। ख़ुदा दोज़ख में ले जाये, पर जेल की सज़ा न दे। मार-धाड़, गाली-गुतरि वह तो वहाँ की मामूली सज़ा है। चक्की में जोत दिया, तो मौत ही आ गई। हलफ़ से कहता हूँ, दोज़ख से बदतर है जेल!'

दारोग़ा – 'यह बेचारे अपनी बेगम साहब से मज़ूर हैं, वह शायद इनके जान की गाहक हो रही हैं। उनसे इनकी कोर दबती है।'

इंस्पेक्टर, 'क्या हुआ, कल तो वह हार दिया था न? फिर भी राज़ी नहीं हुई?'

रमा ने कोट की जेब से हार निकालकर मेज़ पर रख दिया और बोला, वह हार यह रखा हुआ है।

इंस्पेक्टर – 'अच्छा, इसे उन्होंने नहीं कबूल किया।'

डिप्टी – 'कोई प्राउड लेडी है।'

इंस्पेक्टर – 'कुछ उनकी भी मिज़ाज़-पुरसी करने की ज़रूरत होगी।'

दारोग़ा – 'यह तो बाबू साहब के रंग-ढंग और सलीके पर मुनहसर है। अगर आप ख्वाह-मा-ख्वाह हमें मज़बूर न करेंगे, तो हम आपके पीछे न पड़ेंगे।'

डिप्टी – 'उस खटिक से भी मुचलका ले लेना चाहिये।'

रमानाथ के सामने एक नई समस्या आ खड़ी हुई, पहली से कहीं जटिल, कहीं भीषण। संभव था, वह अपने को कर्तव्य की वेदी पर बलिदान कर देता, दो-चार साल की सज़ा के लिए अपने को तैयार कर लेता। शायद इस समय उसने अपने आत्म-समर्पण का निश्चय कर लिया था, पर अपने साथ जालपा को भी संकट में डालने का साहस वह किसी तरह न कर सकता था। वह पुलिस के शिकंजे में कुछ इस तरह दब गया था कि अब उसे बेदाग निकल जाने का कोई मार्ग दिखाई न देता था। उसने देखा कि इस लडाई में मैं पेश नहीं पा सकता। पुलिस सर्वशक्तिमान है, वह मुझे जिस तरह चाहे दबा सकती है। उसके मिज़ाज़ की तेज़ी गायब हो गई।

विवश होकर बोला, 'आख़िर आप लोग मुझसे क्या चाहते हैं?'

इंस्पेक्टर ने दारोग़ा की ओर देखकर आँखें मारीं, मानो कह रहे हों, 'आ गया पंजे में', और बोले, 'बस इतना ही कि आप हमारे मेहमान बने रहें, और मुकदमे के हाईकोर्ट में तय हो जाने के बाद यहाँ से रूख़सत हो जायें। क्योंकि उसके बाद हम आपकी हिफाज़त के ज़िम्मेदार न होंगे। अगर आप कोई सर्टिफिकेट लेना चाहेंगे, तो वह दे दी जायेगी, लेकिन उसे लेने या न लेने का आपको पूरा अख्तियार है। अगर आप होशियार हैं, तो उसे लेकर फायदा उठायेंगे, नहीं इधरउधर के धक्के खायेंगे। आपके ऊपर गुनाह बेलज्ज़त की मसल सादिक आयेगी। इसके सिवा हम आपसे और कुछ नहीं चाहते, हलफ़ से कहता हूँ, हर एक चीज़ जिसकी आपको ख्वाहिश हो, यहाँ हाज़िर कर दी जायेगी, लेकिन जब तक मुकदमा खत्म हो जाये, आप आज़ाद नहीं हो सकते।

रमानाथ ने दीनता के साथ पूछा, 'सैर करने तो जा सकूंगा, या वह भी नहीं?'

इंस्पेक्टर ने सूत्र रूप से कहा, 'जी नहीं!'

दारोग़ा ने उस सूत्र की व्याख्या की, 'आपको वह आज़ादी दी गई थी, पर आपने उसका बेजा इस्तेमाल किया, जब तक इसका इत्मीनान न हो जाये कि आप उसका जायज़ इस्तेमाल कर सकते हैं या नहीं, आप उस हक से महरूम रहेंगे।'

दरोग़ा ने इंस्पेक्टर की तरफ देखकर मानो इस व्याख्या की दाद देनी चाही,जो उन्हें सहर्ष मिल गई। तीनों अफसर रूख़सत हो गए और रमा एक सिगार जलाकर इस विकट परिस्थिति पर विचार करने लगा।

एक महीना और निकल गया। मुकदमे के हाईकोर्ट में पेश होने की तिथि नियत हो गई है। रमा के स्वभाव में फिर वही पहले की-सी भीरूता और ख़ुशामद आ गई है। अफसरों के इशारे पर नाचता है। शराब की मात्रा पहले से बढ़ गई है, विलासिता ने मानो पंजे में दबा लिया है। कभी-कभी उसके कमरे में एक वेश्या ज़ोहरा भी आ जाती है, जिसका गाना वह बड़े शौक से सुनता है।

एक दिन उसने बड़ी हसरत के साथ ज़ोहरा से कहा, 'मैं डरता हूँ, कहीं तुमसे प्रेम न बढ़ जाये। उसका नतीजा इसके सिवा और क्या होगा कि रो-रोकर ज़िन्दगी काटूं, तुमसे वफ़ा की उम्मीद और क्या हो सकती है!'

ज़ोहरा दिल में ख़ुश होकर अपनी बड़ी-बड़ी रतनारी आँखों से उसकी ओर ताकती हुई बोली, हाँ साहब, हम वफ़ा क्या जानें, आख़िर वेश्या ही तो ठहरीं! बेवफा

वेश्या भी कहीं वफ़ादार हो सकती है?'

रमा ने आपत्ति करके पूछा, 'क्या इसमें कोई शक है?'

ज़ोहरा – 'नहीं, ज़रा भी नहीं, आप लोग हमारे पास मुहब्बत से लबालब भरे दिल लेकर आते हैं, पर हम उसकी ज़रा भी कद्र नहीं करती, यही बात है न?'

रमानाथ – 'बेशक।'

ज़ोहरा – 'मुआफ कीजियेगा, आप मर्दों की तरफ़दारी कर रहे हैं। हक यह है कि वहाँ आप लोग दिल-बहलाव के लिए जाते हैं, महज़ ग़म ग़लत करने के लिए, महज़ आनंद उठाने के लिये। जब आपको वफ़ा की तलाश ही नहीं होती, तो वह मिले क्यों कर, लेकिन इतना मैं जानती हूँ कि हममें जितनी बेचारियाँ मर्दों की बेवफाई से निराश होकर अपना आराम-चैन खो बैठती हैं, उनका पता अगर दुनिया को चले, तो आँखें खुल जायें। यह हमारी भूल है कि तमाशबीनों से वफ़ा चाहते हैं, चील के घोंसले में मांस ढूंढ़ते हैं, पर प्यासा आदमी अंधे कुएं की तरफ दौड़े। तो मेरे ख़याल में उसका कोई कसूर नहीं।'

उस दिन रात को चलते वक्त ज़ोहरा ने दारोग़ा को ख़ुशख़बरी दी, 'आज तो हज़रत ख़ूब मजे में आये, ख़ुदा ने चाहा, तो दो-चार दिन के बाद बीवी का नाम भी न लें।'

दारोग़ा ने ख़ुश होकर कहा, 'इसीलिए तो तुम्हें बुलाया था। मज़ा तो जब है कि बीवी यहाँ से चली जाये। फिर हमें कोई ग़म न रहेगा। मालूम होता है स्वराज्यवालों ने उस औरत को मिला लिया है। यह सब एक ही शैतान हैं।'

ज़ोहरा की आमोदरफ्त बढ़ने लगी, यहाँ तक कि रमा ख़ुद अपने चकमे में आ गया। उसने ज़ोहरा से प्रेम जताकर अफसरों की नजर में अपनी साख जमानी चाही थी, पर जैसे बच्चे खेल में रो पड़ते हैं, वैसे ही उसका प्रेमाभिनय भी प्रेमोन्माद बन बैठा ज़ोहरा उसे अब वफ़ा और मुहब्बत की देवी मालूम होती थी। वह जालपा की-सी सुंदरी न सही, बातों में उससे कहीं चतुर, हाव-भाव में कहीं कुशल, सम्मोहन-कला में कहीं पटु थी। रमा के ह्रदय में नये-नये मनसूबे पैदा होने लगे। एक दिन उसने ज़ोहरा से कहा, 'ज़ोहरा! जुदाई का समय आ रहा है । दो-चार दिन में मुझे यहाँ से चला जाना पड़ेगा। फिर तुम्हें क्यों मेरी याद आने लगी?'

ज़ोहरा ने कहा, 'मैं तुम्हें न जाने दूंगी। यहीं कोई अच्छी-सी नौकरी कर लेना। फिर हम-तुम आराम से रहेंगे।'

रमा ने अनुरक्त होकर कहा, 'दिल से कहती हो ज़ोहरा? देखो, तुम्हें मेरे सिर की कसम, दग़ा मत देना।'

ज़ोहरा – 'अगर यह ख़ौफ़ हो तो निकाह पढ़ा लो। निकाह के नाम से चिढ़ हो, तो ब्याह कर लो। पंडितों को बुलाओ। अब इसके सिवा मैं अपनी मुहब्बत का और क्या सबूत दूं।'

रमा निष्कपट प्रेम का यह परिचय पाकर विह्नल हो उठा। ज़ोहरा के मुँह से निकलकर इन शब्दों की सम्मोहक-शक्ति कितनी बढ़ गई थी। यह कामिनी, जिस पर बड़े-बड़े रईस फिदा हैं, मेरे लिए इतना बडा त्याग करने को तैयार है! जिस खान में औरों को बालू ही मिलता है, उसमें जिसे सोने के डले मिल जायें, क्या वह परम भाग्यशाली नहीं है? रमा के मन में कई दिनों तक संग्राम होता रहा। जालपा के साथ उसका जीवन कितना नीरस, कितना कठिन हो जायेगा। वह पग-पग पर अपना धर्म और सत्य लेकर खड़ी हो जाएगी और उसका जीवन एक दीर्घ तपस्या, एक स्थायी साधना बनकर रह जाएगा। सात्विक जीवन कभी उसका आदर्श नहीं रहा। साधारण मनुष्यों की भांति वह भी भोग-विलास करना चाहता था। जालपा की ओर से हटकर उसका विलासासक्त मन प्रबल वेग से ज़ोहरा की ओर खिंचा। उसको व्रत-धारिणी वेश्याओं के उदाहरण याद आने लगे। उसके साथ ही चंचल वृत्ति की गृहिणियों की मिसालें भी आ पहुचीं। उसने निश्चय किया, यह सब ढकोसला है। न कोई जन्म से निर्दोष है, न कोई दोषी। यह सब परिस्थिति पर निर्भर है।

ज़ोहरा रोज आती और बंधन में एक गांठ और देकर जाती । ऐसी स्थिति में संयमी युवक का आसन भी डोल जाता। रमा तो विलासी था। अब तक वह केवल इसलिए इधर-उधर न भटक सका था कि ज्योंही, उसके पंख निकले, जालिये ने उसे अपने पिंजरे में बंद कर दिया। कुछ दिन पिंजरे से बाहर रहकर भी उसे उड़ने का साहस न हुआ। अब उसके सामने एक नवीन दृश्य था, वह छोटा-सा कुल्हियों वाला पिंज़रा नहीं, बल्कि एक गुलाबों से लहराता हुआ बाग़, जहाँ की कैद में स्वाधीनता का आनंद था। वह इस बाग़ में क्यों न क्रीड़ा का आनंद उठाये!

रमा ज्यों-ज्यों ज़ोहरा के प्रेम-पाश में फंसता जाता था, पुलिस के अधिकारी वर्ग उसकी ओर से निश्शंक होते जाते थे। उसके ऊपर जो कैद लगाई गई थी, धीरे-धीरे ढीली होने लगी। यहाँ तक कि एक दिन डिप्टी साहब शाम को सैर करने चले, तो रमा को भी मोटर पर बिठा लिया। जब मोटर देवीदीन की दुकान के सामने से होकर निकली, तो रमा ने अपना सिर इस तरह भीतर खींच लिया कि किसी की नज़र न पड़ जाये। उसके मन में बड़ी उत्सुकता हुई कि जालपा है या चली गई, लेकिन

वह अपना सिर बाहर न निकाल सका। मन में वह अब भी यही समझता था कि मैंने जो रास्ता पकड़ा है, वह कोई बहुत अच्छा रास्ता नहीं है, लेकिन यह जानते हुए भी वह उसे छोड़ना न चाहता था। देवीदीन को देखकर उसका मस्तक आप-ही-आप लज्जा से झुक जाता, वह किसी दलील से अपना पक्ष सिद्ध न कर सकता उसने सोचा, मेरे लिए सबसे उत्तम मार्ग यही है कि इनसे मिलना-जुलना छोड़ दूं। उस शहर में तीन प्राणियों को छोड़कर किसी चौथे आदमी से उसका परिचय न था, जिसकी आलोचना या तिरस्कार का उसे भय होता। मोटर इधर-उधर घूमती हुई हावड़ा-ब्रिज की तरफ चली जा रही थी, कि सहसा रमा ने एक स्त्री को सिर पर गंगा-जल का कलसा रक्खे घाटों के ऊपर आते देखा। उसके कपड़े बहुत मैले हो रहे थे और कृशांगी ऐसी थी कि कलसे के बोझ से उसकी गरदन दबी जाती थी। उसकी चाल कुछ-कुछ जालपा से मिलती हुई जान पड़ी। सोचा, जालपा यहाँ क्या करने आवेगी, मगर एक ही पल में कार और आगे बढ़ गई और रमा को उस स्त्री का मुंह दिखाई दिया। उसकी छाती धक-से हो गई। यह जालपा ही थी। उसने खिड़की के बगल में सिर छिपाकर गौर से देखा। बेशक जालपा थी, पर कितनी दुर्बल! मानो कोई वृद्धा, अनाथ हो न वह कांति थी, न वह लावण्य, न वह चंचलता, न वह गर्व, रमा हृदयहीन न था। उसकी आँखें सजल हो गईं। जालपा इस दशा में और मेरे जीते जी! अवश्य देवीदीन ने उसे निकाल दिया होगा और वह टहलनी बनकर अपना निर्वाह कर रही होगी। नहीं, देवीदीन इतना बेमुरौवत नहीं है। जालपा ने ख़ुद उसके आश्रय में रहना स्वीकार न किया होगा। मानिनी तो है ही। कैसे मालूम हो, क्या बात है?मोटर दूर निकल आई थी। रमा की सारी चंचलता, सारी भोगलिप्सा गायब हो गई थी। मलिन वसना, दुखिनी जालपा की वह मूर्ति आंखों के सामने खड़ी थी।किससे कहे? क्या कहे? यहाँ कौन अपना है? जालपा का नाम ज़बान पर आ जाये, तो सब-के-सब चौंक पड़ें और फिर घर से निकलना बंद कर दें। ओह! जालपा के मुख पर शोक की कितनी गहरी छाया थी, आँखों में कितनी निराशा! आह, उन सिमटी हुई आँखों में जले हुए हृदय से निकलने वाली कितनी आहें सिर पीटती हुई मालूम होती थीं, मानो उन पर हँसी कभी आई ही नहीं, मानो वह कली बिना खिले ही मुरझा गई। कुछ देर के बाद ज़ोहरा आई, इठलाती, मुस्कराती, लचकती, पर रमा आज उससे भी कटा-कटा रहा।

ज़ोहरा ने पूछा, 'आज किसी की याद आ रही है क्या?' यह कहते हुए उसने अपनी गोल नर्म मक्खन-सी बांह उसकी गर्दन में डालकर उसे अपनी ओर खींचा। रमा ने अपनी तरफ़ ज़रा भी ज़ोर न किया। उसके हृदय पर अपना मस्तक रख दिया, मानो अब यही उसका आश्रय है। ज़ोहरा ने कोमलता में डूबे हुए स्वर में पूछा,

'सच बताओ, आज इतने उदास क्यों हो? क्या मुझसे किसी बात पर नाराज़ हो?'

रमा ने आवेश से कांपते हुए स्वर में कहा, 'नहीं ज़ोहरा -' तुमने मुझ अभागे पर जितनी दया की है, उसके लिए मैं हमेशा तुम्हारा एहसानमंद रहूंगा। तुमने उस वक्त मुझे संभाला, जब मेरे जीवन की टूटी हुई किश्ती गोते खा रही थी, वे दिन मेरी ज़िन्दगी के सबसे मुबारक दिन हैं और उनकी स्मृति को मैं अपने दिल में बराबर पूजता रहूंगा। मगर अभागों को मुसीबत बार-बार अपनी तरफ खींचती है! प्रेम का बंधन भी उन्हें उस तरफ खिंच जाने से नहीं रोक सकता | मैंने जालपा को जिस सूरत में देखा है, वह मेरे दिल को भालों की तरह छेद रहा है। वह आज फटे-मैले कपड़े पहने, सिर पर गंगा-जल का कलसा लिये जा रही थी। उसे इस हालत में देखकर मेरा दिल टुकड़े-टुकड़े हो गया। मुझे अपनी ज़िन्दगी में कभी इतना रंज न हुआ था। ज़ोहरा – 'कुछ नहीं कह सकता, उस पर क्या बीत रही है।'

ज़ोहरा ने पूछा, 'वह तो उस बुड्ढे मालदार खटिक के घर पर थी?'

रमानाथ-'हाँ थी तो, पर नहीं कह सकता, क्यों वहाँ से चली गई। इंस्पेक्टर साहब मेरे साथ थे। उनके सामने मैं उससे कुछ पूछ तक न सका। मैं जानता हूँ, वह मुझे देखकर मुँह उधर लेती और शायद मुझे जलील समझती, मगर कम-से-कम मुझे इतना तो मालूम हो जाता कि वह इस वक्त इस दशा में क्यों है। हरा, तुम मुझे चाहे दिल में जो कुछ समझ रही हो, लेकिन मैं इस ख़याल में मगन हूँ कि तुम्हें मुझसे प्रेम है। और प्रेम करने वालों से हम कम-से-कम हमदर्दी की आशा करते हैं, यहाँ एक भी ऐसा आदमी नहीं, जिससे मैं अपने दिल का कुछ हाल कह सकूं, तुम भी मुझे रास्ते पर लाने ही के लिए भेजी गई थीं, मगर तुम्हें मुझ पर दया आई। शायद तुमने गिरे हुए आदमी पर ठोकर मारना मुनासिब न समझा, अगर आज हम और तुम किसी वजह से रूठ जाओ, तो क्या कल तुम मुझे मुसीबत में देखकर मेरे साथ ज़रा भी हमदर्दी न करोगी? क्या मुझे भूखों मरते देखकर मेरे साथ उससे कुछ भी ज्यादा सलूक न करोगी, जो आदमी कुत्तों के साथ करता है? मुझे तो ऐसी आशा नहीं। जहाँ एक बार प्रेम ने वास किया हो, वहाँ उदासीनता और विराग चाहे पैदा हो जाये, हिंसा का भाव नहीं पैदा हो सकता। क्या तुम मेरे साथ ज़रा भी हमदर्दी न करोगी ज़ोहरा? तुम अगर चाहो, तो जालपा का पूरा पता लगा सकती हो, वह कहाँ है, क्या करती है, मेरी तरफ़ से उसके दिल में क्या ख़याल है, घर क्यों नहीं जाती, यहाँ कब तक रहना चाहती है? अगर तुम किसी तरह जालपा को प्रयाग जाने पर राज़ी कर सको ज़ोहरा – 'तो मैं उम्र-भर तुम्हारी गुलामी करूंगा। इस हालत में मैं उसे नहीं देख सकता। शायद आज ही रात को मैं यहाँ से भाग जाऊं। मुझ पर क्या गुज़रेगी, इसका मुझे ज़रा भी भय नहीं हैं। मैं बहादुर नहीं हूँ, बहुत ही

कमज़ोर आदमी हूँ। हमेशा ख़तरे के सामने मेरा हौसला पस्त हो जाता है, लेकिन मेरी बेगैरती भी यह चोट नहीं सह सकती।'

ज़ोहरा वेश्या थी, उसको अच्छे-बुरे सभी तरह के आदमियों से साबिका पड़ चुका था। उसकी आँखों में आदमियों की परख थी। उसको इस परदेशी युवक में और अन्य व्यक्तियों में एक बड़ा फ़र्क दिखाई देता था ।पहले वह यहाँ भी पैसे की गुलाम बनकर आई थी, लेकिन दो-चार दिन के बाद ही उसका मन रमा की ओर आकर्षित होने लगा। प्रौढ़ा स्त्रियाँ अनुराग की अवहेलना नहीं कर सकतीं। रमा में और सब दोष हों, पर अनुराग था। इस जीवन में ज़ोहरा को यह पहला आदमी ऐसा मिला था, जिसने उसके सामने अपना हृदय खोलकर रख दिया, जिसने उससे कोई परदा न रखा। ऐसे अनुराग रत्न को वह खोना नहीं चाहती थी। उसकी बात सुनकर उसे ज़रा भी ईर्ष्या न हुई, बल्कि उसके मन में एक स्वार्थमय सहानुभूति उत्पन्न हुई। इस युवक को, जो प्रेम के विषय में इतना सरल था, वह प्रसन्न करके हमेशा के लिए अपना गुलाम बना सकती थी। उसे जालपा से कोई शंका न थी। जालपा कितनी ही रूपवती क्यों न हो, ज़ोहरा अपने कला-कौशल से, अपने हाव-भाव से उसका रंग फीका कर सकती थी। इसके पहले उसने कई महान सुंदरी खत्रानियों को रूलाकर छोड़ दिया था , फिर जालपा किस गिनती में थी। ज़ोहरा ने उसका हौसला बढ़ाते हुए कहा, 'तो इसके लिए तुम क्यों इतना रंज करते हो, प्यारे! ज़ोहरा तुम्हारे लिए सब कुछ करने को तैयार है। मैं कल ही जालपा का पता लगाऊंगी और वह यहाँ रहना चाहेगी, तो उसके आराम के सब सामान कर दूंगी। जाना चाहेगी, तो रेल पर भेज दूंगी।'

रमा ने बडी दीनता से कहा, 'एक बार मैं उससे मिल लेता, तो मेरे दिल का बोझ उतर जाता।'

ज़ोहरा चिंतित होकर बोली, 'यह तो मुश्किल है प्यारे! तुम्हें यहाँ से कौन जाने देगा?'

रमानाथ – 'कोई तदबीर बताओ।'

ज़ोहरा – 'मैं उसे पार्क में खड़ी कर आऊंगी। तुम डिप्टी साहब के साथ वहाँ जाना और किसी बहाने से उससे मिल लेना। इसके सिवा तो मुझे और कुछ नहीं सूझता।

रमा अभी कुछ कहना ही चाहता था कि दारोग़ाजी ने पुकारा, 'मुझे भी खिलवत में आने की इजाज़त है?'

दोनों संभल बैठे और द्वार खोल दिया। दारोग़ाजी मुस्कराते हुए आये और ज़ोहरा की बग़ल में बैठकर बोले, 'यहाँ आज सन्नाटा कैसा! क्या आज खजाना

खाली है? ज़ोहरा – 'आज अपने दस्ते-हिनाई से एक जाम भर कर दो।'

रमानाथ – ' भाईजान नाराज़ न होना।'

रमा ने कुछ तुर्श होकर कहा, 'इस वक्त तो रहने दीजिये, दारोग़ाजी, आप तो पिए हुए नजर आते हैं।'

दारोग़ा ने ज़ोहरा का हाथ पकड़कर कहा, 'बस, एक जाम ज़ोहरा और एक बात और आज मेरी मेहमानी कबूल करो!'

रमा ने तेवर बदलकर कहा, 'दारोग़ाजी, आप इस वक्त यहाँ से जायें। मैं यह गवारा नहीं कर सकता।' दारोग़ा ने नशीली आँखों से देखकर कहा, 'क्या आपने पट्टा लिखा लिया है?'

रमा ने कड़ककर कहा, 'जी हाँ, मैंने पट्टा लिखा लिया है!'

दारोग़ा – 'तो आपका पट्टा खारिज़!'

रमानाथ – 'मैं कहता हूँ, यहाँ से चले जाइये।'

दारोग़ा -'अच्छा! अब तो मेंढकी को भी जुकाम पैदा हुआ! क्यों न हो, चलो ज़ोहरा! इन्हें यहाँ बकने दो।'

यह कहते हुए उन्होंने जोहरा का हाथ पकड़कर उठाया। रमा ने उनके हाथ को झटका देकर कहा, 'मैं कह चुका, आप यहाँ से चले जायें। ज़ोहरा इस वक्त नहीं जा सकती। अगर वह गई, तो मैं उसका और आपका-दोनों का ख़ून पी जाऊंगा। ज़ोहरा मेरी है, और जब तक मैं हूँ, कोई उसकी तरफ आँख नहीं उठा सकता।'

यह कहते हुए उसने दारोग़ा साहब का हाथ पकड़कर दरवाज़े के बाहर निकाल दिया और दरवाज़ा ज़ोर से बंद करके सिटकनी लगा दी। दारोग़ाजी बलिष्ठ आदमी थे, लेकिन इस वक्त नशे ने उन्हें दुर्बल बना दिया था। बाहर बरामदे में खड़े होकर वह गालियाँ बकने और द्वार पर ठोकर मारने लगे।

रमा ने कहा, 'कहो तो जाकर बचा को बरामदे के नीचे ढकेल दूं। शैतान का बच्चा!'

ज़ोहरा – 'बकने दो, आप ही चला जायेगा।'

रमानाथ – 'चला गया।'

ज़ोहरा ने मगन होकर कहा, 'तुमने बहुत अच्छा किया, सूअर को निकाल बाहर किया। मुझे ले जाकर दिक करता। क्या तुम सचमुच उसे मारते?'

रमानाथ – 'मैं उसकी जान लेकर छोड़ता। मैं उस वक्त अपने आपे में न था। न जाने मुझमें उस वक्त कहाँ से इतनी ताकत आ गई थी।'

ज़ोहरा – 'और जो वह कल से मुझे न आने दे तो?'

रमानाथ – 'कौन, अगर इस बीच में उसने ज़रा भी भांजी मारी, तो गोली मार दूंगा। वह देखो, ताक पर पिस्तौल रखा हुआ है। तुम अब मेरी हो,ज़ोहरा! मैंने अपना सब कुछ तुम्हारे कदमों पर निसार कर दिया और तुम्हारा सब कुछ पाकर ही मैं संतुष्ट हो सकता हूँ। तुम मेरी हो, मैं तुम्हारा हूँ। किसी तीसरी औरत या मर्द को हमारे बीच में आने का मजाज़ नहीं है, जब तक मैं मर न जाऊं।'

ज़ोहरा की आँखें चमक रही थीं, उसने रमा की गरदन में हाथ डालकर कहा, 'ऐसी बात मुँह से न निकालो, प्यारे!'

सारे दिन रमा उद्वेग के जंगलों में भटकता रहा। कभी निराशा की अंधाकारमय घाटियाँ सामने आ जातीं, कभी आशा की लहराती हुई हरियाली। ज़ोहरा गई भी होगी ? यहाँ से तो बड़े लंबे-चौड़े वादे करके गई थी। उसे क्या ग़रज़ है? आकर कह देगी, मुलाकात ही नहीं हुई। कहीं धोखा तो न देगी? जाकर डिप्टी साहब से सारी कथा कह सुनाये। बेचारी जालपा पर बैठे-बिठाये आफत आ जाये। क्या ज़ोहरा इतनी नीच प्रकृति की हो सकती है? कभी नहीं, अगर ज़ोहरा इतनी बेवफ़ा, इतनी दग़ाबाज़ है, तो यह दुनिया रहने के लायक ही नहीं। जितनी जल्द आदमी मुँह में कालिख लगाकर डूब मरे, उतना ही अच्छा। नहीं, ज़ोहरा मुझसे दग़ा न करेगी। उसे वह दिन याद आये, जब उसके दफ्तर से आते ही जालपा लपककर उसकी जेब टटोलती थी और रूपये निकाल लेती थी। वही जालपा आज इतनी सत्यवादिनी हो गई। तब वह प्यार करने की वस्तु थी, अब वह उपासना की वस्तु है। जालपा मैं तुम्हारे योग्य नहीं हूँ। जिस ऊँचाई पर तुम मुझे ले जाना चाहती हो, वहाँ तक पहुँचने की शक्ति मुझमें नहीं है। वहाँ पहुँचकर शायद चक्कर खाकर फिर पड़ूं, मैं अब भी तुम्हारे चरणों में सिर झुकाता हूँ। मैं जानता हूँ, तुमने मुझे अपने ह्रदय से निकाल दिया है, तुम मुझसे विरक्त हो गई हो, तुम्हें अब मेरे डूबने का दुःख है न तैरने की ख़ुशी, पर शायद अब भी मेरे मरने या किसी घोर संकट में फंस जाने की ख़बर पाकर तुम्हारी आँखों से आँसू निकल आयेंगे। शायद तुम मेरी लाश देखने आओ। हाँ! प्राण ही क्यों नहीं निकल जाते कि तुम्हारी निगाह में इतना नीच तो न रहूं। रमा को अब अपनी उस ग़लती पर घोर पश्चाताप हो रहा था, जो उसने जालपा की बात न मानकर की थी। अगर उसने उसके आदेशानुसार जज के इज़लास में अपना बयान बदल दिया होता, धामकियों में न आता, हिम्मत मज़बूत रखता, तो उसकी यह दशा क्यों होती? उसे विश्वास था, जालपा के साथ वह सारी

कठिनाइयाँ झेल जाता। उसकी श्रद्धा और प्रेम का कवच पहनकर वह अजेय हो जाता। अगर उसे फांसी भी हो जाती, तो वह हँसते-खेलते उस पर चढ़ जाता। मगर पहले उससे चाहे जो भूल हुई, इस वक्त तो वह भूल से नहीं, जालपा की ख़ातिर ही यह कष्ट भोग रहा था। कैद जब भोगना ही है, तो उसे रो-रोकर भोगने से तो यह कहीं अच्छा है कि हँस-हँसकर भोगा जाये। आख़िर पुलिस अधिकारियों के दिल में अपना विश्वास जमाने के लिए वह और क्या करता! यह दुष्ट जालपा को सताते, उसका अपमान करते, उस पर झूठे मुकदमे चलाकर उसे सज़ा दिलाते। वह दशा तो और भी असह्य होती। वह दुर्बल था, सब अपमान सह सकता था, जालपा तो शायद प्राण ही दे देती।

उसे आज ज्ञात हुआ कि वह जालपा को छोड़ नहीं सकता, और ज़ोहरा को त्याग देना भी उसके लिए असंभव-सा जान पड़ता था। क्या वह दोनों रमणियों को प्रसन्न रख सकता था? क्या इस दशा में जालपा उसके साथ रहना स्वीकार करेगी? कभी नहीं। वह शायद उसे कभी क्षमा न करेगी! अगर उसे यह मालूम भी हो जाये कि उसी के लिए वह यह यातना भोग रहा है, तो वह उसे क्षमा न करेगी। वह कहेगी, मेरे लिए तुमने अपनी आत्मा को क्यों कलंकित किया। मैं अपनी रक्षा आप कर सकती थी। वह दिन भर इसी उधेड़-बुन में पड़ा रहा। आँखें सड़क की ओर लगी हुई थीं। नहाने का समय टल गया, भोजन का समय टल गया, किसी बात की परवाह न थी। अख़बार से दिल बहलाना चाहा, उपन्यास लेकर बैठा, मगर किसी काम में भी चित्त न लगा। आज दारोग़ाजी भी नहीं आये। या तो रात की घटना से रूष्ट या लज्जित थे। या कहीं बाहर चले गये। रमा ने किसी से इस विषय में कुछ पूछा भी नहीं।

सभी दुर्बल मनुष्यों की भांति रमा भी अपने पतन से लज्जित था। वह जब एकांत में बैठता, तो उसे अपनी दशा पर दुःख होता, क्यों उसकी विलासवृत्ति इतनी प्रबल है? वह इतना विवेक-शून्य न था कि अधोगति में भी प्रसन्न रहता, लेकिन ज्यों ही और लोग आ जाते, शराब की बोतल आ जाती, ज़ोहरा सामने आकर बैठ जाती, उसका सारा विवेक और धर्म-ज्ञान भ्रष्ट हो जाता। रात के दस बज गये, पर ज़ोहरा का कहीं पता नहीं। फाटक बंद हो गया। रमा को अब उसके आने की आशा न रही, लेकिन फिर भी उसके कान लगे हुए थे। क्या बात हुई? क्या जालपा उसे मिली ही नहीं या वह गई ही नहीं?

उसने इरादा किया अगर कल ज़ोहरा न आई, तो उसके घर पर किसी को भेजूंगा। उसे दो-एक झपकियाँ आईं और सबेरा हो गया। फिर वही विकलता शुरू हुई। किसी को उसके घर भेजकर बुलवाना चाहिए। कम-से-कम यह तो मालूम हो

जाये कि वह घर पर है या नहीं।

दारोग़ा के पास जाकर बोला, 'रात तो आप आपे में न थे।'

दारोग़ा ने ईर्ष्या को छिपाते हुए कहा, 'यह बात न थी। मैं महज़ आपको छेड़ रहा था।'

रमानाथ – 'ज़ोहरा रात आई नहीं, ज़रा किसी को भेजकर पता तो लगवाइए, बात क्या है। कहीं नाराज़ तो नहीं हो गई?'

दारोग़ा ने बेदिली से कहा, 'उसे गरज़ होगा खुद आयेगी। किसी को भेजने की ज़रूरत नहीं है।'

रमा ने फिर आग्रह न किया। समझ गया, यह हज़रत रात बिगड़ गये। चुपके से चला आया। अब किससे कहे, सबसे यह बात कहना लज्जास्पद मालूम होता था। लोग समझेंगे, यह महाशय एक ही रसिया निकले। दारोग़ा से तो थोड़ी-सी घनिष्ठता हो गई थी।

एक हफ्ते तक उसे ज़ोहरा के दर्शन न हुए। अब उसके आने की कोई आशा न थी। रमा ने सोचा, आख़िर बेवफ़ा निकली। उससे कुछ आशा करना मेरी भूल थी। या मुमकिन है, पुलिस-अधिकारियों ने उसके आने की मनाही कर दी हो, कम-से-कम मुझे एक पत्र तो लिख सकती थी। मुझे कितना धोखा हुआ। व्यर्थ उससे अपने दिल की बात कही। कहीं इन लोगों से न कह दे, तो उल्टी आंतें गले पड़ जाये, मगर ज़ोहरा बेवफाई नहीं कर सकती। रमा की अंतरात्मा इसकी गवाही देती थी। इस बात को किसी तरह स्वीकार न करती थी। शुरू के दस-पाँच दिन तो ज़रूर ज़ोहरा ने उसे लुब्ध करने की चेष्टा की थी। फिर अनायास ही उसके व्यवहार में परिवर्तन होने लगा था। वह क्यों बार-बार सजल-नेत्र होकर कहती थी, देखो बाबूजी, मुझे भूल न जाना। उसकी वह हसरत भरी बातें याद आ-आकर कपट की शंका को दिल से निकाल देती। ज़रूर कोई न कोई नई बात हो गई है। वह अक्सर एकांत में बैठकर ज़ोहरा की याद करके बच्चों की तरह रोता। शराब से उसे घृणा हो गई। दारोग़ाजी आते, इंस्पेक्टर साहब आते पर, रमा को उनके साथ दस-पाँच मिनट बैठना भी अखरता। वह चाहता था, मुझे कोई न छेड़े। कोई न बोले। रसोइया खाने को बुलाने आता, तो उसे घुड़क देता। कहीं घूमने या सैर करने की उसकी इच्छा ही न होती। यहाँ कोई उसका हमदर्द न था, कोई उसका मित्र न था, एकांत में मन-मारे बैठे रहने में ही उसके चित्त को शांति होती थी। उसकी स्मृतियों में भी अब कोई आनंद न था। नहीं, वह स्मृतियाँ भी मानो उसके हृदय से मिट गई थीं। एक प्रकार का विराग उसके दिल पर छाया रहता था।

सातवां दिन था। आठ बज गये थे। आज एक बहुत अच्छा फिल्म होने वाला था। एक प्रेम-कथा थी। दारोग़ाजी ने आकर रमा से कहा, तो वह चलने को तैयार हो गया। कपड़े पहन रहा था कि ज़ोहरा आ पहुँची। रमा ने उसकी तरफ एक बार आँख उठाकर देखा, फिर आईने में अपने बाल संवारने लगा। न कुछ बोला, न कुछ कहा। हाँ, ज़ोहरा का वह सादा, आभरणहीन स्वरूप देखकर उसे कुछ आश्चर्य अवश्य हुआ। वह केवल एक सफेद साड़ी पहने हुए थी। आभूषण का एक तार भी उसकी देह पर न था। होंठ मुरझाये हुए और चेहरे पर क्रीड़ामय चंचलता की जगह तेजमय गंभीरता झलक रही थी। वह एक मिनट खड़ी रही, तब रमा के पास जाकर बोली, 'क्या मुझसे नाराज़ हो? बेकसूर, बिना कुछ पूछे-गछे?'

रमा ने फिर भी कुछ जवाब न दिया। जूते पहनने लगा। ज़ोहरा ने उसका हाथ पकड़कर कहा, 'क्या यह खफ़गी इसलिए है कि मैं इतने दिनों आई क्यों नहीं!'

रमा ने रूखाई से जवाब दिया, 'अगर तुम अब भी न आतीं, तो मेरा क्या अख्तियार था। तुम्हारी दया थी कि चली आई!' यह कहने के साथ उसे ख़याल आया कि मैं इसके साथ अन्याय कर रहा हूँ। लज्जित नज़रों से उसकी ओर ताकने लगा। ज़ोहरा ने मुस्कराकर कहा, 'यह अच्छी दिल्लगी है। आपने ही तो एक काम सौंपा और जब वह काम करके लौटी, तो आप बिगड़ रहे हैं। क्या तुमने वह काम इतना आसान समझा था कि चुटकी बजाने में पूरा हो जायेगा। तुमने मुझे उस देवी से वरदान लेने भेजा था, जो ऊपर से फल है, पर भीतर से पत्थर, जो इतनी नाजुक होकर भी इतनी मज़बूत है।'

रमा ने बेदिली से पूछा, 'है कहाँ? क्या करती है?'

ज़ोहरा – 'उसी दिनेश के घर हैं, जिसको फांसी की सज़ा हो गई है। उसके दो बच्चे हैं, औरत है और माँ है। दिन भर उन्हीं बच्चों को खिलाती है, बुढ़िया के लिए नदी से पानी लाती है। घर का सारा काम-काज करती है और उनके लिए बड़े-बड़े आदमियों से चंदा मांग लाती है। दिनेश के घर में न कोई जायदाद थी, न रूपये थे। वे लोग बड़ी तकलीफ़ में थे। कोई मददगार तक न था, जो जाकर उन्हें ढाढ़स तो देता। जितने साथी-सोहबती थे, सब-के-सब मुँह छिपा बैठे। दो-तीन फाके तक हो चुके थे। जालपा ने जाकर उनको जिला लिया।'

रमा की सारी बेदिली काफूर हो गई। जूता छोड़ दिया और कुर्सी पर बैठकर बोले, 'तुम खड़ी क्यों हो, शुरू से बताओ, तुमने तो बीच में से कहना शुरू किया। एक बात भी मत छोड़ना। तुम पहले उसके पास कैसे पहुँची? पता कैसे लगा?'

ज़ोहरा – 'कुछ नहीं, पहले उसी देवीदीन खटिक के पास गई। उसने दिनेश के घर का पता बता दिया। चटपट जा पहुँची।'

रमानाथ – 'तुमने जाकर उसे पुकारा, तुम्हें देखकर कुछ चौंकी नहीं? कुछ झिझकी तो ज़रूर होगी!'

ज़ोहरा मुस्कराकर बोली, 'मैं इस रूप में न थी। देवीदीन के घर से मैं अपने घर गई और ब्रह्मा-समाजी लेडी का स्वांग भरा। न जाने मुझमें ऐसी कौन-सी बात है, जिससे दूसरों को फौरन पता चल जाता है कि मैं कौन हूँ, या क्या हूँ। और ब्रह्माणों-लेडियों को देखती हूँ, कोई उनकी तरफ आँखें तक नहीं उठाता। मेरा पहनावा-ओढ़ावा वही है, मैं भड़कीले कपड़े या फजूल के गहने बिलकुल नहीं पहनती। फिर भी सब मेरी तरफ आँखें फाड़- फाड़कर देखते हैं। मेरी असलियत नहीं छिपती। यही खौफ़ मुझे था कि कहीं जालपा भांप न जाये, लेकिन मैंने दांत ख़ूब साफ कर लिए थे। पान का निशान तक न था। मालूम होता था किसी कालेज की लेडी टीचर होगी। इस शक्ल में मैं वहाँ पहुँची। ऐसी सूरत बना ली कि वह क्या, कोई भी न भांप सकता था। परदा ढंका रह गया। मैंने दिनेश की माँ से कहा, 'मैं यहाँ यूनिवर्सिटी में पढ़ती हूँ। अपना घर मुंगेर बतलाया। बच्चों के लिए मिठाई ले गई थी। हमदर्द का पार्ट खेलने गई थी, और मेरा ख़याल है कि मैंने ख़ूब खेला, दोनों औरतें बेचारी रोने लगीं। मैं भी जब्त न कर सकी। उनसे कभी-कभी मिलते रहने का वादा किया। जालपा इसी बीच में गंगाजल लिए पहुँची। मैंने दिनेश की माँ से बंगला में पूछा, 'क्या यह कहारिन है? उसने कहा, नहीं, यह भी तुम्हारी ही तरह हम लोगों के दुःख में शरीक होने आ गई है। यहाँ इनका शौहर किसी दफ्तर में नौकर है। और तो कुछ नहीं मालूम, रोज़ सबेरे आ जाती हैं और बच्चों को खेलाने ले जाती हैं। मैं अपने हाथ से गंगाजल लाया करती थी। मुझे रोक दिया और ख़ुद लाती हैं। हमें तो इन्होंने जीवन-दान दिया। कोई आगे-पीछे न था। बच्चे दाने-दाने को तरसते थे। जब से यह आ गई हैं, हमें कोई कष्ट नहीं है। न जाने किस शुभ कर्म का यह वरदान हमें मिला है।

उस घर के सामने ही एक छोटा-सा पार्क है। महल्ले-भर के बच्चे वहीं खेला करते हैं। शाम हो गई थी, जालपा देवी ने दोनों बच्चों को साथ लिया और पार्क की तरफ चलीं। मैं जो मिठाई ले गई थी, उसमें से बूढ़ी ने एक-एक मिठाई दोनों बच्चों को दी थी। दोनों कूद-कूदकर नाचने लगे। बच्चों की इस ख़ुशी पर मुझे रोना आ गया। दोनों मिठाइयाँ खाते हुए जालपा के साथ हो लिए। जब पार्क में दोनों बच्चे खेलने लगे, तब जालपा से मेरी बातें होने लगीं! रमा ने कुर्सी और करीब खींच ली, और आगे को झुक गया। बोला, तुमने किस तरह बातचीत शुरू की।

ज़ोहरा – 'कह तो रही हूँ। मैंने पूछा, 'जालपा देवी, तुम कहाँ रहती हो? घर की दोनों औरतों से तुम्हारी बड़ाई सुनकर तुम्हारे ऊपर आशिक हो गई हूँ।'

रमानाथ – 'यही लफ्ज कहा था तुमने?'

ज़ोहरा – 'हाँ, ज़रा मज़ाक करने की सूझी। मेरी तरफ ताज्जुब से देखकर बोली, तुम तो बंगालिन नहीं मालूम होतीं। इतनी साफ हिंदी कोई बंगालिन नहीं बोलती। मैंने कहा, 'मैं मुंगेर की रहने वाली हूँ और वहाँ मुसलमानी औरतों के साथ बहुत मिलती-जुलती रही हूँ। आपसे कभी-कभी मिलने का जी चाहता है। आप कहाँ रहती हैं। कभी-कभी दो घड़ी के लिए चली आऊंगी। आपके साथ घड़ी भर बैठकर मैं भी आदमीयत सीख जाऊंगी। जालपा ने शरमाकर कहा, 'तुम तो मुझे बनाने लगीं, कहाँ तुम कालेज की पढ़ने वाली, कहाँ मैं अपढ़-गंवार औरत। तुमसे मिलकर मैं अलबत्ता आदमी बन जाऊंगी। जब जी चाहे, यहीं चले आना। यही मेरा घर समझो।

मैंने कहा, 'तुम्हारे स्वामीजी ने तुम्हें इतनी आजादी दे रखी है। बड़े अच्छे ख़यालों के आदमी होंगे। किस दफ्तर में नौकर हैं?'

जालपा ने अपने नाखूनों को देखते हुए कहा, 'पुलिस में उम्मीदवार हैं।'

मैंने ताज्जुब से पूछा, 'पुलिस के आदमी होकर वह तुम्हें यहाँ आने की आज़ादी देते हैं?'

जालपा इस प्रश्न के लिए तैयार न मालूम होती थी। कुछ चौंककर बोली, 'वह मुझसे कुछ नहीं कहते। मैंने उनसे यहाँ आने की बात नहीं कही। वह घर बहुत कम आते हैं। वहीं पुलिस वालों के साथ रहते हैं।'

उन्होंने एक साथ तीन जवाब दिये। फिर भी उन्हें शक हो रहा था कि इनमें से कोई जवाब इत्मीनान के लायक नहीं है। वह कुछ खिसियानी-सी होकर दूसरी तरफ ताकने लगी। मैंने पूछा, 'तुम अपने स्वामी से कहकर किसी तरह मेरी मुलाकात उस मुख़बिर से करा सकती हो, जिसने इन कैदियों के ख़िलाफ गवाही दी है?'

रमानाथ की आँखें फैल गई और छाती धक-धक करने लगी। जोहरा बोली, 'यह सुनकर जालपा ने मुझे चुभती हुई आँखों से देखकर पूछा, 'तुम उनसे मिलकर क्या करोगी?'

मैंने कहा, 'तुम मुलाकात करा सकती हो या नहीं, मैं उनसे यही पूछना चाहती हूँ कि तुमने इतने आदमियों को फंसाकर क्या पाया? देखूंगी वह क्या जवाब देते हैं?'

जालपा का चेहरा सख्त पड़ गया। बोली, 'वह यह कह सकता है, मैंने अपने फायदे के लिए किया! सभी आदमी अपना फायदा सोचते हैं। मैंने भी सोचा। जब पुलिस के सैकड़ों आदमियों से कोई यह प्रश्न नहीं करता, तो उससे यह प्रश्न क्यों किया जाये? इससे कोई फायदा नहीं।'

मैंने कहा, 'अच्छा, मान लो तुम्हारा पति ऐसी मुख़बिरी करता, तो तुम क्या करतीं?

जालपा ने मेरी तरफ सहमी हुई आँखों से देखकर कहा, 'तुम मुझसे यह सवाल क्यों करती हो, तुम खुद अपने दिल में इसका जवाब क्यों नहीं ढूंढ़तीं?'

मैंने कहा, 'मैं तो उनसे कभी न बोलती, न कभी उनकी सूरत देखती।'

जालपा ने गंभीर चिंता के भाव से कहा, 'शायद मैं भी ऐसा ही समझती, या न समझती, कुछ कह नहीं सकती। आख़िर पुलिस के अफसरों के घर में भी तो औरतें हैं, वे क्यों नहीं अपने आदमियों को कुछ कहतीं, जिस तरह उनके हृदय अपने मर्दों के-से हो गए हैं, संभव है, मेरा हृदय भी वैसा ही हो जाता।'

इतने में अंधेरा हो गया। जालपादेवी ने कहा, 'मुझे देर हो रही है। बच्चे साथ हैं। कल हो सके तो फिर मिलियेगा। आपकी बातों में बड़ा आनंद आता है।'

मैं चलने लगी, तो उन्होंने चलते-चलते मुझसे कहा, 'ज़रूर आइयेगा। वहीं मैं मिलूंगी। आपका इंतज़ार करती रहूंगी। लेकिन दस ही कदम के बाद फिर रूककर बोलीं – मैंने आपका नाम तो पूछा ही नहीं। अभी तुमसे बातें करने से जी नहीं भरा। देर न हो रही हो तो आओ, कुछ देर गप-शप करें।'

मैं तो यह चाहती ही थी। अपना नाम ज़ोहरा बतला दिया। रमा ने पूछा, 'सच!'

ज़ोहरा- 'हाँ, हर्ज़ क्या था। पहले तो जालपा भी ज़रा चौंकी, पर कोई बात न थी। समझ गई, बंगाली मुसलमान होगी। हम दोनों उसके घर गई। उस ज़रा से कठघरे में न जाने वह कैसे बैठती हैं। एक तिल भी जगह नहीं। कहीं मटके हैं, कहीं पानी, कहीं खाट, कहीं बिछावन, सील और बदबू से नाक फटी जाती थी। खाना तैयार हो गया था। दिनेश की बहू बरतन धो रही थी। जालपा ने उसे उठा दिया, जाकर बच्चों को खिलाकर सुला दो, मैं बरतन धोए देती हूँ। और ख़ुद बबर्तन मांजने लगीं। उनकी यह खिदमत देखकर मेरे दिल पर इतना असर हुआ कि मैं भी वहीं बैठ गई और मांजे हुए बरतनों को धोने लगी। जालपा ने मुझे वहाँ से हट जाने के लिए कहा, पर मैं न हटी, बराबर बरतन धोती रही। जालपा ने तब पानी का मटका अलग हटाकर कहा, 'मैं पानी न दूंगी, तुम उठ जाओ, मुझे बड़ी शर्म आती है, तुम्हें मेरी कसम, हट जाओ, यहाँ आना तो तुम्हारी सजा हो गई, तुमने ऐसा काम अपनी ज़िन्दगी में क्यों किया होगा! मैंने कहा, 'तुमने भी तो कभी नहीं किया होगा, जब तुम करती हो, तो मेरे लिए क्या हर्ज़ है।'

जालपा ने कहा, 'मेरी और बात है।'

मैंने पूछा, 'क्यों? जो बात तुम्हारे लिए है, वही मेरे लिए भी है। कोई महरी क्यों नहीं रख लेती हो?'

जालपा ने कहा, 'महरियाँ आठ-आठ रूपये मांगती हैं।'

मैं बोली, 'मैं आठ रूपये महीना दे दिया करूंगी।'

जालपा ने ऐसी निगाहों से मेरी तरफ देखा, जिसमें सच्चे प्रेम के साथ सच्चा उल्लास, सच्चा आशीर्वाद भरा हुआ था। वह चितवन! आह! कितनी पाकीजा थी, कितनी पाक करने वाली। उनकी इस बेगरज खिदमत के सामने मुझे अपनी ज़िन्दगी कितनी ज़लील, कितनी काबिले नगरत मालूम हो रही थी। उन बरतनों के धोने में मुझे जो आनंद मिला, उसे मैं बयान नहीं कर सकती।

बरतन धोकर उठीं, तो बुढ़िया के पांव दबाने बैठ गई। मैं चुपचाप खड़ी थी। मुझसे बोलीं, 'तुम्हें देर हो रही हो, तो जाओ, कल फिर आना। मैंने कहा, 'नहीं, मैं तुम्हें तुम्हारे घर पहुँचाकर उधर ही से निकल जाऊंगी। गरज नौ बजे के बाद वह वहाँ से चलीं। रास्ते में मैंने कहा, 'जालपा! तुम सचमुच देवी हो।'

जालपा ने छूटते ही कहा, 'ज़ोहरा! ऐसा मत कहो मैं ख़िदमत नहीं कर रही हूँ, अपने पापों का प्रायश्चित्ता कर रही हूँ। मैं बहुत दुखी हूँ। मुझसे बड़ी अभागिनी संसार में न होगी।'

मैंने अनजान बनकर कहा, 'इसका मतलब मैं नहीं समझी।'

जालपा ने सामने ताकते हुए कहा, 'कभी समझ जाओगी। मेरा प्रायश्चित्त इस जन्म में न पूरा होगा। इसके लिए मुझे कई जन्म लेने पड़ेंगे।'

मैंने कहा, 'तुम तो मुझे चक्कर में डाले देती हो, बहन! मेरी समझ में कुछ नहीं आ रहा है। जब तक तुम इसे समझा न दोगी, मैं तुम्हारा गला न छोड़ूंगी।' जालपा ने एक लंबी साँस लेकर कहा, 'ज़ोहरा -' किसी बात को ख़ुद छिपाये रहना इससे ज्यादा आसान है कि दूसरों पर वह बोझ रखूं।'

मैंने आर्त कंठ से कहा, 'हाँ, पहली मुलाकात में अगर आपको मुझ पर इतना एतबार न हो, तो मैं आपको इलज़ाम न दूंगी, मगर कभी न कभी आपको मुझ पर एतबार करना पड़ेगा। मैं आपको छोड़ूंगी नहीं।'

कुछ दूर तक हम दोनों चुपचाप चलती रहीं, एकाएक जालपा ने कांपती हुई आवाज़ में कहा, 'ज़ोहरा! अगर इस वक्त तुम्हें मालूम हो जाय कि मैं कौन हूँ, तो शायद तुम नफ़रत से मुँह उधर लोगी और मेरे साये से भी दूर भागोगी।'

इन लर्जिशों में न मालूम क्या जादू था कि मेरे सारे रोयें खड़े हो गये। यह एक रंज और शर्म से भरे हुए दिल की आवाज़ थी और इसने मेरी स्याह जिंदगी की सूरत मेरे सामने खड़ी कर दी। मेरी आँखों में आँसू भर आये। ऐसा जी में आया कि अपना सारा स्वांग खोल दूं। न जाने उनके सामने मेरा दिल क्यों ऐसा हो गया था। मैंने बड़े-बड़े काइयें और छंटे हुए शोहदों और पुलिस-अफसरों को चपर-गट्टू बनाया है,

पर उनके सामने मैं जैसे भीगी बिल्ली बनी हुई थी। फिर मैंने जाने कैसे अपने को संभाल लिया। मैं बोली तो मेरा गला भी भरा हुआ था, 'यह तुम्हारा ख़याल गलत है देवी!'

'शायद तब मैं तुम्हारे पैरों पर फिर पड़ूंगी। अपनी या अपनों की बुराइयों पर शर्मिन्दा होना सच्चे दिलों का काम है।'

जालपा ने कहा, 'लेकिन तुम मेरा हाल जानकर करोगी क्या बस, इतना ही समझ लो कि एक ग़रीब अभागिन औरत हूँ, जिसे अपने ही जैसे अभागे और ग़रीब आदमियों के साथ मिलने-जुलने में आनंद आता है।'

'इसी तरह वह बार-बार टालती रही, लेकिन मैंने पीछा न छोड़ा, आख़िर उसके मुँह से बात निकाल ही ली।'

रमा ने कहा, 'यह नहीं, सब कुछ कहना पड़ेगा।'

ज़ोहरा-'अब आधी रात तक की कथा कहाँ तक सुनाऊं। घंटों लग जायेंगे। जब मैं बहुत पीछे पड़ी, तो उन्होंने आख़िर में कहा,मैं उसी मुखबिर की बदनसीब औरत हूँ, जिसने इन कैदियों पर यह आगत ढाई है। यह कहते-कहते वह रो पड़ीं। फिर ज़रा आवाज़ को संभालकर बोलीं, 'हम लोग इलाहाबाद के रहने वाले हैं। एक ऐसी बात हुई कि इन्हें वहाँ से भागना पड़ा। किसी से कुछ कहा न सुना, भाग आये। कई महीनों में पता चला कि वह यहाँ हैं।'

रमा ने कहा, 'इसका भी किस्सा है। तुमसे बताऊंगा कभी, जालपा के सिवाय और किसी को यह न सूझती।'

ज़ोहरा बोली, 'यह सब मैंने दूसरे दिन जान लिया। अब मैं तुम्हारे रगरग से वाकिफ़ हो गई। जालपा मेरी सहेली है। शायद ही अपनी कोई बात उन्होंने मुझसे छिपाई हो। कहने लगीं, ज़ोहरा मैं बड़ी मुसीबत में फंसी हुई हूँ। एक तरफ तो एक आदमी की जान और कई खानदानों की तबाही है, दूसरी तरफ अपनी तबाही है। मैं चाहूं, तो आज इन सबों की जान बचा सकती हूँ। मैं अदालत को ऐसा सबूत दे सकती हूँ कि फिर मुखबिर की शहादत की कोई हैसियत ही न रह जायेगी, पर मुखबिर को सजा से नहीं बचा सकती। बहन, इस दुविधा में मैं पड़ी नरक का कष्ट झेल रही हूँ। न यही होता है कि इन लोगों को मरने दूं, और न यही हो सकता है कि रमा को आग में झोंक दूं। यह कहकर वह रो पड़ीं और बोलीं, बहन, मैं खुद मर जाऊंगी, पर उनका अनिष्ट मुझसे न होगा। न्याय पर उन्हें भेंट नहीं कर सकती। अभी देखती हूँ, क्या फैसला होता है। नहीं कह सकती, उस वक्त मैं क्या कर बैठूं। शायद वहीं हाईकोर्ट में सारा किस्सा कह सुनाऊं, शायद उसी दिन जहर खाकर सो रहूं।'

इतने में देवीदीन का घर आ गया। हम दोनों विदा हुई। जालपा ने मुझसे बहुत इसरार किया कि कल इसी वक्त ग़िर आना। दिन-भर तो उन्हें बात करने की फ़ुरसत नहीं रहती। बस वही शाम को मौका मिलता था। वह इतने रूपये जमा कर देना चाहती हैं कि कम-से-कम दिनेश के घर वालों को कोई तकलीफ न हो दो सौ रूपये से ज्यादा जमा कर चुकी हैं। मैंने भी पाँच रूपये दिए। मैंने दो-एक बार ज़िक्र किया कि आप इन झगड़ों में न पड़िये, अपने घर चली जाइये, लेकिन मैं साफ-साफ कहती हूँ, मैंने कभी जोर देकर यह बात न कही। जब जब मैंने इसका इशारा किया, उन्होंने ऐसा मुँह बनाया, गोया वह यह बात सुनना भी नहीं चाहतीं। मेरे मुँह से पूरी बात कभी न निकलने पाई। एक बात है, 'कहो तो कहूं?'

रमा ने मानो ऊपरी मन से कहा, 'क्या बात है?'

ज़ोहरा-'डिप्टी साहब से कह दूं, वह जालपा को इलाहाबाद पहुँचा दें। उन्हें कोई तकलीफ़ न होगी। बस दो औरतें उन्हें स्टेशन तक बातों में लगा ले जायेगी। वहाँ गाड़ी तैयार मिलेगी, वह उसमें बैठा दी जायेगी, या कोई और तदबीर सोचो।'

रमा ने ज़ोहरा की आँखों से आँख मिलाकर कहा, 'क्या यह मुनासिब होगा?'

ज़ोहरा ने शरमाकर कहा, 'मुनासिब तो न होगा।'

रमा ने चटपट जूते पहन लिये और ज़ोहरा से पूछा, 'देवीदीन के ही घर पर रहती है न?'

ज़ोहरा उठ खड़ी हुई और उसके सामने आकर बोली, 'तो क्या इस वक्त जाओगे?'

रमानाथ – 'हाँ ज़ोहरा! इसी वक्त चला जाऊंगा। बस, उनसे दो बातें करके उस तरफ चला जाऊंगा, जहाँ मुझे अब से बहुत पहले चला जाना चाहिए था।'

ज़ोहरा – 'मगर कुछ सोच तो लो, नतीजा क्या होगा।'

रमानाथ-'सब सोच चुका, ज्यादा-से ज्यादा तीन-चार साल की कैद दरोगबयानी के जुर्म में, बस अब रूख़सत, भूल मत जाना ज़ोहरा, शायद फिर कभी मुलाकात हो!'

रमा बरामदे से उतरकर सहन में आया और एक क्षण में फाटक के बाहर था।

दरबान ने कहा, 'हुज़ूर ने दारोग़ाजी को इत्तला कर दी है?'

रमनाथ – 'इसकी कोई ज़रूरत नहीं।'

चौकीदार-'मैं ज़रा उनसे पूछ लूं। मेरी रोज़ी क्यों ले रहे हैं, हुज़ूर?'

रमा ने कोई जवाब न दिया। तेज़ी से सड़क पर चल खड़ा हुआ। ज़ोहरा निस्पंद खड़ी उसे हसरत-भरी आँखों से देख रही थी। रमा के प्रति ऐसा प्यार,ऐसा विकल करने वाला प्यार उसे कभी न हुआ था। जैसे कोई वीरबाला अपने प्रियतम को

समरभूमि की ओर जाते देखकर गर्व से फली न समाती हो चौकीदार ने लपककर दारोग़ा से कहा। वह बेचारे खाना खाकर लेटे ही थे। घबराकर निकले, रमा के पीछे दौड़े और पुकारा, 'बाबू साहब, ज़रा सुनिये तो, एक मिनट रूक जाइए, इससे क्या फायदा,कुछ मालूम तो हो, आप कहाँ जा रहे हैं? आख़िर बेचारे एक बार ठोकर खाकर गिर पड़े। रमा ने लौटकर उन्हें उठाया और पूछा, 'कहीं चोट तो नहीं आई?'

दारोग़ा – 'कोई बात न थी, ज़रा ठोकर खा गया था। आख़िर आप इस वक्त कहाँ जा रहे हैं? सोचिये तो इसका नतीज़ा क्या होगा?'

रमानाथ – 'मैं एक घंटे में लौट आऊंगा। जालपा को शायद मुख़ालिफों ने बहकाया है कि हाईकोर्ट में एक अर्जी दे दे। ज़रा उसे जाकर समझाऊंगा।'

दारोग़ा – 'यह आपको कैसे मालूम हुआ?'

रमानाथ – 'ज़ोहरा कहीं सुन आई है।'

दारोग़ा – 'बड़ी बेवफ़ा औरत है। ऐसी औरत का तो सिर काट लेना चाहिए।'

रमानाथ- 'इसीलिए तो जा रहा हूँ। या तो इसी वक्त उसे स्टेशन पर भेजकर आऊंगा, या इस बुरी तरह पेश आऊंगा कि वह भी याद करेगी। ज्यादा बातचीत का मौका नहीं है। रात-भर के लिए मुझे इस कैद से आज़ाद कर दीजिये।'

दारोग़ा – 'मैं भी चलता हूँ, ज़रा ठहर जाइये।'

रमानाथ – 'जी नहीं, बिल्कुल मामला बिगड़ जायेगा। मैं अभी आता हूँ।'

दारोग़ा लाजवाब हो गये। एक मिनट तक खड़े सोचते रहे, फिर लौट पड़े और ज़ोहरा से बातें करते हुए पुलिस स्टेशन की तरफ चले गये। उधर रमा ने आगे बढ़कर एक तांगा किया और देवीदीन के घर जा पहुँचा। जालपा दिनेश के घर से लौटी थी और बैठी जग्गो और देवीदीन से बातें कर रही थी। वह इन दिनों एक ही वक्त ख़ाना खाया करती थी। इतने में रमा ने नीचे से आवाज़ दी। देवीदीन उसकी आवाज़ पहचान गया। बोला, 'भैया हैं सायत।'

जालपा – 'कह दो, यहाँ क्या करने आये हैं। वहीं जायें।'

देवीदीन – 'नहीं बेटी, ज़रा पूछ तो लूं, क्या कहते हैं। इस बख़त कैसे उन्हें छुटटी मिली?'

जालपा – 'मुझे समझाने आये होंगे और क्या! मगर मुँह धो रखें।'

देवीदीन ने द्वार खोल दिया। रमा ने अंदर आकर कहा, 'दादा, तुम मुझे यहाँ देखकर इस वक्त ताज्जुब कर रहे होगे। एक घंटे की छुटटी लेकर आया हूँ। तुम लोगों से अपने बहुत से अपराधों को क्षमा कराना था। जालपा ऊपर हैं?'

देवीदीन बोला, 'हाँ, हैं तो। अभी आई हैं, बैठो, कुछ खाने को लाऊं!'

रमानाथ-'नहीं, मैं खाना खा चुका हूँ। बस, जालपा से दो बातें करना चाहता हूँ।'

देवीदीन – 'वह मानेंगी नहीं, नाहक शर्मिंदा होना पड़ेगा। मानने वाली औरत नहीं है।'

रमानाथ – 'मुझसे दो-दो बातें करेंगी या मेरी सूरत ही नहीं देखना चाहतीं? ज़रा जाकर पूछ लो।'

देवीदीन – 'इसमें पूछना क्या है, दोनों बैठी तो हैं, जाओ। तुम्हारा घर जैसे तब था वैसे अब भी है।'

रमानाथ – 'नहीं दादा, उनसे पूछ लो। मैं यों न जाऊंगा।'

देवीदीन ने ऊपर जाकर कहा, 'तुमसे कुछ कहना चाहते हैं, बहू!'

जालपा मुँह लटकाकर बोली, 'तो कहते क्यों नहीं, मैंने कुछ ज़बान बंद कर दी है? जालपा ने यह बात इतने ज़ोर से कही थी कि नीचे रमा ने भी सुन ली। कितनी निर्ममता थी! उसकी सारी मिलन-लालसा मानो उड़ गई। नीचे ही से खड़े-खड़े बोला, 'वह अगर मुझसे नहीं बोलना चाहतीं, तो कोई जबरदस्ती नहीं। मैंने जज साहब से सारा कच्चा चिटठा कह सुनाने का निश्चय कर लिया है। इसी इरादे से इस वक्त चला हूँ। मेरी वजह से इनको इतने कष्ट हुए, इसका मुझे खेद है। मेरी अक्ल पर परदा पड़ा हुआ था। स्वार्थ ने मुझे अंधा कर रखा था। प्राणों के मोह ने, कष्टों के भय ने बुद्धि हर ली थी। कोई ग्रह सिर पर सवार था। इनके अनुष्ठानों ने उस ग्रह को शांत कर दिया। शायद दो-चार साल के लिए सरकार की मेहमानी खानी पड़े। इसका भय नहीं। जीता रहा तो फिर भेंट होगी। नहीं मेरी बुराइयों को माफ करना और मुझे भूल जाना। तुम भी देवी दादा और दादी, मेरे अपराध क्षमा करना। तुम लोगों ने मेरे ऊपर जो दया की है, वह मरते दम तक न भूलूंगा। अगर जीता लौटा, तो शायद तुम लोगों की कुछ सेवा कर सकूं। मेरी तो ज़िन्दगी सत्यानाश हो गई। न दीन का हुआ न दुनिया का। यह भी कह देना कि उनके गहने मैंने ही चुराये थे। सर्राफ को देने के लिए रूपये न थे। गहने लौटाना ज़रूरी था, इसीलिए वह कुकर्म करना पड़ा। उसी का फल आज तक भोग रहा हूँ और शायद जब तक प्राण न निकल जायेंगे, भोगता रहूंगा। अगर उसी वक्त सगाई से सारी कथा कह दी होती, तो चाहे उस वक्त इन्हें बुरा लगता, लेकिन यह विपत्ति सिर पर न आती। तुम्हें भी मैंने धोखा दिया था। दादा, मैं ब्राह्मण नहीं हूँ, कायस्थ हूँ, तुम जैसे देवता से मैंने कपट किया। न जाने इसका क्या दंड मिलेगा। सब कुछ क्षमा करना। बस, यही कहने आया था।'

रमा बरामदे के नीचे उतर पड़ा और तेज़ी से कदम उठाता हुआ चल दिया। जालपा भी कोठे से उतरी, लेकिन नीचे आई तो रमा का पता न था। बरामदे के नीचे उतरकर देवीदीन से बोली, 'किधर गए हैं दादा?'

देवीदीन ने कहा, 'मैंने कुछ नहीं देखा, बहू! मेरी आँखें आँसू से भरी हुई थीं। वह अब न मिलेंगे। दौड़ते हुए गए थे।'

जालपा कई मिनट तक सड़क पर निस्पंद-सी खड़ी रही। उन्हें कैसे रोक लूं! इस वक्त वह कितने दुखी हैं, कितने निराश हैं! मेरे सिर पर न जाने क्या शैतान सवार था कि उन्हें बुला न लिया। भविष्य का हाल कौन जानता है। न जाने कब भेंट होगी। विवाहित जीवन के इन दो-ढाई सालों में कभी उसका हृदय अनुराग से इतना प्रकंपित न हुआ था। विलासिनी रूप में वह केवल प्रेम आवरण के दर्शन कर सकती थी। आज त्यागिनी बनकर उसने उसका असली रूप देखा, कितना मनोहर, कितना विशु', कितना विशाल, कितना तेजोमय। विलासिनी ने प्रेमोद्यान की दीवारों को देखा था, वह उसी में खुश थी। त्यागिनी बनकर वह उस उद्यान के भीतर पहुँच गई थी, कितना रम्य दृश्य था, कितनी सुगंध, कितना वैचित्र्य, कितना विकास, इसकी सुगंध में, इसकी रम्यता का देवत्व भरा हुआ था। प्रेम अपने उच्चतर स्थान पर पहुँचकर देवत्व से मिल जाता है। जालपा को अब कोई शंका नहीं है, इस प्रेम को पाकर वह जन्म-जन्मांतरों तक सौभाग्यवती बनी रहेगी। इस प्रेम ने उसे वियोग, परिस्थिति और मृत्यु के भय से मुक्त कर दिया,उसे अभय प्रदान कर दिया। इस प्रेम के सामने अब सारा संसार और उसका अखंड वैभव तुच्छ है।

इतने में ज़ोहरा आ गई। जालपा को पटरी पर खड़े देखकर बोली,'वहां कैसे खड़ी हो, बहन, आज तो मैं न आ सकी। चलो, आज मुझे तुमसे बहुत – सी बातें करनी हैं।'

दोनों ऊपर चली गई।

दारोग़ा को भला कहां चैन? रमा के जाने के बाद एक घंटे तक उसका इंतज़ार करते रहे, फिर घोड़े पर सवार हुए और देवीदीन के घर जा पहुँचे, वहाँ मालूम हुआ कि रमा को यहाँ से गये आधा घंटे से ऊपर हो गया। फिर थाने लौटे। वहाँ रमा का अब तक पता न था। समझे देवीदीन ने धोखा दिया। कहीं उन्हें छिपा रक्खा होगा। सरपट साइकिल दौडाते हुए फिर देवीदीन के घर पहुँचे और धमकाना शुरू किया। देवीदीन ने कहा, 'विश्वास न हो, घर की खाना-तलाशी ले लीजिये।'

और क्या कीजियेगा। कोई बहुत बड़ा घर भी तो नहीं है। एक कोठरी नीचे है, एक ऊपर।

दारोग़ा ने साइकिल से उतरकर कहा, 'तुम बतलाते क्यों नहीं, वह कहाँ गये?'

देवीदीन – 'मुझे कुछ मालूम हो तब तो बताऊं साहब! यहाँ आये, अपनी घरवाली से तकरार की और चले गये।'

दारोग़ा – 'वह कब इलाहाबाद जा रही हैं?'

देवीदीन – 'इलाहाबाद जाने की तो बाबूजी ने कोई बातचीत नहीं की। जब तक हाईकोर्ट का फैसला न हो जायेगा, वह यहाँ से न जायेंगी।'

दारोग़ा – 'मुझे तुम्हारी बातों का यकीन नहीं आता।' यह कहते हुए दारोग़ा नीचे की कोठरी में घुस गए और हर एक चीज़ को ग़ौर से देखा। फिर ऊपर चढ़ गए। वहाँ तीन औरतों को देखकर चौंके, ज़ोहरा को शरारत सूझी, तो उसने लंबा-सा घूंघट निकाल लिया और अपने हाथ साड़ी में छिपा लिए। दारोग़ाजी को शक हुआ। शायद हजरत यह भेस बदले तो नहीं बैठे हैं!

देवीदीन से पूछा, 'यह तीसरी औरत कौन है?'

देवीदीन ने कहा, 'मैं नहीं जानता। कभी-कभी बहू से मिलने आ जाती है।'

दारोग़ा – 'मुझी से उड़ते हो बचा! साड़ी पहनाकर मुलज़िम को छिपाना चाहते हो! इनमें कौन जालपा देवी हैं। उनसे कह दो, नीचे चली जाये। दूसरी औरत को यहीं रहने दो।'

जालपा हट गई, तो दारोग़ाजी ने ज़ोहरा के पास जाकर कहा, 'क्यों हजरत, मुझसे यह चालें! क्या कहकर वहाँ से आये थे और यहाँ आकर मजे में आ गये। सारा गुस्सा हवा हो गया। अब यह भेस उतारिये और मेरे साथ चलिये, देर हो रही है।'

यह कहकर उन्होंने ज़ोहरा का घूंघट उठा दिया। ज़ोहरा ने ठहाका मारा। दारोग़ाजी मानो फिसलकर विस्मय-सागर में पड़े । बोले- 'अरे, तुम हो ज़ोहरा! तुम यहाँ कहाँ?'

ज़ोहरा – 'अपनी डयूटी बजा रही हूँ।'

'और रमानाथ कहाँ गये? तुम्हें तो मालूम ही होगा?'

'वह तो मेरे यहाँ आने के पहले ही चले गए थे। फिर मैं यहीं बैठ गई और जालपा देवी से बात करने लगी।'

'अच्छा, ज़रा मेरे साथ आओ। उनका पता लगाना है।'

ज़ोहरा ने बनावटी कौतूहल से कहा, 'क्या अभी तक बंगले पर नहीं पहुँचे?'

'ना! न जाने कहां रह गये।'

रास्ते में दारोग़ा ने पूछा, 'जालपा कब तक यहाँ से जायेगी?'

ज़ोहरा – 'मैंने खूब पट्टी पढ़ाई है। उसके जाने की अब ज़रूरत नहीं है। शायद रास्ते पर आ जाये। रमानाथ ने बुरी तरह डांटा है। उनकी धमकियों से डर गई है।'

दारोग़ा – 'तुम्हें यकीन है कि अब यह कोई शरारत न करेगी?'

ज़ोहरा – 'हाँ, मेरा तो यही ख़याल है।'

दारोग़ा – 'तो फिर यह कहाँ गया?'

ज़ोहरा – 'कह नहीं सकती।'

दारोग़ा – 'मुझे इसकी रिपोर्ट करनी होगी। इंस्पेक्टर साहब और डिप्टी साहब को इत्तला देना ज़रूरी है। ज्यादा पी तो नहीं गया था? '

ज़ोहरा – 'पिये हुए तो थे।'

दारोग़ा – 'तो कहीं फिर-गिरा पड़ा होगा। इसने बहुत दिक किया! तो मैं ज़रा उधर जाता हूँ। तुम्हें पहुँचा दूं, तुम्हारे घर तक।'

ज़ोहरा – 'बड़ी इनायत होगी।'

दारोग़ा ने ज़ोहरा को मोटर साइकिल पर बिठा लिया और उसको ज़रा देर में घर के दरवाजे पर उतार दिया, मगर इतनी देर में मन चंचल हो गया। बोले, 'अब तो जाने का जी नहीं चाहता, ज़ोहरा! चलो, आज कुछ गप-शप हो। बहुत दिन हुए, तुम्हारी करम की निगाह नहीं हुई।'

ज़ोहरा ने जीने के ऊपर एक कदम रखकर कहा, 'जाकर पहले इंस्पेक्टर साहब से इत्तला तो कीजिए। यह गप-शप का मौका नहीं है।'

दारोग़ा ने मोटर साइकिल से उतरकर कहा, 'नहीं, अब न जाऊंगा, ज़ोहरा! सुबह देखी जायेगी। मैं भी आता हूँ।'

ज़ोहरा – 'आप मानते नहीं हैं। शायद डिप्टी साहिब आते हों। आज उन्होंने कहला भेजा था।'

दारोग़ा – 'मुझे चकमा दे रही हो ज़ोहरा, देखो, इतनी बेवफाई अच्छी नहीं।'

ज़ोहरा ने ऊपर चढ़कर द्वार बंद कर लिया और ऊपर जाकर खिड़की से सिर निकालकर बोली, 'आदाब अर्ज़।'

दारोग़ा घर जाकर लेट रहे। ग्यारह बज रहे थे। नींद खुली, तो आठ बज गए थे। उठकर बैठे ही थे कि टेलीगषेन पर पुकार हुई। जाकर सुनने लगे। डिप्टी साहब बोल रहे थे, इस रमानाथ ने बड़ा गोलमाल कर दिया है। उसे किसी दूसरी जगह ठहराया जायेगा। उसका सब सामान कमिश्नर साहब के पास भेज देना होगा।

'रात को वह बंगले पर था या नहीं?'

दारोग़ा ने कहा, 'जी नहीं, रात मुझसे बहाना करके अपनी बीवी के पास चला गया था।'

टेलीफोन – 'तुमने उसको क्यों जाने दिया? हमको ऐसा डर लगता है, कि उसने जज से सब हाल कह दिया है। मुकदमा का जांच फिर से होगा। आपसे बडा भारी ब्लंडर हुआ है। सारा मेहनत पानी में फिर गया। उसको जबरदस्ती रोक लेना चाहिए था।'

दारोग़ा – 'तो क्या वह जज साहब के पास गया था'

डिप्टी, 'हाँ साहब, वहीं गया था, और जज भी कायदा को तोड़ दिया। वह फिर से मुकदमा का पेशी करेगा। रमा अपना बयान बदलेगा। अब इसमें कोई डाउट नहीं है और यह सब आपका बंगलिंग है। हम सब उस बाढ़ में बह जायेगा। ज़ोहरा भी दगा दिया।'

दारोग़ा उसी वक्त रमानाथ का सब सामान लेकर पुलिस-कमिश्नर के बंगले की तरफ चले। रमा पर ऐसा गुस्सा आ रहा था कि पावें तो समूचा ही निगल जायें। कमबख्त को कितना समझाया, कैसी-कैसी खातिर की, पर दगा कर ही गया। इसमें ज़ोहरा की भी सांठ-गांठ है। बीवी को डांट-फटकार करने का महज बहाना था। ज़ोहरा बेगम की तो आज ही ख़बर लेता हूँ। कहाँ जाती है। देवीदीन से भी समझूंगा। एक हफ्ते तक पुलिस-कर्मचारियों में जो हलचल रही उसका ज़िक्र करने की कोई ज़रूरत नहीं। रात की रात और दिन के दिन इसी फ़िक्र में चक्कर खाते रहते थे। अब मुकदमे से कहीं ज्यादा अपनी फ़िक्र थी। सबसे ज्यादा घबराहट दारोग़ा को थी। बचने की कोई उम्मीद नहीं नज़र आती थी। इंस्पेक्टर और डिप्टी, दोनों ने सारी जिम्मेदारी उन्हीं के सिर डाल दी और खुद बिलकुल अलग हो गये।

इस मुकदमे की फिर पेशी होगी, इसकी सारे शहर में चर्चा होने लगी। अंग्रेजी न्याय के इतिहास में यह घटना सर्वथा अभूतपूर्व थी। कभी ऐसा नहीं हुआ। वकीलों में इस पर कानूनी बहसें होतीं। जज साहब ऐसा कर भी सकते हैं?मगर जज दृढ़ था। पुलिसवालों ने बड़े-बडे। ज़ोर लगाये, पुलिस कमिश्नर ने यहाँ तक कहा कि इससे सारा पुलिस-विभाग बदनाम हो जायेगा, लेकिन जज ने किसी की न सुनी। झूठे सबूतों पर पंद्रह आदमियों की ज़िन्दगी बर्बाद करने की जिम्मेदारी सिर पर लेना उसकी आत्मा के लिए असह्य था। उसने हाईकोर्ट को सूचना दी और गवर्नमेंट को भी।

इधर पुलिस वाले रात-दिन रमा की तलाश में दौड़-धूप करते रहते थे, लेकिन रमा न जाने कहाँ जा छिपा था कि उसका कुछ पता ही न चलता था। हफ्तों

सरकारी कर्मचारियों में लिखा-पढ़ी होती रही। मनों काग़ज़ स्याह कर दिए गये। उधर समाचार-पत्रों में इस मामले पर नित्य आलोचना होती रहती थी। एक पत्रकार ने जालपा से मुलाकात की और उसका बयान छाप दिया। दूसरे ने ज़ोहरा का बयान छाप दिया। इन दोनों बयानों ने पुलिस की बखिया उधेड़ दी। ज़ोहरा ने तो लिखा था कि मुझे पचास रूपये रोज़ इसलिए दिए जाते थे कि रमानाथ को बहलाती रहूं और उसे कुछ सोचने या विचार करने का अवसर न मिले। पुलिस ने इन बयानों को पढ़ा, तो दांत पीस लिए। ज़ोहरा और जालपा दोनों कहीं और जा छिपीं, नहीं तो पुलिस ने जरूर उनकी शरारत का मज़ा चखाया होता।

आख़िर दो महीने के बाद फैसला हुआ। इस मुकदमे पर विचार करने के लिए एक सिविलियन नियुक्त किया गया। शहर के बाहर एक बंगले में विचार हुआ, जिसमें ज्यादा भीड़-भाड़ न हो फिर भी रोज़ दस-बारह हज़ार आदमी जमा हो जाते थे। पुलिस ने एड़ी-चोटी का ज़ोर लगाया कि मुलज़िमों में कोई मुखबिर बन जाए, पर उसका उद्योग न सफल हुआ। दारोग़ाजी चाहते तो नई शहादतें बना सकते थे, पर अपने अफसरों की स्वार्थपरता पर वह इतने खिन्न हुए कि दूर से तमाशा देखने के सिवा और कुछ न किया। जब सारा यश अफसरों को मिलता और सारा अपयश मातहतों को, तो दारोग़ाजी को क्या गरज़ पड़ी थी कि नई शहादतों की फ़िक्र में सिर खपाते। इस मुआमले में अफसरों ने सारा दोष दारोग़ा ही के सिर मढ़ा, उन्हीं की बेपरवाही से रमानाथ हाथ से निकला। अगर ज्यादा सख्ती से निगरानी की जाती, तो जालपा कैसे उसे ख़त लिख सकती, और वह कैसे रात को उससे मिल सकता था। ऐसी दशा में मुकदमा उठा लेने के सिवा और क्या किया जा सकता था। तबेले की बला बदंर के सिर गई। दारागा तनज्ज़ुल हो गए और नायब दारागा का तराई में तबादला कर दिया गया।

जिस दिन मुलज़िमों को छोड़ा गया, आधा शहर उनका स्वागत करने को जमा था। पुलिस ने दस बजे रात को उन्हें छोड़ा, पर दर्शक जमा हो ही गए। लोग जालपा को भी खींच ले गए। पीछे-पीछे देवीदीन भी पहुंचा। जालपा पर फलों की वर्षा हो रही थी और 'जालपादेवी की जय!' से आकाश गूंज रहा था। मगर रमानाथ की परीक्षा अभी समाप्त न हुई थी। उस पर दरोग़-बयानी का अभियोग चलाने का निश्चय हो गया।

उसी बंगले में ठीक दस बजे मुकदमा पेश हुआ। सावन की झड़ी लगी हुई थी। कलकत्ता दलदल हो रहा था, लेकिन दर्शकों का एक अपार समूह सामने मैदान में खड़ा था। महिलाओं में दिनेश की पत्नी और माता भी आई हुई थीं। पेशी से दस-पंद्रह मिनट पहले जालपा और ज़ोहरा भी बंद गाड़ियों में आ पहुँची। महिलाओं को अदालत के कमरे में जाने की आज्ञा मिल गई। पुलिस की शहादतें शुरू हुई। डिप्टी सुपरिंटेंडेंट, इंस्पेक्टर, दारोग़ा, नायब दारोग़ा-'सभी के बयान हुए। दोनों तरफ के वकीलों ने जिरहें भी कीं, पर इन कार्रवाइयों में उल्लेखनीय कोई बात न थी। जाब्ते की पाबंदी की जा रही थी। रमानाथ का बयान हुआ, पर उसमें भी कोई नई बात न थी। उसने अपने जीवन के गत एक वर्ष का पूरा वृत्तांत कह सुनाया। कोई बात न छिपाई, वकील के पूछने पर उसने कहा,जालपा के त्याग, निष्ठा और सत्य-प्रेम ने मेरी आँखें खोलीं और उससे भी ज्यादा ज़ोहरा के सौजन्य और निष्कपट व्यवहार ने, मैं इसे अपना सौभाग्य समझता हूँ कि मुझे उस तरफ से प्रकाश मिला जिधर औरों को अंधकार मिलता है। विष में मुझे सुधा प्राप्त हो गई।

इसके बाद सफाई की तरफ से देवीदीन – 'जालपा और ज़ोहरा के बयान हुये। वकीलों ने इनसे भी सवाल किया, पर सच्चे गवाह क्या उखड़ते। ज़ोहरा का बयान बहुत ही प्रभावोत्पादक था। उसने देखा, जिस प्राणी को जंजीरों से जकड़ने के लिए वह भेजी गई है, वह खुद दर्द से तड़प रहा है, उसे मरहम की ज़रुरत है, जंज़ीरों की नहीं। वह सहारे का हाथ चाहता है, धक्के का झोंका नहीं। जालपा देवी के प्रति उसकी श्रद्धा, उसका अटल विश्वास देखकर मैं अपने को भूल गई। मुझे अपनी नीचता, अपनी स्वाथाऊधाता पर लज्जा आई। मेरा जीवन कितना अधाम, कितना पतित है, यह मुझ पर उस वक्त ख़ुला, और जब मैं जालपा से मिली, तो उसकी निष्काम सेवा, उसका उज्ज्वल तप देखकर मेरे मन के रहे-सहे संस्कार भी मिट गये। विलास-युक्त जीवन से मुझे घृणा हो गई। मैंने निश्चय कर लिया, इसी अंचल में मैं भी आश्रय लूंगी। मगर उससे भी ज्यादा मार्के का बयान जालपा का था। उसे सुनकर दर्शकों की आँखों में आँसू आ गये। उसके अंतिम शब्द ये थे, 'मेरे पति निर्दोष हैं! ईश्वर की दृष्टि में ही नहीं, नीति की दृष्टि में भी वह निर्दोष हैं। उनके भाग्य में मेरी विलासासक्ति का प्रायश्चित्त करना लिखा था, वह उन्होंने किया। वह बाज़ार से मुँह छुपाकर भागे। उन्होंने मुझ पर अगर कोई अत्याचार किया, तो वह यही कि मेरी इच्छाओं को पूरा करने में उन्होंने सदैव कल्पना से काम लिया। मुझे प्रसन्न करने के लिए, मुझे सुखी रखने के लिए उन्होंने अपने ऊपर बड़े से बड़ा भार लेने में कभी संकोच नहीं किया। वह यह भूल गए कि विलास-वृत्ति संतोष करना नहीं जानती। जहाँ मुझे रोकना उचित था, वहाँ उन्होंने मुझे

प्रोत्साहित किया, और इस अवसर पर भी मुझे पूरा विश्वास है, मुझ पर अत्याचार करने की धमकी देकर ही उनकी ज़बान बंद की गई थी। अगर अपराधिनी हूँ, तो मैं हूँ, जिसके कारण उन्हें इतने कष्ट झेलने पडे। मैं मानती हूँ कि मैंने उन्हें अपना बयान बदलने के लिए मज़बूर किया। अगर मुझे विश्वास होता कि वह डाकों में शरीक हुए, तो सबसे पहले मैं उनका तिरस्कार करती। मैं यह नहीं सह सकती थी कि वह निरपराधियों की लाश पर अपना भवन खड़ा करें। जिन दिनों यहाँ डाके पड़े, उन तारीख़ों में मेरे स्वामी प्रयाग में थे। अदालत चाहे तो टेलीफोन द्वारा इसकी जांच कर सकती है। अगर ज़रूरत हो, तो म्युनिसिपल बोर्ड के अधिकारियों का बयान लिया जा सकता है। ऐसी दशा में मेरा कर्तव्य इसके सिवाय कुछ और हो ही नहीं सकता था, जो मैंने किया। अदालत ने सरकारी वकील से पूछा, 'क्या प्रयाग से इस मुआमले की कोई रिपोर्ट मांगी गई थी?'

वकील ने कहा, 'जी हाँ, मगर हमारा उस विषय पर कोई विवाद नहीं है। सफाई के वकील ने कहा, इससे यह तो सिद्ध हो जाता है कि मुलज़िम डाके में शरीक नहीं था। अब केवल यह बात रह जाती है कि वह मुख़बिर क्यों बना, वादी वकील, स्वार्थ-सिद्धि के सिवा और क्या हो सकता है!

सफाई का वकील, मेरा कथन है, उसे धोखा दिया गया और जब उसे मालूम हो गया कि जिस भय से उसने पुलिस के हाथों की कठपुतली बनना स्वीकार किया था। वह उसका भ्रम था, तो उसे धामकियाँ दी गई। अब सफाई का कोई गवाह न था। सरकारी वकील ने बहस शुरू की, योर ऑनर, आज आपके सम्मुख एक ऐसा अभियोग उपस्थित हुआ है जैसा सौभाग्य से बहुत कम हुआ करता है। आपको जनकपुर की डकैती का हाल मालूम है। जनकपुर के आसपास कई गाँवों में लगातार डाके पड़े और पुलिस डकैतों की खोज करने लगी। महीनों पुलिस कर्मचारी अपनी जान हथेलियों पर लिए, डकैतों को ढूंढ़ निकालने की कोशिश करते रहे। आखिर उनकी मेहनत सफल हुई और डाकुओं की ख़बर मिली। यह लोग एक घर के अंदर बैठे पाए गए। पुलिस ने एकबारगी सबों को पकड़ लिया, लेकिन आप जानते हैं, ऐसे मामलों में अदालतों के लिए सबूत पहुंचाना कितना मुश्किल होता है। जनता इन लोगों से कितना डरती है। प्राणों के भय से शहादत देने पर तैयार नहीं होती। यहां तक कि जिनके घरों में डाके पड़े थे, वे भी शहादत देने का अवसर आया तो साफ निकल गए। महानुभावो, पुलिस इसी उलझन में पड़ी हुई थी कि एक युवक आता है और इन डाकुओं का सरगना होने का दावा करता है। वह उन डकैतियों का ऐसा सजीव, ऐसा प्रमाणपूर्ण वर्णन करता है कि पुलिस धोखे में आ जाती है। पुलिस ऐसे अवसर पर ऐसा आदमी पाकर गैबी मदद समझती है। यह

युवक इलाहाबाद से भाग आया था और यहाँ भूखों मरता था। अपने भाग्य-निर्माण का ऐसा सुअवसर पाकर उसने अपना स्वार्थ-सिद्ध करने का निश्चय कर लिया। मुख़बिर बनकर सज़ा का तो उसे कोई भय था ही नहीं, पुलिस की सिफारिश से कोई अच्छी नौकरी पा जाने का विश्वास था। पुलिस ने उसका खूब आदरसत्कार किया और उसे अपना मुख़बिर बना लिया। बहुत संभव था कि कोई शहादत न पाकर पुलिस इन मुलजिमों को छोड़ देती और उन पर कोई मुकदमा न चलाती, पर इस युवक के चकमे में आकर उसने अभियोग चलाने का निश्चय कर लिया। उसमें चाहे और कोई गुण हो या न हो, उसकी रचना-शक्ति की प्रखरता से इनकार नहीं किया जा सकता उसने डकैतियों का ऐसा यथार्थ वर्णन किया कि जंजीर की एक कड़ी भी कहीं से गायब न थी। अंकुर से फल निकलने तक की सारी बातों की उसने कल्पना कर ली थी। पुलिस ने मुकदमा चला दिया। पर ऐसा मालूम होता है कि इस बीच में उसे स्वभाग्य-निर्माण का इससे भी अच्छा अवसर मिल गया। बहुत संभव है, सरकार की विरोधिनी संस्थाओं ने उसे प्रलोभन दिए हों और उन प्रलोभनों ने उसे स्वार्थ-सिद्धिका यह नया रास्ता सुझा दिया हो, जहां धन के साथ यश भी था, वाहवाही भी थी, देश-भक्ति का गौरव भी था। वह अपने स्वार्थ के लिए सब कुछ कर सकता है। वह स्वार्थ के लिए किसी के गले पर छुरी भी चला सकता है और साधु-वेश भी धारण कर सकता है, यही उसके जीवन का लक्ष्य है। हम ख़ुश हैं कि उसकी सदबुद्धिने अंत में उस पर विजय पाई,चाहे उनका हेतु कुछ भी क्यों न हो निरपराधियों को दंड देना पुलिस के लिए उतना ही आपत्तिजनक है, जितना अपराधियों को छोड़ देना। वह अपनी कारगुजारी दिखाने के लिए ही ऐसे मुकदमे नहीं चलाती। न गवर्नमेंट इतनी न्याय-शून्य है कि वह पुलिस के बहकावे में आकर सारहीन मुकदमे चलाती गि, लेकिन इस युवक की चकमेबाज़ियों से पुलिस की जो बदनामी हुई और सरकार के हज़ारों रूपये खर्च हो गए, इसका जिम्मेदार कौन है? ऐसे आदमी को आदर्श दंड मिलना चाहिए, ताकि फिर किसी को ऐसी चकमेबाज़ी का साहस न हो ऐसे मिथ्या का संसार रचने वाले प्राणी के लिए मुक्त रहकर समाज को ठगने का मार्ग बंद कर देना चाहिए। उसके लिए इस समय सबसे उपयुक्त स्थान वह है, जहाँ उसे कुछ दिन आत्म-चिंतन का अवसर मिले। शायद वहाँ के एकांतवास में उसको आंतरिक जागृति प्राप्त हो जाये। आपको केवल यह विचार करना है कि उसने पुलिस को धोखा दिया या नहीं। इस विषय में अब कोई संदेह नहीं रह जाता कि उसने धोखा दिया। अगर धमकियाँ दी गई थीं, तो वह पहली अदालत के बाद जज की अदालत में अपना बयान वापस ले सकता था, पर उस वक्त भी उसने ऐसा नहीं किया। इससे यह स्पष्ट है कि धमकियों का आक्षेप

मिथ्या है। उसने जो कुछ किया, स्वेच्छा से किया। ऐसे आदमी को यदि दंड न दिया गया, तो उसे अपनी कुटिल नीति से काम लेने का फिर साहस होगा और उसकी हिंसक मनोवृत्तियाँ और भी बलवान हो जायेंगी।

फिर सफाई के वकील ने जवाब दिया, 'यह मुकदमा अंग्रेजी इतिहास ही में नहीं, शायद सर्वदेशीय न्याय के इतिहास में एक अदभुत घटना है। रमानाथ एक साधरण युवक है। उसकी शिक्षा भी बहुत मामूली हुई है। वह ऊँचे विचारों का आदमी नहीं है। वह इलाहाबाद के म्युनिसिपल आफिस में नौकर है। वहाँ उसका काम चुंगी के रूपये वसूल करना है। वह व्यापारियों से प्रथानुसार रिश्वत लेता है और अपनी आमदनी की परवा न करता हुआ अनाप-शनाप खर्च करता है। आख़िर एक दिन मीज़ान में गलती हो जाने से उसे शक होता है कि उससे कुछ रूपये उठ गए। वह इतना घबड़ा जाता है कि किसी से कुछ नहीं कहता, बस घर से भाग खड़ा होता है। वहाँ दफ्तर में उस पर शुबहा होता है और उसके हिसाब की जांच होती है। तब मालूम होता है कि उसने कुछ ग़बन नहीं किया, सिर्फ हिसाब की भूल थी।

फिर रमानाथ के पुलिस के पंजे में फंसने, गरजी मुख़बिर बनने और शहादत देने का ज़िक्र करते हुए उसने कहा, अब रमानाथ के जीवन में एक नया परिवर्तन होता है, ऐसा परिवर्तन जो एक विलास-प्रिय, पद-लोलुप युवक को धर्मनिष्ठ और कर्तव्यशील बना देता है। उसकी पत्नी जालपा, जिसे देवी कहा जाये, तो अतिशयोक्ति न होगी, उसकी तलाश में प्रयाग से यहाँ आती है और यहाँ जब उसे मालूम होता है कि रमा एक मुकदमे में पुलिस का मुख़बिर हो गया है, तो वह उससे छिपकर मिलने आती है। रमा अपने बंगले में आराम से पड़ा हुआ है। फाटक पर संतरी पहरा दे रहा है। जालपा को पति से मिलने में सफलता नहीं होती। तब वह एक पत्र लिखकर उसके सामने फेंक देती है और देवीदीन के घर चली जाती है। रमा यह पत्र पढ़ता है और उसकी आँखों के सामने से परदा हट जाता है। वह छिपकर जालपा के पास जाता है। जालपा उससे सारा वृत्तांत कह सुनाती है और उससे अपना बयान वापस लेने पर ज़ोर देती है। रमा पहले शंकाएं करता है, पर बाद को राज़ी हो जाता है और अपने बंगले पर लौट जाता है। वहां वह पुलिस-अफसरों से साफ कह देता है, कि मैं अपना बयान बदल दूंगा। अधिकारी उसे तरह-तरह के प्रलोभन देते हैं, पर जब इसका रमा पर कोई असर नहीं होता और उन्हें मालूम हो गया है कि उस पर ग़बन का कोई मुकदमा नहीं है, तो वे उसे जालपा को गिरफ्तार करने की धमकी देते हैं। रमा की हिम्मत टूट जाती है। वह जानता है, पुलिस जो चाहे कर सकती है, इसलिए वह अपना इरादा तबदील कर देता है और वह जज के इजलास में अपने बयान का समर्थन कर देता है। अदालत में रमा से सफाई ने

कोई जिरह नहीं की थी। यहाँ उससे जिरहें की गई, लेकिन इस मुकदमे से कोई सरोकार न रखने पर भी उसने जिरहों के ऐसे जवाब दिए कि जज को भी कोई शक न हो सका और मुलज़िमों को सज़ा हो गई। रमानाथ की और भी खातिरदारियाँ होने लगीं। उसे एक सिफारिशी ख़त दिया गया और शायद उसकी यू.पी. गवर्नमेंट से सिफारिश भी की गई। फिर जालपादेवी ने फांसी की सज़ा पाने वाले मुल्ज़िम दिनेश के बाल-बच्चों का पालन-पोषण करने का निश्चय किया। इधर-उधर से चंदे मांग-मांगकर वह उनके लिए ज़िन्दगी की ज़रूरतें पूरी करती थीं। उसके घर का कामकाज अपने हाथों करती थीं। उसके बच्चों को खिलाने को ले जाती थीं।

एक दिन रमानाथ मोटर पर सैर करता हुआ जालपा को सिर पर एक पानी का मटका रखे देख लेता है। उसकी आत्म-मर्यादा जाग उठती है। ज़ोहरा को पुलिस-कर्मचारियों ने रमानाथ के मनोरंजन के लिए नियुक्त कर दिया है। ज़ोहरा युवक की मानसिक वेदना देखकर द्रवित हो जाती है और वह जालपा का पूरा समाचार लाने के इरादे से चली जाती है। दिनेश के घर उसकी जालपा से भेंट होती है। जालपा का त्याग, सेवा और साधना देखकर इस वेश्या का हृदय इतना प्रभावित हो जाता है कि वह अपने जीवन पर लज्जित हो जाती है और दोनों में बहनापा हो जाता है। वह एक सप्ताह के बाद जाकर रमा से सारा वृत्तांत कह सुनाती है। रमा उसी वक्त वहाँ से चल पड़ता है और जालपा से दो-चार बातें करके जज के बंगले पर चला जाता है। उसके बाद जो कुछ हुआ, वह हमारे सामने है। मैं यह नहीं कहता कि उसने झूठी गवाही नहीं दी, लेकिन उस परिस्थिति और उन प्रलोभनों पर ध्यान दीजिए, तो इस अपराध की गहनता बहुत कुछ घट जाती है। उस झूठी गवाही का परिणाम अगर यह होता, कि किसी निरपराध को सज़ा मिल जाती तो दूसरी बात थी। इस अवसर पर तो पंद्रह युवकों की जान बच गई। क्या अब भी वह झूठी गवाही का अपराधी है? उसने ख़ुद ही तो अपनी झूठी गवाही का इकबाल किया है। क्या इसका उसे दंड मिलना चाहिए? उसकी सरलता और सज्जनता ने एक वेश्या तक को मुग्ध कर दिया और वह उसे बहकाने और बहलाने के बदले उसके मार्ग का दीपक बन गई। जालपादेवी की कर्तव्यपरायणता क्या दंड के योग्य है? जालपा ही इस ड्रामा की नायिका है। उसके सदनुराग, उसके सरल प्रेम, उसकी धर्मपरायणता, उसकी पतिभक्ति, उसके स्वार्थ-त्याग, उसकी सेवा-निष्ठा, किस-किस गुण की प्रशंसा की जाये! आज वह रंगमंच पर न आती, तो पंद्रह परिवारों के चिराग गुल हो जाते। उसने पंद्रह परिवारों को अभयदान दिया है। उसे मालूम था कि पुलिस का साथ देने से सांसारिक भविष्य कितना उज्ज्वल हो जाएगा, वह जीवन की कितनी ही चिंताओं से मुक्त हो जायगी। संभव है, उसके पास भी मोटरकार हो जायगी,

नौकर-चाकर हो जायेंगे, अच्छा-सा घर हो जायेगा, बहुमूल्य आभूषण होंगे। क्या एक युवती रमणी के हृदय में इन सुखों का कुछ भी मूल्य नहीं है? लेकिन वह यह यातना सहने के लिए तैयार हो जाती है। क्या यही उसके धर्मानुराग का उपहार होगा कि वह पति-वंचित होकर जीवनपथ पर भटकती फिरे। एक साधरण स्त्री में, जिसने उच्चकोटि की शिक्षा नहीं पाई, क्या इतनी निष्ठा, इतना त्याग, इतना विमर्श किसी दैवी प्रेरणा का परिचायक नहीं है? क्या एक पतिता का ऐसे कार्य में सहायक हो जाना कोई महत्व नहीं रखता। मैं तो समझता हूँ, रखता है। ऐसे अभियोग रोज़ नहीं पेश होते। शायद आप लोगों को अपने जीवन में फिर ऐसा अभियोग सुनने का अवसर न मिले। यहाँ आप एक अभियोग का फैसला करने बैठे हुए हैं, मगर इस कोर्ट के बाहर एक और बहुत बड़ा न्यायालय है, जहाँ आप लोगों के न्याय पर विचार होगा। जालपा का वही फैसला न्यायानुयल होगा, जिसे बाहर का विशाल न्यायालय स्वीकार करे। वह न्यायालय कानूनों की बारीकियों में नहीं पड़ता जिनमें उलझकर, जिनकी पेचीदगियों में फंसकर, हम अकसर पथ-भ्रष्ट हो जाया करते हैं, अकसर दूध का पानी और पानी का दूध कर बैठते हैं। अगर आप झूठ पर पश्चाताप करके सच्ची बात कह देने के लिए, भोग-विलासयुक्त जीवन को ठुकराकर फटेहालों जीवन व्यतीत करने के लिए किसी को अपराधी ठहराते हैं, तो आप संसार के सामने न्याय का कोई ऊंचा आदर्श नहीं उपस्थित कर रहे हैं। सरकारी वकील ने इसका प्रत्युत्तर देते हुए कहा, 'मार्म और आदर्श अपने स्थान पर बहुत ही आदर की चीजें हैं, लेकिन जिस आदमी ने जान-बूझकर झूठी गवाही दी, उसने अपराध अवश्य किया और इसका उसे दंड मिलना चाहिए। यह सत्य है कि उसने प्रयाग में कोई ग़बन नहीं किया था और उसे इसका भ्रम-मात्र था, लेकिन ऐसी दशा में एक सच्चे आदमी का यह कर्तव्य था कि वह गिरफ्तार हो जाने पर अपनी सफाई देता। उसने सज़ा के भय से झूठी गवाही देकर पुलिस को क्यों धोखा दिया। यह विचार करने की बात है। अगर आप समझते हैं कि उसने अनुचित काम किया, तो आप उसे अवश्य दंड देंगे।

अब अदालत के फैसला सुनाने की बारी आई। सभी को रमा से सहानुभूति हो गई था, पर इसके साथ ही यह भी मानी हुई बात थी कि उसे सज़ा होगी। क्या सज़ा होगी, यही देखना था। लोग बड़ी उत्सुकता से फैसला सुनने के लिए और सिमट आये, कुर्सियाँ और आगे खींच ली गई, और कनबतियाँ भी बंद हो गई। 'मुआमला केवल यह है कि एक युवक ने अपनी प्राण-रक्षा के लिए पुलिस का आश्रय लिया और जब उसे मालूम हो गया कि जिस भय से वह पुलिस का आश्रय ले रहा है, वह सर्वथा निर्मूल है, तो उसने अपना बयान वापस ले लिया। रमानाथ में अगर

सत्यनिष्ठा होती, तो वह पुलिस का आश्रय ही क्यों लेता, लेकिन इसमें कोई संदेह नहीं कि पुलिस ने उसे रक्षा का यह उपाय सुझाया और इस तरह उसे झूठी गवाही देने का प्रलोभन दिया। मैं यह नहीं मान सकता कि इस मुआमले में गवाही देने का प्रस्ताव स्वप्तः उसके मन में पैदा हो गया। उसे प्रलोभन दिया गया, जिसे उसने दंड-भय से स्वीकार कर लिया। उसे यह भी अवश्य विश्वास दिलाया गया होगा कि जिन लोगों के विरुद्ध उसे गवाही देने के लिए तैयार किया जा रहा था, वे वास्तव में अपराधी थे। क्योंकि रमानाथ में जहां दंड का भय है, वहाँ न्यायभक्ति भी है। वह उन पेशेवर गवाहों में नहीं है, जो स्वार्थ के लिए निरपराधियों को फंसाने से भी नहीं हिचकते। अगर ऐसी बात न होती, तो वह अपनी पत्नी के आग्रह से बयान बदलने पर कभी राजी न होता। यह ठीक है कि पहली अदालत के बाद ही उसे मालूम हो गया था कि उस पर ग़बन का कोई मुकदमा नहीं है और जज की अदालत में वह अपने बयान को वापस न ले सकता था। उस वक्त उसने यह इच्छा प्रकट भी अवश्य की, पर पुलिस की धामकियों ने फिर उस पर विजय पाई। पुलिस को बदनामी से बचने के लिए इस अवसर पर उसे धामकियां देना स्वाभाविक है, क्योंकि पुलिस को मुलज़िमों के अपराधी होने के विषय में कोई संदेह न था। रमानाथ धामकियों में आ गया, यह उसकी दुर्बलता अवश्य है, पर परिस्थिति को देखते हुए क्षम्य है। इसलिए मैं रमानाथ को बरी करता हूँ।'

चौ की शीतल, सुहावनी, स्फूर्तिमयी संध्या, गंगा का तट, टेसुओं से लहलहाता हुआ ढाक का मैदान, बरगद का छायादार वृक्ष, उसके नीचे बंधी हुई गायें, भैंसें, कद्दू और लौकी की बेलों से लहराती हुई झोपड़ियाँ, न कहीं गर्द न गुबार, न शोर न गुल, सुख और शांति के लिए क्या इससे भी अच्छी जगह हो सकती है? नीचे स्वर्णमयी गंगा लाल, काले, नीले आवरण से चमकती हुई, मंद स्वरों में गाती, कहीं लपकती, कहीं झिझकती, कहीं चपल, कहीं गंभीर, अनंत अंधकारकी ओर चली जा रही है, मानो बहुरंजित बालस्मृति क्रीड़ा और विनोद की गोद में खेलती हुई, चिंतामय, संघर्षमय, अंधाकारमय भविष्य की ओर चली जा रही हो देवी और रमा ने यहीं, प्रयाग के समीप आकर आश्रय लिया है।

तीन साल गुज़र गए हैं, देवीदीन ने ज़मीन ली, बाग़ लगाया, खेती जमाई, गाय-भैंसें खरीदीं और कर्मयोग में, अविरत उद्योग में सुख, संतोष और शांति का अनुभव कर रहा है। उसके मुख पर अब वह जर्दी, झुर्रियाँ नहीं हैं, एक नई स्फूर्ति,

एक नई कांति झलक रही है। शाम हो गई है, गायें-भैंसें हार से लौटीं, जग्गो ने उन्हें खूंटे से बांधा और थोड़ा-थोड़ा भूसा लाकर उनके सामने डाल दिया। इतने में देवी और गोपी भी बैलगाड़ी पर डांठें लादे हुए आ पहुँचे, दयानाथ ने बरगद के नीचे ज़मीन साफ कर रखी है। वहीं डांठें उतारी गई। यही इस छोटी-सी बस्ती का खलिहान है।

दयानाथ नौकरी से बरख़ास्त हो गए थे और अब देवी के असिस्टेंट हैं। उनको समाचार-पत्रों से अब भी वही प्रेम है, रोज कई पत्र आते हैं, और शाम को फुर्सत पाने के बाद मुंशीजी पत्रों को पढ़कर सुनाते और समझाते हैं। श्रोताओं में बहुधा आसपास के गाँवों के दस-पाँच आदमी भी आ जाते हैं और रोज़ एक छोटी-मोटी सभा हो जाती है।

रमा को तो इस जीवन से इतना अनुराग हो गया है कि अब शायद उसे थानेदारी ही नहीं, चुंगी की इंस्पेक्टरी भी मिल जाये, तो शहर का नाम न ले। प्रातःकाल उठकर गंगा-स्नान करता है, फिर कुछ कसरत करके दूध पीता है और दिन निकलते-निकलते अपनी दवाओं का संदूक लेकर आ बैठता है। उसने वैद्य की कई किताबें पढ़ ली हैं और छोटी-मोटी बीमारियों की दवा दे देता है। दस-पाँच मरीज़ रोज़ आ जाते हैं और उसकी कीर्ति दिन-दिन बढ़ती जाती है। इस काम से छुट्टी पाते ही वह अपने बगीचे में चला जाता है। वहाँ कुछ साग-भाजी भी लगी हुई है, कुछ फल-फलों के वृक्ष हैं और कुछ जड़ी-बूटियाँ हैं। अभी तो बाग़ से केवल तरकारी मिलती है, पर आशा है कि तीन-चार साल में नींबू, अमरूद,बेर, नारंगी, आम, केले, आंवले, कटहल, बेल आदि फलों की अच्छी आमदनी होने लगेगी।

देवी ने बैलों को गाड़ी से खोलकर खूंटे से बांध दिया और दयानाथ से बोला, 'अभी भैया नहीं लौटे?'

दयानाथ ने डांठों को समेटते हुए कहा, 'अभी तो नहीं लौटे। मुझे तो अब इनके अच्छे होने की आशा नहीं है। ज़माने का उधार है। कितने सुख से रहती थीं, गाड़ी थी, बंगला था, दर्ज़नों नौकर थे। अब यह हाल है। सामान सब मौजूद है, वकील साहब ने अच्छी संपत्ति छोड़ी था, मगर भाई-भतीजों ने हड़प ली।

देवीदीन-' 'भैया कहते थे, अदालत करतीं तो सब मिल जाता, पर कहती हैं, मैं अदालत में झूठ न बोलूंगी। औरत बड़े ऊँचे विचार की है।'

सहसा जागेश्वरी एक छोटे-से शिशु को गोद में लिये हुए एक झोंपड़े से निकली और बच्चे को दयानाथ की गोद में देती हुई देवीदीन से बोली, 'भैया! ज़रा चलकर रतन को देखो, जाने कैसी हुई जाती है। ज़ोहरा और बहू, दोनों रो रही हैं! बच्चा न जाने कहाँ रह गये!

देवीदीन ने दयानाथ से कहा, 'चलो लाला, देखें।'

जागेश्वरी बोली, 'यह जाकर क्या करेंगे, बीमार को देखकर तो इनकी नानी पहले ही मर जाती है।'

देवीदीन ने रतन की कोठरी में जाकर देखा। रतन बांस की एक खाट पर पड़ी थी। देह सूख गई थी। वह सूर्यमुखी का-सा खिला हुआ चेहरा मुरझाकर पीला हो गया था। वह रंग जिन्होंने चित्र को जीवन और स्पंदन प्रदान कर रखा था, उड़ गये थे, केवल आकार शेष रह गया था। वह श्रवण-प्रिय, प्राणप्रद, विकास और आह्लाद में डूबा हुआ संगीत, मानो आकाश में विलीन हो गया था, केवल उसकी क्षीण उदास प्रतिध्वनि रह गई थी। ज़ोहरा उसके ऊपर झुकी, उसे करूण, विवश, कातर, निराश तथा तृष्णामय नज़रों से देख रही थी। आज साल-भर से उसने रतन की सेवा-सुश्रूषा में दिन को दिन और रात को रात न समझा था। रतन ने उसके साथ जो स्नेह किया था, उस अविश्वास और बहिष्कार के वातावरण में जिस खुले निःसंकोच भाव से उसके साथ बहनापा निभाया था, उसका एहसान वह और किस तरह मानती। जो सहानुभूति उसे जालपा से भी न मिली, वह रतन ने प्रदान की। दुःख और परिश्रम ने दोनों को मिला दिया, दोनों की आत्माएं संयुक्त हो गई। यह घनिष्ठ स्नेह उसके लिए एक नया ही अनुभव था, जिसकी उसने कभी कल्पना भी न की थी। इस मौके में उसके वंचित हृदय ने पति-प्रेम और पुत्र-स्नेह दोनों ही पा लिया। देवीदीन ने रतन के चेहरे की ओर सचिंत नजरों से देखा, तब उसकी नाड़ी हाथ में लेकर पूछा, 'कितनी देर से नहीं बोलीं?'

जालपा ने आँखें पोंछकर कहा, 'अभी तो बोलती थीं। एकाएक आँखें ऊपर चढ़ गई और बेहोश हो गई। वैद्य जी को लेकर अभी तक नहीं आये?'

देवीदीन ने कहा, 'इनकी दवा वैद्य के पास नहीं है।' यह कहकर उसने थोड़ी-सी राख ली, रतन के सिर पर हाथ फेरा, कुछ मुँह में बुदबुदाया और एक चुटकी राख उसके माथे पर लगा दी। तब पुकारा, 'रतन बेटी, आँखें खोलो।'

रतन ने आँखें खोल दीं और इधर-उधर सकपकाई हुई आँखों से देखकर बोली, 'मेरी मोटर आई थी न? कहाँ गया वह आदमी? उससे कह दो, थोड़ी देर के बाद लाये। ज़ोहरा – 'आज मैं तुम्हें अपने बग़ीचे की सैर कराऊंगी। हम दोनों झूले पर बैठेंगी।'

ज़ोहरा फिर रोने लगी। जालपा भी आँसुओं के वेग को न रोक सकी। रतन एक क्षण तक छत की ओर देखती रही। फिर एकाएक जैसे उसकी स्मृति जाग उठी हो, वह लज्जित होकर एक उदास मुस्कराहट के साथ बोली, 'मैं सपना देख रही थी, दादा!'

लोहित आकाश पर कालिमा का परदा पड़ गया था। उसी वक्त रतन के जीवन पर मृत्यु ने परदा डाल दिया।

रमानाथ वैद्यजी को लेकर पहर रात को लौटे, तो यहाँ मौत का सन्नाटा छाया हुआ था। रतन की मृत्यु का शोक वह शोक न था, जिसमें आदमी हाय-हाय करता है, बल्कि वह शोक था जिसमें हम मूक रूदन करते हैं, जिसकी याद कभी नहीं भूलती, जिसका बोझ कभी दिल से नहीं उतरता।

रतन के बाद ज़ोहरा अकेली हो गई। दोनों साथ सोती थीं, साथ बैठती थीं, साथ काम करती थीं। अकेले ज़ोहरा का जी किसी काम में न लगता। कभी नदी-तट पर जाकर रतन को याद करती और रोती, कभी उस आम के पौधो के पास जाकर घंटों खड़ी रहती, जिसे उन दोनों ने लगाया था। मानो उसका सुहाग लुट गया हो जालपा को बच्चे के पालन और भोजन बनाने से इतना

अवकाश न मिलता था कि उसके साथ बहुत उठती-बैठती, और बैठती भी तो रतन की चर्चा होने लगती और दोनों रोने लगतीं।

भादों का महीना था। पृथ्वी और जल में रण छिड़ा हुआ था। जल की सेनायें वायुयान पर चढ़कर आकाश से जल-शरों की वर्षा कर रही थीं। उसकी थल-सेनाओं ने पृथ्वी पर उत्पात मचा रखा था। गंगा गाँवों और कस्बों को निगल रही थी। गाँव के गाँव बहते चले जाते थे। ज़ोहरा नदी के तट पर बाढ़ का तमाशा देखने लगी। वह कृशांगी गंगा इतनी विशाल हो सकती है, इसका वह अनुमान भी न कर सकती थी। लहरें उन्मभा होकर गरजतीं, मुँह से फन निकालतीं, हाथों उछल रही थीं। चतुर डकैतों की तरह पैंतरे बदल रही थीं। कभी एक कदम आतीं, फिर पीछे लौट पड़तीं और चक्कर खाकर फिर आगे को लपकतीं। कहीं कोई झोंपडा डगमगाता तेज़ी से बहा जा रहा था, मानो कोई शराबी दौडा जाता हो कहीं कोई वृक्ष डाल-पत्तों समेत डूबता-उतराता किसी पाषाणयुग के जंतु की भांति तैरता चला जाता था। गायें और भैंसें, खाट और तख्ते मानो तिलस्मी चित्रों की भांति आंखों के सामने से निकले जाते थे। सहसा एक किश्ती नज़र आई। उस पर कई स्त्री-पुरूष बैठे थे। बैठे क्या थे, चिमटे हुए थे। किश्ती कभी ऊपर जाती, कभी नीचे आती। बस यही मालूम होता था कि अब उलटी, अब उलटी। पर वाह रे साहस सब अब भी 'गंगा माता की जय' पुकारते जाते थे। स्त्रियां अब भी गंगा के यश के गीत गाती थीं

जीवन और मृत्यु का ऐसा संघर्ष किसने देखा होगा। दोनों तरफ के आदमी किनारे पर, एक तनाव की दशा में ह्रदय को दबाए खड़े थे। जब किश्ती करवट लेती, तो लोगों के दिल उछल-उछलकर ओठों तक आ जाते। रस्सियाँ फेंकने की कोशिश की जाती, पर रस्सी बीच ही में फिर पड़ती थी। एकाएक एक बार किश्ती उलट ही

गई। सभी प्राणी लहरों में समा गये। एक क्षण कई स्त्री-पुरूष, डूबते-उतरते दिखाई दिए, फिर निगाहों से ओझल हो गये। केवल एक उजली-सी चीज़ किनारे की ओर चली आ रही थी। वह एक रेले में तट से कोई बीस गज़ तक आ गई। समीप से मालूम हुआ, स्त्री है। ज़ोहरा – 'जालपा और रमा, तीनों खड़े थे। स्त्री की गोद में एक बच्चा भी नज़र आता था। दोनों को निकाल लाने के लिए तीनों विकल हो उठे, पर बीस गज़ तक तैरकर उस तरफ जाना आसान न था। फिर रमा तैरने में बहुत कुशल न था। कहीं लहरों के ज़ोर में पांव उखड़ जायें, तो फिर बंगाल की खाड़ी के सिवा और कहीं ठिकाना न लगे।

ज़ोहरा ने कहा, 'मैं जाती हूँ!'

रमा ने लजाते हुए कहा, 'जाने को तो मैं तैयार हूँ, लेकिन वहाँ तक पहुँच भी सकूंगा, इसमें संदेह है। कितना तोड़ है!'

ज़ोहरा ने एक कदम पानी में रखकर कहा, 'नहीं, मैं अभी निकाल लाती हूँ।'

वह कमर तक पानी में चली गई। रमा ने सशंक होकर कहा, 'क्यों नाहक जान देने जाती हो वहाँ शायद एक गड्ढा है। मैं तो जा ही रहा था।'

ज़ोहरा ने हाथों से मना करते हुए कहा, 'नहीं-नहीं, तुम्हें मेरी कसम, तुम न आना। मैं अभी लिये आती हूँ। मुझे तैरना आता है।'

जालपा ने कहा, 'लाश होगी और क्या!'

रमानाथ – 'शायद अभी जान हो'

जालपा – 'अच्छा, तो ज़ोहरा तो तैर भी लेती है। जभी हिम्मत हुई।'

रमा ने ज़ोहरा की ओर चिंतित आँखों से देखते हुए कहा, हाँ, कुछ-कुछ जानती तो हैं। ईश्वर करे लौट आयें। मुझे अपनी कायरता पर लज्जा आ रही है।

जालपा ने बेहयाई से कहा, 'इसमें लज्जा की कौन सी बात है। मरी लाश के लिए जान को जोखिम में डालने से फायदा, जीती होती, तो मैं ख़ुद तुमसे कहती, जाकर निकाल लाओ।'

रमा ने आत्म-धिक्कार के भाव से कहा, 'यहाँ से कौन जान सकता है, जान है या नहीं। सचमुच बाल-बच्चों वाला आदमी नामर्द हो जाता है। मैं खड़ा रहा और ज़ोहरा चली गई।'

सहसा एक ज़ोर की लहर आई और लाश को फिर धारा में बहा ले गई। ज़ोहरा लाश के पास पहुँच चुकी थी। उसे पकड़कर खींचना ही चाहती थी कि इस लहर ने उसे दूर कर दिया। ज़ोहरा ख़ुद उसके ज़ोर में आ गई और प्रवाह की ओर कई हाथ बह गई। वह फिर संभली, पर एक दूसरी लहर ने उसे फिर ढकेल दिया। रमा व्यग्र होकर पानी में कूद पड़ा और ज़ोर-ज़ोर से पुकारने लगा, 'ज़ोहरा ज़ोहरा! मैं आता

हूँ।'

मगर ज़ोहरा में अब लहरों से लड़ने की शक्ति न थी। वह वेग से लाश के साथ ही धारे में बही जा रही थी। उसके हाथ-पांव हिलना बंद हो गए थे। एकाएक एक ऐसा रेला आया कि दोनों ही उसमें समा गई। एक मिनट के बाद ज़ोहरा के काले बाल नज़र आये। केवल एक क्षण तक यही अंतिम झलक थी। फिर वह नज़र न आई।

रमा कोई सौ गज़ तक ज़ोरों के साथ हाथ-पांव मारता हुआ गया, लेकिन इतनी ही दूर में लहरों के वेग के कारण उसका दम फूल गया। अब आगे जाये कहाँ? ज़ोहरा का तो कहीं पता भी न था। वही आख़िरी झलक आँखों के सामने थी। किनारे पर जालपा खड़ी हाय-हाय कर रही थी। यहाँ तक कि वह भी पानी में कूद पड़ी। रमा अब आगे न बढ़सका। एक शक्ति आगे खींचती थी, एक पीछे। आगे की शक्ति में अनुराग था, निराशा थी, बलिदान था। पीछे की शक्ति में कर्तव्य था, स्नेह था, बंधन था। बंधन ने रोक लिया। वह लौट पड़ा। कई मिनट तक जालपा और रमा घुटनों तक पानी में खड़े उसी तरफ ताकते रहे। रमा की ज़बान आत्म-धिक्कार ने बंद कर रखी थी, जालपा की, शोक और लज्जा ने। आख़िर रमा ने कहा, 'पानी में क्यों खड़ी हो? सर्दी हो जायेगी।

जालपा पानी से निकलकर तट पर खड़ी हो गई, पर मुँह से कुछ न बोली, मृत्युके इस आघात ने उसे पराभूत कर दिया था। जीवन कितना अस्थिर है,यह घटना आज दूसरी बार उसकी आँखों के सामने चरितार्थ हुई। रतन के मरने की पहले से आशंका थी। मालूम था कि वह थोड़े दिनों की मेहमान है, मगर ज़ोहरा की मौत तो वज्राघात के समान थी। अभी आधा घड़ी पहले तीनों आदमी प्रसन्नचित्त, जल-क्रीड़ा देखने चले थे। किसे शंका थी कि मृत्यु की ऐसी भीषण पीड़ा उनको देखनी पड़ेगी। इन चार सालों में जोहरा ने अपनी सेवा, आत्मत्याग और सरल स्वभाव से सभी को मुग्ध कर लिया था। उसके अतीत को मिटाने के लिए, अपने पिछले दागों को धो डालने के लिए, उसके पास इसके सिवाय और क्या उपाय था। उसकी सारी कामनायें, सारी वासनायें सेवा में लीन हो गई। कलकत्ता में वह विलास और मनोरंजन की वस्तु थी। शायद कोई भला आदमी उसे अपने घर में न घुसने देता। यहाँ सभी उसके साथ घर के प्राणी का-सा व्यवहार करते थे। दयानाथ और जागेश्वरी को यह कहकर शांत कर दिया गया था कि वह देवीदीन की विधवा बहू है। ज़ोहरा ने कलकत्ता में जालपा से केवल उसके साथ रहने की भिक्षा मांगी थी। अपने जीवन से उसे घृणा हो गई थी। जालपा की विश्वासमय उदारता ने उसे आत्मशुद्धि के पथ पर डाल दिया। रतन का पवित्र, निष्काम जीवन उसे प्रोत्साहित किया

करता था। थोड़ी देर के बाद रमा भी पानी से निकला और शोक में डूबा हुआ घर की ओर चला। मगर अकसर वह और जालपा नदी के किनारे आ बैठते और जहाँ ज़ोहरा डूबी थी, उस तरफ घंटों देखा करते। कई दिनों तक उन्हें यह आशा बनी रही कि शायद ज़ोहरा बच गई हो और किसी तरफ से चली आये। लेकिन धीरे-धीरे यह क्षीण आशा भी शोक के अंधकार में खो गई। मगर अभी तक ज़ोहरा की सूरत उनकी आँखों के सामने गिरा करती है। उसके लगाए हुए पौधे, उसकी पाली हुई बिल्ली, उसके हाथों के सिले हुए कपड़े, उसका कमरा, यह सब उसकी स्मृति के चिन्ह उनके पास जाकर रमा की आँखों के सामने ज़ोहरा की तस्वीर खड़ी हो जाती है।

'समाप्त'

पुस्तक के बारे में

गबन प्रेमचंद द्वारा रचित उपन्यास है। 'निर्मला' के बाद 'गबन' प्रेमचंद का दूसरा यथार्थवादी उपन्यास है। कहना चाहिए कि यह उसके विकास की अगली कड़ी है। ग़बन का मूल विषय है - 'महिलाओं का पति के जीवन पर प्रभाव'।

ग़बन प्रेमचन्द के एक विशेष चिन्ताकुल विषय से सम्बन्धित उपन्यास है। यह विषय है, गहनों के प्रति पत्नी के लगाव का पति के जीवन पर प्रभाव। गबन में टूटते मूल्यों के अंधेरे में भटकते मध्यवर्ग का वास्तविक चित्रण किया गया। इन्होंने समझौतापरस्त और महत्वाकांक्षा से पूर्ण मनोवृत्ति तथा पुलिस के चरित्र को बेबाकी से प्रस्तुत करते हुए कहानी को जीवंत बना दिया गया है।

इस उपन्यास में प्रेमचंद ने पहली नारी समस्या को व्यापक भारतीय परिप्रेक्ष्य में रखकर देखा है और उसे तत्कालीन भारतीय स्वाधीनता आंदोलन से जोड़कर देखा है। सामाजिक जीवन और कथा-साहित्य के लिए यह एक नई दिशा की ओर संकेत करता है। यह उपन्यास जीवन की असलियत की छानबीन अधिक गहराई से करता है, भ्रम को तोड़ता है। नए रास्ते तलाशने के लिए पाठक को नई प्रेरणा देता है।

प्रेमचंद

धनपत राय श्रीवास्तव (31 जुलाई 1880 – 8 अक्टूबर 1936) जो प्रेमचंद नाम से जाने जाते हैं, वो हिन्दी और उर्दू के सर्वाधिक लोकप्रिय उपन्यासकार, कहानीकार एवं विचारक थे। उन्होंने सेवासदन, प्रेमाश्रम, रंगभूमि, निर्मला, गबन, कर्मभूमि, गोदान आदि लगभग डेढ़ दर्जन उपन्यास तथा कफन, पूस की रात, पंच परमेश्वर, बड़े घर की बेटी, बूढ़ी काकी, दो बैलों की कथा आदि तीन सौ से अधिक कहानियाँ लिखीं। उनमें से अधिकांश हिन्दी तथा उर्दू दोनों भाषाओं में प्रकाशित हुईं। उन्होंने अपने दौर की सभी प्रमुख उर्दू और हिन्दी पत्रिकाओं जमाना, सरस्वती, माधुरी, मर्यादा, चाँद, सुधा आदि में लिखा। उन्होंने हिन्दी समाचार पत्र जागरण तथा साहित्यिक पत्रिका हंस का संपादन और प्रकाशन भी किया। इसके लिए उन्होंने सरस्वती प्रेस खरीदा जो बाद में घाटे में रहा और बन्द करना पड़ा। प्रेमचंद फिल्मों की पटकथा लिखने मुंबई आए और लगभग तीन वर्ष तक रहे। जीवन के अंतिम दिनों तक वे साहित्य सृजन में लगे रहे। महाजनी सभ्यता उनका अंतिम निबन्ध, साहित्य का उद्देश्य अन्तिम व्याख्यान, कफन अन्तिम कहानी, गोदान अन्तिम पूर्ण उपन्यास तथा मंगलसूत्र अन्तिम अपूर्ण उपन्यास माना जाता है।

1906 से 1936 के बीच लिखा गया प्रेमचंद का साहित्य इन तीस वर्षों का सामाजिक सांस्कृतिक दस्तावेज है। इसमें उस दौर के समाजसुधार आन्दोलनों, स्वाधीनता संग्राम तथा प्रगतिवादी आन्दोलनों के सामाजिक प्रभावों का स्पष्ट चित्रण है। उनमें दहेज, अनमेल विवाह, पराधीनता, लगान, छूआछूत, जाति भेद, विधवा विवाह, आधुनिकता, स्त्री-पुरुष समानता, आदि उस दौर की सभी प्रमुख समस्याओं का चित्रण मिलता है। आदर्शोन्मुख यथार्थवाद उनके साहित्य की मुख्य विशेषता है। हिन्दी कहानी तथा उपन्यास के क्षेत्र में 1918 से 1936 तक के कालखण्ड को 'प्रेमचंद युग' या 'प्रेमचन्द युग' कहा जाता है।

www.ingramcontent.com/pod-product-compliance
Ingram Content Group UK Ltd.
Pitfield, Milton Keynes, MK11 3LW, UK
UKHW021241031026
15588UKWH00001B/191

9 798887 171920